Alberto Moravia

GEFÄHRLICHES SPIEL

WELTLITERATUR DES XX. JAHRHUNDERTS
GESAMMELTE WERKE IN EINZELAUSGABEN

ALBERTO MORAVIA

GEFÄHRLICHES SPIEL

LE AMBIZIONI SBAGLIATE

Roman

VERLAG KURT DESCH

1

Eine Lebenshaltung, die sich nur durch kühle Berechnung, triebhafte Regungen oder irgendeine andere Form von Eigenliebe leiten ließ, stieß Pietro Monatti ab. Er verachtete instinktiv alle engherzige, erbärmliche Selbstsucht und bewunderte ebenso instinktiv jedes großzügige Verhalten. Sein Widerwille gegen Ehrgeiz, Selbstherrlichkeit und Eigennutz war das Ergebnis bitterer Erfahrungen seit frühester Jugend. Er hatte im Laufe der Zeit tatsächlich die Überzeugung gewonnen, sein strenges, unbequemes Gewissen lasse es gar nicht zu, daß er je aus purem Eigennutz handeln könne. Selbst wenn er sich einmal dazu hinreißen ließe, würde er schließlich reuevoll auf jeden Vorteil verzichten. Er glaubte, daß er im Gegensatz zu den meisten Menschen, die sich nur von Berechnung und Vorsatz leiten lassen, von Natur aus zu Uneigennützigkeit, Redlichkeit, Nächstenliebe und ähnlichen Tugenden neige.

Diese Entdeckung bildete den Abschluß einer langen Krise und stand, was noch bemerkenswerter war, am Beginn einer Reihe von Glücksfällen. Pietro war, nachdem er Klarheit über sich selbst und seinen Charakter gewonnen hatte, zu jenem inneren Frieden gelangt, ohne den positive Arbeit und fruchtbringende Beziehungen zur Umwelt unmöglich sind.

An jenem Nachmittag aber, in Maria-Luisas Wohnung, waren plötzlich innere Ruhe und Selbstvertrauen dahin. Er war ihr am Vormittag zufällig auf der Straße begegnet, und sie hatte ihn zu einem Cocktail eingeladen. Er sann darüber nach, welchem Umstand er diese ungemein herzliche Einladung verdanke, denn Maria-Luisa war ihm bisher kalt, ja feindselig begegnet. Heute hatten jedoch ihre Gebärden, ihre Worte, ihr ganzes Benehmen eine unklare und doch unverhohlene Erwartung verraten. Dabei erinnerte er sich ihrer verworrenen Lage, in der sie sich zur Zeit befand. Wollte sie ihn in ihre Netze ziehen? Bei diesem Gedanken überkam ihn eine begehrliche Unruhe, obgleich ihm gerade in diesem Augenblick nichts hätte unbehaglicher sein können. Welche Verwirrung konnte sich daraus ergeben! Er war immerhin mit der Schwägerin dieser Frau verlobt. Außerdem widerstrebte ihm schon an sich ein billiges Abenteuer. ›Ich hätte die Einladung nicht annehmen dürfen‹, dachte er, während er schon in ihrer Wohnung auf sie wartete. Er versuchte sich einzureden, er habe sein niedriges, begehrliches Verlangen vergessen und eine unschuldsvolle Ruhe habe alle trübe Besorgnis weggefegt. Doch ein Blick in das Zimmer, in dem er sich befand, ließ seine zurückgedrängte Verwirrung erneut lebendig werden.

Der langgestreckte, rechtwinklige Raum wirkte durch die kahlen Wände an diesem kalten, sonnenlosen Tag noch weiträumiger. Er war wie eigens dazu geschaffen, Maria-Luisas derzeitige provisorische Lebensweise darzutun. In welch günstiger Weise hatte. diese Atmosphäre des Verlassenseins sein kurzes, unverbindliches Abenteuer unterstützt: der häßliche kahle Fußboden, der unter den Schritten knarrte, der Staub, der sich schon in die leeren Ecken gesetzt hatte und die Spinnweben ahnen ließ, die Stutzen der elektrischen Drähte inmitten der Stuckdecke, die auf einen Kronleuchter warteten und den Wurzeln einer ausgerupften Pflanze glichen, die vorhanglosen Fenster, durch deren Scheiben ein breites Stück Himmel sichtbar wurde, der weiß und unbewegt über den melancholisch sich neigenden Fichtenwipfeln des Nachbargartens hing, alles das brachte Pietro die Lage der Gastgeberin und die Bedeutung ihrer Einladung zum Bewußtsein. Nur jene Ecke des Raumes mit der großen, kissenbedeckten Couch schien bewohnt zu sein. Es war eine Wohnecke, wie sie in Filmateliers aufgebaut wird. Auf einem Tischchen neben dem Radio lagen Zigaretten und ein benutzter Aschenbecher. Zeitungen und Bücher trieben sich auf dem Teppich umher, und Unordnung und Lässigkeit verrieten, daß Maria-Luisa auf dieser Couch mit ihren starrsinnigen, eifersüchtigen Plänen ihre Tage allein verbrachte. Gerade als er, sich dieser zudringlichen Gedanken erwehrend, in einem der umherliegenden Bücher blätterte, öffnete sich plötzlich eine Tür, und Maria-Luisa trat ein.

In einem braunen Jackenkleid kam sie gemessenen, lautlosen Schrittes näher. Es war schwer zu sagen, ob sie mit diesen Bewegungen Hochmut oder Vertrautheit ausdrücken wollte. Sie schloß übertrieben behutsam die Tür und wandte sich zögernd und wie zufällig Pietro zu.

Sie schaute so abwesend drein, die Brauen wölbten sich so hochmütig über ihren grünen, harten Augen, so verächtlich kräuselte sich der Mund, der eine brennende Zigarette in einer langen Spitze umschloß, daß Pietros Begehrlichkeit ganz und gar dahinschwand und die alte Abneigung gegen Maria-Luisa wiederauflebte. Nach der ersten Begrüßung ließ er sich wieder auf der Couch nieder, erleichtert und zufrieden darüber, von jeder Versuchung befreit zu sein. Andererseits war er irgendeinem belanglosen Gespräch noch nicht gewachsen. So saß er eine Weile unbeweglich da, verlegen nach Worten suchend.

»Ich bin zum erstenmal hier«, meinte er schließlich. »Wie lange habe ich Sie nicht gesehen, Maria-Luisa! Wie gefällt Ihnen denn Ihr neues Leben?«

Hätte er die Gedanken hinter ihrer hochmütigen Maske erraten können, wäre er weniger verwirrt gewesen. ›Wie stelle ich es nur an, ihn mir zu ködern?‹ In ihr war kein herzliches Gefühl für Pietro lebendig, denn sie hatte ihn nie leiden können und mochte ihn auch jetzt nicht. Sie verfolgte nur die törichte Absicht, ihren eigenen Mann, der sie hinterging, ihrerseits zu betrügen. Vielleicht spielte auch der boshafte Wunsch etwas mit, ihrer Schwägerin den Verlobten wegzunehmen.

Aber dieser einfache Plan erwies sich in der Ausführung als außerordentlich schwierig, denn Maria-Luisa hatte keine Erfahrung in solchen Dingen. Während ihrer siebenjährigen Ehe war sie ihrem Mann treu gewesen, und ihre Sorge hatte nicht den Liebhabern, sondern gesellschaftlichen Verpflichtungen gegolten. Obwohl Rachsucht sie in Pietros Arme trieb, schreckte sie aus konventionellem Abscheu vor diesem Wagnis zurück. Gern hätte sie eine hingebende und zugleich herausfordernde Haltung gezeigt, die ihr für ihr Vorhaben angemessen schien; gern hätte sie ein entgegenkommendes Gesicht gemacht oder die Blicke sprechen lassen, aber sie versteifte sich schon bei dem bloßen Gedanken. Ihr Körper, ihre Augen wurden noch härter, und ihr Gesicht versteinerte sich gewissermaßen. Zu der Unmöglichkeit, ihre konventionelle Haltung aufzugeben, die ihr im Gesellschaftsleben sehr zugute kam, gesellte sich ein unbestimmter physischer Widerwille. Zwar war Pietro das, was man gemeinhin einen schönen Mann nennt. Sein schwarzes Haar reichte, der Mode gemäß, bis in den Nacken. Unter diesem glänzenden Helm wäre das blühende Gesicht mit den klaren Zügen sehr anziehend gewesen ohne die ihm eigene fahle Hautfarbe, wie man sie oft bei Geistlichen oder Stubenhockern findet. Sie wirkte aber nicht ungesund oder krankhaft, sondern unterstrich eher den lebendigen Ausdruck der großen, dunklen Augen. Trotz der etwas zu breiten Hüften, des etwas langen Oberkörpers und einer Neigung zur Fülle wirkte er groß, kräftig und gut gebaut.

Er besaß also alle Attribute männlicher Schönheit, und doch wurde dieser Eindruck verwischt und sogar aufgehoben durch eine unangenehme Wirkung. Lag es an seinem blassen Gesicht, seinen gesetzten Manieren oder an der strengen und gewählten Art seiner Kleidung? Er trug ausschließlich dunkelblaue Anzüge, steife Kragen, weiße Hemden und sehr farbenfreudige, allzu ordentlich geknotete Krawatten. Dies undefinierbar Abstoßende in seiner Erscheinung war Maria-Luisa nie entgangen – und in diesem Augenblick weniger denn je. Trotzdem sagte sie sich jetzt, daß diese Abneigung nur ihrer Unerfahrenheit zuzuschreiben sei. Wenn sie den ersten Schritt getan hätte, wäre aller Widerwille dahin. Sie hätte einen Liebhaber und hätte sich an ihrem Mann gerächt.

»Wie mir dieses Leben gefällt?« erwiderte sie mit heiterer Zufriedenheit. »Ausgezeichnet, lieber Pietro. Ich sehe niemand außer meinem Mädchen, und dieses nur dann, wenn ich es unbedingt brauche; ich verbringe meine Zeit mit guten Büchern, höre Radio, lege eine Schallplatte auf oder träume, meinen Gedanken nachhängend, auf der Couch. Abends gehe ich früh zu Bett. Sie sehen, es ist ein ideales Leben.« Sie sog aufmerksam an ihrer Zigarettenspitze und blies den Rauch durch die Nase wieder aus; aber Aufregung schnürte ihre Kehle zusammen. Nie hatte sie sich so verzweifelt gefühlt! »Sie ahnen nicht, lieber Pietro, wie erleichternd es ist, morgens mit dem Gedanken aufzuwachen: Gott sei Dank, ich habe heute keine Einladung, brauche niemand zu sehen, der ganze Tag gehört mir allein. Sie können sich nicht vorstellen, was es bedeutet, nicht mehr jeden Tag eine Einladung zum Mittagessen, zu drei oder vier Cocktailgesellschaften, zu Abendessen oder Empfängen zu haben. Statt Dutzende Menschen innerhalb weniger Stunden sehen, an Wohlfahrtskomitees teilnehmen zu müssen, endlich einige Stunden des Alleinseins und der Sammlung! Mir war dieser letzte Monat in vollkommener Einsamkeit eine wahre Fundgrube neuer, sehr beglückender Freuden. Ja, ich kann sagen, ich genieße mein Alleinsein!« Sie wiegte bekräftigend den Kopf, während sie fast an ihren kläglichen Redensarten erstickte und verzweifelt einen Ausweg aus diesem Wortschwall suchte.

»Glauben Sie mir, lieber Pietro, wir alle verzetteln unser Leben. Zu viele Menschen, zu viele Verpflichtungen, zu viele Gesellschaften! Auch Sie sollten sich ab und zu ein wenig zurückziehen, so wie ich es tue.«

Diese Worte waren durchsichtig genug. Aber Pietro, der die rein physische Anziehung dieser Frau gern auf irgendeine ideale Art gerechtfertigt hätte, faßte sie anders auf. Er sagte plötzlich ehrlich überzeugt:

»Dann muß ich Sie um Verzeihung bitten, Maria-Luisa, denn ich hatte bis heute von Ihnen eine andere Vorstellung.«

»Und was dachten Sie von mir?« fragte sie erwartungsvoll.

»Eine ganze Menge falscher, oberflächlicher Dinge«, antwortete Pietro, ohne ihren lauernden Blick zu bemerken. »Ich hielt Sie für eine mondäne Frau, die sich selbst genügt. Und ich dachte auch«, fügte er aufrichtig hinzu, »daß Sie mich nicht ausstehen könnten. Aus diesem Grund hielt ich mich zurück. Doch jetzt hat sich meine Ansicht geändert.«

»Aber Pietro, wie konnten Sie das annehmen?« antwortete sie zögernd und ohne recht zu wissen, was sie eigentlich sagte, »Sie wichen mir immer aus. Selbst wenn ich eine freundschaftlichere Verbindung mit Ihnen gewünscht hätte, wäre mir das nicht möglich gewesen.« Sie schaute hochmütiger denn je drein, ihr Herz aber schlug stürmisch.

»Ist das nicht seltsam?« stieß Pietro erregt hervor. »Wir hatten beide den Eindruck, einer könne den andern nicht leiden. Und dabei traf es bei keinem zu, vielmehr sind wir wie dazu geschaffen, uns zu verstehen.«

»Richtig!« rief Maria-Luisa zwar nicht überzeugt, doch um ihren Absichten zu genügen. »Aber erklären Sie mir noch eines«, fuhr sie mit unverbindlichem, gezwungenem Lächeln fort. »Gerade sagten Sie, daß Sie mich bisher für eine mondäne, frivole Frau gehalten hätten. Wenn Sie nun anderen Sinnes sind, so interessiere ich Sie also jetzt. Und welcher Art ist dieses

Interesse?« schloß sie sanft und gegen ihren Willen errötend.

»Nun, ich hege ein aufrichtiges, menschliches Interesse für Sie«, antwortete Pietro lebhaft.

Er schaute sie an und bemerkte, daß ihre Züge unter der aufgelegten Farbe einen fast flehenden Ausdruck angenommen hatten.

Maria-Luisas Augen glänzten erregt und enttäuscht, als sie schließlich ein wenig ärgerlich sagte: »Es beschuldigt Sie niemand, mit mir zu flirten. Eben darum verstehe ich nicht, welche Art von Interesse Sie für mich haben.«

»Ich weiß es selbst nicht«, sagte Pietro herzlicher. »Vielleicht möchte ich Sie trösten, weil Sie nicht so glücklich sind, wie ich bisher glaubte. Fast meine ich, daß ich Ihnen all das geben könnte, was Sie brauchen und was Matteo Ihnen nicht hat geben können.« Er war so überzeugt von der Wahrheit seiner Worte, daß er ganz spontan die Hand ausstreckte und zart ihre Wange streichelte. Bei dieser Berührung senkten sich ihre Augenlider in Nachsicht und Ermattung, und ohne recht zu wissen, was er tat, fuhr er in seiner Liebkosung fort. Von den Wangen wanderten seine Finger zu dem schmalen, rotübergossenen Hals, über die Schultern und den glatten, starren Nacken. In diesem Augenblick glitt Maria-Luisa überraschend und ungeschickt in seine Arme und näherte ihren trockenen, gierigen Mund seinen Lippen.

Sie küßten sich. Pietro war immer der Meinung gewesen, Maria-Luisa betrüge ihren Mann, wie sie von ihm betrogen wurde. Daher erstaunte ihn nicht wenig die ängstliche, unerfahrene Art, wie sie den Druck seiner Lippen erwiderte. Ihr Kuß war nachgiebig und begehrlich, wie der einer in Enthaltsamkeit und unerfüllten Träumen gealterten Jungfer. Schwer atmend, wand Maria-Luisa sich seufzend in seinen Armen; sie litt eher, als daß sie genoß, und er hielt fast ein Opfer in den Armen. Dann lösten sie sich voneinander. Unter den noch immer hochgezogenen, hochmütigen Brauen glänzten ihre Augen bestürzt und ließen die ohnehin stark ausgeprägten Backenknochen noch mehr hervortreten. Eine Locke ihres kurzgeschnittenen Haares hatte sich über der Stirn gelöst und schien die Erregung ihres unruhigen Herzens widerzuspiegeln.

»Ab und zu tut das gut, nicht wahr?« flüsterte sie mit fragendem Blick. »Und da bin ich nun in meiner Dummheit Matteo während all dieser Jahre treu geblieben!«

»Tatsächlich?« fragte Pietro peinlich berührt.

»Gewiß! Und während ich Teegesellschaften besuchte und mich der Wohltätigkeit widmete«, fuhr Maria-Luisa mit dumpfem Groll fort, »vergeudete er mein Geld und vergnügte sich mit jener Frau. Aber das ist jetzt vorbei, ja, Gott sei Dank, das ist vorbei!« Sie war zu erregt, um die Bestürzung des jungen Mannes zu bemerken. Sie senkte den Blick und sah gedankenlos an sich herab. »Oh, ich möchte einen Morgenrock anziehen«, sagte sie plötzlich. »In diesem Kleid ersticke ich. Warte, ich komme gleich zurück.«

Sie griff nach einer beliebigen Schallplatte und legte sie auf. In das eisige Schweigen des großen Raumes tönten die ersten Takte einer Tanzmelodie.

»Das wird dir Gesellschaft leisten«, meinte sie, und ehe der überraschte Pietro etwas äußern konnte, war sie verschwunden.

Pietro sprang von der Couch auf, stellte das Grammophon ab, das ihm Gesellschaft leisten sollte, und wanderte unruhig auf und ab. Sei es, daß die ungeschickte, unerfahrene Maria-Luisa ihm weniger begehrenswert erschien als die hochmütige, die mit Ehrerbietung zu behandeln ihm Gewohnheit geworden war, sei es, daß ihm plötzlich alle Gefahren zum Bewußtsein kamen, die ein Liebesverhältnis mit der Schwägerin seiner Braut im Gefolge haben mußte, ihm war jetzt nicht wie einem erhörten Liebhaber zumute, der im Begriff steht, die geliebte Frau zu besitzen. Reue und Ärger lagen ihm näher als Beglückung oder Genugtuung. Andererseits bereiteten ihm die Beobachtungen, die er in den wenigen Minuten über den Seelenzustand der Frau gemacht hatte, mehr Sorge als seine persönlichen Belange. Hatte er sich erneut ein falsches Urteil über Maria-Luisa gebildet? Als er sie geküßt hatte, war er noch im guten Glauben gewesen, ihr helfen zu können, indem er den Gatten ersetzte. Jetzt dachte er mit ebensoviel Aufrichtigkeit, daß es zu ihrem Besten sei, wenn er sie zurückweise und ihr tugendsamerweise rate, zur ehelichen Gemeinschaft zurückzufinden. ›Ich war unbesonnen‹, dachte er. ›Sie ist auf ihren Mann eifersüchtig und will ihm beweisen, daß sie ohne ihn auskommen kann. Aber schon morgen wird sie bereuen, was sie getan hat. Alles geschieht nur aus Trotz und Eigenliebe. Im Grunde ist sie dazu geschaffen, Matteo treu zu sein und ihren gesellschaftlichen Verpflichtungen zu leben.‹ Plötzlich hatte er große Eile, der Frau seine Überlegungen mitzuteilen, und das um so mehr, als sie jeden Augenblick hereinkommen und sich in seine Arme werfen konnte. Dann wäre keine Erklärung mehr möglich.

Wie unerfreulich und demütigend war das alles! Trotzdem gefiel er sich in diesem Gedanken.

›Es geschieht mir recht‹, dachte er und war fest entschlossen, so zu handeln, wie es nach seiner Meinung am besten für diese Frau war, selbst auf die Gefahr hin, sich für immer mit ihr zu verfeinden.

Er klopfte also zweimal an die Tür, durch die Maria-Luisa eben verschwunden war. »Warte, ich bin gleich fertig«, klang es merkwürdig gebieterisch zurück. Trotzdem öffnete er und trat ein.

Der in fast nächtlichem Dunkel liegende Raum stand in krassem Gegensatz zu dem leeren, hellen Salon. Er war vollständig eingerichtet. Nur eine kleine Nachttischlampe warf ein gedämpftes Licht auf das große, niedrige Bett, auf dessen Rand Maria-Luisa hockte.

Sie war nur spärlich bekleidet und im Begriff, die Strümpfe abzustreifen. Bei Pietros Anblick richtete sie sich jäh auf, wie auf böser Tat ertappt.

Ein wenig geheimnisvoll und zögernd schloß Pietro

sorgfältig die Tür und trat näher. Maria-Luisas Augen funkelten erregt. Eine sonderbare, unschöne Röte stieg ihr vom Hals in die Wangen und schimmerte durch den dunkleren Puder. »Ich hatte dich doch gebeten, auf mich zu warten«, sagte sie schließlich.

Die Sicherheit ihrer Worte stand in merkwürdigem Gegensatz zu dem kläglichen Tonfall. ›Jetzt wird sie gekränkt sein‹, dachte Pietro, während er näher tretend sagte: »Maria-Luisa, ich habe mir etwas überlegt!«

Sie schaute verlegen drein, die Hände nach hinten aufs Bett gestützt. Das gespannte Hemd entblößte ein wenig den Ansatz der Beine. Als sie es gewahrte, schien sie über ihre Nacktheit überrascht und erfreut zugleich.

»Was hast du dir überlegt?« fragte sie.

»Ich habe an dich gedacht, Maria-Luisa«, sagte Pietro verlegen.

»An mich?« wiederholte sie und versuchte, ihrer Stimme einen belustigten Ton zu geben. »Und deswegen bist du hierhergekommen? Du bist wie ein kleiner Junge. Und was hast du dir überlegt?«

»Nun, es könnte dir vielleicht mißfallen. Versprich mir deshalb, daß du mir nichts übelnehmen wirst und wir trotzdem gute Freunde bleiben.«

»Etwas, das mir nicht gefallen wird«, wiederholte sie und legte eine Hand in den Nacken, so daß die glatte Achselhöhle einer reifen Frau entblößt wurde. »Aber dann sagst du es mir besser erst gar nicht.«

Aus diesen an sich scherzhaften Worten sprachen Unsicherheit und Bestürzung.

›Die Arme‹, dachte Pietro, ›offensichtlich ist das, was sie tun wollte, neu und verwirrend für sie. Ich hätte es nie so weit kommen lassen dürfen.‹ Sein Blick fiel auf den Sessel am Fußende des Bettes und auf den pelzverbrämten rosa Morgenrock. »Zieh dir wenigstens etwas über.« Er griff nach dem Morgenrock. »Es macht es für uns beide leichter.«

»Warum?« fragte sie gereizt und warf den Morgenrock auf das Bett. »Ich fühle mich ganz wohl, das Haus ist geheizt, mir ist nicht kalt.« Sie fügte verlegen hinzu: »Was hast du gedacht?«

Pietro versuchte, ein Lächeln anzudeuten, gewissermaßen um sich für das Kommende zu entschuldigen. »Ich habe unbedacht gehandelt, Maria-Luisa, und hätte dir schaden können. Sei vernünftig, kehre zu Matteo zurück.«

Sie zuckte zusammen und runzelte die Stirn: »Was hat das mit Matteo zu tun?«

Pietro lächelte nachsichtig und doch bestimmt, wie jemand, der von der Richtigkeit seiner Meinung überzeugt ist.

»Ich wußte nichts von dir. Vor ein paar Minuten glaubte ich, dich zu verstehen, aber ich verstand dich nie. Und so habe ich mich wie ein Dummkopf benommen. Während du in diesem Zimmer warst, fiel es mir wie Schuppen von den Augen, und ich erkannte vieles. Vor allem, daß du es nicht erträgst, so allein und von der Welt abgeschlossen zu leben.«

»Ach, Unsinn!« unterbrach ihn Maria-Luisa zornig. Ihr Kopf lehnte noch immer gegen die Wand, und die Beine waren übereinandergeschlagen, aber ganz offensichtlich fiel es ihr schwer, diese neue Enttäuschung unter der Maske des Hochmuts zu verbergen.

»Und es ist mir auch klargeworden, daß du Matteo noch liebst und nicht auf ihn verzichten kannst. Alles, was du tust, geschieht aus Eifersucht und Eigensinn. Nach einer Weile wirst du zu ihm zurückkehren, als ob nichts geschehen wäre. Wenn du mir auch sehr gefällst und die Versuchung groß ist« – er lächelte vielsagend –, »bleiben wir doch besser die guten Freunde wie bisher.« In seinem Blick lag ein Ausdruck, der zugleich bewegt und bestimmt sein sollte, doch in Wirklichkeit der eines selbstgefälligen Wohltäters war.

Maria-Luisa schaute verwirrt auf. Pietros Zurückweisung erschreckte sie im ersten Augenblick mehr, als daß sie sie beleidigte oder in ihrer Eigenliebe verletzte. Alles mißlang ihr! Sie hatte sich vergebens vor diesem Mann, den sie verachtete, erniedrigt. Sie hatte ihrem

Mann immer noch keinen Geliebten entgegenzusetzen, und Pietro würde sich sogar damit brüsten können, daß sie ihn umworben und er sie zurückgewiesen habe. Die Kehle war ihr wie zugeschnürt, und sie war dem Weinen nahe. Da kam ihr der tröstende Gedanke, Pietro könne aus Skrupel zögern und sie müsse versuchen, ihn zu überreden. Das half ihr, den Schrecken zu bezwingen. »Aber was für Dummheiten!« rief sie plötzlich mit gezwungenem Lachen. »Armer Pietro! Und du willst mich verstehen... du meinst, ich könnte nicht allein und ohne Gesellschaften leben! Es beweist, wie wenig du mich kennst. Bälle, Empfänge, Cocktail- und Bridgepartys, ach, sie haben mich immer tödlich gelangweilt! Ich bin glücklich, durch diese Geschichte davon erlöst zu sein. Außerdem liebe ich weder Matteo, noch haben mich Trotz oder Eifersucht veranlaßt, von zu Hause wegzugehen. Ich liebe ihn nicht, habe ihn nie geliebt, und ich bin weggegangen, weil mich mein gesunder Menschenverstand und mein Gefühl für Würde dazu trieben.« Ihre Stimme wurde hart. »Ich kann nicht zusehen, daß mein Mann von einer kleinen Abenteurerin an der Nase herumgeführt wird, daß ein reifer Mann wie er sich in den Augen der ganzen Welt wegen eines kleinen Mädchens, das dem Alter nach seine Tochter sein könnte, lächerlich macht.« Sie runzelte die Stirn und zog mit nervöser Geste sittsam das kurze Hemd über die gekreuzten Beine. »Aber nicht aus Eifersucht kann ich das nicht zulassen, sondern aus Würde und gesundem Menschenverstand. Nein, Pietro, du hast mich nicht verstanden«, schloß sie müde und senkte unwillig die Augen. »Ich habe Matteo nicht nötig. Dagegen er, seine Schwester, seine Geliebte sind auf mich angewiesen. Aber warum sprechen wir überhaupt von Matteo?« Sie lachte unsicher und von neuem verwirrt. »Wirklich, es wäre allerhand, wenn Matteo, der mir sieben Jahre lang das Leben verbittert hat, das auch noch nach unserer Trennung tun sollte. Es gibt Wichtigeres als das, findest du nicht auch?« Sie setzte ein traurig-ernstes, unbewegtes Gesicht auf, streckte die Hand nach dem jungen Mann aus, streichelte ihm über Haar und Wange, hob endlich sein Kinn in die Höhe, wie man es bei Kindern macht, und sah ihn halb gebieterisch, halb flehend an. Durch diese Haltung bildete das Hemd, das sich in Falten um den vorgeneigten Oberkörper gelegt hatte, eine Linie mit den Falten ihrer von dem starken und ungeschickt ausgestreckten Arm eingepreßten Brust. Eigenwillig bog sich ihr Kopf zurück, als wollte er die Bewegung des übrigen Körpers zügeln und sich erst von dem Ergebnis der verlangenden Geste überzeugen, bevor auch er einwilligte.

Aber Pietros uneigennützige Erkenntnis, die feste Wurzeln geschlagen hatte, ließ sich nicht so leicht umstimmen. »Maria-Luisa«, sagte er lächelnd und wehrte mit Bestimmtheit ihre Hand ab. »Du bist im Begriff, etwas zu tun, was du nachher bereuen wirst. Ich bin überzeugt, daß du dich schließlich doch mit Matteo aussöhnen wirst. Deshalb wollen wir jetzt vernünftig sein und gute Freunde bleiben.«

Sofort ergoß sich wieder jene seltsame dunkle Röte über ihr Gesicht. Sie zog sich ganz langsam zur Wand zurück und warf ihm einen ungläubigen Blick zu, der sich vergeblich bemühte, durchdringend zu wirken. »Gute Freunde«, brachte sie schließlich mühsam hervor, »wir sind nie gute Freunde gewesen.«

»Warum nicht?« fragte Pietro. Angesichts der verwirrten Frau fühlte er sich überaus klug und klarsichtig. »Ich bin gewiß, wir waren im Grunde genommen immer gute Freunde und werden es von nun ab mehr denn je sein.«

Zu der Wut über die erlittene Demütigung gesellte sich das unerträgliche Gefühl, ermahnt zu werden. Andererseits war Maria-Luisa fest davon überzeugt, daß Pietro gar nicht ihr Bestes wollen konnte, und hatte schnell jene egoistischen Beweggründe herausgefunden, die sich durchaus unter einer so vollkommenen Selbstlosigkeit verbergen können.

Er befürchtete natürlich, sich bloßzustellen, und zog

sich deshalb zurück. Bei dieser Mutmaßung wich ihre Enttäuschung einem Gefühl von Haß und Rache.

Ernst und gemessen erhob sie sich, legte den Morgenrock über, schaltete die Deckenbeleuchtung ein und ließ sich am andern Ende des Raumes vor ihrem Toilettentisch nieder. Pietro sah sie bald diesen, bald jenen silbernen Gegenstand in die Hand nehmen, die Haare ordnen und mit angestrengter Aufmerksamkeit sich pudern und die Lippen schminken.

Sie zündete sich eine Zigarette an und rauchte mit nachdenklicher, entspannter Miene. Dann erst schien sie sich des jungen Mannes zu erinnern, stand auf und ließ sich wieder an dem Kopfende des Bettes nieder, die Schultern an die Wand gelehnt.

»Übrigens, Pietro«, sagte sie plötzlich, ohne den Blick von den rotlackierten Nägeln zu heben, »aus welchem Grund wollen Sie Sofia heiraten?«

Er zuckte zusammen. Diese Frage hatte er nicht erwartet. »Aus welchem Grund? Nun... aus dem gleichen Grund, aus dem alle heiraten, solange die Welt besteht... weil ich sie gern habe.«

Sie betrachtete nachdenklich das brennende Ende ihrer Zigarette. Schließlich sagte sie: »Es ist nur zu richtig, daß Sie so sprechen. Aber mir sollten Sie so etwas nicht sagen! Sie können nicht erwarten, daß ich Ihnen glaube.«

›Sie ist ärgerlich‹, dachte der junge Mann, ›und darum boshaft.‹ Er fühlte plötzlich großes Mitleid mit dieser in finsteren Irrtümern befangenen Frau. Aus dieser Regung erwuchs ihm erneut ein starkes Bewußtsein der eigenen Großmut und des eigenen Verständnisses.

»Ich weiß, warum Sie das sagen, Maria-Luisa«, bemerkte er lächelnd. »Trotzdem wollen wir weiter darüber sprechen. Sie glauben also, daß ich Sofia nicht gern habe?«

Dieses nachsichtige, überlegene, widerliche Aufleuchten in Pietros Augen! Doch sie beherrschte noch ihren Ärger. »Oh, das habe ich allerdings immer gedacht«, antwortete sie kurz und entschieden. »Übrigens, wenn Sie Sofia wirklich gern hätten, wären Sie nicht hier.«

»Was hat das damit zu tun?« sagte Pietro ein wenig aus der Fassung gebracht. »Das ist doch etwas ganz anderes. Ich interessiere mich für Sie aus Gründen, die mit meiner Zuneigung für Sofia überhaupt nichts zu tun haben.«

Sie lächelte und sagte großmütig und geduldig: »Aber Pietro, Sie sind zu intelligent, um mich glauben machen zu wollen, daß Sie Sofia wirklich aus Liebe heiraten. Jedermann weiß es – und wahrscheinlich auch Sofia –, daß Sie eine Geldheirat schließen. Verstehen wir uns doch recht, niemand denkt im Traum daran, Sie deshalb zu tadeln. Sie sind jung, unvermögend und stehen noch am Beginn Ihrer Laufbahn. Sie haben also alle Veranlassung, an Ihre Zukunft zu denken. Ihr einziges Unrecht, wenn man überhaupt so sagen darf, ist, daß Sie sich geirrt haben. Sie hätten sich für Ihre Ziele jedes andere Mädchen aussuchen müssen, nur nicht Sofia.«

»Was soll das heißen?« murmelte Pietro.

»Nun, sie paßt nicht zu Ihnen«, erklärte Maria-Luisa, und die Genugtuung, sich zu rächen, ohne die Grenze dessen zu überschreiten, was sie für die nackte Wahrheit hielt, nahm ihren Worten jeden gehässigen Ton. »Obendrein ist sie schon jetzt mit ihren siebenundzwanzig Jahren nicht mehr schön und wird mit dreißig alt sein. Sie brauchen für Ihre Laufbahn eine intelligente, taktvolle Frau, während Sofia dumm ist und Ihnen eher schädlich als nützlich sein wird. Und die Mitgift? Sie werden wie alle der Meinung sein, Sofia sei von Haus aus sehr reich. Sie wäre es, wenn Matteo, bevor er mich heiratete, nicht so verschuldet gewesen wäre. Jetzt bestreite ich Matteos Ausgaben, seine fehlgeschlagenen Geschäfte, seine Freundin und alles übrige. Bis sich eine dumme reiche Frau fand, sorgte Sofia für ihren Bruder. Und so fürchte ich, daß die einst glänzende Mitgift beträchtlich zusammengeschmolzen ist.« Sie nahm eine neue Zigarette und steckte sie in die Spitze. »Wenn mir also die Leute die üblichen Dinge über Sie erzählen...«

»Welche Dinge?«

»Nun, daß Sie geldgierig seien, ein Streber und noch Schlimmeres, dann sage ich immer: ›Im allgemeinen mag es zutreffen, aber nicht hinsichtlich seiner Verlobung. In diesem Fall ist es gut möglich, daß letzten Endes Sofia das Geschäft macht.‹«

Diese Enthüllungen über seinen Ruf, die in so großem Widerspruch zu seiner eigenen Meinung standen, bestürzten Pietro vollends. Er sah die Frau einen Augenblick lang schweigend an. Sie sagte dies alles doch wohl nur, um sich zu rächen. »Sie hassen mich, Maria-Luisa«, sagte er. »Ich gebe zu, daß ich mich Ihnen gegenüber schlecht benommen habe. Nur deshalb sagen Sie mir all diese unliebsamen Dinge.«

Kein Vorwurf wäre Maria-Luisa willkommener gewesen. Damit lieferte sich Pietro ihr aus. »Aber nein!« rief sie großmütig und überrascht. »Wie könnte ich aus Groll gegen Sie so reden? Das wäre zu ungerecht und kleinlich. Was gewesen ist, ist gewesen, es zählt nicht mehr. Meine Meinung war immer die gleiche, und wenn ich sie früher Ihnen gegenüber nicht äußerte, so nur deshalb, weil ich glaubte, wir seien einer Ansicht. Aber dem scheint nicht so zu sein, und das ist seltsam; denn ich verstehe nicht, wie Sie als intelligenter Mann Wert darauf legen können, anders zu wirken, als Sie sind. Als eine Art Idealist zu gelten, obwohl Sie tatsächlich – und zu Ihrem Glück – sehr wirklichkeitsnah sind und mit beiden Füßen fest auf der Erde stehen. Warum wollten Sie mir zum Beispiel vorhin einreden«, Maria-Luisa errötete bei diesen Worten gegen ihren Willen, »daß Ihr Rat, dieses Leben aufzugeben und zu meinem Mann zurückzukehren, nur zu meinem Besten diene? Hätten Sie nicht sagen müssen: ›Maria-Luisa, Sie gefallen mir sehr, aber wenn Sofia von unserer Beziehung erfährt, verderbe ich mir eine Heirat, an der mir sehr viel liegt. Deshalb wollen wir vernünftig bleiben.‹ Sagen Sie selbst, wäre das nicht viel einfacher und auch moralischer gewesen?«

Sie lachte auf ihre gezwungene Art. Offener Haß blitzte aus ihren Augen und durchzitterte ihre ganze Gestalt.

»Wie Sie sich täuschen, Maria-Luisa«, antwortete Pietro ehrlich entrüstet. »Wenn ich je einen Augenblick weniger an meinen Vorteil gedacht habe, so in diesem Fall.«

›Was für ein Lügner!‹ dachte die Frau, aber als sie seinen glänzenden, aufrichtigen Blick und sein bewegtes Gesicht sah, bewunderte sie beinahe seine Verstellungskunst. »Nun gut«, sagte sie kurz, »es steht Ihnen frei, sich für ein Wunder an Selbstlosigkeit zu halten. Aber Sie stehen damit allein. Alle übrigen beurteilen Sie anders.«

»Und was halten die andern von mir?«

»Ungefähr das, was ich von Ihnen denke.« In der Überzeugung, die Wahrheit zu sagen, nahm Maria-Luisas Stimme einen grausam unbeteiligten Ton an: »Daß Sie ein Streber sind, ein Snob, eine berechnende Natur und noch vieles andere, worauf ich mich nicht besinne.«

Pietro war tief betroffen. Doch sein Unbehagen stammte nicht – wie Maria-Luisa vermutete – aus der Scham eines Menschen, der sich entdeckt sieht, sondern aus dem heftigen Schmerz verkannter Unschuld. ›Dabei bin ich um so vieles besser als sie alle zusammen!‹ dachte er, den Tränen nahe.

»Und wenn ich Ihnen erzähle, wie sich wirklich alles zugetragen hat, wollen Sie mir dann ehrlich sagen, was Sie darüber denken?«

»Nun, das versteht sich von selbst«, antwortete Maria-Luisa und verbarg ihre Neugier unter der gewohnten hochmütigen Maske.

Pietros Stimme zitterte im Bewußtsein verleumdeter Unschuld. »Alles ist sehr viel einfacher, als es aussieht. Als ich mich mit Sofia verlobte, glaubte ich, sie gern zu haben, und das genügte mir. Ich wußte, daß sie reich war, aus adliger Familie stammte und anderes mehr, aber das bedachte ich erst sehr viel später. Sie müssen zugeben, das ist für einen nur auf seinen Vorteil bedachten Menschen reichlich wenig.« Er sah sie mit beißender Ironie an.

Maria-Luisa rauchte hingegen in kleinen, hastigen Zügen. »Sie haben zuviel Vertrauen in Ihre eigene Schlauheit«, bemerkte sie überlegen.

»Wie?« rief Pietro enttäuscht, »Sie glauben mir nicht?«

»Wie soll ich Ihnen denn glauben? Warum wollen Sie mich durchaus von etwas überzeugen, woran Sie selbst nicht glauben? Befürchten Sie vielleicht, ich könnte Ihr Geheimnis ausplaudern? Ich wüßte gar nicht, bei wem ich es anbringen sollte, weil doch alle über Sie dasselbe denken. Ich soll Sie falsch beurteilen? Aber Geldheiraten werden Tag für Tag geschlossen und immer geschlossen werden. Habe ich selbst etwas anderes getan?« gab sie offenherzig zu. »Glauben Sie vielleicht, daß ich Matteo liebe oder daß er mich liebt? Seien Sie doch nicht so romantisch – und vor allem ein wenig ehrlicher.«

Diese Aufforderung zur Ehrlichkeit, an jemand gerichtet, der von seiner bis zur Naivität gehenden Aufrichtigkeit überzeugt war, hatte den unvermeidlichen Erfolg.

»Aber Sie müssen mir glauben«, beschwor er sie nach einem Augenblick wütenden Schweigens, »weil ich die Wahrheit gesagt habe! Ob Sie eine Geldheirat geschlossen haben, ist mir ganz gleichgültig. Es bedeutet nur, daß *Sie* solcher Dinge fähig sind. Wenn Ihre Behauptungen zuträfen, würde ich sofort jede Verbindung mit Sofia abbrechen.«

»Jetzt werden Sie unverschämt...«, sagte sie, doch sie konnte nicht ausreden. Es wurde zweimal diskret an die Tür geklopft. »Ja, was gibt's?«

»Fräulein Sofia möchte Sie sprechen«, antwortete das Mädchen. Einen Augenblick war Maria-Luisa unentschlossen. »Gut, sage ihr, daß ich sofort komme«, antwortete sie schließlich, legte ihre Zigarettenspitze hin und stand auf.

Zornig erregt blieb Pietro auf dem Bettrand sitzen und sah sie von unten herauf an. »Und jetzt sagen Sie ihr, daß ich hier bin und Ihnen den Hof gemacht habe«, brummte er übellaunig. Maria-Luisa überhörte diese Worte geflissentlich und schritt zur Tür. Aber Pietro, der inzwischen über seinen Groll hinweggekommen war und Zeit gehabt hatte, über die Gefahren einer offenen Feindschaft mit der zukünftigen Schwägerin nachzudenken, sprang auf.

»Ich bitte Sie, Maria-Luisa«, beschwor er sie eindringlich, »Sie haben mich in der Hand. Sagen Sie Sofia nicht...«

»Aber was denn, Pietro«, erwiderte Maria-Luisa, »für wen halten Sie mich? Was bedeutet es mir, ob Sie Sofia heiraten oder nicht?«

Verwirrt senkte der junge Mann den Kopf. »Aber ich fühle, daß ich mich Ihnen gegenüber schlecht benommen habe. Es scheint mir, als hätten Sie in gewissem Sinne das Recht...«

Mit gespieltem Erstaunen fragte Maria-Luisa lässig: »Sie denken noch daran? Aber, lieber Pietro, setzen Sie sich doch nichts in den Kopf, um so mehr« – ihre Augen leuchteten haßerfüllt –, »als Sie mir Absichten zuschreiben, die ich wirklich nie gehabt habe. Glauben Sie etwa, es sei mir ernstgemeint gewesen? Wenn Sie das denken, beweist es mir, daß Sie nicht der kluge Mann sind, für den ich Sie gehalten habe.«

Sie sprach mit der Bitterkeit einer Dame von Welt; dann ging sie und schloß die Tür.

2

Zur gleichen Zeit wartete Sofia in dem großen, leeren Zimmer, an jener Stelle, wo sich kurz vorher Maria-Luisa und Pietro geküßt hatten. Sie vermittelte zum erstenmal in dem Streit zwischen Bruder und Schwägerin. Eine Ehescheidung mußte verhindert werden, sie hätte den Ruin ihres Bruders bedeutet. Trotzdem lag ihr die Vermittlerrolle an sich mehr am Herzen als jede wirtschaftliche Erwägung, von der sie doch nichts verstand. Sie hatte die Aufgabe leichtfertig und ohne jedes Verantwortungsgefühl übernommen, aus Neugier, Hunger nach Abwechslung und einer gewissen Bosheit. Ebenso bereitwillig hätte sie irgendeiner Freundin einen Mann gesucht oder von einer Heirat abgeraten. Je mehr sie sich mit dieser Rolle vertraut machte, um so mehr gefiel sie sich darin. Köstlich, in einer so komplizierten Angelegenheit, in die so viele Personen verwickelt waren, als Vermittlerin aufzutreten! Es ging dabei um ihren Bruder, den sie liebte, um die Schwägerin, die sie haßte, und um die Geliebte des Bruders, die sie nicht kannte. Nun konnte sie einmal ihren Einfluß geltend machen, Ratschläge geben und in Dinge hineinsehen, die ihr unter anderen Umständen ferngehalten wurden. Andererseits unterschied sich ihre Begeisterung für das vor ihr liegende Versöhnungswerk im Grunde nicht sehr von der Teilnahme mancher Rechtsanwälte für Fälle, die sie interessant nennen und in denen doch oft weder die Gerechtigkeit siegt, noch die Wahrheit ans Tageslicht tritt, sondern wo das Urteil Übergriffe und widerrechtliche Handlungen geradezu gutheißt. Und doch traf all dies noch keineswegs den Kern ihrer Überlegungen, die letzten Endes sehr einfach waren. Sie war nämlich der Meinung, daß ihr Bruder sehr gut daran tat, eine so unsympathische Frau wie Maria-Luisa zu betrügen, und daß der Schwägerin, die aus Snobismus geheiratet hatte, ganz recht geschah und daß sie schön dumm war, die Gekränkte zu spielen, anstatt sich ohne dramatische Szenen, ohne Flucht oder Scheidung ebenfalls zu trösten und an ihrem Mann zu rächen, indem sie ihn ihrerseits betrog. Eine andere Frau als Sofia hätte den Widerspruch zwischen diesen Überlegungen und der angestrebten Vermittlertätigkeit erkannt, aber da für Sofia der Zeitvertreib das Wichtigste war, kümmerten sie diese Widersprüche nicht weiter, sondern verliehen ihrem Unternehmen eher einen gewissen prickelnden Reiz.

Sie nutzte die Wartezeit, um sich neugierig umzusehen. Warum hatte ihre Schwägerin diese große, leere Villa gemietet, statt einfach in ein Hotel zu ziehen? Sollte sich dahinter, wie manche behaupteten, ein Liebesabenteuer verbergen? Sofia, überzeugt, die Schwägerin von Grund auf zu kennen, hätte diese Frage unter anderen Umständen unbedingt verneint. Doch nun, von Neugier getrieben, witterte sie überall ein Geheimnis. Was oder, besser, wer verbarg sich hinter dieser unverständlichen Wahl? Als Maria-Luisa eintrat, ging Sofia ihr mit dem Ausruf »Meine arme, liebe Maria-Luisa« zaghaft lächelnd entgegen. Die beiden Frauen umarmten sich in der Mitte des Raumes und tauschten Küsse, Seufzer und Ausrufe der Zärtlichkeit. Sie hätten sich normalerweise am liebsten die Augen ausgekratzt; aber in diesem Augenblick waren beide unter dem Einfluß der besonderen Umstände bewegt und beinahe voller Liebe füreinander. Bei Sofia waren diese ungewohnten Gefühle durch ihre Rolle hervorgerufen, an die sie mit dem ihr eigenen Anpassungsvermögen schon fast selbst glaubte. Ihre Rührung, ihr Mitleid waren so echt wie die Tränen und Ausbrüche eines Schauspielers. Sehr viel tiefer lagen die Dinge bei Maria-Luisa. Mit dem Verlassen des Schlafzimmers war ihre mühsam bewahrte Gleichgültigkeit wie eine Maske abgefallen, und jenes Angstgefühl, das sie seit ihrer Flucht unablässig peinigte, hatte sie erneut und heftig in seinen Krallen. Die Kehle war ihr wie zugeschnürt und ihr Kopf leer. Sie rang vergeblich darum, ihre verwirrten Gedanken zu ordnen und ihrem verkrampften Gesicht einen heiteren Ausdruck zu geben. Die Zärtlichkeit der Schwägerin überraschte sie in einem Augenblick der Schwäche und rührte sie fast zu Tränen. Mit einem Schlag war ihr Groll dahin, und in ihrer unüberwindlichen Angst schenkte ihr Sofias Besuch so viel Trost wie einem Gefangenen das Nahen des Gefängniswärters. Daher erwiderte sie herzlich die Umarmungen und Küsse.

Schließlich setzten sie sich zusammen auf die Couch. »Ich danke dir, meine Liebe, für deinen Besuch«, sagte Maria-Luisa mit übertriebener Liebenswürdigkeit. Die ungewöhnliche Herzlichkeit dieser Worte beantwortete Sofia, deren Ergriffenheit sich inzwischen abgekühlt hatte, mit einem prüfenden Blick auf das Gesicht der anderen. ›Sie muß wirklich am Ende ihrer Kräfte sein‹, dachte sie. Eine bestimmte Verzweiflung malte sich in der Tat in den Zügen der Schwägerin. Diese Verzweiflung trat um so deutlicher hervor, als Maria-Luisa sich offensichtlich bemühte, durch eifrige Mimik alles zu verbergen.

»Aber warum hast du ein so großes Haus genommen«, rief Sofia völlig unvermittelt, »statt in ein Hotel zu ziehen?«

Diese Frage hatte Maria-Luisa nicht erwartet. Sie sagte verlegen: »Ich wollte allein sein, und da...«

Aber Sofia ließ sie nicht ausreden. »Ich will nicht indiskret sein, Maria-Luisa«, sagte sie leise und rückte der Schwägerin näher, wie jemand, der eine vertrauliche Mitteilung macht oder erwartet, »aber du kannst dich mir ruhig anvertrauen. Jeder weiß, daß ich nie etwas weitererzähle. Hast du dieses Haus aus irgendeiner bestimmten Erwägung genommen? Etwa um Besuche zu empfangen?« forschte sie vorsichtig und lauernd.

»Was fällt dir ein!« Maria-Luisa war eher verwirrt als entrüstet. »Ich jemand empfangen? Welche Idee! Und wen sollte ich hier empfangen?« Sie bewegte sich unruhig hin und her. Aber ihre Verzweiflung hatte sich gelegt. Die Andeutungen der Schwägerin hatten ihr das stärkende Gefühl des Zusammenhangs mit der Welt zurückgegeben.

Sofia war keineswegs überzeugt. »Wenn du nur deshalb so redest, weil du Angst hast, ich könnte es weitererzählen, dann tust du mir leid. Um so mehr, als ich dir recht geben würde, selbst wenn es so wäre. So wie sich Matteo dir gegenüber benommen hat, würde ich mich sogar wundern, wenn du es nicht schon längst getan hättest.«

Fast war Maria-Luisa versucht, die schmeichelhafte Existenz eines Liebhabers einzugestehen, den sie so gern gehabt hätte und doch nicht aufweisen konnte. Trotzdem nahm sie weiter ihre Zuflucht zu einer gewissen Entrüstung. »Aber nein, Sofia«, antwortete sie mit Würde, »du täuschst dich. Wenn ich nein gesagt habe, heißt das auch nein, und ich bitte dich, damit aufzuhören.«

»Ich verstehe! Ich fragte auch nur deshalb, weil die Leute schon darüber gesprochen haben«, sagte Sofia und senkte den Kopf.

»Was man auch tut«, bemerkte Maria-Luisa, der es nicht richtig erschien, den eigenen Ruf zu verteidigen, »die Leute werden immer reden. Ich bin hierhergezogen, weil ich die Hotels hasse und allein sein wollte. Das ist alles.«

Aber Sofia hing bereits anderen Gedanken nach. Ihr kam eine boshafte Erleuchtung. »Rate einmal, wen ich mir als deinen Liebhaber vorstellen könnte! Fabrizio!«

»Fabrizio, ach, ausgerechnet Fabrizio«, antwortete Maria-Luisa mit großmütiger Überheblichkeit. »Aber Sofia, wie konntest du das denken. Ein Mann wie Fabrizio! Ich und Fabrizio, das fehlte noch!« Sie warf den Kopf zurück und brach in ein Lachen aus, das ironisch sein sollte, aber nahezu glücklich klang. Sie griff nach einer Zigarette und wurde allmählich wieder ernst. »Allerdings ist er immer ein wenig um mich herumgestrichen«, fügte sie nach einer kurzen Pause kühl hinzu, »so daß ich ihm unlängst sagen mußte: ›Lieber Fabrizio, es ist vollkommen aussichtslos, daß Sie mir schöne Augen machen.‹ Aber daraus zu schließen, daß er mein Liebhaber sei, das geht ein bißchen zu weit. Du hast zuviel Phantasie, Sofia.«

Maria-Luisa fühlte sich herzlich wohl bei diesem Klatsch, der sie in die warme, lebendige Atmosphäre jener Welt versetzte, zu der sie gehörte. Sie wäre gerne in ihren Einwänden weiter fortgefahren; aber Sofia, deren Blicke durchs Zimmer wanderten, hörte schon längst nicht mehr zu.

»Heute abend ist der Ball bei Marietta!« rief sie völlig unvermittelt.

Sofias Gerede hatte Maria-Luisa an die eigene gesellschaftliche Wichtigkeit erinnert, sie ein wenig beruhigt und gleichzeitig in ihrem Starrsinn bestärkt, sich mit ihrem Mann nicht wieder zu versöhnen. Aber der Hinweis auf Marietta und deren Fest stürzte sie wieder in panische Angst. Während sie sich zurückzog von der Welt, nahm das Leben weiter seinen gleichgültigen, lärmenden Lauf. Ihre Abwesenheit wurde kaum bemerkt, und wenn sie sich noch länger darauf versteifte, nicht zu ihrem Mann zurückzukehren, verscherzte sie sich letzten Endes jede Möglichkeit zur Versöhnung und schloß sich damit vielleicht für immer von jener Welt aus, ohne die sie zwar gerne ausgekommen wäre, ohne die sie aber nicht leben konnte.

Mit weitgeöffneten Augen hatte sie still dagesessen und vor sich hin gestarrt. Nun nahm sie die Zigarettenspitze aus dem verkrampften Mund und fragte: »Welches Kleid ziehst du denn an?«

»Das schwarze«, antwortete das junge Mädchen, »weißt du, das schwarze mit dem roten Besatz.«

Sofias schwarzes Haar umrahmte in weichen Locken ihr Gesicht und fiel bis auf die Schultern hinab. Auch ihre Augen waren schwarz, mit dem behenden, treuen Blick eines Hundes. Die Lippen waren voll, von leichtem Flaum überschattet, die lange, spitze Nase war wie dazu geschaffen, alles zu durchstöbern und zu beschnüffeln, was auch durchaus ihrem neugierigen Wesen entsprach. Ihr Körper war seltsam unharmonisch: kurze Beine, männlich schmale Hüften, große Füße und große, knochige Hände. Ihr Körper war mager an den schlanken Stellen und ein wenig schlaff, wo er zur Rundung neigte. ›Eine andere Frau von solch halb orientalischem, halb zigeunerhaftem Typ hätte sich unauffällig und einfach gekleidet‹, dachte

Maria-Luisa, während sie Sofia beobachtete. Sofia hingegen liebte zu auffällige und zu bunte Kleider, Ketten, Armbänder und Ohrringe. Kein Flitter, kein Läppchen schien ihr zuviel.

Bei einer anderen Gelegenheit hätte Maria-Luisa nicht mit ihrer Ansicht zurückgehalten, daß dieses Kleid scheußlich sei und bestenfalls zu einer älteren Frau passe. Aber in diesem Augenblick drängte der Gedanke an den Ball, dem sie fernbleiben mußte, sogar den Wunsch zurück, ihrer Schwägerin etwas Unangenehmes zu sagen. »Das wird sicher ein Ereignis werden, wie man so sagt«, bemerkte sie mit unsicherem Spott.

»Ja, gewiß«, entgegnete Sofia ein wenig erstaunt.

Für einen Augenblick herrschte Schweigen.

»Aber ich bin kein bißchen unglücklich, daß ich nicht dorthin gehe«, versicherte Maria-Luisa. »Ich habe genug von Gesellschaften, jedenfalls vorläufig noch. Was Marietta tut, sagt oder denkt, interessiert mich nicht im geringsten. Ihre Bälle sind zwar die glänzendsten der Saison, aber meiner Ansicht nach fehlt ihnen doch immer etwas, genau wie ihr selbst, obgleich sie im Grunde eine kluge, gewandte Frau ist... Ich ziehe jedenfalls den ruhigsten Abend bei Cristina jedem Empfang bei Marietta vor.«

Sofia schwieg dazu. Maria-Luisa streifte die Asche ihrer Zigarette ab und fragte wie beiläufig: »Weiß Marietta, daß ich mich...«, sie errötete verlegen, »daß ich nicht mehr bei Matteo bin?«

»Nein, das weiß sie nicht. Wir haben allen gesagt, du seist verreist und kämst bald zurück. Natürlich glaubt es niemand.«

»Und was denken sie?«

»Ich sagte es dir bereits: daß du mit jemand auf und davon seist.«

Sie schweigen. Plötzlich brach Sofia in schlau gespielte Begeisterung aus: »Stell dir vor, Maria-Luisa, wie nett es wäre, wenn du heute abend mit zum Ball kämst! Niemand wüßte, woran er wäre, alle wären neugierig und erstaunt. Welch prächtiger Einfall! Sag doch«, sie rückte ihrer Schwägerin noch näher und legte ihr eine Hand auf die Schulter, »warum willst du dich eigentlich nicht mit Matteo aussöhnen? Wenn du zum Beispiel jetzt mit mir kämst, gingen wir heute abend alle zusammen zu Marietta.«

Das war ein unvorsichtiger Vorschlag. ›Sie brauchen mich‹, dachte Maria-Luisa plötzlich, ›das ist der wahre Grund. Alle brauchen mich! Ich soll so dumm sein und wieder nachgeben und mich opfern.‹ Frostig wies sie die Schwägerin zurück: »Nein, Sofia, schlag dir das nur aus dem Kopf, das ist ganz ausgeschlossen.«

Das Wort »Versöhnung« war jedoch gefallen, und der Gedanke daran lag weiter in der Luft. Keineswegs aus der Fassung gebracht, entgegnete das junge Mädchen: »Rate einmal, warum ich eigentlich hier bin.«

»Nun, vermutlich, um mich zu sehen.«

Sofia schüttelte den Kopf: »Ich will es dir lieber gleich sagen. Ich bin hier, weil ich mir geschworen habe, dich zu Matteo zurückzubringen.«

Maria-Luisa wurde ein wenig unsicher. Trotzdem entgegnete sie hart: »Solange Matteo die Verbindung mit jener Frau aufrechterhält, setze ich keinen Fuß in sein Haus.«

»Und was würdest du antworten, wenn ich dir sagte, daß Matteo jene Frau aufgeben wird?«

»Ich würde es bezweifeln«, meinte die Schwägerin kurz angebunden und übellaunig. »Ich kenne Matteo genug, um zu wissen, daß er diese Frau so bald nicht verläßt.«

»Ausgezeichnet!« erwiderte Sofia triumphierend. »Also höre, Matteo hat mir versprochen, auf jene Frau zu verzichten. Und wenn du seinen Worten allein nicht traust, dann sollst du außerdem noch wissen, daß ich von hier aus zu dieser Frau gehe, um ihr ins Gewissen zu reden. Nun, was hältst du davon?«

Maria-Luisa war aus unbefriedigter Eigenliebe von zu Hause fortgegangen. Sie hatte weniger aus Eifersucht als aus trotzigem Neid auf ein Glück, das sie selbst nicht besaß und auch allen anderen mißgönnte, verlangt, daß Matteo seine Geliebte aufgebe. Nun sah sie sich plötzlich in dem Punkt befriedigt, der ihr im wesentlichen als Vorwand gedient hatte. Wie sollte sie sich nun verhalten? Diese Versöhnung, die ihr eben noch unumgänglich erschienen war, um in die Gesellschaft zurückkehren zu können, löste jetzt, da auch ihr Mann sie zu wünschen schien, hysterischen, fast physischen Widerwillen, Auflehnung und Abscheu in ihr aus. Es überkam sie wieder jenes Sehnen nach einem nicht näher bestimmbaren Glück. Sie verbiß sich wieder in die alte Bitterkeit gegen ihren Mann, der sie weder verstanden noch geliebt hatte und dessen zäher Verachtung sie alle Fehlschläge und alles Unglück zuschrieb.

Während dieser Betrachtungen blickte sie still mit gerunzelter Stirn im Zimmer umher. »Ich habe nicht richtig verstanden«, sagte sie schließlich. »Was willst du tun? Zu dieser Frau hingehen und von ihr verlangen, daß sie sich von Matteo trennt?«

»Diesen Gedanken habe ich seit Tagen«, erklärte Sofia selbstzufrieden. »Schon am Abend deines Fortgehens habe ich zu Matteo gesagt: ›Mein Lieber, du hast die größte Dummheit deines Lebens begangen! Du kannst ohne Maria-Luisa nicht auskommen, wie sie ohne dich nicht leben kann, und sei es nur, damit einer sich als des anderen Opfer fühlt, wenn ihr miteinander streitet und schimpft. Laß diese andere Person laufen! Ich kümmere mich dann um das Weitere, ich werde sowohl zu Maria-Luisa gehen wie zu dieser Frau und alles in Ordnung bringen.‹ Natürlich wollte er an diesem Abend noch nichts davon hören. Aber da ich ihn kenne, kam ich zwei Wochen lang nicht mehr darauf zurück. Und richtig, vorgestern abend war er sofort einverstanden.«

»Auch damit, daß du seine Geliebte kennenlernst?« entfuhr es der wütenden, ungläubigen Schwägerin.

»Das war am schwersten zu erreichen«, gab das junge Mädchen harmlos zu, »er führte die üblichen Gründe

an, warum es sich nicht für eine Schwester schicke, sich
in solche Angelegenheiten einzumischen. Aber weil ich
diese Frau einmal sehen wollte, ließ ich nicht locker
und habe schließlich gesiegt. Denk dir nur, wie spaßig
das sein wird!« rief sie und vergaß völlig, zu wem sie
redete. »Ich werde mich sehr kühl und würdevoll vorstellen. Aber, um ganz ehrlich zu sein, ich weiß noch
gar nicht, was ich sagen soll. Und wie spricht man
eigentlich zu solchen Frauen? Ich werde mich also vorstellen und ihr die Gründe meines Besuchs auseinandersetzen. Dann mag kommen, was will. Wenn sie wirklich, wie man behauptet, eine intelligente Frau ist,
wird sie meine Vorschläge annehmen, dabei kann sie
nur gewinnen. Oder sie wird mich beschimpfen. Das
macht mir nichts aus, ich bin auf alles gefaßt. Nun,
was sagst du zu meinem Plan?«

»Ich finde ihn großartig«, sagte Maria-Luisa kurz
angebunden und mit einem schrägen Blick.

»Gefällt dir etwas daran nicht?« fragte Sofia ehrlich
erstaunt.

Maria-Luisa lachte bitter. »Nicht nur etwas, sondern
alles!«

Sofia blickte verwundert, aber keineswegs verletzt
drein. »Das habe ich nun von meiner Hilfsbereitschaft«,
rief sie anzüglich. »Ich wollte dir helfen, aber anscheinend willst du gar keine Hilfe. Sag mir wenigstens,
worin ich mich geirrt habe.«

»Matteos Geliebte wird dir ins Gesicht lachen, wenn
du deine Meinung vorgetragen hast«, erklärte MariaLuisa kühl.

Sofia zuckte die Schultern. »Aber ich bin doch auf
alles gefaßt«, entgegnete sie ungeduldig, »und gehe
hauptsächlich zu ihr, weil es mir Spaß macht, diese
Frau einmal zu sehen. Daß du mich nie verstehst,
Maria-Luisa!«

»Außerdem wird Matteo diese Frau niemals aufgeben«, fuhr Maria-Luisa finsteren Blickes fort.

Jetzt nahm Sofia ihre Vermittlerrolle ernst. »Du
bringst eine Heilige um ihre Geduld!« rief sie. »O du

liebe Güte! Dabei hat mich Matteo selbst hierhergeschickt, um dir diesen Vorschlag zu machen.«

»Wenn dem so ist«, entgegnete Maria-Luisa schroff, »dann sage ihm, er soll mich in Ruhe lassen. Ich glaube nicht an seine Versprechungen. Außerdem habe ich noch tausend andere stichhaltige Gründe, um nicht zu ihm zurückzukehren.«

Entrüstet, mit roten Gesichtern saßen sie einander gegenüber. »Aber dann sage nicht, Matteo habe die Schuld!« rief Sofia. »So, wie du zuerst im Recht warst, bist du jetzt, wo Matteo nachgeben will, im Unrecht, wenn du in deinem Trotz verharrst. Denn es ist nichts als sturer Trotz. Und was Matteo angeht, so möchte ich dir sagen, daß ich es nur zu verständlich finde, wenn er dich betrügt. Ich begreife nicht, daß er es nicht schon früher getan hat. Vielleicht hat er es auch getan, und wir wissen es nur nicht.«

Sie schmetterte die Worte aufbrausend hinaus. Maria-Luisa machte eine beschwichtigende Handbewegung: »Vor allem, schrei nicht so!«

»Wer schreit denn?« rief Sofia außer sich. »Wer schreit hier? Was Recht ist, muß Recht bleiben.«

»Nun, da du von Betrug sprichst, möchte ich dir einen Rat geben«, meinte Maria-Luisa.

»Welchen Rat?«

»Meine Liebe, du hast den großen Fehler, deine Nase in alles hineinzustecken, ohne auch nur das geringste davon zu verstehen«, sagte Maria-Luisa kühl und belehrend. »Mein Rat geht dahin, du solltest dich statt um anderer Leute Angelegenheiten um deine eigenen kümmern. Zum Beispiel um deinen Verlobten.«

Sofia fuhr auf. »Was hat das mit Pietro zu tun?«

»Sehr viel! Ist es dir nie in den Sinn gekommen, daß dein Pietro dich aus einem Grund heiratet, der, wie soll ich sagen, wenig mit Gefühlen zu tun hat?«

»Du sprichst in Rätseln, ich verstehe dich nicht«, antwortete Sofia eher verwundert als gekränkt.

»Ich habe mich immerhin sehr klar ausgedrückt«, meinte Maria-Luisa lässig. »Wenn du dich mit der gleichen Neugier, die du mir widmest, um Pietro bekümmertest, würdest du sehr bald entdecken, daß er sich nicht aus himmelstürmender Liebe mit dir verlobt hat.«

Sofia schaute nachdenklich, fast verwundert drein, etwa wie jemand, der etwas hört, was eher unglaubwürdig als schmerzlich ist. »Aber wenn nicht die Liebe, was soll ihn sonst dazu veranlaßt haben?« entfuhr es ihr.

»Nun, Berechnung und Snobismus. Selbst ein Blinder sieht, daß dein Pietro aus Berechnung besteht und vor Einbildung umkommt.«

Hätte man ihr gesagt, draußen sei Nacht und der Mond schiene, es hätte Sofia nicht mehr erstaunt.

»Aber Maria-Luisa! Pietro auf seinen Vorteil bedacht? Pietro! Wenn er etwas nicht ist und nie sein wird, so dies!«

»Da sieht man, wie wenig du ihn kennst!« Maria-Luisa suchte vergeblich, ihren Ärger über die Ungläubigkeit des jungen Mädchens zu verbergen. »Nicht nur ich behaupte es, alle sagen es.«

Je aufgebrachter Maria-Luisa wurde, um so nachdrücklicher lehnte Sofia die Verdächtigungen ab, die Maria-Luisa ihr einreden wollte. »Wie seltsam, daß ich ihn ganz anders sehe!«

»Das heißt eben, daß du etwas anderes in ihm siehst, als er ist. Aber was bedeutet es schon, die Hauptsache ist schließlich, daß du zufrieden bist«, meinte Maria-Luisa ungeduldig. Sie rauchte eine Zeitlang schweigend, dann fügte sie gleichsam nebenbei hinzu: »Außerdem liegt mir nur daran, daß er mich in Frieden läßt und sich andere Frauen aussucht, um ihnen den Hof zu machen.«

Auf Sofia übten diese unüberlegten Worte die gleiche Wirkung aus wie auf einen begriffsstutzigen Schüler der endlich gefundene Sinn eines schwierigen Lehrsatzes. Plötzlich schien ihr das Betragen der Schwägerin verständlich und sogar gerechtfertigt. ›Was mag da vorgefallen sein?‹ dachte sie. ›Wie gewöhnlich wird

Pietro in seiner Gedankenlosigkeit etwas getan haben, ohne sich um die Folgen zu kümmern, und die dumme Maria-Luisa hat sich daraufhin eingebildet, er mache ihr den Hof.‹ Dieses Mißverständnis schien ihr der Lächerlichkeit und Unwahrscheinlichkeit nicht zu entbehren. Pietro sollte sich in die nicht mehr junge, langweilige Maria-Luisa verliebt haben? Pietro sollte zwei Monate vor seiner Hochzeit der zukünftigen Schwägerin nachstellen? Und Sofia, die ihren Verlobten noch am Abend sehen würde, lächelte schon beim Gedanken an das belustigte Erstaunen, das Maria-Luisas sonderbare Anschuldigung bei ihm auslösen würde.

Erheitert wandte sie sich der Schwägerin zu. »Aber, Maria-Luisa«, sagte sie, und diesmal war der Spott durchaus nicht unbewußt, »du willst doch wohl nicht behaupten, Pietro habe gewagt, dir den Hof zu machen?«

»Ich bin nicht gewohnt zu lügen«, kam es mit schlecht gespielter Würde zurück.

»Natürlich nicht!« Sofias eifriges, belustigtes Gesicht wandte sich der Schwägerin zu, »niemand denkt nur im Traum daran. Aber du wirst zugeben müssen, daß du dich auch täuschen und etwas für Verliebtsein halten kannst, was nur ein Scherz sein sollte.«

Unbeweglich und wütend heftete sich Maria-Luisas Blick auf das junge Mädchen. Diese Ungläubigkeit raubte ihr jede Besinnung. Was hätte sie darum gegeben, rücksichtslos und ausführlich über das Vorgefallene berichten, die Schlafzimmertür öffnen und Sofia den beschämt auf dem Bett kauernden Verlobten zeigen zu können! Aber obwohl die Versuchung groß und die Herausforderung beinahe unerträglich war, ging es nicht an. Maria-Luisa war nicht verwegen genug, um auf einen moralischen Anschein zu verzichten, und legte auch Wert darauf, sich nicht jede Möglichkeit einer Versöhnung mit ihrem Mann zu versperren. Sie mußte sich mit halber Rache begnügen. »Es war kein Scherz«, sagte sie mit der hochmütigsten Miene. »Ich habe nicht die Gewohnheit, etwas zu erfinden oder falsch zu sehen. Aber tu, was du willst, ich habe dich gewarnt. Und jetzt muß ich dich leider wegschicken. Es ist schon spät, und ich will noch ausgehen.«

»Ach ja, ich muß auch fort.« Mit einem Blick auf ihre Armbanduhr sprang Sofia auf. »Diese Unglücksfrau wartet ja auf mich.« Und beide gingen zur Tür hinaus, Maria-Luisa steif, mit gerunzelter Stirn, unnahbar in ihrem rosa Morgenrock, und Sofia mit hochgeschlagenem Kragen, in kurzem Pelzjäckchen und schon die Handschuhe überstreifend.

Die kahle, weiße Diele lag bereits im Dämmerlicht und wirkte durch ihre unbestimmte Kahlheit noch unbewohnbarer. »Dein Haus ist ein bißchen traurig«, meinte Sofia, die durch ihre Kurzsichtigkeit in dem trügerischen Dunkel die Stufen nicht gut erkennen konnte und sich vorsichtig am Treppengeländer entlangtastete. Maria-Luisa, die ihr voranging, antwortete kurz und entschieden: »Mir gefällt es, und das genügt!«

Bei dieser Antwort entsann sich Sofia des Zweckes ihres Besuches. »Was soll ich nun Matteo sagen?« fragte sie an der Haustür.

Die Halle mit der niedrigen Decke war genauso dunkel wie die Diele im ersten Stockwerk, aber doch nicht so dunkel, daß Sofia nicht die Bestürzung auf dem reglosen, hochmütigen Gesicht der Schwägerin hätte sehen können. »Nichts! Sage ihm, er möge es sich gutgehen lassen und gesund bleiben.«

Trotzdem hielt Sofia in diesem Augenblick etwas Herzlichkeit für angebracht. Sie legte eine Hand auf die Schulter der Frau: »Maria-Luisa, laß mich dir sagen – denn das ist die Wahrheit –, du brennst darauf, deinen Trotz aufzugeben und zu uns zurückzukehren. Ich würde an deiner Stelle gar nicht soviel nachdenken, sondern ließe alle Eigenliebe beiseite und folgte meinem Gefühl.«

»Du täuschst dich«, entgegnete Maria-Luisa und trat ein wenig zurück.

»Folge doch deinem Gefühl«, wiederholte Sofia eifrig.

»Und dann bedenke, wie nett es wäre, zusammen zu Marietta zu gehen. Du wärst die Heldin des Abends.«

Doch Maria-Luisa schüttelte den Kopf. »Nein, das ist unmöglich, das ist einfach unmöglich.« Aber in ihrer Stimme lag Bedauern.

»Doch, doch! Setz einen Hut auf, ich warte hier auf dich.«

»Nein, ich bitte dich, dringe nicht weiter in mich.«

Es blieb weder etwas zu sagen noch zu tun. Sofia seufzte und knöpfte ihre Pelzjacke zu. Obgleich sie über das Fehlschlagen ihrer Mission ein wenig ärgerlich war, lag ihr die Angelegenheit doch nicht allzusehr am Herzen, um so mehr, als sie immer noch überzeugt war, daß Maria-Luisa doch zu ihrem Mann zurückkehren werde. »Also gut, ich werde dich noch einmal besuchen«, schloß sie, »schon allein, um dir zu erzählen, wie mein Besuch bei Matteos Freundin verlaufen ist.«

Maria-Luisa erwiderte, sie würde sich auf ihren Besuch freuen. »Also auf bald«, sagte Sofia. Die beiden Frauen umarmten und küßten sich. Dann öffnete Maria-Luisa die Tür, und das junge Mädchen trat in den Garten hinaus.

3

Draußen dämmerte es bereits. Eine unübersehbare Wolkendecke lastete finster und gleichsam gedankenschwer, wie eine von Zweifeln zerfurchte Stirn, über Dächern und Bäumen. So trübe wie der ganze Tag war auch sein Ende. Der Garten, durch den Sofia schritt, war sehr vernachlässigt. Auf den Wegen fehlte der Kies, überall wucherte Unkraut, und die Beete wirkten in ihrer Kahlheit wie frisch aufgeworfene Grabhügel. Weder Ranken noch Sträucher verdeckten die gelblich getünchte Mauer, von der schon hier und da der Kalk abbröckelte. Hinter dem schwarzen Gitter wirkten die angrenzenden Gärten im Vergleich zu dieser Öde grün und üppig.

Vorsichtig schritt Sofia um das Haus herum und

trat durch das angelehnte Tor auf eine kleine, abschüssige Platanenallee.

Der Bürgersteig war leer, nur wenige Lichter blinkten hier und dort aus den Fenstern der vielen Neubauten. Es war ein farbloses, ruhiges Stadtviertel, eines jener Viertel, wo Blumen und Pflanzen in Ehren gehalten werden und nicht selten der Hausherr selbst in Hemdärmeln und Gartenschürze die Beete in Ordnung bringt. Diese kleine Straße stieß nach vielen Windungen auf eine breite, beleuchtete Vorstadtstraße. Hier parkten einige Taxis. Sofia stieg in eins derselben und nannte die Adresse der Geliebten ihres Bruders.

›Jetzt also zu dieser Andreina‹, dachte sie und lehnte sich mit einem Seufzer der Erleichterung zurück. Sie fühlte, obgleich sie es sich nicht eingestand, daß sich zu dem Übermut, mit dem sie sich in dieses Versöhnungsabenteuer gestürzt hatte, eine gewisse Besorgnis gesellte, die auf zwei Ursachen zurückging. Mit dem Besuch bei Andreina handelte sie gegen den ausdrücklichen Wunsch ihres Bruders. Da es ihr an diesem Morgen nicht gelungen war, Matteo von der Notwendigkeit einer Unterredung mit dieser Frau zu überzeugen, waren sie schließlich übereingekommen, sich in die Aufgabe zu teilen. Sofia hatte es übernommen, ihre Schwägerin umzustimmen, während Matteo die Geliebte auf eine Trennung vorbereiten sollte. Aber dann hatte die Neugier auf Andreina mehr vermocht als die Angst, den Wünschen ihres Bruders entgegenzuhandeln. Heimlich hatte sie Andreina angerufen und war mit freudiger Überraschung und selbstverständlicher Achtung begrüßt worden. Man hatte eine Zusammenkunft für den Nachmittag verabredet. Aber sosehr sie sich auch einredete, in einem Alter zu sein, wo man alles tun darf, empfand sie doch ein gewisses Schuldbewußtsein.

Der andere Grund zur Besorgnis lag in Andreinas Person selbst. Sofia mochte sich noch so sehr einreden, daß Andreina keine gewöhnliche Frau sei, weil sich sonst ihr Bruder nicht in sie verliebt hätte, und daß es im schlimmsten Falle immer noch in ihrer Macht stehe, den Besuch abzukürzen. Trotzdem konnte sie sich eines Unbehagens nicht erwehren, das ihr das Unternehmen unsinnig und unschicklich erscheinen ließ und ihr fast den Wunsch eingab, nach Hause zurückzukehren. Aber außer der unbezähmbaren Neugier auf jene Frau bestimmte sie eine gewisse Hoffnung auf Befriedigung ihrer Eitelkeit und Eigenliebe. Sie glaubte wirklich, sich zu einer sehr großmütigen Handlung herabzulassen, wenn sie sich zu dieser Person aus so viel niedrigerem und unwürdigerem Stande begab. Sie malte sich Andreinas Verwirrung aus, sobald sie ihr gegenüberstünde, und ihre eigene unnahbare, der heiklen Angelegenheit und dem großen Standesunterschied entsprechende Haltung. Das Würdelose und Unschickliche, das nach Sofias Meinung zwangsläufig mit der Geliebten des Bruders verknüpft sein mußte, bildete die größte Anziehungskraft für ihren Besuch. Es machte sie neugierig und regte sie zu der Vorstellung an, daß sie Gelegenheit haben werde, in betonter Weise die eigene Überlegenheit zur Geltung zu bringen.

Während Sofia sich mit diesen Gedanken und Besorgnissen beschäftigte, hatte sich das Auto mit dem alten, keuchenden Motor und dem klapprigen Gestell kräftig abgerackert, den alten Stadtteil durchquert und bog nun endlich in die Uferstraße ein, wo Matteos Geliebte wohnte.

Es war inzwischen ganz dunkel geworden. Nur wenige Laternen brannten, und die Straße lag mit ihren Platanen und dunklen Anlagen, so weit das Auge reichte, vollkommen verlassen da, bis auf ein schwarzes Auto vor einer der Haustüren. Sofias Aufmerksamkeit wurde immer mehr von diesem Auto angezogen. Tatsächlich fuhr das Taxi immer langsamer und hielt auf Schrittlänge hinter diesem Wagen. ›Matteo ist auch da‹, dachte Sofia bestürzt, als sie plötzlich in dem schwarzen Wagen denjenigen ihres Bruders erkannte. Trotzdem öffnete sie den Wagenschlag und sprang auf die Straße.

Die Fensterläden an der schmutzigweißen Fassade waren geschlossen. Der Eingang lag im Garten. Hierhin gelangte man durch ein eisernes Gittertor, das so dicht mit Efeu überwuchert war, als sei es seit Jahren nicht mehr geöffnet worden. Doch das Tor bewegte sich mit Leichtigkeit in den geölten Angeln. In der Mitte des dicht bewachsenen, engen Gartens lag der Eingang mit seiner vergilbten Marmortreppe, zwei gewundenen Bronzeleuchtern und einer altmodischen Überdachung aus Eisen und Glas.

Die Stuckwände des Hauseingangs zeigten keine Spur von Staub, und auch der rot-schwarz geplattete Steinboden war sauber, wenn auch jene gewisse Atmosphäre herrschte, die alten, muffigen Häusern eigentümlich ist. Eine gewundene Marmortreppe mit schmiedeeiserner Brüstung führte zu den oberen Stockwerken.

Sofia brauchte sie nicht erst hinaufzusteigen, denn der gesuchte Name stand an der ersten Tür, auf die ihr Auge fiel. Sie ging darauf zu und läutete.

Sie wartete eine Weile. Dann, als sie erneut läuten wollte, wurde die Tür unvermutet und heftig aufgerissen, und auf der Schwelle erschien ein blondes, junges Mädchen mit geschminktem, affektiertem Gesicht und winzigem Schürzchen. Es erinnerte weniger an ein Hausmädchen als an eine jener Zofen im Theater, die übertrieben eilfertig eine vorgetäuschte Papptür öffnen. Sofia geriet ziemlich aus der Fassung beim Anblick dieser blauumschatteten Augen und des geschminkten Mundes. Wenn schon das Mädchen so aussah, wie mußte dann erst die Herrin sein!

»Wohnt hier Frau Caracci?« brachte sie schließlich verlegen hervor.

»Ja, die wohnt hier!« Das Mädchen, das genau über Sofia unterrichtet schien, trat zur Seite und ließ die Besucherin eintreten.

Die Wände der quadratischen Diele waren dunkelrot tapeziert, wie es vor vielen Jahren Mode war. Die Farbe der Tapete und die schwarzpolierten Möbel mit knochengelber Einlegearbeit gaben dem Raum ein düsteres, altmodisches Gepräge. In der Mitte stand ein runder Tisch, in einer Ecke eine Pendeluhr, links der Tür eine Truhe mit verschiedenen Vasen in allen Größen, aber ohne Blumen.

»Ich bin Gräfin Tanzillo«, sagte Sofia und versuchte, mit einer ihrem Stand und den gegebenen Umständen angemessenen Würde zu sprechen. »Frau Caracci erwartet mich.«

»Ich werde nachsehen, ob die gnädige Frau zu Hause ist«, flüsterte das Mädchen geheimnistuerisch und schaukelte mit ihren runden Hüften unter dem trichterförmigen Rock davon.

Allein geblieben, ging Sofia neugierig in der Diele umher und versuchte, sich von dem Geschmack der Hausherrin und deren Lebensweise ein Bild zu machen. Aber alles war so nichtssagend. Aufschlußreich waren nur ein Mantel und ein Hut, die Sofia sofort als ihrem Bruder gehörend erkannte. Sie war in ihren Erwartungen getäuscht und darüber verärgert, daß sie wie ein Lieferant in der Diele warten mußte. Einen Augenblick später erschien Matteo.

Er kam von einer langen Unterredung mit der Geliebten, während der ihm jedoch der Mut gefehlt hatte, ihr seinen Entschluß mitzuteilen. Andreina war an diesem Tag, als hätte sie um seine Absicht gewußt, besonders herzlich gewesen. Nie war sie ihm so verliebt erschienen, so ahnungslos hinsichtlich der sie bedrohenden Gefahr. Der Gedanke, sie so plötzlich aufgeben zu müssen, hatte ihn mit solchem Widerwillen erfüllt, als sei er im Begriff, etwas Unehrenhaftes zu tun. Diesen Widerwillen hätte er sicher bei vielen anderen ähnlichen und schlimmeren Fällen nicht empfunden, und er paßte auch gar nicht zu seiner sonstigen Haltung. Aber in diesem Augenblick schien es ihm, als äußere sich in diesem Abscheu sein wahrer Charakter, und so hatte er sich in zunehmendem Maße an seinem eigenen Ehrbegriff begeistert. Nein, er konnte Andreina nicht verlassen, an die er durch so viele

Verpflichtungen gebunden war; andere könnten so handeln, er nicht. Sie zu verlassen, verliebt, wie sie war, hieße das nicht, ihr das Herz zu brechen? Diese Gedanken hatten ihn gequält, während er Andreina zusah, die plaudernd und scherzend in einem neuen Kleid herumstolzierte und ihn fragte, ob es ihm gefalle. Als wolle er durch Tatsachen seine Abneigung gegen eine Trennung beweisen, hatte er sie auf seine Knie gezogen und sie gefragt, ob sie ihn liebe.

Andreina hatte seine Frage mit kindlichen Liebkosungen bejaht, ihre Arme um seinen Hals gelegt, mit zärtlichen Fingern seine spärlichen Haare in Unordnung gebracht und sein verbrauchtes Gesicht mit kleinen, hastigen Küssen übersät. »Wie kannst du daran zweifeln?« hatte sie in kindlichem Tonfall gefragt. »Bevor ich dich kennenlernte, war ich ein harmloses kleines Mädchen, das bei seiner Familie lebte und von nichts etwas wußte. Wie hätte ich tun können, was ich tat, wenn ich dich nicht liebte?«

Mit diesen Lügen wollte Andreina Matteos Eigenliebe schmeicheln, aber sie weckte nur seine eingebildeten Gewissensbisse. Etwas davon mußte auf seinem Gesicht stehen; denn trotz ihrer Fröhlichkeit verzog sie schmollend den Mund und fragte: »Was hat denn heute mein Liebster? Warum ist er so ernst?«

»Nichts, ich habe nichts«, hatte Matteo mit einem gezwungenen Lächeln geantwortet. Aber schmeichlerisch suchte Andreina zu erfahren, was ihn bedrücke.

»Vielleicht hat seine böse Frau dem armen Matteo wieder eine Szene gemacht?« fragte sie, während sie ernst und aufmerksam mit seiner Krawatte spielte. Diese Frage löste seine Zunge.

»Szenen hat sie nicht gemacht, sie hat nur das Haus verlassen.«

Ganz unerwartet war Andreina in ein Lachen ausgebrochen, das gar nichts Fröhliches mehr hatte, sondern von beißender Heftigkeit war. »Sie ist von zu Hause weggelaufen, von zu Hause weggelaufen«, hatte sie mehrmals wiederholt und, plötzlich ernst werdend, gefragt: »Aber ist das wirklich wahr?« Verdutzt und besorgt hatte Matteo diese Frage bejaht. »Mir scheint, daß es kaum etwas zu lachen gibt«, hatte er nach einem Augenblick hinzugefügt.

Andreina hatte nach kurzer Überlegung mit Entschiedenheit gesagt: »Denke doch nicht daran! Ob sie im Hause ist oder nicht, kann dir doch gleichgültig sein. Um so mehr, als du nicht von ihr abhängig bist. So ist es doch?« Es war eine hinterlistige Frage, und ihre schlecht verhohlene Neugier ließ Matteo vermuten, daß Andreina genau unterrichtet war. ›Das ist es ja gerade, daß ich doch von ihr abhängig bin‹, hätte er am liebsten geantwortet. Statt dessen hatte er aus Scham und unbestimmter Angst nicht den Mut aufgebracht, die Wahrheit zu sagen, und mit verschlossener Miene zugestimmt. »Gewiß, ich bin nicht von meiner Frau abhängig. Aber trotzdem ist das alles sehr unangenehm.«

Andreinas Erleichterung war ganz offensichtlich. »Wieso denn? Das ist doch für dich gar nicht wichtig! Denk nicht daran, und mach dir nichts draus. Weißt du, was deine Frau im Grunde braucht? Einen Liebhaber! Deshalb macht sie dir das Leben schwer. Sobald sie ihn gefunden hat, wird sie dir keinen Ärger mehr machen.«

»Wir wollen lieber nicht von meiner Frau sprechen«, hatte Matteo geantwortet, der immer noch nicht an den freien Ton gewöhnt war, in dem Andreina von ihrer Nebenbuhlerin sprach.

Aber Andreina überhörte seinen Einwurf. »Viel schlimmer wäre es, wenn du von deiner Frau abhängig wärst. Aber das ist ja gottlob nicht der Fall. Und deshalb solltest du dir nichts aus ihren hysterischen Anwandlungen machen. Ein gutes Herz – und du hast ein viel zu gutes – sollte man gewissen Leuten nie zeigen. Laß sie doch toben! Du hast ja einen Menschen, der dir nahesteht, der dich liebhat und nicht aufhören wird, dich zu lieben, was auch immer geschieht.« Finster und verlegen hörte Matteo zu. Ach, die gefaßten Vorsätze! Zungenfertig und ungewöhnlich lebhaft hatte Andreina munter drauflosgeplaudert und ihren Redeschwall nur hin und wieder unterbrochen, um ihm einen Kuß auf die zusammengekniffenen Lippen, die faltigen Wangen oder den kahlen Kopf zu drücken. Dann hatte sie wie zufällig das Kleid erwähnt, das sie trug, und von irgendeinem Fest gesprochen, auf das sie gern gegangen wäre, wenn sie ein Abendkleid besäße. Schließlich hatte sie ihren nackten Arm leicht um seinen Nacken gelegt, ihre junge, volle Brust an ihn gepreßt und geflüstert: »Ich möchte dich etwas fragen. Darf ich?«

»Du darfst, du darfst«, hatte Matteo gegen seinen Willen lächelnd geantwortet, hin und her gerissen zwischen ihren zärtlichen Liebkosungen und seinen bitteren Gedanken. Dann hatte Andreina ihm ins Ohr geflüstert, sie würde sich freuen, wenn er ihr das Geld für das Kleid schenke.

Bei der Erwähnung des Geldes war Matteo nahe daran, seine wahren Verhältnisse aufzudecken. Einerseits, weil er wenig Geld bei sich hatte und nicht ganz sicher war, die erbetene Summe überhaupt zu besitzen, andererseits, weil es ihn daran erinnerte, daß er seiner Frau gegenüber in der gleichen Lage war wie Andreina ihm gegenüber. Trotz seiner Überzeugung, daß die Aufdeckung Andreinas Liebe nicht beeinflussen könne, hatte ihn doch wieder eine letzte Scham am Sprechen gehindert. Statt dessen hatte er der Brieftasche die wenigen Scheine entnommen, die sie enthielt, und sie seiner Geliebten gegeben.

Andreina hatte das Geld gleichgültig auf ein Tischchen geworfen – sie behandelte Dinge, die ihr sehr am Herzen lagen, mit besonders nachlässigen Bewegungen – und ihn mit ausgiebiger Zärtlichkeit dankbar geküßt. Dann hatte sie, ohne sich von ihm zu lösen oder ihre Augen von ihm zu wenden, hastig Bluse, Rock und alles, was sie trug, aufgeknöpft, Hüften und Brust mit einer einzigen kräftigen Bewegung von den geöffneten Kleidungsstücken befreit und ihm mit einem verschämten, verführerischen Lächeln etwas zugeflüstert.

Dieser Lockung lag nur Andreinas starrköpfiger Eifer zugrunde, den Verpflichtungen nachzukommen, die sie ihrem Geliebten gegenüber zu haben glaubte. Matteo, dem sie – vielleicht nur in Anbetracht der bevorstehenden Trennung – noch nie so schön und kühn vorgekommen war, hatte darin nur einen Ausdruck jener Liebe erblickt, die er seiner Überzeugung nach in ihr erweckt hatte. Und von neuem bereute er, daß er sich von ihr trennen wollte.

Gerade als er endlich sagen wollte: »Hör, Andreina, ich muß mit dir sprechen«, hatte das Dienstmädchen geklopft und Sofias Besuch gemeldet.

Darauf war er bestürzt aufgesprungen, während Andreina ganz gelassen und nicht im mindesten überrascht war.

»Deine Schwester hat mich heute angerufen«, hatte sie gelassen erklärt, während sie aufmerksam ihr Gesicht im Spiegel des Frisiertisches betrachtete. »Natürlich war ich mit ihrem Besuch einverstanden. Aber du«, ein schräger Blick traf ihn, »du wußtest es doch schon . . .«

Nicht dem rücksichtslosen Verhalten seiner Schwester und ihrer Anwesenheit in diesem Haus entsprang Matteos Verwirrung, sondern dem Umstand, daß Andreina nun von seinem Entschluß erfahren würde. Jetzt gab es keine Ausflüchte mehr. Er mußte sprechen oder die Schwester sprechen lassen. »Nein«, hatte er geantwortet, um Zeit zu gewinnen, »nein, ich wußte nichts davon.«

Aber Andreina hatte ihm lachend mit dem Finger gedroht. »Ich bin aber überzeugt, daß du alles wußtest, ganz genau wußtest.« Lachend hatte sie den Kopf geschüttelt. Ihr helles Bild, das vom Gürtel an aufwärts von dem schrägen Frisierspiegel zurückgeworfen wurde, ihre breite, kräftige, halbnackte Brust, ihr auf die Schultern fallendes Haar dünkten Matteo voll wunderbarer jugendlicher Anmut. »Nein, wirklich, ich wußte davon nichts«, hatte er verwirrt wiederholt. Aber seine Unsicherheit wurde immer größer. Sollte er mit ihr sprechen? Aber wollte er sie tatsächlich verlassen?

»Gestatte, daß ich es nicht glaube«, hatte Andreina gesagt, während sie eifrig ihr Kleid über die Arme streifte und den zerzausten Kopf durch den Halsausschnitt zwängte.

Matteo hatte verneinend den Kopf geschüttelt und nur widerwillig gelächelt. »Wieso kommst du darauf, daß ich von dem Besuch meiner Schwester wisse?« Mit dieser Frage wollte er Zeit gewinnen.

Andreina hielt mit der Puderquaste in der Hand inne und betrachtete ernst das Spiegelbild ihres Liebhabers. Dann hatte sie gelächelt, von der Quaste den überflüssigen Puder weggeblasen und geantwortet: »Ich kenne dich und wußte sofort, daß es eine Neuigkeit gibt.«

Stumm und gesenkten Kopfes war Matteo im Zimmer auf und ab gegangen, hatte zerstreut sein eigenes Bild betrachtet, das in einem Silberrahmen neben Andreinas Bett stand, und plötzlich geglaubt, eine Lösung gefunden zu haben, um seine Geliebte behalten und dennoch seine Frau zufriedenstellen zu können.

In einem unvermuteten Impuls, der bei ihm nicht selten war und in etwas lächerlichem Gegensatz zu seinem schüchternen, ältlichen Aussehen stand, hatte er Andreina mit heldischer Geste zugerufen: »Was auch immer geschieht, Andreina, unsere Liebe wird allem siegreich widerstehen!«

Andreina, die sich gemächlich das Gesicht puderte, hatte bei diesem sonderbaren Ausspruch fragend innegehalten. »Aber Matteo, was soll denn geschehen?«

Matteo war auf den rettenden Ausweg gekommen, Frau wie Schwester das Ende seiner Beziehungen zu Andreina glauben zu machen, heimlich aber an der Geliebten festzuhalten und ihr eine andere Wohnung zu beschaffen. Es blieb noch jene lästige Frage zu klären, die sich durch den Besuch seiner Schwester ergab. Ein anderer hätte an Matteos Stelle gesagt: ›Sofia ist aus den und den Gründen gekommen, stimme ihr der Form halber zu.‹ Durch diese Offenheit hätte er Andreina viele Mißverständnisse und Enttäuschungen ersparen können. Aber Matteo war keine gerade Natur. Es war ihm bequemer, es seiner Schwester zu überlassen, Andreina alles Wissenswerte mitzuteilen. Daher dünkte ihn plötzlich Sofias Besuch, den er am Morgen noch für unangebracht gehalten hatte, wie von der Vorsehung geschickt.

Immer noch begeistert – sei es über die gelungene Täuschung, sei es über seine Gefühle –, hatte er Andreina an seine Brust gezogen. »Es wird nichts geschehen, was dir mißfallen könnte«, hatte er versichert, »sei dessen gewiß. Und jetzt hör zu: Es ist wahr, ich wußte, daß meine Schwester herkommen würde. Aber wenn sie mit dir Dinge erörtern will, die ich dir jetzt nicht mehr auseinandersetzen kann, dann höre sie ruhig an und willige in alle Vorschläge ein. Ich erkläre dir später alles. Wir werden die endgültigen Entschlüsse gemeinsam fassen. Deshalb wollen wir uns sofort nach dem Besuch meiner Schwester sehen. Wo treffen wir uns?«

Andreina hatte ein bekanntes Lokal genannt. »Gut also, um sieben Uhr dort.« Zum Abschied hatte er sie geküßt, ganz verlegen über Andreinas unerklärlich verzückten, bewundernden Gesichtsausdruck. »Ich liebe dich«, hatte sie geflüstert und sich an ihn gepreßt. Voller Gewissensbisse hatte Matteo sich, so gut er konnte, aus dieser Umarmung befreit und war in den Gang hinausgetreten. Und nun stand er in der Diele seiner Schwester gegenüber.

Eine Weile schwiegen sie vor Verlegenheit, und keiner wußte, womit beginnen. Nicht nur Sofias Anwesenheit in diesem Hause machte ihn hilflos, sondern auch die Frage, wie er seine plötzliche Meinungsänderung begründen solle. Er fürchtete, sie könne den Betrug erraten, Maria-Luisa davon unterrichten und seine schlaue Ausflucht zunichte machen. Sofia aber hielt die Zurückhaltung ihres Bruders für Ärger über ihr Verhalten. Sie war verschüchtert und ihrer zurechtgelegten Erklärung keineswegs mehr sicher.

Sie suchte nach einem Vorwand, um das Schweigen zu brechen. Endlich sagte sie mit einem Lächeln, das ungezwungen sein sollte: »Es kommt dir sonderbar vor, mich hier zu sehen, nicht wahr?«

»Bis zu einem gewissen Grade«, antwortete er schließlich ausweichend, neigte den kahlen Kopf und wiegte sich auf den Fersen.

Sofia deutete diese ausweichende Antwort als Feindschaft und Kälte. »Wenn ich etwas will«, sagte sie herausfordernd und so, als ob sie in den leeren Raum spräche, »dann setze ich es auch durch. Es tut mir leid, Matteo, aber ich habe nun einmal einen eigensinnigen Kopf.«

»Einen sehr eigensinnigen«, echote ihr Bruder ohne Ironie und eher in einem Ton, als wolle er sie zum Weitersprechen ermuntern.

»Ich hatte mir geschworen«, fuhr Sofia in einer Mischung von Streitlust und Unsicherheit fort, »auf irgendeine Art diese Frau kennenzulernen, und ich werde dieses Haus nicht eher verlassen, bis ich sie gesprochen habe. Wenn es dir paßt, ist es gut, wenn nicht, macht es auch nichts aus.« Atemlos und mit hochrotem Kopf, zufrieden und doch ein wenig entsetzt über ihre eigene Kühnheit, stützte sich Sofia auf die Tischkante und sah ihren Bruder herausfordernd an.

Weil ihm der entschlossene Widerstand seiner Schwester sehr willkommen war, schwieg er und tat, als sei er verlegen. Enttäuscht und wieder eingeschüchtert, schwieg auch Sofia eine Weile. Dann erhellte plötzlich ein boshaftes Leuchten ihre Züge. »Hast du mit Andreina gesprochen?« fragte sie.

Zum ersten Male sprach Sofia von der Geliebten ihres Bruders wie von einer Verwandten oder einer Freundin. Und es schien Matteo, als spreche sie absichtlich und mit innerem Frohlocken diesen Namen so vertraulich aus, wie um zu sagen: ›Jetzt habe auch ich an deiner Geschichte teil, und Andreina gehört dir nicht mehr allein.‹ Es stimmte ihn ärgerlich und auch ein wenig eifersüchtig. Obgleich er es sich nicht eingestand, verdroß ihn noch mehr als ihr ungehöriges Eindringen in seine Liebesangelegenheiten der Gedanke, daß dieser Besuch Andreina Vergnügen bereiten könnte und nun beide Frauen von ihm sprechen würden. Verwirrung und unendlicher Klatsch wären die Folge und alle innige Vertrautheit dahin. »Nein, ich habe noch nicht mit ihr gesprochen«, antwortete er widerwillig. »Es erscheint mir besser, wenn du es tust.«

Von wahrer Begeisterung gepackt, stürzte sich Sofia auf ihren Bruder. »Matteo, du bist ein Engel!« rief sie und küßte ihn auf beide Wangen.

Er wies sie ärgerlich zurück. »Nun, ich tue wahrscheinlich schlecht daran, deine Einmischung in Dinge zuzulassen, die dich nichts angehen. Könntest du jetzt«, fügte er ernst hinzu, »einen Augenblick still bleiben und mir ruhig zuhören?«

Sofia lehnte sich wieder an den Tisch.

Matteos Blick haftete am Boden, aus Angst, Sofia könne daraus die beschämende Heuchelei lesen, deren er sich nur zu gut bewußt war. »Ich wollte später mit ihr sprechen. Da du nun doch gekommen bist, kannst du mit ihr reden. Aber glaube nicht, einen gewöhnlichen Menschen vor dir zu haben, das heißt eine Frau, der gegenüber man gewisse Rücksichten nicht einzuhalten braucht. Andreina steht weit über dem Durchschnitt der Menschen, und sie befindet sich nicht durch ihre, sondern durch meine Schuld in dieser Lage. Und ich möchte, daß du – wie soll ich sagen – mit sehr viel Vorsicht...«

»Aber Matteo, für wen hältst du mich?« rief Sofia heftig aus.

»...daß du alles mit größter Behutsamkeit erledigst.« Er schwieg, ein wenig beschämt über seine Rührung. »Warst du bei Maria-Luisa?« fragte er nach einer Weile.

Sofia, glücklich, das Thema wechseln zu können, sagte: »Stell dir vor, ich habe mich glänzend amüsiert. Ihr Haus ist kalt, öde und unmöbliert. Es ist offensichtlich, daß sie es allein nicht mehr aushält und vor Verlangen umkommt, zu uns zurückzukehren. Sie bleibt nur aus Starrköpfigkeit. Ich habe das sofort begriffen. Und weil ich sie kenne, habe ich sie ein wenig gereizt und von Marietta und dem heutigen Ball erzählt. Sie hat sich verfärbt, dann aber ganz kalt getan, weißt du, wie der Fuchs mit den Trauben. Und als sie ihrem Ärger keine Luft machen konnte, hat sie mir die unwahrscheinlichste Sache von der Welt erzählt. Denk dir: Pietro soll ihr den Hof gemacht haben!«

»Pietro?« wiederholte Matteo, aber seine Gedanken waren weit fort.

»Ja, Pietro!! Stelle dir Pietro vor, mit der Zuneigung, die er ohnehin für sie hat, und bei seinem widerspenstigen Charakter! Maria-Luisa den Hof machen! Da kann man nur sagen: arme Frau, daß ihr nichts anderes mehr einfällt.«

»Wie hat sie sich denn nun entschieden?« fragte Matteo ungeduldig.

»Negativ, natürlich«, antwortete Sofia harmlos, »negativ. Welche Antwort hätte sie mir auch geben können? Aber wir werden ja sehen, dann kannst du mir sagen, ob ich recht hatte. Es dauert keinen Tag mehr, und sie kommt zurück. Ich wette, um was du willst.«

Statt zu antworten, schaute Matteo auf seine Armbanduhr und zog den Mantel an.

»Wir sprechen später noch darüber, jetzt muß ich gehen. Also, mach deine Sache gut!«

4

Kaum war Matteo hinausgegangen, stand wie auf ein Stichwort eine große, schöne, ganz in Schwarz gekleidete Frau vor Sofia. Sie neigte den Kopf mit geheimnisvollem Lächeln und trat mit weichen Bewegungen und gekünstelter Bescheidenheit näher.

»Gräfin Tanzillo, wenn ich nicht irre«, sagte sie konventionell gelassen und streckte ihre Hand aus.

Sofia betrachtete sie mit Staunen. Das volle, ovale Gesicht, das Andreina ihr zuneigte, wurde von dem kalten Licht der Deckenbeleuchtung angestrahlt und glich in seiner lieblichen Fülle dem Antlitz eines jungen Mädchens. Eine kleine, gerade Nase saß darin und ein voller, ungeschwungener Mund. Das Gesicht erinnerte an eine warme, reife Frucht und wirkte so, als habe man sich, allerdings erfolglos, bemüht, einen weiblichen Ausdruck darin einzugraben. Die Augen waren groß und etwas farblos; doch ein feuchter Schimmer verschönte sie, als wolle sich jener starre, manchmal recht harte Gesichtsausdruck in einen Schleier von Tränen verflüchtigen. Obwohl die Erscheinung in ihren Einzelheiten eine gewisse Unvollkommenheit verriet, war sie doch im ganzen, sei es durch die Anmut des Körpers, sei es durch die nachlässige, gekünstelte Haltung, von eigenartiger Schönheit. Sofia, mit einem äußerst feinen Gefühl für die Schönheit anderer Frauen begabt, hatte es mit einem einzigen Blick erfaßt.

›Wer hätte das erwartet?‹ dachte sie betroffen. ›Jetzt verstehe ich Matteos Leidenschaft.‹ Und während sie Andreina die Hand entgegenstreckte, ließ sie kein Auge von ihr. »Es war mir eine große, erfreuliche Überraschung«, sagte Andreina und hob kaum den übertrieben leisen Ton ihrer Stimme. »Aber kommen Sie, wir wollen hineingehen.«

Sie traten in ein kleines, rechteckiges Zimmer, dessen Wände mit olivgrünem Damast ausgeschlagen waren, der aber so unecht wie Papier wirkte. Als weitere Merkwürdigkeit war dieser Raum unmöbliert, abgesehen von einem Spiegel in vergoldetem Rahmen und vier mit demselben olivgrünen Stoff bezogenen Stühlen. In einer alkovenartigen Einbuchtung war ein Sofa eingebaut, auf dem eine Menge zerdrückter Kissen unordentlich herumlagen. Andreina zündete dort eine kleine Lampe an und bat Sofia, auf dem Sofa Platz zu nehmen. Sie selbst ließ sich auch dort nieder, indem sie die Beine hochzog und sich in die Ecke kauerte.

Sofia begann ohne Umschweife: »Hat Ihnen Matteo nie gesagt, daß ich Sie gern kennenlernen möchte?«

»Nein, niemals.«

»Ja, er sieht es wirklich nicht gern«, fuhr sie fort. »Sie wissen, aus den üblichen Gründen. Aber ich bin hartnäckig, und wenn ich mir etwas vornehme, kann mich niemand davon zurückhalten. Und ich habe nicht nachgelassen, bis ich gesiegt habe.«

Nach kurzem Schweigen sagte Andreina mit allzu leiser, gezierter Stimme: »Nein, ich wußte nichts davon. Ich fiel sozusagen aus allen Wolken, als ich am Telefon endlich begriff, um wen es sich handelte. Und da ich aus vielen Gründen« – sie seufzte und senkte die Augen – »nur wenig Menschen sehe und eher an alles andere als an Ihren Besuch gedacht hätte, können Sie sich meine Freude vorstellen. Hatten Sie keine Hemmung, die Geliebte Ihres Bruders aufzusuchen?«

»Was hat das damit zu tun?« rief Sofia. Sie, die große Dame, besuchte zwar die kleine Freundin ihres Bruders, aber sie fand diese noch demütiger und ergebener, als sie erwartet hatte. Also konnte Sofia sich herablassen, ihr Mut zuzusprechen und ein wenig Vertrauen einzuflößen. »Daran habe ich wirklich nicht gedacht, als ich hierherkam. Ich hatte soviel von Ihnen gehört und wollte Sie gern kennenlernen. Nicht einen Augenblick habe ich mir die anderen Umstände vergegenwärtigt.«

Doch Andreina schüttelte den Kopf und sagte mit selbstgefälliger, bitterer Beharrlichkeit: »Ich werde von Matteo ausgehalten, darüber kann kein Zweifel herrschen. Er bezahlt alles, die Wohnung, sogar das Kleid, das ich anhabe. Und jeder, der zu mir kommt, weiß, daß er zu einer ausgehaltenen Frau kommt. Deshalb«, sie warf Sofia einen kurzen, kaltblütigen Blick zu, »ist die Tatsache, daß Sie mich besuchen, nicht so unbedeutend, wie Sie mich glauben machen möchten. Im

Gegenteil, es ist ein Beweis Ihrer Güte und Großmut, für die ich Ihnen dankbar bin.«

»Nein, nein, lassen wir das«, erwiderte Sofia eifrig. »Als ich hierherkam, habe ich daran nicht gedacht. Und danken Sie mir bitte nicht, sonst werde ich wirklich böse. Anstatt uns zu verstehen, wie ich es gern möchte, streiten wir gleich. Nein... Sie sollen mich behandeln wie jeden anderen Menschen, der Sie besucht, weiter nichts.«

Bei diesem Tadel senkte Andreina den Kopf und lachte gezwungen. »Lassen Sie mich Ihnen wenigstens sagen«, entgegnete sie bescheiden, »daß mir Ihr Besuch große Freude macht, weil ich immer allein bin.«

»Immer allein«, wiederholte Sofia und sah Andreina mit einem leeren Blick an. »Wie meinen Sie das, immer allein?«

»Immer allein«, bekräftigte Andreina mit Bitterkeit. »Ich kenne niemand auf der Welt. Und Matteo hat – entweder will er mich ganz für sich allein haben, oder er schämt sich meiner – nie gewollt, daß ich Sie kennenlerne. Darin hat er doch nicht einmal so unrecht. Denn wer bin ich, daß ich so hohe Ansprüche stellen könnte? Er hat mir auch jeden anderen Umgang untersagt. Und so war das vergangene Jahr sehr traurig. Ich habe nie jemand außer Matteo gesehen, ich konnte nur lesen oder allein spazierengehen. Schließlich war ich so niedergeschlagen, daß ich ganze Tage lang geweint habe und am liebsten nach Hause zurückgekehrt wäre.«

Anstatt Mitleid zu erwecken – was sie eigentlich sollten –, lösten diese Mitteilungen bei Sofia Erstaunen aus. Sie war aus einem unerfindlichen Grund der Meinung gewesen, Andreina führe ein heiteres, unbeschwertes Leben. Andererseits entging ihr nicht das Werben um Sympathie, das aus Andreinas Worten sprach.

»Wo wohnt denn Ihre Familie?«

Andreina senkte die Augen. »In der Provinz«, antwortete sie kühl und abweisend. »Wenn ich sagte, daß ich am liebsten nach Hause zurückgegangen wäre, so ist das nicht wörtlich zu verstehen. In Wirklichkeit würde ich nicht einmal dann nach Hause zurückkehren, wenn ich verhungerte. Meine Familie«, verkündete sie theatralisch, »ist für mich gestorben.« Einen Augenblick herrschte Schweigen. Da Andreina bemerkte, daß Sofia ihren Familienbeziehungen nur sehr geteilte Aufmerksamkeit schenkte, versuchte sie es auf einem anderen Gebiet: »In letzter Zeit habe ich einige Bekanntschaften gemacht, aber meist nur mit Geschäftsleuten. Und ehrlich gesagt, das ist genauso, als ob ich niemand kennengelernt hätte. Diese Menschen haben ganz andere Interessen als ich. Sie sind so gewöhnlich, und es ist ganz unmöglich, ein wirklich freundschaftliches Verhältnis zu ihnen zu finden.«

Sofia, die Andreina ganz verzaubert angesehen hatte, fuhr erstaunt zusammen. »Ach, warum denn?« fragte sie.

Andreina warf ihr einen kurzen Blick zu. »Weil für solche Menschen die Freundschaft nur der Ausgangspunkt ist ... ein Mittel zum Erreichen bestimmter Ziele. Sie wissen wohl, was ich meine. Wenn sie dann erkennen, mit wem sie es zu tun haben und daß ich, auch wenn ich allein und nicht mit meiner Familie lebe, nicht die bin, wofür sie mich halten, verlassen sie mich. Und dann bin ich wieder in der gleichen Lage wie zuvor.«

»Wie meinen Sie das?«

Andreinas Gesicht war geradezu entstellt, so ernst preßte sie die Lippen zusammen, so streng runzelte sie die Stirn und so tief senkte sie den Blick. Von sich selbst und ihrem Elend zu sprechen, erfüllte sie stets mit trauriger Ergriffenheit. »Nun, ich lebe allein und schutzlos, am Rande der Verzweiflung. Aber ein Tag vergeht nach dem anderen, und ich lebe trotz allem weiter. Und was mir das Ende erschien, war erst der Anfang. Matteo gegenüber schweige ich. Was würde es auch nützen? Er hat mit seinen eigenen Angelegenheiten zu tun. Außerdem verstünde er mich doch nicht.

Also bleibt mir nichts anderes übrig, als mich allein zu trösten.« Ihre Stimme zitterte, sie schwieg, und ihre Augen füllten sich mit Tränen.

»Aber das ist doch nicht nötig! Sie dürfen nicht...«, rief Sofia, die nichts begriffen hatte, außer daß Andreina betrübt war und getröstet werden mußte. »Sie dürfen nicht so verzagt sein. Wissen Sie, was ich tue, wenn ich Kummer habe? Ich schlafe! Und morgens beim Aufwachen ist alles wieder gut, und ich bin geheilt.« Auf diese Worte antwortete Andreina, die nachdenklich vor sich hin geschaut hatte, mit keiner Silbe.

»Wir wollen doch ›du‹ zueinander sagen«, sagte Sofia ganz unvermittelt. In dem Verlangen, Andreina etwas Gutes zu tun, glaubte sie, durch diesen Vorschlag viel zu gewähren, vielleicht mehr, als sich schickte und Andreina verdiente. »Und jetzt sag mir«, fügte sie verlegen hinzu, aber fest entschlossen, etwas über die Beziehungen zwischen dieser Frau und ihrem Bruder zu erfahren, »hast du Matteo sehr gern?«

Die Aufforderung zum Duzen hatte Andreina Freude gemacht. Sie weckte ihren berechnenden Verstand, den die Rührung fast zum Schweigen gebracht hatte. »Es kommt mir so komisch vor, Sie zu duzen«, sagte sie lächelnd. Aber Sofia merkte, daß Andreinas Augen trotz des unzweifelhaft ehrlichen Lächelns nach wie vor traurig und starr blieben. »Vor zehn Minuten kannten wir uns noch nicht einmal.« Andreina schwieg, als denke sie über die Freude nach, die ihr eine so unverhoffte Vertrautheit bereitete. »Ob ich Matteo gern habe?« wiederholte sie langsam. Zwar stand die Antwort von vornherein fest, aber Andreina wollte Sofia glauben machen, ihre Liebe sei von ganz besonderer Art, eher die einer Gattin als einer Geliebten. Gerade dies würde sie in den Augen des jungen Mädchens in ein gutes Licht setzen und ihre Heiratspläne begünstigen. »Ja, natürlich, ich habe ihn gern. Sehr gern. Sogar überaus gern. Aber siehst du, so lieb ich ihn auch habe, es kann mich doch nur teilweise über mein Opferdasein trösten, zumal es ihm ja sehr viel mehr nützt als mir.«

»Nützt?« wiederholte Sofia, aber ihr abwesender Blick verriet, daß sie an etwas anderes dachte.

»Vielleicht drücke ich mich nicht klar genug aus«, meinte Andreina mit viel Wärme, die bei dem jungen Mädchen einen guten Eindruck machen sollte. »Ich wollte nur sagen, daß ich für Matteo viel nützlicher oder, besser gesagt, viel notwendiger bin als er für mich. Vielleicht könnte ich, wenn auch schwer, ohne Matteo auskommen. Matteo aber könnte unter den augenblicklichen Verhältnissen bestimmt nicht ohne mich fertig werden. Als ich ihn kennenlernte, war er aus vielen Gründen, die du gewiß besser kennst als ich, sehr niedergeschlagen und mutlos. Was hätte da eine andere an meiner Stelle getan? Ohne seinen Gemütszustand zu beachten, hätte sie ihn genau wie andere Männer behandelt. Aber das tat ich nicht. Ich erkannte sofort, daß er eine Frau brauchte, die an ihn glaubte, die ihm Mut zusprach, ihm nötigenfalls auch schmeichelte, die ihn vor allem – und das ist die Hauptsache – nicht mit ihrem eigenen Gejammer belästigte, sondern in dem Glauben wiegte, daß sie einzig in der Liebe zu ihm ihr Glück fände. Eine Frau also, die ihn selbstlos und aufopfernd liebte, wie eben nur Gattinnen und Mütter lieben können. Und in der Tat« – sie lächelte traurig –, »ich täuschte mich nicht. Matteo war in kurzer Zeit ein ganz anderer Mensch. Aber ich blieb einsam, denn über mich spreche ich tatsächlich nicht mit ihm. Er würde mich doch nicht verstehen. Und ich bin auch sicher, daß seine Liebe zu mir, wenn ich nur einen Augenblick aufhörte, mich mit ihm zu beschäftigen, sofort erkalten würde. Schließe aber bitte nicht aus meinen Worten, daß ich darüber unglücklich bin. Es ist nur eine Feststellung. In Wirklichkeit habe ich Matteo sehr lieb und würde alles für ihn tun.«

Diesmal war Andreina fast ehrlich gewesen. Die einzige Falschheit lag in dem untergeschobenen Motiv der Selbstentäußerung. Es war in Wirklichkeit Eigennutz und in ihrer Rede zu Zuneigung geworden. Der Eindruck auf Sofia war jedoch ihrer Absicht genau entgegengesetzt. So angenehm überrascht sie auch von Andreina war, sosehr sie ihr auch gefiel und zum ständigen Vergleich mit Maria-Luisa herausforderte, so übersah Sofia doch keinen Augenblick, daß der Schwägerin schon einfach wegen ihres Reichtums der unbedingte Vorzug gebührte vor jeder anderen Frau, selbst wenn diese noch schöner und klüger als Andreina gewesen wäre.

Sie dachte deshalb bei der Erklärung: ›Ich würde für Matteo alles tun‹, daß Andreina also auch ihre Liebe dem größten Glück ihres Geliebten opfern könne. Andreina würde die finanzielle Notwendigkeit anerkennen, die eine Beendigung dieser ungleichen Beziehung mit einem reifen Mann aus anderem Stand verlangte. Ohne Druck würden langsam und in gegenseitigem Einverständnis alle Fragen gelöst werden. Nur mußte man Andreina an Matteos Familienangelegenheiten teilhaben lassen und ihr die Bitterkeit der Trennung mit dem Zucker der Vertrautheit und Freundschaft versüßen. Dieser Plan entsprach ganz Sofias Wesen, vor allem gefiel ihr die Rolle der sich herablassenden großen Dame, die sie sich selbst vorbehalten hatte. Nach herkömmlicher Weise hatte sie bisher Andreina für verdorben und eigennützig gehalten, jetzt war sie bereit, ihr rückwirkend jede Tugend zuzuschreiben, einschließlich außergewöhnlicher Selbstlosigkeit, die gutmütiger Einfalt sehr nahe kam.

Diese Überlegungen ließen sie still und schweigsam sein. Wenn sie auch von der Richtigkeit ihrer Forderungen überzeugt war, wollte sie doch im Sinne ihres Bruders ein plötzliches Vorgehen vermeiden. Andreina dagegen suchte vorerst Sofias Mitleid zu erwecken, ihre Gefühle für Matteo zu schildern, die fast der einer Gattin entsprächen, und wagte noch nicht, die Frage einer Ehescheidung zwischen Matteo und Maria-Luisa zu erörtern. So waren beide Frauen verlegen, wenn auch aus entgegengesetzten Gründen. Sie tauschten Blicke beredter Sympathie, lächelten einander an und schwiegen eine Weile. Schließlich stand Andreina auf. »Ich will nachsehen, ob der Tee fertig ist. Entschuldige mich einen Augenblick.«

Doch sowie sie allein in der Diele und vor fremden Blicken sicher war, vergaß sie alle mondäne Gelassenheit und vollführte eine Art von Freudentanz. Trotzdem bewahrten ihre herben Züge den Ausdruck düsteren Ernstes, als berühre die Ausgelassenheit ihres Körpers ihren Geist gar nicht. Nur ihr Haar wirbelte in dichten Locken um die vollen Schultern. Ebenso plötzlich, wie sie ihn begonnen hatte, brach sie in dem Tanz ab und trat vor den Spiegel. »Und jetzt«, flüsterte sie dem Spiegelbild zu, »wird Sofia deine beste Freundin, und es heißt, sich nichts entgehen zu lassen.« Der antike Spiegel warf ein halbverwischtes, geheimnisvolles Bild zurück, das sie verwirrte und traurig machte. Viel unheimlicher als ihr undeutliches Antlitz erschienen ihr jedoch ihre festumrissenen, verborgenen Gedanken, die für einen Augenblick wie ein Phantom aufgetaucht waren. Diese Selbstbetrachtung währte indes nur kurz. Schnell wandte Andreina dem Spiegel den Rücken, durchquerte ohne Eile den Flur und öffnete die Küchentür.

Auf dem Gasherd dampfte ein Wasserkessel, und daneben saß Cecilia, das geschminkte, affektierte Mädchen, in ein Buch vertieft.

»Nun? Wo bleibt der Tee?«

Das Mädchen legte vorsichtig ein Zeichen ins Buch, ehe es sich erhob. »Er ist fertig. Sagen Sie, gnädige Frau, wer ist eigentlich diese junge Dame?« fügte es ganz selbstverständlich hinzu. »Sie gleicht jemandem, den ich kenne, aber ich komme nicht darauf, wem.«

»Die Gräfin Tanzillo«, verkündete Andreina mit einer Art berauschter Unbeschwertheit. Sie hätte jetzt lachen, singen und springen mögen. »Die Schwester des Grafen Matteo.«

»Ach ja, natürlich«, rief das junge Mädchen, während

es kochendes Wasser in die Teekanne goß, »die Schwester, natürlich.«

»Ja, seine Schwester!« wiederholte Andreina und umfaßte in plötzlicher Freude Cecilias Taille. »Tanz mit mir!« rief sie und versuchte, das lachende, sich sträubende Mädchen herumzuwirbeln. »Es geschieht nicht jeden Tag, daß die Schwester des Grafen Matteo sich zu einem Besuch bei uns herabläßt.«

Sie wirbelten eng aneinander geschmiegt herum, stießen gegen Wand, Tisch und Herd und lachten laut und hemmungslos. Cecilias Lachen war mehr ein Kichern, als ob man sie kitzele, Andreinas Lachen dagegen klang freudlos und beinahe haßerfüllt. Dann hielten sie erschöpft inne: Andreina lehnte sich an einen Schrank, und das Mädchen ließ sich auf den Stuhl fallen. »Oh, gnädige Frau!« keuchte es und preßte seine Hand auf die Brust. »Was stellen Sie bloß mit mir an? Ich bin ganz außer Atem.«

Aber Andreinas Gesicht hatte sich verfinstert, als hätte sich ihrer plötzlich ein nüchterner Ärger bemächtigt. »Bring schnell den Tee«, befahl sie streng. »Und wage dich in Zukunft nicht mehr an mein Parfüm, man riecht es eine Meile weit. Wenn ich es noch einmal merke, jage ich dich auf der Stelle davon«, sagte sie noch auf der Schwelle.

Sofia hatte den Hut abgelegt und rauchte gedankenverloren, während sie auf die Lampe starrte. Bei diesem Anblick verlor sich Andreinas üble Laune. Sie vergaß das Dienstmädchen und wandte wieder alle Gedanken ihren Plänen und deren Verwirklichung zu. Bewußt nachlässig zündete sie sich eine Zigarette an, setzte sich auf das Sofa und lächelte Sofia schüchtern dankbar zu. Endlich sagte sie mit geheuchelter Verlegenheit: »Vielleicht bist du mit Recht der Meinung, daß ich mich um Dinge kümmere, die mich nichts angehen. Mir fehlt der Mut, mit Matteo darüber zu sprechen. Aber da du nun hier bist und wir uns vielleicht nicht mehr sehen, möchte ich die Gelegenheit nutzen. Erlaube, daß ich dir eine Frage stelle.«

Sofia nickte ermutigend.

Andreina lächelte verlegen. »Aber versprich mir, mich nicht falsch zu beurteilen und nicht anzunehmen, daß ich irgendwelche Absichten verfolge. Der Grund meiner Frage ist wirklich kein anderer als meine Zuneigung zu Matteo.«

Sofia gefiel Andreinas Bescheidenheit. »Aber, meine Liebe, fangen wir nicht wieder mit der Dankbarkeit an! Ich habe dir doch gesagt, daß du mich als deine Freundin betrachten sollst!«

»Ja, du hast recht, tausendmal recht. Aber siehst du, ich kann es noch gar nicht begreifen, daß du meine Freundin bist, daß du, Matteos Schwester, wirklich zu mir gekommen bist.« Dann fuhr sie etwas verlegen fort: »Ich möchte gern wissen, ob es wahr ist, daß Matteo seine Ehe lösen will.«

Sofia wäre es nie in den Sinn gekommen, Andreina könne den ehrgeizigen Plan verfolgen, Matteos Frau zu werden; auch stand es für sie fest, daß der Streit zwischen Bruder und Schwägerin mit einer Versöhnung enden würde. Sie schrieb also diese Frage Andreinas liebevollem Interesse für den Geliebten zu. Sie begrüßte es sogar, daß Andreina selbst dieses heikle Thema anschnitt. »Welch merkwürdiges Zusammentreffen«, rief sie überrascht. »Gerade wollte ich darüber sprechen. Übrigens«, wisperte sie vertraulich, »ich bin eigens wegen dieser Dinge zu dir gekommen. Was meinst du, soll Matteo sich scheiden lassen oder nicht?«

Andreinas Herz schlug doppelt so schnell, ihr Atem stockte, eine wilde, unsinnige Hoffnung machte sie beklommen. Vergebens suchte sie sich im Zaume zu halten und sich zu sagen, es könne gar nicht wahr sein. Doch die Liebeserklärungen, das rätselhafte Verhalten Matteos und alles, was sie von Maria-Luisas Flucht und deren Absichten wußte, schienen ihr mehr als ausreichend, um jene Vermutungen zu rechtfertigen, die sie an den unerwarteten Besuch Sofias knüpfte.

›Sie will mir nur sagen, daß Matteo sich scheiden läßt und mich heiraten will‹, dachte sie. ›Warum würde sie sonst diese Frage stellen, warum wäre sie so freundlich, warum wäre sie sonst gekommen?‹ Aber in der Meinung, Sofia habe diese Frage gestellt, um ihre Zuneigung zu Matteo zu erforschen und auf die Probe zu stellen, suchte sie nach einer ausweichenden Antwort: »Warum fragst du mich? Was habe ich mit der ganzen Sache zu tun?«

»Sehr viel«, antwortete Sofia mit einer gewissen Feierlichkeit. »Alles hängt von dir ab.«

Andreinas rechte Hand glitt zu ihrem stürmisch klopfenden Herzen, und ihre Nägel gruben sich ins Fleisch. »Wie meinst du das?« fragte sie hastig.

»Nun, von deiner ablehnenden oder zustimmenden Antwort auf den Vorschlag, den ich dir jetzt mache, hängt es ab, ob die Scheidung durchgeführt wird oder nicht. Und schließlich«, hier log sie, in der Hoffnung, auf Andreina Eindruck zu machen, »hängt davon ab, ob Matteo glücklich wird oder nicht. Ich bin überzeugt, daß du mich verstanden hast. Außerdem wird Matteo heute, bevor ich zu dir kam, sicher schon etwas angedeutet haben, nicht wahr?«

Diese halben Worte waren die Folge der von Matteo anempfohlenen Rücksichtnahme. Aber Andreina, deren Einbildungskraft bereits mit verhängten Zügeln außerhalb der Wirklichkeit galoppierte, sah darin taktvolle Umschreibungen der Frage, die ihr am Herzen lag. »Ja«, gab sie zu, »Matteo hat mir etwas angedeutet. Und als du mich anriefst, habe ich sofort daran gedacht. Es schien mir tatsächlich, daß sich dein Besuch nur auf diese Art erklären ließ.«

In diesen Worten lag die ganze Unruhe einer noch zurückgedrängten Freude, während Sofia sie für bittere, unklare Verwirrung hielt. »Das ist schön«, stimmte sie ermunternd zu. »Wir verstehen uns wirklich vorzüglich. Deshalb möchte ich auch nicht mehr sagen, sondern lediglich wiederholen, daß von deiner Antwort Matteos Glück abhängt.«

Sie schwiegen beide. Andreina, ihrer Sache jetzt ganz sicher, schaute dankbar und bescheiden drein, wie jemand, der über seine kühnsten Erwartungen hinaus belohnt wird, sich für dieses Glück erkenntlich zeigen will und sich in gewisser Weise unwürdig fühlt.

»Ja, ja, ich verstehe, daß Matteos Glück von meiner Antwort abhängt«, sagte sie lächelnd und gesenkten Blickes. »Und in gewissem Sinne verstehe ich auch, daß er dich geschickt hat, um mit mir zu sprechen, obgleich er das wirklich selbst hätte tun können. Aber ich verstehe nicht, daß du auch nur daran denken konntest, meine Antwort könnte negativ ausfallen.«

Sofia hatte niemals daran gezweifelt, daß Andreina – sei es nun im Guten oder im Bösen – die harte Forderung einer Trennung annehmen werde. Als aber Andreina nicht nur ohne Zögern einwilligte, sondern sich auch noch beklagte, daß Sofia Zweifel daran gehegt hatte, konnte sie trotz aller optimistischen Voraussicht ein fast ungläubiges Erstaunen nicht unterdrücken. ›Diese Frau ist eine Heilige oder eine Schwachsinnige‹, dachte sie. ›Wie ist das nur möglich? Ich schlage ihr nichts weniger als eine Trennung von ihrem Freund vor, und sie willigt sofort und freudig ein! Ich an ihrer Stelle hätte Himmel und Erde in Bewegung gesetzt!‹ Aber in der Meinung, sie müsse ihr Erstaunen zurückhalten und Andreinas Uneigennützigkeit oder Dummheit möglichst begünstigen, sagte sie: »Natürlich freue ich mich sehr über deine Antwort! Mehr wollte ich ja gar nicht! Trotzdem wirst du mir beipflichten, daß ich ein entschiedenes ›Nein‹ befürchten mußte. Schließlich wird ja ein großes Opfer von dir verlangt, das größte, das man von der Liebe einer Frau verlangen kann.«

Andreina sah nicht ein, worin die Härte dieses Opfers lag. Ihr erschien es das Leichteste, Wünschenswerteste auf der Welt, Matteo zu heiraten. Trotzdem gab sie vor, Sofias Worte zu würdigen. »Ja, das ist wahr«, räumte sie ein. »Es ist ein großes Opfer. Aber nicht in meinem Fall. Ich liebe Matteo genug, um das und noch viel mehr für ihn zu tun.«

›Das ist wirkliche Liebe!‹ dachte Sofia bewundernd,

obgleich nicht frei von verdutzter, verständnisloser Ungläubigkeit. ›Ich hätte mir niemals träumen lassen, daß es solche Liebe gäbe.‹

Aber ihr Schweigen beunruhigte Andreina, die sich begierig aller Einzelheiten ihres unerwarteten Glückes vergewissern wollte. »Und du, Sofia – du erlaubst doch, daß ich dich mit dem Vornamen anrede?« fragte sie mit jener Schüchternheit, die ihren neuesten Beziehungen als zukünftige Schwägerinnen angemessen schien, »bist du auch wirklich zufrieden über meine Antwort, oder hättest du gewünscht, daß sie anders ausgefallen wäre?«

»Ob ich zufrieden bin?« entgegnete das junge Mädchen erstaunt. »Mehr als zufrieden! Ich war immer überzeugt, daß Maria-Luisa und Matteo trotz des gegenteiligen Anscheins im Grunde füreinander geschaffen sind, und sei es auch nur, um sich gegenseitig als Opfer zu fühlen. Ich bin mehr als zufrieden, unser Gespräch hätte nicht günstiger verlaufen können.«

Andreina, die sich gerade eine Zigarette anzünden wollte, wurde totenblaß. Sie nahm die kaum brennende Zigarette aus dem Mund und drückte sie langsam im Aschenbecher aus. Sie blickte vor sich hin. Die flachen Arabesken der dunkelgrünen Tapete flossen langsam ineinander und wurden allmählich zu Kreisen. Alles Blut wich aus ihren Wangen, sie hatte das kalte, schwindelnde Gefühl des Fallens. Immer noch drückte sie auf ihre Zigarette; es schien ihr, als ob das brennende Ende in den Aschenbecher eindränge wie in Butter. Dann hatte sie plötzlich ein Gefühl des Verbrennens. Hastig zog sie ihre Hand zurück, und das leere, dunkle Zimmer nahm wieder Form an, die Lampe und in deren Schein Sofias Gesicht neben ihr auf dem Sofa. Sie brachte mühsam hervor: »Aber macht meine Einwilligung Matteo denn auch wirklich glücklich?«

Sofia hob die Schultern. »Glücklich vielleicht nicht«, erwiderte sie leichthin, »aber wer ist schon glücklich? Jedenfalls gibst du uns den Familienfrieden wieder.

Und außer dem Frieden etwas viel Wichtigeres, das Geld.«

»Wieso Geld?« fragte Andreina. »Du willst doch nicht sagen, daß Matteo von Maria-Luisa abhängig ist?«

Sofia hatte seit der Heirat ihres Bruders jedem, der sich danach erkundigte, zynisch die Gründe aufgedeckt, die Matteo zu einer Verbindung mit Maria-Luisa bewogen hatten, gleichsam um zu zeigen, wie wenig ihr daran gelegen war. Auch jetzt antwortete sie lachend: »Im Gegenteil, gerade das möchte ich sagen! Eben das ist ja die traurige Wahrheit. Wir sind von Maria-Luisa abhängig! Sie unterhält die ganze Familie! Sie gibt mir die Aussteuer, wenn ich heirate. Bei mir und bei Matteo fiele kein einziger Pfennig heraus, auch wenn man uns noch so gut schüttelte. Oder glaubst du, ich hätte mich sonst so eingesetzt?« fügte sie unvorsichtig hinzu.

Im gleichen Augenblick trat Cecilia mit dem Teebrett ins Zimmer.

Unbeweglich, in ihrer Ecke zusammengekauert, mit halbgeöffneten, leicht zitternden Lippen und gerunzelter Stirn, blickte Andreina vor sich hin. Sie schien Cecilias Anwesenheit nicht zu bemerken. Sofias Worte fanden langsam Eingang in ihren dumpfen, schmerzenden Kopf, und in dem Maße, wie sie in ihr Bewußtsein eindrangen, fielen ihre ehrgeizigen Hoffnungen, die in letzter Zeit und vor allem nach Maria-Luisas Flucht in ihr erwacht waren, wie trockene Blätter ab, die der Herbstwind davonträgt. ›Das bezweckte sie also mit ihrem Besuch!‹ dachte sie und begriff endlich ihren Irrtum. ›Ich soll auf Matteo verzichten, damit er das Vermögen seiner Frau nicht verliert! Und Matteo, dieser erbärmliche Lügner, ist arm wie eine Kirchenmaus. Und ich muß mir, statt zu heiraten, ein Heim zu gründen und Gräfin zu werden, einen neuen Liebhaber suchen, der mich unterhält, und danach wieder einen anderen und so fort bis an mein Lebensende.‹ Zu der bitteren Enttäuschung und dem abgrundtiefen Haß gegen den verlogenen, mittellosen Matteo gesellte sich ein zorniger Widerwille gegen Sofia, als habe das junge Mädchen jene unsinnigen Hoffnungen bewußt und heimtückisch begünstigt, als habe nicht Andreina selbst aus diesem Besuch jene Schlüsse gezogen, die ihr am Herzen lagen. ›Diese dumme, langweilige Gans‹, dachte sie in plötzlicher Wut, ›kommt hierher, tut vertraulich und hält lange Reden! Und warum? Weil sie heute nichts anderes zu tun hatte und sich auf meine Kosten unterhalten wollte.‹ Wie ein Bettler, der für einige Stunden reiche, gutsitzende Kleider angelegt hat und dann gedemütigt zu seinen alten Lumpen zurückkehrt, so fand ihre Seele jetzt nach dem Zusammenbruch ihrer ehrgeizigen Träume mit bitterer Befriedigung in ihre dumpfe Hoffnungslosigkeit zurück. Schließlich dachte sie: ›Es war ein Irrtum, auf Matteo zu vertrauen. Ich hätte es nicht tun sollen. Deshalb geschieht mir ganz recht. Ich hätte noch Schlimmeres verdient.‹

Sie saß still, den Blick gesenkt, das Kinn gegen den schlanken Hals gepreßt, scheinbar in die Betrachtung ihrer Brosche vertieft. In Wirklichkeit verlor sie sich immer wieder darin, die finstere Leere ihrer erst so glänzenden Hoffnungen zu ermessen. Um ihren schmalen Mund gruben sich tiefe Winkel und verliefen in zwei Falten bis zum Halse. Die Zigarette, die sie wieder angezündet hatte, klebte an ihrer Unterlippe und zitterte sichtlich. Ab und zu kroch eine große Kälte von den heißen, übereinandergeschlagenen Beinen über ihren Körper. So vergingen einige Augenblicke. Dann vernahm sie Laute, ohne deren Sinn zu erfassen. Aufblickend sah sie, daß Sofia dem Mädchen half, den Teetisch zu decken.

Obwohl Andreina als Hausherrin den Tee selbst hätte servieren müssen, blieb sie sitzen – sei es aus Bitterkeit, als wäre jede Freundlichkeit nunmehr überflüssig, seit die Hoffnung dahin war, aus Sofias Freundschaft irgendeinen Vorteil zu ziehen, sei es aus mangelnder Überlegung und Trägheit. Stumpf und verständnislos blickte sie auf den Teetisch. Das Mädchen ging hinaus, und Sofia ließ sich wieder auf die Couch nieder. »Bleib ruhig sitzen«, sagte sie, »ich werde dir einschenken. Willst du den Tee stark oder schwach?« Diese Aufmerksamkeit sollte beweisen, daß sie trotz der Erreichung ihres Ziels Andreina nicht weniger herzlich gesinnt sei. Aber sie verschärfte nur Andreinas Haß und Abneigung, der schon Sofias Gegenwart unerträglichen Widerwillen bereitete. ›Was will sie eigentlich? Warum geht sie nicht endlich? Warum gießt sie mir den Teè ein?‹ dachte sie. Ohne in irgendeiner Weise ihre Gefühle zu zeigen, nahm sie die Tasse aus Sofias Hand entgegen, griff nach irgendeinem Biskuit und kaute langsam, scheinbar zufrieden und nachdenklich. So vergingen einige Augenblicke in Schweigen. Von den trockenen, verächtlichen Lippen Andreinas bröckelten kleine Biskuitstückchen, sie hielt die volle Tasse so schief, daß das Getränk auf die Untertasse floß, doch es entging ihr, da ihr Blick an dem roten Lampenschirm hing. Diese stille, unbeherrschte Verzweiflung fiel Sofia schließlich auf.

»Oh, was hast du?« fragte sie. »Was ist mit dir? Du bist so verändert.«

»Ich denke über mich selbst nach«, antwortete Andreina mit leiser, fast unartikulierter Stimme.

Sofia nahm einen großen Schluck. »Über dich selbst?« wiederholte sie zerstreut. »Und was denkst du?«

Andreina hob das bleiche, erregte Gesicht und sagte starren Blickes: »Daß ich unglücklich bin.«

Sofia stellte die geleerte Tasse beiseite und betupfte mit der Serviette den Mund. »Wir sind alle unglücklich«, sagte sie bedächtig. »Warum?« setzte sie einen Augenblick später hinzu. »Fällt es dir sehr schwer, dich von Matteo zu trennen?«

Andreina schüttelte verneinend den Kopf.

»Was hast du denn sonst?« fragte Sofia verständnislos.

»Sonst nichts!« entgegnete Andreina hartnäckig und leise.

Sofia betrachtete sie bestürzt. Welchem Umstand war diese Wandlung zuzuschreiben? Dann kam ihr unversehens eine Erleuchtung. Natürlich, Andreina war um ihre Zukunft besorgt, denn mit Matteo verlor sie ihren Unterhalt. Diese Sorge erschien Sofia nur zu natürlich. Sie glaubte, Matteo werde, sobald er dazu in der Lage sein würde, die verlassene Freundin großzügig entschädigen. Aus Furcht, Andreina zu kränken, wollte sie das jedoch nicht erörtern. »Nichts?« wiederholte Sofia schließlich. »Dann würdest du dich nicht so sorgen und wärest auch nicht so verzweifelt.«

In Andreinas Geist war alles verworren und dunkel. Einen Augenblick lang war sie versucht, Sofia aufrichtig ihre ehrgeizigen Absichten zu beichten, von ihrem Irrtum und ihrer Enttäuschung zu sprechen. Offenheit war der uneigennützigste Teil von Freundschaft und Vertrauen. Aber dann überwog das Mißtrauen. Vielleicht schämte sie sich, ihre Enttäuschung einzugestehen, vielleicht sah sie auch weiterhin in der Person Sofias die Ursache ihrer vereitelten Hoffnungen.

Langsam hob sie den Blick und sah das junge Mädchen freundlich an. »Ich sorge mich um gar nichts«, sagte sie betont, »und ich bin durchaus nicht verzweifelt.«

Sofia, immer überzeugter, daß Andreinas Kummer in wirtschaftlichen Erwägungen wurzele, konnte sich trotzdem nicht entschließen, diese Frage anzuschneiden. Sie dachte nämlich – und hielt das für sehr zartfühlend und rücksichtsvoll –, die ungezwungene Erörterung einer geldlichen Entschädigung in diesem Augenblick, nachdem sie Andreina einen so schweren, weittragenden Verzicht abgerungen hatte, hieße deren traurige Überzeugung bestätigen, eine ausgehaltene Frau zu sein. Die praktische Seite dieser Trennungsgeschichte mußte Matteo regeln, wenn sich Andreina nicht entschloß, als erste davon zu sprechen.

Sie machte einen letzten Versuch: »Doch, du verschweigst mir etwas! Du kannst nicht leugnen, daß sich dein Verhalten geändert hat. Vor dem Tee warst du nicht oder – wenn dir das lieber ist – wirktest du nicht so verzweifelt.«

»Es hat sich nichts geändert!« erwiderte Andreina gleich starr, stumpf und ausdruckslos.

»Aber du redetest vorhin mehr.«

»Ich habe nichts mehr zu sagen.«

Sofia dachte: ›Nun gut, wenn sie nicht sprechen will, ist es ihr eigener Schaden.‹ Aus einer plötzlichen Laune heraus oder um ihre Rolle zu Ende zu spielen, machte sie eine Geste, die mehr als alles andere ihre unveränderte Herzlichkeit beweisen sollte. Sie nahm zärtlich Andreinas gesenktes Kinn zwischen Daumen und Zeigefinger. »Kann ich dir glauben? Oder hast du so wenig Vertrauen zu mir?«

Bei diesen Worten trübte eine blinde Wut Andreinas Verstand. Sie hob den Blick und schaute gerade in die Augen ihres Gastes.

»Ich habe nicht gelogen«, sagte sie mit tiefer Stimme.

Verwirrt und fast erschrocken, wie jemand, der die Schnauze eines Hundes in die Hand genommen hat und diesen plötzlich knurren hört, streichelte Sofia mit leichter, flüchtiger Liebkosung über die schönen, mürrisch verzogenen Wangen und stand seufzend auf. »Es ist Zeit, daß ich gehe.«

»Du gehst?« wiederholte Andreina, ohne Bedauern oder Erstaunen. Und mit lässiger, beinahe gelangweilter Bewegung, als ob der Zwang, Sofia zu begleiten, sie eine große Anstrengung koste, erhob sie sich.

Langsam, Seite an Seite, gingen sie zur Tür. Nachlässig blickte Andreina zu Boden, als fürchte sie zu stolpern. Ihr Kopf war leer, ihre Kehle zugeschnürt, sie hatte nur das Verlangen, allein zu sein. Sofia dagegen war mit ganz anderen Dingen beschäftigt. Obwohl mit dem Ergebnis zufrieden, hatte sie doch Andreina gegenüber ein etwas schlechtes Gewissen. Sie hätte gern etwas gesagt oder getan, sie zu trösten und sich selbst das Gefühl zu verschaffen, ihre Pflicht erfüllt, vielleicht sogar etwas über ihre Pflicht hinaus getan zu haben.

Sie erinnerte sich plötzlich, daß Andreina über ihr Alleinsein geklagt hatte. Sofia wollte ihre Liebenswürdigkeit so weit treiben, ihr eine Freundin zu beschaffen. Aber wen? Natürlich keine ihrer eignen Freundinnen noch sonst jemand aus ihren Kreisen. Sie mußte jemand finden, der vertraut genug oder fremd genug war. Sie überlegte und fand, daß Pietro – in ihren Kreisen ein Fremder und gleichzeitig ein Vertrauter der Familie – hierfür geeignet sei.

In der Diele sagte Andreina: »Ich danke dir für deinen Besuch.« Ihre Hand lag auf dem Türdrücker, und ihr Fuß glättete die Matte.

»Oh, ich bitte dich!« erwiderte Sofia ungeduldig und zerstreut. »Übrigens, du beklagtest dich, daß du so allein bist und niemand kennst. Soll ich dich mit einem sympathischen, interessanten Menschen bekannt machen? Vielleicht würde es dich freuen, Pietro Monatti kennenzulernen? Er ist Journalist, kennt eine Menge Leute und könnte dir unter Umständen sehr nützlich sein.«

Mit gesenktem Kopf, die Hand an der Tür, mehr widerwillig als interessiert, hatte Andreina zugehört. Als der Name Pietro fiel, hob sie den Kopf. »Pietro Monatti? Ist das nicht dein Verlobter?«

»Ja.« Sofia errötete gegen ihren Willen. »Warum? Kennst du ihn?«

»Flüchtig«, antwortete Andreina. »Er ging mit mir zur Schule. Damals sah ich ihn häufig, aber später habe ich ihn aus den Augen verloren. Aber ich würde ihn sehr gern wiedersehen«, setzte sie mit undurchdringlichem Lächeln hinzu.

»Schön«, entschied Sofia, über Andreinas Lächeln höchst zufrieden. »Ich werde ihn selbst hierherbringen. Morgen und übermorgen habe ich zu tun, aber Freitag bin ich frei. Paßt es dir am Freitag?«

»Ja, gut!«

»Also Freitag«, wiederholte Sofia, und einem plötzlichen Impuls folgend, fügte sie hinzu: »Und jetzt gib mir einen Kuß.«

Sie empfand bei diesem letzten, liebenswürdigen Entgegenkommen eine aufrichtige Rührung. Es war die letzte Geste des Spieles, und ganz befangen in ihrer Rolle, meinte sie, daß auch Andreina gerührt sein müsse. Aber diese hielt kalt und unbeteiligt die Wange hin, erwiderte den Kuß nicht, nahm ihre Hand nicht von der Klinke, sondern öffnete langsam und sacht die Tür. So trennten sie sich. Sofia winkte zum Gruß fröhlich mit der Hand und verschwand im Dunkel des Gartens.

5

Zu Pietros Mißbehagen über Maria-Luisas vernichtende Kritik hinsichtlich seiner Person gesellte sich die Furcht, die gekränkte Frau könne sich rächen und seine Verlobte über den Vorfall an diesem Nachmittag aufklären. Unschuldig, wie er sich fühlte, hätte er gewünscht, dieser unbequemen Gefühle ledig zu sein, die jenem eigennützigen, ehrgeizigen Manne, für den Maria-Luisa ihn hielt, gemäßer waren. Aber je mehr er sich bemühte, Mißbehagen und Furcht zu begründen und zu unterdrücken, desto brennender bedrängten sie ihn. ›Da bin ich in einer schönen Verlegenheit‹, dachte er unbehaglich, als er neben Maria-Luisa im Wagen saß. ›Wenn ich nur ein wenig forsche, was sie Sofia gesagt oder nicht gesagt haben könnte, wird diese Hexe mir mit Freuden wiederholen, daß ich um die Verlobung fürchte. Andererseits ertrage ich diese Ungewißheit nicht länger.‹ Sie hatten inzwischen die Gärten und Häuser der Vorstadt hinter sich gelassen und überholten mit ihrem schweren Wagen die klapprigen Taxis und Lieferwagen. Bald waren sie am Ziel. Er mußte also sprechen. Maria-Luisa kauerte in ihrer Ecke, nach Sofias Besuch noch finsterer und feindlicher als bisher. Er sah eine unfreundliche Antwort voraus und konnte sich nicht entschließen, das Wort an sie zu richten. Schließlich besiegte er sein Widerstreben und fragte beiläufig:

»Worüber hast du mit Sofia gesprochen, Maria-Luisa?«

›Er hat Angst und möchte sich meines Schweigens vergewissern‹, dachte sie mit bitterer Verachtung. Unbewußt verabscheute sie weniger sein egoistisches Wesen als die Tatsache, daß er nur an sich dachte, während sie selbst nicht mehr ein noch aus wußte und unschlüssig war, wie sie sich zu den Vorschlägen ihres Mannes stellen, ob sie in die Welt zurückkehren oder sich von ihr fernhalten sollte. Das Leben entglitt ihren Händen, und eine unbändige Angst stieg in ihr auf.

»Sie haben eine wahnsinnige Angst, ich hätte meiner Schwägerin etwas über Ihre harmlose Untreue erzählt, nicht wahr?« fragte sie. Ihre Augen blitzten gereizt, und auf ihrem geschminkten Gesicht spiegelten sich Bosheit und Kummer.

»Nehmen wir an, es sei so«, entgegnete Pietro gequält, »obwohl ich es bestreite. Also haben Sie darüber gesprochen oder nicht?«

Maria-Luisa verstand es, höflich und boshaft zugleich zu sein. Gesellschaftliche Übung und natürliche Hinterlist befähigten sie dazu. »Ja, ich habe mit ihr darüber gesprochen«, erwiderte sie langsam mit wohlabgewogener Feindseligkeit, »so, wie ich es für meine Pflicht hielt. Und wenn Sie es unbedingt wissen wollen, kann ich Ihnen auch sagen, daß ich durchblicken ließ, was ich von Ihnen halte, und daß ich an Sofias Stelle die Verlobung lösen würde.« Sie beobachtete die Wirkung ihrer Worte. »Sind Sie jetzt zufrieden, oder möchten Sie noch mehr wissen?«

Weniger der Umstand, daß Sofia von seiner Untreue erfuhr – das würde er leicht wiedergutmachen können –, als vielmehr Maria-Luisas schlechte Meinung und ihre Verachtung dünkten Pietro unerträglich. Wenn er auch an ihre Aufrichtigkeit glaubte, so konnte er, fest von seiner Unschuld überzeugt, nicht umhin, in Maria-Luisas Feindseligkeit weniger Entrüstung als

Rachebedürfnis für ihre verletzte Eigenliebe zu sehen.

»Warum haben Sie das getan?« brachte er endlich hervor.

»Weil es mir gefiel, mein lieber Monatti«, erwiderte sie mit hochmütig emporgezogenen Brauen.

Pietro lehnte sich in den Wagen zurück. Seine Augen glänzten schwermütig. »Sie sind also überzeugt«, sagte er mit schwacher Stimme, »daß ich nichts als ein Streber bin?«

»Gewiß! Das ist doch nur zu verständlich. Mir scheint, lieber Pietro, daß Sie alles tun, um es zu beweisen.«

»Und doch ist es nicht wahr«, sagte er nervös. »Sie würden nicht so sprechen, wenn« – er zögerte und verbesserte sich im letzten Moment – »nicht das vorgefallen wäre, was vorgefallen ist.«

»Was wollen Sie damit sagen?« Maria-Luisa betrachtete ihn theatralisch von oben bis unten.

»Wenn ich eingewilligt hätte, Ihr Geliebter zu werden«, erklärte Pietro bleich und zornig.

Diese Worte riefen einen unerwarteten Eindruck hervor. Maria-Luisas gelassener Hochmut, der ihr kümmerlich geholfen hatte, ihren Unmut zu zügeln, war dahin. Sie wurde sich ihrer verzweifelten Lage wieder bewußt, und ihre Augen füllten sich mit Tränen. Sie verspürte eine weibliche, unüberwindliche Schwäche und gleichzeitig einen erbitterten Haß gegen den jungen Mann. Wütend beugte sie sich vor, ließ den Fahrer anhalten und bedeutete Pietro auszusteigen. »Steigen Sie sofort aus, ich habe genug von Ihnen.«

Eine Art Entsetzen befiel ihn. Er lehnte sich tief in den Wagen zurück. »Aber Maria-Luisa, ich wollte Sie doch nicht beleidigen. Lassen wir doch diese Szenen!«

»Steigen Sie aus!« wiederholte sie, zog ihn am Ärmel und versuchte mit der anderen Hand, die Tür zu öffnen. »Bitte, steigen Sie sofort aus. Wenn Sie nicht aussteigen, werde ich es tun!« Jetzt bemerkte sie, daß der Wagen gar nicht hielt. Sie ließ Pietro los und klopfte nochmals kräftig auf die Scheibe. Der Wagen fuhr sofort langsamer. »Und jetzt werden Sie aussteigen«, stieß sie keuchend hervor, »und zwar auf der Stelle, das rate ich Ihnen!«

Pietro war wie gelähmt angesichts dieser Wut und bei der Vorstellung, was jetzt geschehen würde. Wenige Meter weiter hielt der Wagen.

Einige Augenblicke sah Pietro stumm und reglos abwechselnd auf Maria-Luisa und die offene Tür, durch die er binnen kurzem aussteigen mußte. Mehr um einen Skandal zu vermeiden als aus wirklicher Nachgiebigkeit wollte er sich schon erheben und einen freundschaftlichen Abschied vortäuschen, als der Fahrer an den Wagenschlag trat.

»Ich habe nicht sofort gehalten, weil Nummer 75 erst hier ist und nicht dort, wo Frau Gräfin mir das Zeichen zum Halten gaben.«

Pietro begriff, daß sie durch einen glücklichen Zufall vor der Wohnung von Maria-Luisas Bruder standen. Erleichtert sah er sie an, als wollte er sagen: ›Jetzt steige ich gern aus, um so lieber, als wir zusammen aussteigen müssen.‹ Doch Maria-Luisa beachtete ihn nicht.

»Ein anderes Mal bitte ich da zu halten, wo ich es angebe«, herrschte sie den Fahrer an und sprang auf die Straße, von Pietro gefolgt.

Hohe, wuchtige Häuserreihen ragten beiderseits der Straße gegen den pechschwarzen Himmel. Die zahlreichen Stockwerke traten mit ihren dichten, erleuchteten Fensterreihen hervor; viele Fenster waren ohne Vorhänge, und man konnte von der Straße aus die schmucklosen, rosa und grün tapezierten Wände erblicken, die kahlen Zimmerdecken und die ärmlichen Lampen, die daran hingen. In den Erdgeschossen waren kleine, unscheinbare Läden für Fleisch, Lebensmittel, Gemüse und Kurzwaren untergebracht und ließen keinen Zweifel über die Armut der Bewohner dieser Gegend. Ohne sich um Pietro, der ihr folgte, zu kümmern, trat Maria-Luisa eilig durch einen Toreingang in eines dieser Häuser.

Sie kam zum erstenmal hierher und blieb nach ein paar Schritten unentschlossen stehen. Der hohe, dunkle Torbogen führte auf eine geräumige Anlage mit Springbrunnen, Blumenbeeten und Bäumen. Durch eine Glastür trat man in ein Treppenhaus mit spärlicher Beleuchtung und einförmigem Geländer.

Ängstlich bemüht, sich nützlich zu machen, fragte Pietro eifrig: »Welche Nummer suchen Sie, Maria-Luisa?« Doch sie übersah ihn geflissentlich und schritt auf die erleuchtete Pförtnerstube zu.

Der Raum war leer. Eine große, gestreifte Hauskatze lag zusammengerollt in einem Sessel, und auf einem Tisch lag als einsames Symbol die Schirmmütze des Pförtners. »Ist niemand da?« rief Maria-Luisa laut, obwohl weit und breit niemand zu sehen war. Nur die Katze öffnete die Augen, sah Maria-Luisa einen Augenblick verwundert an und schlief dann weiter.

»Der Pförtner ist nicht da«, sagte Pietro. »Sagen Sie mir, welche Nummer Sie suchen, Maria-Luisa.« Doch auch diesmal schenkte sie ihm kein Gehör und wandte sich mit entschlossener Miene dem linken Hauseingang zu.

Sie stiegen die Treppe hinauf. Pietro, dessen Kehle vor zorniger Beklemmung wie zugeschnürt war, wagte erneut eine Unterhaltung:

»Sie sind ungerecht. Ich sehe ein, daß es ungehörig von mir war, so zu sprechen, aber ich hätte es nicht getan, wenn Sie mich nicht herausgefordert hätten.« Maria-Luisa nahm schweigend und langsam die Stufen. »Sie sind ungerecht«, fuhr Pietro fort, »und haben ein Vorurteil gegen mich.« Aber auch diesmal hörte sie nicht zu, und nun schwieg Pietro zornig und gedemütigt. Das breite, kahle Treppenhaus, in dem die Stimme eisig widerhallte, war Pietro nicht unbekannt; in einem ähnlichen Hause hatte er seine Kindheit und einen Teil seiner Jugend verbracht. Er erkannte das unpersönliche Eisengeländer wieder, den grauen, mattglänzenden Sockel mit der hellen Äderung, die Marmor vortäuschte, die schlecht beleuchteten Treppenabsätze und die plumpen, auffälligen Messingschilder, den einzigen Luxus an den schwärzlichen Holztüren. Aber statt sehnsüchtiger Rührung, wie sie der empfinden mag, der die glücklichsten Stätten seiner Kindheit wiedersieht, flößte ihm dieser Anblick nur Zorn und Ärger ein. Jene Jahre mit ihrer Armut waren die schlimmsten seines Lebens gewesen, und noch immer konnte er sich eines bitteren Widerwillens gegen diesen Lebensabschnitt und eines heftigen Mitleids mit seinem früheren Ich nicht erwehren. Außerdem schürte das geringschätzige Verhalten seiner Begleiterin diese Empfindungen. ›Ich möchte wissen‹, grübelte er, ›wer nicht eigennützig und ehrgeizig würde, wenn er in solcher Umgebung aufgewachsen ist. Jene, die mir mein Strebertum vorwerfen, wissen nicht, welche Entbehrungen ich bis zu meinem zwanzigsten Lebensjahr ertragen habe. Ich bin nicht berechnend, aber nach einer solchen Jugend wäre es kein Wunder.‹ Haß gegen seine Verleumder und Mitleid mit sich selbst erfaßten ihn, am liebsten hätte er Maria-Luisa am Arm gepackt und sie gezwungen, seine berechtigten Beweggründe anzuerkennen. Er hätte es wirklich getan, wenn nicht plötzlich über ihren Köpfen ein unerwarteter Lärm ausgebrochen wäre.

Krachend fiel eine Tür zu, und jemand hastete eilig die Treppe empor. Eine wütende Frauenstimme keifte: »Luciana!« Ein hohles, frostiges Echo antwortete. Sie kletterten noch ein Stockwerk höher. Hier lehnte eine Frau mittleren Alters mit grauer Schürze und aufgekrempelten Ärmeln gegen das Geländer.

»Entschuldigen Sie bitte«, sagte Maria-Luisa und holte den Zettel hervor, »wissen Sie, wo das ist?« Die Frau wies wortlos auf die dritte Tür. Sie rief ein letztes Mal, noch lauter und ungeduldiger: »Luciana!« und verschwand.

Die bezeichnete Tür trug die Anschrift: »Studienrat Renato Malacrida.« Maria-Luisa drückte auf die Klingel und wartete schweigend. Aus Furcht, vor der öffnenden Person von neuem gedemütigt zu werden, unternahm

Pietro einen letzten Versöhnungsversuch. »Warum sind Sie so hart zu mir?« fragte er leise.

Sie drehte sich plötzlich um. »Wollen Sie mir einen Beweis Ihrer angeblichen Freundschaft geben?« fragte sie heftig.

»Ja, gewiß!« entgegnete Pietro verblüfft.

»Dann sagen Sie meinem Bruder nicht, daß ich allein wohne«, fuhr Maria-Luisa fort, »und tun Sie, als ob ich mit Matteo wieder im besten Einvernehmen lebte. Das ist alles. Aber wenn Sie mir diesen Gefallen nicht tun wollen, dann beklagen Sie sich nachher nicht, wenn Sie entsprechend behandelt werden.«

Gekränkt wollte Pietro gegen diese Worte Einspruch erheben. Aber er kam nicht mehr dazu, denn die Tür wurde geöffnet.

6

Anfangs sah Pietro nur Finsternis, aber einen Augenblick später entdeckte er einen Flur und unter dem Türgriff den Kopf eines kleinen Mädchens von ungefähr acht Jahren. Es trug ein kurzes, weißes, etwas schmuddeliges Kleidchen. Sein blaßbräunliches Gesicht wirkte weder gesund noch hübsch, und die schwarzen, ausdrucksvollen Augen waren zu groß für das schmale Antlitz.

»Kann ich Herrn Stefano Davico sprechen?« fragte Maria-Luisa. Sie sprach sehr betont und beugte sich mit etwas übertriebener Freundlichkeit zu dem Kind hinunter.

»Ja, er ist da, kennen Sie sein Zimmer?«

»Nein, welches ist es?«

»Das letzte hinten im Flur.« Die Kleine machte Licht. Die beiden Besucher sahen in der gelblichen Beleuchtung einen vollgestopften, engen, grüntapezierten Flur und an seinem Ende eine Tür. »Die letzte Tür hinten, ich sehe«, wiederholte Maria-Luisa, offenbar entsetzt über den Anblick des Flurs. Unsicher und zögernd trat sie näher. In das brütende Schweigen erklang klimpernde Musik, dünne, mißklingende Gitarrentöne.

Dann wurde eine andere Tür so unerwartet geöffnet, daß Maria-Luisa erschrocken zusammenfuhr. Ein Kopf schob sich heraus.

»Wer ist da?« fragte eine Männerstimme.

»Freunde von Herrn Davico«, antwortete die Kleine, die den beiden Besuchern voranschritt. Die Tür am Ende des Flurs war nur angelehnt, und Maria-Luisa trat ein.

Das Zimmer war überraschend groß. Bett, Schrank, Tisch und Stühle standen nicht gruppiert, sondern längs der Wand, als hätte man sie zum Tanz beiseite geräumt. Auch hier war es dunkel, bis auf den Teil, wo sich das Fenster befand. Und neben dem Fenster und seinem vergilbten Vorhang, einem jener Vorhänge, an denen man nur zu ziehen brauchte, damit sie von oben bis unten mit einem trockenen, staubigen Ruck zerreißen, standen ein Stuhl und ein Sofa. Gegen den Stuhl lehnten zwei Krücken, und auf dem Sofa lag, vollkommen bekleidet, ein etwa dreißigjähriger Mann.

Er hielt in den Händen eine Gitarre, deren Geklimper sie eben gehört hatten, und spielte mit müder Miene wie geistesabwesend vor sich hin. Er hatte die Deckenlampe, eine Zuglampe mit Messinggegengewicht, schräg zum Stuhl gezogen und mit einem Bindfaden festgebunden. Der umgedrehte Lampenschirm zeichnete an Decke und Wand einen großen Schatten und beleuchtete nur das Sofa. Die ungleiche Verteilung des Lichtes, die sonderbare Anordnung der Möbel, der lustlose Klang der Gitarre: all das vermittelte einen Eindruck von Öde und Verlorenheit.

Beim Geräusch der sich öffnenden Tür unterbrach der Mann sein Spiel und blickte neugierig auf die Besucher. Wie jemand, der nicht richtig gesehen zu haben glaubt, setzte er seine Brille auf und sah nochmals hin.

»Oh, du bist es, Maria-Luisa?!« rief er mit allen Anzeichen aufrichtiger Freude. Er legte die Gitarre beiseite und stützte sich auf die Ellenbogen. »Endlich! Komm her, laß dich anschauen. Meine arme Maria-Luisa, laß dich umarmen! Du kannst dir nicht vorstellen, wie ich mich freue, dich nach all den Ereignissen wiederzusehen!« Diese kurzen Sätze sprach Stefano manieriert und in falschem Tonfall, jedoch ohne sich Gewalt anzutun, als sei diese Falschheit ihm geläufig und nicht erst momentaner Berechnung entsprungen. Pietro betrachtete ihn. Maria-Luisas Bruder hatte die fahle Aufgeschwemmtheit eines Kranken, große, schwarze, reglose Augen, schwere, rotgeränderte Lider und zarte, feine Züge, die in dem ungesunden Fett verschwammen.

Wirkte Stefanos Begrüßung, sei sie nun falsch oder aufrichtig, äußerst herzlich, so war Maria-Luisas Betragen genau das Gegenteil. Sie hatte ihn seit fünf Jahren nicht mehr gesehen, und was ihr jetzt vor allem den größten Eindruck machte, war sein ungesundes Aussehen, das dem eines Menschen glich, der sich in die Tatsache ergeben hat, sein Leben als Kranker zu fristen, genügsam und vielleicht auch ohne Wissen um seinen Zustand. Während sie ihn ansah, erinnerte sie sich seiner als eines jungen Menschen, schlank, geistsprühend und von einer Ursprünglichkeit des Empfindens und Klarheit des Verstandes, die auf eine glänzende Zukunft schließen ließen. Und nun? Wie alt war er geworden, wie elend! Ihr Erstaunen dauerte nur wenige Augenblicke, in denen sie mit unerbittlicher Schärfe hundert traurige Dinge bemerkte, die anderen entgangen wären: die zerbrochene Marmorplatte auf der dunklen Kommode, die geflickte weiße Baumwolldecke auf dem schmalen Eisenbett, das Seifenwasser in der Schüssel mit dem nassen Handtuch daneben, Stefanos müdes Aussehen, den stoppligen Bart, die glänzenden Backenknochen, sogar die weißen Haare, die sich schon an den Schläfen zeigten. Im nächsten Moment befiel sie eine unbezwingliche, snobistische Angst, diesen Bruder in ihr Haus aufzunehmen und in ihren Bekanntenkreis einführen zu müssen. Wenn sie genauer darüber nachgedacht hätte, wäre ihr aufgefallen, daß sie ihm nichts anderes vorzuwerfen hatte als seine Armut und Krankheit. Und plötzlich hatte sie nur noch den einen heftigen Wunsch, ihn nicht mehr zu sehen, ihn unverzüglich und um jeden Preis in das Sanatorium zurückzuschicken.

Im Banne dieser Notwendigkeit dachte sie nicht einmal daran, Gefühle geschwisterlicher Liebe zu heucheln. Sie beugte sich nur zu dem Kranken und bot ihre Wange steif seinem Kuß. Während sie ungeduldig und verlegen auf ihn hinabblickte, begann sie: »Stefano, ich bin gekommen...«

Aber Stefano, der vielleicht die Feindseligkeit der Schwester zu besänftigen hoffte oder sie womöglich gar nicht bemerkt hatte, rief: »Oh, welch gutes Parfüm!« und sog gierig und glücklich den Duft ein. »Welch köstliches Parfüm!«

»Es ist ein ganz gewöhnliches Parfüm«, sagte Maria-Luisa und zog sich zurück. »Stefano, ich wollte dir eigentlich sagen...«

Wieder unterbrach er sie: »Und das Kleid? Oh, laß dich ansehen, Maria-Luisa! Welche Eleganz! Es ist entzückend, dieses Kleid. Wahrhaftig, wie es die Mode in diesem Jahr vorschreibt.«

›Schon früher interessierte er sich für meine Kleider‹, dachte Maria-Luisa in erbitterter Abneigung, ›nur war es damals ehrlich, während er heute heuchelt.‹ Sie hüllte sich wieder in den Pelz und sagte mit Nachdruck: »Es ist ein ganz gewöhnliches Kleid. Und jetzt genug der Komplimente, Stefano.«

Doch Stefano überhörte es geflissentlich. »Sei es nun die Beleuchtung, Maria-Luisa, oder die Freude, dich wiederzusehen, jedenfalls scheint mir, daß dein Mißgeschick mit Matteo dich kein bißchen mitgenommen, sondern geradezu verjüngt hat. Du wirkst schöner und jünger mit diesem Fluidum einer gewissen Trauer, die dir wunderbar steht. Aber warum setzt du dich nicht? Und warum stellst du mir deinen Freund nicht vor?«

Unzufrieden und verwirrt mußte Maria-Luisa sich

bequemen, Pietro vorzustellen und sich zu setzen. Als Stefano erfuhr, daß der junge Mann Sofias Verlobter war, stimmte er ein höfliches Lachen an. »Aber dann sind wir ja sozusagen Verwandte! Nehmen Sie Platz. Ich freue mich sehr, Sie kennenzulernen.« Pietro holte einen Stuhl herbei, und der Kranke folgte ihm mit einem Blick heiteren Wohlwollens. Dann wandte er sich erneut der Schwester zu. »Von den wichtigeren Sachen sprechen wir später, meine arme Maria-Luisa. Zuerst will ich dir erklären, warum ich nicht direkt zu dir gekommen bin, sondern dieses häßliche Zimmer deiner Villa vorgezogen habe. Also ...« Doch als er sah, wie Pietro in seinen Taschen suchte, nahm er eine Schachtel Zigaretten und sagte verwirrt: »Nehmen Sie diese, sie kommen aus dem Ausland, echte Schmuggelzigaretten.« Er wandte sich wieder an seine Schwester: »Also, es war kein böser Wille, vielmehr lag die Schuld bei dir. Du telegrafiertest mir, ich sollte das Sanatorium nicht verlassen. Ich reiste trotzdem ab, weil es zu spät war, alles wieder umzustoßen. Aber in der Meinung, es sei vielleicht etwas Unerwartetes eingetreten, kam ich hierher, anstatt bei dir abzusteigen. Du wirst mich nun fragen, warum ich nicht in ein Hotel gegangen bin. Nun, wegen des Geldes und wegen der Bequemlichkeit. Ich bin arm, wie du weißt, und obendrein wäre es in einem Hotel sehr schwierig, die Pflege zu erhalten, deren ich noch bedarf. Hier hingegen, wo man mich kennt, geht es mir in dieser Hinsicht fast so gut wie im Sanatorium. Es sind dieselben guten Leute, bei denen ich vor sieben Jahren wohnte, in jenen glücklichen Zeiten, als ich noch Student war. Und außerdem – bedenke diesen Zufall – ist die Tochter des Hauses ausgebildete Krankenpflegerin. So kam meine Nachfrage ihrem Angebot entgegen. Ich bin krank, und sie pflegt mich.« Er lachte in einer Art selbstgefälliger Bitterkeit. »Scherz beiseite, Maria-Luisa«, fuhr er fort, »jetzt bin ich bereit, mit in deine Villa zu kommen. Unter einer Bedingung jedoch: Erlaube mir, Carlino, den Sohn des Hauses, mitzunehmen. Er ist mir sehr zugetan, und ich brauche ihn, weil ich ohne Krücken noch zu unsicher bin. Und wenn du einen Wagen hast, können wir sofort aufbrechen. Ich habe meine Koffer noch gar nicht ausgepackt.« Er schwieg und suchte mit der Hand den Knopf der Klingel.

»Aber nein, Stefano«, rief Maria-Luisa herrisch und aufgebracht, »rufe niemanden, was fällt dir ein!«

»Ach so«, sagte Stefano gelassen und entschlossen, sie um jeden Preis mißzuverstehen, »du möchtest, daß ich erst morgen komme?«

»Aber nein, nein!« wiederholte seine Schwester hastig und unwillig. »Du hast mich nicht verstanden. Ich hatte dir doch telegrafiert, du solltest dort bleiben. Du hast dir falsche Vorstellungen gemacht. Im Augenblick kann ich dich nicht bei mir unterbringen.«

Diesmal war es nicht mehr möglich, Unverständnis zu heucheln. »Ach, so ist das«, sagte er langsam mit mattem Lächeln.

»Als ich dir das erste Mal schrieb, glaubte ich wirklich, ich würde mich von Matteo trennen. Deshalb bat ich dich zu kommen. Aber dann haben wir uns doch ausgesöhnt. Deshalb ist dein Dazwischentreten nicht mehr nötig, verstehst du? Und daher hättest du besser daran getan, nicht abzureisen.« Sie schwieg mit hochgezogenen Brauen und mied den Blick des Bruders. »Und wie geht es dir, Stefano?« fragte sie mit gequälter, hastiger Anteilnahme. »Ist es wenigstens etwas besser?«

Stefano, der bei den Worten seiner Schwester in melancholisches Nachsinnen versunken war, fuhr hoch. Er blickte sie an, während er mit einer Hand die Augen beschattete, wie jemand, der fürchtet, nicht recht gesehen zu haben. »Was ist mit dir, Maria-Luisa?« fragte er ironisch. »Fühlst du dich nicht wohl?«

»Nicht wohl?!« wiederholte sie ungehalten, »warum sollte ich mich nicht wohl fühlen?«

»Aber du fragst mich doch, wie es mir geht.« Der Kranke lachte gezwungen und wandte sich an Pietro, der aufrecht und stumm am Ende des Sofas stand. »Sie müssen wissen, meine Schwester und ich haben uns seit fünf Jahren nicht gesehen. Fünf Jahre hat sich meine Schwester niemals darum gekümmert, ob ich noch lebe oder nicht.« Er lachte wieder. Das bleiche Lampenlicht warf zwei gelbe Reflexe auf seine Backenknochen, und seine starren, ausdruckslosen Augen unterstrichen unangenehm seine forcierte Heiterket. Ohne Übergang fiel er in ebenso erzwungenen Ernst. Er beugte sich vor und ergriff die Hand seiner Schwester. »Nimm es mir nicht übel, Maria-Luisa! Einem Kranken muß man viel nachsehen. Und glaube nicht, daß ich es dir verarge, weil du mich nicht in dein Haus aufnehmen willst. Ich weiß, welche Zuneigung du immer für mich gehabt hast und daß du, wenn du kannst, immer bereit sein wirst, mir zu helfen. Du fragst mich, wie es mir geht? Es geht mir schlecht, meine Liebe, es geht mir sehr schlecht.« Bei diesen Worten seufzte er und ließ sich bleich und gerührt in die Kissen zurückfallen. »Es geht mir so schlecht, daß die Ärzte mich nicht einmal mehr täuschen. Da jede Aussicht auf Heilung sinnlos ist, geben sie mir den Rat, die Zeit, die ich noch zu leben habe, so gut wie möglich zu verbringen. Ja, es geht mir wirklich schlecht.«

Maria-Luisa fühlte deutlich, daß eine Geste geschwisterlichen Mitgefühls dem Bruder zwar nicht helfen, aber ihr selbst wenigstens guttun und sie von ihrer ständigen Angst befreien würde. Aber wie zuvor war sie zu verkrampft, um irgend etwas zu empfinden oder zu heucheln. Sie war benommen und blieb stumm und feindselig. Sie betrachtete ihren Bruder, und trotz aller Vernunft empfand sie Abscheu vor diesem aufgeschwemmten Mann und seiner feuchten Hand, welche die ihre preßte. »Es geht dir schlecht?« stammelte sie immerhin.

»Nun, mit Tuberkulose ist nicht zu spaßen«, antwortete der Kranke mit mattem, trostlosem Lächeln. »Augenblicklich, um bei der Wahrheit zu bleiben, ist es erträglich, aber das kann sich von einem Tag zum andern ändern. Eines Tages werde ich, wie man so sagt, ausgelitten haben.«

Maria-Luisa fand diesmal nicht die Kraft zu einer Antwort. Ganz anders waren Pietros Gefühle. Obwohl auch er eine gewisse Falschheit aus den Worten des Kranken heraushörte, war er ergriffen angesichts dieser Anzeichen von Krankheit und Verwahrlosung. Wie auch immer Stefanos Charakter und seine tiefsten Absichten beschaffen sein mochten, er war schwer krank, und weder snobistische Furcht noch Ärger rechtfertigten die unmenschliche Kälte und Feindseligkeit der Schwester. »Sprechen Sie nicht so«, sagte er unvermittelt. »Sie werden bestimmt wieder gesund werden, um so mehr, als Sie vorzüglich aussehen. Vertrauen Sie auf Licht und Sonne und gute Pflege. Man muß es der Zeit überlassen.«

Er hatte so leidenschaftlich bewegt gesprochen, daß Maria-Luisa sich umdrehte und ihn erstaunt betrachtete. Keineswegs erstaunt war indessen der Kranke. Er erwiderte, ernsthaft den Kopf schüttelnd: »Auch ich habe einmal so gedacht wie Sie! Aber ich habe mich überzeugen müssen, daß es mir ebensowenig möglich ist, gesund zu werden, wie zum Beispiel vergangene Jahre zurückzuholen oder neu geboren zu werden. Nein, ich werde nicht wieder gesund. Darum habe ich das Sanatorium verlassen, um die mir verbleibende Zeit auf bestmögliche Weise zu verbringen und noch ein wenig das Leben zu genießen. Und ich dachte auch«, setzte er mit einem Blick auf seine Schwester bitter hinzu, »daß Maria-Luisa mit ihren Verbindungen, mit ihrem Geld und ihrem Bekanntenkreis mir alles verschaffen könnte, dessen ich bedarf. Aber ich habe mich wohl getäuscht.«

In diesen Worten – Pietro mußte es sich eingestehen – lag etwas Unaufrichtiges. Aber sehr viel mehr als über diese Falschheit war er über Maria-Luisas Kälte und Härte empört.

»Aber nein«, entgegnete er, »Sie dürfen das nicht

so ernst nehmen. Ihre Schwester verhält sich heute so, weil ... weil auch sie ihre Sorgen hat. Aber sehen sie – ich glaube es wenigstens –, wenn Sie Geduld haben, werden Sie von Ihrer Schwester alles erhalten, was Sie brauchen. Nicht wahr, Maria-Luisa, in den nächsten Tagen tun wir alles, was in unserer Macht steht, um Stefano zu helfen?«

Sie warf ihm einen bösartigen Blick zu. »Ich bin der Meinung, Stefano«, sagte sie hastig und drängend, »du tätest besser daran, dich zu pflegen und ins Sanatorium zurückzugehen. Und ich glaube auch«, fügte sie unentschlossen hinzu, da sie nicht mehr recht wußte, was sie sagen sollte, »wenn du willst, wirst du gewiß gesund werden.«

»Aber es liegt mir nichts mehr daran«, entgegnete er mit ruhiger Verzweiflung. »Gesund werden paßt nicht mehr in mein Programm. Willst du mich vielleicht mit Gewalt heilen?« Er lachte und blickte Pietro fragend an. »Ich sage dir: ich bin zu krank, um jemals wieder gesund zu werden, und habe keine Lust mehr, an Ärzte, Arzneien, Liegekuren und Sanatorien zu denken, ich will mich nur noch vergnügen. Verschaffe mir Vergnügen!« Er lächelte lüstern, und ein boshafter Zug erhellte für einen Augenblick sein Gesicht. »Anstatt mich in dein Haus aufzunehmen und mich mit einer schönen Freundin bekannt zu machen, antwortest du mir: ›Geh ins Sanatorium zurück!‹ Eine schöne Antwort, wahrhaftig.« Er schwieg und sah zu seiner Schwester auf, wie um den Eindruck seiner Worte festzustellen.

Maria-Luisa verzog ihr Gesicht, als wolle sie in Tränen ausbrechen.

»Ich habe doch keinen Platz zu Hause«, begann sie hilflos, »und außerdem habe ich keine Freundinnen.«

»Aber geh. Mir genügt eines der hübschen Mädchen, die auf dem Pressefoto von irgendeinem Ball im vorigen Monat neben dir stehen. Wenn du das für mich tätest, wäre ich für immer zufrieden.« Er schwieg, und indem er wieder den Ton wechselte und feierlich wurde, schloß er bitter: »Nein, die Wahrheit ist, daß ich dir lästig bin. Ja, lieber Monatti«, bemerkte er mit trauriger und unerwarteter Herzlichkeit zu Pietro gewandt, »niemand will mehr etwas von mir wissen. Ich soll mich in ein Sanatorium hoch in den Bergen zurückziehen und dort langsam sterben. Das ist die Wahrheit!« Obwohl seine Worte offensichtlich aufrichtig gemeint waren, behielt er seine Schwester die ganze Zeit im Auge, wie um zu erforschen, ob es ihm gelungen sei, sie zu rühren. Sie jedoch blickte mit verzerrtem, entschlossenem Ausdruck auf ihre Armbanduhr, und ihre an Pietro gerichteten Worte: »Es ist spät und Zeit, daß wir gehen« ließen keine Zweifel über die Unwiderruflichkeit ihres Entschlusses zu.

Dieser Aufforderung folgte ein Schweigen. Stefano sah mit schmerzlichem Ausdruck vor sich hin, wie jemand, der, von seinem Mißgeschick niedergedrückt, nicht mehr weiß, was er sagen oder tun soll. Aber als seine Schwester, die wütend ihre Handschuhe überstreifte, sich ihm zum Abschied näherte, sagte er wie ein Verkäufer, der, vergeblich seine Ware immer wohlfeiler anbietend, sich zuletzt entschließt, sie ohne Gewinn abzugeben: »Willst du mich nicht wenigstens einmal einladen und mich mit deinem Mann und deiner Schwägerin bekannt machen? Es ist das mindeste, was ich von dir erwarten kann«, fügte er mit demütigem Lächeln hinzu. »Und ich habe wohl ein gewisses Anrecht darauf.«

Jetzt war es Maria-Luisa nicht mehr möglich, auf der abfallenden Ebene ihrer egoistischen Angst innezuhalten. Und wenn ihr Bruder nur um ein Glas Wasser gebeten hätte, sie hätte gleichwohl eine eigennützige Absicht geargwöhnt und es ihm verweigert. »Nein, das ist nicht möglich«, entschied sie. »Glaub mir, Stefano, es ist ganz unmöglich. Also, werde gesund und auf Wiedersehen!« Mit diesen Worten streckte sie ihm die Hand hin.

Ohne sie zu ergreifen, senkte Stefano den Kopf, als seien ihm statt einer Weigerung diskutierbare Bedingungen unterbreitet worden, über die er nachdenke. In Wirklichkeit suchte er seine Schwester festzuhalten und mühte sich vergebens um einen Vorwand. In diesem Augenblick wurde zweimal an die Tür geklopft.

7

»Herein!« rief Stefano. Eine Frau und ein junger Mann betraten den Raum.

Der Junge war etwa sechzehn Jahre alt, aufgeschossen und fast schmächtig. Sein Gesicht war mehr als blaß. Seine schwarzen Augen glänzten verwundert unter struppigen Haaren. Er verriet eine merkwürdige Sprungbereitschaft, fast wie ein junger Hund. Doch am stärksten berührte dieses jugendliche Schülergesicht durch seinen Ausdruck ungewöhnlicher, fast träumerischer Harmlosigkeit.

Die etwa dreißigjährige Frau war groß. Ihr Oberkörper war breit und der Busen überentwickelt. Von der Taille ab wurde ihr Körper immer schmaler, und die Knöchel waren über Erwarten zart. Auf den Schultern wiegte sich stolz eine Art gerupftes Vogelköpfchen mit kurzen Haaren und runden, gutmütigen Augen.

Die beiden stritten, und die Frau zerrte den Jungen, der einen Koffer trug, am Ärmel. Plötzlich sagte sie in entrüstetem Ton: »Sie können ja weggehen, Herr Davico, sogar sofort, wenn Sie wollen. Aber das bedeutet nicht, daß Carlino Ihnen folgen muß. Er ist ja schließlich nicht Ihr Kammerdiener.«

Maria-Luisa und Pietro schauten verlegen drein. Stefano blieb zuerst unbeweglich. Die drohende Stimme der Frau zwang ihn jedoch, sein Grübeln aufzugeben. Ganz allmählich hob er die schweren Lider und betrachtete schweigend die Ankömmlinge, so als ob er sie zum ersten Male sähe.

»Sie irren sich, Valentina«, meinte er schließlich. »Carlino hat sich aus eigenem Antrieb erboten, mir zu folgen. Und übrigens«, fügte er mit heimlicher

Tücke hinzu, »bin ich schuld, liebe Valentina, wenn Ihr Bruder sich zu Hause so wohl fühlt, daß er am liebsten fortgeht?«

Mit einer kampflustigen Bewegung rief das Mädchen: »Ob er sich wohl fühlt oder nicht, braucht Sie nicht zu kümmern.«

»Laß mich«, sagte Carlino ärgerlich und versuchte, sich loszumachen. »Ich habe gesagt, daß ich gehe, und werde es auch tun. Ich frage mich, was geht das dich eigentlich an?«

»Ach, was mich das angeht? Eine reizende Frage! Als ob ich eine Fremde sei. Ach, Carlino«, fügte sie beschwörend hinzu und legte ihre weiße, zarte und sehr schöne Hand auf ihren gewaltigen Busen. »Seit Herr Davico im Hause ist, bist du nicht mehr der alte. Du lernst ohnehin überhaupt nicht mehr, und damit nicht genug, packst du, ohne irgend jemand etwas zu sagen, einen Koffer und willst von zu Hause weglaufen. Und das, um Herrn Davico zu folgen, dem du gar nichts bedeutest und der dich als Diener gebraucht. Und deine Arbeit? Denkst du gar nicht an deine Arbeit, Carlino?«

Hin und her gezerrt zwischen der Angst, am Weggehen gehindert zu werden, und der Scheu vor einer rührenden Familienszene, rief der Junge entrüstet und ungeduldig:

»Aber ich sage dir doch, er hindert mich nicht, zu lernen und jeden Morgen zur Schule zu gehen. Was willst du denn noch mehr?«

»Nein, Carlino, glaube mir, tu es nicht«, sagte Valentina eindringlich. »Du bist noch zu jung, zu unerfahren, um von zu Hause wegzugehen.«

Während seine Schwester auf ihn einsprach, betrachtete der Junge mit fast mechanischer Aufmerksamkeit abwechselnd Maria-Luisa, Stefano und Pietro, als wolle er auf ihren Gesichtern die Auseinandersetzung verfolgen. »Was hat das mit meinem Alter zu tun?« fragte er ungeduldig.

Valentina überging diesen Einwurf. »Und außerdem,

was wirst du dort so ganz allein tun? Herr Davico hat seine eigenen Interessen und wird nicht den ganzen Tag bei dir bleiben können.«

Der Junge riß seinen sinnenden Blick von den Gesichtern der Besucher los. »Aber ich habe dir doch schon gesagt, was ich tun werde«, rief er in einer Mischung von Ungeduld, Wut und kindischer Nachsicht. »Warum läßt du mich alles zweimal sagen? Morgens gehe ich in die Schule, und nachmittags lerne ich, später leiste ich Herrn Davico Gesellschaft, und abends nach dem Essen bleibe ich bei ihm, und wenn er das nicht will, gehe ich schlafen. Du brauchst keine Angst zu haben, ich kann mir selbst den Tag einteilen. Dazu habe ich niemand nötig!«

»Hast du dein schönes Programm schon deinem Vater unterbreitet?« fragte Valentina schließlich, sich an das letzte, schwächste Argument klammernd.

Die aufgeregten Worte, das feststehende Programm, Carlinos kindlich-überheblicher Ton ließen Maria-Luisa plötzlich lächeln. Zum Weggehen bereit, hatte sie anfänglich ohne große Aufmerksamkeit dem Streit der Geschwister zugehört. Dann aber hatte das Gesicht des Jungen sie gefesselt. Vielleicht fand sie ein gewisses grausames Vergnügen an der Erwartung, wie Carlino die ihm bevorstehende Enttäuschung aufnehmen würde. Mit einer gewissen Erleichterung bemerkte sie, wie diese Neugier ihre wegen Stefano ausgestandene Angst zurückdrängte. In dem undeutlichen Wunsch, die Aufmerksamkeit auf sich zu lenken und einen Vorwand zum Bleiben zu finden, schaute sie mit unsicherem Lächeln zu den Streitenden hinüber. Aber nur Valentina bemerkte es.

»Ich weiß nicht, was es da zu lachen gibt!« sagte sie, auf Maria-Luisa zugehend. »Ihr Bruder kann sich sehr gut einen Diener nehmen, ihm macht das gar nichts aus. Doch wenn Carlino von zu Hause weggeht, wird er nicht lernen und mit wer weiß welchen Leuten verkehren. Und schließlich wird Ihr Bruder ihn nach Hause zurückschicken, und dann müssen wir und nicht Sie, die Sie so schön lächeln, die Folgen dieser Laune tragen.«

Maria-Luisa war nicht unbefangen genug, um angesichts dieses Angriffs die sozialen Unterschiede zu vergessen und mit ungezwungener Höflichkeit Valentina auf ihren Irrtum aufmerksam zu machen.

»Aber, mein gutes Fräulein...«, begann sie in dünkelhaftem, herablassendem Ton. Doch die andere ließ sie nicht ausreden:

»Wenn man reich ist und den ganzen Tag nichts zu tun hat, ist es leicht, sich über arme Leute lustig zu machen, die sich mit ihrer Hände Arbeit durchschlagen müssen. Aber Carlino«, sagte sie mit gewissem Stolz, »ist nicht reich geboren und muß jetzt ans Lernen denken, so wie er später ans Arbeiten denken muß. Er kann nicht den Stiefelknecht Ihres Bruders abgeben.«

Der Junge, dessen ängstliche, demütige Blicke zwischen seiner Schwester und Maria-Luisa hin- und hergingen, machte eine verzweifelte Bewegung. »Aber ich habe dir doch gesagt...«

Doch Valentina unterbrach ihn: »Sei still!« und fuhr, zu Maria-Luisa gewandt, fort: »Ich an Ihrer Stelle würde mich um meine eigenen Angelegenheiten kümmern, anstatt zu lächeln und Zwietracht zu säen. Sie werden schon wissen, was ich meine!«

Diesmal war Maria-Luisas Bestürzung größer als der Hochmut. »Meine Angelegenheiten?« wiederholte sie mit hochgezogenen Brauen. »Was wissen Sie von meinen Angelegenheiten?«

Es schien, als bereue Valentina plötzlich, sich mit ihren Anspielungen so weit vorgewagt zu haben. »Ach, ich weiß Bescheid«, wiederholte sie ausweichend.

»Nein, nein!« beharrte Maria-Luisa theatralisch und ging einen Schritt auf sie zu. »Sie haben sich da eine Andeutung erlaubt, die Sie erklären müssen.«

Wie jemand, der zwischen einer lockenden Versuchung und dem Gebot der Vernunft schwankt, betrachtete Valentina sie unentschlossen, aber nicht eingeschüchtert. »Sind Sie nicht die Gräfin Tanzillo?« fragte sie schließlich.

»Ja, die bin ich.«

»Und heißt Ihr Mann nicht Matteo?«

»Ja, er heißt so.«

»Wenn Sie es also unbedingt wissen wollen«, fuhr Valentina langsam und mit verdrießlicher Miene fort, »Ihr Mann und meine Schwester Andreina verstehen sich recht gut. Das sind die Dinge, um die Sie sich kümmern sollten, anstatt hier Zwietracht zu säen. Warum sehen Sie mich so an?« sagte sie nach einer Weile mit einer Mischung von Zorn, Unsicherheit und Reue. »Verstehen Sie mich nicht? Ich habe doch deutlich gesprochen. Ihr Mann und meine Schwester Andreina verstehen sich gut. Sie mögen sich gern. Und jetzt lächeln Sie, wenn Sie können.«

Valentina sah Maria-Luisa herausfordernd an. ›Jetzt kannst du weinen‹, schien ihre Haltung auszudrücken. Ihre Enttäuschung war daher groß, als Maria-Luisa ihr einen ärgerlichen, verächtlichen Blick zuwarf und sich weiter mit ihren Handschuhen beschäftigte.

Valentinas Hinweis auf Matteos Treulosigkeit hatte Maria-Luisa weniger erstaunt und gekränkt als unglücklich gemacht, denn er brachte ihr erneut die Unsicherheit ihrer Lage zum Bewußtsein.

»Mein Fräulein, haben Sie keine Angst«, sagte sie kalt und höflich, und eine harte Falte stand zwischen ihren Brauen. »Ich werde ohnehin nicht mehr hierherkommen. Was Carlino angeht«, der Junge zuckte bei der Nennung seines Namens zusammen und sah sie an, »was Carlino angeht, so läuft er keine Gefahr, in mein Haus zu kommen. Ich habe nämlich nicht die Absicht, meinen Bruder bei mir aufzunehmen. Wenn er trotzdem von hier weggehen und Carlino mitnehmen will, müssen Sie das untereinander ausmachen.«

Eine stille Genugtuung spiegelte sich in Valentinas Zügen. Da die hochmütige Zurückhaltung der Besucherin sie trotzdem einschüchterte, zog sie sich gleichsam in dem Wunsche, sich samt ihrem Triumph un-

sichtbar zu machen, vorsichtig in Richtung der Tür
zurück.

»Ist das wahr, Herr Davico?« fragte Carlino mit
schwacher Stimme. »Sie gehen nicht fort?«

»Ja, es ist wahr«, sagte Stefano schmerzlich betrübt.
»Es ist leider allzu wahr! Meine Schwester hat sich
eines Besseren besonnen und es für richtig gehalten,
mir die Tür vor der Nase zuzuschlagen. Aber das macht
nichts, Carlino, das macht nichts! Wir werden schon
ohne sie fertig werden. Und wir werden uns trotzdem
gut amüsieren.«

Diese Beteuerungen trösteten den Jungen nicht. Mechanisch und abwesend ließ er seinen Koffer mitten im Zimmer stehen und stellte sich hinter den Stuhl, an dem die Lampe angebunden war. Er legte seine Hände auf die Lehne und blickte starr vor sich hin. Der Schatten, den der Lampenschirm warf, verdunkelte sein weißes, verstörtes Gesicht. Niemand bemerkte die Tränen in seinen Augen. Alle schwiegen, jeder aus einem anderen Grund. Aber von allen fünf hatte zweifellos Maria-Luisa die verworrensten Gedanken.

Nach der ersten Überraschung brachten sie die Anspielungen Valentinas zum Nachdenken. ›Wenn sie in dieser Weise von Matteos Beziehungen zu ihrer Schwester spricht, so bedeutet das, daß diese Beziehungen noch bestehen, daß Sofia mich belogen hat und man mich weiter hintergehen will.‹ Ein wütendes und zugleich kaltes Rachegefühl gegen ihren Mann erfüllte sie, und gleichzeitig erstand in ihr wieder der unbändige Wunsch, sich durch ein Liebesverhältnis an ihm zu rächen und ihn so zu vergessen. Angesichts des versonnenen Jünglings, dem der Kummer eine so eigentümliche Note verlieh, kam ihr der Einfall, Carlino könne dieser Freund sein. Bei diesem Gedanken klopfte ihr Herz stürmisch. Unruhe verschlug ihr den Atem, sie sah regungslos und starren Blickes zu ihm hinüber, der, aufrecht und träumerisch, eher einem Phantom als einem lebendigen Menschen glich. Schon überstürzten sich in ihrem Kopf die Verführungspläne.

Dann wieder stellte sie sich ängstlich die fruchtlose Frage: ›Was tue ich nur? Bin ich verrückt geworden? Mit diesem Jungen? Mit dem Bruder dieser Frau?‹ Schon wollte sie sich unauffällig Carlino nähern, schon formte sie in Gedanken die passenden Worte, um ihm ihre Wünsche nahezulegen, als das Geräusch der sich öffnenden Tür sie erschrocken und fast ängstlich zusammenfahren ließ.

8

»Ist es erlaubt?« fragte eine heisere, leicht meckernde Stimme, und auf der Schwelle erschien die bärtige Gestalt von Carlinos Vater.

»Als ich zufällig über den Flur ging«, erklärte er, während er mit den Fingern über den Schnurrbart strich und seine eingesunkenen, flackernden Augen auf Maria-Luisa heftete, »hörte ich die Stimme meines Sohnes und habe mir erlaubt, einzutreten. Nun«, fügte er näher tretend hinzu, »wie geht es unserem Freund?«

»Es geht mir gut, vielen Dank«, antwortete Stefano zerstreut und ein wenig nachdenklich. Das Schweigen und die herrschende Verlegenheit machten den Lehrer plötzlich argwöhnisch. Seine Augen schweiften forschend umher und blieben an dem Koffer mitten im Zimmer hängen.

»Was sehe ich?! Einen Koffer!« Er bückte sich, um den Gegenstand über seine Brillengläser hinweg prüfend zu betrachten. »Und was macht dieser Koffer hier?«

Valentina ließ ein kurzes, gutmütiges Lachen hören. »Er war für Carlino bestimmt, der auf Reisen gehen wollte.«

»Auf Reisen?«

»Ja, er wollte mit Herrn Davico weggehen.«

»Wie?« wiederholte der Lehrer beunruhigt. Er rückte die Brille auf seiner Nase zurecht und sah zu Stefano hinüber: »Herr Davico geht weg?«

»Er wollte.«

Die gleichmütige, ironische Art, in der Valentina über jene Dinge sprach, die ihm am Herzen lagen, mußten auf den Knaben geradezu beleidigend wirken. Unvermittelt wachte er aus seiner träumerischen Regungslosigkeit auf und sagte: »Mir scheint, daß ich hier überflüssig bin.« Er schritt bis zur Mitte des Zimmers, ergriff den Koffer und ging hinaus.

Mit Staunen und wachsendem Argwohn trat der Lehrer an Stefanos Sofa. »Verstehe ich recht, Sie wollten fortgehen?«

»Ja«, erwiderte Stefano, setzte sich ein wenig aufrechter und ordnete die Kissen in seinem Rücken. »Ja wirklich, ich wollte weggehen. Aber jetzt gehe ich nicht mehr.«

Der Lehrer ließ sich rittlings auf einen Stuhl nieder, beugte den Kopf über die Lehne und schien nachzudenken. Darauf faßte er Stefano ins Auge, richtete den Zeigefinger forschend auf dessen Gesicht und fragte: »Sagen Sie die Wahrheit, hat Carlino es Ihnen gegenüber an Achtung fehlen lassen?«

»Nein«, antwortete Stefano belustigt und erstaunt zugleich. »Nein, Carlino hat es mir gegenüber nicht an Achtung fehlen lassen.«

»Dann hat Valentina . . .«

»Aber nein, kein Gedanke.« Stefano hatte an diesem Dialog mit dem Hausherrn Gefallen, einzig aus dem Grund, weil er sich so vor der Schwester mit seinem unbeteiligten Gleichmut brüsten konnte. »Valentina und ich sind die besten Freunde. Nicht wahr, Valentina?«

»Sie müssen es wissen«, erwiderte sie mit bedeutungsvollem Tonfall.

Es wollte dem Lehrer nicht in den Sinn, daß Stefano aus eigenem Antrieb hatte fortgehen wollen. Er sah eher darin das untrügliche Zeichen einer geheimen Verschwörung, die angezettelt worden war, um ihm zu schaden. »Sollten Sie etwa wegziehen, Herr Davico«, forschte er vorsichtig weiter, »weil jemand Ihnen etwas über mich erzählt hat? Etwas über meine Lehrertätigkeit und insbesondere den letzten Abschnitt dieser Laufbahn? Ich weise darauf hin, Herr Davico, weil Sie es vielleicht nicht wissen. Es gibt eine kleine, boshafte Gruppe von Leuten, die mich aus dem Hinterhalt um jeden Preis zu vernichten suchen. Hat Ihnen zum Beispiel niemand mit höhnischem Lachen gesagt: ›Hehe, der Lehrer Malacrida behauptet, seine Tätigkeit wegen einer Ungerechtigkeit seiner Vorgesetzten aufgegeben zu haben, in Wirklichkeit ist er entlassen worden wegen Unzurechnungsfähigkeit oder noch Schlimmerem.‹?«

Wie jemand, der sich zu etwas Gewohntem anschickt, trat Valentina gelassen zu ihrem Vater und legte ihm die Hände auf die Schultern. »Papa«, sagte sie mit ihrer bedächtigen, gutmütigen Stimme, »sollten wir jetzt nicht lieber gehen? Die Herrschaften haben sicher etwas miteinander zu besprechen...« Gleichzeitig deutete sie hinter dem Rücken des Vaters mit dem sanften Lächeln einer Krankenpflegerin an ihre Stirn, hob die Augen zur Decke und schüttelte den Kopf, wie um zu sagen: ›Machen Sie sich nichts draus, er redet irre.‹

Doch der Lehrer ließ sich nicht ablenken. Die Anwesenheit der beiden Besucher machte ihn über alle Maßen neugierig. Er brannte darauf, zu bleiben. Aber trotz seiner Neugier hätte er dem Vorschlag seiner Tochter wahrscheinlich doch folgen müssen, wäre Maria-Luisa ihm nicht um ihrer eigenen Pläne willen zu Hilfe gekommen. Als Carlino das Zimmer verließ, war ihre Enttäuschung groß. Es wurde ihr plötzlich klar, daß mit dem Fortgang von Vater und Tochter kein Vorwand mehr bestand, den jungen Mann aufzusuchen und allein zu sprechen. Diese Überlegung dauerte nur einen Moment. »Nein, nein«, rief sie zusammenhanglos mit der verblüffenden Sprunghaftigkeit gesellschaftlicher Plauderei, ergriff einen Stuhl und ließ sich neben dem Sofa nieder. »Gehen Sie noch nicht! Wir haben nichts mehr zu besprechen. Es würde mich sogar sehr interessieren, Ihre Geschichte kennenzulernen. Warum hassen diese Leute Sie denn so? Vielleicht«, riet sie aufs Geratewohl, »haben Sie einem von ihnen etwas Böses getan?« Sie entnahm ihrer Tasche ein flaches, goldenes Zigarettenetui und ließ es vor dem Lehrer aufspringen. »Orientalische Zigaretten«, sagte dieser und nahm eine heraus. »Ich rauche sonst nur Zigarren, doch Ihnen zur Ehre werde ich eine rauchen.« Während er das Mundstück betrachtete, sagte er langsam und verbittert: »Sie fragen, ob ich etwas Böses getan habe. Ich habe das größte Verbrechen begangen, das es gibt: ich habe die Gerechtigkeit geliebt, die Wahrheit gesagt, die Ehre verteidigt. Das hat mich meine Stellung gekostet und beinahe auch noch mein Leben.«

»Wie? Warum beinahe das Leben?« fragte Maria-Luisa, die in ihrer Erregung gar nichts begriffen hatte.

»Das ist eine lange Geschichte, und Sie werden weder Zeit noch Geduld haben, sie anzuhören.«

»Aber doch, erzählen Sie...«, drängte Maria-Luisa mit stürmischer Ungeduld, »erzählen Sie. Wer sagt Ihnen, daß wir keine Zeit hätten? Alles haben wir: Zeit und Geduld, alles.«

Der Lehrer lachte wohlgefällig in seinen Bart. »Ich fühle mich sehr geschmeichelt, aber«, er sah auf Pietro, »ich habe noch nicht das Vergnügen, diesen Herrn zu kennen!«

»Pietro Monatti, Herr Studienrat Malacrida, und jetzt fangen Sie an mit Ihrer Geschichte.«

Doch Pietros Name schien ein Echo im Gedächtnis des Lehrers zu erwecken. »Monatti?« wiederholte er nachdenklich. »Ihr Vater hieß Alfredo... und war beim Ministerium für öffentliche Bauten... und Ihre Mutter hieß Rosa... ja, kennen wir, kennen wir.«

Pietro, der über die unbegreiflichen Launen seiner Begleiterin recht verärgert war und lieber gegangen wäre, hatte sich abseits gehalten. Als die Namen seines Vaters und seiner Mutter genannt wurden, errötete er. Er war bisher nie in die Verlegenheit gekommen, sich der bescheidenen Verhältnisse seiner Eltern zu schämen, weil sie schon früh gestorben waren, zu einer Zeit, als seine erfolgreiche Laufbahn noch nicht begonnen hatte. Da er schließlich seine Herkunft in eine schon fast prähistorische Welt verbannt hatte, war er sicher gewesen, daß sie ihm weder lästig noch hinderlich sein konnte. Groß war daher sein Unmut, als er Röte in seine Wangen steigen fühlte und eine dumme, unsinnige Scham ihm jeden Gedanken benahm. ›Es stimmt also doch‹, dachte er, ›Maria-Luisa hat recht, ich bin wahrhaftig ein Snob.‹

Diese bittere Erkenntnis währte nur eine Sekunde. Dann versuchte er mühsam, seinen verwirrten Zügen ein interessiertes Aussehen zu geben: »Ach, Sie haben meine Eltern gekannt?«

Der Lehrer nickte. »Ihr Vater war einer meiner besten Freunde, wenn nicht sogar der beste... und Sie habe ich schon gekannt, als Sie noch so klein waren«, er streckte die Hand aus, um die Gestalt des kleinen Pietro zu veranschaulichen. »Valentina«, wandte er sich an seine Tochter, »erinnerst du dich noch an die Monattis in der Via Ofanta?«

Pietro wußte nicht mehr, wohin er blicken sollte.

»Und ob ich mich erinnere«, erwiderte Valentina langsam, »Sie sind also der kleine Pietro?«

»Ja, das wäre er also«, bekräftigte der Lehrer, indem er Pietro über seine Brille hinweg ansah. »Wer hätte damals, als ich ihn noch als kleinen Jungen auf meinen Knien hielt, gedacht, daß ich ihn einmal als erwachsenen Mann wiedersehen würde!«

Der Lehrer nahm ganz versunken die Brille von der Nase, hauchte sie an und polierte sie mit einem großen, bunten Taschentuch. »Wer hätte das gedacht? Das waren noch schöne Zeiten! An den Krieg dachte man noch nicht, das Leben war billig, die Kinder waren noch klein und machten einem noch keine Sorgen, meine Frau lebte noch... Ach, es ist besser, nicht mehr daran zu denken.« Er setzte die Brille wieder auf und verneigte sich unbeholfen vor Maria-Luisa. »Vielmehr dürfte sich die Frau Gräfin für die Geschichte interessieren, die mich zwang, meinen Lehrberuf aufzugeben.«

Maria-Luisa, die mit verkrampften Lippen und gerunzelter Stirn ihre ausdruckslosen und verstörten Augen nicht von der Tür ließ, zuckte heftig zusammen. »Ach ja«, sagte sie hastig, »die Geschichte! Hören wir jetzt diese Geschichte?«

Wie ein Redner, der sich zu einer Ansprache anschickt, strich sich der Lehrer über das Kinn und warf einen befriedigten Blick in die Runde. Dann begann er: »In dem Jahr nach Kriegsende wurde ich zu meinem Verhängnis als Lehrer in eine kleine Stadt geschickt, die ich, um keine Namen zu nennen, mit X bezeichnen will. Nach meiner Ankunft suchte ich den Direktor des Gymnasiums auf und bat ihn, mich über meinen Wirkungskreis, über die Verhältnisse im Ort und über die Leistungen meiner Schüler zu unterrichten. ›Alles tadellos‹, antwortete er mir, ›nur bei dem Schüler Fiore hapert es. Doch Fiore muß auf jeden Fall versetzt werden, gleichgültig, ob er es verdient oder nicht.‹ Ich erkundigte mich nach dem Grunde und erfuhr, daß X durch eine Verbrecherbande tyrannisiert wurde und der Vater des Fiore der gefürchtete Anführer war. Am nächsten Tag gab ich in der Klasse folgende Erklärung ab: ›Alle Schüler sind für mich gleich, nur das Verdienst unterscheidet sie, das Gesetz ist für alle das gleiche!‹... Vollkommenes Schweigen. Der November verging, der Dezember... Zu Weihnachten schickte mir dieser Fiore eine Korbflasche Wein und vier Kapaune ins Haus... ›Aha!‹ sagte ich mir, ›das fängt gut an... der glaubt, einen dieser unterwürfigen Lehrer vor sich zu haben, die sich bereitwillig beugen, nur um in Frieden leben zu können... Nun, er wird sehen, mit wem er es zu tun hat...‹ Ich wies also meine Frau an, alle Geschenke zurückzuschicken. Nach den Ferien nahm ich den Schüler Fiore, der, nebenbei bemerkt, ein ausgemachter Dummkopf war, mit doppelter Strenge vor... Gut. Die Monate vergingen, das Schuljahr war zu Ende, und der Direktor berief eine

Konferenz ein wegen ·der Zeugnisbesprechung. Alle Kollegen waren da... Ich verlas mit deutlicher Stimme die Namen jener Schüler, die versetzt werden sollten, und erklärte, daß Fiore in sämtlichen Fächern durchgefallen sei und bis Oktober zurückgestellt werden müsse... Was auf diese Worte folgte, kann ich nicht beschreiben. Meine Kollegen, bleich wie die Wand, erklärten mich für verrückt. Der Direktor flehte mich an, meinen Entschluß zu ändern. Doch ich blieb fest... Am gleichen Abend wurden die Zeugnisergebnisse mitgeteilt, und ich legte in später Stunde, da niemand mit mir gehen wollte, den Weg nach Hause allein und unbewaffnet zurück. ›Jetzt steht es ihnen frei, vollkommen frei, mich umzubringen‹, dachte ich. ›Ich habe meine Pflicht getan, mein Gewissen ist rein.‹«

»Warum hat man Sie denn nicht umgebracht?« fragte Maria-Luisa, die auf einen günstigen Moment zum Hinausgehen wartete und, da er sich nicht bot, jeden beliebigen Vorwand benutzte, um die Geschichte in die Länge zu ziehen.

»Sie taten mir viel Schlimmeres an. Sie trafen nicht meinen Körper, sondern meine Seele. Sie nahmen mir meine Stellung. Mit meiner Arbeit verdiente ich den Lebensunterhalt für mich und meine Familie. Welche Rache konnte gehässiger sein, als mir die Stellung zu nehmen? Wie sie es fertigbrachten, habe ich nie durchschaut. Tatsache ist, daß mich der Unterrichtsminister eine Woche später in den Ruhestand versetzte.«

»Aber Papa«, unterbrach ihn Valentina wiederum ruhig und gutmütig, »sieh doch die Dinge endlich, wie sie wirklich sind, und gib zu, daß du deiner Gesundheit wegen nicht mehr unterrichten konntest! Nur seine Eigenliebe«, wandte sie sich an die anderen, »läßt ihn so viele Geheimnisse sehen, wo gar keine sind.«

Diese Auslegung schien dem Lehrer eher zu schmeicheln als ihn zu kränken. Immerhin erklärte er mit belehrend erhobenem Zeigefinger: »Die Gesundheit war der offizielle Vorwand, Valentina, vergiß das nicht, der offizielle Vorwand. Übrigens war ich nicht der einzige, der Verdacht geschöpft hatte. Alle meine Kollegen waren mit mir einig, daß meine Pensionierung einer dunklen Machenschaft zuzuschreiben sei.«

»Vielleicht gehört auch der Unterrichtsminister zu dieser Verbrecherbande, von der Sie sprachen«, bemerkte Stefano mit ironischem Ernst.

»Ja, wahrhaftig«, entgegnete der Lehrer, ohne den Spott zu bemerken, »sehr glaubhaft... auch der Minister... Übrigens habe ich mich nie über so etwas gewundert, Herr Davico, die Welt war immer gegen mich und wird es immer sein...«

»Aber schließlich ging doch alles gut, nicht wahr?« fragte Maria-Luisa mit einem Blick zur Tür und gegen ihren Willen seufzend.

»Gut?« Der Lehrer lachte in sich hinein, seine Wangen und sein Bart zitterten. »Gut?... Gnädige Frau, Sie sprechen mit dem unglücklichsten Menschen auf der Welt...«

»Wirklich?« fragte Maria-Luisa und lehnte sich mit geschlossenen Augen zurück.

»Geheime Verschwörungen«, wiederholte der Lehrer mit hintergründigem, geheimnisvollem Ton, »furchtbare, vernichtende Verschwörungen...« Er blickte um sich und schob seinen Stuhl näher zu Maria-Luisa. »Und wissen Sie«, fragte er leise und so nahe, daß ein merkwürdiger Geruch von Tabak und Veilchenparfüm der Besucherin den Atem benahm, »wissen Sie, daß meine Tochter Andreina – die ich eigentlich gar nicht mehr als meine Tochter bezeichnen dürfte, weil sie mir nichts mehr bedeutet – einmal versucht hat, mich zu vergiften?«

Doch er konnte nicht weitersprechen. »Glauben Sie ihm nicht«, rief plötzlich Valentina ungewohnt heftig, »glauben Sie ihm nicht... er leidet an Verfolgungswahn... so steht es mit ihm...«

Der Lehrer drehte sich beleidigt um. »Wieso ist das nicht wahr? Ist es vielleicht nicht wahr, daß damals in der Suppe...«

»Nein, das ist nicht wahr«, unterbrach ihn seine Tochter zornig.
»Wie, so sprichst du mit deinem Vater?« schrie der Lehrer. »Ist das der Lohn?«
»Siehst du denn nicht, daß du dich vor allen lächerlich machst?«
»Ich, lächerlich?«
»Ja, allerdings, lächerlich...« Jetzt schrien beide. Der Vater steigerte sich in immer größere Wut, die Tochter antwortete mit entschiedener, bitterer Härte. Einem unwiderstehlichen Antrieb nachgebend, nutzte Maria-Luisa dieses Durcheinander, um aufzustehen.
»Ich möchte...«, sie verhaspelte sich, ohne auch nur zu versuchen, ihre Erregung zu verbergen. »Ich möchte telefonieren. Das Telefon ist doch im Flur, nicht wahr?... Entschuldigen Sie mich für einen Augenblick...« Unbemerkt trat sie hinaus.

9

›Ich bin verrückt‹, dachte sie, als sie sich in dem dunklen Flur vorwärtstastete. ›Ich bin wahrhaftig verrückt.‹ Ihr Herz klopfte stürmisch, und sie preßte ihre Hand so stark darauf, daß ihre Nägel sich durch den leichten Stoff ihres Kleides ins Fleisch gruben. ›Wer weiß, wo sein Zimmer ist. Vielleicht ist er zu allem Überfluß ausgegangen.‹ Sie tat noch einen Schritt und stieß, da sie nicht das geringste sah, unvermutet an einen harten Gegenstand, der mit fürchterlichem Lärm umstürzte. Entsetzt blieb sie mit angehaltenem Atem stehen. Ob sie nun das Geräusch für viel stärker gehalten hatte oder ob die Personen im Zimmer nicht weiter darauf achteten – niemand kam heraus. Sie schöpfte neuen Mut und tastete sich an der Wand entlang, bis sie den Lichtschalter fand. Sie drehte, und am Ende des Flures leuchtete nun ein Lämpchen auf, dessen gelber Schein wie ein Nachtlicht von der niedrigen Decke auf die dunkelgrüne Tapete fiel.

Rechts und links lagen zwei geschlossene Türen. Der dazwischenliegende Raum war mit niedrigen Regalen voll abgegriffener Bücher und mit einem hohen Glasschrank vollgestellt. ›Und jetzt?‹ fragte sie sich. Entschlossen, in allen Zimmern nach Carlino zu suchen, öffnete sie die linke Tür. ›Hier kann es nicht sein‹, dachte sie sofort, als sie eintrat. In dem Zimmer war es in der Tat still und ganz dunkel. Ehe sie sich zurückzog, schaltete sie auch hier, um alle Zweifel zu beheben, das Licht ein. Vor ihr lag ein enges, rechteckiges Stübchen mit einem Fenster, dessen Läden geschlossen waren. Und auf dem Bett ausgestreckt, das Gesicht im Kopfkissen vergraben, war Carlino.

Mit jener Sicherheit und Kaltblütigkeit, die nur in Augenblicken ungewöhnlicher Erregung möglich sind, schloß sie leise die Tür und trat ans Bett. Carlino, der nicht schlief und auch das Öffnen der Tür gehört hatte, aber zu sehr an seinen Kummer verloren war, um den Kopf zu heben, und der die Nähertretende außerdem für seine Schwester hielt, vergrub seinen Kopf wütend in das Kissen, als wolle er dort die Dunkelheit suchen, die Maria-Luisa ihm entzogen hatte. »Was willst du?« sagte er leise und eigensinnig, ohne sich zu rühren. »Kann man nicht einmal in seinem eigenen Zimmer in Frieden bleiben?«

Maria-Luisa lächelte belustigt über diesen leidenschaftlichen, jugendlichen Schmerz. Sie streckte die Hand nach dem Jungen aus, blickte zögernd einen Augenblick umher und berührte ihn schließlich leicht an der Schulter. »Ich bin nicht Valentina, Carlino!« flüsterte sie und beugte sich ein wenig hinab, immer noch mit dem Blick zur Tür, als befürchte sie, überrascht zu werden. »Ich bin es, Maria-Luisa.«

Mit einer lebhaften Bewegung fuhr der Junge in die Höhe, setzte sich aufrecht und starrte sie erschrocken an.

Seine Wangen waren blaß und rot gefleckt, seine Augen verschwollen, die Haare zerzaust. Einen Augenblick sahen sie sich wortlos an. Schließlich setzte sich

Maria-Luisa auf sein Bett. »Ich bin gekommen«, sagte sie, eine Hand gegen die heftig atmende Brust gepreßt und bemüht, ihre Verwirrung zu verbergen, »weil ich sah, wie traurig du darüber warst, nicht mit meinem Bruder gehen zu können... Sag mir«, fügte sie verlegen hinzu, indem sie die Augen hob und ihre Hand auf die des Jünglings legte, »hätte es dir wirklich so große Freude gemacht, mit Stefano in meinem Haus zu wohnen?«

Die seltsam leise, rauhe und eindringliche Stimme Maria-Luisas, die glühende Hand, die die seine drückte, der Umstand, auf seinem Bett, in seinem Kämmerchen eine elegante Frau im Pelzmantel sitzen zu sehen, verwirrten den Jüngling dermaßen – wenn auch auf angenehme und unklare Weise –, daß er genauso fassungslos war, wie wenn er eine klare Vorstellung ihrer Beweggründe gehabt hätte. Stumm, ohne die gierigen, verwirrten Augen von dem Gesicht der Frau abzuwenden, nickte er bejahend.

»Nun«, fuhr Maria-Luisa mit derselben leisen, rauhen Stimme fort, während sie in ihrer Verlegenheit seine Hand nervös preßte, »wenn es dir wirklich Vergnügen macht, kannst du trotzdem kommen, auch ohne meinen Bruder...« Sie senkte den Kopf, wie um zu überlegen, doch in Wirklichkeit konnte sie kaum einen Gedanken fassen. »Zum Beispiel morgen ... nach dem Essen ...« Sie schwieg, und einen Augenblick blieb es still.

Carlino sah auf seine Hand und auf die der Frau, die ineinander verschlungen auf der weißen Bettdecke lagen. Weiter unten sah er die Beine Maria-Luisas. Der Pelzmantel war zurückgeschlagen, ein Bein war fast ausgestreckt und berührte mit dem Fuß den Boden, das andere war gegen das Bett gebeugt, und da der gespannte Rock ein wenig hochgerutscht war, kam auch das harte, fast männliche Knie zum Vorschein, das durch das glänzende Gewebe des Strumpfes ein wenig weicher und abgerundeter wirkte. Maria-Luisa schwirrte der Kopf. Endlich hob sie die Augen. Dann nahm sie, ohne den Blick von ihm zu wenden, herrisch und bittend zugleich, die Hand des Jünglings und preßte sie gegen ihr Gesicht. Blaß, ernst und mit geschlossenen Augen führte sie die Knabenhand langsam über ihre Wangen. Carlinos erste Regung war Erstaunen. Als er endlich begriff, was sie wünschte, legte er hastig mit einer nervösen Bewegung seine Hand um ihren Nacken und zog den Kopf der Frau an sich. Diese unsichere, ungeschickte Bewegung gefiel Maria-Luisa sehr. Sie hatte nicht erwartet, so schnell verstanden zu werden. Sie küßten sich erregt, dann stieß die Frau den Jüngling sanft von sich und sprang auf.

»Wo ist eine Feder... ich muß dir meine Adresse aufschreiben.«

Ganz verwirrt, als erkenne er nach dem Vorgefallenen sein eigenes Zimmer nicht mehr wieder, verharrte der Knabe einen Augenblick regungslos. »Eine Feder?« wiederholte er schließlich. »Dort ist eine Feder. Und sehen Sie, hier können Sie Ihre Adresse hineinschreiben.«

Maria-Luisa blickte umher. Eine dunkle Holzkommode mit vier Schubladen, einer grauen Marmorplatte und einem ovalen Spiegel nahm den größten Teil des Zimmers ein. Ein Nadelkissen aus blauem Samt lag mitten auf dem glänzenden Marmor, und der geneigte Spiegel, der es nochmals zeigte, ließ es doppelt unnütz und einsam erscheinen. Unweit davon sah sie in der Ecke neben dem Fenster ein Tischchen mit einer roten Decke und verschiedenen, gewissenhaft geordneten Schulsachen: einem Tintenfaß, Bleistiften, Federn, Büchern mit blauem Papierumschlag, schwarzen Heften. Ein kleines Regal, grün lackiert und rissig, mit weiteren Büchern hing an der Wand. Sie bemerkte auch, daß die rote Tischdecke an mehreren Stellen bis aufs Gewebe abgescheuert und mit alten Tintenklecksen übersät war. Sie setzte sich und öffnete das Heft, das der Knabe ihr reichte.

»Soll ich hier hineinschreiben?« fragte sie, während sie nervös darin blätterte.

Bei dem Kuß hatte das süße und schwere Parfüm, das schon Stefano entzückt hatte, auf Carlino den nachhaltigsten Eindruck gemacht. Deshalb beugte er sich mit doppeltem Wohlgefallen über den duftenden Hals der Frau. Er sagte hastig und mit kindlicher Ungeduld: »In dieses Heft schreibe ich nur selten.«

»Und du wirst nichts davon erzählen, was heute geschehen ist, nicht wahr?« fuhr Maria-Luisa herrisch fort. »Ich kann dir doch vertrauen, oder nicht?« Sie tauchte die Feder in das Tintenfaß und begann zu schreiben. In diesem Augenblick öffnete sich die Tür, und Pietro trat ins Zimmer.

Er sah die schreibende Frau und den über ihre Schulter gebeugten Jüngling in einer Haltung, die ihm leidenschaftlich und ehrerbietig zugleich schien. Und der Verdacht, der bei dem sonderbaren Verschwinden der Frau in ihm aufgetaucht war, wurde ihm mit einem Male zur Gewißheit. »Maria-Luisa!« sagte er ungeduldig. »Es ist Zeit zu gehen.«

Carlino wandte ihm ein unschuldiges, neugieriges Gesicht zu – Pietro fand es heuchlerisch und herausfordernd zugleich –, aber Maria-Luisa hob nicht einmal den Kopf. »Schon gut«, sagte sie und schrieb weiter, »ich komme sofort... Seien Sie so freundlich und warten Sie einen Augenblick im Flur.« Dann legte sie die Feder hin und stand auf. »Das ist meine Adresse, komm also morgen gegen drei Uhr«, sagte sie, winkte Carlino flüchtig zum Abschied zu und ging eilig hinaus.

Im Flur brannte immer noch das Licht, und Pietro schritt zwischen den Regalen und dem Schrank auf und ab. »Wir wollen uns noch von meinem Bruder verabschieden«, sagte Maria-Luisa und vergaß in ihrer Zufriedenheit ganz den Ärger über Pietros aufdringliche Störung. Ungehalten und voller Mißbilligung folgte er ihr.

Der Lehrer stritt noch immer mit Valentina und beschuldigte sie, ihm die wichtigsten Vorkommnisse in der Familie vorzuenthalten. »Ich habe noch einen weiteren Beweis«, sagte er, indem er sich umdrehte und, ohne im Sprechen innezuhalten, über seine Brillengläser hinweg die beiden Eintretenden ansah. »Deine Schwester Andreina hat, wie es scheint, wieder einmal etwas angestellt, und zwar nicht mit dem erstbesten, sondern mit einem Verwandten unseres Gastes, mit dem Schwager des Herrn Davico. Ich bin natürlich der letzte, der davon erfährt! Und wie erfahre ich es? Natürlich nicht aus dem Munde meiner Tochter, wie es sich gehörte, sondern zufällig durch Herrn Davico, der nach der Adresse Andreinas fragt. Und dann soll ich mich nicht beklagen! Ich sage ja, in meinem Hause ist eine stille Verschwörung gegen mich im Gange.«

»Aber wenn du doch selbst gesagt hast«, entgegnete Valentina, »daß sie nicht mehr deine Tochter ist, was kann es dich dann kümmern, was sie tut? – Und was Sie angeht«, wandte sie sich an Stefano, »wie käme ich dazu, Ihnen Andreinas Adresse zu geben? Ich kann und will es nicht... ich habe meine besonderen Gründe dafür.«

»Welche Gründe denn? Heraus mit der Sprache!«

»Oh, Sie kennen diese Gründe besser als ich«, entgegnete Valentina ernst mit bitterem Unterton.

»Ich verstehe nichts«, sagte Stefano. Er hatte die Gitarre wieder an sich genommen und stimmte die Saiten. »Herr Malacrida, veranlassen Sie bitte Valentina, mir Andreinas Adresse zu geben. Es ist doch albern, daß gerade ich, der ich sie schon so lange kenne, sie nicht besuchen soll.«

Der Lehrer wandte sich an seine Tochter: »Valentina, Herr Davico hat recht, dein Benehmen ist ganz unberechtigt.« Valentina zog stumm die Schultern hoch, doch ihre Augen blitzten vor schlecht verhohlener Entrüstung. Da trat Maria-Luisa zu ihrem Bruder.

»Also auf Wiedersehen, Stefano«, begann sie verlegen.

»Ach, du bist noch hier?« sagte er unverschämt. »Ich glaubte, du seist schon fort. Auf Wiedersehn! Auf Wiedersehn!«

»Glaube mir, Stefano«, fuhr Maria-Luisa fort, »du

solltest ins Sanatorium zurückgehen. Dann würdest du bestimmt wieder gesund.«

Der Bruder stimmte hingegeben sein Instrument. »Ins Sanatorium zurückgehen«, wiederholte er endlich und bemühte sich offensichtlich, seiner Stimme einen beleidigenden Klang zu geben. »Ich denke gar nicht daran. Es geht mir hier ausgezeichnet, und ich bleibe. Überdies werde ich mich hier um so wohler fühlen, je weniger du dich blicken läßt. Ich habe den Eindruck, daß das traurige Gesicht einer betrogenen Frau mir Unglück bringt.«

Diese Liebenswürdigkeit wurde schroff und rücksichtslos vorgebracht. Einen Augenblick lang war Maria-Luisa versucht zu antworten, doch dann biß sie sich auf die Lippen und trat zur Seite. Nun war Pietro an der Reihe, sich zu verabschieden.

Stefano war ihm nicht sehr sympathisch, vor allem jetzt, wo er die Feindseligkeit der Schwester mit dieser unbeherrschten, verächtlichen Bitterkeit beantwortete. Aber sei es aus Mitleid oder aus Neugier, er konnte sich nicht enthalten, ihm seine Dienste anzubieten. »Wenn es Ihnen recht ist, werde ich Sie einmal besuchen kommen. Sagen Sie mir, wann Sie zu Hause sind.«

»Sie vergessen, daß ich ein armer Kranker bin«, antwortete Stefano bedeutungsvoll lächelnd, »der immer zu Hause ist. Kommen Sie also, wann Sie wollen, es wird mir immer ein Vergnügen sein.« Er schwieg, und während sein massiger Hals aus dem offenen Hemd hervorquoll, stimmte er mit ausdruckslos zur Decke gerichteten Augen ein Lied an, das er auf der Gitarre begleitete.

Offenbar erinnerte es Stefano an sehr viel glücklichere, angenehmere Zeiten, denn schon bei den ersten Akkorden zitterte eine sentimentale, fast schamlose Rührung in seiner Stimme. Aber während sonst eine gewisse Ergriffenheit, die der Tiefe eines aufrichtigen, begründeten Schmerzes entspringt, sich leicht dem Zuhörer mitteilt, glaubte Pietro nie etwas Unangenehmeres gehört zu haben als diesen unerwarteten Gefühlsausbruch. Von allen Lebensäußerungen Stefanos, dachte er, war diese sicher die falscheste und unsympathischste. Maria-Luisa war schon hinausgegangen, und er folgte ihr, nachdem er sich von Valentina und dem Lehrer verabschiedet hatte.

10

Pietro verurteilte Maria-Luisas versuchte Annäherung an Carlino, die er nicht ohne rühmenswerte Anstrengung vereitelt hatte. ›Sie hat wahrhaftig den Kopf verloren‹, dachte er, während er hinter ihr die Treppe hinabstieg, ›anders läßt sich dieser wahnsinnige Versuch nach sieben Ehejahren nicht erklären.‹ Seine mißbilligende Haltung erwuchs aus der Überzeugung, besser als Maria-Luisa beurteilen zu können, was sie dürfe und was nicht. Hierzu gesellte sich ein Gefühl, das der Eifersucht nicht sehr fern stand. Schließlich hatte er ja nicht auf Maria-Luisa verzichtet, dachte er, damit sie sich wenig später in Carlinos Arme stürzte. Aber darüber legte er sich keine Rechenschaft ab, und er hielt sich, als sie wieder im Auto saßen, nicht nur für berechtigt, sondern sogar verpflichtet, seinen Unwillen zu äußern.

»Wollen Sie etwa diesen Jungen zu sich nach Hause kommen lassen?« sagte er heftig.

»Aus welchem Grunde sollte ich es nicht tun?« fragte sie schroff.

»Weil Sie gewissermaßen den Kopf verloren haben und aus Laune und Trotz höchst willkürlich handeln«, entgegnete Pietro ruhig. »Deshalb sollten Sie – und wäre es auch nur wegen Ihrer inneren Ruhe – keine Dummheiten begehen, die Sie später bereuen müssen.«

Am meisten ärgerte sich Maria-Luisa über Pietros feierlichen, wohlmeinenden Ton, der für sie verlogen und heuchlerisch klang. Könnte sie ihn doch entlarven!

»Dummheiten, von denen Sie Carlino zwar abbringen möchten«, rief sie aufbrausend, »zu denen Sie aber selbst gern bereit wären.«

»Wie soll ich das verstehen?«

»Tun Sie doch nicht so, Pietro«, fuhr Maria-Luisa fort; statt entrüstet, klang ihre Stimme jetzt großmütig, »spielen Sie doch nicht den Unschuldigen. Glauben Sie, es sei mir entgangen, daß Sie auf Carlino eifersüchtig sind? Seien Sie doch wenigstens einmal ehrlich!«

»Denken Sie, was Sie wollen«, erwiderte Pietro bestimmt. »Aber ich bin ehrlich davon überzeugt, daß es Ihnen kein Glück bringen kann, wenn Sie diesen Jungen zu Ihrem Liebhaber machen und noch obendrein aus Eigensinn. Lassen Sie den Jungen laufen und vertragen Sie sich mit Ihrem Mann.«

Von nun an gab Maria-Luisa die Hoffnung auf, daß Pietro freiwillig eine Falschheit zugeben werde. Daher plante sie sofort nach dem Scheitern ihres ersten Angriffs einen neuen. »Was kümmert Sie mein Glück?« sagte sie trocken. »Behaupten Sie jetzt nur nicht mehr, daß Sie nicht ein ganz gewöhnlicher Streber seien.«

Pietro hatte diese Anschuldigung schon fast vergessen, daher berührte es ihn äußerst unangenehm, sie von neuem zu hören. »Wieso?« Rot vor Zorn und Verlegenheit, betrachtete er seine Begleiterin mit gequältem Blick. »Sie haben kein Recht, so zu sprechen. Ich bin nicht das, was Sie von mir behaupten?«

»So, sind Sie das nicht? Aber warum war es Ihnen so unangenehm, daß der Lehrer Sie wiedererkannte und auch Ihren Vater gekannt hatte?«

Pietro schwieg auf diese Vorhaltung. So wie Maria-Luisa seine Vorhaltungen der Eifersucht zuschrieb, sah er in der Feindseligkeit der Frau rachsüchtige, voreingenommene Erbitterung. »Wer hat Ihnen gesagt, daß es mir unangenehm war?« entgegnete er.

»Ihr Erröten und Ihre Verlegenheit.«

Das Auto glitt geräuschlos durch eine dunkle, einsame Straße, die, nur einseitig bebaut, an einer öffentlichen Anlage vorbeiführte. Zwischen den Stämmen eines Pinienwäldchens leuchteten die Lichter eines Gartenrestaurants.

»Maria-Luisa«, sagte Pietro gequält. »Sie sind gegen mich eingenommen. Und deshalb sehen Sie in mir nur Schlechtes und wollen gar nichts anderes sehen. Das Gute sehen Sie überhaupt nicht.«

»Vielleicht liegt die Schuld bei Ihnen, weil Sie keine gute Seite zeigen«, antwortete Maria-Luisa, kramte zerstreut in ihrer Tasche und sagte dann heftig: »Sie haben außerdem den scheußlichen Fehler, nur von sich zu sprechen, nur an sich zu denken. Wie können Sie verlangen, man solle Sie gut behandeln, wenn Sie fortgesetzt zeigen, daß Sie sich nicht zu benehmen wissen?«

Das Auto hielt. »Wir wollen etwas trinken«, schlug Maria-Luisa kühl vor. Sie stieg aus und schritt auf den beleuchteten Eingang einer Konditorei zu. Gekränkt und zornig war Pietro nahe daran, sich zu verabschieden und wegzugehen. Aber der gleiche unheilvolle, unglückselige Reiz, der ihn bewogen hatte, die Frau den ganzen Tag über nicht zu verlassen, zwang ihn auch diesmal, ihr zu folgen. So traten sie durch die Drehtür. Die gut besuchte Konditorei war durch dünne Zwischenwände unterteilt. Unentschlossen schritten sie an den Tischen entlang und suchten in dem rauchigen Raum vergebens nach einer Sitzgelegenheit.

»Wir müssen einen Tisch am Fenster finden«, sagte Maria-Luisa so beiläufig, als spräche sie mit der Luft. Ihre Blicke wanderten mit selbstverständlicher Gelassenheit über all die unbekannten Gesichter, als hoffe sie, daß jemand aufstehen werde, um ihr einen Platz anzubieten. Plötzlich bemerkte Pietro, wie sie erblaßte und einen Augenblick wie von Schwindel erfaßt stehenblieb.

Sie überwand ihre Übelkeit schnell und flüsterte ihrem Begleiter leise und mit gezwungenem Lächeln zu: »Dort sitzt Matteo mit seiner Freundin! Kommen Sie, Pietro, wir wollen uns an ihren Tisch setzen.«

In die gleiche Richtung schauend, erblickte Pietro an einem Fenstertisch tatsächlich Matteo und jene Frau, in der er zu seinem Erstaunen trotz der langen Zwischenzeit seine ehemalige Schulkameradin Andreina erkannte. Er hatte sie zuletzt vor mehr als zehn Jahren gesehen. Aber wie es häufig bei flüchtigen Bekanntschaften geht, für die man weder Liebe noch Haß empfindet und die sich daher nicht tief ins Gedächtnis einprägen, schien sie ihm wenig verändert. Eine Sekunde später überfiel ihn die gleiche verhaßte Furcht, erkannt zu werden, die ihn schon im Hause des Lehrers wider Willen beschämt hatte. Er war sich auch jetzt der Niedrigkeit dieses Gefühls bewußt und mußte sich gedemütigt eingestehen, daß es seinem tiefsten Wesen entsprang und nicht nur einem oberflächlichen Einfluß zuzuschreiben war. Er erkannte auch, daß aus einer Begegnung zwischen Maria-Luisa und ihrer Rivalin nichts Gutes entstehen könne.

Maria-Luisa steuerte schon auf die beiden zu, da faßte er sie erregt am Arm.

»Was ist?« fuhr sie ihn ungnädig an.

»Maria-Luisa«, lenkte Pietro leise ein, »setzen Sie sich bitte nicht an jenen Tisch. Sie führen nichts Gutes im Schilde. Warum diese Herausforderung?«

Was Maria-Luisa wirklich empfand, hätte sie selbst nicht sagen können. Es war nicht eigentlich Eifersucht oder Zorn und Abscheu, aber all diese Gefühle verschmolzen in einer starken, kämpferischen Erregung. Ihr Herz schlug zum Zerspringen. Ihre bis dahin allzu träge Phantasie erging sich in Vorstellungen von Blut und Grausamkeit. Diese entflammte Heftigkeit fand durch Pietros Worte neue Nahrung. »Lassen Sie mich doch!« sagte sie, ohne die Stimme zu senken. Und wie vorher im Auto, als sie ihn auf die Straße setzen wollte, blitzte eine wilde, gefährliche Wut aus ihren Augen. Vor dieser Wut kapitulierte Pietro, und sie näherten sich dem Tisch des Paares.

Matteo saß mit dem Gesicht zum Fenster und redete, lebhaft über den Tisch gebeugt, auf sein Gegenüber ein. Andreina konnte von ihrem Platz aus jeden Eintretenden gewahren und schien bereits die Gattin ihres Begleiters erkannt zu haben. Sie hörte ihm gehemmt zu, während ihre Augen sich auf Maria-Luisa hefteten.

Am Tisch angelangt, blieb Maria-Luisa einen Augenblick hinter ihrem Mann stehen, fixierte die Rivalin und legte dann eine Hand auf die Schulter ihres Gatten.

»Matteo, ich bin es!« sagte sie und sah ihn starr an. »Hoffentlich störe ich dich nicht.«

Er drehte sich hastig um und stand dann langsam mit widerstrebenden Bewegungen und unbewegtem Gesicht auf, wie jemand, der sich über das Bevorstehende keine Illusionen macht und es nur etwas hinauszögern möchte. »Durchaus nicht«, murmelte er, während er Pietro und nicht seine Frau ansah. »Wir freuen uns.«

»Dann werden wir hier Platz nehmen«, sagte Maria-Luisa aufgeregt und gleichsam atemlos. »Aber stelle uns doch vor«, fügte sie mit aufreizender Liebenswürdigkeit hinzu, »stelle uns doch deiner Freundin vor.«

›Was ist euch nur in den Kopf gestiegen, hierherzukommen?‹ schienen Matteos Augen Pietro zu fragen. In Pietros Blick stand: ›Es ist nicht meine Schuld.‹

Matteo machte mit kalter, widerstrebender Höflichkeit bekannt.

Die Frauen gaben einander die Hand. Dann war die Reihe an Pietro. Er rang darum, seine Angst, erkannt zu werden, nicht zu zeigen. Aber als er Andreinas Hand ergriff, bemerkte er sofort, daß seine törichte Furcht sich unmißverständlich verraten hatte. Er sah indessen gleichzeitig – eine wichtige Entdeckung! –, daß in Andreinas starren, feuchten Augen nicht weniger Furcht lag, und las in ihrem Antlitz die gleiche inständige Bitte, die ihm gewissermaßen entschlüpft war: »Sage nichts, tu, als ob wir uns zum erstenmal sähen.‹ Erstaunt und unangenehm berührt über diese Art Verbindung, legte Pietro seinen Hut beiseite und nahm neben Maria-Luisa Platz.

Eine Weile hing jeder seinen eigenen Gedanken nach.
»Darf ich Sie etwas fragen?« wandte sich Maria-Luisa dann unvermittelt an Andreina, die ihr gegenübersaß.

Still und blaß hob diese den Blick: »Wen, mich?«

»Ja, wenn Sie gestatten«, sagte Maria-Luisa starren Blickes und ziemlich erregt.

Andreinas schmales Gesicht verzog sich zu einem unfrohen Lächeln. Sie machte eine Geste, die sagen sollte: ›Von mir aus ... sprechen Sie ruhig.‹

Maria-Luisa senkte den Blick, als ob sie nachdenke, während sie ihre heftigen Gefühle niederrang. »Mein Mann«, sagte sie schließlich, »gibt mir mit den Augen Zeichen. Er möchte, daß wir vorgeben, als wüßten wir nichts voneinander. Aber ich habe keine Lust, diese alberne Rolle zu spielen, deshalb möchte ich Sie fragen: Hat Matteo Ihnen gesagt, daß Sie sich von heute ab trennen müssen und einander nicht mehr sehen dürfen?«

Unbemerkt von seiner Frau warf Matteo seiner Freundin einen flehenden Blick zu, als wolle er ihr raten: ›Sage ja und hab Geduld. Wenn dieser unangenehme Moment vorüber ist, haben wir wieder Ruhe.‹ Aber Andreina beachtete ihn nicht. »Ja, er hat es mir gesagt«, antwortete sie leise und undeutlich.

Auf Maria-Luisas verkrampftem, erregtem Gesicht malte sich Enttäuschung. Sie hätte nämlich erwartet, daß Matteo weder die Absicht noch den Mut gehabt hatte, seiner Freundin die Notwendigkeit der Trennung mitzuteilen, und hatte sich die Genugtuung erhofft, diese unangenehme Tatsache als erste zu erwähnen.

»Und hat er Ihnen auch die Gründe gesagt?« fragte sie weiter.

Matteo runzelte die Stirn und sah seine Freundin ängstlich an.

»Ja, er hat sie mir gesagt«, entgegnete die andere nach einer Weile.

Doch Maria-Luisa begnügte sich nicht mit einer so einfachen Antwort. »Was hat er Ihnen denn gesagt?« forschte sie mit heiserer, ironischer Stimme weiter.

»Daß es ein schöner Traum war und es jetzt an der Zeit sei, zur Wirklichkeit zurückzukehren? Daß ich schließlich seine Frau bin und daß er die sieben Jahre unseres gemeinsamen Lebens nicht vergessen könne? Daß er Verpflichtungen seiner Familie gegenüber habe? Er hat doch sicher seine Pflicht gegenüber seiner eigenen Frau erwähnt?«

Andreina hielt diesem Hagel von Fragen stand, mit niedergeschlagenem Blick und angespanntem, blassem Gesicht, als ob sie Schmerzen litte. Sie wehrte sich mühsam gegen das Verlangen zu schreien. »Ich brauchte eigentlich nicht auf Ihre Fragen einzugehen«, sagte sie schließlich.

Maria-Luisas Gesicht verfinsterte sich. »Es steht Ihnen frei, zu tun, was Ihnen beliebt«, sagte sie scharf. »Aber Sie versäumen eine günstige Gelegenheit, Dinge zu erfahren, die Sie ganz besonders angehen.«

Doch dieses Argument übte keinerlei Wirkung aus. Bleich und eigensinnig schwieg Andreina. Maria-Luisa wartete eine Weile auf eine Antwort ihrer Rivalin, dann beugte sie sich voller Verdruß und in wütender Anmaßung über den Tisch. »Mein Mann«, sagte sie wie eine Lehrerin, die einer faulen Schülerin die Lektion einhämmert, »verläßt Sie aus dem sehr einfachen Grund, weil Sie ihn sonst verlassen würden. Denn mein Mann besitzt entgegen allem äußeren Anschein nichts, rein gar nichts, nicht einmal den Anzug, den er trägt, nicht einmal diese Krawatte. Nichts besitzt er! Er hängt ganz von mir ab. Ich bezahle alles, verstehen Sie? Nicht er, sondern ich habe zum Beispiel jenes Kleid bezahlt, das Sie tragen.« Und unter jenem unwiderstehlichen Zwang, der heftigen Worten entsprechende Tätlichkeiten folgen läßt, hob sie den Kragen von Andreinas Kleid und ließ ihn wieder fallen, »und Ihren Hut...«

»Fassen Sie mich nicht an!« sagte Andreina mit leiser, erstickter Stimme.

»Ich habe Sie nicht berührt. Sie sind unverschämt, und Sie lügen.«

Trotz ihrer Schmähungen schien Maria-Luisa jetzt sonderbar verwirrt. »Aber nun weigere ich mich, noch länger zu zahlen«, schloß sie heftig atmend. »Und deshalb verläßt mein Mann Sie. Haben Sie verstanden?«

Sowohl Maria-Luisa wie Pietro und Matteo warteten mit sehr unterschiedlichen Gefühlen auf irgendeine Antwort. Doch sie wurden enttäuscht. Wie ein Angeklagter, der vor dem Richter mehr aus apathischer Gleichgültigkeit als aus Berechnung schweigt, senkte Andrèina ihr blasses, eigensinniges Gesicht und tat den Mund nicht auf. Dieses Schweigen setzte alle drei in Erstaunen. Die am meisten Enttäuschte war gewiß Maria-Luisa.

Sie empfand die Zurückhaltung ihrer Rivalin als eine beleidigende Kundgebung von Gleichgültigkeit und Verachtung. Durch den fast sinnlichen Reiz, den jedes wehrlose und augenscheinlich gefühllose Opfer in der Seele des Peinigers auslöst, erfaßte sie angesichts dieser hartnäckigen Verstocktheit unbarmherzige Grausamkeit. Sie hätte ihrer Rivalin am liebsten in das schöne, widerspruchslose Gesicht geschlagen, sie bei den Haaren gepackt und mit den Absätzen auf Gesicht und Körper getreten. Zu jeder noch schmählicheren Gewalttat fühlte sie sich fähig, aber da sie ihrer Abneigung nicht in der gewünschten Weise genügen konnte, suchte sie nach besonders kränkenden Worten.

»Ich sehe, daß Sie sich für ein Schweigeverfahren entscheiden«, sagte sie mit giftiger Liebenswürdigkeit. »Es ist das Bequemste, das muß man Ihnen lassen. So vermeidet man, etwas zu sagen, das man nachher bereuen könnte. Aber vielleicht sind Sie trotzdem so freundlich, mir zu erklären, wie Sie es angestellt haben, Gräfin Caracci zu werden, obwohl Sie doch, soviel ich weiß, nicht verheiratet sind und den Gymnasiallehrer Malacrida zum Vater haben.«

Teils aus Eitelkeit, teils aus dem Ehrgeiz, geheiratet zu werden, hatte Andreina Matteo vorgetäuscht, einer adligen, verarmten Familie aus der Provinz zu entstammen. Ihre Verwirrung war daher groß, und ihr

Haß wuchs gegen die Rivalin, die so gut unterrichtet war und sie so rücksichtslos vor ihrem Freund Lügen strafte. Von zorniger Scheu gelähmt, sagte sie erst nach einer Weile: »Ich weiß nicht, von wem Sie sprechen, mein Vater ist nicht Lehrer.«

Diese Behauptung löste in Maria-Luisa jene behutsame Gelassenheit eines Jägers aus, der nach vielen Nachstellungen endlich das ahnungslose Wild vor der Mündung seiner Flinte hat. »Wieso nicht? Er ist Lehrer oder ist es zumindest gewesen. Heute haben wir jemand besucht, der ausgerechnet bei Ihrer Familie wohnt. Bei dieser Gelegenheit lernten wir Ihren Vater kennen, Ihre Schwester und Ihren Bruder.«

»Ich weiß nicht, von wem Sie sprechen«, beharrte Andreina bleich und leise, »meine Familie wohnt nicht hier.«

Maria-Luisa blickte mit gekünsteltem Erstaunen um sich und schlug mit der Hand auf den Tisch. »Das hieße also, daß ich lüge?«

»Das sage ich nicht«, erwiderte die andere. »Aber Sie können meine Familie nicht kennengelernt haben, weil meine Familie niemals hier gewohnt hat, sondern in der Provinz.«

»Wo denn?«

Andreina nannte eine kleine Stadt in Mittelitalien. In diesem Augenblick wollte Pietro aus Mitleid mit Andreina, die er für ihre unschuldigen Lügen nunmehr hinreichend bestraft hielt, vermittelnd eingreifen.

»Aber, Maria-Luisa«, warf er ein, »was kann Ihnen daran liegen, ob die Familie der Dame in Rom wohnt oder nicht? Wenn man sich bei jeder Kleinigkeit aufhalten und darauf herumreiten wollte, wo käme man da hin?«

»Das meine ich auch«, pflichtete Matteo erleichtert bei und warf dem Freund einen dankbaren Blick zu.

Doch Maria-Luisa gab sich nicht zufrieden. »Man kann die Wahrheit feststellen«, warf sie kurz und heftig ein. Und zu Andreina gewandt, sagte sie mit herrischer Ungeduld: »Hören Sie, ich habe heute Ihre ganze Familie kennengelernt, wie ich sofort beweisen werde. Also, Ihr Vater ist kahlköpfig, dürr, trägt eine Brille und war Lehrer an einem Gymnasium. Ihre Schwester heißt Valentina und ist ungefähr dreißig Jahre alt. Sie ist groß, breitschultrig und als Krankenschwester tätig. Ihr Bruder Carlino ist ungefähr achtzehn Jahre alt. Außerdem ist da noch ein kleines Mädchen, das uns die Tür aufgemacht hat und wohl eine kleine Schwester von Ihnen ist. Soll ich sie Ihnen in allen Einzelheiten beschreiben? Und behaupten Sie jetzt noch weiter, daß ich Ihre Familie nicht kenne?«

Blaß und still biß sich Andreina auf die Lippen und runzelte die Stirn. »Ich bin nicht hierhergekommen, um mich beleidigen zu lassen«, sagte sie endlich fast unhörbar. »Ich habe die Wahrheit gesagt. Ich kenne die Leute nicht, von denen Sie sprechen.«

»Beleidigen lassen?« wiederholte Maria-Luisa und beugte sich über den Tisch. »Wissen Sie, daß Sie es sind, die hier beleidigt, weil Sie mich durch Ihr Leugnen als Lügnerin hinstellen? Aber glücklicherweise«, setzte sie bebend und atemlos hinzu, »glücklicherweise habe ich einen Zeugen. Sagen Sie doch, Monatti, denn Sie waren ja heute mit mir zusammen, sagen Sie doch, ob wir nicht beide die Familie dieser Dame kennengelernt haben.«

Pietro sah von Maria-Luisa zu Andreina, die ihre Augen immer noch niedergeschlagen hielt. Sie war totenblaß, ihre schmalen Nasenflügel bebten erregt, ihre volle, junge Brust hob und senkte sich heftig in maßloser Unruhe. Vielleicht war es der sich in ihren Zügen widerspiegelnde innere Kampf, der sie Pietro in diesem Augenblick besonders schön und zugleich bemitleidenswert erscheinen ließ, wie ein Mensch, der reichlich für seine Irrtümer gebüßt hat und eher Hilfe als Strafe verdient. Doch Bewunderung und Mitleid währten nur kurz. Er erinnerte sich, daß er antworten mußte. Wenn er abstritt, Andreinas Familie gesehen zu haben, konnte er sich nicht nur an Maria-Luisa rächen, sondern sich auch einen Weg ebnen, um Matteo aus dem Herzen seiner Freundin zu verdrängen. Auch dieser eigennützige Gedanke währte nur eine Sekunde, aber diese Sekunde reichte, um seine Scham zu wecken und sich zu entschließen, die Wahrheit zu sagen und Maria-Luisa beizustehen. Dann siegte jedoch wieder sein Mitgefühl, und er war entschlossen, Andreina zu helfen. »Es tut mir leid«, sagte er kühl und ausdruckslos, »aber ich kann nicht mit Bestimmtheit behaupten, ob es sich um die Familie der Dame handelte oder nicht. Vielleicht war ich zu zerstreut, oder diese Frage interessierte mich zu wenig. Jedenfalls erinnere ich mich nicht, daß während unseres Besuches über dieses Thema gesprochen worden wäre.«

»Sie erinnern sich nicht, gehört zu haben, daß der Lehrer der Vater von Frau Caracci ist?«

»Ich erinnere mich nicht.«

Für eine Sekunde überwogen in Maria-Luisa Verwirrung und Erstaunen. In ihrer kämpferischen Erregung übersah sie ganz, wie viele Gründe Pietro hatte, ihr böse zu sein. Da sie die Ursache seines unerwarteten Leugnens nicht erkannte und da auch allen Vorgängen im Hause des Lehrers durch ihr Abenteuer mit Carlino etwas Unwirkliches anhaftete, war sie einen Augenblick ungewiß, ob sie sich nicht getäuscht hatte. Aber dann kehrte ihr die Erinnerung zurück, und ihr klares Denken gewann wieder die Oberhand. Und sie durchschaute mit dem ihr eigenen weiblichen Einfühlungsvermögen die Wahrheit. ›Weil ich ihn schlecht behandelt habe, rächt er sich jetzt. Er ist zu allem fähig. Vielleicht will er sich auch diese Frau zu Dank verpflichten.‹

»Ach, so ist das?« sagte sie schließlich bitter und würdevoll. »Dann bleibt mir allerdings nichts anderes übrig, als zu gehen.« Unerwartet wandte sie sich an ihren Mann. »Begleite mich, Matteo«, sagte sie ruhig und pathetisch. »Pietro wird dann Frau Caracci nach Hause bringen.«

Lange genug hatte Matteo Andreina erklärt, es sei zur Rettung ihrer Liebe nötig, Maria-Luisa scheinbar nachzugeben, und Andreina ihrerseits hatte ihn so gründlich umgarnt, daß er in diesem Augenblick seiner Frau ohne jedes Bedenken hinsichtlich seiner Freundin folgte. Er hätte zwar am liebsten Pietro gebeten, Andreina nicht nur zu begleiten, sondern auch bei ihr zu bleiben und sie zu trösten. Doch das war in Gegenwart seiner Frau unmöglich, und so machte er, wie so oft, gute Miene zum bösen Spiel und stand auf.

Der Abschied war kühl und verlegen.

11

In dem inzwischen leer gewordenen Café brütete rauchige Luft über den unordentlich stehengebliebenen Tischchen und Stühlen. Ohne Gefühl für Zeit und Ort hockte Andreina vor ihrem Tisch. Wären Brauen und Stirn nicht so verkrampft gewesen – sie verrieten besser als ein heftiger Ausbruch ihre aufgewühlten, erbitterten Gefühle –, so hätte man glauben können, es handele sich um ein verliebtes Beisammensein und es seien ihr nur die Worte ausgegangen. Auch Pietro fehlte, wenn auch aus anderen Gründen, jeder Begriff für die späte Stunde und den Ort, an dem sie sich befanden. Andreina war gelähmt durch ihren Haß, Pietro dagegen durch die hingerissene Freude an seiner schönen Begleiterin. »Wollen wir gehen?« sagte Andreina nach einer Weile. Ihr verheißungsvoller Blick nahm ihm fast den Atem. Unfähig zu sprechen, nickte er zustimmend.

Draußen war es kalt. Die Bogenlampen über der Straße leuchteten gleich dicken weißen Früchten in der klaren Nacht. Paarweise und geräuschlos näherten sich langsam die Scheinwerfer der Autos. An der Kurve einer breiten, abschüssigen Straße herrschte vor einem erleuchteten, großen Hotel reges Leben. Ein Auto, das vorsichtig mit seinen runden Strahlenaugen wendete, hielt den ganzen Verkehr auf, ein anderes versuchte, in die Einfahrt einzubiegen, ein drittes hielt und wartete darauf, seine Fahrt fortsetzen zu können. Die Luft war ganz klar, wie häufig an Winterabenden, und die Nacht voll funkelnder, glitzernder Dinge, voll schimmernder Luxuswagen, roter, violetter, grüner Lichtreklamen, leuchtender Schaufenster, Scheinwerfer und Bogenlampen. Sogar der Straßenasphalt mit seinem eigenartig grauen Glanz schien aus kostbarem Material.

Sie strebten zum Halteplatz der Taxen, Andreina bedächtig dahinschreitend, mit träger, hochmütiger Geste, den Mantel fest um sich gerafft. Mancher Vorübergehende schaute sich nach ihr um. Pietro konnte sich einer gewissen Eitelkeit nicht erwehren. Schon lange war er nicht mehr mit einer so schönen Frau ausgegangen. Angesichts ihrer schweigenden Zurückhaltung überkam ihn ein unbehagliches Gefühl: ›Ich habe gelogen, für sie eine Gemeinheit begangen‹, dachte er, ›es wäre gut, wenn sie wüßte, daß ich es nur aus Mitleid tat.‹

Auf der Fahrt zu Andreinas Wohnung sagte sie nach längerem Schweigen endlich: »Wir kennen uns doch schon, und zwar von der Schule her. Es liegt mindestens zehn Jahre zurück. Aber als ich Sie sah, wußte ich sofort, wer Sie waren.«

Pietro vergaß mit einem Schlag alles Unangenehme, was er hatte sagen wollen, und eine plötzliche Sympathie gewann die Übermacht. »Ja, es werden ungefähr zehn Jahre sein«, wiederholte er und lehnte sich in seiner Ecke so weit zurück, daß er Andreina ins Gesicht blicken konnte. »Auch ich habe Sie sofort wiedererkannt.«

»Ich habe es gemerkt«, sagte sie ruhig und drehte sich ohne Scheu nach ihm um. »Jedenfalls bin ich Ihnen wirklich sehr dankbar, daß Sie für mich gelogen haben.«

Verwirrt und zufrieden bedeutete Pietro durch eine Geste, daß es nicht der Rede wert sei. Doch als ihm aufging, daß sie seine Hilfe eher Eigennutz zuschrieb als Mitleid, konnte er sich eines heimlichen Ärgers nicht erwehren.

»Ich hätte nie gelogen, wenn ich nicht gefühlt hätte, daß Sie litten und daß die Wahrheit Ihre Qual nur noch verschlimmert hätte. Aber danken Sie mir nicht, denn ich bin wahrhaftig nicht stolz darauf. Aber ich habe den Trost«, fügte er hinzu, um die Wirkung seiner harten Worte zu mildern, »daß ich in Ihnen eine Freundin gewonnen habe.«

Andreina, die ihm ernst, aber ungläubig zugehört hatte, lächelte bei seinen Worten. »Natürlich sind wir Freunde«, erklärte sie ruhig und keck. »Aber warum machen Sie sich über den Beweggrund Ihrer Lüge so viele Gedanken? Selbst wenn Sie es nicht aus Mitleid getan hätten, sondern, nehmen wir an, weil ich Ihnen gefiel, glauben Sie, ich wäre Ihnen nicht trotzdem dankbar?«

Diese Worte gefielen Pietro nicht. »Für Sie wäre es vielleicht dasselbe, aber für mich nicht. Hätte ich nicht wirklich Mitleid empfunden, so hätte ich bestimmt nicht gelogen. Zudem war es ein ganz besonderes Mitleid. Ich erinnerte mich unserer gemeinsamen Schulzeit und dergleichen. In gewisser Hinsicht sind wir einander ähnlich, das verpflichtete mich gleichsam, Ihnen zu helfen.«

Andreina betrachtete ihn ernst aus starren, aufmerksamen Augen. »Ja, das stimmt, wir beide sind uns wirklich ähnlich. Schon deshalb«, fügte sie lächelnd hinzu, »weil wir ungefähr in der gleichen Lage sind. Ich bin Matteos Freundin und Sie der Verlobte von Sofia.«

In Lächeln und Stimme lag ein zorniges, triumphierendes Zittern. Erneut verwirrt, fragte Pietro unwillkürlich: »Wie meinen Sie das?«

Sie lächelte wieder: »Das läßt sich nicht so schnell erklären. Aber bleiben Sie zum Essen bei mir, dann sprechen wir miteinander, so lange wir wollen.«

Pietro war schon bei den Tanzillos zum Essen eingeladen. Trotzdem wollte er nicht ohne weiteres ablehnen. Fast im gleichen Augenblick hielt der Wagen. Angesichts der weißen Villa erinnerte Pietro sich plötzlich, daß er vor kurzem Matteo bis zu diesem Haus an dem öden, einsamen Ufer begleitet hatte. Bei dieser Erinnerung war ihm, als begehe er einen Verrat, während er Andreina durch das efeubewachsene Gitter in den Garten folgte. Im Gegensatz zu der weiträumigen Uferstraße erweckte dieser abgeschiedene, ungepflegte und überwucherte Winkel jenes Gefühl, eine geheimnisvolle Welt zu betreten, wie er es vor langer Zeit in einem einsamen Klostergarten empfunden hatte. »Wer wohnt in diesem Haus?« fragte Pietro um sich blickend.

»Im ersten Stock wohnt eine chinesische Familie«, sagte Andreina, während sie in ihrer Tasche nach dem Schlüssel suchte.

»Eine chinesische Familie?«

»Ja, Konsulatsangehörige.« Andreina beugte sich vor und steckte den Schlüssel in das Schlüsselloch. »Und in der zweiten Etage wohnt eine alte Dame, die niemals vor die Tür geht.«

Als sie eintraten, erschien Cecilia, affektiert lächelnd wie immer. »Dieser Herr bleibt zum Essen«, sagte Andreina. »Falls Graf Matteo kommen oder anrufen sollte, sage ihm, ich sei nicht zu Hause.«

Sie betraten den Salon. »Bitte warten Sie hier auf mich. Ich ziehe mich eben um. Dann werden wir sofort essen«, sagte Andreina lächelnd.

Sie begab sich ohne Eile in ihr am Ende des Flurs gelegenes Zimmer. Sie ließ sich auf dem Bettrand nieder und blickte eine Weile, die Hände im Schoß, wie erstaunt vor sich hin. Sie fühlte sich traurig und mutlos. Wie hatte sie auch nur einen Augenblick lang an eine Heirat mit Matteo denken können! Eine Art bitterer, nervöser Heiterkeit über diese sinnlose Anmaßung bemächtigte sich ihrer. Sie erblickte aufschauend auf dem Nachttisch das Bild ihres Freundes und fühlte eine Sekunde lang das unbändige Verlangen, es auf den Boden zu schleudern. ›Du Dummkopf, du glaubst an die Liebe und hast nicht einen Pfennig, du elender Lügner!‹ Dann beherrschte sie sich, rückte das Bild ein wenig zurecht und betrachtete es. Sie wußte selbst nicht, ob Haß oder Widerwillen überwog. Sie sah es erstaunt an, mit halbgeöffnetem Mund und weitaufgerissenen, leeren Augen. Dann glitt sie der Länge nach aufs Bett und wühlte ihren Kopf in das Kissen, Augen und Gehirn in gähnendes Dunkel getaucht. Alle Illusionen waren zerfallen, alle Hoffnungen geschwunden und alle Wünsche vereitelt. Anstelle ihrer Gefühle, ihrer Traurigkeit und ihrer Wut, von denen sie bis jetzt hin und her gerissen worden war, hatten sich Leere und alles beherrschende Öde ihrer bemächtigt. ›Das bedeutet‹, dachte sie, ›daß ich am Ende bin.‹ Sie erinnerte sich nicht, jemals so verzweifelt gewesen zu sein. Gegen Matteo, Sofia und Maria-Luisa empfand sie einen widerspruchsvollen Haß, bar jener Begründungen, die ein beleidigtes Gerechtigkeitsgefühl begleiten; sie haßte wie ein Mensch, der weiß, daß er unrecht hat und im Grunde nicht einmal wünscht, recht zu haben. Es schien ihr, daß diese Leute Grund hätten, sie zu verachten und mit Füßen zu treten, daß sie ihrerseits aber nicht weniger berechtigt sei, zu hassen und anzugreifen. ›Schluß mit allen Hoffnungen und edlen Gefühlen‹, dachte sie wütend, ›dafür bin ich nicht geschaffen.‹ In ihrer elenden Lage konnte sie nichts mehr reizen als eine langsame, gefährliche Rache, die, wenn auch gegen die anderen gerichtet, auf sie selbst zurückfallen würde. »Sie alle vernichten ... und mit ihnen mich selbst zugrunde richten. Es soll keine Hoffnungen mehr geben. Und alles soll dunkel sein«, flüsterte sie, während ein Angstgefühl sich ihrer bemächtigte, wie wenige Monate vorher am Meer, als ihr beim Tauchen die Wassermassen zusetzten. Diesmal zog es sie mit aller Macht nicht auf den Grund des Meeres, sondern zu rachsüchtiger Zerstörung, und sie begriff mit ungeduldiger Enttäuschung, daß der äußerste Grad der Vernichtung ebenso schwer zu erreichen ist wie höchste Freude.

Sie brauchte hierfür ein Werkzeug und unermüdliche Geduld. Sie entsann sich Pietros Äußerung ›weil wir in gewisser Hinsicht einander ähnlich sind‹. Ihre finstere Verzweiflung war blitzartig erhellt. Sie würde sich zur Rache seiner Person bedienen. Welche Möglichkeiten und Zusammenhänge ergaben sich daraus! Pietro als Sofias Verlobter und Matteos Freund, Sofia als Verlobter Pietros, Matteo als ihr Freund und als Freund Pietros und schließlich Maria-Luisa als Matteos Frau, alle würden von allen betrogen werden, und jeder bekäme sein Teil. ›Ich werde Sofia in ihren albernen Illusionen bestärken, genauso mit Matteo verfahren und mit allen anderen. Und zugleich werde ich durch Gewalt zu erlangen versuchen, was mir durch Betrug nicht geglückt ist. Und am Ende werde ich erreicht haben, was ich will, oder das ganze Lügengebäude wird einstürzen und mich als erste begraben.‹ In diesem Augenblick klopfte es an die Tür. Langsam erhob sie sich. Cecilia trat ein.

Sie brachte auf einem Bügel ein schwarzseidenes Kleid. »Ziehen Sie dieses an«, fragte sie, »oder ein anderes?«

»Ja, das«, entschied Andreina, sprang auf, gähnte und sah mit stumpfen, schläfrigen Augen ihr Mädchen an. Cecilias Haar, früher einmal von schönem Kastanienbraun, hatte durch Färben und künstliche Behandlung ein rötliches, unechtes Blond angenommen. Unter dieser Art Perücke wäre das Gesicht vielleicht reizvoll gewesen, hätte nicht etwas Gekünsteltes und Verderbtes seine Frische und Jugend wieder aufgehoben. Die Wangen waren zu stark gepudert, die Augen funkelten zu schlau, und die geschminkten Lippen hatten ein zu mechanisches Lächeln angenommen. Andreina, die Cecilia zu einer unentbehrlichen Mitwisserin herangebildet hatte, empfand ihr gegenüber jene Mischung von Vertrauen und Widerwillen, mit denen letztlich jeder in ein Geheimnis eingeweihte Untergebene zu rechnen hat. In diesem Augenblick stieß Cecilia sie ganz besonders ab. Ihr Anblick war so gewöhnlich, daß Andreina Ärger und Widerwillen darüber empfand. »Sag mal«, fuhr sie das Mädchen an, »glaubst du, daß ich dich, wenn ich verheiratet bin und Gräfin Tanzillo heiße, bei mir behalten werde mit deinem gefärbten Haar? Du wirkst ja wie ein Straßenmädchen.«

»Gnädige Frau«, entgegnete das Mädchen ruhig, während sie Andreina beim Ankleiden half, »Sie selbst gaben mir den Rat, mein Haar zu färben.«

»Ja, aber nicht in diesem grellen Ton«, beharrte Andreina gereizt.

»Wo viel Licht ist, ist viel Schatten«, erwiderte das Mädchen in heuchlerischer Ergebenheit und neigte den Kopf auf die Schulter.

›Warum lasse ich mich nur dazu herab, mit ihr herumzustreiten?‹ dachte Andreina erschrocken. ›Was ist das für ein erbärmliches Leben!‹ Aber ihr Ärger war stärker als diese traurige Erkenntnis. »Du schamlose, aufdringliche Person«, sagte sie mit leiser, verhaltener Stimme, »was soll das heißen?«

Cecilia hob ihr Gesicht. Ein Ausdruck gekränkter Würde schien die geschmacklose Bemalung noch zu unterstreichen. »Nun, daß ich dafür bin, die gnädige Frau zu bedienen, und nicht, um mich beleidigen zu lassen«, erwiderte sie.

Andreina schüttelte gereizt den Kopf. »Beleidigen, beleidigen«, wiederholte sie mit harter, kalter Stimme, »wenn ihr nichts anderes zu sagen wißt, sprecht ihr von Beleidigungen. Nenne es, wie du willst, aber wenn ich dich morgen noch mit diesem gefärbten Haar sehe, setze ich dich auf die Straße. Hast du verstanden? Und jetzt laß mich allein. Ich ziehe mich schon selbst an. Geh ... geh in die Küche oder ins Eßzimmer.«

Als sie allein geblieben war, betrachtete Andreina einen Augenblick ihre Beine: der eine Strumpf war an dem Strumpfgürtel über den weichen Spitzen ihres Hemdes befestigt, der andere rollte sich träge um ihre Wade. Der Gedanke, sich allein ankleiden zu müssen, war ihr äußerst lästig, andererseits entmutigte sie der Gegensatz zwischen diesem geringfügigen Ärger und ihrer bodenlosen Verzweiflung. Plötzlich besann sie sich auf Pietro, und es überkam sie große Lust, ihre Vernichtungs- und Rachepläne bald in die Tat umzusetzen. Sie befestigte den herabhängenden Strumpf und begann sich anzuziehen.

Sie streifte das schwarze Kleid über die Arme, glättete die Falten, die der schmiegsame Stoff über Brust und Hüften warf, und betrachtete sich im Spiegel. Es war ein ärmelloses Abendkleid und der Rücken beinahe bis zum Gürtel ausgeschnitten. Wohlgefällig betrachtete Andreina den Gegensatz ihrer schönen, weißen Arme zu der schwarzen Seide, die rassige Rückenpartie mit den breiten Schultern, die schmale Taille und die Einbuchtungen oberhalb des Beckens. ›Ich bin schön‹, dachte sie, während sie Hals, Brust und Ohren mit Parfüm betupfte. ›Durch diese Schönheit werde ich mein Ziel erreichen.‹ Sie legte noch etwas Rot auf die Lippen und nestelte an ihrem Kleidausschnitt, um den schwellenden Brustansatz sichtbar zu machen. Endlich verließ sie, gebührend vorbereitet, das Zimmer.

12

Sie betrat nicht den Salon, wo Pietro auf sie wartete, sondern das Eßzimmer, den kleinsten Raum der Wohnung. Ein runder Tisch und zwei Stühle füllten ihn fast ganz aus. Die Wände waren mit einer dunklen, geschmacklosen Tapete bekleidet, die Damast vortäuschen sollte. Das einzige Schmuckstück war ein dreifüßiger Schemel in einer Ecke neben dem Fenster und ein Kübel mit einem großblättrigen Philodendron.

Zur Essenszeit deckte Cecilia gewöhnlich für eine Person, entzündete zwei silberne Kerzenleuchter und rückte einen der beiden Stühle heran. Andreina ließ sich dann mit dem Blick zum Fenster nieder, und Cecilia servierte im Spitzenschürzchen. Andreina pflegte langsam und zerstreut zu essen, während sie sich ab und zu mit dem Mädchen unterhielt, das an der Wand lehnte. Nach der Mahlzeit brachte Cecilia auf einem silbernen Tablett Zigaretten und Feuerzeug. Andreina zündete sich eine Zigarette an, erhob sich und nahm den Kaffee im Salon ein. In dieser melancholischen Weise verliefen die meisten Mahlzeiten. Nur selten aß Matteo mit ihr oder eine Freundin, eine nicht mehr ganz junge Witwe, die ebenso einsam lebte wie sie.

Der Tisch war bereits gedeckt, die Kerzen angezündet. Mit dem Ausdruck offenkundiger schlechter Laune legte Cecilia gerade die Servietten unter die Teller.

»Ist alles fertig?« fragte Andreina streng mit hochgezogenen Brauen.

»Allerdings«, antwortete Cecilia mürrisch.

»Nun, dann verträdle keine Zeit und schlage den Gong an.«

Ohne Erwiderung öffnete Cecilia mit dem leidvollen Seufzer eines ungerecht behandelten Menschen die Flügeltür zum Salon. Unbekümmert um Pietro, der auf dem Diwan saß und ihrem Tun äußerst erstaunt zusah, nahm sie den Gong von der Wand und schlug ihn ganz ernsthaft dreimal an. Durch diese seltsamen Handlungen aus seinen Gedanken aufgeschreckt, erhob sich Pietro und näherte sich zögernd der weitgeöffneten Tür.

Dort erblickte er Andreina, die mit betonter Selbstverständlichkeit lässig das Philodendron begoß.

Ihr nackter Arm hielt anmutig die Karaffe, und sie begleitete ihr Tun durch eine selbstvergessene Bewegung ihres geneigten Kopfes. Dann wendete sie sich um und schien nun erst Pietros Gegenwart zu bemerken. »Blicken Sie nicht um sich«, sagte sie und stellte mit einer blasierten Bewegung die Karaffe wieder auf den Tisch, als sei sie ein heiliger Gegenstand und über jede profane Berührung erhaben. »Die Möbel habe ich nicht ausgewählt, sie gehören dem Hausbesitzer. Natürlich sind sie schrecklich geschmacklos. Nur einige Kleinigkeiten sind mein Eigentum.«

Sie nahmen Platz. Pietro bemerkte, daß Andreinas Augen Trauer und Niedergeschlagenheit widerspiegelten und daß eine gelbliche Blässe das verschlossene, ovale Gesicht überzog. Aber ihr Körper wirkte unter der glänzenden Seide des Kleides jung und schön, und seine stumme und doch so unverkennbare Sprache strafte das Antlitz Lügen. Die trüben, ratlosen Augen schienen zu sagen: ›Ich bin lebensmüde‹, die Mundwinkel zitterten unmerklich, und das flackernde Kerzenlicht verlieh ihren Zügen eine verzweifelte, harte Starre. Aber wenn Andreina nur einen Arm ausstreckte, um sich Wein einzugießen, so bebte ihr gleichsam neu belebter Körper, und ihre von dem weiten Ausschnitt nur mangelhaft verhüllte Brust hob sich herausfordernd, als wolle sie sagen: ›Mir gefällt das Leben, ich bin froh, daß ich auf der Welt bin, ich bin jung und will leben.‹

›Wie schön sie ist‹, dachte Pietro fast erschrocken und konnte sich nicht satt an ihr sehen. Sein Herz klopfte hart, sein Atem stockte, und seine Augen sprühten in begierigem Feuer. Dann entsann er sich unvermittelt, daß man ihn bei den Tanzillos erwartete.

»Ich muß telefonieren«, sagte er verwirrt, »ich bin nämlich zum Abendessen bei den Tanzillos eingeladen. Es ist gewiß besser, Sofia zu verständigen, daß ich nicht komme.«

»Und was wollen Sie ihr sagen?« fragte Andreina kühl.

»Daß ich noch in der Redaktion zu tun habe«, antwortete Pietro ohne Zögern.

Andreina hob die Augen und betrachtete ihn einen Augenblick mit dem ihr eigenen verächtlichen Wohlgefallen.

Sofort bereute er seine Antwort.

»Noch eine Lüge, die Sie meinetwegen erfinden«, sagte sie langsam und betont. »Telefonieren Sie nur ruhig, der Apparat steht in meinem Zimmer, die erste Tür rechts im Flur.«

Eilig und verwirrt verließ Pietro den Raum.

Andreinas Zimmer war dunkel. Pietro schaltete das Licht ein und nahm den Hörer in die Hand, aber er wählte die Nummer noch nicht. Er schaute einen

Augenblick unentschieden vor sich hin. Der Gedanke, lügen zu müssen, stieß ihn tatsächlich ab, und sei es auch nur aus dem Grunde, weil er Andreina keinen Anlaß zu überlegener Nachsicht geben wollte. Plötzlich fiel sein Blick auf Matteos Bild neben dem Telefon, und es kam ihm ein rettender Gedanke.

Anstatt Sofia würde er Matteo anrufen und ihm die Wahrheit sagen, nämlich daß er noch bei Andreina geblieben sei, um ihr über ihre Niedergeschlagenheit hinwegzuhelfen. Damit blieb Matteo die Sorge um die erforderliche Lüge überlassen.

›Es entspricht schließlich der Wahrheit‹, überlegte Pietro und betrachtete ein unbestimmbares, rosafarbenes Wäschestück auf einem zwischen Wand und Schrank eingezwängten Stuhl. War es ein Schlüpfer, ein Hemdchen? ›Hätte sie mir nicht so leid getan, so hätte ich nicht gelogen und wäre auch nicht bei ihr zum Essen geblieben.‹

Er wählte die Nummer, Matteo war gleich am Apparat. »Ich bin hier bei deiner Freundin«, sagte Pietro und stellte selbst einen falschen Unterton in seiner scheinbaren Unbefangenheit fest. »Sie ist so bedrückt, deshalb bleibe ich zum Essen und leiste ihr ein wenig Gesellschaft.«

»Du Glücklicher«, antwortete Matteo melancholisch. Der klägliche Ton der Stimme verriet, daß zwischen ihm und seiner Gattin irgend etwas vorgefallen war. Darüber hinaus klang aus Matteos Stimme Vertrauen, es fehlte jedwede Neugier oder irgendein Verdacht. Wiederum litt Pietro unter dem Gefühl, einen Verrat zu begehen. Zum Schluß fragte Matteo, ob sie sich im Laufe des Abends noch sehen würden. »Aber gewiß«, antwortete Pietro, »ich gehe mit euch zu dem Empfang. Hier bleibe ich höchstens noch eine Stunde. Und wenn Sofia dich fragt, warum ich nicht zum Essen komme, so sage ihr, ich hätte noch in der Redaktion zu tun.« Als er den Hörer aufgelegt hatte, blieb er noch einen Augenblick unbewegt sitzen. Gewiß, er war erleichtert, aber so, als ob er einer heiklen Situation entgangen sei, und nicht, als habe er einen ehrenvollen, schwierigen Auftrag ausgeführt. Ihn beherrschte nicht nur das niederdrückende Gefühl, einen Menschen getäuscht zu haben, sondern zugleich auch jene Unruhe, die ihn jedesmal befiel, wenn er sich Andreinas Schönheit vergegenwärtigte. Noch auf seinem Weg ins Eßzimmer rang er mit den beiden unklaren Gefühlen.

Aufrecht und starr blickte Andreina unverwandt ins flackernde Kerzenlicht, ganz in kühle Betrachtungen versunken. »Haben Sie Ihre Lüge angebracht?« fragte sie ernsthaft und ruhig.

»Ich bin bei der Wahrheit geblieben«, antwortete Pietro lächelnd.

»Wieso?«

»Ich habe Matteo gesagt, daß ich hierbleibe, um Ihnen in Ihrer Betrübtheit ein wenig Gesellschaft zu leisten.«

»Das nennen Sie die Wahrheit?« fragte Andreina vorschnell.

»Allerdings... warum?«

»Ah, nichts... Ich wollte nur wissen, was Sie unter Wahrheit verstehen. Und was hat Matteo geantwortet?«

»Nun, daß es so recht sei.«

»Sie wollen mich also trösten?« fragte Andreina schließlich. Bei diesen Worten hatte ihre Stimme, obwohl sie sich um Gelassenheit bemühte, einen anklagenden Ton. »Wer sagt Ihnen denn, daß ich Trost brauche?«

Ganz offensichtlich kostete es Andreina große Mühe, ihre Züge unbewegt und entspannt erscheinen zu lassen. Ihre allzu weit geöffneten Augen flackerten, ihre Mundwinkel zitterten, und ihre Miene hatte den Ausdruck trauriger, verletzter Würde. Bei diesem Anblick verspürte Pietro wiederum ein brüderliches, aufrichtiges Mitleid.

»Ihr Antlitz und Ihre Bewegungen verraten es nur zu deutlich«, antwortete er warm und fügte, über den Tisch gebeugt, hinzu: »Warum wollen Sie auch mir etwas vortäuschen, was Sie gar nicht sind?« Er legte zärtlich seine Hand auf Andreinas Hand.

Sie schwieg, dann aber ging sie unerwartet schnell zu verständnisinniger Zutraulichkeit über. Ihren Blick fest auf sein Gesicht geheftet, drehte sie ihre Hand in der seinen um, preßte sie fest, schob ihre Finger zwischen die seinen und drückte ihre Nägel in seine Handfläche. In diesem Augenblick erschien Cecilia mit dem Tablett. Verwirrt befreite er hastig seine Finger, während Andreina wortlos den Teller zurückwies, den das Mädchen vor sie hinstellte.

»Essen Sie nicht?« fragte er.

»Nein, ich habe keinen Hunger«, antwortete sie, »ich habe nur für Sie kochen lassen.«

»Dann esse ich auch nicht«, sagte der junge Mann.

»Aber, bitte, essen Sie doch«, nötigte Andreina, allerdings ohne Wärme. »Ich werde Ihnen zusehen. Das macht doch gar nichts.«

»Aber ich habe auch keinen Hunger«, log Pietro.

Andreina lächelte. »Stimmt das wirklich, oder sagen Sie es nur mir zuliebe?«

»Es stimmt wirklich.«

»Nun, dann wollen wir in den Salon gehen.«

Andreina stand auf. »Cecilia, räume ab und schließe die Türen wieder! Geh dann zu Bett! Ich werde den Herrn selbst zur Haustür geleiten.«

Im Salon ging Andreina mit betonter, gleichsam ritueller Trägheit auf die Couch zu, schaltete die Stehlampe ein und löschte das Deckenlicht. Dann schmiegte sie sich in eine Ecke und kuschelte sich in die Kissen. »Setzen Sie sich neben mich«, bat sie Pietro, der mitten im Zimmer stand und sie betrachtete. Als er Platz genommen hatte, meinte sie mit zaghaftem Lächeln: »Vorhin im Auto behaupteten Sie, wir seien einander ähnlich. Das glaube ich auch. Sie haben aber von unserer Ähnlichkeit gewiß eine ganz andere Vorstellung als ich. Erklären Sie mir bitte, warum wir uns Ihrer Ansicht nach ähnlich sind!«

»Sie entsinnen sich doch ...«

»Sagen wir doch du zueinander«, rief Andreina, »wir, die wir uns schon als Kinder gekannt haben... Außerdem spricht man offener miteinander.«

Dieser Vorschlag gefiel Pietro, leider erweckte er gleichzeitig in ihm wieder die Vorstellung von Verführung. Er wurde einen Augenblick unsicher und sah der Frau fest in die Augen. Aber Andreinas Gesicht war ruhig, und nichts verriet irgendeine boshafte Absicht.

»Erinnerst du dich«, begann er dann, um seinen guten Willen zu zeigen, »wir wohnten im gleichen Hause, gingen gemeinsam in die Schule...«

»Und ob ich mich erinnere«, erwiderte Andreina lächelnd in der ihr eigenen mutlosen Weise. »Selbst mitten im Winter hieß es früh aufstehen. Wir trafen uns auf der Treppe oder am Tabakladen an der Ecke und gingen zusammen bis zum Gymnasium. Und jener Studienrat, der mir immer sagte, ich solle nur ja nicht hoffen, besser behandelt zu werden, weil mein Vater an der gleichen Schule tätig sei! Und der muffige Geruch im Klassenzimmer! Und der Lärm nach Schulschluß! Und meine schwarze Schürze mit dem gestickten Namen auf der Brust! Und die qualvollen Prüfungen! Und da gibt es so verrückte Leute, die ihren Schuljahren nachtrauern, weil sie die schönsten, sorglosesten ihres Lebens gewesen seien. Ich denke nur mit Abscheu daran zurück. Und je mehr mir jene Jahre entrücken, um so mehr verabscheue ich sie. Wenn man mir goldene Berge verspräche, ich möchte jene Zeit nicht noch einmal durchmachen.«

Pietro war verblüfft über die maßlose Ablehnung. Unsicher sagte er: »Gewiß, du hast recht, aber gerade in jener Zeit liegen die Quellen für unsere Ähnlichkeit, wenigstens hinsichtlich äußerer Dinge. Wir sind im selben Alter, entstammen beide bescheidenen Verhältnissen und strebten beide danach, unsere Lebensbedingungen zu verbessern und reich zu werden. Dann verloren wir uns aus den Augen. Nun berührt es mich seltsam, daß wir uns trotz so ganz verschiedener

Lebenserfahrungen nach vielen Jahren unter Bedingungen begegnen, die sich sehr ähnlich sind, so als ob wir auf zwei verschiedenen Wegen zum gleichen Punkt gelangt seien.«

Andreina blickte kühl und zurückhaltend auf ihre Hände. Sie schien diese Feststellung weder gutzuheißen noch abzulehnen. »An welchem Punkt?« fragte sie nur.

»Nun, wir beide werden ständig fälschlicherweise für etwas gehalten, was wir gar nicht sind.« Pietro sprach mit ehrlich empfundener Wärme und dachte dabei, wie verächtlich Maria-Luisa sie beide behandelt hatte. »Wir handeln immer in gutem Glauben und ganz uneigennützig und werden trotzdem des Eigennutzes bezichtigt. Und je mehr wir uns so geben, wie wir wirklich sind, offenherzig und großzügig, um so mehr wirft man uns vor, wir seien durchtrieben und egoistisch. Das habe ich so stark empfunden«, fügte er eifrig hinzu, »daß ich bei Maria-Luisas Frage und deinem bittenden Blick zu einer Lüge geradezu gezwungen war, denn ich spürte mit innerer Gewißheit, daß entgegen jedem Augenschein das Recht auf deiner Seite war. So log ich ohne Gewissensbisse und mit wahrem Vergnügen. Findest du nicht auch, daß unsere Ähnlichkeit eben in der Tatsache beruht, daß wir beide viel uneigennütziger sind als alle andern, und daß wir gerade deshalb nicht verstanden und sogar gehaßt werden?«

Andreina hatte ihm mit immer offensichtlicherer Kälte zugehört. »Nein«, antwortete sie ohne Umschweife, »so erscheinen mir die Dinge ganz und gar nicht. Als ich heute nicht zugeben wollte, daß meine Familie in der Stadt wohnt«, fügte sie langsam hinzu, während sie angelegentlich ihre Hände betrachtete, »hatte ich gewiß weder edle noch uneigennützige Gründe dafür. Hätte ich nämlich die Wahrheit zugegeben, so wäre dieser Dummkopf von Matteo schließlich eines Tages bestimmt zu meiner Familie gelaufen und hätte nicht nur entdeckt, daß ich keine Gräfin bin, sondern daß ich bisher durchaus nicht der Tugendengel war, als den ich mich hingestellt habe. So liegen die Dinge.

Sprechen wir also nicht von Uneigennützigkeit! Davon kann in diesem Fall keine Rede sein.«

Aus Pietros dunklen, eindringlichen Augen sprach Mitleid, und er sagte zärtlich und mit nachsichtigem Vorwurf: »Glaubst du wirklich, du würdest dich so freimütig anklagen, wenn du so egoistisch wärest, wie du zu sein behauptest? Aus der Tatsache, daß du dich anklagst, spricht ja schon deine Uneigennützigkeit.«

Andreina sah nahezu gekränkt drein. »Du bemühst dich vergebens«, sagte sie mit bitterer Genugtuung, »ich weiß sehr gut, daß ich schlecht bin, und könnte dir genügend Beweise dafür geben. Ich kann auch nicht behaupten, es sei nicht meine Schuld, sondern die Umstände hätten mich zu jenem Menschen gemacht, der ich bin, oder das Leben hätte es nicht gut mit mir gemeint. Ich kann also nicht wie andere alle jene Gründe anführen, um mich zu rechtfertigen. Ich erinnere mich sehr gut, daß ich mit zehn Jahren schon genauso war wie heute, ebenso verlogen, schamlos und gierig. Und wenn ich mich auch nicht genau entsinne, so bin ich doch sicher, daß ich auch mit fünf Jahren nicht besser war, ja nicht einmal mit zwei. Nein, ich kenne mich zur Genüge, um zu wissen, daß ich nur aus Berechnung, Lüge, Niedrigkeit und Bosheit bestehe. Ich bin also genau das Gegenteil dessen, wofür du mich hältst. Und wenn ich behaupte, du seist mir ähnlich, so will ich damit sagen, daß du nicht besser bist als ich. Deshalb verurteile ich dich keineswegs! Im Gegenteil, du gefällst mir, und wir sollten gerade aus diesem Grunde Freunde werden.«

Pietro, zutiefst verwirrt, ließ seine Augen nicht von dem kalten Gesicht der Frau. »Was willst du damit sagen?« fragte er schließlich.

»Nun, daß wir uns tatsächlich ähneln, wenn auch nicht unbedingt in guten, so doch in schlechten Eigenschaften.«

»Es genügt nicht, etwas schlechthin zu behaupten.

Man muß es immerhin beweisen«, sagte Pietro bestürzt.

»Gut«, erwiderte Andreina ruhig und bereitwillig. »Du bist doch der Verlobte von Sofia Tanzillo, nicht wahr? Und ich meinerseits bin die Geliebte von Sofias Bruder. Ich beweise meine eben aufgestellte Behauptung mit der Tatsache, daß unser beider Verhalten gegenüber Sofia und Matteo genau das gleiche ist. Ich habe Matteo immer verachtet, ihn für einen Dummkopf und Schwächling gehalten und mich doch aus Eigennutz an ihn geklammert, in der Hoffnung, er würde eines Tages seine Ehe lösen und mich heiraten. Ich bin nun überzeugt, daß du dich mit Sofia aus den gleichen Gründen verlobt hast, aus purem Eigennutz und Ehrgeiz, und daß du sie genauso beurteilst wie ich Matteo. Und als ob soviel Ähnlichkeit noch nicht ausreiche«, fügte sie mit trübem Lächeln hinzu, »müssen wir beide gleichzeitig entdecken, daß die Tanzillos arme Leute sind und alles Geld Maria-Luisa gehört. So sind all unsere Ränke zwecklos gewesen. Wir gewinnen beide keinen Heller. Mein Matteo und deine Sofia sind für uns beide eine unnütze Last geworden, die wir unser Leben lang mit uns herumschleppen sollen.«

Diese letzten Worte ließen Pietro auffahren. »Nein, Sofia wird für mich keine Belastung sein. Maria-Luisa wird für ihre Mitgift sorgen.«

Andreina lachte in ihrer rauhen, ironischen Art. »Siehst du, ich habe doch recht. Glaubst du, ein verliebter Mann hätte jetzt zuerst an die Mitgift gedacht?«

Pietro biß sich auf die Lippen. Er fragte sich angstvoll: ›Sollte Andreina tatsächlich recht haben und wir uns wirklich in dieser Weise ähnlich sein?‹ Bei Andreinas Anklagen traf ihn besonders die Tatsache, daß sie genau mit denjenigen übereinstimmten, die ihm vor wenigen Stunden aus ganz anderen Motiven und in ganz anderer Hinsicht Maria-Luisa gemacht hatte. Unschlüssig betrachtete er Andreina, das blasse, leidenschaftliche Gesicht, ihren harten, unbestechlichen Blick, und gleichzeitig vergegenwärtigte er sich die Geschichte seiner Beziehung zu Sofia, in der Hoffnung, irgendeinen Umstand zu entdecken, der Andreinas Anklagen entkräften und zugleich seine eigene gute Meinung über sich selbst erneut bestätigen könne. Wenn aber jemand, dessen Ansichten sich zum Teil geändert haben oder ins Wanken geraten sind, rückblickend die Umstände erkennen will, die sein Handeln bestimmt haben, so entdeckt er nur allzu häufig, daß auch diese sich geändert und ein ganz anderes Gepräge angenommen haben. Auch Pietro kam es jetzt zum Bewußtsein, daß eigentlich aus all seinen Handlungen gegenüber dem jungen Mädchen eher eigennützige Motive als solche der Zärtlichkeit oder Zuneigung sprachen. Gewiß lagen diesem Verdacht keine klaren Beweise zugrunde, und Pietro war auch noch weit davon entfernt, in seinem Verhalten zu seiner Verlobten die offene, wohlüberlegte Täuschung zu sehen, die anscheinend Andreinas Haltung gegenüber Matteo bestimmte. Trotzdem übersah er nicht die lässige Gleichgültigkeit, die ihm bisher nie erlaubt hatte, seine Bindung an Sofia enger zu gestalten. Seine Beziehung zu ihr mußte doch wohl, wenn auch nicht rein eigennützig, so doch auf eine ihm kaum bewußte Weise unverbindlich sein. Immerhin, Andreina gegenüber wollte er diese Unsicherheit nicht zugeben. »Nein, das ist nicht wahr«, sagte er schließlich. »Ich habe Sofia immer gern gehabt.«

Mit einer lebhaften, entschiedenen Bewegung rückte Andreina näher an seine Seite. »Du willst mir doch nicht sagen, sie sei schön!« Sie blickte ihm fest in die Augen.

Die Nähe dieses bleichen, kalten Gesichts, das einem erloschenen Stern glich, machte Pietro verlegen. »Nein, schön ist sie nicht«, gab er zu.

»Sie hat eine schlechte Figur«, fuhr Andreina fort, »krumme Beine, einen flachen Busen, rote Haut, einen plumpen Mund, und ihr Charakter ist derart oberflächlich, daß ich noch weniger begreife, wie man sie gern haben kann.«

»Aber sie hat einen guten Charakter und ist außerdem intelligent.«

»Intelligent?« wiederholte Andreina erstaunt. »Sie soll intelligent sein? Sie ist dumm. Da sieht man, daß du sie gar nicht kennst. Sie ist schrecklich dumm. Ich hatte vor einigen Stunden die Ehre ihres Besuches. Denke dir, was du willst, aber du errätst bestimmt nicht die Gründe, die sie veranlaßten, mich aufzusuchen, so geschmacklos und absurd sind sie. Stell dir vor, Matteos Schwester kam zu mir, seiner Geliebten, um mich zu veranlassen, ihren Bruder aufzugeben. Es sollte zu Matteos Bestem dienen und zugleich Maria-Luisas Glück sichern. Nun sage mir, ob du sie tatsächlich noch für intelligent hältst.«

Pietro nahm diese heftigen Worte weniger mißbilligend als vielmehr mit neugierigem Mitleid auf. »Und was hast du geantwortet?«

»Nun, daß ich mich so verhalten würde, wie sie es wünschte«, antwortete Andreina auflachend. Eine sanfte Erregung schien sich ihrer bemächtigt zu haben, sie atmete mühsam und hob ihre Brust, als fühle sie sich davon bedrückt. Ihre Lippen zitterten und verliehen ihrem Antlitz einen bewegten, bittenden Ausdruck. »Du kannst sie doch gar nicht lieben«, sagte sie leise und hastig, rückte noch näher an Pietro heran und legte eine Hand auf seine Schulter. »Du bist mir ähnlich und mußt Menschen wie Matteo und Sofia im Grunde hassen. Du wirst mir bei meiner Rache behilflich sein. Wir werden so tun, als ob wir ihnen Gehör schenkten, und sie dann beide hintergehen. Und sage nicht, du habest sie gern, denn es ist doch nicht wahr.«

Ihre Worte und mehr noch das, was ihn Andreina erraten ließ, flößten Pietro ein einsichtsvolles, inniges Mitgefühl ein. ›Du bist ein armes Geschöpf‹, dachte er gerührt, ›ja, das bist du.‹ Andererseits war er sehr zufrieden über die Empfindungen, die Andreinas Lebensumstände in ihm auslösten. Könnten doch seine

Feinde in diesem Augenblick in seine Seele blicken! ›Das ist etwas anderes als Ehrgeiz oder hinterlistige Gesinnung‹, dachte er gerührt. ›Ich bin ein großmütiger Mensch mit aufrichtigen Empfindungen.‹

Er beantwortete daher den unsinnigen Vorschlag der Frau nicht mit Verachtung, sondern mit jener Bestimmtheit, die ihm vortrefflich zu seinem Scharfblick zu passen schien.

»Nein, Andreina, erwarte von mir keine Hilfe solcher Art! Vor allem keine Handlung gegen Sofia, die ich von Herzen gern habe.«

»Das macht nichts«, antwortete Andreina in dem gleichen eindringlichen Ton. »Lassen wir Sofia, die du so gern zu haben glaubst, beiseite! Aber hilf mir trotzdem. Um etwas anderes bitte ich dich nicht. Übrigens wirst du schon nach einiger Zeit selbst anderer Meinung sein und feststellen, daß alles Komödie, unwürdige Komödie war und daß du dich aus den gleichen Motiven an Sofia geklammert hast wie ich mich an Matteo.«

Während dieser Worte hielt sie den Kopf ein wenig abgewandt. Plötzlich glitt ihre Hand von seiner Schulter langsam über seine Brust, und mit anschmiegender, besitzergreifender Bewegung näherte sich ihr Arm seiner Schulter. Andreinas Haltung, ihr schüchternes, immer noch abgewandtes Antlitz täuschten Pietro über ihre Absichten. Ohne es eigentlich zu wollen, legte er seinen Arm leicht um ihre Schultern, aber es genügte, um Andreina zu veranlassen, sich mit wilder Heftigkeit an seinen Hals zu werfen. Er empfand ein undeutliches Staunen, als handle es sich eher um eine ausgeklügelte List als um eine leidenschaftliche Regung. Sie küßten sich, und als sie sich voneinander lösten, sagte Andreina mit starrem, verkrampftem Ernst: »Stell dir vor, Matteo und Sofia hätten uns gesehen!«

Die betäubende Wirkung des Kusses verflog. Mit der Ernüchterung erwachten wieder Pietros Abscheu vor dem Verrat und sein Mitleid mit dieser Frau, die sich mit einem dunklen Leid abquälte. »Nein«, sagte er ein wenig atemlos und stieß sie zurück. »Das alles gefällt mir nicht, Andreina!«

»Was gefällt dir nicht?« fragte sie und sah ihn blinzelnd an.

»Das alles«, wiederholte er verdrießlich. »Ich habe Matteo nichts vorzuwerfen und empfinde eine ehrliche Zuneigung zu Sofia. Zudem bin ich nicht ein solches Ungeheuer, wie du behauptest.« Bei diesen Worten zitterte seine Stimme. Er hatte den Eindruck, noch nie so deutlich den großen Unterschied zwischen seiner Unschuld und der Bosheit der anderen erfaßt zu haben. »Ich werde dir helfen, soweit ich es vermag«, fügte er hinzu, weil er plötzlich gegen seinen Willen befürchtete, er könne Andreina verlieren, »nicht aber bei deinen Plänen.«

Andreina wandte den Blick nicht von ihm. »Dann geh doch! Geh doch zu deiner Sofia!«

Zu seiner eigenen Überraschung lösten diese Worte in ihm kalten Zorn aus. »Das werde ich auch tun«, rief er, war mit zwei Schritten an der Tür und trat in die Diele hinaus.

›Wie einfach ist doch alles!‹ dachte er, als er in seinen weiten Mantel schlüpfte. Er war sich darüber klar, daß es ihm nicht um Andreinas Liebe leid tat, es bekümmerte ihn nur, sie in ihrer dumpfen Verzweiflung zurückzulassen. Aber als er die Hand auf die Klinke legte, erschien Andreina auf der Schwelle.

Ihr Haar war zerzaust, sie strich sich mit der Hand über die Stirn. »Geh nicht fort«, bat sie und stellte sich, traurig und verschüchtert, zwischen Pietro und die Tür. »Ich werde nicht mehr von Matteo und Sofia sprechen und tun, was du willst. Aber bleib bei mir und hab mich ein wenig lieb!«

Ganz verdutzt sah Pietro sie an. Andreina lehnte mit dem Rücken gegen die Tür. Sie atmete mühsam, den Kopf zurückgelehnt, die Augenlider niedergeschlagen, und eine Locke fiel ihr in die Stirn. Da erwachten in Pietro wieder das Mitleid, das lebhafte Bewußtsein ihrer Ähnlichkeit, und ihm schien, er müsse Andreina nachsichtiger beurteilen als jeden anderen. Deshalb war auch seine erste Regung die, der Bitte der Frau zu entsprechen. »Ich hab dich ja lieb, Andreina«, antwortete er bewegt. »Aber eben weil ich dich liebhabe, gefallen mir deine Reden nicht.«

»Bleibst du also?« fragte Andreina mit neuem Mut.

»Nein, ich kann nicht bleiben«, antwortete Pietro, der Sofia zu dem Empfang begleiten wollte. »Ich habe noch etwas zu tun, bis ... bis etwa gegen Mitternacht. Aber dann werde ich wieder hierherkommen. Ist dir das recht?«

»Es ist mir recht«, antwortete Andreina mit eindringlichem, kühlem Blick.

»Bis nachher also!« Pietros Hand lag schon auf der Klinke, als Andreina sich zwischen ihn und die Tür drängte und ihre Arme um seinen Hals schlang. Pietro war viel zu glücklich und auch zu eilig, um sich dieser zweiten Umarmung zu entziehen. Ihre stürmischen, heißen Küsse verwirrten ihn zutiefst. Dann öffnete Andreina die Tür, und Pietro ging hinaus.

13

Seit Jahren wohnte Pietro in einem der größten Hotels der Stadt. Er hatte dort dank seinem Beruf und einer weitläufigen Verwandtschaft mit dem Direktor ein billiges Zimmer im obersten Stockwerk. Jugendliche Eitelkeit hatte ihn seinerzeit diese nach außen hin glänzend wirkende Wohnung wählen lassen. Wie so viele andere Pläne seiner unerfahrenen Jugend hatte sich auch dieser als falsch erwiesen. Die Vorteile einer solchen Wohnung wogen keineswegs deren Unannehmlichkeiten auf. Trotzdem war er nie umgezogen und hatte sich schließlich sogar an das Hotelleben gewöhnt. Er hatte es vor sich selbst damit gerechtfertigt, daß diese Lebensführung seine Anpassungsfähigkeit beweise.

In der Hotelhalle herrschte schon reges Leben. Die

Herren waren im Frack, die Damen im Abendkleid. Sie rauschten würdevoll über die dicken Teppiche. Aus dem Salon klang gedämpfte Tanzmusik. Pietro schaute, auf den Fahrstuhl wartend, eine Weile den Tanzenden zu. Die Gäste waren durchweg wohlhabende Leute, doch ihr Reichtum schien erst kürzlich erworben und ihnen noch nicht ganz selbstverständlich zu sein. Die Damen waren schön und kostbar gekleidet, die Herren wie einem eleganten Modeblatt entsprungen. Alle verband eine unbestimmbare, auf Äußerlichkeiten bedachte Einstellung, hinter der jeder persönliche Charakter zurücktrat. Die Männer waren allzu geschniegelt und gepflegt, die Damen zu elegant und modisch gekleidet. Ihre übertrieben zurechtgemachten Gesichter und ihre Körperformen verrieten eine gewisse Gewöhnlichkeit. Diese Entdeckung war nicht überraschend, denn Pietro wußte, welche Art von Leuten sich zu diesen Tanzabenden einfand. Das Abenteuer mit Andreina ließ ihn sich in gesteigertem Maße über andere Menschen, ihre Niedrigkeit und ihre leicht durchschaubaren Leidenschaften erhaben fühlen. Keiner dieser Männer war so vom Glück begünstigt wie er, keine der Frauen so schön wie Andreina. – Die Hände in den Manteltaschen, stand er in der Halle und beobachtete, wie die Leute dem Tanzsaal mit jener heiteren Bedächtigkeit zustrebten, die allen Menschen eigen ist, wenn sie sich vergnügen wollen. Er war so sehr in seine Gedanken vertieft, daß er zusammenzuckte, als hinter seinem Rücken die Fahrstuhltür geöffnet wurde. Überstürzt sprang er hinein, und der Aufzug setzte sich in Bewegung.

Sein gesteigertes Lebensgefühl erhielt den ersten Stoß, als er, in den Spiegel blickend, unmittelbar unter seinem Mund einen halbkreisförmigen roten Fleck entdeckte, den Abdruck der Lippen Andreinas. Der Gedanke, sich mit so einem kompromittierenden Zeichen gezeigt zu haben, war ihm sehr peinlich. Hastig zog er sein Taschentuch heraus und bedeckte seinen Mund. Neben diesem Schamgefühl bemächtigte sich seiner eine bittere Empfindung, die zwischen Widerwillen und Gewissensbissen schwankte. Doch es fehlte ihm an Zeit, dieser Empfindung nachzugeben, weil der Fahrstuhl nach dem eintönigen Einklinken auf jedem der fünf Stockwerke am Ziel angelangt war. Mit gesenktem Kopf, das Taschentuch gegen den Mund gepreßt, eilte Pietro auf sein Zimmer, das letzte am Ende des Flurs.

Scharfe Kälte schlug ihm entgegen, der Heizkörper war eiskalt. Ein zerstreutes Zimmermädchen hatte ihn anscheinend am Vormittag abgestellt. ›Nun schön, dann werde ich eben diese Nacht frieren‹, überlegte er mißgelaunt. Das Zimmer war klein und mit wenig Möbeln ausgestattet. Sie ließen trotz ihrer Bequemlichkeit und Gepflegtheit sofort an hundert ähnliche Hotelzimmer denken. Pietro hatte dieses anonyme Gepräge seines Zimmers um nichts schmuckvoller oder persönlicher gestaltet. Jeder Besucher hätte vermutet, daß er erst vor wenigen Tagen angekommen sei und bald wieder abreisen werde. Hut und Mantel hingen am Kleiderständer, verschiedene Bücher lagen auf dem Tisch, Toilettengegenstände füllten die Glasplatte über dem Waschbecken, und zwei Koffer waren in eine Ecke eingezwängt. Das waren die einzigen Spuren von Pietros Existenz in diesem Zimmer. Da er bestrebt war, die Vergangenheit zu vergessen, mit der Gegenwart auch nicht zufrieden war und lediglich für die Zukunft große Hoffnungen hegte, betrachtete Pietro seinen Aufenthalt im Hotel nur als vorübergehend. Unbekümmert um die behagliche Wirkung des Raumes, ließ er alle überflüssigen Dinge, die auf eine dauerhafte und daher zufriedene Existenz hätten hinweisen können, verschwinden, sobald er ihrer nicht mehr bedurfte.

Er wusch nachdenklich Gesicht und Hände, holte Frack, Hemd und Krawatte hervor und kleidete sich vor dem Spiegel langsam an. ›Was habe ich eigentlich gedacht?‹ überlegte er, ›als ich Andreina antwortete, ich habe zu tun und könne nicht vor Mitternacht zurückkommen? Ich habe nicht gedacht: ich muß Sofia sehen, sondern: ich bin eingeladen und darf nicht fehlen. Natürlich wendet man seine Gedanken zuerst jenen Dingen zu, denen man die größere Bedeutung beimißt.‹ Diese Entdeckung bekümmerte ihn. Er war bisher der Überzeugung gewesen, für Sofia zärtliche und uneigennützige Gefühle zu hegen, und hatte jenen Abenteuern, in die er hin und wieder geraten war, keine Bedeutung beigemessen. Seit der Begegnung mit Andreina erwiesen sich seine Beziehungen zu Sofia plötzlich als sehr eigennützig und vom Ehrgeiz bestimmt, und er erkannte, daß vieles in seinem Leben auf einer häßlichen Täuschung beruhte. Er hatte tatsächlich den Eindruck, daß Andreina ihn richtig beurteilte und daß sie einander wahrhaftig in den Fehlern und nicht in den guten Eigenschaften ähnelten. Eine schmerzliche Erkenntnis, die eine unbestimmte Furcht in ihm auslöste.

Er war sich bisher eines uneigennützigen, aufrechten und in gewissem Sinne sogar sittenstrengen Charakters sicher gewesen. Diese Gewißheit hatte ihn vor Zweifeln und Gewissensbissen bewahrt, so daß er mit Entschiedenheit, Entrüstung und Kritik die Handlungen anderer Menschen betrachtet hatte. Daraus war ihm eine gewisse Selbstzufriedenheit und eine Verachtung für die andern erwachsen, beides vollständig aufrichtige Gefühle. So wie er in übertriebener Bewunderung der Tugend zuneigte, flößte ihm jedes Laster gleichsam physischen Abscheu ein. ›Andere wollen alles mit Durchtriebenheit, kalter Berechnung und Täuschung erreichen‹, dachte er manchmal nicht ohne Hochmut, ›und haben am Ende trotz aller Verschlagenheit nur ein paar Fliegen in der Hand. Mir aber, der ich immer aufrichtig handle, meinen besten Regungen folge, List und Berechnung verabscheue, mir, dem ehrlichen Kerl, gelingt alles von Tag zu Tag besser. Wer durch Betrügereien und Machenschaften vorwärtskommen will, erhebt sich nie aus seiner Mittelmäßigkeit. Ich dagegen bemühe mich, Freunde zu finden, in aufrichtigen Beziehungen mit allen zu leben, und stelle schließlich fest, daß ich sehr gut vorangekommen bin und daß die durch Zuneigung geknüpften Beziehungen die besten Werkzeuge meines Glückes sind. Es ist nur zu wahr, daß die größte Klugheit darin besteht, nicht allzu klug sein zu wollen.‹

Diese vorgefaßte Meinung hatte ihm eine Art unbewußter Freiheit gesichert. Sei es, daß Maria-Luisas Beschuldigungen, Andreinas Behauptungen oder gar ihre Küsse seine innere Ausgeglichenheit erschüttert hatten, er entdeckte jetzt plötzlich, daß er gar nicht derjenige war, für den er sich bisher gehalten hatte. Er war fehlerhaft wie alle anderen Menschen, vielleicht sogar in einer besonders ausgeklügelten und rettungslosen Weise beschmutzt, jenem Egoismus und jener Verschlagenheit verfallen, denen bisher seine tugendhafte Entrüstung gegolten hatte. Und da er tatsächlich bisher überzeugt gewesen war, charakterlich anderen Menschen weit überlegen zu sein und Verschlagenheit, Selbstsucht und Ehrgeiz als niedrige Wesenszüge zu verabscheuen, erschreckte ihn diese Entdeckung über alle Maßen. Es ging ihm wie einem, der zu Zeiten der Pest eines Tages am eigenen Körper die Beulen der schrecklichen Krankheit entdeckt, während er bis dahin geglaubt hat, sie könne ihm nichts anhaben.

Während dieser Überlegungen hatte er sich schon teilweise angekleidet. Als er aber, trostlos seufzend, seine traurigen, verwirrten Gedanken gleichsam abschloß und seine weiße Krawatte band, erblickte er sich plötzlich im Spiegel in schwarzen Hosen und im weißen Hemd mit der aufgeblähten, gestärkten Hemdbrust zwischen den Streifen der Hosenträger. Seine Gestalt drückte eine so falsche, armselige Reue aus, daß er in plötzlichem Abscheu vor sich selbst fast gewaltsam die Krawatte abriß und sich mit gesenktem Kopf aufs Bett fallen ließ. »Schluß mit all diesen Falschheiten«, sagte er und machte mit der Hand eine Bewegung, als fege er einen lästigen Gegenstand beiseite. Gleichzeitig aber empfand er ein gewisses Wohlgefallen an seinem Abscheu. ›Es beweist immerhin, daß ich trotz allem noch nicht der krasseste Egoist bin‹, dachte er, ›denn dann würden mich diese Dinge nicht berühren.‹ Plötzlich kam ihm der Gedanke, seinen Abscheu gegen sich selbst bei den Wurzeln zu fassen, sich sein bisheriges rechtschaffenes Gefühl wiederzugeben und Andreinas Anschuldigungen wirksam Lügen zu strafen.

Er würde sich mit Sofia aussprechen und die Verlobung aufheben. Nur auf diese Weise ließ sich die Verwirrung lösen, und er konnte, gereinigt von dem Verdacht des Eigennutzes und Ehrgeizes, ohne Gewissensbisse die Verabredung mit Andreina einhalten.

Das gab ihm neuen Mut. Er zog das gestärkte Hemd und die Frackhosen wieder aus und verließ in seinem blauen Tagesanzug das Zimmer.

14

Das von den Tanzillos bewohnte weitläufige Gebäude hatte in früherer Zeit zu einem außerhalb der Stadtmauern gelegenen Kloster gehört. Es war durch Umbau in eine moderne Villa verwandelt worden und lag heute inmitten von Gärten im neuesten, elegantesten Stadtviertel. Man gelangte durch ein feierliches, reich verziertes Tor in den Garten des Tanzilloschen Hauses. Einige hohe Bäume, der tiefgrüne, gut gemähte Rasen, mehrere kiesbestreute Wege und die große Stille, das leise Knacken abbrechender trockener Zweige und das Zwitschern der Vögel gaben die Vorstellung eines ausgedehnten Parks. Doch das war ein Trugschluß. Das frühere Klostergebäude hatte sich nicht leicht in eine Villa verwandeln lassen. Trotz der Skulpturen, die an der Vorderfront stützend ihre Arme erhoben, trotz der Säulen, Kapitelle, Wappen, Gesimse und des anderen barocken Beiwerks, mit dem der Architekt die ursprünglich kahle Fassade ausgeschmückt hatte, behielt das Gebäude sein strenges, wuchtiges Gepräge, und all der hinzugekommene Zierat machte es nur unharmonisch.

Aber der Gegensatz zwischen den Absichten des
Architekten und der eigentlichen Struktur des Hauses
trat bei der Aufteilung der Innenräume noch krasser
hervor. Hier hatte er nur wenig ändern, höchstens eine
Mauer niederreißen oder ein neues Fenster in die Wand
brechen können. So waren die niedrigen Decken und
die zahlreichen zellenartigen Kammern geblieben;
große, als Empfangszimmer geeignete Räume fehlten.
Hinzu kam der unregelmäßige Grundriß, der, ohne
eigentlichen Mittelpunkt, durch die vielen Gänge,
Treppen und Flure sehr unübersichtlich war. Maria-
Luisa hatte den Besitz erworben und auch die Aufgabe
übernommen, ihn einzurichten. Es war ihr gelungen,
das Haus in nahezu eintöniger, bedrückender Weise
zu möblieren. Überall gab es riesige Tische, Truhen,
Schränke, überall schmiedeeiserne Gitter. Alte Rüstun-
gen standen in den Ecken, alte Waffen hingen als finstere Trophäen an den Wänden. Ein aufdringlicher,
dunkelroter Damast bespannte die meisten Wände,
und wo Maria-Luisa auf Waffen verzichtet hatte, hingen riesige, dunkel gefirnißte, ziemlich wertlose Gemälde.

Im Erdgeschoß lagen die Gesellschaftsräume und das
Eßzimmer. Das letztere bestand eigentlich aus zwei
Räumen, die durch zwei Stufen und eine Art Bogen
mit dem Wappen der Tanzillos voneinander getrennt
waren. Der größere, fast leere Teil des Zimmers barg
eine Anrichte für den servierenden Diener und drei
oder vier Sessel vor einem großen, gemauerten Kamin.
Jenseits des Bogens wurde der Raum enger und niedriger und bildete eine Art Nische, dort stand der Eß-
tisch. Diese Nische war zum Überfluß von dem anderen
Teil des Raumes durch ein kleines Holzgitter getrennt,
zwischen dessen kleinen, vergoldeten Säulchen sich
ständig das auf blauem Grund gemalte Wappen der
Tanzillos wiederholte.

Als Pietro das Eßzimmer betrat, war nur die Nische
von einigen dicken, purpurfarbenen Kerzen erleuchtet,
die zwischen den Gläsern und Karaffen auf dem Tisch

standen. Das Gitter war weit geöffnet. Matteo und Sofia saßen in einiger Entfernung voneinander am Tisch, während der Widerschein der flackernden Kerzen auf ihren Zügen flirrte.

In Sorgen und Gedanken versunken, starrte Matteo auf den Tisch. Er hob, selbst als Pietro nähertrat, nicht einmal die Augen. Sofia hingegen war recht vergnügt. Bei Pietros Anblick winkte sie lebhaft mit der Hand und rief halb ungeduldig, halb freudig: »Endlich!«

Ein häßlicher Köter, eine Mischung aus Fuchs und Dackel, kam bellend unter dem Tisch hervor.

»Still, Chéri, siehst du denn nicht, daß es Pietro ist?« Sofia beugte sich auf ihrem Stuhl vor und bemühte sich, den Hund festzuhalten, der nicht verstehen wollte und wütend weiterbellte. Der zärtliche Empfang durch seine Verlobte, der so im Widerspruch zu dem Vorgefallenen und den daraus entstandenen Entscheidungen stand, verdeutlichte Pietro von neuem den sehr vagen Charakter ihrer Beziehungen. Verwirrt und mit verlegenen Bewegungen trat er in die Nische und ließ sich nieder.

»Wie, du hast dich nicht umgezogen?« rief Sofia lebhaft enttäuscht, »hast du vergessen, daß wir heute abend noch ausgehen?«

Das flackernde Kerzenlicht umspielte ihre über den Tisch gebeugte Gestalt. Und wie manchmal in dämmrigen Kirchen, wenn ein Besucher ein in Schatten gehülltes, berühmtes Gemälde bewundern möchte, schien auch hier eine geschickte Hand die Flamme so zu lenken, daß jede Einzelheit ihres von Enttäuschung gezeichneten Antlitzes hervortrat.

»Ich kann nicht mitgehen«, antwortete Pietro mit boshafter Genugtuung. »Ich kann nicht... ich habe in der Redaktion zu tun.«

Sie schlug ungeduldig mit der Hand auf den Tisch, und ihre großen Ohrringe mit den tropfenförmigen falschen Edelsteinen pendelten hin und her. »Nun schön«, rief sie, »du willst also auch nicht kommen. Das sind schon zwei.«

»Inwiefern zwei?«

»Auch Matteo will nicht mitgehen«, antwortete Sofia und sah ihren Bruder fragend an. »Aber er hat keine Entschuldigung. Du kannst dich wenigstens auf deine Zeitung berufen. Wenn er dagegen zu Hause bleibt, so tut er es nur, um Maria-Luisa zu ärgern. Und auf diese Weise«, schloß sie mit ungeduldigem Seufzen, »verbringen wir unser Leben mit lauter kleinlichen Racheakten.«

Matteo blieb ungerührt.

»Inwiefern?« fragte Pietro. »Was für ein Racheakt? Was ist denn geschehen?«

»Nun, Maria-Luisa hat erklärt, sie wolle zwar mit uns auf das Fest gehen, es aber bald wieder verlassen und in ihre Villa zurückkehren. Das ist natürlich sinnlos, darüber sind wir uns einig. Sie sollte so etwas meiner Meinung nach nicht tun. Aber es ist doch immerhin schon ein Schritt vorwärts, nicht wahr? Heute geht sie mit uns zum Empfang, morgen findet sich dann eine andere Gelegenheit, und so kommen wir der Versöhnung immer etwas näher. Nun versteift sich Matteo doch darauf, nicht hinzugehen, um Maria-Luisa zu bestrafen, wie er sagt. Ich will nicht abstreiten, daß er vielleicht recht hat, aber wohin sollen diese kleinlichen Rachegelüste führen?«

»Wo ist denn Maria-Luisa?« fragte Pietro, der wenig oder gar nichts verstanden hatte. »Ist sie schon hier?«

»Nein, sie wird aber bald kommen«, antwortete Sofia.

Einen Augenblick lang herrschte Schweigen. Dann schaute Pietro erregt und entschieden in Sofias Augen, in denen Tränen schimmerten. »Ich bin aus einem ganz bestimmten Grund gekommen«, sagte er. »Ich muß mit dir sprechen.«

Sofias Augen öffneten sich weit vor Erstaunen. »Du willst mit mir sprechen?« wiederholte sie.

»Ja, mit dir.«

»Mit mir allein?« Sie schien eher erfreut und neugierig als besorgt.

»Ja, mit dir allein.«

Einen Augenblick blieb Sofia unbewegt mit offenen, starren Augen sitzen. Dann verriet ihr unschönes Gesicht vergnügte Neugier. »Ist es etwas sehr Wichtiges?«

»Ja.«

Sofia sah Pietro an, als wolle sie aus seinem Blick auch seine Gedanken lesen. »Handelt es sich um etwas, was Matteo angeht?« fragte sie schließlich.

Trotz Zorn und Besorgnis war Pietros Geist klar geblieben. Er erwog erneut den schwerwiegenden Schritt, zu dem er sich so schnell aus Gewissensnot entschlossen hatte. Der Bruch der Verlobung und, was noch schlimmer war, eine Bindung an Andreina bedeutete nicht nur, daß alle Anstrengungen der letzten Jahre vergebens waren, sondern daß er wahrscheinlich in eine recht finstere, ausweglose Lage geraten würde. ›So zufällig und spielerisch leicht entscheidet sich also mein Leben‹, dachte er und betrachtete das fröhliche, neugierige Antlitz seiner Verlobten. Dann raffte er sich auf.

»Nein, es betrifft ausschließlich dich«, sagte er ungeduldig. »Es ist vollkommen unnütz, so viele Fragen zu stellen, ich werde darüber doch nur mit dir allein sprechen.«

Sofia erhob sich lebhaft. »Gehen wir dort hinüber«, meinte sie und faßte Pietros Ärmel. »Das ist ja aufregend. Ich sterbe geradezu vor Neugier.«

›Wenn du wüßtest, was ich dir zu sagen habe, würdest du weniger ungeduldig sein‹, dachte Pietro unbehaglich. Schon wollte er der entwaffnenden Wißbegier Sofias nachgeben, als Maria-Luisa erschien.

Sie trug ein langes, enganliegendes Kleid aus schwarzer Seide und trippelte darin mit kleinen, ruckartigen Schritten, als wolle sie sich von allzu engen Fesseln befreien. Obwohl sie an sich schlank war, wirkte sie durch den röhrenengen Rock fast stark. Die gebräunte und nicht mehr straffe Haut bildete im Rücken regelrechte kleine Polster, und die nackten, etwas zu üppigen

Arme, die in solchem Widerspruch zu den eingepreßten übrigen Gliedern standen, ließen die Vorstellung aufkommen, daß dieser Körper, seiner einengenden Fesseln ledig, weit üppiger sei, als es der Wirklichkeit entsprach.

Zu diesem Kleid aus mattem, fast staubigem Schwarz trug Maria-Luisa ihre prächtigen Brillanten von außerordentlicher Größe und seltenem Glanz. Dieser auffällige Schmuck und das feierliche, zugleich sichere Auftreten einer Frau, die Aufsehen erregen will und auch weiß, wie sie das erreicht, verrieten deutlich, daß sie sich mit größter Sorgfalt angezogen hatte und überzeugt war, auf dem Fest allen andern Frauen, selbst jüngeren und schöneren, den Rang abzulaufen. Aber sie täuschte sich. Wäre sie weniger verblendet gewesen, so wäre sie in ihre Villa zurückgekehrt, um sich umzuziehen. Bei ihrem Anblick mußte man an eine hohe, kostbare Vase denken, in der einige geknickte und verwelkte Blumen stehen. Die übertriebene modische Eleganz des Kleides und der prunkhafte Schmuck verschönten sie nicht, sondern unterstrichen eher alles Abstoßende und Unschöne ihrer Erscheinung. Ihr Haar, dem sie einen zwischen Kastanienbraun und Blond liegenden Farbton hatte geben wollen, hatte noch nie so unnatürlich gewirkt. In dem verzehrenden Feuer der Brillanten wirkte ihr Hals greisenhaft welk, und stärker denn je sprachen aus ihren unsteten Augen und den herabgezogenen Mundwinkeln Gier, Verwirrung und Angst.

Als wolle sie die beschämende Sinnlosigkeit ihrer erzwungenen, eigentlich nur aus Eitelkeit gewünschten Versöhnung vergessen und die anderen darüber hinwegtäuschen, trat sie unbekümmert und mit heiterer Miene herein, als käme sie aus einem der oberen Stockwerke und nicht aus ihrem derzeitigen Domizil am andern Ende der Stadt. Wiederum kroch der Hund unter dem Tisch hervor und stürzte auch ihr mit wütendem Gebell entgegen. »Still, Chéri, still!« befahl Maria-Luisa und bemühte sich nach Kräften, ein

Lächeln zu zeigen. Mit der einen Hand suchte sie den Hund zu beruhigen, mit der andern raffte sie die Schleppe ihres Kleides.

»Wie beunruhigend«, sagte sie scherzend zu Sofia. »Habe ich mich denn so verändert? Dein Hund kennt mich nicht mehr. Er möchte am liebsten zubeißen, wenn er den Mut dazu hätte. Und auch Giuseppe wollte mir kaum die Tür öffnen. Es dauerte eine Weile, bis er begriff, daß ich durchaus nicht die Absicht hatte, im Garten zu bleiben und zu frieren. Warum starrt ihr mich denn so an? Kennt ihr mich vielleicht auch nicht mehr?«

Ihre Stimme klang schrill durch die Stille, brüchig und nervös. Ganz offensichtlich wußte sie nicht, was sie sagen oder tun sollte. Abgesehen von der unzureichenden Befriedigung über ihre äußere Erscheinung, waren ihre Gedanken und Gefühle in heillosem Wirrwarr. Sofia faßte sich zuerst und eilte der Schwägerin mit ausgestreckten Händen entgegen. »Willkommen, willkommen«, log sie mit freudigem Lächeln. »Wir haben schon auf dich gewartet. Ja, stell dir vor, wir wollten gerade bei dir anrufen, um zu erfahren, ob du auch wirklich kämst.«

»Das wäre ganz unnötig gewesen«, erwiderte Maria-Luisa scharf und bestimmt, nestelte an ihrem Kleid und ließ die Augen nicht von ihrem Mann, der weder aufgestanden war, noch sonst irgendwie verriet, daß er ihre Gegenwart bemerkt hatte. »Wenn ich ein Versprechen gebe, halte ich es auch. Ich versprach Matteo zu kommen, also bin ich gekommen.«

Auch Sofia begann sich über die Haltung des Bruders zu ärgern. ›Alles muß ich allein machen‹, dachte sie. ›Warum rührt er sich denn gar nicht?‹ Trotzdem verriet sie ihre Unzufriedenheit nicht, sondern meinte lächelnd und liebenswürdig mit einem gewissen Ausdruck von Rührung: »Es bewegt mich so, dich endlich wieder unter uns zu sehen. Ohne dich war das Haus wie verwaist. Es wäre mir wahrhaftig lieber gewesen«, schloß sie seufzend und warf ihrem Bruder einen hastigen, flehenden Blick zu, »du wärst endgültig zurückgekehrt und nicht nur zu einem Besuch. Aber als Auftakt will ich schon damit zufrieden sein.«

»Rosa scheint der gleichen Meinung zu sein«, antwortete Maria-Luisa kühl und ordnete mit ihren von Brillanten funkelnden Fingern die Locken. »›Wann gehen wir wieder nach Hause?‹ fragt sie täglich. Tatsächlich würde sie als einzige von uns allen bei einer Versöhnung zwischen mir und Matteo etwas gewinnen. Bei mir muß sie ordentlich arbeiten, während sie hier den ganzen Tag die Hände in den Schoß legen konnte.«

Sofia überhörte die herausfordernde Bosheit dieser Worte. »Was für ein herrliches Kleid du anhast!« rief sie plötzlich, löste sich von der Schwägerin und betrachtete sie verzückt. »Ich habe es noch nie an dir gesehen. Es steht dir ausgezeichnet!«

»Es ist aus dem vorigen Jahr«, antwortete Maria-Luisa trocken und verdrießlich. »Es tut mir leid, wenn ich dich verletze, aber von deinem Kleid kann ich leider nicht das gleiche sagen, es gefällt mir nicht, nein, ganz und gar nicht.«

Für Sofia war es sehr viel schwerer, auch diese zweite Bosheit einzustecken. ›Als ob sie gut angezogen wäre‹, dachte sie, ›in dem engen, viel zu knapp sitzenden Kleid wirkt sie wie eine Wurst.‹ Trotzdem nahm sie sich auch dieses Mal zusammen und blickte an sich herab.

»Ist das dein Ernst?« fragte sie.

»Natürlich«, wiederholte Maria-Luisa rechthaberisch. »Aber was soll denn das heißen? Matteo hat sich noch nicht umgezogen? Wird er nicht mit uns gehen?«

»Doch, doch«, sagte Sofia dem Bruder zugewandt, »natürlich kommt er mit.«

»Wenn wir wirklich gehen wollen, wird es Zeit«, meinte Maria-Luisa nervös und wandte sich mit einem Schwung, der den Spitzensaum um ihre nicht sichtbaren Füße herumwerfen sollte – er gelang ihr aber wegen der Enge des Kleides nur unvollkommen –, dem Gatten zu. »Also, Matteo, wenn wir gehen wollen, dann sei so gut und zieh dich jetzt um.« Doch sie vermied es, ihrem Mann oder Pietro in die Augen zu sehen. »Ich warte noch zehn Minuten auf dich, aber keine Sekunde länger. Wenn du dann nicht fertig bist, fahre ich ohne dich fort.«

Maria-Luisas ungeduldiger Erwartung auf das Fest stand Matteos Wunsch entgegen, nicht dorthin zu gehen. ›Ihre ganze Sorge gilt diesem Fest‹, dachte er verächtlich. ›So ist sie also: wir haben uns gestritten, sie lebt seit drei Wochen in einem anderen Hause, man spricht bereits von Scheidung, und nun führt sie sich derartig auf. Eine andere Frau würde wenigstens versuchen, etwas liebenswürdig zu sein und das Geschehene vergessen zu lassen. Aber sie denkt nur an den Empfang und will auf keinen Fall dabei fehlen.‹ Mit einer gewissen Genugtuung hob Matteo seinen ernsten, höflichen Blick und erklärte seiner Frau ohne Pathos: »Wenn du nur auf mich wartest, so kannst du ruhig schon jetzt gehen. Ich habe meine Absicht geändert und bleibe hier.«

Obwohl Maria-Luisa sich keinen Illusionen hingab, hatte sie sich doch diese vorläufige Rückkehr unter das gemeinsame Dach wesentlich herzlicher und feierlicher vorgestellt. Matteos feindselige Haltung, die ihr bei ihrem Eintritt sofort bewußt geworden war, enttäuschte sie grausam, als wäre sie tatsächlich aus Zuneigung zurückgekommen als die treue, zu Unrecht vernachlässigte Gattin, für die sie sich in diesem Augenblick hielt.

Sie stand stumm und unbeweglich neben Matteo und betrachtete mit brennenden Augen den kahlen, gebeugten Kopf ihres Gatten. »Mein armer Matteo«, sagte sie endlich mit übertriebenem Mitleid, »du glaubst, mir also einen besonders üblen Streich zu spielen, wenn du heute abend nicht mitgehst. Nicht wahr, so ist es doch?«

Matteo hätte sich nichts Unangenehmeres denken können, als in dem viel zu niedrigen Sessel zu sitzen,

während seine Frau neben ihm stand und die Flut
ihres bitteren Mitleids über ihn ergoß. Um aber jede
Szene zu vermeiden, antwortete er ihr mit der maßvollen
Nachsicht des erfahrenen, geduldigen Ehemannes.
»Du irrst! Ich wollte dir wirklich keinen
Streich spielen! Ich bin ganz einfach zu müde und habe
mir gedacht, daß du mich für den Empfang eigentlich
gar nicht nötig hast und daß Sofia als Begleiterin
genügt. Das ist alles. Ich rate euch jedoch zur Eile«,
meinte er ruhig, während er auf seine Uhr sah, »sonst
kommt ihr zu spät.«

Sofia, die einen neuen Streit befürchtete, kam jeder
weiteren Erörterung zuvor. »Ja, es ist wahr, laß uns
gehen! Es ist schon spät. Auf Wiedersehen, Matteo«,
rief sie, faßte die widerstrebende Schwägerin am Arm
und zog sie zur Tür. Auch Pietro hatte sich eilig erhoben.

»Aber so spät ist es noch gar nicht«, versicherte
Maria-Luisa, die Matteos Kälte gern ebenso boshaft
und verächtlich begegnet wäre. »Es ist erst Viertel
nach zehn. Ich verstehe, Matteo muß eiligst zu seiner
Freundin. Ob es aber richtig ist, ihm so einfach nachzugeben?«
Unter solchen Bosheiten verließen die
Damen in Pietros Begleitung mit raschelnden Kleidern
und mit einem bitteren Lachen den Raum.

Sofias Neugier überwog jedoch ihren gesellschaftlichen
Ehrgeiz. Sie hätte alle Empfänge der Welt hingegeben,
um zu erfahren, was ihr Verlobter zu sagen
hatte. Daher blieb sie im Vorraum stehen und fragte
mit einem unsicheren Blick auf die Schwägerin, ob
Maria-Luisa sich noch zehn Minuten gedulden wolle,
sie müsse mit Pietro reden. Diese Bitte kam Maria-Luisa
wie eine neue Herausforderung der Tanzillos
vor. Sie wollte sie im ersten Augenblick heftig zurückweisen.
Da es aber noch früh war und sie, um die überraschende
Wirkung ihrer Rückkehr in die Gesellschaft
zu steigern, erst spät erscheinen wollte, erklärte sie sich
mürrisch einverstanden, unter dem Vorwand, sich in
ihrem Zimmer das Haar ordnen zu wollen.

»Wo können wir ungestört miteinander plaudern, Pietro?« fragte Sofia befriedigt. »Ah, gehen wir in die Bibliothek.« Sie folgten Maria-Luisa, die, vorangehend, mühsam die hohen Stufen hinaufstieg.

»Weißt du, wer über mein Erscheinen am meisten erstaunt sein wird?« fragte Maria-Luisa, die jetzt nur noch an den Empfang dachte, mit blitzenden Augen.

»Nun, Marietta.«

»Marietta? Warum denkst du denn gerade dabei an Marietta?«

»Nun, niemand anders als sie hat überall verbreitet, ich sei mit einem Liebhaber auf und davon.«

15

Die Bibliothek war ein mittelgroßer, quadratischer Raum, der alles andere als einen so feierlichen Namen verdiente. Ein einziges Fenster mit grünen Vorhängen war darin, grün war auch die Farbe der Tapete an den Wänden. Die Bücher standen geordnet in zwei hohen Regalen zu beiden Seiten des Fensters. Zum größten Teil waren es alte, vergilbte französische Romane in beschädigten Einbänden. Es fehlten natürlich nicht die in Leder gebundenen Jahrbücher und mehrere Stöße von Heften, anscheinend vollständige Jahrgänge einer Modezeitschrift. An der Rückwand hing der farbenprächtige Stammbaum der Tanzillos. Unter dieser Karte standen zwei Sessel und ein lederüberzogenes Sofa, auf dem die Verlobten Platz nahmen.

Sofia brach als erste das Schweigen. »So, nun hast du keine Möglichkeit mehr zu Ausflüchten und mußt mir Rede und Antwort stehen«, erklärte sie lachend und setzte sich auf dem Sofa in kindlich erwartungsvoller Haltung zurecht. »Es handelt sich wohl um unsere Hochzeit?«

»Allerdings, in einem gewissen Sinne«, antwortete Pietro bestürzt.

»Und im besonderen?« fuhr Sofia triumphierend

fort. »Handelt es sich etwa um das Haus, das wir nach der Hochzeit beziehen?«

Pietro schüttelte den Kopf. »Nein, es hat nichts damit zu tun.« Sofias Irrtum erweckte in ihm ein unbequemes Mitleid. Zugleich wurden auch zahlreiche Zweifel lebendig. Lagen ihren Beziehungen wirklich nur Nützlichkeitserwägungen zugrunde? War es unbedingt richtig, aus Gewissensskrupeln ein Verlöbnis zu lösen, wenn doch das Gefühl vielleicht stärker beteiligt war, als es auf den ersten Blick schien? »Nein, es handelt sich um etwas anderes«, erklärte er nach kurzem Zögern mit Anstrengung, »um etwas, was dir keine Freude machen wird. Nach vielen Überlegungen bin ich zu dem Schluß gekommen, daß es sowohl für mich wie für dich besser ist, wenn unsere Hochzeit nicht stattfindet. Wir sollten uns, bevor es zu spät ist, in Güte trennen.«

Sofia war weniger schmerzlich berührt als vielmehr ungläubig und geradezu mütterlich besorgt, als habe Pietro etwas so Unwahrscheinliches geäußert, daß sie um seinen Geisteszustand fürchten müsse. Beunruhigt betrachtete sie den Verlobten von der Seite. Ihr leicht geschminktes Gesicht drückte unter den herabhängenden schwarzen Löckchen schmerzlichen Zweifel aus, und in quälender Ratlosigkeit gruben sich ihre Zähne in die etwas zu volle Oberlippe, die einen leichten Flaum trug. Endlich meinte sie, ihre Hand auf seine Schulter legend: »Aber, Baby, was ist denn in dich gefahren? Warum sagst du mir das? Was veranlaßt dich denn gerade jetzt dazu?« Pietro zuckte zusammen, weil die Anrede »Baby« bei ihr ein Zeichen außergewöhnlicher Zärtlichkeit war.

»Es ist gar nichts in mich gefahren«, antwortete er schließlich verlegen. »Und dieser Vorschlag geschieht keineswegs unbedacht. Schon seit längerem trage ich ihn mit mir herum. Ich habe nur noch nicht eher mit dir darüber gesprochen, weil ich meiner erst ganz sicher sein wollte, um meinen Entschluß nicht nachträglich bereuen zu müssen. Ich habe ganz einfach den

Eindruck, daß ich dich nicht genügend liebe, jedenfalls nicht genug, um dich zu heiraten, und daß unsere Vermählung nichts mit Liebe zu tun hat, sondern eine reine Interessenangelegenheit ist. Deshalb halte ich es für richtiger für uns beide, wenn wir auf diese Ehe verzichten.« Er schwieg und sah Sofia an. Der Ausdruck mütterlicher Sorge hatte sich in ihrem erregten Antlitz noch vertieft. »Aber, Baby, was verstehst du unter Interessen?« fragte sie ihn mit zärtlicher Stimme.

Pietro senkte wieder den Kopf. Wenn Sofias Liebe sich auch in etwas lächerlicher Weise äußerte, so war sie doch aufrichtig und rührte ihn sehr. Trotzdem fürchtete er, durch ihren Anblick könne er von neuem zu dem falschen Schluß kommen, Zuneigung für sie zu empfinden, und schließlich auf seine Absicht, das Verlöbnis zu lösen, verzichten. »Was ich unter Interessen verstehe?« wiederholte er nachdrücklich und mit einer gewissen Heftigkeit. »Nun, zum Beispiel meinen Snobismus. Ist dir nie in den Sinn gekommen, daß ich weiter nichts bin als ein eitler Emporkömmling, daß ich mich mit dir nur verlobt habe, weil du adlig bist? Denk einmal darüber nach, und du wirst einsehen, daß es gar nicht so unwahrscheinlich ist. Unter Interessen verstehe ich ferner alle die kalten Betrachtungen über Gelddinge. Wer sagt dir, daß ich bei unserer Verlobung nicht nur an deine Mitgift gedacht habe?« Er hatte die Empfindung, endlich ganz ehrlich zu sein. Obwohl er einen brennenden Schmerz verspürte, als risse er sich mit eigenen Händen ein Stück aus seinem Körper, fühlte er gleichzeitig schon wohltuende Erleichterung. Als er aber seine Augen auf Sofia richtete, bemerkte er, daß seine Worte ihre ungläubige, ängstliche Sorge um ihn nur noch gesteigert hatten.

»Aber, Baby«, rief sie beschwörend, »denk doch einmal vernünftig nach, statt so verzweifelt zu sein. Wenn du wirklich so berechnend, anmaßend und was weiß ich noch wärst, würdest du mir denn das alles erzählen? Gar nichts würdest du sagen, ja du wüßtest nicht einmal, daß du so wärst. Und du kannst mir

glauben, denn ich lebe ja ständig in einer Welt von
Anmaßung und kalter Geschäftemacherei. Willst du
wissen, wer nur niedrigen Dünkel und Berechnung
kennt? Nun, Maria-Luisa. Für einen glänzenden Titel
würde sie ihre Seele verkaufen. Trotz ihres Reichtums
hängt sie an jedem Pfennig, schlimmer als ein
Wucherer. Aber sag ihr das einmal, und du wirst sehen,
mit welcher Heftigkeit sie derartige Unterstellungen
als unbegründet von sich weisen wird.« Sofia stieß
diese Sätze mit geradezu physischer Antipathie hervor.
Plötzlich riß sie ihre Augen weit auf, schaute forschend
auf Pietro und schlug sich mit der Hand vor die Stirn.
»Ach, jetzt verstehe ich, jetzt weiß ich, woher diese
ganze Geschichte kommt. Und ich dummes Schaf habe
gar nicht daran gedacht!« Dann hob sie den Zeigefinger: »Sag mir die Wahrheit, bist du vor kurzem mit
Maria-Luisa zusammen gewesen?«

»Ja«, gab Pietro zu, weniger verlegen durch die Frage
als durch die Erinnerung an das, was im Hause Maria-
Luisas vorgefallen war.

»Natürlich«, sagte Sofia und steigerte sich immer
mehr in ehrlichen Zorn. »Sie hat dir erzählt, du seiest
weiter nichts als ein kalter Rechner und du suchtest
eine Geldheirat. Ich kann mir nur zu gut denken, was
sie dir alles gesagt hat. Mir gegenüber hat sie heute
die gleichen Dinge geäußert. Aber sie soll sich nur in
acht nehmen. Solange es nur um Matteo geht, mag sie
tun, was sie will. Wenn sie uns aber auseinanderzubringen sucht, so wird sie es bereuen, das sage ich dir.
Dann soll sie auf Granit beißen, diese Lästerzunge, die
gemeine, geizige Person.« Aufgeregt und streitlustig
hob und senkte sich Sofias Busen unter den Spitzen
und Schleifen ihres überreich geschmückten Kleides.
Sie ballte ihre Fäuste und blickte zur Tür hin, als erwarte sie, daß die Schwägerin eintrete, um die ihr zugedachte Zurechtweisung in Empfang zu nehmen.
Diese Wut verwirrte Pietro vollkommen, denn er hatte
wirklich angenommen, er würde Sofia auf geschickte
Weise überzeugen. Es wurde ihm klar: Was er auch

sagte, Sofia würde ihm weder glauben noch würde sie ihn ernst nehmen, sondern Maria-Luisa die ganze Schuld geben.

Dennoch wagte er eine letzte Anstrengung. »Du bist im Unrecht, wenn du alles auf Maria-Luisa abwälzt«, sagte er langsam und schaute nachdenklich vor sich hin. »Sie hat nur gewisse Dinge beim Namen genannt, die ich schon seit einiger Zeit erkannt habe. Glaub mir, es ist die reine Wahrheit. Du kennst mich im Grunde recht wenig, Sofia. Es ist zum großen Teil meine Schuld, weil ich dich über meinen Charakter bisher täuschte. Vielleicht sieht es so aus, als ob ich viele gegensätzliche Anlagen in mir vereinigte, doch in Wirklichkeit bin ich nichts als ein kalter Rechner und Egoist. Wenn ich einem Menschen erstmalig begegne, frage ich mich immer zuerst: ›Kann er mir von Nutzen sein oder nicht?‹ Und selbst dann«, fuhr er nachdenklich fort und entwirrte mühsam seine verwickelten Wesenszüge, »selbst dann, wenn ich ganz einfach einen Menschen sympathisch finde, verbirgt sich ganz gewiß hinter diesem Urteil irgendein berechnender, eigennütziger Grund, der nur auf meine eigene Person abzielt und den nur ich allein zu bewerten vermag. Und das alles ist meinem Wesen so gemäß wie den Fischen das Schwimmen und den Vögeln das Fliegen.«

Dieses langsame, verbissene Eingeständnis beeindruckte Sofia kaum. Sie versuchte nicht einmal, die Darlegungen des Verlobten zu verstehen, sondern hörte ihnen so mitleidig und besorgt zu wie den Phantasien eines Schwachsinnigen. Dann beschwor sie ihn wieder mit gefalteten Händen: »Beruhige dich doch, Baby, beruhige dich! Wenn du dich in solcher Weise sezierst und quälst, machst du mir wirklich angst. Das alles ist nur ein Ausfluß deiner lebhaften Vorstellungskraft, glaube mir. Denk doch einmal selbst nach! Wenn du wirklich so berechnend wärest und dich der Gedanke an unsere Heirat aus jenen dargelegten Gründen bedrückt, glaubst du dann tatsächlich, du würdest in solcher Weise davon sprechen?«

›Das trifft allerdings zu‹, dachte Pietro, halb getröstet, halb verwirrt. Nun, da der Bruch des Verlöbnisses in so subtilen Unterscheidungen steckengeblieben war und er den heftigen Haß auf sich selbst, der ihn zu diesem Gespräch getrieben hatte, fast vergessen hatte, überkamen ihn zahllose neue, quälende Zweifel. Engel oder Teufel? Wer von beiden hatte recht? Sofia oder Andreina? Mit diesem Namen überkam ihn eine sehnsüchtige Verwirrung, gleichzeitig empfand er überdeutlich, wie kalt ihn die Gestalt der Verlobten ließ. ›Im Grunde liebe ich Andreina und nicht Sofia‹, dachte er plötzlich. ›Diese Erkenntnis müßte mir eigentlich genügen.‹ Er mußte die ungläubige Sofia überzeugen, daß er sie gar nicht liebte. Wie aber sollte er das anstellen? Nach kurzem Zögern entschloß sich Pietro, der Verlobten die Szene im Hause Maria-Luisas zu erzählen.

»Nun schön«, sagte er, »lassen wir meine Berechnung aus dem Spiel, sie ist vielleicht wirklich nur ein Produkt meiner Einbildung. Reden wir also von Tatsachen. Wenn ich dir etwas erzähle, was eindeutig meine mangelnde Liebe zu dir beweist, wirst du mir dann glauben?«

Sofia biß sich auf die Lippen und schüttelte den Kopf. Dann hob sie ihre Hände in einer Geste der Klage und Bestürzung empor: »Baby, du bist nicht mehr der gleiche! Du flößt mir geradezu Angst ein. Was soll ich dir glauben und was nicht? Gewiß ist nur eins für mich, daß Maria-Luisa mir das teuer bezahlen wird.«

Pietro griff die Anregung bereitwillig auf. »Du nanntest eben Maria-Luisa. Was würdest du von mir und meiner Liebe denken, wenn ich dir erzähle, daß ich deiner Schwägerin nachgestellt habe?«

»Du? Du hättest Maria-Luisa nachgestellt?«

»Allerdings! Dieses Geständnis ist mir sehr wenig angenehm, aber neben vielem anderen habe ich auch das getan. Du weißt vielleicht nicht, daß ich heute, bevor du kamst, mit Maria-Luisa zusammen war. Ich war zwar ohne jeden Hintergedanken zu ihr gegangen, ganz einfach, weil sie mich zu einem Besuch aufgefordert hatte. Aber als ich die einsame, leere Villa sah und sie selbst noch ganz verstört über ihre Flucht in ihrer verzweifelten Einsamkeit und mit ihren undeutlichen Rachegelüsten gegen Matteo vorfand, sagte mir mein Inneres, das mir anscheinend nur unehrenhafte Handlungen einflüstert, Maria-Luisa würde sich unter diesen Umständen kaum ernstlich weigern, meine Geliebte zu werden. Und ich täuschte mich tatsächlich nicht«, fuhr Pietro fort, den Blick nicht von Sofia gewandt. »Ich muß sogar gestehen, ich war etwas erstaunt, wie bereitwillig sie die sich bietende Gelegenheit wahrnahm. Zuerst gab sie mir recht unerwartet einen Kuß ...«

»Was?« rief Sofia, riß die Augen weit auf und hielt in ungläubigem Staunen eine Hand vor den Mund. »Ihr habt euch tatsächlich geküßt?«

»Ja wirklich, ich versichere es dir«, antwortete Pietro, etwas enttäuscht über Sofias eher betroffene als aufgebrachte Haltung. »Sie küßte mich zwei- oder dreimal. Unter dem Vorwand, ihr Kleid würde zu sehr zerknittert, erklärte sie dann, sie müsse sich umziehen, und verschwand in ihrem Zimmer.«

»Und was tatest du?« Sofia konnte sichtlich ihre Neugier kaum noch bändigen.

»Ich muß zugeben, daß mir in diesem Augenblick eine Art innere Stimme sagte, ich sei auf dem besten Wege, eine Schurkerei zu begehen. Ich beschloß daher, es nicht zu Weiterem kommen zu lassen, ging in ihr Zimmer und überzeugte sie ziemlich mühevoll. Jetzt haßt sie mich natürlich und möchte mir schaden. Und nun sage mir«, schloß er atemlos, »ob es nicht richtig ist, den Bruch unseres Verlöbnisses einer auf ganz falschen Voraussetzungen beruhenden Bindung zwischen uns beiden vorzuziehen.«

Sie schauten sich an. Sofia konnte sich anscheinend nicht satt sehen an ihrem Verlobten, als stünde sie ihm zum erstenmal im Leben gegenüber. Welche Gefühle mochten in ihren vor Neugier funkelnden Augen liegen? Staunen, Unglaube, Heiterkeit? Gewiß, aber weder Vorwurf noch Verachtung.

»Ich kann einfach nicht verstehen, wie du das hast anstellen können!« rief sie plötzlich.

»Was?« fragte Pietro.

»Nun, wie du es fertiggebracht hast, Maria-Luisa zu küssen«, erklärte Sofia.

Pietro wußte tatsächlich nicht, was er antworten sollte. »Es machte mir eben Vergnügen«, sagte er schließlich.

»Das hätte dir Vergnügen gemacht? Nein, Baby, das ist einfach unmöglich.«

Sofia lachte erheitert. »Es ist einfach unmöglich, daß dir das Freude gemacht hat.« Mit einem Lächeln, das einem bei einer Lüge ertappten Kinde hätte gelten können, sah Sofia ihren Verlobten an. »Die ganze Sache ist wirklich zu köstlich! Wer hätte das je von der scheinheiligen Maria-Luisa gedacht! Und du, mein Lieber, kannst von dir sagen, daß du einen gesunden Magen hast. Wenn ich ein Mann wäre, ich brächte es nicht fertig, diese Frau auch nur mit den Fingerspitzen anzurühren. Der Gedanke allein macht mich schon schaudern. Aber erzähle mir«, fügte sie in neu erwachter Wißbegier hinzu, »wie fandest du sie, als du in ihr Zimmer kamst? War sie nackt?«

»Nein«, antwortete Pietro unwillig, »sie hatte ein Hemd an.«

»Ein Hemd?« Sofia rutschte vor Vergnügen hin und her und lachte belustigt. »Im Hemd fandest du sie vor? Also fast nackt! Das ist wirklich zu amüsant. Ich sehe sie geradezu vor mir, Maria-Luisa im Hemd. Und als du sie sahst, wie die Natur sie geschaffen hat, verging dir der Appetit, nicht wahr? Das war doch wohl der Grund deines großen Verzichtes?«

Ungewollt drückte also auch Sofia auf ihre Weise ihren Zweifel an Pietros Aufrichtigkeit aus, wie vorher Maria-Luisa und Andreina. ›Es geschieht mir recht‹, dachte er zornig. Mit einer gewissen Anstrengung und gleichzeitig bemüht, jede Prahlerei zu vermeiden, verwahrte er sich mit Bestimmtheit gegen diese Annahme: »Nein, ich entschied mich für den großen Verzicht, wie du es nennst, im Hinblick auf dich, auf sie und auf Matteo. Das ist die reine Wahrheit! Und wenn du mir nicht glaubst, kann ich dir nicht helfen. Genügt das, oder möchtest du noch mehr hören?«

»Nicht böse werden, Baby«, bat Sofia. »Werde nicht zornig, verzeih mir, nur eine letzte Frage: Wurde Maria-Luisa sehr ärgerlich, als du ihr erklärtest, daß du nichts mehr von ihr wissen wolltest?«

»Allerdings, sie war sehr böse. Aber Sofia, ich habe dir die ganze Geschichte nicht erzählt, um Maria-Luisa herabzusetzen. Sie trifft gar keine Schuld. Ich habe sie dir nur erzählt zum Beweis, daß meine Zuneigung zu dir wirklich gering ist, wenn eine derartige Versuchung schon genügte, um alles in meinem Gedächtnis auszulöschen.«

Sofia schüttelte energisch den Kopf. »Nein, Baby, bilde dir doch nicht ein, du habest etwas Schlechtes getan! Ich habe dich gern, gerade weil du so bist. Du wärest nicht mehr du selbst, wenn du dich nicht mit solchen Gewissensbissen quältest und dich nicht mitleidlos analysiertest. Aber du hast wirklich nichts Unrechtes getan. Es war lediglich eine Schwäche oder Kinderei. Sprechen wir nicht mehr darüber, es ist tatsächlich nicht der Rede wert.«

Pietro war so bestürzt, daß er nichts mehr zu sagen wußte. ›Um sie zu überzeugen‹, dachte er, ›muß ich womöglich noch erzählen, daß ich heute nacht zu Andreina gehe. Aber vielleicht erschüttert selbst das nicht ihren Glauben an mich.‹ Er hatte noch nie so viel Abscheu vor all der Falschheit empfunden, die er sich selbst aufgeladen hatte und von der er sich nicht mehr zu befreien wußte. »Du bist also fest überzeugt, daß ich dich liebe?« fragte er schließlich.

Sofia hob ihre Hand, als wolle sie ihm drohen. »Warum mußt du denn alles sezieren?« rief sie. »Warum willst du immer alles bis ins kleinste klären und allem auf den Grund gehen? Ob du mich liebst oder nicht, das weiß ich nicht. Ich weiß nur, daß wir verlobt sind, daß wir keinen wirklichen Grund haben, uns zu trennen, und daß wir heiraten werden. Was willst du noch mehr?«

»Allerdings, was könnte ich mehr wollen!« wiederholte Pietro, schüttelte zornig den Kopf und blickte ins Leere. Er konnte nicht weitersprechen, weil sich die Tür öffnete und das dunkle, geschminkte Antlitz Maria-Luisas auftauchte. »Ich gehe jetzt fort«, erklärte dieses Antlitz übertrieben heiter und geschäftig. »Was hast du vor, Sofia? Bleibst du? Kommst du mit? Entscheide dich bitte rasch, meine Teure, denn es ist schon reichlich spät...«

»Aber ja, ich komme, ich komme schon«, antwortete Sofia. Sie konnte es nicht verhindern, daß der ungeduldige Ton ihrer Stimme den Groll verriet, den Pietros vertrauliche Mitteilungen in ihr geweckt hatten. Dieser Ton entging Maria-Luisa durchaus nicht, und sie war in ihrer arglosen Begeisterung über das bevorstehende gesellschaftliche Ereignis unangenehm davon überrascht. Ihr geschminktes Gesicht verfinsterte sich ein wenig, der sorglose Ausdruck verwandelte sich in kläglichen Zorn, die Augen wurden hart und böse, und sie schloß heftig die Tür.

»Mein Gott, wie ärgerlich!« seufzte Sofia, nahm die Puderdose aus ihrer Tasche und betupfte ihre Nase. Nervös und unzufrieden wanderte Pietro auf und ab, las mechanisch die Titel der Bücher und sah hin und wieder flüchtig zu seiner Verlobten hinüber. »So ist also eigentlich gar nichts geschehen?« meinte er plötzlich und wandte sich um.

Sofia, die sorgsam die Lippen nachzog, fragte erstaunt: »Was hätte denn geschehen sollen?«

»Maria-Luisa hat sich nicht mit Matteo versöhnt, und wir sind weiterhin verlobt«, erklärte Pietro.

»Es wird keine Woche vergehen, und Maria-Luisa ist wieder hier«, sagte Sofia mit Gewißheit. »Und wir beide, Baby, haben uns jetzt ausgesprochen und wollen nicht noch einmal davon anfangen.« Dabei sah sie Pietro mit liebevoller Sorge an.

»Du mußt aber zugeben«, bestand Pietro finster und eigensinnig, »daß ich alles getan habe, um den Bruch unseres Verlöbnisses herbeizuführen, nicht wahr?«

»Das hast du allerdings«, seufzte Sofia und erhob sich.

»Und es ist nicht meine Schuld, wenn dieser Bruch nicht erfolgt ist, sondern du selbst wolltest unser Verlöbnis aufrechterhalten.«

›Das kommt alles von Maria-Luisas Schwätzerei‹, dachte Sofia, das betrübte, gequälte Gesicht des jungen Mannes betrachtend. Andererseits gefielen ihr seine Skrupel, seine Unruhe und seine Ängste durchaus, weil sie so gut zu dem Bilde paßten, das sie sich von ihm machte. In ihren Augen war er viel zu klug und empfindsam, ein ganz besonderer Mensch und allen überlegen, eben ein Mensch, auf den sich gewöhnliche Maßstäbe nicht anwenden ließen. ›Wenn es nur mehr Männer gäbe von solch kaltblütiger Berechnung wie er‹, dachte sie, und es kam ihr vor, als liebe sie ihn seit ihrer Aussprache noch viel mehr als zuvor.

»Quäle dich nicht, Baby«, sagte sie, und ihre Finger strichen zärtlich über seine eingefallenen Wangen. »Mach dir doch nicht so viele Gedanken! Du bist müde heute abend und brauchst vor allem Schlaf. Morgen sieht alles ganz anders aus, und du wirst selbst finden, wie recht ich hatte.« Sie sah ihn mit ihren dunklen Augen, die so ausdruckslos waren wie die eines treuen Hundes, liebevoll an. Plötzlich wandte sie sich jäh um und blickte zur Tür. Dann umschlossen ihre Hände Pietros Kopf mit dem Ausdruck grenzenloser Verehrung wie einen kostbaren Gegenstand, sie näherte ihre üppigen Lippen langsam Pietros Mund und berührte ihn in einem flüchtigen Kuß. Es war der dritte oder vierte Kuß, den er bisher von seiner Verlobten erhalten hatte. Trotz seiner Verlegenheit kam es Pietro deutlich zu Bewußtsein, daß sie bar jeder Sinnlichkeit war und daß in ihrem Kuß nur ängstliche Ergebenheit lag. ›Was bedeute ich Sofia eigentlich?‹ fragte er sich bitter, während sich die kühlen Lippen der Verlobten von den seinen lösten, Sofia seine Hand ergriff und sich hinabbeugte, um sie auch zu küssen. Seine Verlegenheit war grenzenlos. »Wir müssen nun gehen«, meinte schließlich Sofia, richtete sich etwas atemlos wieder auf und drängte Pietro zur Tür, »sonst wird mir Maria-Luisa noch wer weiß was antun.«

Sie traten aus der Bibliothek. Maria-Luisa war weder dort noch im Erdgeschoß. Ein Diener richtete aus, sie sei bereits vorausgegangen und warte draußen im Wagen.

»Schnell!« rief Sofia, zog Pietro mit sich, durchquerte hastig die Diele und lief hinaus.

Die Nacht war dunkel und seltsam ruhig. Die Laternen warfen nur ein kärgliches, unwirkliches Licht durch die Bäume, als ob eine undurchlässige Luftschicht alle Strahlen aufsaugte. Die beiden liefen Hand in Hand über einen kleinen, knirschenden Kiespfad zwischen beschnittenen Buchsbaumhecken dem Rondell zu. Der Platz sah aus wie ein dunkler See, beherrscht von der dunklen, lichtlosen Fassade der Villa. Hier parkte Maria-Luisas große Limousine. »Auf Wiedersehen, Pietro, auf Wiedersehen!« rief Sofia, winkte mit der Hand und sprang in den Wagen. Aber der fröhliche Ton ihrer Stimme fand kein Echo. Es klang so traurig und entfernt wie ein endgültiger Abschiedsruf. Wenig später setzte sich der Wagen in Bewegung und verschwand in der Dunkelheit.

Ohne Schwierigkeit fand Pietro in geringer Entfernung ein Taxi. In einiger Entfernung von Andreinas Haus ließ er anhalten und ging die letzte Wegstrecke zu Fuß. In großem Abstand breiteten die wenigen Laternen ein mattes Licht aus. Schatten und Nebeldunst gaben der Straße ein ungewöhnliches, verlassenes Aussehen. Pietro lauschte dem Geräusch seiner Schritte auf dem Bürgersteig und gelangte ohne Hast zu Andreinas Haus. Nach einem prüfenden Blick auf die Fenster des Erdgeschosses, die zu seiner Beunruhigung dunkel waren, wollte er das Gartentor öffnen. Aber es gab nicht nach. »Was nun«, fragte er sich und betrachtete ruhig durch die Efeuranken hindurch den am Ende eines schmalen, dunklen Pfades gelegenen Eingang. Er verspürte große Unternehmungslust und fühlte sich fähig, einfach in den Garten zu springen und auf die Gefahr hin, das ganze Haus zu wecken, an irgendein Fenster zu klopfen, damit man ihm öffne. In diesem Augenblick ließ ihn ein metallischer Klang auf den Bürgersteig sehen. Dort lagen drei durch einen kleinen Ring zusammengehaltene Schlüssel.

›Drei Schlüssel also‹, überlegte er, ›für das Gartentor, für Haustür und Wohnung. Also will Andreina mir nicht selbst öffnen. Das nenne ich eine klare Sprache.‹

16

Später lagen ihre Köpfe unbewegt und sich gegenseitig zugewandt auf dem gleichen Kissen. Sie hielten sich eng umschlungen, als wollten ihre Körper sich aus dieser letzten, gleichsam endgültigen Umarmung nicht mehr lösen. Sie sprachen leise miteinander, und ihre Worte fanden wie der Atem den Weg von Mund zu Mund.

»Wie spät mag es sein?« hauchte Andreina.

Eine Art Betäubung hielt Pietro gefangen. »Ich weiß nicht«, antwortete er mit geschlossenen Augen und wie im Traum, »es ist gewiß sehr spät.«

»Wie habe ich auf dich gewartet«, sagte Andreina nach einer Weile, und ihre Stimme klang wach im Gegensatz zu der Pietros. »Ich befürchtete schon, du kämst gar nicht mehr. Ich habe wohl über eine Stunde am Fenster gestanden und durch die Spalten der Jalousie geschaut.« Sie sprach ungewohnt zärtlich.

Pietro war bewegt. »Das hast du wirklich getan? Warst du denn sehr zufrieden, als ich endlich kam?«

»Ja«, hauchte sie leise in seinen Atem hinein. »Ich hatte die innere Gewißheit, daß du kommen würdest, wenn auch erst gegen Morgen, aber du wärest gekommen.«

»Woher nahmst du denn diese Gewißheit?«

»Nun, aus der Tatsache, daß wir füreinander geschaffen sind«, flüsterte Andreina erregt und fieberhaft. »Wir sind uns in vielen Dingen nicht nur ähnlich, sondern sogar gleich. Ich weiß nicht, ob wir uns lieben«, fuhr sie nach einer Weile fort, und ihre Worte fielen wie Tropfen auf das Kopfkissen. »Was ist das überhaupt, Liebe? Alle reden davon, aber wenn man näher hinsieht, steckt immer etwas anderes dahinter: nüchterne Berechnung oder sogar Gemeinschaft im Bösen. Ich persönlich glaube überhaupt nicht daran. Ob wir uns lieben oder nicht, wir haben jedenfalls tausend tragfähigere Gründe, uns aneinander zu binden, als die Liebe.«

»Und welche Gründe?«

»Nun, schon der Verrat, den wir begehen.« Andreina sprach leise, als fürchte sie, ein Unberufener könne zuhören. »Böse Handlungen binden Menschen stärker aneinander als die guten. Was würden Matteo und Sofia sagen, wenn sie uns jetzt sähen? Er ist von meiner Liebe zu ihm überzeugt, und sie hält dich gewiß für eine Art Heiligen.«

»Wie kommst du zu dieser Annahme?« fragte Pietro ganz verstört durch Andreinas intuitiv richtige Erkenntnis.

»Nun, durch dein Benehmen. Jeder hat seine eigene Weise, die Menschen hinters Licht zu führen. Ich suche durch bewußte Täuschung zum Ziel zu kommen. Du dagegen täuschst zuerst dich selbst und steigerst dich in eine Haltung hinein, die dich selbst glauben macht, deine Lügen seien die reine Wahrheit. Auf diese Weise täuschst du die anderen. Eigentlich bist du der Geschicktere, denn gleichgültig, was geschieht, es wird so aussehen, als sei das Recht auf deiner Seite. Ich dagegen bin stets im Unrecht, aber das ist mir auch fast lieber. Aber, um auf Sofia zurückzukommen, sie ist doch wirklich dumm, nicht wahr?« Sie lachte kurz und erregt. »Nun, du wirst ihr erzählt haben, du seiest ein guter, reiner und selbstloser Mensch, eben jene Märchen, die du auch mir aufgetischt hast. Aber während ich dir bedeutete, um mein Liebhaber zu werden, brauchtest du mir nicht einzureden, du seiest vom Himmel gesandt, wird Sofia deine Schwätzereien wie ein köstliches Getränk eingesogen haben. Ihr werdet also heiraten, und dir wird es mit der Zeit immer besser gehen. Aber ich darf ja wohl nicht so zu dir sprechen«, schloß Andreina, gleichsam von Gewissensbissen gepackt. »Du könntest mich dann verachten. Trotzdem, gerade wegen deiner besonderen Fähigkeit, Menschen hinters Licht zu führen, gefällst du mir. Wäre ich doch nur auch so geschickt wie du!«

Andreinas Stimme klang leise und brüchig und zitterte vor unterdrückter Erregung. Dieser Klang verriet eine tiefverwurzelte, leidenschaftliche Verbitterung. Pietro, der seine rechte Wange ins Kopfkissen schmiegte, überkam eine neue Welle geradezu brüderlichen Mitleids, doch er lehnte sich mit einer gewissen Verwirrung gegen Andreinas verzweifelten Groll auf. Wenn sie nun tatsächlich recht hätte? Aber die Erinnerung an die Auseinandersetzung mit Sofia gab ihm das Vertrauen zu sich selbst und seinen guten Eigenschaften zurück.

»Du meinst also, ich habe bei allem, was ich dir gesagt habe, nur den Zweck verfolgt, dich, wie du es ausdrückst, zu meiner Geliebten zu machen!«

»Mehr oder weniger allerdings«, antwortete Andreina ohne Zaudern. »Vielleicht nicht bewußt, aber das ändert nichts. Du hattest auch nicht die Absicht, Sofia zu betrügen, und hast sie schließlich doch hintergangen, wie unser Zusammensein beweist. Und es war auch mehr oder weniger dein Ziel.«

Pietro blickte schweigend in die Richtung, aus der ihn der warme, erregte Atem der Geliebten traf. Schließlich flüsterte er: »Ich bin der festen Meinung, daß das Gegenteil zutrifft, so wie ich davon überzeugt bin, daß dein wahres Wesen trotz aller gegenteiligen

Behauptungen aufrichtig und uneigennützig ist und daß es sich so beweisen wird, wenn du es am wenigsten erwartest. Hinsichtlich meiner Person bin ich gewiß, genau das Gegenteil dessen zu sein, wofür du mich hältst. Und endlich weiß ich, daß ich dich aufrichtig liebe und zu jedem Opfer bereit wäre, um dich aus deiner quälenden Lage zu befreien. Glaube mir, Andreina«, schloß er, »das ist das tiefste Gefühl, das ich in diesem Augenblick empfinde. Es ist rein und ungetrübt und frei von berechnenden oder betrügerischen Absichten.« Seine leidenschaftliche Erregung war so schmerzlich und echt, daß er hoffte, sie müsse Andreina überzeugen. Aber er täuschte sich.

»Das mag vielleicht alles wahr sein«, antwortete ihre leise und erregte Stimme, »aber du bist immerhin hier bei mir, und Sofia, der du die gleichen Dinge mit ähnlicher Aufrichtigkeit beteuert haben wirst wie mir, schläft jetzt vertrauensvoll. Ich sehe wirklich keinen Unterschied zwischen deinem Benehmen gegenüber Sofia, das aufrichtig und eigennützig sein soll, und meiner Haltung gegenüber Matteo, die auf keinen Fall aufrichtig und uneigennützig ist, was ich auch nie behauptet habe. Die Dinge liegen anders, wenn du statt Aufrichtigkeit und Selbstlosigkeit Betrug und Berechnung meinst. Man sollte sich vor allem über die Bedeutung der Begriffe einig sein und nicht so sehr über die Handlungen, die ja doch auf das gleiche hinauslaufen.«

Pietro war tief beeindruckt von Andreinas leidenschaftlichem Aufbegehren, das nicht nur ihre Stimme durchzitterte, sondern die ganze kraftvolle, jugendliche Gestalt, die seine Arme umschlossen. So flüsterte er nach einigem Zögern: »Eigentlich wollte ich nicht davon sprechen, aber du zwingst mich dazu. Es hat den Vorteil, daß du selbst siehst, wie anders die Tatsachen aussehen. Du bist überzeugt, daß ich Sofia betrogen habe und weiterhin betrügen werde. Nun, mein Betrug ist so groß, daß ich ihr heute abend vorgeschlagen habe, unser Verlöbnis zu lösen.«

»Welche Dummheit«, zischte Andreina, »warum hast du das getan?«

»Weil ich so unheilbar eigennützig bin, daß schon deine Anschuldigungen ausreichen, um mich alle Berechnungen und Heuchelei vergessen zu lassen.« In Pietros Stimme schwang ein gewisser Groll. Er glaubte, Andreina müsse jetzt bestürzt oder bewegt sein und sein Handeln bewundern. Endlich war es ihm gelungen, die von Verzweiflung getragene Überzeugung der Geliebten zu erschüttern. ›Zu irgend etwas war mein Gespräch mit Sofia doch nütze‹, überlegte er, ›wenn auch nur, um Andreina zu bekehren.‹

Dann sagte die bittere, eindringliche Stimme, die er so gut kannte: »Aber schließlich geschah dann doch nichts, und ihr beide bleibt Verlobte, nicht wahr?« Pietro schwieg eine Weile verwirrt.

»Ja, so ist es. Aber ich versichere dir, Andreina, ich habe mich bemüht, einen Bruch herbeizuführen. Jeder anderen Frau hätten meine Worte zur Lösung des Verlöbnisses genügt. Ich habe ihr zuerst erklärt, daß ich sie gar nicht liebe und nie geliebt hätte. Ich hätte mich nur aus selbstsüchtigen Motiven mit ihr verlobt. Da sie meine Behauptungen als reine Phantasterei zurückwies, habe ich ihr erzählt, daß ich heute nachmittag ihrer Schwägerin nachgestellt habe. Auch das hat sie nicht überzeugt. Was hättest du nun an meiner Stelle getan? Ich habe sie verlassen und bin zu dir gekommen.«

Ein langes Schweigen folgte. Dann spürte Pietro, wie der Körper neben ihm sich bewegte und zuckte. Eine Art unterdrückten Schluchzens drang zu seinen Ohren. Andreina lachte. »Falls Sofia bisher noch an deiner Vortrefflichkeit gezweifelt hat«, flüsterte sie schließlich, »so muß sie nach diesem Auftritt die Gewißheit haben, du seiest eine Art Heiliger. Und du willst behaupten, du wärest ungeschickt und könntest nicht betrügen! Der Verlobten erklären, man fürchte, sie nicht stark genug zu lieben, um sie heiraten zu dürfen. Die Erwägungen und Hoffnungen offenbaren, die dem Verlöbnis vorausgingen, und schließlich noch errötend mitteilen, man habe gerade vor der Versuchung gestanden, sie mit einer anderen zu betrügen. Gibt es Geschickteres und Wirksameres, um die Bande noch fester zu knüpfen und die verliebten Gefühle noch zu steigern? Ich bin überzeugt, Sofia ist voller Bewunderung für deinen tugendhaften, zartbesaiteten Charakter und hat mehr denn je die Gewißheit, in dir den besten Gatten gefunden zu haben.«

Pietro hatte nach diesen Worten den Eindruck, als sei die Dunkelheit vor seinen Augen noch einmal so schwarz geworden. »Ja, so ist es gewesen«, gab er bitter zu, »aber darum ist es nicht weniger wahr, daß ich das Verlöbnis lösen wollte. Was anderes hätte ich schließlich tun sollen, als ich wirklich getan und gesagt habe?«

Wieder füllte Andreinas brüchiges, unterdrücktes Lachen die Dunkelheit. »Es gab nur eine Möglichkeit, um mit Sofia zu brechen und zugleich auch mir deine berühmte Uneigennützigkeit zu beweisen! Du hättest ihr sagen müssen, daß du mein Liebhaber bist. Und hätte selbst diese Tatsache nicht ausgereicht, so hättest du es auch Matteo sagen müssen. Aber davor hast du dich wohlweislich gehütet!«

»Ich habe an diese Möglichkeit gedacht, Andreina«, beteuerte Pietro, »doch ich tat es nicht, um dir nicht zu schaden.«

»Das war richtig«, flüsterte sie. »Wenn du es wirklich getan hättest, hätte ich dich nicht nur für einen Dummkopf gehalten, sondern dir die Tür vor der Nase zugeschlagen. Trotzdem wäre es der einzige Weg gewesen, um das Verlöbnis zu lösen und mir deine Selbstlosigkeit zu beweisen. Zum Glück hast du es nicht getan«, schloß sie und preßte sich unerwartet heftig, gleichsam besitzergreifend an ihn.

»Zum Glück hast du es nicht getan«, wiederholte sie aufatmend mit einer ruhigen Bewegung des Kopfes. »Deshalb liebe ich dich. Wir sind einander wirklich sehr verwandt. Betrüge die Menschen und nutze sie aus, sie haben es nicht anders verdient.«

Pietro runzelte die Stirn. »Ich habe das zwar bisher nicht getan«, meinte er endlich, »aber ich kann es jederzeit nachholen.«

»Das wird nicht geschehen«, versicherte Andreina. Sie flüsterte ihm ins Ohr: »Sieh, du wirst dich verheiraten, du wirst reich werden, und trotz aller Reue und Gewissensbisse wird deine gesellschaftliche Stellung und deine Laufbahn immer glänzender werden. Und selbst wenn es wirklich zum Bruch käme, hätte das nichts zu bedeuten, denn du fändest immer einen Weg, durch einen noch gescheiteren Handel selbst daraus neuen Nutzen zu ziehen. Oft ist ein zunichte gewordenes Verlöbnis durch das damit verbundene Aufsehen nützlicher als eine gelungene Heirat. Alles hängt nur von dem Charakter eines Menschen ab. Der deine wie der meine besteht unverbesserlich aus Berechnung und Selbstsucht. Warum bestehst du darauf, du seist anders, als du bist? Gewiß, du kannst für eine Weile ein anderer sein oder es wenigstens glauben. Aber schließlich wird dein wahres Wesen doch durchbrechen.«

Pietro vernahm das hastige, fieberhafte Geflüster seiner Geliebten mit grollender Bitterkeit. Er mußte zugeben, daß Andreina trotz ihrer Theatralik nicht so unrecht hatte. Die Erkenntnis erfüllte ihn mit schmerzlichem Gram. Er hatte sich nicht nur unrettbar in den Fäden kalter Berechnung und Heuchelei verstrickt, sondern rechtfertigte auch, indem er Andreinas Liebhaber geworden war, ihr negatives Urteil.

›Ich hätte nie ihr Liebhaber werden dürfen‹, überlegte er zornig. ›Damit habe ich mich ganz in ihre Hände gegeben.‹ Andererseits glaubte er, Andreina mehr als sich selbst, ja mehr als alles auf der Welt zu lieben. Dieses Gefühl und der feste Vorsatz, sowohl die begangenen Fehler wiedergutzumachen als auch die Lebensumstände der Geliebten zu ändern, trösteten ihn ein wenig.

Da er schwieg wie jemand, der nichts mehr zu entgegnen hat und sich für besiegt erklärt, schwieg auch

Andreina. Sie gab ihm noch ein paar Küsse, löste sich aus seinen Armen, rollte sich zusammen und war im gleichen Augenblick eingeschlafen. Pietro war noch lange wach. Mit weit geöffneten Augen blickte er in die Dunkelheit, lauschte auf die Geräusche der Straße und gab sich seinen bitteren, scharfsinnigen Überlegungen hin. Ab und zu drang ein Scheinwerferlicht durch die Spalten der Jalousie, und Pietro folgte den Lichtstreifen, die von der Decke über die Wand auf das Bett glitten, sekundenlang auf dem Laken ruhten, unter dem sich ihre beiden Körper abzeichneten, und Andreinas nackte weiße Schultern und ihren schwarzen, zerzausten Haarschopf beleuchteten. Beim Anblick der schlafenden Geliebten vergaß Pietro seine bitteren Überlegungen. Eine brüderliche und zugleich hoffnungsfrohe Zuneigung durchströmte ihn. Er hätte Andreina am liebsten geweckt und ihr gesagt, wie sehr er sie liebe und wie sehr er wünsche, ihr Leben in eine andere Bahn zu bringen. Aber ebenso plötzlich, wie das Licht gekommen war, verschwand es, und Dunkelheit umgab ihn. Wiederum quälte sich sein Herz ab mit dem Widerspruch zwischen seinem Streben, dem Vorgefallenen und den mit Sicherheit eintretenden Folgen – trotz all seiner gegenteiligen Bemühungen.

17

In Carlinos Traum mischt sich der Gedanke an die Schule und an Maria-Luisa zu einem seltsamen Gebilde von Angst und Demütigung. Er steht in dem grauen Flur des Gymnasiums und wartet auf den Beginn des Unterrichts. Er hat das Gefühl, tagelang die Schulstunden verbummelt zu haben. Verlegen gleitet sein Blick von der verschlossenen Klassentür zu den beschlagenen Fensterscheiben, hinter denen im diesigen Winterlicht die kläglichen Bäume des Schulhofes zu erkennen sind. Der Tag ist regnerisch und dämmrig grau. Mit betonter Heiterkeit klopfen die Schulkameraden ihre durchnäßten, beschmutzten Schuhe ab. Ihre Gesichter kann er nicht genau unterscheiden, doch weiß er mit Bestimmtheit, daß keinem seiner Kameraden Vorwürfe bevorstehen, daß sie alle ein reines Gewissen haben und gut vorbereitet sind. Sie trennt wie eine unsichtbare Wand die Tatsache, daß er schon lange die Schule versäumt und mindestens einen Monat praktisch überhaupt nichts für den Unterricht getan hat. Er möchte erfahren, wo man in den einzelnen Fächern steht. Er kann dann noch schnell einen Blick in die Bücher werfen und sich wenigstens etwas vorbereiten. Zögernd wendet er sich an einen besonders gewissenhaften Mitschüler und bittet leise um Auskunft. Der Mitschüler holt sein Mathematikbuch hervor und blättert vor Carlinos entsetzten Augen immer weiter. Das Verhängnis hätte nicht größer sein können. Er hat mehr als hundert Seiten voller Lehrsätze, Zahlen und Logarithmen versäumt. Ihm schwindelt, er weiß genau, daß er auf keinen Fall das alles noch lesen, geschweige denn behalten kann. ›Ich bin verloren‹, denkt er und überfliegt hastig eine Seite nach der andern, nicht ohne hin und wieder einen flüchtigen Blick auf Maria-Luisa zu werfen, die neben ihm sitzt. Die Gegenwart der Geliebten verwundert ihn ebensowenig wie der Umstand, daß sie wie ein Schulmädchen gekleidet ist, in schwarzer Schürze, mit Hängezöpfen und kurzem Rock. Ihn beunruhigt vielmehr das noch zu lernende Pensum. Er durchblättert fieberhaft die Seiten seines Buches. Nun ist es im Klassenzimmer ganz dämmrig. Unablässig schlägt der Regen gegen die Fensterscheiben. Ein greller Blitz zuckt aus den Wolken, der nachfolgende Donner zerreißt die Luft und versetzt ihn in Angst. In diesem Augenblick wird er aufgerufen. Mehr tot als lebendig tritt er aus der Bank. Aber auf dem Katheder sitzt Maria-Luisa, diesmal in jenem dunklen Kleid, in dem er sie heute morgen gesehen hat. Sie hält in der Hand ein Lineal und macht ihm ein Zeichen des Einverständnisses. Es stimmt ihn ganz übermütig. ›Wie dumm die andern sind!‹ denkt er. ›Maria-Luisa ist meine Geliebte, und doch weiß niemand, daß wir uns kennen.‹ Seine Kameraden haben nicht nur seine Verlegenheit bemerkt, sondern warten boshaft darauf, daß er stottert und nichts zu antworten weiß. ›Wie dumm sie sind!‹ stellt er überlegen fest. Die Geliebte stellt ihm keine einzige Frage, sondern zieht ihn zu sich heran und küßt ihn auf den Mund. Dieser Zärtlichkeitsbeweis macht ihn verlegen. Aber niemand scheint etwas zu bemerken. Fünfzig weit geöffnete Augen blicken zu ihm hin und sehen doch nichts. Nun fürchtet Carlino, während der langen Umarmung das Gleichgewicht zu verlieren und hinunterzufallen. Seine Furcht ist besonders groß, weil zwei der vier Beine seines Schemels in der Luft hängen. Er klammert sich fester an Maria-Luisa, aber diese drängt ihn immer näher dem Abgrund zu. In ihrem Benehmen liegt herrschsüchtige Grausamkeit, die ihn mit Entzücken und Angst zugleich erfüllt. In diesem Augenblick schrillt die Glocke, immer stärker und immer näher...

Er wachte auf.

Der Wecker schrillte immer noch. Er suchte tastend danach und stopfte ihn schließlich unter die Bettdecke. Sein Kopf war benommen, sein Mund ausgedörrt und von fadem Geschmack. Trotz der Dunkelheit wurde ihm die fremde, unbequeme Form des Bettes bewußt und daß er sich nicht zu Hause befand, sondern in einem fremden Raum, auf den er sich nicht recht besinnen konnte. Seine schläfrige Benommenheit wich, und er entsann sich, gestern zu Hause erzählt zu haben, er sei von einem Schulfreund zu einem Autoausflug über das Wochenende eingeladen worden. Statt dessen war er geradewegs zu seiner Geliebten geeilt, die erst nach vielen unerwarteten Einwänden mit seinem Bleiben einverstanden war. Gleichzeitig fiel ihm ein, daß heute Montag war. Ihn überkam eine furchtbare Angst, daß er nicht rechtzeitig nach Hause kommen würde, um sich auf die heutige Philosophiestunde vorbereiten zu können. Er richtete sich im Bett auf. ›Schnell, ich muß mich anziehen und fortgehen.‹ Er zog den Wecker hervor, stellte ihn auf den Nachttisch und schaltete das Licht ein.

Das Zimmer war recht kahl und eng, mit wenigen weißen Möbeln und einigen Spiegeln ausgestattet, die ein wenig das trübe Dunkel der nächtlichen Stunde aufhellten. Dann stellte er fest, daß es bereits acht Uhr und nicht sechs war, wie er angenommen hatte.

Das verschlug ihm den Atem. Neben ihm, auf dem Nachttisch, lagen verschiedene Silbermünzen, eine Zigarettenspitze, ein Feuerzeug und die Brieftasche. Das unnatürliche Licht legte sich hart auf diese Gegenstände, und während Carlino sie betrachtete, glaubte er, immer noch zu träumen. ›Es ist acht Uhr, und die Schule fängt gleich an.‹ Er strich sich mit der Hand über Stirn und Haar und verhielt einen Augenblick, gleichsam gelähmt von einem plötzlichen, entmutigenden Entsetzen. Doch die Ursache seiner Verzweiflung lag tiefer, der Irrtum mit dem Wecker war gewissermaßen nur Abschluß und Krönung dieses unaufhaltsamen Prozesses der Selbstaufgabe, der sich seit der ersten Begegnung mit Maria-Luisa in ihm vollzogen hatte. Die bisher totgeschwiegene Angst brach unverhüllt hervor. Vor Müdigkeit schlief er oft während des Unterrichts und zu Hause ein. Die schlechten Noten regneten nur so herab. Seit drei Wochen wuchs, erst unmerklich, dann mit seiner wachsenden Leidenschaft für Maria-Luisa in immer schnellerem Maße der Berg von unerledigten Schularbeiten. Aber er fand doch nie einen freien Augenblick, um mit dem Lernen wieder zu beginnen. ›Jetzt ist es zu spät‹, sagte er sich plötzlich, ›ich kann die verlorene Zeit nie wieder aufholen. Ich muß die Klasse eben noch einmal durchmachen, oder ich gehe von der Schule ab.‹ Erregt sprang er aus dem Bett, ging zum Fenster, zog die Jalousie hoch und blickte hinaus.

Draußen herrschte leichter Nebel. Zwischen dem Laubwerk tauchten die Umrisse anderer Villen mit geschlossenen Fensterläden auf. Das ganze wohlhabende Stadtviertel schlief noch. Vielleicht stieg gerade irgendwo ein Dienstbote aus dem Bett, trat gähnend wie er zum Fenster, um in den nebligen Morgen zu schauen. Unbeweglich und ratlos blickte Carlino eine Weile auf Bäume, Villen und Himmel, während die Kälte durch die nackten Füße in seinen Körper zog. Übten nun die Verwirrungen der letzten Tage endlich ihre Wirkung aus, oder wehrte sich sein besseres Ich gegen dieses heuchlerische, lügenstarrende Dasein? Es war ihm plötzlich, als könne er so nicht weiterleben. Er preßte sein Gesicht gegen die beschlagenen Fensterscheiben. ›Es geht so nicht weiter. Entweder bleibe ich für immer hier, oder ich erzähle zu Hause alles und gebe das Studium auf.‹ Den ersten sinnlosen Plan verwarf er sofort wieder. Es blieb also nur noch die andere Möglichkeit mit all ihren Schwierigkeiten, Szenen und Kränkungen. Valentina und sein Vater konnten ja nicht anders, als ihm ein Wiedersehen mit Maria-Luisa verbieten und ihn zwingen, weiter zur Schule zu gehen. Er biß sich die Lippen blutig. Schon allein der Gedanke an eine Trennung von der Geliebten erfüllte ihn mit quälender Eifersucht. Er hätte vor Kummer schreien mögen. »Das werde ich nie tun«, murmelte er, als stehe er schon vor Vater und Schwester. Am meisten ärgerte ihn die Vorstellung, man könne seine Leidenschaft und die schlechten Schularbeiten in Zusammenhang bringen. Doch er ahnte voll Widerwillen, daß man in seiner Absicht, die Schule aufzugeben, nur die Laune eines auf Abwege geratenen jungen Mannes sehen würde.

Er wandte sich wieder dem Zimmer zu. Graue, kalte Dämmerung erfüllte die kahlen Winkel. Überall waren noch die Spuren abendlicher Unordnung sichtbar. Die Schuhe trieben sich in verschiedenen Ecken herum, der Rock lag mit aufgekrempelten Ärmeln achtlos auf einem Stuhl, und hier und dort lagen Kleidungsstücke auf dem Boden. Bei diesem Anblick erinnerte sich Carlino des gestrigen Abends. Er war angetrunken, zerzaust und ein wenig torkelnd hereingeschwankt, hatte sein blasses Gesicht mit den glänzenden schwarzen

Augen im Spiegel betrachtet, aus seiner Brieftasche ein Bild von Maria-Luisa hervorgeholt und es geküßt und lange betrachtet... Später hatte er sich unachtsam entkleidet, den Wecker aufgezogen und war mit schläfriger Benommenheit unter die eiskalten Decken des unbekannten Bettes gekrochen. Diese neuen Lebensformen gaben ihm kein stolzes Gefühl. Zu seinem großen Erstaunen wurde ihm mit eindringlicher Deutlichkeit bewußt, daß sich in seinem Wesen eine Wandlung vollzogen hatte, aus der es kein Zurück gab. ›Ich muß mit meinem Vater sprechen‹, dachte er schließlich. ›Aber dann muß ich sofort hierher zurück.‹ Dieser Entschluß brachte zwar seine Ängste nicht ganz zum Schweigen, aber er beruhigte ihn. Er trat vom Fenster zurück und drückte auf einen Knopf in der Wand, um das überflüssig gewordene Licht zu löschen.

Aber die Lampe brannte weiter, und er vernahm das Schrillen einer elektrischen Klingel. ›Ich habe geschellt‹, dachte er ärgerlich. ›Jetzt wird das Dienstmädchen kommen...‹ Er gestand es sich zwar nicht recht ein, aber da ihm dieses Mädchen nicht gefiel, schämte er sich, von ihr morgens im Hause der Geliebten im Bett gesehen zu werden. Außerdem fürchtete er, man könne sein Klingeln als ein Zeichen unangebrachter, aufdringlicher Unbekümmertheit deuten. Ein weiterer Grund seiner Verlegenheit war der Schlafanzug aus Seide und Spitzen, den Maria-Luisa ihm für die Nacht geliehen hatte. Für eine Frau angefertigt, kräuselte er sich an manchen Stellen in reichen, duftigen Falten und ließ ihn an anderen halb unbekleidet. Unzufrieden, fröstelnd und zusammengekauert saß er auf der Bettkante und wartete auf das Mädchen.

Noch war keine Minute verstrichen, als schon geklopft wurde und die gedrungene Gestalt des Mädchens auf der Schwelle erschien. Ohne ein Wort zu sagen, trat sie auf ihren dicken Filzpantoffeln geräuschlos und mit geneigtem Kopf an sein Bett, während ein halb wohlgefälliges, halb listiges Lächeln um ihre Lippen spielte.

»Ich habe aus Versehen geschellt«, sagte Carlino mit gesenktem Kopf und rieb die nackten Füße verlegen aneinander. »Schläft die gnädige Frau noch?«

»Ja, die Frau Gräfin schläft noch. Soll ich Ihnen das Frühstück bringen?« fragte das Mädchen und ordnete die herumliegenden Sachen.

Der mürrische Ausdruck des blassen Gesichts erweckte seinen Widerwillen. Außerdem erinnerte er sich an Maria-Luisas Rat, ein Trinkgeld zu geben. Wie sollte er das anstellen? Er griff mit einer Hand nach den Silbermünzen auf dem Nachttisch, die Maria-Luisa ihm tags zuvor zu diesem Zweck gegeben hatte, und reichte dem Mädchen zwei Geldstücke, so wie man mit ausgestrecktem Arm ein brennendes Schwefelholz anbietet, um dem beißenden Geruch zu entgehen.

»Ich möchte kein Frühstück«, sagte er, »nehmen Sie ... das ist für Sie.«

Die beiden Münzen glitten aus seinen Fingern in die grobe Hand, und er wartete mit flammendem Gesicht auf den Dank. Da er aber kein Wort vernahm, blickte er schließlich auf und sah das Mädchen unschlüssig auf das Geld starren, das er ihm gegeben hatte. »Sie müssen sich geirrt haben«, meinte es nach einer Weile mit ruhiger Unverschämtheit. »Sie haben mir nur zwei Lire gegeben.«

Diesmal stieg noch heftigere Röte in Carlinos Wangen. »Oh, entschuldigen Sie bitte, entschuldigen Sie vielmals.« Er nahm alles Geld vom Nachttisch und legte es in die Hand der Zofe.

»Sie wollen also kein Frühstück«, wiederholte sie, hob ihre Schürze mit geschickter Bewegung und ließ das Trinkgeld unbekümmert in die Tasche gleiten. Dann fragte sie lächelnd: »Erkennen Sie mich tatsächlich nicht wieder? Erinnern Sie sich gar nicht mehr an mich?«

Der Knabe hob langsam die Augen. »Nein, wirklich nicht.«

»Ich bin Rosa«, sagte das Mädchen so selbstgefällig und heiter, als habe sie gesagt: ›Ich bin schön.‹ »Ich kannte Sie schon als kleinen Jungen... Ich war Ihr Kindermädchen... aber Sie waren noch zu klein, um sich erinnern zu können...«

»Ach ja, Rosa«, rief Carlino ohne Herzlichkeit, denn er hatte nie besondere Sympathie für sie empfunden. »Gewiß, ich erinnere mich... Und was tun Sie jetzt?« fragte er etwas unsicher.

»Wie Sie sehen, bin ich hier«, erwiderte Rosa bescheiden. »Ich möchte Sie aber sehr bitten, der Frau Gräfin nicht zu sagen, daß wir uns kennen... Fräulein Andreina hat mir durch den Herrn Grafen diese Stelle vermittelt, und sie soll jetzt nicht den Verdacht haben, daß...«

»Nein, nein, selbstverständlich«, murmelte Carlino, der ständig ihrem Blick auswich und gar nicht hören wollte, um welchen Verdacht es ging. »Nein, ich werde gewiß nichts sagen, Rosa... Und wo ist Andreina jetzt?« Er hatte sich nie um die abwesende Schwester gekümmert, die er kaum kannte. Seine Frage entsprang auch weniger wirklicher Neugier als dem Wunsche, irgend etwas zu sagen.

Als Rosa ihm aber Andreinas Wohnung nannte, fiel ihm ein, daß Stefano ihn mehrmals nach dieser Anschrift gefragt hatte. Er konnte sie ihm also jetzt geben. »Und wie geht es ihr?« fragte er.

Rosas blasses Gesicht hatte einen sanftmütigen, bescheidenen Ausdruck angenommen. »Ich glaube gut, doch ich sehe sie selten.« Lächelnd auf den Knaben hinunterblickend, fragte sie: »Was machen der Herr Studienrat und Fräulein Valentina?«

»Ach, es geht ihnen gut...«

Nach einem Augenblick meinte Rosa: »Nun, wenn Sie sonst also nichts wünschen, gehe ich jetzt.«

Carlino blieb nachdenklich zurück. ›Sie hat das Geld angenommen‹, dachte er, ›und mir dann erst gesagt, wer sie ist.‹ Er sprang auf und lief mit seinem Waschzeug ins Badezimmer. Er mußte sich beeilen. Er hatte die uneingestandene Angst, Vater und Schwester könnten ihm auf irgendeine Weise ihren Willen aufzwingen und ihn daran hindern, Maria-Luisa wiederzusehen. »Und wenn sie sich noch so sehr aufregen«, wiederholte er sich ständig, während sein Herz zitterte, »ich gebe Maria-Luisa nicht auf.« Diese Entschlossenheit erleichterte ihn ein wenig, und er glaubte tatsächlich, sie feie ihn gegen die Gefahr der Nachgiebigkeit.

Hastig kleidete er sich an und schlich auf Zehenspitzen über die Diele zu Maria-Luisas Zimmer. Er trat ein, tastete nach dem Lichtschalter und beugte sich behutsam über die Schlafende.

Maria-Luisas Oberkörper war unbedeckt, ihr etwas vorgestreckter Hals, die halb geöffneten Lippen und ihr fest in das Kissen gepreßter Kopf verliehen ihrer ganzen Haltung einen Ausdruck von Angst. Das kurze, schwarze Lockengewirr rieselte über die vollen Schultern. Besonders eindrucksvoll war der Gegensatz zwischen dem scharfgeschnittenen, gebräunten Antlitz und dem weißen, entspannten Körper, der in den weichen Spitzen des Nachthemdes weiblicher und zarter wirkte, als es der Wirklichkeit entsprach. Kurze Seufzer drangen in regelmäßigen Abständen aus ihrem halbgeöffneten Mund.

In Carlinos leidenschaftliches, ergebenes Betrachten mischte sich heiße Dankbarkeit. Er fühlte sich dieser Frau völlig unwürdig. ›Keine andere Frau in ihren Verhältnissen und von ihrer Schönheit hätte für mich getan, was sie tat. Niemals werde ich es ihr vergelten können!‹ dachte er bewegt. Er schaute sie an, ganz durchdrungen von dem Wunsch, sich die zarten Farben und Formen ihrer Glieder und den Ausdruck ihres Gesichts einzuprägen. Dieser Wunsch war von ahnungsvoller Trauer durchglüht. Ein dumpfer Schmerz quälte ihn, weil ihn die Furcht nicht verließ, daß er eines Tages für immer von ihr getrennt werden könnte. Er beugte sich über sie, berührte mit den Lippen den Arm der Schlafenden, schlich auf den Zehenspitzen zur Tür zurück, löschte das Licht und verließ geräuschlos das Zimmer.

Im unteren Stockwerk empfingen ihn Kälte und

Nebel und der Duft von geröstetem Brot. Die Tür zum Eßzimmer war geöffnet, die Fenster standen weit auf, die Tischdecke war an allen Seiten hochgeschlagen, die Stühle waren aufeinandergestellt, und am Eingang standen Besen und Staubsauger. Carlino zog seinen Mantel an und trat in den Garten hinaus.

Vor Kälte fröstelnd, mit zusammengepreßten Zähnen und einem bitteren Geschmack im Munde lief er bis zur nächsten Straßenecke, um auf den Omnibus zu warten. Einige wenige Menschen bewegten sich unter den winterlich kahlen Platanen, einsam und verlassen waren die Bänke. Hin und wieder ging ein Dienstmädchen mit einem Korb am Arm durch den Nebel, einige fragwürdige Gestalten in weiten, verschlissenen grünen Mänteln tauchten auf, ab und zu glitten Radfahrer vorüber. Dann polterte der Omnibus heran und brauste mit Carlino davon, jenen langgestreckten, roten Mauern am Ende der Straße entgegen.

Er war erschöpft, betäubt und schläfrig. Doch dieser Zustand von Betäubung und Müdigkeit mißfiel ihm durchaus nicht. Die Erinnerung an sein geordnetes Schülerdasein war in ihm noch zu lebendig, als daß er ein solches Abenteuer nicht wie ein Wunder erlebt hätte. Trotzdem quälte ihn die Angst vor den kommenden Auseinandersetzungen. Wenn er doch schon alles hinter sich hätte und wieder bei Maria-Luisa wäre! Hin und her gerissen zwischen kindlicher Selbstgefälligkeit und begründeten Befürchtungen erreichte er die Haustür.

In dem grauen Treppenhaus nahm er immer zwei Stufen auf einmal. Die Wohnungstür war angelehnt. Vorsichtig betrat er den dunklen Flur, in dem noch die laue, verbrauchte Nachtluft hing. »Was wird nun?« fragte er sich, während er Hut und Mantel aufhängte. In diesem Augenblick hörte er, daß sich jemand in der Küche bewegte. Da stieß er die Tür auf und trat ein.

Der Studienrat saß vor dem Küchentisch zwischen Herd und Wasserbecken und trank seinen Kaffee. Die ungnädigen Blicke, mit denen er das Getränk betrachtete, ließen vermuten, daß der Kaffee noch schlechter als gewöhnlich war. Bei Carlinos Eintritt wandte er sich lebhaft um. »Ach, *du* bist es!« Er blinzelte den Sohn über die Brillengläser hinweg an. »Da bist du ja wieder.«

Es klang gleichgültig. ›Er hat noch nichts gemerkt‹, folgerte Carlino verwundert. Sein Herz klopfte heftiger als sonst, während er sich verlegen auf einem der plumpen Küchenstühle niederließ. »Und Valentina? Ist sie schon fort?«

»Fort?« Sein Vater hob nicht einmal die Augen. »Wohin sollte sie denn schon gegangen sein?«

»Nun... ins Krankenhaus«, meinte Carlino erstaunt.

»In welches Krankenhaus?«

Carlino glaubte zu träumen. »Arbeitet Valentina denn nicht mehr?« fragte er schließlich ratlos.

Der Studienrat blickte auf. »Mir kommt es eher so vor, als ob dein Gehirn nicht mehr arbeite«, sagte er streng und belehrend. »Der Ausflug aufs Land ist dir wohl schlecht bekommen? Weißt du denn nicht, daß heute Sonntag ist? Von welcher Arbeit sprichst du überhaupt?«

Er warf dem Sohn einen mißbilligenden Blick zu und beugte sich wieder über seine Kaffeetasse. »Valentina ist noch in ihrem Zimmer«, erklärte er nach einer Weile.

Die ganze Unwirklichkeit der Situation verlor sich mit einem Mal. ›Wie dumm!‹ dachte Carlino. ›Gestern abend war Samstag, und heute ist Sonntag und nicht Montag. Das kommt von meiner gestrigen Betrunkenheit.‹ Eine große Erleichterung überkam ihn. Zugleich war er versucht, nicht mehr mit seinem Vater zu sprechen, sondern sein bisheriges heimliches Leben fortzusetzen, also wenig oder gar nicht zu arbeiten, die

Familie zu hintergehen und sich sanft von dem verhängnisvollen Lauf seiner untätigen Tage dahintreiben zu lassen. Dann aber ließ ihn eine ihm selbst unklare Regung plötzlich sagen: »Vater, ich muß mit dir sprechen.«

»Mit mir?« Auf dem Gesicht des Studienrates spiegelte sich großes Erstaunen. »Mit mir willst du sprechen?«

»Ja«, versicherte Carlino bittend. »Doch du mußt mir versprechen, dich nicht aufzuregen.«

»Aha!« rief der Lehrer und versuchte seine Neugier mit väterlicher Autorität zu bemänteln. »Ich soll mich nicht aufregen? Dann weißt du also selbst, daß du es schlimm getrieben hast ... Was hast du mir also zu sagen ...?«

An theatralische Szenen dieser Art war Carlino von Kind an so gewöhnt, daß sein Vater für ihn nur ein strenger, unangenehmer Mensch war. Deshalb empfand er in diesem Augenblick Furcht und fast körperliche Abneigung. »Ja«, wiederholte er, »aber versprich mir, daß du dich nicht aufregen wirst.«

Der Lehrer hob feierlich die Hand. »Ich mache keine Versprechungen!« sagte er mit Pathos. »Alles, was du von mir erwarten kannst, ist eine gerechte, gütige Strenge ... Und jetzt sprich! Was hast du getan?«

»Ich habe seit drei Wochen kein Buch geöffnet. Da ich hinter meinen Schulgefährten weit zurück bin, habe ich beschlossen, nicht mehr zur Schule zu gehen. Das ist alles«, erklärte Carlino blaß und erregt.

Der Studienrat saß einen Augenblick mit offenem Mund da. »Weiter nichts?« fragte er schließlich.

»Wie, was meinst du, weiter nichts?« wiederholte Carlino erstaunt.

»Allerdings«, wiederholte sein Vater gereizt und musterte Carlino von oben bis unten. »Hast du nicht noch zufällig gestohlen oder jemand umgebracht? Überlege es dir gut, solange es noch Zeit ist! Hast du nicht noch irgendein Verbrechen begangen? Was weiß ich ... vielleicht einen bewaffneten Straßenraub?

Hab keine Angst, versetze mir den Schlag mit einemmal, ich werde es ertragen können. Sag alles, was du zu sagen hast, sprich!«

»Aber Vater«, stammelte Carlino, »sonst wirklich nichts... Laß mich dir erklären...«

»Du brauchst mir nichts zu erklären«, unterbrach ihn der Vater mit dröhnender Stimme. »Erkläre mir nichts... Aber erinnere dich an das, was ich vor vielen Jahren deiner Schwester Andreina sagen mußte, als sie mir mitteilte, daß sie von zu Hause fortgehe. ›Du bist nicht mehr meine Tochter‹, sagte ich, ›für mich bist du gestorben...‹ Nimm dich in acht, daß ich dir nicht das gleiche sagen muß, nimm dich in acht, Carlino!«

»Aber Vater, laß dir doch alles erklären.«

»Erkläre mir nichts!« Der Lehrer schritt erregt durch die Küche. »Drei Wochen, ohne ein Buch zu öffnen«, rief er schließlich. »Und um dem Faß den Boden auszuschlagen, willst du auch noch deine Studien aufgeben! Was soll ich jetzt meinem Kollegen, dem ich dich zu Anfang des Jahres so warm empfohlen habe, sagen? Wie stehe ich vor ihm da! Er wird überall verbreiten, ich habe ihm einen Herumtreiber, einen Taugenichts empfohlen... Drei Wochen, ohne etwas zu lernen! Wenn ich wenigstens wüßte, was du in diesen Wochen getan hast!...«

»Aber, Vater, wenn du mich nicht aussprechen läßt...«

»Nun schön«, meinte der Studienrat mit einem ergebenen Seufzer, »sprich also, ich bin auf alles gefaßt.«

»Erinnerst du dich an die Schwester von Herrn Davico«, begann Carlino schließlich mühsam, »jene Dame, die einmal hier war...?«

»Allerdings.« Der Studienrat zwirbelte erregt an seinem Schnurrbart. Seine Augen weiteten sich in angstvoller Erwartung, und seine Stirn legte sich in sorgenvolle Falten. »Was ist mit ihr?«

»Vor drei Wochen forderte sie mich auf, sie zu besuchen. Ich ging hin und...«

»Und ...?«

»Nun«, Carlino senkte die Augen, in denen sich gleichzeitig Zufriedenheit und Scham ausdrückten, »am gleichen Tage bin ich ... ist sie ... meine Geliebte geworden.«

»Ah!« machte der Lehrer und stützte die Ellbogen mit einfältiger, besorgter Miene auf den Tisch. »Sie ist deine Geliebte geworden ... ich verstehe.« Aber in Wirklichkeit hatte er gar nichts verstanden. Er saß einen Augenblick lang nachdenklich da und rief dann unvermittelt aus, als sei ihm plötzlich ein Licht aufgegangen: »Du willst mir doch nicht erzählen, daß du in deinem Alter und als Sohn des Studienrates Rinaldo Malacrida, daß ausgerechnet du der Liebhaber dieser Dame, der Schwester des Herrn Davico, geworden bist!«

Diese väterliche Ungläubigkeit schmeichelte Carlino. Trotzdem war er fast enttäuscht, daß jeder Ansatz eines Vorwurfs ausblieb. Wenn er auch im Grunde überzeugt war, daß er keine Vorhaltungen verdiene, so war er doch in der Vorstellung erzogen, daß in solchen Fällen ein Vater die Pflicht dazu habe. »Aber es ist wirklich wahr. Ich ...«

Der Vater ließ ihn nicht ausreden. »Wie ist das denn gewesen?« fragte er erregt. Ganz offensichtlich wurde jedes Gefühl für die Notwendigkeit einer väterlichen Rüge durch seine instinktive Neugier erstickt. »Sie hat dich zu einem Besuch aufgefordert, du bist hingegangen, sie hat sich mit dir unterhalten, hat ab und zu geseufzt und dich schmachtend angesehen, und an einem bestimmten Punkt der Unterhaltung hat sie ihre Arme um deinen Hals geschlungen, hat sich an dich geschmiegt ...«

Carlino errötete beschämt. Diese väterliche Aufdringlichkeit war unangebracht. »Genauso war es zwar nicht ... aber das Ergebnis war das gleiche ...«, sagte er schließlich.

Der Studienrat verlor sich in tiefe Überlegungen. »Das liegt in der Familie«, äußerte er schließlich. »Auch ich hatte in deinem Alter ungewöhnliches Glück bei Frauen... Eine adelige Dame aus unserer Nachbarschaft, eine Frau mit seltenen Vorzügen und von himmlischer Schönheit, verliebte sich wie wahnsinnig in mich. Eines Nachts entwich sie aus ihrem Hause und bot mir an, alles im Stich zu lassen, ihre Kinder – sie hatte zwei entzückende Kinder –, ihren Gatten, ihre Familie, um mit mir zu fliehen... Jeder andere an meiner Stelle hätte mit Freuden eingewilligt... Aber obwohl mir fast das Herz brach, überredete ich sie zum Bleiben. Sie sollte nicht das Leben so vieler Menschen zugrunde richten, sondern die Erinnerung an unsere Liebe im tiefsten Winkel ihres Herzens begraben... Danach habe ich sie nicht wiedergesehen...« Nach kurzem Schweigen kehrte er ohne Übergang zu Carlinos Liebesgeschichte zurück. »Und du hast sie natürlich noch wer weiß wie oft gesehen?«

»Täglich«, antwortete Carlino. Als wolle er die vergebens erwarteten Vorwürfe herausfordern, fügte er hinzu: »Deshalb habe ich nicht gearbeitet.«

Aber der Vater überhörte es. »Und ihr Gatte?« rief er plötzlich ängstlich. »Merkt ihr Gatte denn gar nichts? Nimm dich in acht, Carlino, halte die Augen offen! Wenn du es am wenigsten erwartest, hat man dich am Kragen, und du zappelst in der Falle... Ehemänner sind furchtbar.«

Diese Worte erfüllten Carlino mit heftigem Widerwillen. Mehr Strenge und weniger Ratschläge wären ihm lieber gewesen. Außerdem konnte er sich des Eindrucks nicht erwehren, daß sein Vater von der Art seiner Beziehungen zu Maria-Luisa überhaupt nichts verstanden hatte. Sein unüberlegtes, taktloses Gerede verletzte ihn. »Sie hat sich mit ihrem Mann überworfen«, erwiderte er sachlich, »und lebt für sich allein. Aber darüber wollte ich nicht mit dir sprechen...«

Sein Vater unterbrach ihn erneut. »Sie hat sich mit ihrem Mann überworfen«, wiederholte er nachdenklich. »Sollte es etwa der gleiche sein, der Andreina die Ehe versprochen hat?«

»Wenn das stimmt«, entfuhr es Carlino, »so werden die beiden keinen Pfennig haben. Denn nach der Trennung von Maria-Luisa ist ihr Mann genauso arm wie zuvor.«

»So, das sagt sie?« Der Studienrat zupfte erstaunt an seinem Schnurrbart und blickte nachdenklich zum Fenster. »Glaubst du wirklich, daß sie es tun wird? Es wird so viel geredet...«

Carlino schwieg. Ihn bedrückte im Augenblick weit mehr das Problem, ob er seine Studien aufgeben solle oder nicht. Ob er nun angesichts der vielen unerledigten Schulaufgaben entmutigt war oder ob er sich undeutlich nach einem erfüllteren und freieren Dasein sehnte, als ihm das Leben am Gymnasium bieten konnte, jedenfalls neigte er mehr dazu, die Studien aufzugeben als sie fortzusetzen. Allerdings tat er das nicht ohne ein gewisses Bedauern und auch nicht ohne den seltsamen, geheimen Wunsch, sein Vater solle sich darüber entrüsten und ihm Vorwürfe machen. Er hatte die unklare Vorstellung, daß es die Pflicht seines Vaters sei, sich streng und gerecht zu zeigen, genauso wie es seine, Carlinos, Aufgabe war, dieser Strenge den Stachel zu nehmen und sich dieser Gerechtigkeit zu entziehen. Aber der Studienrat hing ganz anderen Gedanken nach und schien sich nicht im geringsten der schwierigen Aufgabe bewußt zu sein, die ihm auferlegt war. Fast enttäuscht und voller Unbehagen, hätte Carlino daher am liebsten auf seinen zweifelhaften und allzu leichten Sieg verzichtet.

Ganz in solche Gedanken versunken, saß er still und mit gesenktem Kopf da. »Ich muß dir gestehen, daß ich dir gestern abend eine Lüge erzählt habe«, erklärte er plötzlich, um die unerwartete Gleichgültigkeit des Vaters zu erschüttern. »Ich hatte gar keine Einladung aufs Land. Aber ich wollte eine Nacht mit Maria-Luisa verbringen und...«

»Und hast uns dieses Märchen aufgebunden«, meinte der Studienrat ohne Entrüstung. Dann sprach er weiter wie jemand, dessen Gedanken sich in der Vergangenheit verlieren.« »Ganz genau wie ich in deinem Alter. Mein Vater wollte, daß ich studierte, und ich schloß mich auch zum Schein mit meinen Büchern im Zimmer ein. Aber wenn mein Vater mir den Rücken gekehrt hatte, schlüpfte ich zu unserem Dienstmädchen. Eine wunderschöne Brünette mit einem Körper wie eine Venus, dabei hoffnungslos in mich verliebt. Eines Tages überraschte uns mein Vater und machte eine furchtbare Szene. Er stellte mich vor die Alternative, sie nie mehr wiederzusehen oder für immer das Haus zu verlassen. Was sollte ich tun? Auf der einen Seite stand meine Liebe, die Leidenschaft meiner sechzehn Jahre, auf der anderen Seite die Pflicht. Ich beugte mich und wählte die Pflicht. Ich habe das Mädchen nie wiedergesehen. Mein Vater sprach einen Monat lang kein Wort mit mir... Ach ja, das waren Zeiten!«

»Aber ich liebe Maria-Luisa aufrichtig und werde sie nie aufgeben«, erklärte Carlino schroff. Der Vergleich seiner Liebe mit den vergangenen Liebschaften seines Vaters widerte ihn an. Gleichzeitig glaubte er, die dunkle Drohung einer erzwungenen Trennung herauszuhören.

»Aber das bezweifelt niemand«, antwortete der Studienrat mit dem versöhnlichsten Gesicht von der Welt, »niemand verlangt von dir, daß du sie aufgeben sollst. In deinem Fall handelt es sich ja auch um etwas anderes, um andere Menschen und andere Verhältnisse. Außerdem achte ich ein echtes Gefühl, welcher Art es auch sei. Wir sind alle einmal jung gewesen, jeder hat einmal geliebt und ist geliebt worden.« Schließlich fragte er vertraulich in einer plötzlichen Anwandlung besorgten Zweifels: »Wie ist sie denn eigentlich? Ich habe sie nur ganz kurz gesehen. Zweifellos hat sie viele Vorzüge, Schönheit, eine edle Haltung und Anmut. Aber sie machte auf mich den Eindruck, wie soll ich sagen, als ob sie ein wenig kühl sei. Diese Frauen von heute...«

»Wichtiger ist, was wegen der Schule geschehen soll. Ich bin so weit zurück, daß ich in diesem Jahr kaum alles nachholen kann. Andererseits wäre es vielleicht doch nicht richtig, das Studium einfach aufzugeben ...«

Diese Mutlosigkeit machte auf den Vater keinen Eindruck. Er blickte wie abwesend vor sich hin.

»Ich komme bestimmt nicht mehr mit«, fuhr Carlino fort und schüttelte verzweifelt den Kopf. »Wenn ich sehe, was ich versäumt habe, beginnt mir der Kopf zu schwindeln.«

Aber das bärtige Gesicht des Vaters zeigte eher einen besessenen Ausdruck als jenes menschliche Verständnis, dessen Carlino bedurft hätte. »Du fragst mich, was du tun sollst? Nun, wenn meine Tätigkeit als Lehrer und als Staatsbürger den Lohn gefunden hätte, der ihr zustand, so würde ich nicht einen Augenblick mit der Antwort zögern: Laß diese Frau und widme dich mit neuen Kräften deinen Studien. Aber ich bin verachtet worden, neidische Menschen haben mich mit fünfzig Jahren aus meiner Laufbahn verdrängt. Ohne meine Nachhilfestunden, Valentinas Arbeit und die Miete für das Zimmer könnte ich mein Leben von Almosen fristen. Deshalb sage ich dir: Mach, was du willst und was dir als richtig erscheint. Bist du stark genug, alle Bitterkeiten und Verleumdungen auf dich zu nehmen, die mein Leben vergiftet haben, dann lerne weiter. Wenn du dich aber zu irgend etwas anderem hingezogen fühlst, dann gib die Schule auf. Für alles Gold der Welt möchte ich dich nicht zu etwas zwingen, was du später bereuen könntest.«

Mit bitterer Verwunderung blickte der Knabe seinen Vater an. »Aber was soll ich sonst werden?«

»Nun, zum Beispiel Journalist. Jener vornehme, sympathische junge Mann, jener Monatti, der Herrn Davico öfters besucht, sagte mir neulich noch, daß er nicht einmal eine vollständige Schulausbildung habe. Und er hat in wenigen Jahren mehr verdient als ich in meinem ganzen Leben. Gewiß, dazu muß man, wie man so sagt, eine leichte Feder haben. Aber welche Vorteile hat man: berühmte Bekannte, kostenlose Reisen, Freikarten für Theater und Kino ...«

Eintönig und belehrend sprach der Studienrat weiter. Carlino erfaßte eine Art Schwindel. Er hörte immer unaufmerksamer zu und konnte sich einer grausamen Enttäuschung nicht erwehren. Es war ihm zumute wie jemand, der, im Dunkeln eine Treppe hinabsteigend, mit dem Fuß die nächste Stufe sucht, ohne sie zu finden. Zu dem Unbehagen über diese Enttäuschung gesellte sich physische Übelkeit. Seine trügerische Wachheit verflog schnell, und die Nachwirkung seiner abendlichen Eskapade machte sich wieder geltend. Er hatte einen bitteren Geschmack im Mund und erschauerte unter der Kälte, die ihm den Rücken hinaufkroch. Die schmutzige, dunkle Küche, der Tisch mit den Kaffeeflecken, der Vater selbst: alles lähmte und reizte ihn. Er schüttelte heftig seinen benommenen Kopf und stand auf. »Was macht Herr Davico?« fragte er.

»Ich habe ihn im Zimmer umherlaufen hören. Er muß schon angezogen sein.«

Wortlos schritt Carlino um den Tisch herum und verließ die Küche.

19

Wie betäubt schwankte Carlino auf seinen müden Beinen durch den Flur und stieß gegen Regale und Kredenz, bevor er sein Zimmer erreichte. Das kalte, indirekte Licht fiel ungehindert auf das unberührte Bett mit der ordentlich um die dünne Matratze geschlagenen Wolldecke. Arbeitstisch, Bücherbrett und Schrank standen im Dunkeln. Dieser Gegensatz von Licht und Schatten unterstrich die auffällige Sauberkeit eines während der Nacht nicht benutzten Schlafzimmers. Es bot den allen Nachtschwärmern gewohnten Anblick, die bei ihrer morgendlichen Heimkehr nicht wissen, ob sie noch ins Bett gehen oder ohne weiteres den Tag beginnen sollen. Carlino, nicht daran gewöhnt und durch seine augenblicklich verwirrten Gefühle noch empfindlicher als sonst, wurde durch das so wenig einladende Aussehen seines Zimmers noch trauriger, als er es durch die Haltung seines Vaters ohnehin schon war. Unentschlossen wanderte er umher. Dann lehnte er sich mit den Schultern gegen die Fensternische und betrachtete wie verzaubert die Beete im Garten. Was er dabei empfand, hätte er kaum sagen können. Seinen Beziehungen zu Maria-Luisa stand nichts mehr im Wege, aber an Stelle der Erleichterung und Befriedigung, die er sich durch einen solchen Sieg versprochen hatte, empfand er ein schmerzliches Bedauern. Niemand würde ihm verbieten, in absehbarer Zeit das Studium aufzugeben, das ihm seit seinem Abenteuer mit Maria-Luisa so nichtig und armselig vorgekommen war. Aber während er bisher bereit gewesen war, der Schule sofort den Rücken zu kehren, packte ihn jetzt, wo es ihm freistand, Angst vor der Zukunft und ein bedrückendes Bewußtsein seiner Unfähigkeit. Diese sorgenvollen, bitteren Gefühle waren andererseits nicht stark genug, um ihn zu einem entscheidenden Schritt zu veranlassen. Die Erinnerung an eine bestimmte Liebkosung der Geliebten oder an bestimmte Worte genügten vollauf, um alle Bedenken zurückzuweisen und nur noch dem Sinnenrausch Raum zu geben. Da seine Besorgnisse ihm aber das Unbefriedigende seines Abenteuers zeigten, fühlte er sich immer einsamer. Kein Mensch in der Welt konnte ihm helfen oder ihm einen Rat geben. Er war allein, und seine Entschlüsse waren wie in einem der Anarchie verfallenen Staat nur aus der Angst geboren und mußten ihn mit Gewißheit in neue, noch größere Verwirrung stürzen.

In dem Maße, wie die Zeit verstrich, verstärkte sich der Gegensatz zwischen seiner Verwirrung und der feindseligen morgendlichen Stimmung seines Zimmers. Sein Blick fiel auf den Arbeitstisch. Plötzlich überkam ihn der Wunsch, gegen Mutlosigkeit und Müdigkeit anzugehen und seine Schularbeiten nachzuholen. Der ganze Sonntag lag vor ihm. Er würde arbeiten, bis ihn die Kräfte verließen. Tag für Tag würde er das gleiche tun. Dann mußte er die andern doch schnell wieder einholen! Mit gläubigem Eifer setzte er sich an den Tisch, nahm ein Heft, ein Wörterbuch und einen griechischen Text zur Hand und begann mit der Übersetzung jener Stelle, bei der er vor ungefähr vierzehn Tagen abgebrochen hatte. Aber es ging ihm wie einem zwar begeisterten, aber schlecht ausgebildeten Heer, das nach den ersten leichten Siegen sich verteidigen und schließlich sogar einen beschämenden Rückzug antreten muß. Anfangs dünkte ihn die Arbeit einfach. Er übersetzte mühelos mehrere Sätze und blätterte hin und wieder in den noch vor ihm liegenden Seiten, als hoffe er, ihre Zahl sei inzwischen geringer geworden. Dann stieß er auf einen schwierigen Satz und bemühte sich zwanzig Minuten ergebnislos. Seine anfangs klare Schrift verlor alle Sicherheit, die Vokabeln tanzten ihm vor den Augen, und zu guter Letzt warf er durch eine nervöse, hastige Bewegung auch noch das Tintenfaß um. Er wischte, so gut er konnte, die ausgelaufene Tinte auf, legte den griechischen Text beiseite und blätterte in angstvoller Neugier in den anderen Büchern, um zu sehen, was er noch zu tun habe. Das Ergebnis entsetzte ihn. Die Lücken waren überwältigend, sie ließen sich kaum wieder einholen. Obendrein hatte er vieles vergessen. Bestürzt ließ er sich auf einen Stuhl fallen. Es war kein Zweifel, er würde das Versäumte nie nachholen.

Es wurde ihm kalt und heiß. Wie im Traum blickte er auf die Bücherstapel. Schließlich zog er sich mechanisch die Schuhe aus und legte sich mit dem Gesicht zur Wand aufs Bett. Sein Blick fiel auf die alte, verschossene Tapete mit ihren Blumenmustern. Als seine Augen weiter nach oben schweiften, sah er einen Palmzweig neben einem billigen Madonnenbild. Darunter hing ein Bild seiner Mutter, die in jugendlichem Alter bei der Geburt seiner Schwester Maddalena gestorben war. Eine Weile betrachtete Carlino es von weitem, dann nahm er es von der Wand und vertiefte sich in seinen Anblick.

Es zeigte nur den braunen Kopf mit den durchdringenden schwarzen Augen, die Andreina geerbt hatte. Doch der Blick der Mutter hatte einen sanfteren Ausdruck. Das Gesicht mit der kurzen, geraden Nase entbehrte nicht einer gewissen kleinstädtischen Anmut, am stärksten jedoch berührte der Ernst oder Eigensinn, der aus der hartgeformten Stirn, aus Blick und Mundlinien sprach. Sie war wohl eine sehr stolze Frau gewesen, das Gegenteil ihres Mannes. Tatsächlich beschrieb sein Vater sie mit einfältiger Ehrerbietung nie anders, wenn die Rede auf sie kam. Teils aus kindlicher Sehnsucht, teils aus Reaktion auf die väterliche Unzulänglichkeit hatte Carlino in seinen Gedanken der Mutter einen viel wichtigeren Platz eingeräumt als Vater und Schwester.

Diese Empfindung hatte sich im Laufe der Jahre gesteigert. Je bewußter er sich seiner selbst wurde, um so tiefer hatte jene durch seine Phantasie genährte Zuneigung zu der fast unbekannten Mutter Wurzeln geschlagen. Doch ebensowenig, wie er sich über sein Verhältnis zum Vater Rechenschaft abgelegt hatte, war er sich über die für seine Mutter gehegten Gefühle klargeworden. Wenn er ihr Bild betrachtete, fragte er sich oft, was sie in diesem oder jenem Falle gesagt oder getan hätte.

Eine Weile betrachtete er das dunkle Gesicht auf der vergilbten Fotografie. Schließlich vermischte sich in seltsamer Weise die Zuneigung zu seiner toten Mutter mit seiner leidenschaftlichen Liebe zu Maria-Luisa. Beide Frauen waren seiner Ansicht nach trotz ihrer großen Verschiedenheit einander sehr ähnlich. Seine Mutter hätte gewiß seine Liebe zu Maria-Luisa verstanden, wie diese seine geheime Zwiesprache mit der Toten. Seine Augen wurden naß, und alle Ängste und Sorgen des vergangenen Monats lösten sich in seiner müden, übervollen Seele. Schließlich siegte die Müdigkeit über sein Trostbedürfnis, und unter Tränen schlief er ein.

Er dämmerte ungefähr eine Stunde dahin und war

sich in jedem Augenblick deutlich bewußt, daß er ganz angekleidet in seinem stillen, taghellen Zimmer auf dem Bett lag. Plötzlich wurde er hellwach. Im Raum brütete ein wärmeres Licht, das schon die Sonne ahnen ließ, und sogar die dunklen Möbel wirkten weniger stumm und steif. Hatte er zu lange geschlafen? Er wollte doch Maria-Luisa noch im Laufe des Morgens aufsuchen. Ein Blick auf den Wecker beruhigte ihn, es war noch nicht ganz elf Uhr. Er stand auf, wusch sich Hände und Gesicht und verließ das Zimmer.

An Stefanos Tür blieb er eine Weile lauschend stehen. Valentina war bei Stefano. Sie sprach mit ungewöhnlich heftiger Stimme auf ihn ein. Er war einen Augenblick versucht, wieder fortzugehen. Doch da er auf irgendeine Weise die Stunde bis zum Mittag ausfüllen mußte, stieß er die Tür auf und trat ein.

Stefano lag angekleidet auf dem Sofa. Nur ein Fensterladen war offen, so daß das gedämpfte Hoflicht nur einen Teil des Zimmers erhellte. Das Bett mit den zerwühlten Decken, die unordentlich auf dem Bettvorleger herumliegenden Pantoffeln, der ungesäuberte Waschtisch, alles steigerte die Trostlosigkeit dieser Umgebung. Carlino, dessen Sinne durch seine veränderte Lage und das Abenteuer mit Maria-Luisa für die geringsten Zeichen von Vornehmheit und Sauberkeit geschärft waren, empfand bei diesem Anblick tiefes Unbehagen. ›Wie können die beiden nur diese Luft ertragen?‹ dachte er, als er näher trat. Aber Stefano und Valentina waren von ihrer Unterredung so stark in Anspruch genommen, daß ihnen weder die nächtliche Unordnung noch Carlinos Anwesenheit auffiel. Stefano kümmerte sich überhaupt nicht um ihn, und Valentina bedachte ihn nur mit einem gleichgültigen Blick.

»Es ist ganz zwecklos, Sie überzeugen mich doch nicht«, äußerte sie gerade, das Gespräch gleichsam abschließend.

Stefano lächelte gezwungen und verwirrt, wie jemand, der entgegen aller Voraussicht das gewünschte

Ziel nicht erreicht hat. »Aber sehen Sie doch ein, Valentina«, schmeichelte er, »Sie sind klug, Sie kennen das Leben ...«

»Versuchen Sie nur ruhig, mir Sand in die Augen zu streuen«, unterbrach ihn Valentina kurz angebunden mit gutmütiger Ironie.

»Was soll das heißen?« fragte Stefano betroffen.

»Ich sprach nur mit mir selbst.«

»Sie sind klug«, fuhr Stefano mit der falschen Freundlichkeit eines großen Herrn fort, der sich zur Erreichung seines Ziels zu einem Tieferstehenden herabläßt. »Sie werden bei Ihrer Lebenserfahrung verstehen, daß die Dinge heute völlig anders liegen, gerade weil so viele Jahre vergangen sind. Sie befürchten also, ich könne es wieder so treiben wie damals. Aber abgesehen davon, daß ich heute ein ganz anderer Mensch bin und das Geschehene aufs tiefste bereue, sind Sie nicht auch der Meinung, daß man gewisse Dinge nur zu zweien tun kann? Und glauben Sie mir bitte, mein Wohlwollen für die betreffende Person ...«

»Gerade daran glaube ich nicht«, unterbrach Valentina.

Stefano lachte höflich mit einer nachsichtigen Bewegung. »Ich möchte Sie wirklich nicht kränken und Sie für so – wie soll ich sagen? – für so dumm halten, daß Sie nicht verstehen, weshalb ich das Beste dieser Person im Auge habe. Gewisse Dinge im Leben eines Mannes behalten ihre Bedeutung. Sie sind im Grunde genauso überzeugt davon wie ich ... Wenn Sie so liebenswürdig wären, mich mit dieser Person in Verbindung zu bringen, würde dieses Wohlwollen mich nicht nur daran hindern, in alte Sünden zu verfallen, sondern auch sonst irgend etwas zu tun, was dieses glückliche Ereignis, das Ihnen so am Herzen liegt, trüben könnte.«

»Keine falschen Behauptungen, bitte!« warnte Valentina, die ihm finster und mißtrauisch zugehört hatte.

Stefano lächelte wiederum verbindlich und entgegenkommend. »Valentina, warum sind Sie so mißtrauisch? Liegt Ihnen denn diese Heirat nicht wirklich sehr am Herzen?«

»Ja, mir liegt viel daran«, gab Valentina zögernd zu. »Und gerade deshalb...«

»Auch mir liegt daran«, unterbrach Stefano hastig, »und es wird für mich eine große Erleichterung bedeuten, diese Person versorgt und glücklich zu wissen. Seien Sie also sicher, daß ich mich nur darauf beschränken werde, alte Freundschaftsbande wieder anzuknüpfen. Das ist alles... Ich weiß nicht, ob ich mich klar ausgedrückt habe...«

Einen Augenblick schwiegen beide. »Sie drücken sich immer sehr klar aus«, meinte schließlich Valentina mit dem gleichen mißtrauischen, feindseligen Ausdruck. »Das war schon immer Ihre Stärke. Aber bei mir verfängt das nicht... Ich habe einmal Lehrgeld gezahlt und halte seitdem die Augen offen... Da Sie um keine Erklärung verlegen sind, erklären Sie mir doch, warum Sie sich nie um diese Person gekümmert, ja sich nicht einmal nach ihr erkundigt haben, solange Ihre Hoffnung noch Ihrer Schwester galt, deren Geld und den Damen, deren Bekanntschaft sie Ihnen hätte vermitteln können. Aber als Sie auf Ihre Schwester nicht mehr rechnen konnten, erinnerten Sie sich wieder der Vergangenheit und überschütteten mich mit Ihren Schwätzereien.«

Ein Anflug von Ärger glomm in Stefanos starren Augen. Doch er zwang sich zu einem neuen Lächeln. »Valentina, Sie sind leider im Augenblick zu keiner sachlichen Auseinandersetzung fähig. Da ich Sie und Ihren wahren Wert glücklicherweise sehr gut kenne, weiß ich, daß man Sie in Zeiten schlechter Laune nicht ernstnehmen darf. Warum ich mich nicht schon früher nach dieser Person erkundigt habe? Nun, weil ich angesichts Ihres gerechtfertigten Grolls gewissermaßen eingeschüchtert war und es auch für rücksichtsvoller hielt, einige Zeit verstreichen zu lassen.«

»Sie wollen schüchtern und rücksichtsvoll sein?« rief

Valentina entrüstet. »Halten Sie mich für so närrisch?«

Auf Stefanos Stirn schwollen die Zornesadern, aber auch diesmal beherrschte er sich. »Nun, ich nannte Ihnen die echten Gründe für mein Schweigen«, sagte er ergeben.

»Die werde ich Ihnen nennen«, sagte Valentina. »Sie handelten nach dem Sprichwort: ›In der Not frißt der Teufel Fliegen.‹ Sie haben sich so lange nicht um diese Person gekümmert, wie Sie Ihre Hoffnungen noch auf Gräfinnen und Herzoginnen setzen konnten. Als aber dann seitens Ihrer Schwester nichts mehr zu erwarten war, haben Sie sich plötzlich eines anderen besonnen, nicht wahr?«

Stefano war nun doch betroffen. Trotzdem sagte er lächelnd: »Sie werden zugeben müssen, daß diese Auslegung auch falsch sein kann. Valentina, denken Sie doch einmal ernstlich über die Sachlage nach, statt einfach draufloszureden. Wenn Sie eben noch behaupteten, daß die Frauen nichts mehr von mir wissen wollen, dann erklären Sie mir doch, aus welchem Grund jene Person anders sein soll. Warum soll gerade sie das tun, was die andern nicht tun, nämlich einen armen Kranken wie mich lieben, der obendrein nicht einmal Geld hat?«

Valentina warf ihm einen schrägen Blick zu. »Den Grund kenne ich«, sagte sie finster, »aber bestehen Sie nicht weiter darauf, daß ich etwas sage, was ich nicht sagen will.« Dann erhob sie sich unvermittelt und fügte hinzu: »Außerdem sollten Sie weniger den Prahlhans spielen. Ihre Schwester hat ganz recht: Sie sollten an Ihre Gesundheit denken, solange es noch Zeit ist. Denken Sie auch an all die Sünden, die Sie auf dem Gewissen haben, und an all das Unglück, das durch Sie geschehen ist. Schämen Sie sich, wenn Sie dazu fähig sind, und bereuen Sie.« Mit diesen Worten verschwand sie im Flur.

Als Valentina fort war, dachte Stefano einen Augenblick nach. Dann rief er: »Gib mir die Krücken, Carlino.«

Stefano schob sie unter die Achseln und wanderte schweigend mit großen und doch müden Schritten umher. Carlino wußte, daß Stefano immer so stumm und zornig umherlief, wenn er erregt war. Plötzlich blieb Stefano vor dem Fenster stehen und schaute aufmerksam in den Hof hinunter.

»Kennst du jenes Mädchen im Hof?« fragte er schließlich.

Carlino blickte seinerseits hinab und entdeckte an einem der gegenüberliegenden Fenster ein Dienstmädchen mit sonnengebräunter Haut in blauer Schürze, das Bettücher und Decken in die Sonne legte. Sie zählte kaum mehr als sechzehn Jahre und war von kräftiger, bäuerlicher, doch keineswegs reizloser Art. Sie klopfte die Decken und Kissen aus, bis ihr die Haare in das vor Anstrengung gerötete Gesicht fielen. Bei jedem Bücken gewahrte man den Ansatz einer jungen, festen Brust.

»Hübsches Kind!« meinte Stefano lüstern. »Kennst du sie?«

»Nein, ich kenne sie nicht«, erwiderte Carlino hastig. In diesem Augenblick drängte es ihn, Stefano sein glückliches Liebesabenteuer anzuvertrauen. Aber er wußte vor Verwirrung nicht recht, wie er beginnen sollte. Schließlich machte er einen Anlauf: »Herr Davico, wissen Sie, wo ich diese Nacht geschlafen habe? In der Wohnung Ihrer Schwester!«

»In der Wohnung meiner Schwester«, wiederholte Stefano langsam und blickte, sich umwendend, den Knaben an. »Was hast du dort getan?«

»Ihre Schwester und ich, wir lieben uns«, bekannte Carlino zögernd. »Seit fast einem Monat sehe ich sie täglich.«

Stefano zögerte ungläubig. Aber Carlinos ergriffener Gesichtsausdruck überzeugte ihn schnell. Dieser ersten Regung folgte als zweite ein gewisser neidischer Ärger. Wenn er aus den Handlungen anderer keinen Nutzen ziehen konnte oder wenn sie seine Person nicht betrafen, war er im allgemeinen recht teilnahmslos. In diesem Fall aber siegte der Unmut gegenüber Maria-Luisa über seine sonstige Gleichgültigkeit.

Später kam ihm der Gedanke, es könne ihm sehr nützlich sein, die Liebesabenteuer seiner Schwester unauffällig im Auge zu behalten, sei es, um sich für ihre Weigerung zu rächen, sei es, um sie seinen Forderungen gefügig zu machen. Hatte Maria-Luisa ihre Scheidungsgelüste aufgegeben, dann würde sie das Schweigen über ihre Beziehungen zu Carlino um jeden Preis erkaufen. Sehr zufrieden mit dem Ergebnis seiner Überlegung und schon im Vorgefühl seines finanziellen Aufschwungs beschloß er, Carlinos Aufrichtigkeit mit schmeichlerischer Herzlichkeit, gleichsam von Mann zu Mann, zu erwidern.

Er lächelte und legte seine Hand freundschaftlich auf die Schulter des Knaben. »Ach! Jetzt verstehe ich alles«, rief er, »jetzt verstehe ich auch, warum Maria-Luisa sich neulich so lange in deinem Zimmer aufhielt. Und ich Dummkopf habe an eine solche Möglichkeit gar nicht gedacht! Daher also die dunkel umränderten Augen!«

Im Gegensatz zu den im Grunde ähnlichen Äußerungen des Vaters erfüllten Stefanos anerkennende Worte Carlino mit beglückender, berauschender Genugtuung. Dünkte ihm Stefano für diese Frage zuständiger oder lag es an dem einschmeichelnden, kameradschaftlichen Klang der beifälligen Bemerkungen? Aus Carlinos Augen strahlte reine Freude, nur mit Mühe beherrschte er sich, um nicht seine Arme um Stefanos Hals zu schlingen und ihn auf die Wangen zu küssen.

»Vielleicht hätte ich nicht davon sprechen dürfen, aber ich glaubte, Sie seien einer der wenigen Menschen, die mich verstehen können.«

Stefano nickte. »Es wäre mir doch nicht verborgen geblieben, ich bin doch Maria-Luisas Bruder. Maria-Luisa hätte es mir nicht verschwiegen. Übrigens freut es mich sehr, Carlino«, fügte er gönnerhaft hinzu. »Ich hätte manchen Grund, meiner Schwester böse zu sein, aber das ändert nichts an der Tatsache, daß sie eine der wenigen Frauen ist, deren Zuneigung man jedem Mann nur wünschen kann. Denn sie ist wirklich eine Frau mit den besten Eigenschaften. Das Zusammensein mit ihr wird dir dienlich sein. Sie ist intelligent, hat Lebenserfahrung...«

»Sie ist vor allem so gut«, rief Carlino mit lebhafter Herzlichkeit. »Niemand war bisher so gut zu mir wie sie...«

»Sie ist sehr gut«, pflichtete ihm Stefano bei und dachte genau das Gegenteil. »Du hast recht, sie ist wirklich sehr gut. Aber Carlino«, fügte er warnend hinzu, als verspüre er plötzlich Gewissensbisse, »ich gebe dir den guten Rat, andern nichts von deinen Abenteuern zu erzählen. Solange du nur mit mir darüber sprichst, ist es gut, denn ich bin ihr Bruder. Würdest du es aber auch andern erzählen, so müßte Maria-Luisa dich für taktlos halten. Und es gibt nichts, was die Frauen weniger verzeihen.«

Eine plötzliche Röte stieg in Carlinos Wangen. Fast war er zu dem Eingeständnis bereit, daß er auch dem Vater davon berichtet habe. Um sich aber für die anerkennenden Worte und die guten Ratschläge dankbar zu zeigen und weil es ihm vielleicht auch angeraten schien, das Thema zu wechseln, drängte er diese Regung zurück und sagte: »Sie haben recht, Herr Davico, ich werde es niemand erzählen, und es ist reiner Zufall, daß Sie es erfahren haben. Ich habe übrigens die Adresse von Andreina erfahren«, fügte er hastig hinzu, »sie wohnt Lungotevere dei Gracchi.«

Stefano wandte ihm langsam den Kopf zu. »Lungotevere dei Gracchi«, wiederholte er mit merkwürdig lauter, tiefer Stimme, »und welche Nummer? Weißt du die Nummer auch?«

»Nummer neun«, antwortete Carlino verlegen. Plötzlich packten ihn Gewissensbisse. Valentina hatte die Adresse der Schwester immer geheimgehalten, vielleicht hatte er unrecht getan, wenn er sie verriet. Aber sein Vater schrieb Valentinas Feindseligkeit gegenüber

Stefano unerwiderten Gefühlen zu. Das bestärkte Carlino in dem Glauben, dieser ablehnenden Haltung liege nichts anderes als Eifersucht auf die schönere Schwester zugrunde. So hatte er doch wohl keinen ernsten Fehler begangen. Trotzdem bat er: »Valentina darf nicht wissen, daß ich Ihnen die Anschrift gesagt habe. Sie wollte sie Ihnen nicht geben ...«

»Aber warum sollte ich es ihr sagen?« entgegnete Stefano leichthin. Eine überraschende Wandlung war mit ihm vorgegangen. Vergnügt, fast behende ging er zum Sofa, legte die Krücken ab und streckte sich bequem aus. Dann griff er zu der Gitarre und stimmte nach einigen Arpeggios ein altes französisches Liedchen an. Die Gitarre war in sehr schlechtem Zustand, eine Saite fehlte, außerdem spielte Stefano schlecht. Aber seine triumphierende Sicherheit täuschte über diese Mängel hinweg. Eine wilde Freude klang aus jedem Ton, den er mit kräftigem Anschlag den trägen, verstimmten Saiten entlockte. Gesten und Töne ließen Carlino, der unbeweglich an der Fensternische stand, zusammenschauern. Er begriff, daß er ungewollt zu diesem Triumph beigetragen hatte. Er verspürte etwas Rachsüchtiges, Hemmungsloses, und ihn packten Reue und dunkle Furcht.

Stefano sang und spielte, während er ab und zu seine Augen auf Carlino richtete mit einem wohlgefälligen, bedeutsamen Blick, der sagen sollte: ›Siehst du, wie zufrieden ich bin?‹

Plötzlich ging die Tür auf, und Valentina trat wieder ein.

Bei ihrem Anblick verstummte Stefano. Er schlug herausfordernd noch zwei, drei abschließende Akkorde an, ehe er die Gitarre zur Seite warf, so daß sie mit dem dumpfen Geräusch einer durchlöcherten Trommel zu Boden fiel. »Valentina, das Leben ist schön«, schrie er, »und wehe dem, der das Gegenteil behauptet!«

»Was ist denn mit Ihnen los?« bemerkte Valentina trocken, »vor zehn Minuten jammerten und klagten Sie noch.«

»Ich beklagte mich über Sie«, antwortete Stefano leutselig, »nicht über das Leben. Männern wie mir gibt das Leben schließlich immer recht.«

»Leider«, meinte Valentina in sachlichem Ton. »Aber anstatt so klug zu schwätzen, sollten Sie jetzt lieber Ihre Medikamente nehmen.«

»Valentina, ich mache Ihnen einen Vorschlag«, fuhr Stefano wohlgelaunt fort. »Ich werde Sie nicht mehr nach dieser Adresse fragen und mich auch nicht mehr um diese Person kümmern ... unter einer Bedingung.«

Carlino glaubte zu sehen, wie bei diesen Worten ein schlechtverhehlter Hoffnungsschimmer über das Gesicht der Schwester ging. »Unter welcher Bedingung?« fragte sie.

»In der gegenüberliegenden Wohnung ist ein süßes Mädchen in Stellung, das ich täglich bei der Hausarbeit beobachte. Sie haben sie übrigens bestimmt schon oft gesehen, Valentina. Nun, vermitteln Sie mir die Bekanntschaft des Mädchens. Dafür schwöre ich Ihnen, mich von nun an in keiner Weise mehr für jene andere Person zu interessieren.« Diese Vorschläge zielten offensichtlich darauf hin, sich über Valentina lustig zu machen. Zwar wäre er nicht abgeneigt gewesen, an das Mädchen heranzukommen, aber er war doch noch nicht so kühn, auf einen Erfolg seiner Worte zu hoffen.

»Diese Vorschläge können Sie jemand anderem machen, Ihrer Schwester zum Beispiel, aber nicht mir«, entgegnete sie kampflustig und stemmte die Hände in die Hüften. »Ich gäbe Ihnen am liebsten ein paar Ohrfeigen.«

Stefano lächelte tückisch. »Aber Valentina, nehmen Sie das doch nicht so ernst«, lenkte er beruhigend ein, »um was habe ich Sie denn schließlich schon gebeten? Doch nur um die Vermittlung einer Bekanntschaft. Ich habe doch wirklich nicht verlangt, Sie sollten das Mädchen abends zu mir ins Bett legen.«

»Schweigen Sie«, rief Valentina und starrte ihn, entgeistert über so viel Unverschämtheit, an. »Ich bedaure nur, daß Carlino das alles mit anhört. Wahrhaftig, Sie können sich nicht vorstellen, wie unangenehm mir das ist. Was aber Sie selbst angeht«, fuhr sie fort, während sie zur Tür ging, »so können Sie ganz beruhigt sein. Es gibt einen Gott, und manche Dinge wird er Ihnen nicht vergeben. Wenn Sie so weitermachen und nicht in sich gehen, wird es noch ganz anders mit Ihnen kommen...«

Diese und noch weitere entrüstete Äußerungen verloren sich bereits im Flur.

»Zum Teufel mit der alten Unke!« rief Stefano. Er brach in ein gezwungenes Lachen aus, griff wieder zur Gitarre und begann laut zu singen und zu spielen. Carlino, der nun nichts anderes mehr im Sinne hatte, als Maria-Luisa aufzusuchen, nutzte diesen musikalischen Eifer und machte sich davon.

20

Das ganze Treppenhaus war durchzogen von den verschiedensten Gerüchen sonntäglicher Mahlzeiten. Beim Hinuntersteigen erriet Carlino jeweils, wo etwas brutzelte, kochte oder im Backofen schmorte. Kinder kreischten, tollten umher oder langweilten sich an dem langen Sonntagmorgen. Irgendwo sang plötzlich jemand mit lauter Stimme, und es dauerte eine Weile, ehe Carlino begriff, daß es eine Grammophonplatte war. Schließlich fand er auf dem vorletzten Treppenabsatz eine frische, duftende, kurzstielige Nelke. Er hob sie auf und steckte sie ins Knopfloch. Alle diese Düfte, Geräusche und Zeichen des festlichen Tages stimmten ihn heiter und ließen ihn alle Ängste und Zweifel vergessen. ›Und jetzt geht es zu Maria-Luisa‹, dachte er erleichtert und nahm immer gleich zwei der breiten Stufen auf einmal.

Er trat auf die Straße hinaus. Bald mußte es Mittag sein. Schon war das heitere Blau der Morgenstunden vorbei. Wo noch wenige Minuten vorher die Sonne mit ihren Strahlen den Dunst durchbrochen hatte, überzog sich der Himmel mit einer dichten, weißen Wolkendecke, und am Horizont tauchten schon graue Wolkengebirge auf. Bald würde auch dieses mittäglich schwüle Licht verschwinden, und der Tag würde wieder dunkel und bedrückend zu Neige gehen. Viele Leute waren unterwegs, zahlreiche Autos glitten vorüber, überall waren schöne Häuser und Gärten voller Bäume. Die Hände in den Taschen vergraben, ohne Hast und nach allen Seiten Umschau haltend, ging er wie ein Fremder von Straße zu Straße.

In einem Schnellimbißraum trank er einen Kaffee, dann entsann er sich Maria-Luisas Vorliebe für Blumen. Da er von dem ihm aufgezwungenen Geld noch etwas übrig hatte, beschloß er, einen Strauß Rosen zu kaufen. In dem nahe gelegenen Blumengeschäft gab es nur zwei Sorten, rote und weiße. Beide dünkten ihm gleicherweise ungeeignet. Die roten waren zu häßlich und die weißen unpassend. Unentschlossen sah Carlino sich um. Während der Verkäufer die geringe Auswahl mit der schlechten Jahreszeit entschuldigte, fiel Carlinos Blick auf ein Körbchen Gardenien, für die er sich schließlich entschloß. In der Taxe begann er an Maria-Luisa zu denken. Nun gab es nichts mehr, weder Verbote seitens der Familie noch Zwang zur Arbeit, was ihn künftig daran hinderte, sich völlig der Geliebten zu widmen. Mit genießerischer Freude malte er sich einen langen Zeitabschnitt mit unendlich köstlichen, unerwarteten Dingen aus. Die Ungewißheit über seine Zukunft erschreckte ihn nicht mehr, und wenn er an die Geliebte dachte, überwältigte ihn eine leidenschaftliche Empfindung, in der sich Dankbarkeit, Ergebenheit, Bewunderung, Begehren und der eifersüchtige Wunsch nach Besitz seltsam mischten. Nur zu gern hätte er Maria-Luisa gezeigt, welche Ausmaße das Gefühl erreichte, das sie in ihm hatte wecken können. Seine von dem heftigen Wunsch getriebene Phantasie, der Geliebten greifbare Beweise seiner Zuneigung zu geben, ließ in ihm die abwegigsten Vorstellungen entstehen. So malte er sich aus, Maria-Luisa erkranke und er pflege sie mit kindlicher Liebe. In der Villa bräche Feuer aus, und er rette unter Lebensgefahr die Geliebte aus den Flammen. Sie stürbe plötzlich, und er stehe bitterlich schluchzend an ihrem Grab. Er fand, nur ihr Tod könne ihm in vollem Umfang Gelegenheit geben, sich selbst und der schon ins Jenseits entrückten Geliebten die wahren Ausmaße seiner Leidenschaft zu beweisen. Diese Gedanken nahmen ihn ganz gefangen, er achtete kaum auf den Weg, den das Auto nahm, und erwachte erst aus den Träumen, als der Wagen vor der Villa hielt

Er öffnete die Gittertür mit dem Schlüssel, den Maria-Luisa ihm gegeben hatte, damit er immer ungesehen zu ihr gelangen könne, und durchquerte eilig den Garten. Er fürchtete schon, sie sei ausgegangen. Doch der Anblick ihres schimmernden Wagens vor dem schmucklosen Beet machte alle Sorge hinfällig. Er betrat die leere Diele und wandte sich zur Treppe, immer zwei Stufen auf einmal nehmend. In der Halle blieb er stehen, um das Gardenienkörbchen auszupacken. Langsam entfernte er das Papier von den Blumen, faltete es zusammen und steckte es in die Tasche. Dann betrachtete er sein Geschenk. Den Henkel des vergoldeten Körbchens zierte eine weiße Seidenschleife. Die weißen Gardenien waren in Moos gebettet, sie würden Maria-Luisa gewiß gefallen, die sich gleichermaßen auf Geschenke wie auf Blumen verstand. Er war auch zufrieden, auf diese poetische Art die heikle und ein wenig demütigende Frage des Geldes zu lösen, das ihm Maria-Luisa am Abend zuvor aufgezwungen hatte. Es ihr wiederzugeben, wäre vielleicht taktlos gewesen. Es zu behalten, unredlich. Mit diesen Blumen, so überlegte er nicht ohne Eitelkeit, würde er Maria-Luisa beweisen, daß er erfahrener und gesellschaftlich gewandter war, als sein Alter und seine Herkunft hätten vermuten lassen. Erfüllt von diesen fröhlichen Gedanken, öffnete er zögernd die Salontür – ohne zu bedenken, daß er eigentlich vorher anklopfen müsse – und trat ein.

Hätte die Tür dem Diwan gegenübergelegen, so hätte er vielleicht rechtzeitig seinen Irrtum festgestellt und sich unbemerkt zurückgezogen. Aber beim Eintreten blickte er, teils aus Sorge um den Korb, teils aus Schüchternheit, vor sich hin. Er wollte unbefangen die Tür schließen und sich dann ruhig mit einem Lächeln und den Blumen der Geliebten nähern. Und so machte er es auch. Als er aber seinen Blick dem Diwan zuwandte, bemerkte er mit erschrecktem Staunen, daß Maria-Luisa nicht allein war.

Ein kahlköpfiger, breitschultriger Mann saß im Sessel, den Rücken ihm zugewandt, und Maria-Luisa ihm gegenüber in einem chinesischen Hausanzug mit weiten schwarzen Hosen und einer langen bestickten Jacke. Die Zigarettenspitze zwischen den Zähnen, die Beine übereinandergeschlagen, schien sie dem Gast zuzuhören. Aber bei dem Geräusch der sich öffnenden Tür unterbrach sich der Besucher und drehte sich mit ruhiger, weltmännischer Neugier um. Maria-Luisa hob den Blick und schaute entsetzt auf Carlino.

Das Gesicht des Mannes mit den kleinen, tiefliegenden Augen unter der niedrigen Stirn, der dicken Nase, den breiten, blassen Lippen und den welken Wangen entsprach allzu genau Maria-Luisas Beschreibungen, als daß Carlino nicht sofort begriffen hätte, daß er Matteo vor sich hatte. Maria-Luisas verstörter Gesichtsausdruck ließ ihn das Ausmaß seines Fehlers erkennen. Bestürzt und ohne zu wissen, was er tun oder sagen sollte, stand er einen Augenblick still und wortlos inmitten des großen Zimmers.

Aber die Blumen, die eigentlich der Hauptgrund für Carlinos Ungeschick waren, boten Maria-Luisa eine gute Möglichkeit. »Kommen Sie vom Blumenhändler?« fragte sie kalt, während sie aufstand. »Wer hat Sie denn heraufgelassen? War das Mädchen nicht unten? Wieso treten Sie ein, ohne anzuklopfen? Außerdem sehe ich, daß Sie meinen Auftrag gar nicht verstanden haben, ich hatte keine Gardenien, sondern Rosen bestellt. Gehen Sie... oder besser, warten Sie draußen auf mich.« All das wurde laut und zornig hervorgestoßen. Ohne recht zu wissen, was geschehen war, befand sich Carlino wieder draußen.

Die Stille gab ihm wieder neuen Mut, und er beurteilte das Geschehene weniger schlimm. Immerhin war es klüger, in irgendeinem anderen Raum – etwa im Schlafzimmer – auf die Geliebte zu warten, damit Matteo ihn beim Weggehen nicht sah.

Die Rolläden waren noch geschlossen, das Licht drang nur schräg durch die geöffnete Badezimmertür herein. In der großen, eingebauten Wanne leuchtete blauschimmernd das dampfende Wasser zwischen der kühlen Helle der gekachelten Wände. Das Bett war noch nicht zugedeckt, das Frühstücksgeschirr stand auf dem Nachttisch, und die Toilettengegenstände lagen in wirrem Durcheinander. Carlino setzte sich behutsam auf den Bettrand und schnupperte an den Gardenien. Wieviel köstlicher war der frische Blütenduft als der eigenartige Geruch im Zimmer, eine Mischung von aufreizendem Parfüm, Kaffeearoma und verbrauchter Luft. Er brauchte nicht lange zu warten, und Maria-Luisa trat ins Zimmer.

»Das war Matteo, nicht wahr?« meinte er lächelnd. »Ich habe ihn sofort erkannt. Aber du warst sehr geschickt...« Erst jetzt wurde er sich des harten, zornigen Ausdrucks in den Zügen der Geliebten bewußt. Das Lächeln verschwand aus seinem Antlitz, er verstummte.

»Allerdings!« sagte sie spöttisch und trat ans Bett, »aber du wirst mir nun unverzüglich das Haus verlassen und dich nicht mehr bei mir blicken lassen. Für wen sind die Blumen?« Sie riß ihm den Korb aus den Händen und schaute ihn an. »Für mich? Nun, dann sieh zu, was ich damit mache.« Sie riß die Gardenien aus dem Moos und warf sie in hohem Bogen durch das Zimmer. Eine traf Carlino mitten ins Gesicht. Den Gardenien folgte der Korb, dem sie ein paar Fußtritte versetzte. »Das mache ich damit«, wiederholte sie heftig atmend. »Und jetzt sieh, daß du fortkommst, hast du verstanden? Sieh zu, daß du augenblicklich fortkommst!«

Carlino blickte mehr verwundert als traurig auf die weißen Gardenien, die überall herumlagen. Dann schaute er auf Maria-Luisa, die inmitten dieser Unordnung mit bebenden Nasenflügeln und zornglühenden Augen, die Hände in den Taschen des schwarzen Hausanzugs, im Zimmer auf und ab wanderte. Als ihm die ganze Bedeutung des Vorgefallenen bewußt wurde, packte ihn unsäglicher Schmerz. Wegen dieser Unachtsamkeit sollte er die Geliebte verlieren und mit ihr jeden Sinn seines Lebens! Ihm war, als würden alle seine Gedanken in Finsternis gehüllt. Sein Blick trübte sich, große Tränen traten in seine Augen und liefen ihm die Wangen hinab. Während er sein weißes, verstörtes Gesicht zu der Frau erhob, stammelte er: »Aber, Maria-Luisa, ich habe es doch nicht absichtlich getan. Wenn ich gewußt hätte...«

Er konnte nicht ausreden. »Welche Erziehung hast du eigentlich genossen?« fragte sie und hielt im Umherwandern inne. »Ohne anzuklopfen ein Zimmer zu betreten! Und wer hat dich gebeten, heute morgen wiederzukommen? Nun? Niemand! Wie hast du es da wagen können...« Ihre meist ein wenig heisere Stimme überschlug sich und schrillte quälend, sie machte eine zornige Bewegung und lief mit wütend gerungenen Händen wieder im Zimmer auf und ab. »Matteo hat bestimmt alles durchschaut!« schrie sie. »Schließlich ist er nicht so dumm, und er ist ja auch tatsächlich sofort weggegangen. Er hat alles verstanden und ist sofort aufgebrochen...«

Carlino dröhnte es in den Ohren. Er stand mit gesenktem Kopf da, und die Tränen tropften unentwegt auf seine Hände. Er dachte daran, wie glücklich und aufgeregt er daheim die Treppen hinuntergeeilt und durch die Straßen gelaufen war in köstlichem Vorgefühl. Wie er den Blumenladen betreten und die Gardenien gekauft hatte. Aber noch andere Bilder drängten sich ihm auf: Maria-Luisa ganz in Pelz ge-

hüllt, auf seinem Bettrand sitzend und ihn küssend...
Maria-Luisa auf dem Diwan im Salon in ihrer ersten
Liebesumarmung. Das waren Bilder einer glücklichen,
nun weit zurückliegenden Zeit. War jetzt wirklich alles
zu Ende? Mußte er nach Hause zurückkehren, seine
Studien wiederaufnehmen und sein eingeengtes Schülerdasein weiterführen?

Diese quälenden Vorstellungen machten ihn für eine
Weile ganz regungslos. Ohne Empfindung starrte er
vor sich hin. Als er die Augen hob, saß Maria-Luisa
am Toilettentisch. Die Beine übereinandergeschlagen,
rauchte sie in zornigen, hastigen Zügen und bebte trotz
ihrer Versuche, sich zu beherrschen, vor wütender Erregung. Carlino ergriff plötzlich, genau wie an diesem
Morgen, als er sie im Schlaf überrascht hatte, eine
überstarke Leidenschaft und der Wunsch, ihr zu zeigen,
daß er trotz des grausamen Abschieds nicht aufhörte,
sie von ganzer Seele zu lieben. Was auch immer geschehen sein mochte, seine Dankbarkeit war unauslöschlich! Mit dieser uneingeschränkten Ergebenheit
konnte er sein schlechteres Ich besiegen und zugleich
diese erste und vielleicht letzte Leidenschaft seines
Lebens würdig mit derselben Gefühlsstärke beschließen, wie sie begonnen hatte.

Aber als er diesem Vorsatz Ausdruck geben wollte,
behinderten ihn die Tränen. Er schüttelte hilflos den
Kopf und trat mit mechanischen Bewegungen ans Fenster. Schamvoll ergeben lehnte er die Stirn gegen die
Scheibe. Die Tränen lösten sich nur langsam von seinen
gesenkten Lidern und kullerten mit geradezu ironischem Kitzeln über seine Wangen. Mit den Lippen fing
er eine auf, sie schmeckte bitter. Er wandte sich wieder
ins Zimmer, vor sich hin sprechend wie ein Blinder,
der seinen Partner in einer gewissen Richtung vermutet. »Gut, ich gehe also. Es tut mir leid. Alles, was
dir von Nutzen sein kann, will ich gern für dich tun.«
Dann schwieg er, weil er sich doch wohl schlecht ausgedrückt hatte, und schickte sich an, zur Tür zu gehen.

Aber Maria-Luisas erste zornige Anwandlung war

verflogen, auch hatte sie inzwischen Zeit zum Überlegen gehabt. Sie war gewiß nicht in Carlino verliebt. Die Unscheinbarkeit seiner Person und die Tatsache, daß er Andreinas Bruder war, hatten in ihr zahlreiche unangenehme Empfindungen wachgerufen, von gesellschaftlicher Verachtung bis zur Angst, ausgenutzt oder vielleicht gar erpreßt zu werden. Er war ungeschickt, fast tölpelhaft, und gefährdete ihre lebenswichtigen Interessen. Diese Überlegungen rechtfertigten den Bruch ihrer Beziehungen, andere, ebenso entscheidende Gründe rieten ihr, den Liebhaber beizubehalten. Sie wußte, daß Matteo ein doppeltes Spiel spielte und tagtäglich Andreina sah, während er gleichzeitig Maria-Luisas Rückkehr betrieb. Es schien ihr, als beraube sie sich durch Carlinos Verabschiedung gleichsam einer Waffe. Obendrein war sie gewissen angenehmen Seiten ihres Abenteuers gegenüber doch nicht völlig gleichgültig. Ihr gefielen als erstmaliges Erlebnis die große Jugend des Liebhabers, seine fügsame Gelehrigkeit, seine bewundernde Verehrung und alle jene aus seiner Jugend und Unerfahrenheit erwachsenden Eigenschaften. Wie in manchen reifen, herrschsüchtigen Frauen entstand auch in ihr der Plan, nach der Versöhnung mit ihrem Mann und dem Bruch mit Carlino einen anderen jungen Mann aus ihrem Kreis zu finden, um sich für alle Enttäuschungen zu entschädigen. ›Jetzt weiß ich, was ich zu tun habe‹, dachte sie und war in ihrer dummen, eigensinnigen Art noch stolz auf ihre Klarsicht und Unbedenklichkeit. ›Matteo wird mich nicht mehr zum Narren halten. Die Erfahrungen der letzten Zeit haben mir die Augen geöffnet.‹ Sie schickte sich bereits an, auf irgendeine Weise ihre anfängliche Härte zu mildern, als sie sah, daß Carlino nach einigen unverständlichen Worten zur Tür ging.

»Was machst du? Wohin willst du gehen?«

Carlino wandte sich halb um. »Hast du mir nicht gesagt...?«

»Aber nein, nein, bleib schon«, unterbrach ihn Maria-Luisa. »Ihr seid doch alle gleich! Bleib! Hoffentlich ist dir der heutige Vorfall eine Lehre. Du mußt wissen, daß nicht du allein in meinem Leben eine Rolle spielst, und daher mehr Zurückhaltung zeigen. Gestern abend zum Beispiel hättest du spüren müssen, daß dein Besuch nicht angebracht war, und ebenso heute morgen. Auf jeden Fall hättest du, anstatt so unvermittelt in den Salon einzudringen, dich vorher bei Rosa erkundigen müssen, ob ich allein sei. Man ist schließlich nicht allein auf der Welt und muß auch auf andere Rücksicht nehmen. Diesmal will ich es dir noch im guten sagen.«

Einen Augenblick lang herrschte Schweigen. Dann fragte Carlino, der mit gesenktem Kopf die Rede der Geliebten angehört und in seiner beschämten Verwirrung nur den für ihn wesentlichen Punkt erfaßt hatte: »Kann ich also bleiben?«

Diese kindliche, offenherzige Hartnäckigkeit heiterte Maria-Luisas Stimmung endgültig auf. »Es hätte dir also sehr leid getan, mich zu verlassen?« fragte sie. Und obwohl Carlinos Zuneigung nur eine unfruchtbare, eitle Neugier in ihr wachrief, gab sie ihrer Stimme doch einen zärtlichen Tonfall. »Wirklich so sehr?«

Seiner Sprache nicht mehr mächtig, hätte sich Carlino am liebsten vor ihr niedergeworfen und ihre Füße geküßt. Er spürte weder die konventionelle Falschheit in ihrer Stimme noch die gefühllose, eitle Kälte ihres Blickes. Er empfand nur eine außergewöhnliche, unverdiente Milde und war ganz geblendet, als schaue er in die Sonne. Wortlos senkte er die Stirn und nickte.

»Du liebst mich also wirklich so sehr?« wiederholte Maria-Luisa verlegen. Obwohl diese unbegreifliche Verehrung sie nur mit einer müßigen Neugier erfüllte, schmeichelte sie dennoch ihrer Eitelkeit. Sie fand es im Grunde reizvoll, so sehr geliebt zu werden. Auf die Dauer wirkte es vielleicht eintönig, aber warum sollte sie es nicht genießen, solange es neu war? »Wirklich so sehr?« wiederholte sie noch einmal übertrieben zärtlich und liebkoste seine Wange.

Genauso hatte sie ihn gestreichelt, als sie zum erstenmal miteinander gesprochen hatten. Carlino erinnerte sich genau. Gerührt neigte er sich über ihre Hand und küßte sie leidenschaftlich.

Mit einem geschmeichelten Ausdruck beobachtete Maria-Luisa wohlgefällig Carlinos gebeugten Kopf, und während sie ihm bewußt ihre Hand ließ, die er von allen Seiten küßte, schien sie sich noch zu fragen, welche Art Vergnügen ihr diese außergewöhnliche Ergebenheit bereite. Schließlich zog sie ihre Hand zurück und sagte ein wenig hochmütig: »Nun, wenn es dir Vergnügen macht, kannst du ruhig bleiben. Aber ich werde nicht viel Zeit für dich haben, denn jetzt nehme ich ein Bad, und später bin ich zum Essen eingeladen. Wenn du Lust hast«, fügte sie verlegen hinzu und wußte eigentlich selbst nicht recht, warum, »kannst du dich nützlich machen und Rosa ersetzen, die jetzt beschäftigt ist. Aber wirst du das auch können?«

»Was muß ich denn tun?« fragte Carlino erstaunt.

»Mich einseifen«, erklärte Maria-Luisa mit hochgezogenen Brauen und drängte ihre eigene Verwirrung hinter eine belehrende Miene zurück. »Mich einseifen und dann abbürsten ... Aber nein«, rief sie und tat so, als ob sie ihre Worte bereue, »nein, das kannst du sicher nicht, ich rufe besser Rosa.«

»Aber warum?« bat Carlino. »Versuche es doch mit mir. Du wirst sehen, daß ich es besser mache als Rosa.«

»Bist du deiner Sache so sicher?« fragte Maria-Luisa in spielerischer Laune. »Ihr jungen Leute rühmt euch immer, alles zu können, aber wenn es darauf ankommt, taugt ihr zu gar nichts.« Sie schwieg, und auch Carlino entgegnete nichts, weil er nicht recht verstand, warum eine so einfache Aufgabe Anlaß zu Bedenken geben konnte. »Also gut«, entschied Maria-Luisa schließlich. »Versuchen wir es. Vorher heb die Gardenien auf und stell sie in eine Vase.« Sie wandte ihm den Rücken und ging ins Badezimmer.

21

Obwohl ihre Beziehungen schon seit einem Monat bestanden und Pietro Andreina Tag für Tag nach Redaktionsschluß besuchte, verbrachte er doch nur selten die ganze Nacht bei ihr, da sie fürchtete, Matteo könne sie überraschen. Wenn er trotzdem einmal geblieben war, hatte sie ihn immer rechtzeitig genug geweckt. Als er aber heute sanft und leicht aus dem Schlaf erwachte und, eine Weile mit offenen Augen in die Dunkelheit starrend, das Licht einschaltete, machte er zwei seltsame Entdeckungen. Der Platz an seiner Seite war leer, und der Wecker zeigte nicht wie sonst halb zehn, sondern bereits zwei Uhr mittags.

Im Grunde war er zufrieden, nach einem Monat ungenügenden Schlafes endlich einmal ausgeruht zu sein. Er hätte seinem verspäteten Aufwachen wenig Bedeutung beigemessen, wenn ihm nicht plötzlich eingefallen wäre, daß ihn die Tanzillos zum Essen erwarteten. Dieser Gedanke verscheuchte sofort alle Benommenheit. »Zum Teufel!« rief er. »Was soll ich jetzt tun?« Bei diesem Mißgeschick mißfiel ihm am meisten, daß er, nachdem er durch seinen Verrat die Beziehungen zu seiner Verlobten eigentlich schon untergraben hatte, durch dieses Versäumnis auch dem äußeren Anschein, den er bisher immer noch aufrechterhalten hatte, einen bösen Stoß versetzte. Es war ihm schon längst bewußt gewesen, daß mit seinen wachsenden Gefühlen für Andreina die Beziehungen zu Sofia immer unhaltbarer wurden. Die verschwommene Zuneigung, die er bisher gegenüber seiner Verlobten gehegt zu haben glaubte, war endgültig durch unerquickliches Bedauern und böse Gewissensbisse verdrängt worden. In dieser schwierigen Lage wollte er sich wenigstens nach außen hin wie ein Verlobter verhalten. Das war eine bewußte Ausflucht. Da er aber unfähig war, sich von Andreina, die er liebte, zu trennen oder eine Heirat aufzugeben, auf die er großen Wert legte, hatte er den einfachsten Weg gewählt: Zeit gewinnen. Die Zeit würde schon eine Lösung bringen. Ohne sein Verhältnis zu Andreina zu lösen, würde er versuchen, den äußeren Anschein gegenüber seiner Verlobten zu wahren. Aber dies heikle Mißgeschick zeigte ihm, daß sich auf die Dauer dergleichen nicht aufrechterhalten ließe. Ebenso gesetzhaft, wie alles Wasser zu Tal fließt, drängte auch seine Lage zu einer zwangsläufigen Lösung.

Er saß mit abwesendem Blick auf der Bettkante und überlegte. Am vorherigen Abend hatte er Andreina ausdrücklich gebeten, ihn vor Mittag zu wecken, damit er die Einladung nicht versäume. Nun, Andreina hatte ihm wohl aus Haß gegen Sofia einen ihrer boshaften Streiche gespielt. ›So kann es nicht weitergehen‹, dachte er zornig, ›so kann es wirklich nicht weitergehen.‹ Während tausend Gedanken durch seinen Kopf schwirrten, ging er ins Bad hinüber und zog sich bedächtig und sorgfältig an.

Nicht sein Verrat an Sofia beschäftigte ihn so sehr, als vielmehr die Tatsache, daß er noch immer keinen Einfluß auf Andreina hatte. Sie hegte noch immer ihre mißtrauische Ansicht über ihrer beider Wesen und die wahre Natur ihrer Beziehungen. Und es war ihm bisher nicht gelungen, im guten auf sie einzuwirken. Dagegen erkannte er, daß er sie durch sein eigenes unentschlossenes Betragen in ihren Überzeugungen noch bestärkt hatte und daß er ihr täglich neue Gelegenheit zum Sarkasmus gab. ›Selbst Liebhabern von Prostituierten gelingt es, sich Bewunderung und Gehorsam zu verschaffen‹, dachte er bitter, während er sich vor dem Spiegel sorgfältig seine Krawatte band. ›Ich verlange von Andreina nichts als Vertrauen zu mir, aber ich bringe nicht einmal das zuwege. Sie macht sich lustig über mich und meint, sie könne mit mir machen, was sie will. Aber ich werde sie zwingen, sei es mit Liebe oder mit Gewalt, ihre Ansichten zu ändern... mit Liebe oder Gewalt.‹

Wie er das machen sollte, wußte er selbst noch nicht, aber infolge seines langen Schlafes fühlte er sich ungewöhnlich klar, frisch und zu jeder noch so kühnen, verwegenen Tat entschlossen. Er mußte Andreinas Leben eine neue Richtung geben und zugleich seine eigene Lage klären.

Plötzlich fiel sein Blick auf das breite Bett mit den zerdrückten Kopfkissen. Das gelbe Licht der Stehlampe ruhte hell auf der Stelle, an der er vor wenigen Stunden Zeuge der geschmeidigen, hemmungslosen Bewegungen von Andreinas jungem, schönem nacktem Körper gewesen war. ›Vorher muß ich ihr aber verständlich machen‹, dachte er unvermittelt, ›daß diese ganzen Ausbrüche zu nichts führen.‹ Entschlossen und voll guter Vorsätze beendete er hastig seine reichlich verspätete Morgentoilette.

Der Flur war erfüllt von dem klaren, ein wenig seltsamen Licht der ersten Nachmittagsstunden, das dazu einlädt, dem Körper nach dem Essen Ruhe und Schlaf zu gönnen. Aber Pietro, der gerade erst aufgestanden war, fühlte sich davon unangenehm berührt, wie von einem Vorwurf. Er machte einige unentschlossene Schritte und öffnete dann die Küchentür.

Dort war alles aufgeräumt. Kein Essensgeruch hing in der Luft, nur ein Stoß im Spülbecken zusammengestellter Teller erinnerte daran, daß hier gekocht worden war. Neben dem Fenster hockte auf einem Stuhl Cecilia, die ihre Strümpfe stopfte.

»Gut geschlafen, Herr Monatti?« fragte sie mit ruhiger, ein wenig singender Stimme und blickte ihn an.

Pietro überhörte es. »Wo ist die gnädige Frau?« fragte er.

»Sie ist nach dem Essen ausgegangen«, erwiderte das Mädchen, nahm einen Stopfpilz, schob ihn in den Strumpf und klopfte mit dem Fingerhut darauf. »Warum? Haben Sie sie nicht gesehen?«

Pietro antwortete nicht. »Hatte Ihnen die gnädige Frau nicht aufgetragen, mich heute morgen rechtzeitig zu wecken?« fragte er.

Das Mädchen schüttelte den Kopf. »Nein, sie sagte

mir sogar ausdrücklich, ich solle Sie auf keinen Fall wecken.«

Pietro schloß die Tür und ging in die Diele. Die Pendeluhr zeigte halb drei. ›Wahrhaftig‹, überlegte er gleichsam als Abschluß seiner Betrachtungen, während er seinen Mantel anzog und den Hut nahm, ›sie hat mich absichtlich schlafen lassen.‹

Über den grünen, bewaldeten Hügeln des jenseitigen Ufers hing der Himmel voll schwerer, drängender Wolken. Einen Augenblick lang schweifte Pietros Blick über die menschenleere Allee mit ihren endlosen Häuserreihen, die alle von einem müden Licht beschienen waren. Der strenge Januar hatte nicht ein Grashälmchen auf den kahlen Beeten der Vorgärten stehenlassen, und kein Blatt hing an den kahlen Zweigen der Platanen. Dort, wo in den anderen Jahreszeiten das dichte Grün den Blick auf das gegenüberliegende Ufer verbarg, lugten zwischen den Baumstämmen die Steine der Böschung hervor, die lange Reihe fensterreicher Häuserblöcke, die Hügel und der wolkenverhangene Himmel jenseits des Ufers. Die Allee wirkte ganz verloren. Niemand saß auf den Bänken, weit und breit war kein lebendes Wesen zu entdecken außer einer Frau im braunen Pelzmantel, die, in den Anblick des Flusses versunken, der Straße den Rücken kehrte. An dem Pelzmantel, aber mehr noch an ihrer Kopfhaltung erkannte Pietro Andreina.

Sie hatte, wie er wußte, die Gewohnheit, zu dieser Tagesstunde allein am Fluß entlangzugehen. Er überquerte die Straße und die Anlagen, beugte sich über die Ufermauer und berührte sanft ihren Arm. Einige Zweige eines Brombeerstrauches trieben vorüber und wurden von dem gelben, wirbelnden Strom davongetragen.

Andreina sah zu, wie die Zweige fast ruckartig von Strudel zu Strudel gesogen wurden, gegen den Brückenpfeiler prallten, sich im Kreise drehten und schließlich verschwanden. Ohne sich aufzurichten, wandte sie sich Pietro zu. »Gut geschlafen?« Die Übereinstimmung ihrer Worte mit denen Cecilias schien Pietro bezeichnend zu sein. »Ja, ich habe gut geschlafen«, wiederholte er ruhig und blickte ihr in die Augen, »sogar viel zu gut. Hatte ich dich nicht ausdrücklich gebeten, mich vor Mittag zu wecken?«

Mit einem boshaften Leuchten in den müden, ein wenig geschwollenen Augen schaute Andreina ihn mit schrägem Blick an. »Du schliefst so gut, daß es grausam gewesen wäre, dich zu wecken.«

»So«, erwiderte Pietro vorwurfsvoll, »aber nun habe ich meine Verabredung mit Sofia versäumt. Außerdem bin ich überzeugt, daß du mich absichtlich nicht geweckt hast, um Sofia zu kränken...«

Sie lächelte. »Wenn du die Wahrheit kennst«, entgegnete sie mit ruhiger Unverschämtheit, »warum fragst du mich noch?« Sie sprach sehr leise, ihr Kopf verschwand fast im Pelzkragen, ihre Augen mieden Pietros Blick.

»Warum hast du das nur getan?« fragte er. »Ich will doch, solange ich mit Sofia verlobt bin, wenigstens den Schein wahren.«

»Hast du Angst, deine Heirat könne ins Wasser fallen?« entgegnete Andreina schlagfertig und ruhig. »Diese Befürchtung ist unnötig. Sofia wird dich auf jeden Fall heiraten.«

Pietro berührte besonders unangenehm die Verachtung, die aus den Worten der Geliebten sprach. »Du bist also wie immer davon überzeugt, daß ich nur an meinen Vorteil denke? Aber du irrst dich. In diesem Fall handelt es sich nicht um die Heirat, die meinetwegen zum Teufel gehen kann, sondern einzig um Sofia, der gegenüber ich Rücksichten zu nehmen habe. Ich betrüge sie zwar, aber solange wir verlobt sind, soll sie keinen Grund haben, sich über mich zu beklagen.«

Andreina sah ihn starr an, dann lachte sie. »Eine Rücksichtnahme, die dir viel Geld und ausgezeichnete gesellschaftliche Verbindungen einbringt«, sagte sie gedehnt und blickte ihn in ihrer eigentümlichen, nachdenklichen Art wohlgefällig an. »Weißt du, daß du im Grunde ein Heuchler bist und obendrein ein schlechter Schauspieler, wenigstens mir gegenüber? Es gelingt dir nie, mich zu täuschen, denn ich erkenne in allem, was du sagst, sehr genau die damit verfolgten Zwecke und Ziele.«

»Du glaubst mir also nicht?« fragte Pietro.

»Wie kann ich dir glauben?« entgegnete Andreina ruhig. »Du verlangst sehr viel. Du bist immer nur auf deine Erfolge bedacht, und gleichzeitig soll ich dich als eine Art Heiligen betrachten...«

Eine Weile blickte Pietro versonnen auf den Fluß. Die angeschwollenen Wassermassen trieben dahin, und das Licht spiegelte sich darin. Darüber erhob sich der unebene sandige Strand, auf dem blasses winterliches Unkraut wucherte. Alles war vergebens gewesen. Statt Andreina zu bessern, hatte seine Liebe sie in ihren bedenklichen Ansichten bestärkt. Da er aber immer noch überzeugt war, daß er die Geliebte von Grund auf kenne und deshalb wisse, was ihr wirklich nottue, glaubte er, eine letzte, äußerste Anstrengung machen zu müssen, um seine Würde wiederzugewinnen und Andreina von seinen guten Absichten zu überzeugen. »Aber verstehst du denn nicht, daß deine Art, die Dinge zu sehen, nicht nur häßlich, sondern auch falsch ist, und daß sie dich auf die Dauer ins Verderben stürzt?«

»Ins Verderben?« wiederholte sie trostlos unbeteiligt, während sie gezwungen lachte. »Und wenn schon...!«

In diesen Worten lag so viel Bitterkeit, daß es Pietro rührte. »Aber Andreina, warum glaubst du mir nicht? Du weißt doch, daß ich der einzige bin, der dich wirklich kennt und der weiß, was dir fehlt.«

Wieder blickte sie ihn über den Pelzkragen hinweg an. »Und was hätte ich deiner Ansicht nach nötig?« meinte sie schließlich.

»Du mußt deine Ansichten ändern«, erwiderte er warm, »und mit ihnen dein Leben. Du mußt an mich und an dich selbst glauben...«

»Du täuschst dich und kennst mich überhaupt nicht«, entgegnete sie langsam. »Das einzige, was ich gebraucht hätte, wäre die Heirat mit Matteo und damit Reichtum und Unabhängigkeit gewesen. Es ist mir nicht gelungen. Deshalb habe ich kein Vertrauen mehr in mich, oder besser gesagt, nicht mehr in die Möglichkeit, etwas Derartiges zu erreichen. Aber was dich angeht, so hast du unrecht, dich zu beklagen. Ich habe großes Vertrauen in deine Fähigkeiten...«

»Siehst du!« rief Pietro hoffnungsfroh. »Warum hörst du dann nicht auf mich?«

»Ja«, fuhr sie mit bitterer Ruhe fort, »ich bin überzeugt, daß deine Ideen und deine Methoden sehr viel wirksamer sind als meine und daß es dir gelingen wird, alle Menschen, denen du im Leben begegnen wirst, zu täuschen: Sofia, Matteo, mich und alle jene, die ich nicht kenne. Dir wird alles glücken, was du willst. Bist du jetzt zufrieden?«

Bei diesen Worten bemächtigte sich Pietros eine kalte, hellsichtige Wut. »Du willst mir nicht glauben«, sagte er, »also werde ich dich gewaltsam dazu bringen...« Er faßte sie hart am Arm und zwang sie, sich aufzurichten.

»Was soll das heißen?«

»Nur das!« Nicht ohne Widerwillen – denn zum erstenmal in seinem Leben schlug er eine Frau – hob Pietro die Hand und schlug Andreina mit aller Kraft ins Gesicht. Seltsam und zugleich schmerzlich war es, diese zarte, duftende Wange zu mißhandeln, die er so oft zärtlich liebkost hatte. Andreina wechselte die Farbe, und ihre Augen weiteten sich vor Entsetzen und Verwunderung.

»Jetzt wirst du mir endlich glauben«, stieß er leise und keuchend hervor und näherte sein Gesicht dem ihren, »oder nicht?« Während er sie anstarrte, glaubte er, ihr verneinendes Kopfschütteln zu sehen. »Nein? Dann nimm auch das noch.« Und mit einer weiteren mühevollen Anstrengung schlug er sie auf die andere Wange.

Diese zweite Ohrfeige schien auf Andreina einen sehr viel geringeren Eindruck zu machen als die erste. Sie blickte Pietro an, und plötzlich trat anstelle des verwunderten, entsetzten Ausdrucks eine traurige, entschiedene Würde. »Ich hasse dich«, sagte sie einfach, wandte sich um und schlug ohne Hast den Weg durch die Anlagen in Richtung auf ihr Haus ein. Pietro blieb am gleichen Fleck stehen, mit dem Rücken an die Ufermauer gelehnt. Er sah Andreina zwischen den Stämmen der Platanen verschwinden. Am liebsten hätte er ihr nachgerufen, sie möge stehenbleiben, aber kein Laut kam aus seinem geschlossenen Mund.

22

Pietro stand, die Hände in den Manteltaschen, mit dem Rücken gegen die Ufermauer gelehnt. Er hoffte im stillen, daß Andreina zurückkehre oder sich am Fenster zeige, damit er zu ihr hinaufgehen könne. Es war so widersinnig, sagte er sich, daß zwei Menschen, die sich liebten, in dieser Weise, nach zwei Ohrfeigen und einem »Ich hasse dich«, auseinandergingen. Aber es wurde weder die Gartentür geöffnet, noch wurden die gelben Gardinen zurückgeschoben. Nach einigen Minuten vergeblichen Wartens hatte Pietro das Gefühl, er müsse ersticken. Er schüttelte gleichsam abwehrend den Kopf, strich sich mit der Hand über das Gesicht und blickte um sich.

In diesem Augenblick kam in gemütlichem Sonntagstrab eine Droschke mit einem Mann, einer Frau und einem kleinen Mädchen daher. Wenige Meter vor Andreinas Haus verlangsamte sich die Fahrt, schließlich hielt der Wagen vor der Gartentür. Als der ältere Herr ausstieg, erkannte Pietro den Studienrat, Andreinas Vater, Valentina und Maddalena. Offenbar handelte es sich um einen Familienbesuch, vielleicht um eine Art Versöhnung, ganz gewiß jedenfalls um eine Angelegenheit von längerer Dauer. So war ihm also jede Möglichkeit genommen, sofort zu Andreina zurückzukehren und durch Worte und Liebkosungen ihre Verzeihung zu erlangen. Wie erstarrt, sah er die drei nacheinander im Garten verschwinden. ›Sie werden freundlich empfangen werden‹, dachte er wütend, wenn ihn auch diese Vorstellung nicht besänftigte. Als der Kutscher mit Zügel und Peitsche seinen mageren Schimmel in Bewegung setzte, sprang Pietro herbei. Schon mit einem Fuß auf dem Trittbrett, zögerte er noch einen Augenblick und blickte zum letztenmal nach den gelben Vorhängen von Andreinas Schlafzimmer. »Zum Grand-Hotel«, sagte er dann und ließ sich auf den Ledersitz fallen.

Das heftige Unbehagen, das ihn bei Andreinas Weggehen überfallen hatte, schien sich auf unbegrenzte Zeit in seinem Innern einnisten zu wollen. Wenn diese inhaltsschweren, finsteren Worte »Ich hasse dich« nur eine spontane, durch seine Ohrfeigen gerechtfertigte Antwort waren, so ließ sich alles wieder einrenken, denn es gab kein Haßgefühl, das man nicht mit ein wenig gutem Willen langsam in Liebe hätte verwandeln können. Was würde aber geschehen, wenn, wie er mit gutem Grund befürchtete, dieses »Ich hasse dich« bedeutete: »Wir sehen uns nie wieder?« Diese Frage erregte ihn in solchem Maße, daß es ihm widerstrebte, sich die einzig mögliche Antwort einzugestehen. Er hätte am liebsten jede Überlegung so lange aufgeschoben und an etwas anderes gedacht, bis sein Schmerz weniger quälend wäre. Deshalb bemühte er sich, das Leben auf der Straße zu beobachten. Aber seine Blicke waren abwesend, diese unerträgliche Unsicherheit suchte ihn von neuem heim. »Ich hasse dich – ich hasse dich«, schienen selbst die Räder der Kutsche ständig zu wiederholen. Bedrängnis und Schmerz erstickten jede andere Empfindung; sie waren so stark, daß Pietro es schließlich aufgab, sie zu unterdrücken, und sich über das Ausmaß seiner Leidenschaft wunderte. ›Ich liebe sie also wirklich so sehr, daß ich ohne sie nicht mehr leben kann.‹ Schon vom ersten Tag an war ihm klargewesen, daß er Andreina liebte; aber der wahre Umfang seiner Leidenschaft war ihm bisher nicht bewußt geworden. Neben manchen anderen Kompromissen hatte er auch seine Beziehungen zu Sofia fortgesetzt, ja sogar an eine Heirat mit ihr gedacht. Nun, da ihn der Gedanke an eine Trennung von der Gliebten fast bis zum Wahnsinn trieb, entdeckte er zum erstenmal den ganzen Ernst und die Tiefe seines Gefühls. Es war eine sehr anspruchsvolle Liebe, wie er dachte, eine Liebe, die sich nicht mit Küssen und Liebkosungen begnügte, sondern eine Liebe, die ganz durchdrungen war von leidenschaftlichem, rückhaltlosem Verstehenwollen, die um jeden Preis Einfluß auf den Charakter und das Leben Andreinas gewinnen wollte. Um diesen Einfluß zu erringen, mußte er der Geliebten vor allem jene aus Mißtrauen geborene Überzeugung nehmen, daß er nichts anderes sei als ein ehrgeiziger Heuchler und kalter Rechner. Wie aber sollte er das vermögen? Worte und Vorhaltungen hatten nichts erreicht. Gewalt, so gut sie auch gemeint sein mochte, war eher ein Zeichen von Ohnmacht und Wut als von Überlegenheit und Stärke. Nur Tatsachen konnten überzeugen. Aber welche? Bei der jetzigen Lage blieb als Beweis für seine Uneigennützigkeit und seine Liebe nichts anderes übrig, als die Verlobung zu lösen und Andreina statt Sofia zu heiraten.

An diesem Punkt seiner Betrachtungen hörte er ungeduldig und zugleich freudig überrascht seinen Namen rufen: »Pietro, Pietro!« Die Kutsche fuhr gerade unterhalb des Kais am Ufer entlang. Pietro blickte nach rechts und links, sah aber nur wenige Fußgänger und an der Straßenecke eine Kastanienverkäuferin neben ihrem Öfchen. Als dann aber noch einmal sein Name gerufen wurde, hob er den Kopf und blickte zu den wenige Meter höher gelegenen Anlagen hinauf. Dort entdeckte er schließlich Sofia, die sich über das Geländer gelehnt hatte und ihm lebhaft zuwinkte. ›Das hat mir gerade noch gefehlt‹, dachte er ungeduldig und mißmutig. Dennoch ließ er das Gefährt halten. Rasch lief

Sofia die Treppen, die durch malerische Felsgruppen führten, zur Straße hinab.

»Ich war auf dem Weg zu dir ins Hotel«, rief sie atemlos, sprang in die Droschke und ließ sich neben Pietro nieder. »Wo bist du gewesen?«

Die Kutsche setzte sich wieder in Bewegung. An Sofia vorbeiblickend, antwortete Pietro: »Ich komme gerade von der Zeitung. Der Chef hatte mich rufen lassen.«

Sofia machte es sich auf dem Polster bequem. »Welch guter Einfall, eine Kutsche zu nehmen«, rief sie, »ich bin seit Jahren nicht mehr mit einer gefahren. Du kommst also von der Zeitung! Und darf man wissen, wo du diese Nacht geschlafen hast?«

»Nun, in meinem Bett im Hotel«, log Pietro. Sofias harmloser, leichter Ton ließ ihn keinen Verdacht schöpfen. »Welche Fragen!«

»Wahrhaftig, welche Fragen!« Plötzlich lag eine merkwürdige Gekränktheit in ihrer sonst so unbefangenen Stimme. »Welche Antworten du mir aber auch gibst! Wir sind noch nicht verheiratet, und schon belügst du mich! Ich bin nämlich gerade bei der Zeitung und im Hotel gewesen, und an beiden Stellen hat man dich seit gestern abend nicht gesehen. Du bist wirklich ein schöner Lügner. Fast glaube ich, daß irgendeine Frau dahintersteckt.« Sie verschränkte die Arme auf der Brust, warf schmollend ihre schwarzen Locken zurück und blickte auf die Straße. Aber diese gekränkte Haltung hielt nicht lange vor.

»Außerdem hättest du telefonieren oder uns auf irgendeine Weise mitteilen können, daß du nicht zum Essen kämest. Aber nein, nichts dergleichen! Wirklich, schöne Manieren!«

Der Gegensatz zwischen diesen leicht hingeworfenen Vorwürfen und der eigenen Unruhe verursachte Pietro eine nervöse, bittere Ungeduld. ›Jetzt ist der Augenblick gekommen, um ihr die Wahrheit zu sagen‹, dachte er. Aber abgesehen von einer gewissen Rücksichtnahme gegenüber Sofia, die er nur ungern enttäuschte und für die er fast gegen seinen Willen eine gewisse Zuneigung empfand, hielt ihn eine rein praktische Erwägung zurück. ›Ich werde mit Matteo sprechen‹, dachte er, ›dann erledigt sich alles viel einfacher. Damit wird Andreina ihren Liebhaber und ich meine Braut los.‹ Diese kalten Überlegungen waren nicht frei von vielen verworrenen Gewissensbissen. Diesmal entschied sich tatsächlich sein künftiges Geschick, und zwar in anderer Weise, als es ihm bisher vorgeschwebt hatte. Aber sein fester Wille, die verwickelte Lage zu klären, weckte in ihm den Wunsch nach unwiderruflichen Worten und nicht wiedergutzumachenden Handlungen. Sie sollten ihn hindern, seinen Entschluß wieder rückgängig zu machen.

Vorher aber mußte er eine Antwort finden. »Ich fange schon mit Lügen an und du mit Eifersucht«, sagte er, und seine Worte dünkten ihn wie ein bitteres Spiel, »ein bedenkliches Zeichen!«

»Ich und eifersüchtig?« meinte Sofia bedächtig mit fast wohlgefälligem Klang in der Stimme, als sei dieses Wort neu und schmeichelhaft für sie. »Ich möchte wissen, wer es an meiner Stelle nicht wäre! Du lügst mich an, du kommst nicht zum Essen, du vernachlässigst mich ...«

In seinen Mantel vergraben, die Hände in den Taschen und den Hut tief in der Stirn, hörte Pietro seiner Braut nur mit geteilter Aufmerksamkeit zu. Die Erleichterung und der Schmerz, dank seinem Entschluß endlich von allen Zweifeln und Selbstvorwürfen frei zu sein, erweckten in ihm ein kaltes, grausames Gefühl der Entfremdung und gaben ihm eine bittere geistige Unabhängigkeit. »Wenn du es unbedingt wissen willst«, sagte er plötzlich, »ich habe deinetwegen diese Nacht nicht im Hotel geschlafen. Ich habe mit einem gewissen Jemand eine alte Meinungsverschiedenheit austragen müssen.«

»Meinetwegen?« wiederholte Sofia begierig und erstaunt. »Warum meinetwegen?«

»Es ging um die hartnäckige Behauptung, ich wollte dich nur aus Eigennutz und Eitelkeit heiraten«, entgegnete Pietro. »Als es im Guten nichts nützte, habe ich es im Bösen versucht und zwei kräftige Ohrfeigen ausgeteilt.«

Vor Neugier und Freude tat Sofia auf dem Wagenpolster einen Satz, ergriff Pietros Arm und rückte dicht an ihn heran. »Ach nein, wirklich?« rief sie ganz außer sich. »Du hast meinetwegen zwei Ohrfeigen ausgeteilt? Was behauptete diese Person? Daß du mich aus Eigennutz heiratest? Und du hast ihr zwei Ohrfeigen gegeben? Oh, wie lustig! Aber jetzt müßt ihr euch ja duellieren...«, fügte sie nach einer Weile betroffen hinzu. »Wer ist denn diese Person?«

Die Kutsche hielt plötzlich vor den beiden staubigen Stuckfiguren, welche die glänzende Hoteltür aus Mahagoni und Glas bewachten. »Man nennt die Sünde und nicht den Sünder«, antwortete Pietro beim Aussteigen. »Ein Duell wird nicht stattfinden, weil wir uns auf gütliche Weise geeinigt haben...«

Sie betraten das Hotel. Das matte Licht des winterlichen Nachmittags gewann durch die grellen Vorhänge in der Halle eine fast unwirkliche Kraft und Fülle. Hoteldiener und Kellner standen herum und blickten stumm auf den schmalen Lichtstreifen, der durch die Glastür auf den dunklen Teppich fiel.

»Ich habe großen Hunger«, sagte Pietro, faßte seine Braut am Arm und schob sie vor sich her, während diese ihre Enttäuschung über jenes schmeichelhafte Duell, das sich nun in nichts aufgelöst hatte, niederrang.

»Wenn du nichts Besseres zu tun hast, kannst du mir Gesellschaft leisten. Aber ich muß dich dann gleich wieder fortschicken, weil ich zu arbeiten habe.«

Sofia schien seine Worte gar nicht zu hören und blickte mit wachsamer Miene um sich. »Wo ist dein Zimmer?« fragte sie unvermittelt. »Laß uns in dein Zimmer gehen.«

»Aber ich muß doch etwas essen...«

»Du kannst dir doch in deinem Zimmer servieren lassen.«

Resigniert gab Pietro die entsprechenden Anweisungen und stieg mit Sofia in den Aufzug. »Du wohnst ja wahrhaftig unter dem Dach«, rief sie, als der Lift ein Stockwerk des Hotels nach dem andern unter sich ließ. Pietro gab keine Antwort. Schweigend gingen sie durch den Flur und traten in das kleine Zimmer, das schon in kalter, grauer Dämmerung lag. Immer noch wortlos, schaltete Pietro das Licht ein, schloß die Fensterläden und legte Hut und Mantel ab, während Sofia sich aufmerksam umsah. »Wie gut man erkennt, daß es dein Zimmer ist«, rief sie schließlich. »Kahl, einfach, fast eine Mönchszelle! Wie das zu dir paßt! Keine Fotografien, keine Bilder, kein Schmuck, nichts, einfach nichts außer dem Allernotwendigsten!... Und hier«, fügte sie hinzu, während sie an das Bett trat und liebkosend über das Kissen strich, »hier schläfst du also!?«

»Ja, warum?«

»Ich weiß nicht«, antwortete sie, während sie den Blick nicht von dem Kopfkissen wandte. »Es kommt dir sicher dumm vor, aber ich finde das irgendwie rührend.«

Pietro, der vor den Spiegel getreten war und sein blasses, unrasiertes Gesicht betrachtete, fuhr bei diesen Worten zusammen und wandte sich seiner Braut zu. ›Da steht die gute Frau, die ich verliere‹, dachte er unwillkürlich, ›und was gewinne ich statt ihrer?‹ Aber auch diesmal sagte er nichts, ließ Wasser ins Waschbecken laufen, rasierte sich und gab auf Sofias viele Fragen auch weiterhin einsilbige Antworten. Dann brachte ein Kellner das Essen.

»Ich werde dich bedienen«, sagte Sofia. »Laß es mich tun.« Sie drückte Pietro auf einen Stuhl, streifte ihre Handschuhe ab und nahm mit kleinen, vorsichtigen Bewegungen und mit überraschten oder lobenden Ausrufen einen Deckel nach dem andern von den Schüsseln. »Hast du Hunger?« fragte sie zärtlich und eifrig, während sie sich über Pietros Schultern beugte und ihm behutsam die Suppe in den Teller schüttete.

Pietro nickte und begann zu essen.

»Hier ist Huhn. Der Salat muß noch angerichtet werden. Soll ich es tun?« Ohne seine Antwort abzuwarten, mischte sie Öl, Salz und Essig. Schließlich setzte sie sich zufrieden an das andere Tischende und beobachtete Pietro schweigend und belustigt.

»Warum siehst du mich so an?« fragte er.

Sie lachte. »Es gefällt mir, dich essen zu sehen! In manchen Dingen bist du wie ein Kind. Aber kümmere dich nicht um mich, iß ruhig weiter!«

Wie ihre Bemerkung über das Bett machten auch diese Worte Pietro nachdenklich. ›Wirklich, ein geheimnisvoller Zufall‹, dachte er, ›ausgerechnet an dem Tag, an dem ich mich entschließe, Sofia zu verlassen, spricht so vieles zu ihren Gunsten, und es kommt mir vor, als empfände ich für sie die aufrichtigste, uneigennützigste Zuneigung der Welt.‹

Und ihn überkam plötzlich der grausame Wunsch, sich über alles, was er verlieren würde, Rechenschaft abzulegen.

»Sprechen wir doch einmal von der Zeit nach unserer Hochzeit«, sagte er und streckte ihr über den Tisch hinweg seine Hand entgegen.

»Dann wollen wir doch Kinder haben. Hast du Kinder gern?«

Ihr Gesicht strahlte auf.

»Ob ich Kinder gern habe?« rief sie stürmisch. »Welche Frage! Ich liebe sie über alles, sie sind bezaubernd, einfach süße Geschöpfe ... Vor allem, wenn sie anfangen zu laufen, wenn sie blonde Löckchen bekommen und die ersten Worte lallen ...«

»Ja, aber wir können nicht mehr als eins oder zwei haben«, meinte Pietro, während er eine Birne nahm und sie sorgfältig schälte, »denn wir werden nicht viel Geld haben ...«

»Wer sagt das?« widersprach Sofia warm. »Ich will mindestens vier haben. Wenn du auch kein Geld hast, dann habe ich es für dich. Ich könnte die Kinder schon ganz allein aufziehen ... Und außerdem habe ich eine Menge alter Onkel und Tanten, die eines schönen

Tages sterben und mir allerhand hinterlassen... und schließlich ist ja auch noch Maria-Luisa da... Übrigens, stell dir vor, heute ist Matteo bei ihr gewesen. Es sieht beinahe so aus, als hätten wir Maria-Luisa bald wieder zu Hause.«

»Ausgezeichnet! Aber kommt es dir nicht so vor, als gäbe ich durch meine Einwilligung, daß du dein Geld für mich ausgibst, jener Person recht, die ich heute geohrfeigt habe?«

»Was hat das damit zu tun?« widersprach Sofia. »Baby, du sollst nur an deine Laufbahn denken und es darin so weit bringen, wie du kannst. Um das übrige kümmere dich nicht! Wenn wir verheiratet sind, gehört alles, was ich besitze, auch dir. Rege dich nicht auf über das, was andere sagen! Du hast es wahrhaftig nicht nötig, dir außer den eigenen Skrupeln noch neue von bösen Zungen aufschwätzen zu lassen...«

»Skrupel aber können großen Einfluß haben«, entgegnete Pietro, der plötzlich an Andreina dachte. »Denke zum Beispiel an die Engländer; sie stecken voller Skrupel und haben doch die halbe Welt erobert.«

»Ich weiß nicht, ob die Engländer Skrupel haben. Du jedenfalls hast zu viele. Eigentlich habe ich dich gerade deshalb so gern, du bist so anders als die andern. Aber schließlich hat alles seine Grenzen...«

Die Mahlzeit war zu Ende. »Ja, alles hat seine Grenzen«, schloß Pietro und stand auf. Diesmal hielt er seine Worte für aufrichtig. »Auch die angenehmen Dinge, wie zum Beispiel dein Besuch...« Mitten im Zimmer stehend, zündete er eine Zigarette an. Auch Sofia war aufgestanden und rief mit strahlendem Gesicht: »Sollen wir einen Blick in die Wohnung werfen, die wir uns neulich angesehen haben?«

»Nein, Liebste, das ist unmöglich, ich habe zu tun.« Bei diesen Worten zog Pietro seinen Mantel an. »Und außerdem paßt diese Wohnung nicht für uns. Der Salon und das Arbeitszimmer sind zu klein. Da du viel Besuch haben wirst und ich viel arbeiten muß, brauchen wir eine Wohnung, in der wenigstens diese beiden Zimmer ziemlich geräumig sind ...«

»Aber sie hatte doch eine wunderbare Terrasse«, entgegnete Sofia bedauernd. Dann öffnete sie die Tür.

23

Pietro hatte Stefano schon häufiger besucht. Was ihn dazu trieb, hätte er nicht sagen können. Anfangs bemutterte er den kranken, mittellosen, verlassenen Stefano, unter anderem, weil er das unmenschliche Betragen seiner Schwester verurteilte. Dann, bei näherer Bekanntschaft, entwickelte sich aus dem Mitgefühl eine weniger wohlwollende Anteilnahme. Er war gleichzeitig angezogen und abgestoßen. Dennoch besuchte er Stefano weiter, ja er vertraute ihm aus jugendlichem Mitteilungsdrang eines Tages die Tatsache seiner gleichzeitigen Beziehungen zu Sofia und Andreina an. Er bereute die Voreiligkeit sofort, da Stefano statt eines vernünftigen Rates sich zu einem Urteil verstieg, das, seinem Charakter entsprechend, vorauszusehen war. Es stimmte überdies mit Andreinas Ansicht überein. Während jedoch Andreina die Täuschung und Falschheit immerhin negativ sah, lobte Stefano das doppelte Spiel und hielt es nicht nur für geschickt, sondern für das einzig Lohnende. Dieses Urteil mißfiel Pietro. ›Es wäre schmerzlich, wenn Andreina recht hätte‹, dachte er manchmal, ›aber wenn Stefano recht hätte, wäre es geradezu unerträglich. Aber er hat unrecht, die Tatsachen werden es beweisen. Zwischen uns ist keine Verständigung möglich. Wir sprechen in verschiedenen Sprachen. Ich leide unter seinen Worten, vergehe vor Wut und spüre obendrein, daß er sich im Grunde aus meinen Besuchen überhaupt nichts macht. Trotzdem bin ich dumm genug, ihn fast täglich aufzusuchen... Wenn ich ihn doch nur los wäre!...‹

Mit diesen zornigen Gedanken stieg er die Treppe hinauf und klingelte bei der Familie Malacrida.

Er mußte ziemlich lange warten. Schließlich erinnerte er sich, daß er die drei Familienmitglieder vor Andreinas Haus gesehen hatte. ›Vielleicht ist auch Stefano ausgegangen‹, folgerte er und wollte schon wieder fortgehen, als schwere, ungleichmäßige Schritte durch den Flur hallten. Dann wurde die Tür geöffnet, und Stefano erschien in einem buntseidenen, abgetragenen Morgenrock auf der Schwelle.

»Ach, Sie sind es«, rief er gut gelaunt, »treten Sie näher ... Dennoch bin ich enttäuscht!«

»Inwiefern enttäuscht?« fragte Pietro betroffen und tastete sich durch den dunklen Flur. Stefano folgte ein wenig keuchend; das Gehen strengte ihn an. »Nun, seit einer Woche versuche ich, mit dem niedlichen Dienstmädchen von gegenüber anzubändeln. ›Wenn das doch die hübsche Kleine wäre‹, habe ich gedacht, als es eben läutete, ›vielleicht weiß sie, daß ich allein bin, und will mir wie ein Engel Gesellschaft leisten.‹ Statt dessen standen Sie vor mir!« Während Stefano den schönen Busen des Mädchens rühmte und Pietro sich spöttisch erbot, wieder fortzugehen, betraten sie das Zimmer.

Alles war schön ordentlich und bot trotzdem den ein wenig ungepflegten Anblick eines möblierten Zimmers, das noch keinen Mieter gefunden hat. Ein Spiegel hing schief am Fenstergriff, und auf einem Schemel stand Rasierzeug. Stefano erreichte mit zwei gewaltigen Schritten das Fenster und begann sein Gesicht einzuseifen. »Nun, was gibt's Neues?« fragte er gleichgültig. »Wie geht es?«

Pietro setzte sich in einen Korbsessel neben dem Fenster. »Es geht sehr schlecht ...«

»Mit wem denn? Mit der Geliebten oder mit der Braut?«

Es klang ungezwungen und wohlwollend und dennoch kalt und ohne Anteilnahme. Pietro erkannte, daß nach seiner bisherigen Schwatzhaftigkeit nichts mehr zu verheimlichen war. Er erwiderte mit nervösem Lächeln: »Ich müßte eigentlich sagen, es gehe alles gut. Ich bin auf dem besten Wege, eine, wie man so sagt, edle Tat zu tun.«

»Eine edle Tat«, wiederholte Stefano bedächtig. »Was heißt das, was verstehen Sie darunter?«

Pietro dachte widerwillig: ›Warum sage ich das eigentlich?‹ Mehr als Stefanos Gerede widerte ihn seine eigene Schwatzhaftigkeit an. »Seinen eigenen Vorteil aufgeben, gegen sich selbst angehen, galt das nicht schon immer als edle Tat?« fragte er unvermittelt.

»Das kommt darauf an!«

»Nun, Sie kennen meine ganze Geschichte, und ich brauche Sie Ihnen nicht noch einmal zu erzählen«, fuhr Pietro mühsam fort. »Sie wissen, wie sehr es in meinem Interesse liegt, meine Geliebte aufzugeben und die andere Frau zu heiraten. Aus meiner Beziehung zu der Geliebten kann nie etwas Gutes entstehen, während jene Heirat für meine Zukunft von entscheidendem Nutzen ist. Was hätte also jeder andere an meiner Stelle getan? Die Geliebte im Stich gelassen und die andere geheiratet!«

»Oder die Frau geheiratet und die Geliebte behalten.«

»Wie Sie meinen«, sagte Pietro ärgerlich. »Jedenfalls hätte er selbst im Traum nicht eine solche Heirat ausgeschlagen. Ich aber habe beschlossen, meine Verlobung zu lösen und statt Sofia die andere zu heiraten. Das nenne ich eine edle Tat. Verstehen Sie jetzt?«

»Ohne mich in Ihre Angelegenheiten einmischen zu wollen«, sagte Stefano, während er den Pinsel hinlegte und das Rasiermesser an einem Lederriemen schärfte, »würde ich Ihnen raten, ein wenig nachzudenken, bevor Sie diese Absicht ausführen. Es wäre nämlich durchaus möglich, daß Sie statt einer edlen Tat eine große Dummheit begehen. Sie sind im Begriff, etwas zu tun, was Sie nachher bereuen werden. Sie haben für jene Frau eine Schwäche. Dagegen ist nichts zu sagen. Wer hat dergleichen nicht schon erlebt? Meine Schwächen lassen sich überhaupt nicht zählen. Schlimm wird die Sache erst, wenn Sie wegen dieser Frau eine gute Partie aufgeben. Reden wir nicht davon, daß gewisse Frauen hervorragende Geliebte und schlechte Ehefrauen sind. Aber haben Sie mir nicht selbst gesagt, eine Heirat mit Maria-Luisas Schwägerin liege in Ihrem Interesse? Ihre Verlobte ist reich und adelig. Wissen Sie das Geld zu schätzen oder nicht? Gefällt Ihnen die vornehme Gesellschaft oder nicht? Wahrscheinlich doch! Warum Dinge aufgeben, die Ihnen gefallen, und sich für andere entscheiden, die Sie unglücklich machen würden?«

»Ich liebe diese Frau. Wer sagt Ihnen denn eigentlich, daß mir das Geld und die vornehme Gesellschaft so gefallen?«

»Sie selbst«, entgegnete Stefano mit einem schrägen Blick. »Wenn es nicht so wäre, würden Sie nicht sagen, eine Heirat mit Sofia liege in Ihrem Interesse.«

Pietro biß sich auf die Lippen. »Was würden Sie an meiner Stelle tun?«

»Nun, solange ich meiner Frau nicht sicher wäre, würde ich die Geliebte möglichst geheimhalten, aber nicht auf sie verzichten. Und sobald ich verheiratet wäre«, schloß er scherzend, »würde ich es noch weniger tun. So hätte ich zwei Fliegen mit einer Klappe geschlagen, alle wären zufrieden, die Frau, die Geliebte und ich selbst. Eine edlere Tat kann ich mir nicht vorstellen.«

»Eine edle Tat?« entfuhr es Pietro, »ich würde es eher als Gemeinheit bezeichnen.«

Stefanos Augen verrieten aufsteigenden Zorn. Er beherrschte sich jedoch. »Ach ja, ich vergaß, daß für Sie eine edle Tat ... worin eigentlich besteht?«

»In einer Handlung gegen den eigenen Vorteil«, ergänzte Pietro errötend.

»Ach ja, gegen den eigenen Vorteil. Demnach müßte sich also ein Bankier alle Mühe geben, Konkurs zu machen. Was allerdings daran edel ist, weiß ich nicht. Ganz abgesehen davon, daß Sie mit Ihrem Vorhaben alle verstimmen: Sofia, die Sie liebt und heiraten will, und vielleicht auch jene andere Frau, die möglicherweise gar keinen Wert darauf legt, Sie zu heiraten.

Ja ... übrigens«, fügte Stefano ganz unvermittelt hinzu, »weiß Ihre Geliebte eigentlich von Ihren Heiratsplänen?«

»Noch nicht«, antwortete Pietro verlegen, »aber noch heute ...«

»Und Sie glauben, sie wird einverstanden sein?« fiel ihm Stefano spöttisch ins Wort.

»Warum sollte sie nicht einverstanden sein?«

»Natürlich, warum nicht!« höhnte Stefano. »Eine ausgehaltene Frau, die schön und jung ist und ihren Wert kennt, wird niemals so dumm sein, einen so armen Schlucker wie Sie zu heiraten ...«

Pietro sprang zornig auf. »Verwenden Sie diesen Ausdruck nicht für eine Frau, die Sie gar nicht kennen ...«, zischte er mit zusammengepreßten Zähnen.

Diese Zurechtweisung beeindruckte Stefano nicht. »Ich habe sie als ›ausgehalten‹ bezeichnet«, bemerkte er ruhig und selbstgefällig, »weil Sie mir die Dame so beschrieben haben. Mit dem Tage, an dem sie Ihre Frau wird, werde ich sie natürlich nicht mehr so nennen. Übrigens«, fügte er unerwartet hinzu, »bin ich überzeugt, daß diese ganze Geschichte erfunden ist und daß es diese Frau gar nicht gibt.«

»Und ob es sie gibt«, entgegnete Pietro, der sich wieder hingesetzt hatte und mit schlecht verhehltem Kummer sein Gesicht im Mantelkragen vergrub.

»Dann nennen Sie mir ihren Namen.«

Pietro schaute auf und sah in Stefanos sonst so ausdruckslosen Augen einen Blick lauernder, grausamer Leidenschaft. »Damit Sie ihr nachstellen und sie mir als guter Freund, der Sie sind, abjagen können?« entgegnete er mit bitterem Lächeln. »Nein.«

Stefano lachte leise. »Sie tun mir zuviel Ehre an«, sagte er dann. Pietro entging es nicht, daß sich in den scherzhaften Ton eine gewisse Bitterkeit mischte. »Wie kann ich in meinem Zustand und ohne Geld eine Gefahr für Sie sein? Und was ist das für eine Frau, der Sie schon jetzt so wenig trauen? Aber ja, ich vergaß, daß Ihre Heirat eine edle Tat sein wird ... Für Sie ist ja nur das ausschlaggebend! Eine edle Tat! Nehmen wir einmal an, sie sei es tatsächlich. Welchen Vorteil haben Sie davon? Können Sie sich noch ändern? Wird das Geld weniger Reiz für Sie haben? Werden Sie weniger eitel und blasiert sein?«

Pietro zuckte zusammen. Von allen Anschuldigungen traf ihn die der Eitelkeit am tiefsten. Eitelkeit erschien ihm in besonderer Weise als Ausdruck eines armseligen Charakters. »Sie behaupten, ich sei eitel?« fragte er mit heiserer Stimme.

»Sie sind maßlos eitel«, rief Stefano wütend und triumphierend zugleich. Pietro zitterte, aber er begriff, daß es Stefano weniger darauf ankam, mit ihm zu streiten, als ihn zu kränken; so enthielt er sich jeder Antwort. »Maßlos eitel und blasiert«, wiederholte Stefano bedächtig und wohlgefällig. »Wer ist es übrigens nicht? Wir sind es alle, und wer sich dessen schämt, wie Sie, ist es mehr als die anderen. Seien Sie ehrlich«, fügte er zwinkernd hinzu, »ist Ihnen diese Feststellung sehr unangenehm?«

»Und wäre es Ihnen sehr unangenehm«, fragte Pietro zornig und mit Nachdruck, »wenn ich sagte, Sie seien ein Krüppel?«

Sie blickten sich an, Pietro rot vor Zorn und Scham und Stefano mit jenem gezwungenen Lächeln, das zunehmend boshafter und haßerfüllter wurde. »Außer Ihrer Blasiertheit verraten Sie einen schlechten Geschmack«, entgegnete er schließlich. »Ich weiß, daß ich ein Krüppel bin, aber war es wirklich notwendig, mich daran zu erinnern?«

Diese Worte verrieten einen gewissen Schmerz, und Pietro bereute sogleich seine kränkende Bemerkung. »Sie haben recht«, gab er zu. »Aber warum sagen Sie mir immer Dinge, die mich aufbringen? Es ist doch Unsinn, sich fortwährend zu streiten. Immerhin, ich hätte das nicht sagen dürfen.«

»Das heißt also, daß Sie mich anstatt mit Ihrer Freundin nun mit Ihrer Verlobten bekannt machen wollen...«, meinte Stefano schließlich.

»Gern!« entgegnete Pietro überrascht und dankbar zugleich. »Jederzeit, wenn Sie wollen...«

Stefano legte die Klinge hin. »Da ich eitel bin«, meinte er leichthin, »und dringend Geld brauche, werde ich versuchen, Ihre Stelle einzunehmen. Aber wenn es mir nicht gelingen sollte, hoffe ich, daß Ihre Sofia wenigstens nett zu mir sein wird.«

»Wie meinen Sie das?«

Stefano lächelte. »Sie wollen mir doch nicht erzählen, daß Ihre Braut mit ihren achtundzwanzig Jahren noch nichts erlebt hat...«, fuhr er ruhig fort. »Wenn sie sich also schon mit anderen vergnügt hat, kann sie es auch mit mir tun.«

Pietro war sich über den gemeinen Sinn dieser Worte völlig im klaren. Empörung und Ekel bemächtigten sich seiner.

»Danken Sie Gott, daß Sie ein Krüppel sind«, knirschte er.

»Ach was«, meinte Stefano spöttisch lächelnd.

»Übrigens liegt die Schuld bei mir«, fuhr Pietro fort. »Ich hätte nie Sofia erwähnen dürfen und schon längst jede Beziehung zu Ihnen abbrechen müssen.«

Stefano lächelte immer noch. »Gestern noch wäre mir das unangenehm gewesen«, sagte er ruhig. »Da ich auf Carlino nicht mehr zählen kann, wäre ich wahrhaftig um Ersatz verlegen gewesen. Aber seit heute liegen die Dinge anders. Ich habe jemand gefunden, der mir in angenehmer Weise Gesellschaft leisten wird und mir auch das gibt, was ich von Ihnen nicht erwarten kann. Deshalb können Sie ruhig fortgehen, wenn Sie wollen. Verstehen Sie mich recht, ich verjage Sie nicht, so viele Freunde habe ich nicht... Aber Sie sind mir nicht mehr so unentbehrlich wie früher.« Pietro sah ihn beleidigt und unschlüssig zugleich an. Er ärgerte sich, daß Stefano seinem Gedanken an eine Trennung zuvorgekommen war, mehr aber noch über seine Anspielung auf eine Frau, die er allein und ohne seine Hilfe ausfindig gemacht hatte. »Wer ist diese Person?« fragte er schließlich.

»Sieh da! Wie neugierig Sie sind! Aber ich bin ein wirklicher Freund und werde Ihnen eines Tages sagen, wie sie heißt. Im Augenblick verrate ich nur, daß diese Frau mir einmal die größten Gewissensbisse verursacht hat.« Diese Worte verrieten statt Reue eher eine gewisse Selbstgefälligkeit. Stefano, der seine Rasur beendet hatte, beugte sich vor und wusch sich geräuschvoll das Gesicht.

In Pietro mischte sich Neugier mit undeutlichem Abscheu. »Was meinen Sie damit?« fragte er schließlich.

Stefano hob sein gerötetes, von Wasser triefendes Gesicht und trocknete sich prustend und schnaufend ab. »Aber Sie müssen mir versprechen, niemand zu verraten, was ich Ihnen jetzt erzähle, weder Ihrer Geliebten noch Ihrer zukünftigen Frau. Denn es handelt sich um eine Sache, die man mit dem besten Willen nicht als eine edle Tat bezeichnen kann.« Dann ging er zum Bett, setzte sich auf die Kante und schien in tiefes Nachsinnen zu versinken. »Vielleicht sollte ich Ihnen nicht davon erzählen«, begann er schließlich, »zumal ich aus der Leichtigkeit, mit der Sie von Ihren eigenen Angelegenheiten sprechen, schließen muß, daß Sie ein Schwätzer sind. Aber wie dem auch sei, hören Sie die Geschichte. Vor zehn Jahren, als ich noch hoffnungsvoll in die Zukunft blickte und fleißig arbeitete, um die diplomatische Laufbahn einzuschlagen, war ich sehr arm. Da Maria-Luisa mich nicht unterstützte, lebte ich, genau wie heute, bei einer Familie in Pension. Es war eine Familie ähnlich der, bei der ich jetzt wohne: ein Witwer mit drei oder vier Kindern. Es war Winter, und ich glitt eines Tages auf einer gefrorenen Wasserlache aus und brach mir den Fuß. Wie Sie sehen, hatte ich schon damals mit meinen Beinen kein Glück. Es war nichts Schlimmes, aber immerhin war ich ans Haus gefesselt, eine langweilige Angelegenheit, zumal ich niemand kannte, der mir Gesellschaft geleistet hätte. Und damit beginnt die eigentliche Geschichte.« Stefano schwieg einen Augenblick, seltsam verwirrt und fast atemlos, als ob die Erinnerung immer noch eine gewisse sinnliche Erregung in ihm auslöse, und blickte Pietro mit selbstgefälligem Lächeln an. »Zu dieser Familie gehörte ein sehr junges, wirklich sehr schönes Mädchen. Sie war eigenartig und ungewöhnlich, blaß, mit dunklen, ernsten Augen, von stolzer Haltung und schon sehr ausgeprägten Formen unter ihren Schulkleidern. Und sie war immer still, viel zu still, viel zu ruhig. Kurz, sie hatte etwas Frühreifes. Sie leistete mir Gesellschaft während der Krankheit. Anfangs ging alles gut, wir lachten, scherzten, spielten Dame oder Karten. Eines Tages – ich erinnere mich, es war an einem Nachmittag – lachte sie mich plötzlich mit einem schrägen Blick über die Schulter an. Ich deutete Blick und Lachen als eine von großer Erfahrung zeugende Gefallsucht, eine Art heimlicher Aufforderung, und spielte mit dem Gedanken einer Verführung.

Natürlich drängte ich anfangs meine Wünsche zurück und redete mir ein, es sei nur eine vorübergehende Laune. Als ich dann aber an nichts anderes mehr denken konnte und in ihrer Gegenwart Höllenqualen ausstand, beschloß ich, meiner Begierde nachzugeben. ›Es wird einen Skandal geben‹, dachte ich, ›aber das ist jetzt gleichgültig, ich werde es tun.‹ Ich habe es dann auch wahrhaftig getan. Nachher hatte ich große Angst und war drauf und dran, den Kopf zu verlieren. Es schien mir unmöglich, daß die Sache unentdeckt bliebe, daß das Mädchen nicht spräche, daß wir uns nicht auf die eine oder andere Weise verrieten... Aber ich hatte Glück, niemand merkte etwas. Sie zeigte sich auch darin frühreif, spielte Komödie, täuschte irgendein Unwohlsein vor und ging früh zu Bett... Natürlich schwor ich mir in jener Nacht, es bei dem ersten und einzigen Mal zu belassen; aber ebenso natürlich wurden am nächsten Tag bei ihrem Anblick alle Schwüre zu Rauch... Nach dem ersten Schritt gab es kein Zurück mehr, und ich dachte von da an nur noch daran, die Zeit so gut wie möglich zu nützen...« Stefano schwieg erhitzt und verwirrt und starrte Pietro lächelnd an.

Pietros anfängliche Entrüstung grenzte schon an Ekel. ›Das Geschehene ist schlimm‹, dachte er, ›aber unter dem Vorwand, es handle sich um den größten Gewissenskonflikt seines Lebens, davon zu berichten und sich in der Erinnerung von neuem selbstgefällig daran zu erfreuen und zu erhitzen... das ist geradezu teuflisch.‹ Er sagte mit unterdrücktem Zorn: »Erklären Sie mir doch noch einen Punkt. Sie sagten, daß Sie vor Ihrer Heldentat ängstlich an den Skandal und die ernsten Folgen dachten. An das junge Mädchen haben Sie wohl nie gedacht!?«

Stefano entging der verborgene Sinn dieser Frage. »Nein, an das Mädchen habe ich eigentlich nicht gedacht.«

»Sie haben mir zwar die Geschichte Ihres größten Gewissenskonfliktes angekündigt. Aber mir ist nicht klargeworden, worin dieser bestehen soll, obwohl ich mir wirklich alle Mühe gegeben habe, dahinterzukommen.«

»Vielleicht haben Sie recht. Aber wissen Sie, warum ich keine großen Gewissensbisse habe? Ich bin überzeugt, früher oder später mußte aus diesem Mädchen die Frau werden, zu der es sich entwickelte. Obendrein hat mir das Mädchen trotz seiner Unerfahrenheit und Unschuld mehr zu schaffen gemacht als jede andere Frau. Es besaß eine erstaunliche Durchtriebenheit und Koketterie...«

»Und dann?« fragte Pietro. »Was geschah dann? Haben Sie sich getrennt?«

»Erst nach zwei Monaten, in denen die Kleine mich, wie ich schon andeutete, zu jeder Unvorsichtigkeit und Tollheit reizte und in alle Zustände versetzte. Ich erinnere mich noch, welche unglaubliche Gefühlskälte sie bei unserer Trennung zeigte. Sie weinte keine Träne und zeigte mit keinem Wort und keiner Bewegung, daß ihr die Trennung von mir schwerfiel! Ich bin gewiß nicht besonders gefühlsselig, aber ich litt mehr als sie. Ein merkwürdiges Geschöpf!«

»Und später haben Sie sie nicht wiedergesehen?«

»Doch, einmal, vor vier Jahren in Mailand, ohne ihr Wissen. Sie war mit einem häßlichen, kahlköpfigen kleinen Mann zusammen, der ihr Vater hätte sein können. Sie war sehr schön geworden. Ich verlor sie wieder aus den Augen, und trotz meiner vielen Nachforschungen gelang es mir erst gestern, sie wiederzufinden.«

Pietro schüttelte heftig den Kopf, als wolle er sich von den unangenehmen Gedanken befreien, die ihn bedrückten. Er stand auf und machte ein paar Schritte durch das Zimmer, ehe er sich wieder setzte. »Und jetzt sind Sie sicher, daß die Frau Sie mit offenen Armen aufnimmt und Ihnen zu Füßen fällt?« fragte er mit einer gewissen Schärfe. »Befürchten Sie nicht, fortgejagt zu werden? Sie müssen doch zugeben, daß Sie zum mindesten verdient hätten, die Treppe hinuntergeworfen zu werden.«

»Ich habe gute Gründe für meine Annahme, daß ich freundlich aufgenommen werde«, antwortete Stefano langsam.

»Wann wollen Sie denn zu ihr gehen?«

»Jetzt gleich. Wenn Sie nichts anderes vorhaben, können Sie mich begleiten. Natürlich nur bis an die Tür. Sie wohnt Lungofiume dei Gracchi ...«

›Auch Andreina wohnt dort‹, dachte Pietro, und sein Herz klopfte schneller.

Er blickte Stefano an und wußte auf einmal, daß nur Andreina das verführte Mädchen sein konnte. ›Er hat sie zu dem gemacht, was sie heute ist‹, dachte Pietro, ›er ist schuld, daß ich sie in diesen Lebensumständen gefunden habe.‹ Er begriff jetzt, warum Stefano sicher war, die alten Beziehungen wieder anknüpfen zu können. Er zweifelte nicht daran, daß die bedrückte, hilflose Andreina sofort wieder unter Stefanos verderblichen Einfluß geraten werde. Und mit dem Haß gegen diesen wuchs sein Mitleid für die Frau. ›Arme Andreina‹, dachte er, ›arme Andreina.‹ Er glaubte sie noch nie so leidenschaftlich geliebt zu haben wie in diesem Augenblick, da er durch Stefanos Erzählung die Quelle ihrer verzweifelten, quälend hartnäckigen Anschauungen erkannt hatte und nun auch wußte, warum sie so unausrottbar in ihrer Seele verwurzelt waren.

»Wenn ich Ihnen jetzt den Hals umdrehen würde«, sagte Pietro finster, »beginge ich wohl kaum etwas Böses.«

Stefano lächelte diesmal nicht. »Sie werden mir lästig, Monatti«, sagte er und starrte Pietro von der Höhe seiner Krücken herab an. »Ich habe Ihnen schon gesagt, daß ich Sie nicht mehr brauche, nachdem ich diese Frau wiedergefunden habe... Wenn ich Ihnen also nicht gefalle, können Sie ruhig gehen... Wenn Sie aber bleiben wollen, so lassen Sie diese geschmacklosen Redensarten.«

»Sie heißt Andreina, nicht wahr?« fragte Pietro hastig.

»Wer?«

»Nun, die Frau, die Sie besuchen wollen.«

»Allerdings«, meinte Stefano verblüfft.

»Verstehen Sie jetzt, warum ich Ihnen den Hals umdrehen wollte?« unterbrach ihn Pietro. »Das Mädchen, das Sie verführt haben, und meine Geliebte, die ich heiraten möchte, sind ein und dieselbe Person.«

Stefano brach in ein jungenhaftes, fröhliches Lachen aus. »Mein armer Monatti!« rief er, »das hätten Sie mir allerdings vorher sagen müssen.«

»Warum? Was hätte das schon genützt?«

»Vielleicht hätte ich es dann vermieden, Ihnen die fatale Geschichte meines jugendlichen Irrtums zu erzählen!«

Pietro rang wütend die Hände. »Ist es möglich, mit Ihnen ein ernstes Wort zu reden?«

»Warum nicht?«

»Ich bitte Sie, gehen Sie nicht zu Andreina! Lassen Sie die Frau in Ruhe, es ist besser für alle. Ich sage das nicht aus Eifersucht oder aus Angst, Sie könnten mir Andreina fortnehmen. Wenn Sie zu ihr gehen, werden Sie ihr Leben zum zweitenmal aus der Bahn werfen... Und wenn Sie es nicht meinetwegen tun, obwohl ich glaube, ein Recht auf einen Freundschaftsbeweis zu haben, dann tun Sie es wenigstens um Andreinas willen, die Sie angeblich geliebt haben, und für die Ihr Wiederauftauchen in diesem Augenblick gewiß ein Unheil bedeuten würde.«

Stefano verzog den Mund. Er trat mit einem Schritt ans Fenster und blickte eine Weile in den Hof. »Ich sehe wirklich nicht ein, warum mein Erscheinen ein so großes Unglück heraufbeschwören sollte. Sie machen wie gewöhnlich aus den einfachsten Dingen ein Problem... Hier handelt es sich keineswegs um einen schwierigen Fall, sondern um eine schöne Frau, die mir die gleichen Gefühle wie vor zehn Jahren entgegenbringen wird... oder auch nicht. Andererseits verstehe ich nicht, warum Sie befürchten, ich könnte sie Ihnen fortnehmen. Ich sagte Ihnen doch schon einmal, daß ich als kranker, mittelloser Mann kein so gefährlicher Gegner bin...«

»Aber es ist keine Frage der Eifersucht«, unterbrach ihn Pietro wütend.

»Dann verstehe ich überhaupt nichts mehr«, erwiderte Stefano kurz angebunden.

»Wollen Sie mir nun den Gefallen tun oder nicht?« wiederholte Pietro.

»Auf gar keinen Fall, wenn Sie mit mir in diesem Ton sprechen«, antwortete Stefano ruhig, ohne sein Gesicht vom Fenster abzuwenden. »Außerdem kann ich mir eine so günstige Gelegenheit nicht entgehen lassen...«, fügte er wie überlegend hinzu. »Andreina kann mir mein Leben sehr erleichtern. Ob sie nun Ihre Geliebte ist, ob sie sich in einem verwirrten Gemütszustand befindet, oder ob Sie sie heiraten wollen, das alles brauche ich gar nicht zu wissen... Nein«, sagte er abschließend und drehte sich plötzlich um, »ich glaube, es ist vorteilhafter für mich, Ihnen nicht gefällig zu sein.«

»Wenn Sie es im Guten nicht wollen, muß ich Sie mit Gewalt dazu zwingen«, zischte Pietro in höchster Wut, packte ihn mit einer Hand an der Brust und warf ihn auf das Sofa. Ein Ausdruck grenzenloser und erbärmlicher Furcht verzerrte das feiste Gesicht des Kranken. »Hilfe! Hilfe!« schrie er, »Valentina... Herr Studienrat... Hilfe!«

»Haben Sie keine Angst! Ich tue Ihnen nichts, ich will Sie nur unschädlich machen«, stieß Pietro mit zusammengebissenen Zähnen hervor und griff nach den Krücken.

Stefanos angstverzerrtes Gesicht nahm langsam einen ruhigen Ausdruck an. »Sie glauben gewiß, eine Heldentat vollbracht zu haben«, meinte er schließlich. »Aber begreifen Sie nicht, daß ich Ihre oder besser noch meine Andreina wenn nicht heute, so doch morgen oder übermorgen sehen werde?«

»Heute aber werden Sie sich nicht aus diesem Hause rühren«, schloß Pietro entschieden, »und was morgen angeht, so schwöre ich Ihnen, Sie werden es bereuen, wenn Sie Andreina besuchen sollten.«

Stefano lachte verächtlich. Dann holte er unter dem Sofa die Gitarre hervor und schickte sich an, sie zu stimmen. Mit den beiden Krücken in der Hand blickte Pietro im Zimmer umher, schob dann den Tisch ans Sofa und warf die beiden Bücher darauf, die er mitgebracht hatte. »Wenn Sie lesen wollen, hier sind zwei Bücher! Und wenn Sie trinken wollen«, fügte er hinzu, während er die Wasserflasche bereitstellte, »hier ist Wasser! Und hier ist etwas zum Rauchen!« Doch Stefano warf nur einen kurzen, zerstreuten Blick auf den Tisch und stimmte wortlos sein Instrument. »Also auf Wiedersehen! Und lassen Sie sich nicht bei Andreina sehen!« sagte Pietro schroff und verließ das Zimmer.

Im Flur betrachtete er die Krücken. »Was mache ich nun damit?« fragte er sich. »Ich werde sie mit ins Hotel nehmen«, entschied er.

Gesenkten Hauptes, das von den Ohrfeigen gerötete Gesicht im Pelzkragen vergraben, überquerte Andreina die Uferstraße und trat ins Haus. Ihre Wangen brannten, ihr Kopf war wie betäubt. Ohne es sich recht einzugestehen, hatten ihr die beiden Ohrfeigen weit mehr als die ihrem Liebhaber ins Gesicht geschleuderten Gehässigkeiten eine Art wilder Genugtuung bereitet. Pietro hatte recht, nur allzu recht! Seit dem ersten Augenblick ihres Lebens war sie zu Kränkungen und Schlägen und nicht zu sanften Worten und Liebkosungen bestimmt. Das Gesicht immer noch im Mantelkragen verborgen, wartete sie ungeduldig, bis das Mädchen öffnete. Sie stieß die erstaunte Cecilia fast um, lief gleich in ihr Zimmer, warf sich heftig aufs Bett und vergrub den Kopf ins Kopfkissen. Was sie empfand, hätte sie nicht einmal sagen können. Gleich einem Sturm, der die Flammen eines brennenden Hauses schürt, überkam sie ein wildes Verlangen nach völliger Vernichtung. Für Pietro hegte sie statt Haß geradezu Achtung. Er hatte sie geohrfeigt, und das hätte sie ihm niemals zugetraut. Als in ihre bittere, nachdenkliche Unbewegtheit die Türklingel schrillte, dachte sie sogleich an ihn und war bereit, in die verächtlichste Unterwürfigkeit hinabzusteigen, ergeben wie ein geprügelter Hund die Hand zu küssen, die sie geschlagen hatte, und sich als die zu zeigen, die sie zu sein wünschte: erbärmlich, unfähig zu jeder Auflehnung und der Gewalttätigkeit anderer ebenso preisgegeben wie den eigenen Leidenschaften. Auf diese Weise, so wähnte sie, würde Pietro sich endlich von ihrem geringen Wert überzeugen und einsehen, wie aussichtslos es war, ihr neuen Mut zu geben und sie zu ändern.

Trotz dieser verworrenen Gedanken lauschte sie angespannt auf jedes Geräusch. Schritte klangen im Flur, es klopfte zweimal, und eine Männerstimme fragte: »Darf ich hereinkommen?« Ohne ihr Gesicht vom Kopfkissen zu heben, befreite sie sich mit einer geschickten, energischen Bewegung von ihrem Pelzmantel und ließ ihn zu Boden fallen. Sie trug unter dieser kostbaren Hülle nur ein spitzenbesetztes, durchsichtiges Unterkleid. Nicht stolz und hochmütig, sondern halb entblößt, aufreizend und flehend zugleich, wollte sie sich den erstaunten Augen Pietros darbieten. Dieser Gedanke gefiel ihr. Sie glaubte, eine solche würde- und schamlose Haltung stehe ihr sehr viel besser als die im Grunde unaufrichtige Entrüstung. Ihre Vorbereitungen dauerten nur einige Sekunden, dann rief sie ihren Liebhaber herein.

Die Tür öffnete sich sofort, und der Gast trat ein. Aber auf die ersten Geräusche folgte unerwartet ein tiefes, gleichsam verdutztes Schweigen. Pietro schien auf der Schwelle stehengeblieben zu sein, wie jemand, der nicht weiß, was er tun oder sagen soll. Da kam es ihr in den Sinn, ihre Blöße und ihre zerknirschte Haltung durch einen unmißverständlichen Anruf zu unterstreichen, dessen falsche Sentimentalität keinen Zweifel über ihren verworfenen Charakter bestehen lassen konnte. »Du hattest recht, daß du mich schlugst«, sagte sie langsam und ernst. »Ich verdiene es nicht anders. Aber nun mußt du mich auch trösten, deine Andreina trösten und ihr zeigen, daß du sie lieb hast. Gib deiner Andreina einen Kuß hierhin.« Ohne ihr Gesicht zu heben, streifte sie mit einer langsamen, schmachtenden Bewegung einen Träger ihres Unterkleides von der Schulter. »Hierhin«, wiederholte sie und deutete mit dem Finger auf die entblößte Stelle.

Aber entgegen ihrer Voraussicht fühlte sie Pietros Lippen weder auf der so liebevoll dargebotenen Schulter noch auf einer anderen Körperstelle. Der unbekannte Besucher hüllte sich im Gegenteil in undurchdringliches Schweigen, und sie verspürte ein plötzliches Unbehagen. Mit ebenso schnellen, schamvollen Bewegungen, wie die vorigen langsam und herausfordernd gewesen waren, sprang sie vom Bett auf und zog den Saum des Unterkleides herunter. Vor ihr stand jemand, der nicht Pietro war, und seine Haltung schien zu sagen:

›Hab keine Angst, es macht nichts, ich sehe, daß du mich für einen andern gehalten hast, die Schuld liegt bei mir.‹ So fern lag ihr der Gedanke an diesen Besucher, daß sie ihn anfangs gar nicht erkannte: Es war ihr Vater.

Andreina wußte nichts zu sagen. Sie schämte sich ihres Verhaltens, denn ihr Vater war schließlich der einzige Mann, an den sie eine solche Aufforderung nicht hätte richten dürfen. Sein unerwarteter, höchst ungelegener Besuch war ihr lästig und erfüllte sie mit Ärger. Ihr Vater war nicht weniger verlegen. Er erriet zum erstenmal aus Andreinas Worten, aus ihren Gesten und ihrer Nacktheit, daß ihr Leben völlig aus dem Umkreis seines Daseins herausgetreten war und, sei es zum Bösen oder zum Guten, seinen eigenen Weg genommen hatte. Diese Erkenntnis ließ seine väterliche Mißbilligung hinter der Angst zurücktreten, er könne den Zweck seines Besuches nicht erreichen. Eine teils verwirrte, teils verängstigte Schüchternheit bemächtigte sich seiner, so, als habe er irrtümlich dieses Zimmer betreten und als sei diese halbnackte Frau vor ihm eine Fremde.

Aus all diesen Gründen fühlte er sich bewogen, als erster zu sprechen. Er strich mit der Hand nervös über seinen Bart und rief endlich beklommen: »Andreina! Erkennst du mich denn nicht? Erst gestern hat deine Schwester mir gesagt, wo du wohnst, und da ich dich so lange nicht mehr gesehen habe, bin ich heute zu dir gekommen... Aber vielleicht erwartest du jemand?...«

»Ich erwarte niemand«, sagte Andreina mit ihrer stets ruhigen, leisen Stimme. Obwohl sie scheinbar unbekümmert mit übereinandergeschlagenen Beinen auf dem Bett saß, fühlte sie sich doch recht unbehaglich in ihrer Nacktheit. Bald zog sie die Spitzen des Unterkleides über ihre Schenkel, auf denen sich vor Scham eine Gänsehaut gebildet hatte, bald versuchte sie, den tiefen Ausschnitt über ihrer Brust zusammenzuraffen. »Später wird jemand kommen«, berichtigte sie sich nach einer Weile und blickte mit gerunzelter Stirn zu Boden. »Wenn dieser Besuch erscheint, mußt du sofort gehen.«

»Aber gewiß, aber gewiß...«, versicherte der Studienrat. Er setzte sich und musterte neugierig die Einrichtung des Zimmers. »Gewiß, gewiß... Natürlich werde ich dann gehen... Übrigens glaubte ich, dir eine Freude zu machen, wenn ich Maddalena mitbringen würde. Du hast sie schon so lange nicht gesehen. Auch die Kleine wollte dich so gern einmal besuchen: Täglich hat sie gefragt: ›Wann gehen wir zu Andreina?‹ Als ich ihr heute sagte, wir würden dich besuchen, hat es ein wahres Fest gegeben. Sie wartet im Flur mit Valentina. Soll ich sie hereinrufen?«

»Was du nicht sagst!« meinte Andreina kalt und gereizt. Worte und Gebaren ihres Vaters hatten genügt, ihren alten Groll wiederzuerwecken. »Wie kann Maddalena sich meiner erinnern? Als ich von zu Hause fortging, war sie gerade zwei Jahre alt.«

»Oh, sie ist groß geworden!« meinte der Studienrat, und Andreinas Einwurf überhörend, eilte er zur Tür und kehrte wenig später mit seinem häßlichen, blassen Töchterchen zurück. Hinter ihm erschien Valentina, die ihrer Schwester vertraulich zunickte. Die Kleine schmiegte sich schüchtern an die Beine ihres Vaters und blickte aus mißtrauischen, schwarzen Augen starr auf die unbekannte ältere Schwester. Da Andreina, sei es aus Scham oder aus Gleichgültigkeit, nicht aufstand, ging Valentina auf sie zu und küßte sie auf die Wange: »Bist du gerade aufgestanden?« fragte sie ohne Bosheit mit einem Blick auf das unordentliche Zimmer. »Besser spät als nie!«

Andreina schüttelte verneinend den Kopf. »Nein, ich stehe nicht so spät auf«, antwortete sie gelangweilt und kühl. »Ich wollte am Fluß ein wenig Luft schöpfen und habe einfach den Pelzmantel über das Unterkleid geworfen, das ist alles. Aber gib mir doch ein Kleid her«, fügte sie ungeduldig hinzu, »das schwarze! Dann ziehe ich mich an, und alles ist in Ordnung.«

Als sei ihr die Wohnung vertraut, ging Valentina nicht zum Kleiderschrank, sondern zu einer Tapetentür. Hier war eine kleine Garderobe eingebaut.

»Am Fluß warst du also!« rief der Studienrat verwundert, ohne seinen neugierigen Blick von Andreina abzuwenden. »Ganz einfach am Fluß, ohne Hut und im Unterkleid?!«

»Allerdings!« wiederholte Andreina. »Ist das etwas Besonderes?«

»Natürlich nicht«, bestätigte der Vater eingeschüchtert und hastig, »selbstverständlich, man trifft dort ja keinen Menschen.«

Inzwischen hatte Valentina das gewünschte Kleid gefunden und betrachtete es erstaunt von allen Seiten. »Aber das ist doch ein Abendkleid«, rief sie unwillig, »ein Kleid zum Ausgehen...«

»Und wenn schon?« entgegnete Andreina trocken. »Bring es her!«

Valentina musterte den tiefen Ausschnitt mit kundigen, bewundernden Augen. »Bist du heute abend eingeladen?« fragte sie.

»Nein, aber gerade weil ich keine Gesellschaften besuche, ziehe ich es jetzt an.« Mit diesen Worten sprang sie unvermittelt vom Bett auf. Der Lehrer und das Kind sahen schweigend und verwundert zu, wie sie das Kleid über den Kopf streifte. »Wunderbar!« meinte Valentina und trat prüfend einen Schritt zurück, während Andreina ernst und blaß in ihrem ärmellosen Kleid mitten im Zimmer stehen blieb. »Wenn man bedenkt, daß du eigentlich gar keine Verwendung dafür hast, während ich für ein solches Kleid wer weiß was geben würde!«

Mehr durch Valentinas Ausruf beeindruckt als durch das Kleid selbst, betrachtete der Studienrat eine Weile die stolze, hohe Gestalt seiner Tochter und wagte schließlich eine Bemerkung. »Sind denn hinten keine Knöpfe? Soll das so offen bleiben?«

Andreina blieb stirnrunzelnd die Antwort schuldig, aber Valentina rief lachend: »Knöpfe! Man höre sich das an! Das Kleid ist doch gerade wegen des Ausschnittes so schön.«

»Was heißt hier schön?« gab der Lehrer entrüstet zurück. »Abgesehen davon, daß so viel Nacktheit unanständig ist, kann man von Schönheit doch nur sprechen, wenn die Trägerin einen sehr schönen Rücken hat. Kannst du mir vielleicht sagen, was daran schön sein soll?«

Er erhielt auf seine Frage keine Antwort. Andreina musterte mit kühlem, aufmerksamem Blick ihre Hände. Selbst Valentina war durch die gereizte Miene der Schwester verstummt und nickte der erschrockenen Maddalena lächelnd und aufmunternd zu. Das verlegene Schweigen wurde nachgerade quälend, und der Studienrat hielt den Augenblick für gekommen, die kleine Maddalena vorzuschicken, um mit ihrer kindlichen Unschuld das verhärtete Herz Andreinas zu rühren. Er legte seine Hand auf den Kopf des Kindes und sagte mit unbeholfenem väterlichem Stolz: »Und das ist unsere Maddalena.« Dann beugte er seinen bärtigen Kopf hinab und schaute in die verschämten Augen unter der kleinen Stirn. »Nun, Maddalena... Weißt du, wer diese schöne Dame ist?... Sag es schon... Wer ist diese schöne Dame?«

Die Kleine bewegte unbeholfen und erregt ihre Füße und sagte schließlich langsam und leise, als wolle sie nur von ihrem Vater verstanden werden: »Ich weiß nicht, wer das ist. Laß uns wieder fortgehen... Ich möchte nach Hause.«

»Sie ist schüchtern«, meinte Valentina, die wohlgefällig der Familienszene folgte. »In Gegenwart von Fremden ist sie schüchtern... aber zu Hause ist sie ein kleiner Teufel.«

»Wieso weißt du nicht, wer das ist?« beharrte der Vater ungeduldig und lehrhaft. »Habe ich dir nicht gesagt, daß es deine Schwester ist? Hast du das schon wieder vergessen?«

Verstohlen hob die Kleine den Kopf und betrachtete Andreina aus den Augenwinkeln. Ob sie sich nun

Valentinas harter, gehässiger Worte erinnerte oder ob es ihr wirklich unmöglich erschien, daß die schöne, elegante Andreina ihre Schwester sei – sie machte plötzlich eine heftige, widerwillige Bewegung. »Das ist nicht meine Schwester«, sagte sie zögernd und schmiegte sich an den Vater. »Tina ist meine Schwester... Das ist nicht meine Schwester... Das ist die Gräfin.«

Jeder legte diese leise gesprochenen Worte auf seine Weise aus. Ein schiefes, selbstgefälliges Lächeln erschien auf Andreinas linker Wange. ›Die Gräfin!‹ überlegte sie, ›wenn ich es nur wäre!... Statt dessen bin ich wirklich nur deine Schwester.‹ Valentina jedoch lachte erfreut, sie kannte die Intrigen ihrer Schwester und ihren Ehrgeiz.

»Da siehst du es, Andreina«, meinte sie unbeschwert. »Kinder und Narren sagen die Wahrheit... Schließlich könnte es ja auch zutreffen... Oder es wird noch einmal wahr.«

»Aber welche Gräfin meinst du denn?« fragte der Studienrat. »Das hier ist doch Andreina, deine und Tinas Schwester... Hier gibt es keine Gräfinnen.«

»Das ist die Gräfin«, wisperte das Kind. »Ich will fortgehen, ich will nach Hause!«

Andreina trat auf die beiden zu. Der Irrtum des Kindes hatte zuerst ihren bitteren Hohn entfacht, aber Valentinas Bemerkung, daß Kinder die Wahrheit sagen, hatte unvernünftigerweise all ihre ehrgeizigen Hoffnungen wieder lebendig werden lassen. Sie beugte sich zu dem Kind hinab und fragte mit der ihr eigenen unbeteiligten Stimme, in der keinerlei Wärme lag: »Warum nennst du mich Gräfin? Wie kommst du darauf? Sag mir, Maddalena, warum meinst du, daß ich eine Gräfin bin?«

»Gib Antwort«, ermutigte Valentina das Kind ihrerseits. »Warum soll sie eine Gräfin sein?«

Aber die Kleine konnte den schwierigen Weg nicht zurückverfolgen, der sie zu ihrer überzeugten Behauptung gebracht hatte. Außerdem verwirrte sie das Drängen der Erwachsenen. Sie drehte sich plötzlich um und klammerte sich an den Vater. »Laß uns fortgehen, laß uns fortgehen... Ich will fort.«

›Du müßtest meine Tochter sein‹, dachte Andreina, die in diesem Augenblick für ihre kleine Schwester nicht die geringste Zuneigung empfand. Aber sie beherrschte sich und zog das erschrockene Kind so sanft wie möglich an sich: »Sprich doch... Maddalena... Wenn du es sagst... schenke ich dir eine Puppe.«

Das war ein leeres Versprechen, denn Andreina besaß keine Puppen und hatte auch gar nicht die Absicht, dem Kinde eine zu kaufen, aber sie erreichte damit ihren Zweck. Die Kleine hob schließlich den Kopf. »Eine Puppe?« fragte sie noch zweifelnd, aber schon mit leuchtenden Augen.

»Ja, eine schöne Puppe«, wiederholte Andreina überzeugend.

»Eine große Puppe?« beharrte das Kind, dessen Mißtrauen schon halb besiegt war.

»Ja, eine große Puppe... so groß wie du.«

Ein freudiges Lächeln, hell und warm wie ein Sonnenstrahl, flog plötzlich über das blasse Gesicht des Kindes, aber seltsamerweise wurde es dadurch nicht verschönt, sondern die unglückliche Häßlichkeit dieser wächsernen Züge und der allzu schwarzen, ausdrucksschweren Augen wurde eher noch verstärkt. »Wenn du mir die Puppe kaufst«, meinte sie zutraulich, »werde ich dir alles sagen, was du willst.«

Andreina hockte kniend am Boden, blickte starr in dieses jetzt offene, gläubige Gesicht und wiederholte ihre Frage. Sie hätte gern die Antwort gehört: »Ich habe gesagt, du seist die Gräfin, weil du schön bist und vornehm« oder: »weil du so schön angezogen bist«, sie hätte eben gern eine andere Antwort erhalten, die ihr über das Geheimnis dieser Verwechslung in einem für sie günstigen Sinne Aufklärung gab und sie in ihrer unvernünftigen Hoffnung bestärkte, eines Tages Matteos Frau zu werden.

Ganz anders hingegen war Maddalenas Überlegung. Unfähig, den Ursprung ihrer Behauptung wiederzufinden, glaubte sie plötzlich, daß dieser Gräfinnentitel aus Gründen, die nur den Großen zugänglich waren, eine Beleidigung darstelle und daß sie sich deshalb, nachdem sie ungewollt Andreina gekränkt hatte, nun entschuldigen müsse, um ihren guten Willen zu zeigen.

Sie lächelte mit einer ruhigen, unbewußten Scheu, legte eine Hand zutraulich auf Andreinas Schulter und sagte: »Ich habe mich geirrt, du bist gut... die Gräfin ist böse. Du bist meine Schwester...«

Valentina und der Vater machten eine zustimmende Bewegung. »Da siehst du, wie sie ist«, rief die ältere Schwester zufrieden. »Gewiß ist sie schüchtern... aber wenn sie Vertrauen gewonnen hat, spricht sie genau wie eine Erwachsene.«

Andreina wandte sich stumm ab, trat mit abweisendem, finsterem Gesicht zum Spiegel und betrachtete sich, während sie mit der Hand über die Stirn strich, als wolle sie ihre Sorgen verscheuchen. »Man muß dem Kind etwas anbieten«, meinte sie schließlich. »Valentina ... frage Cecilia ... es ist noch Gebäck von gestern da.«

Aber Maddalena ließ sich nur widerwillig fortziehen. Sie hatte die plötzliche Wandlung in Andreinas Gesicht beobachtet und verstand deren Ursache nicht. Diese jähe und verächtliche Kälte nach so viel liebevollem Drängen kam ihr ungerechtfertigt vor. Jetzt würde sie keine Puppe bekommen. Warum das alles? Erschrocken und verwundert ließ sie sich von der Schwester fortziehen, während sie mit ängstlichen Augen auf Andreina starrte, um sie durch den stummen Vorwurf ihrer Augen an das Versprechen zu erinnern.

Aber Andreina saß schon wieder auf dem Bett und sprach mit dem Vater. Dem Weinen nahe und immer wieder verzweifelt in ihrem Innern wiederholend: ›Und die Puppe?... eine Puppe, so groß wie ich?‹, folgte Maddalena der Schwester, ohne die Augen von Andreina zu lösen, während die kümmerliche Aussicht auf die Süße des Kuchens die Bitterkeit der Enttäuschung noch größer machte.

Als die Tür ins Schloß gefallen war, wandte sich Andreina an ihren Vater, dessen Gegenwart sie bis dahin betont übersehen hatte. »Darf ich wissen, warum du gekommen bist?« fragte sie und betrachtete mit kühler Aufmerksamkeit ihre Hände. »Ich war auf deinen Besuch nicht gefaßt.«

Der Studienrat fuhr mit den Fingern durch seinen Bart wie ein Redner vor seiner Ansprache. »Und warum nicht?« fragte er zurück, während er die Brille aus der Tasche zog, sie aufsetzte und seine Tochter ansah. »Gewiß, einesteils konntest du annehmen, daß du mich nie mehr sehen würdest... In gewissen Dingen gebe ich tatsächlich nicht nach... Das habe ich schon damals gesagt und sage es noch heute... Eine Tochter, die das Elternhaus verläßt, um mit einem Mann, dem sie nicht angetraut ist, zusammen zu wohnen, ist für mich erledigt, gestorben, einfach nicht mehr da.«

»Aber wenn du noch immer diese Meinung vertrittst, warum bist du dann gekommen?« fragte Andreina kalt und sah an ihrem Vater vorbei.

»Gewiß, du hast so gehandelt und bist von zu Hause weggelaufen. Du dürftest also eigentlich für mich nicht mehr dasein... Aber schließlich bist du immer noch meine Tochter. Blut ist nun einmal dicker als Wasser... und so habe ich mir gesagt...«, er breitete die Handflächen aus und neigte ergeben den Kopf, »schon aus Rücksicht auf deine selige Mutter, die uns von dort oben gewiß in diesem Augenblick sieht, müssen wir vergessen und verzeihen können... ›Gehen wir zu ihr... reichen wir ihr die Hand... lassen wir alles Geschehene begraben sein‹, dachte ich, und so bin ich eben gekommen.«

Auf Andreinas Gesicht standen nur Kälte und Widerwillen, und sie schien ganz in den Anblick der gelben Bettdecke versunken zu sein. ›Man höre sich das an‹, dachte sie wütend, ›ich quäle mich und führe ein elendes Dasein, und mein Vater kommt und erklärt mir, daß er mir verzeiht.‹ Sie hob den Kopf und sagte mit mühsam beherrschtem Zorn: »Wenn das alles ist, was du mir zu sagen hast, wärest du besser zu Hause geblieben.«

Der Studienrat tat ganz erstaunt und machte eine schmerzliche Bewegung mit den Händen. »Nach all dem, was geschehen ist... nach all den Jahren, die wir uns nicht gesehen haben, ist das dein Empfang für deinen Vater?«

»Und außerdem kommst du erst jetzt zu mir... jetzt, wo es mir besser geht...«, fuhr Andreina fort und hätte beinahe hinzugefügt: ›... und wo ich im Begriff bin, bald zu heiraten‹, aber sie sprach es nicht aus. ›Du denkst wohl, ich könne dir jetzt nützlich sein... Aber als ich Hilfe brauchte, hast du geantwortet, ich sei nicht mehr deine Tochter, und du hättest mit mir nichts mehr zu schaffen.«

»Aber Andreina!« rief der Studienrat beschwörend und faltete die Hände. »Andreina, sei doch vernünftig! Wie hätte ich dir denn helfen können...? Ich wußte doch damals selbst nicht ein noch aus! Auf der einen Seite die Machenschaften hinter meinem Rücken, die Feinde, die Verfolgungen, und auf der andern Seite drei Personen, die ich zu versorgen hatte... Andreina, bedenke das doch!... Und übrigens«, fügte er hinzu, »ich wäre bestimmt gekommen, wenn ich gewußt hätte... Aber Valentina hat mich über alles im unklaren gelassen. In meinem Hause ist nämlich eine regelrechte Verschwörung gegen mich im Gange«, erklärte er mit überzeugtem Schmunzeln und strich über seinen Bart, »eine stillschweigende Verschwörung... Niemand hält mich auf dem laufenden, niemand sagt mir etwas, es ist, als sei ich gar nicht da... Auf welche Weise habe ich zum Beispiel von dir erst wieder gehört? Nun, zufällig durch die Gräfin Tanzillo, die Schwester des Herrn Davico.«

Bis zu diesem Augenblick hatte Andreina nur mit halbem Ohr auf das Geschwätz ihres Vaters geachtet. Sie wußte aus Erfahrung, wie wenig Wahrheit in seinen Worten steckte. Geduldig hatte sie das Ende abgewartet. Dann, als der Name Davico fiel, war ihr zumute wie einmal in ihrer Kinderzeit, als sie plötzlich auf dem Weg eine Schlange sich winden und dann gemächlich ins Gebüsch schlüpfen sah. Wie damals machte sie eine instinktive Bewegung des Erschreckens, die von einer Art Gedankenlähmung begleitet war. Damals war ihr ganzer Körper zurückgezuckt. Diesmal fuhr nur ihr Kopf jählings zurück. Mit todbleichem Gesicht, stockendem Atem und rasendem Herzklopfen blickte sie ihren Vater an. »Welcher Davico?« hauchte sie.

»Du weißt das nicht?« rief der Studienrat überrascht. »Hat Valentina es dir nicht gesagt?... Wir haben wieder ein Zimmer vermietet. Augenblicklich haben wir diesen Herrn Davico, Stefano mit Vornamen, der schon als Student bei uns wohnte. Du hast ihn bestimmt gekannt, ich entsinne mich sogar, daß du Freundschaft mit ihm geschlossen hattest... Ein vornehmer, großer junger Mann... Stefano Davico...«

In Andreinas Kopf herrschten Verwirrung und Finsternis. Sie blickte ihren Vater an und wiederholte bei sich: ›Stefano ist zurückgekommen.‹ Die Rückkehr ihres Verführers war der letzte, entscheidende Schlag des Schicksals, das sie immer offensichtlicher verfolgte. Stefano kam zurück, um ihr klarzumachen, daß es kein Entrinnen für sie gab, daß diese zehn Jahre vergebens gewesen waren, daß sie an ihr unglückliches Schicksal gekettet war. Durch Stefanos Rückkehr verlor auch die Ausflucht in die Ehe jeden Sinn. Es blieb nichts als trostlose Dunkelheit.

»Aber was hat die Gräfin Tanzillo damit zu tun?« brachte sie schließlich heraus.

»Sie ist seine Schwester! Aber jetzt, Andreina, möchte ich...«

»Was will er denn hier?« unterbrach ihn seine Tochter wie abwesend.

»Er will sich gesundpflegen lassen«, sagte der Lehrer, der diese Anteilnahme nicht begriff und weiter von dem erzählen wollte, was ihm am Herzen lag. »Er ist krank.«

»Was hat er denn?«

»Tuberkulose, glaube ich...«, erklärte der Lehrer mit verhaltener Ungeduld. »Er geht an Krücken, anscheinend ist es ziemlich schlimm.«

Andreina blickte ihren Vater an, und eine Art verzückter Freude leuchtete aus ihren Augen. Während der letzten zehn Jahre hatte sich in ihrer Seele ein derartiger Haß gegen Stefano aufgespeichert, daß sie langsam dahin gelangt war, ihn als Hauptschuldigen an ihrem Mißgeschick zu betrachten. Diese Krankheit bereitete ihr um so größere Genugtuung, als sie ihr nicht nur als eine gerechte Strafe erschien, sondern auch als Zeichen der Schwäche bei einem Mann, den sie trotz allen Widerstrebens immer als eine Art verhaßten und gefürchteten Herrn angesehen hatte. »Er geht also an Krücken?« fragte sie. »Ist es mit seiner Lahmheit sehr schlimm?«

Der Studienrat zupfte an seinem Bart. »Andreina«, begann er mit seinem unangenehmen belehrenden Pathos in der Stimme, »warum willst du das so genau wissen?«

»Überlaß das mir«, sagte Andreina hastig und schroff. »Ich habe schon meinen Grund, und der geht dich nichts an... Also... kann er noch gehen oder nicht?«

»Aber Andreina! Wenn ich dir doch sage, daß er sich der Krücken bedienen muß!« rief der Studienrat ungehalten.

Andreinas Nasenflügel zitterten, sie preßte die Zähne fest aufeinander. ›Auch für ihn sind schwere Zeiten gekommen‹, dachte sie. ›Ich werde mich noch zugrunde richten, aber bei ihm ist es schon soweit.‹ Erregt stand sie auf und ging einige Schritte durch das Zimmer. Plötzlich blieb sie stehen. »Er ist gewiß sehr niedergeschlagen, nicht wahr? Er ist zweifellos bedrückt und leidet unter seiner Krankheit?«

»Ach, das gerade nicht! Man muß sogar anerkennen,

daß er sein Unglück wie ein Philosoph trägt, mit lächelnder Ergebenheit und edlem Anstand... wie es sich für einen so vornehmen, intelligenten jungen Mann geziemt... Er beklagt sich nie, er belästigt uns nie und ist immer guter Laune... Ein anderer an seiner Stelle würde sich sicherlich furchtbar langweilen, aber bei ihm gibt es das alles nicht. Bald liest er, bald spielt er auf der Gitarre, bald singt er, und seine seelische Verfassung ist ausgezeichnet.«

Andreina erkannte in dieser Schilderung immer deutlicher den Stefano von einst, und in dem Maße, wie ihre Hoffnung, ihn leidend zu wissen, dahinschwand, verflog auch die Erregung, die diese Hoffnung in ihr ausgelöst hatte. Alles war gleichgeblieben: Stefano und seine Überlegenheit auf der einen Seite, ihr Unglück und sie selbst auf der anderen, und die zehn vergangenen Jahre hatten an ihrem Verhältnis zueinander nichts geändert. Sie setzte sich auf das Bett und stützte ihren Kopf in die Hände.

»Aber nun zu dir«, rief sie plötzlich scharf, »du bist doch mit einer bestimmten Absicht gekommen. Ohne Grund hättest du mich sicher nicht aufgesucht... Frage, was du zu fragen hast!«

Mit gekränkter Geste schob sich der Lehrer auf seinem Stuhl zurück. »Also so ist das! Ein Vater darf nicht einmal mehr die eigene Tochter besuchen, ohne eigensüchtiger Absichten beschuldigt zu werden... Das ist ja wirklich reizend... So etwas muß ich mir in meinem Alter anhören, und dazu noch aus dem Munde meiner eigenen Tochter!«

Andreina fühlte sich matt und verzweifelt. ›Wenn du wirklich ein Vater wärst!‹ dachte sie mit einem gequälten Blick, in dem jeder weniger Zerstreute ein finsteres, flehendes Leid bemerkt hätte. ›Wenn du wirklich ein Vater wärst!‹ Aber der Studienrat blickte sie wie ein Richter an, der einen Verbrecher beobachtet. Sie stützte wieder den Kopf in die Hände und murmelte leise: »Nun, sag schon, was du zu sagen hast... Sag, was du von mir willst...«

»Ich möchte mich nicht in Dinge einmischen, die mich nichts angehen...«, meinte er geheimnisvoll, »das ist nicht meine Art. Was es zwischen dir und dem Grafen Tanzillo gibt, interessiert mich nicht im geringsten, und ich will auch nichts wissen... Da ich dir aber verziehen habe, bin ich als Vater verpflichtet und sogar berechtigt, mich um dich zu kümmern... Aus diesem Grunde bin ich gekommen, um zu erfahren, ob an einem gewissen Gerede etwas Wahres ist.«

»Welches Gerede meinst du?« fragte Andreina gequält.

Der Studienrat beugte sich zu seiner Tochter vor und erklärte eindringlich: »Dieser Herr Davico ist doch der Bruder der Gräfin Tanzillo... Während einer Unterredung in unserem Hause hat seine Schwester einmal behauptet, sie sei im Begriff, sich scheiden zu lassen... Und später ist mir gesagt worden, daß der Graf dich gleich nach der Scheidung heiraten werde... Stimmt das?«

Seine Worte, seine Gesten, seine Stimme, alles stand in solchem Gegensatz zu Andreinas Verzweiflung, daß sie, fassungslos vor Erregung, nicht wußte, ob sie weinen oder lachen sollte. ›Wozu ist mein Vater eigentlich hergekommen?‹ dachte sie, ›was sollen alle diese Fragen?... Was liegt mir jetzt noch daran, ob Matteo mich heiratet?‹ Sie hob kaum den Kopf. »Ja, Matteo wird mich heiraten, oder er wird mich auch nicht heiraten und zum Teufel gehen... Was liegt schon daran?«

Der Studienrat riß die Augen fragend und erschrocken auf. Diese Gleichgültigkeit schien ihm geradezu unnatürlich. »Wie, was liegt schon daran?« wiederholte er schließlich. »Was liegt schon daran?... Wie kann man nur so sprechen! Gräfin zu werden, reich zu sein, in eine aristokratische Familie einzuheiraten, bedeutet das gar nichts? Das heißt doch wirklich, sein Glück mit Füßen treten!...« Dann fügte er ruhiger hinzu: »Ob dir nun tatsächlich etwas daran liegt oder nicht, das ist deine Sache. Du wirst schon deine Gründe haben... Die Hauptsache ist, daß dieses Gerücht auf Wahrheit beruht... Meine Glückwünsche! Gestatte deinem Vater, daß er sich zu solch einer Tochter beglückwünscht... meine Glückwünsche!« Er stand auf und drückte die widerstrebende Hand Andreinas. Dann ließ er sich wieder nieder, zupfte an seinem Bart und gab durch Haltung und Miene seine Neugier auf weitere Eröffnungen zu erkennen.

Aber Andreina hatte keine Lust zu sprechen. Diese Neugier und diese Begeisterung ihres Vaters waren ihr so seltsam entrückt, so lästig und unangemessen. Alles um sie herum stürzte ein, und der Vater in seiner selbstsüchtigen Blindheit beglückwünschte sie noch. In sich zusammengesunken, starrte sie auf den roten, weichen Teppich, auf das rötliche, glänzende Holz des Mahagonischranks und auf den Spiegel. Sie sah sich als Kind mit all den unschuldigen Gebärden und Äußerungen, die sie jetzt in Gedanken zuweilen mit jener Zeit verband. Sie verglich diese durch Rührung verfälschten Erinnerungen mit den sehr viel weniger erfreulichen aus späterer Zeit und mit der trostlosen Gegenwart, und die gleiche rachsüchtige, ausweglose Haltung, die sie auf Stefanos körperlichen und seelischen Verfall hatte hoffen lassen, entfachte den Haß gegen ihre eigene Person. ›Wie konnte ich je an eine Heirat glauben?‹ dachte sie. ›Stefano ist gerade im richtigen Augenblick aufgetaucht, um mich daran zu erinnern, daß ich mir keine Illusionen machen darf.‹ Mehr als Stefano verwünschte sie nun sich selbst und ihren Ehrgeiz. Dieses dunkle Dasein war ihr von Geburt an bestimmt, warum hatte sie versucht, ihm zu entgehen? In diesem Augenblick berührte der Studienrat ihre Schulter.

»Ich sehe, du machst dir Sorgen«, redete er neugierig auf sie ein. »Ist seine Familie dagegen? Diese Aristokraten...«

»Aber nein, aber nein«, unterbrach ihn Andreina gequält.

»Dann hast du wohl Angst vor der langen Wartezeit, bis die Scheidung ausgesprochen ist?« forschte er weiter. »Diese Besorgnis ehrt dich ... Aber hab keine Angst ... heutzutage gibt es nichts, was man nicht mit Geld beschleunigen kann.«

»Aber darum geht es ja gar nicht!« entgegnete Andreina ungeduldig. »Ich mache mir Sorgen ...« Sie zögerte und entschloß sich dann, durch irgendeine Erklärung dieser Quälerei ein Ende zu machen. »Ich mache mir Sorgen, weil Matteo nach der Scheidung arm sein wird. Jetzt ist er reich, weil seine Frau reich ist, aber mit dem Tag seiner Scheidung wird mit der Frau auch das Geld dahin sein, und er ist dann wieder so arm wie vorher.«

»So! Ja dann ...«, rief der Lehrer in überraschtem Ton. »Ich verstehe, ich verstehe! Aber ist es denn möglich, daß eine so alte Familie wie die Tanzillos so verarmt sein soll?«

»Sie waren einmal reich. Aber Matteo hat alles verschleudert ... Außerdem«, fügte sie hinzu, eher gegen sich selbst aufgebracht als gegen ihren Vater, »außerdem ist es unnütz, noch weiter darüber zu sprechen ... Jetzt ist mir ohnehin alles einerlei.«

Der Studienrat klopfte sanft mit der Hand auf den gebeugten Rücken der Tochter. »Nun, Andreina, du darfst dich nicht so entmutigen lassen, wir wollen lieber einen Weg suchen ... Sollte denn den Tanzillos von all ihren Millionen nicht eine geblieben sein?«

»Das Gesetz steht auf seiten der Frau. Nur in einem einzigen Fall erhält der Mann ein Drittel der Mitgift ...«

»Aha, siehst du!« rief der Studienrat triumphierend, »ich habe ja gewußt, daß es einen Ausweg gibt ... Ein guter Anwalt ist doch mehr wert als tausend Beweise.«

»Ich habe gesagt, daß diese Regelung nur für einen bestimmten Fall gilt. Und dieser eine Fall ist der Tod der Frau.«

»Nein, das nicht«, rief der Lehrer, dessen Bewunderung für Maria-Luisa stärker war als alle materiellen Erwägungen. »Den Tod möchte ich ihr wirklich nicht wünschen. Eine so schöne Frau... das wäre wahrhaftig schade.«

In Andreinas Augen blitzte es auf.

»Es gäbe noch eine andere Möglichkeit, die einfachste von allen«, sagte sie nach einer Weile lässig, »man müßte dafür sorgen, daß sie stirbt.«

»Wie meinst du das?!« fragte der Vater bestürzt. Er blickte die Tochter ratlos an, als habe er nicht recht verstanden.

»Sie umbringen!« erwiderte Andreina in Gedanken versunken. Ein Zittern lief über ihre Nasenflügel.

Diesmal begriff der Lehrer, seine Hände gruben sich in die Armlehnen des Sessels, und er starrte seine Tochter entsetzt aus weit aufgerissenen Augen an. »So etwas sagt man nicht einmal im Scherz!« rief er voller Abscheu, sprang auf und wanderte erregt im Zimmer umher. »Nicht einmal im Scherz! Pfui Teufel, wie weit ist es mit uns gekommen! Du sprichst von Umbringen, als ob es sich darum handele, eine Zigarette anzuzünden. Solche Worte, und seien sie auch im Scherz gemeint, gefallen mir nicht, Andreina! Umbringen! Wo leben wir denn? Bei den Kannibalen in Afrika?!«

Dieser Flut von Vorwürfen hielt Andreina stand wie eine schöne, giftige Blume einem kräftigen, aber unschädlichen Platzregen. »Bist du etwa nicht der Ansicht«, fragte sie kalt und eintönig, »daß es nur ein Akt der Gerechtigkeit wäre, Maria-Luisa umzubringen? Sie ist sehr reich und macht von ihrem Geld den schlechtesten Gebrauch. Sie lebt in der großen Welt und langweilt sich. Sie ist eine reiche Frau und sollte in ihrem Alter Vernunft annehmen, statt dessen nimmt sie einen jungen Burschen wie Carlino zum Liebhaber. Sie hat weder Charakter, noch ist sie eine Persönlichkeit. Sie besitzt keine Spur von Intelligenz, ist weder kalt noch warm und frönt nur ihren Launen. Ihr Leben ist ohne Sinn und Ziel, und sie stößt jeden, der ihr über den Weg kommt, rücksichtslos zur Seite. Ist das ein Mensch? Ob man *sie* umbringt oder einen räudigen Hund, ist das gleiche.«

Der Vater war wie betäubt. »Selbst wenn sie so wäre, wie du sagst«, rief er, »ja wenn sie noch schlechter wäre, darf man gewisse Dinge einfach nicht ausdenken, geschweige denn davon sprechen! Und das ausgerechnet zu einem Zeitpunkt, wo du kurz vor der Heirat stehst und eine Familie gründen willst! Andreina, Andreina!«

»Aber wenn Maria-Luisa nicht stirbt, kann ich die Familie, von der du sprichst, niemals gründen«, beharrte Andreina kalt und sachlich.

»Ach!« machte der Studienrat, setzte sich wieder hin und schüttelte bedächtig den Kopf. »Wieso kannst du das nicht? Das ist wirklich ein prächtiges System... Ich möchte heiraten und bringe jemand um... Ich möchte mir ein Haus kaufen und vergifte einen anderen... Ich finde an einem Auto Gefallen und erschieße einen dritten... Wirklich ausgezeichnet! Was für Reden führst du nur?!« fügte er beschwörend und entsetzt hinzu und fuchtelte mit den Händen in der Luft. »Was für Reden!... Zum Glück ist Maddalena nicht hier... Wenn sie das hören müßte... Nein, was für Reden du führst!...«

Genau wie vorher, als sie einen Augenblick lang gehofft hatte, Stefano litte unter seiner Krankheit, fiel Andreina mit einem Schlag aus fanatischer Erregung in dunkle, trostlose Verzweiflung zurück. Sie sank in sich zusammen, stützte ihren Kopf in die Hände und schloß eine Weile die Augen. »Dann mach du doch einen Vorschlag«, meinte sie schließlich, »mach du einen Vorschlag und zeige mir einen Weg, um der Armut zu entgehen und zu heiraten.«

Der Studienrat war wieder beruhigt und blickte resigniert seine Tochter an. »Ehrbarkeit ist doch die schönste Tugend«, stellte er schließlich bedeutungsvoll fest. »Sie gehört zu den wenigen Dingen, die ich nie in Frage gestellt sehen möchte... Selbst in den schlimmsten Zeiten meines Lebens lautete meine Losung stets: ›Arm, aber ehrbar!‹... Ich rühre nicht an das, was andern gehört... Darum habe ich auch so viele erbitterte Feinde... Aber es gibt Ausnahmefälle, in denen selbst ich nicht zögern würde... Ja«, und bei dieser Erklärung hob der Lehrer mahnend den Zeigefinger, »wenn man jemand in der Bahn bestiehlt oder einen Geldschrank aufbricht, das sind unanständige Handlungen, aber die Nutznießung der Mitgift der eigenen Frau ist nicht nur erlaubt, sondern steht dem Ehemann zu, um so mehr, wenn diese Frau millionenreich ist und, wie es der Fall zu sein scheint, ein lockeres Leben führt... Ich selbst hatte bei meiner Heirat einige unbedeutende Schulden, aber deine Mutter war überglücklich, mir ihre kleine Mitgift zur Verfügung stellen zu können... Und selbstverständlich hat sie mir, obwohl ich ihr niemals einen Heller zurückerstattet habe – wie hätte ich das auch bei meinem bescheidenen Gehalt tun können? –, diese Anleihe nie vorgeworfen.«

In mutloses Nachdenken versunken, schien Andreina den Ergüssen ihres Vaters gar nicht zuzuhören. »Ein Mädchen von vierzehn Jahren zu verführen«, fragte sie plötzlich, »ist das anständig oder nicht?«

Verdutzt blickte der Lehrer seine Tochter an. »Was hat das damit zu tun?« rief er gereizt. »Wir sprachen doch von der Schwester des Herrn Davico... Was hat das mit ihr zu tun?...«

»Ich kenne jemand, der das getan hat und nicht bestraft worden ist«, entgegnete Andreina und starrte vor sich hin.

»Aber was hat das damit zu tun? Gewiß, es gibt allerhand unerfreuliche Fälle... Gerade vor kurzem habe ich einen Mann kennengelernt, der seiner Frau die Nase abgebissen hat; auch er ist nicht bestraft worden... Aber was hat das mit unserm Gespräch zu tun?«

»Ich sprach nur mit mir selbst«, erwiderte Andreina. »Sprich weiter, sprich ruhig weiter.«

»Ich sagte also«, begann der Studienrat wiederum, steckte die Daumen in die Ärmellöcher seiner Weste und blickte zur Decke, »ach ja! ... Zu einer Ehescheidung bedarf es doch der Zustimmung des Ehe-

mannes, nicht wahr? Nun gut ... dann soll dein Freund
Tanzillo als Gegenleistung für seine Zustimmung eine
angemessene Entschädigung verlangen ... Entweder –
oder ... Sie wird bezahlen, und du kannst endlich
heiraten ...«

Andreina hob den Kopf und sagte kurz: »Schon gut,
ich werde deinen Rat beherzigen ... Und was kann ich
für dich tun? Hast du etwas nötig? Du kannst ganz
offen sprechen.«

»Andreina!« begann der Studienrat feierlich, über
diese rasche Gesprächswendung keineswegs verwundert. »Ich gebe zu, daß die Dinge sehr schlecht stehen ... Im Augenblick haben wir zwar diesen Herrn
Davico in Pension ... Ohne ihn wüßte ich wirklich
nicht, was wir tun sollten ... Täglich neue Ausgaben,
täglich geringere Einkünfte ... Und dann diese Nachstellungen ...«

»Welche Nachstellungen?« fragte Andreina abwesend.

»Nachstellungen von neidischen Kollegen, Verschwörungen ... Wenn sie könnten, würden sie mir auch
noch die wenigen griechischen und lateinischen Nachhilfestunden nehmen, mit deren Hilfe ich mich recht
und schlecht durchschlage. Und außerdem werden die
Kinder immer größer. Maddalena ist zwar noch klein,
aber Carlino fast erwachsen, er ißt wie ein Mann und
braucht jetzt auch Anzüge. Und Valentina müßte heiraten! Wahrhaftig, in diesen Zeiten eine Familie zu
haben, ist schon fast Luxus ...«

»Schon gut«, unterbrach ihn Andreina. »Wenn ich
mich nicht täusche, erwartest du von mir einen Beitrag zu den Ausgaben für deine Familie.«

»Die auch die deine ist«, ergänzte der Studienrat
besorgt.

»... Also, wenn ich zu diesen Kosten beisteuern soll,
müßt ihr mir versprechen, daß ihr mich nicht ohne
meine Einwilligung besucht. Das verlange ich nicht,
weil ich etwas gegen euch habe, sondern aus Gründen,
die ich nicht erklären möchte.«

Der Studienrat, der angstvoll den Atem angehalten hatte, stimmte lebhaft zu. »Aber natürlich!« rief er, nun von einer Last befreit. »Das ist nur zu verständlich... Wenn du verheiratet bist, wirst du in aristokratischen Kreisen verkehren... Ich verstehe dich vollkommen...«

»Ganz recht«, wiederholte Andreina mechanisch, in teilnahmsloser Schwermut die traurigen Augen gesenkt.

»Du wirst dir selbst und den andern gegenüber Verpflichtungen haben, denen du dich nicht entziehen kannst... Natürlich!... Ich werde es sofort Valentina sagen.«

»Nein, Valentina nicht! Sie ist bisher auch immer gekommen... Und jetzt warte einen Augenblick!« Sie stand auf, ging ohne Hast zum Frisiertisch und öffnete mit umsichtigen Bewegungen eine Schublade. In dem schwachen, gelben Licht wirkte ihr Abendkleid wie der glänzende Panzer eines Käfers. »Hier«, sagte sie ruhig und reichte dem Vater einige Banknoten.

Die Augen des Studienrats leuchteten auf, schon streckte er die Hände danach aus. Aber unvermutet zog er sie wieder zurück. »Nein, das ist nicht möglich, ich kann es nicht«, seufzte er. »Ich kann dieses Geld nicht annehmen, das gewiß von deinem zukünftigen Manne stammt. Es ist unmöglich. Das ist immer so bei mir gewesen. Weißt du, was ich zum Beispiel zu meinem Kollegen Morati sagte, als er mir aus meinen Schwierigkeiten helfen wollte? ›Lieber hätte ich von Ihnen eine Ohrfeige angenommen‹, sagte ich.«

»Dann laß es«, bemerkte Andreina trocken. Sie warf die Scheine auf das Tischchen neben dem Sessel, in dem der Studienrat saß, und lehnte sich mit dem Rücken gegen die Kommode. Beide schwiegen.

Der Studienrat zupfte erregt an seinem Bart. »Es hat keinen Zweck. Gewisse Unterschiede beeindrucken mich immer von neuem. Auf der einen Seite schwärzestes Elend, ein Studienrat, der mit Nachhilfestunden und durch Vermieten sein Leben fristet und dessen Tochter als Krankenpflegerin arbeitet. Auf der andern Seite Üppigkeit, Abendkleider, Autos und Geselligkeit. Man trinkt, lacht, tanzt und wirft in einer Viertelstunde mehr Geld hinaus, als eine ganze Familie in einem Monat braucht...«

»Du willst es also nicht annehmen?« fragte Andreina trocken. »Auch gut. Dann lege ich es wieder in die Schublade.«

Der Studienrat griff krampfhaft in seinen Bart und schaute verlegen drein. »Einen Augenblick«, rief er schließlich und hob die Hand.

Langsam drehte sich Andreina um. »Was möchtest du?«

»Ich werde es nehmen, aber nur unter einer Bedingung.«

»Unter welcher Bedingung?«

»Du mußt mir versichern, daß du über dieses Geld niemand Rechenschaft abzulegen hast und daß niemand davon erfahren wird...«

Andreina runzelte die Stirn. »Schon gut, ich versichere es dir«, sagte sie müde.

»Kann ich mich darauf verlassen?«

»Ich sagte es dir bereits...«

»Es ist ja nur ein Tropfen auf einen heißen Stein«, meinte der Studienrat bitter und steckte die Scheine in seine Brieftasche. »Wir sind allein mit der Miete zwei Monate im Rückstand. Aber es ist immerhin etwas und hilft uns weiter. Ich danke dir, Andreina. Damit tust du wirklich etwas Gutes...«

Andreina ließ geduldig die Flut von Dankesworten über sich ergehen. »Du könntest mir einen Gefallen tun...«, entgegnete sie schließlich. »Du sagtest, ihr hättet diesen Herrn Davico in Pension... Warum hat Valentina mir nie etwas davon gesagt?«

»Das will ich dir erklären«, meinte der Studienrat geheimnisvoll. »Herr Davico ist ein sehr feiner junger Mann... Und ich glaube, Valentina hat eine kleine Schwäche für ihn... Sie hat vielleicht Angst, er könnte sich in dich verlieben, wenn er dich sieht.«

Schon vor längerer Zeit hatte Andreina ihrer Schwester das allzufrühe Abenteuer mit Stefano anvertraut, und sie ahnte, daß ihr Valentina aus Fürsorge und Liebe die Rückkehr des einstmaligen Verführers verschwiegen hatte. Aber in ihrem müden Kopf verwirrten sich die Gedanken. »Aus Angst, daß er sich in mich verlieben könnte...«, wiederholte sie mehrmals, bevor sie die Bedeutung dieser Worte recht erfaßte. Laut sagte sie: »Wenn dieser Herr Davico sich nach mir erkundigen sollte, und selbst«, sie zögerte, »wenn er es nicht tut, gib ihm ruhig meine Adresse und sag ihm, er solle mich besuchen.«

»Das werde ich um so lieber tun, als er mich schon danach gefragt hat... sogar mehrmals«, erwiderte der Vater.

»Ach, *er* hat schon mehrmals danach gefragt?« wiederholte Andreina verwirrt. Regungslos stand sie eine Weile mit geschlossenen Augen da. »Kannst du mir sagen, ob eine Frau... ob hin und wieder eine Frau zu ihm kommt?«

»Nicht daß ich wüßte.«

Damals hatte er sie nur verführt, weil er gerade keine andere Frau hatte. Jetzt kam er wieder mangels besserer Gelegenheit zu ihr zurück. »Sag ihm, er solle mich um diese Zeit besuchen, dann trifft er mich am ehesten allein an.«

»Gewiß, das werde ich tun«, antwortete der Lehrer, trat ans Fenster, schob die Vorhänge beiseite und warf einen Blick auf die Straße. »Du wohnst in einem schönen Stadtviertel. Einsam, aber vornehm...« Er unterbrach sich, weil es plötzlich klingelte.

»Das ist Matteo«, rief Andreina erschreckt. »Verschwinde, er darf dich nicht sehen...« Sie drückte ihrem Vater den Hut in die Hand und schob ihn in die Küche hinaus.

»Ihr müßt durch das Fenster steigen und ohne Aufsehen verschwinden«, erklärte sie Valentina. Sie hatte nur den einen Wunsch, die drei so schnell wie möglich loszuwerden. Kühl und ungeduldig sah sie zu, wie ihr

Vater bedächtig und würdevoll auf die Fensterbank kletterte und sich mit weit aufgerissenen Augen von der Brüstung in den Garten fallen ließ. Valentina reichte ihm Maddalena, ehe sie selbst auf diesem Wege das Haus verließ.

26

Als Cecilia die Fensterläden in der Küche wieder geschlossen hatte, läutete es abermals. Das eindringliche Schrillen der Klingel verriet die Ungeduld des Besuchers, erst einmal, dann drei- oder viermal kürzer, dann wieder sehr lange. Cecilia, die das Kaffeegeschirr in einen Schrank räumte, zuckte gleichgültig die Schulter.

Andreina, die nachdenklich mit dem Rücken an der Fensterbank lehnte, fuhr zusammen. »Beeile dich, Cecilia, mach auf!« sagte sie scharf. »Wenn es Herr Monatti ist«, fügte sie nach kurzem Zögern hinzu, »so führe ihn ins Schlafzimmer.«

Das Mädchen ging hinaus. Andreina trat an den Gasherd und blickte eine Weile auf den Milchtopf, der auf der Flamme stand. Von dort wanderten ihre Augen zu zwei Büchern hinüber, die in einer Nische lagen. Gedankenlos griff sie danach. Der eine Titel hieß »Ewige Ketten«, der andere »Befleckte Seelen«. Es waren billige Ausgaben auf gewöhnlichem Papier. Andreina blätterte in den Bänden und betrachtete die Illustrationen, die unter anderen eine Frau in einem bauschigen Kleid der neunziger Jahre zeigte. Ein Mann in eleganter Jacke und scharf gebügelten Hosen hielt sie am Handgelenk und zeigte auf eine dritte, abseits stehende Person. Der Text hierzu lautete: »Unglückselige, erkennen Sie diesen Mann?« Andreina betrachtete die Szene eine Weile. Dann kam Cecilia zurück. »Das war nicht Herr Monatti, sondern nur ein Junge. Aber ich verstehe nicht, was er will.«

Andreina ging hinaus. In der geöffneten Dielentür wartete ein ziemlich dreist wirkender Bursche. »Ist Frau

Andreina zu Hause?« fragte er hastig und verschluckte die Hälfte der Worte.

»Was meinst du?«

»Sind Sie Frau Andreina?« wiederholte er und blickte zu ihr auf.

»Ja, das bin ich«, antwortete Andreina ruhig, obgleich ihr Herz plötzlich wild schlug. Sie sah den Jungen davonlaufen und wußte plötzlich, daß noch mehr geschehen würde. Gegen die offene Tür gelehnt, blickte sie wie gebannt in den leeren, hell erleuchteten Hausflur. Sie konnte weder den Garten noch den Hauseingang übersehen, sondern nur die Treppe, die in den zweiten Stock hinaufführte. Doch alle Geräusche draußen hallten im Hausflur wider und waren deutlich zu unterscheiden. Eine Weile später schlug das Gartentor zu, und auf dem Kies knirschten unregelmäßige Schritte. Ein in gleichen Abständen wiederkehrendes Stampfen begleitete diese Schritte und rührte wohl von einem Stock her, auf den sich jemand mit seiner ganzen Körperlast stützte. Plötzlich tauchte des Jungen geschorener Kopf auf und seine Schultern, auf die sich jemand stützte. Und in dieser Person, die gesenkten Kopfes, vorsichtig tastend und vor Anstrengung keuchend, näher kam, erkannte sie zu ihrem Entsetzen Stefano.

Sie erkannte ihn sofort, trotz seines Gebrechens und seiner ungewohnten Körperfülle. Sie zog sich in die Diele zurück und beobachtete todbleichen Gesichtes mit zitternden Knien und stockendem Atem, wie er mit einem erleichterten Seufzer die Mitte des Hausflurs erreichte. Er schleppte ein Bein etwas nach, und seine auffallend kleinen Füße trugen kaum die Last des schweren Körpers.

Dann wandte Stefano sich zur Seite, erblickte sie und lächelte ihr so freundlich und selbstverständlich zu, als hätten sie sich statt vor zehn Jahren erst vor zehn Tagen gesehen.

»Andreina!« rief er, winkte mit der Hand und eilte, so schnell es ihm die ungleichen Stützen erlaubten, auf sie zu. »Wie geht es, wie geht es dir?« rief er mehrmals und schüttelte die Hand, die Andreina ihm willenlos überließ. Diese überschwengliche Begrüßung wurde durch einen rein praktischen Vorgang unterbrochen. Stefano kramte in seiner Tasche nach einem Geldstück und reichte es dem Jungen, der ohne Dank davonrannte. »Ich habe die Krücken nicht bei mir«, erklärte er und fügte mit einer Selbstverständlichkeit, die keinen Widerspruch aufkommen ließ, hinzu: »Komm, ich stütze mich auf dich.«

Stumm leistete Andreina die geforderte Hilfe. »Hier«, sagte sie und zeigte auf die Tür des Salons. Mit jedem Schritt lastete Stefanos Arm schwerer und besitzergreifender auf ihr. Die Zähne zusammengebissen und mühsam durch die erstarrten Nasenflügel atmend, suchte sie mit allen Kräften ihre erbitterte Auflehnung zu beherrschen. Haß und Unduldsamkeit hatten in ihrer Seele die anfängliche Verwirrung abgelöst.

Ganz anders hingegen waren Stefanos Gefühle. Obwohl er es wohlweislich nicht zeigte, war er von Andreinas Schönheit beeindruckt. Sein leidenschaftliches Begehren nach diesem wunderbaren Frauenkörper verband sich mit der aufsteigenden Verwirrung, die in der allzu lebendigen Erinnerung an ihre früheren Beziehungen wurzelte. Welch ungewöhnliche, grausame Wonne und zugleich welch ungeahnte Befriedigung der Eigenliebe wäre es, wenn er die vor zehn Jahren gewaltsam Bezwungene nun als reife, erfahrene Frau wiederum sich gefügig machen könnte, ungeachtet der durch Zeit und Erfahrung bedingten Wandlungen, ungeachtet ihres Hasses, ihrer Scham und ihrer Ideale, ungeachtet ihres Freundes Monatti! Aber diesmal hieß es größere Hindernisse überwinden als damals. Andreina war nicht mehr das vierzehnjährige Mädchen, und sie liebte Pietro. Was tun? Während er angeblich seine ganze Aufmerksamkeit der Wohnung schenkte, suchte er schon nach dem einzuschlagenden Weg. Sollte er geradewegs seinem Ziel zusteuern, sich ihr auf eindeutige Weise nähern und die alte Hörigkeit in ihr wieder erwecken? Sollte er an ihr Gefühl appellieren, sie durch Versprechungen und Hoffnungen betören oder sich ihre Sinnlichkeit zunutze machen? So dachte er, während er sich auf Andreinas nackte Schultern stützte und ihren herrlichen Körper mit den Augen eines Kenners abtastete: ›Wenn Monattis Schilderung zutrifft, ist sie eine jener überspannten Frauen, die alles tragisch nehmen, sich mit einem Schleier von Geheimnissen umgeben und aus allem ein Drama machen. Ob dieser schlaue Monatti sie von dieser Seite belagert hat? Dann wäre es auch für mich der beste Weg.‹ Andreina zitterte vor Ekel und Haß, Stefano erwog alle Möglichkeiten einer Verführung, er stützte sich, und sie hielt ihn, so traten sie in den Salon.

Hier befreite sie sich aus seiner Umklammerung und ließ ihn auf der Couch Platz nehmen. Dann schloß sie ohne Hast die Tür, löschte die Deckenbeleuchtung und wandte sich mit den trägen, selbstgefälligen Bewegungen einer wandelnden Statue ihrem Gast zu. Dieses langsame Hinundhergehen hob ihre Körperreize noch mehr hervor und steigerte Stefanos Begierde ins Maßlose. ›Welch schöne Frau! Gott, welch schöne Frau!‹ dachte er benommen, während sie sich aufrecht und blaß in ihrem schwarzen Kleid stolz durch das dunkle Zimmer bewegte. Als sie neben ihm Platz genommen hatte, sagte er ohne Hintergedanken oder Heuchelei: »Alles ist so verändert, vor allem du! Du machst mich geradezu verlegen. Heute könnte ich dich nicht mehr auf die Knie ziehen wie damals. Oder zumindest«, fügte er mit hintergründigem Lächeln hinzu, »würde mich das einige Anstrengung kosten. Man sagte mir schon, daß du sehr schön geworden seist, aber ich gestehe ehrlich, ohne dir damit ein Kompliment machen zu wollen – zwischen uns bedarf es doch keiner Komplimente, nicht wahr? –, daß du sehr viel schöner bist, als ich mir je vorgestellt habe.«

Frei von jeder Ironie bedeutete ihm Andreina mit einer mechanischen Kopfbewegung: ›Zu liebenswürdig.‹ Sie betrachtete Stefano genau und fragte sich, ob in ihrem Haß, wenn nicht gerade Liebe, so doch ein gewisses Gefühl ohnmächtiger Untertänigkeit stecke. In ihren Beziehungen hatte sich nichts Wesentliches geändert. Diese Feststellung erfüllte sie mit Grauen. War es ihr in dem vergangenen Jahrzehnt wirklich nicht gelungen, sich von seiner unseligen Herrschaft zu befreien?

»Du hast dich auch verändert«, erwiderte sie trotz allem und zeigte auf sein krankes Bein.

Stefanos Augen, die mit begehrlichem Wohlgefallen Andreinas schöne nackte Schultern und ihren blühenden, üppigen Busen liebkosten, nahmen unvermittelt einen andern Ausdruck an. »Ach ja, die Krankheit!« meinte er wegwerfend, »es ging mir ziemlich schlecht. Aber jetzt ist, Gott sei Dank, das Schlimmste vorbei. Die Ärzte sind der Ansicht, daß ich bald wieder gesund sein werde.«

Andreinas Nasenflügel bebten plötzlich. »Das bedaure ich!« bemerkte sie mit beißender Ruhe. »Ich hatte gehofft, es ginge dir wirklich schlecht.« Doch sofort bereute sie diese Worte. War völlige Gleichgültigkeit nicht bei weitem wirksamer? Und war Haß nicht das sicherste Zeichen einer vielleicht noch vorhandenen Zuneigung?

Stefano schwieg eine Weile bestürzt. Der Ton in Andreinas Stimme ließ keinen Zweifel zu. ›Wahrhaftig, sie haßt mich‹, dachte er. Dennoch gab er die Hoffnung nicht auf und war zu jeder Anstrengung bereit, um Andreinas Widerstand zu brechen, ihren Haß zu besänftigen und auf dem Umweg über ihr Gefühl, das er für ihre Achillesferse hielt, doch zum Ziel zu gelangen.

»So sehr haßt du mich also?« fragte er traurig und mit überraschter Miene, die nur zum Teil vorgetäuscht war. »So sehr? Nach so langer Zeit?«

Eine jäh aufkommende Rührung schnürte Andreinas Kehle zu, ihre Lippen zitterten, und sie drängte mühsam die aufsteigenden Tränen zurück. »Ja, ich hasse dich«, erwiderte sie leise, »ich hasse dich aus tiefster Seele.«

Der in diesen Worten mitschwingende Schmerz entging Stefano nicht. Obwohl er ihn weder verstand noch zu verstehen suchte, ahnte er, daß er Andreina an ihrer empfindlichsten Stelle getroffen hatte. »Das tut mir sehr leid«, sagte er leise und einschmeichelnd mit liebevollem, reumütigem Ton. »Es tut mir wirklich sehr leid, Andreina, daß du mir so böse bist. Um so mehr, als ich unter dem Vorgefallenen sehr gelitten habe«, fügte er mit unerwarteter Wärme hinzu und ergriff Andreinas Hand, »vielleicht mehr als du, denn Reue ist quälender als Schuld. Andererseits überkam mich in dem Augenblick unseres Wiedersehens die deutliche Gewißheit, daß ich dir heute die gleichen Gefühle entgegenbringe wie vor zehn Jahren.«

Andreina blickte starr auf die Hand, die sich der ihren bemächtigt hatte. Ihr Herz pochte heftig in kurzen, harten Schlägen, und ihr Atem drohte zu stocken. »Was willst du damit sagen?« murmelte sie, ihrer Stimme kaum mächtig.

»Daß ich dich liebe wie früher, sogar noch mehr«, flüsterte Stefano eindringlich. Er rückte noch ein wenig näher, und seine Hand glitt zärtlich über Andreinas Arm.

Andreina schwieg. Ihr Kopf war wie ausgehöhlt. Alles Leben in ihr war gleichsam gelähmt und hatte sich in ihre Augen zurückgezogen, die gebannt an der eifrigen, einschmeichelnden Hand hingen. Eine Weile war Stefano hingegeben damit beschäftigt, liebevoll lässig gegen den leichten Flaum auf Andreinas Arm zu streicheln und ihn wieder zu glätten. Schließlich sagte er: »Glaube nicht, daß ich deinen Haß nicht verstünde. Ich halte ihn in gewissem Sinne sogar für gerecht. Ich weiß, daß ich mich dir gegenüber sehr schlecht betragen habe, und das tut mir von Herzen leid. Könnte ich doch noch einmal alles rückgängig machen und dich für das dir zugefügte Leid entschädigen. Dennoch kann ich trotz allem nicht glauben, daß du mich ganz vergessen hast. Du liebst mich doch noch ein wenig, Andreina, Liebling, ganz gewiß! Und wenn du mich liebst und ich dich liebe, warum sollen wir uns dann etwas vormachen? Was vorbei ist, ist vorbei, wir wollen es vergessen. Wir wollen ehrlich sein in unsern Gefühlen, wie wir es damals auch waren. Jedem von uns hat das Leben übel mitgespielt... und nun...« Er sah sie starr an und beobachtete die Wirkung seiner Worte, von denen er sich einen unwiderstehlichen Eindruck versprach...

»Nun müssen wir beide noch einmal von vorn beginnen. Wir können uns ein neues Leben aufbauen, wenn wir uns gegenseitig unterstützen und uns für das Verlorene entschädigen, wenn wir uns unsere Schuld vergeben und einander über die Vergangenheit hinwegtrösten. Was hältst du davon, mein Liebling? Nun, was hältst du davon?«

Andreina hing den Worten ihres einstmaligen Liebhabers nach. Es erging ihr damit wie mit manchen Fruchtarten. Die anfängliche Süße hatte nach und nach einen bitteren, widerlichen Geschmack angenommen. In ihrer Versunkenheit schien sie seine Berührung kaum zu spüren. Daher wurde Stefano kühner. Schon tasteten sich seine Finger vom Halse zum schwellenden Busenansatz vor und glitten wie von ungefähr unter das Kleid, als plötzlich ein wildes Feuer in Andreinas Augen aufblitzte. »Laß mich los«, schrie sie, stieß ihn mit verzweifelter Heftigkeit von sich und brach in ein schrilles, höhnisches Lachen aus. »Ein neues Leben mit dir, mit dir schmutzigem Kerl! Ein neues Leben mit dir...«

In diesem Augenblick ging die Tür auf, und Cecilia trat ein.

27

Mit wiegenden Hüften und dienstefriger Ergebenheit näherte sich Cecilia und meldete flüsternd: »Herr Monatti ist da mit der Schwester des Grafen Matteo.«

Dann musterte sie Stefano mit neugierigem, unverschämtem Blick.

»Sie kommen gerade recht«, rief Andreina freudig erregt. »Laß sie herein. Laß sie sofort herein!«

Als Cecilia gegangen war, fragte Stefano: »Ist jenes Fräulein Tanzillo die Braut von Monatti?«

»Ja, sie ist die Braut von Monatti«, wiederholte Andreina.

»Kann ich bleiben?« fragte Stefano, ohne sich zu rühren. »Oder soll ich gehen?«

Andreina antwortete mit einer ungeduldigen Handbewegung. »Du mußt unbedingt bleiben. Sonst hat das Ganze keinen Reiz.« In diesem Augenblick traten Sofia und Pietro ein.

Bei Stefanos Anblick verfinsterte sich Pietros Gesicht. ›Daß ihn der Teufel hole!‹ dachte er haßerfüllt, ›was mag er Andreina alles erzählt haben. Weiß der Himmel, wie er sie beeinflußt hat.‹ Aber sein Entschluß, seine Verlobung zu lösen und Andreina zu heiraten, gab ihm ein Gefühl unbeugsamer Kraft. Er war überzeugt, auch den Widerstand der Geliebten besiegen zu können. Und was Stefano betraf, so würde es ihm ein Leichtes sein, ihn aus dem Hause zu werfen. Vorerst übersah Pietro das boshafte Lächeln des Kranken. Er blickte vielmehr ängstlich auf Andreina, um die Wirkung seiner Ohrfeigen und ihre Reaktion auf Stefanos Besuch zu ergründen. Noch nie hatte sie so blaß ausgesehen, noch nie hatten ihre schwarzen Augen solch flackernden, hilflosen Ausdruck gehabt. Und warum trug sie dieses prunkvolle Abendkleid zu dieser Stunde? Es gab ihr im Zusammenhang mit ihrer Blässe, ihrem besessenen Ausdruck und dem wirren Haar ein seltsam theatralisches, zweideutiges Gepräge. Inzwischen hatten die beiden Frauen sich begrüßt und der Couch zugewandt.

»Das ist einer meiner besten Jugendfreunde«, sagte Andreina völlig ernst, während ihr kalter, aufmerksamer Blick nicht von Sofia ließ. »Herr Davico, Fräulein Tanzillo.«

Stefano deutete lächelnd auf sein krankes Bein und drückte Sofia die Hand. Dann nahm man Platz.

Alle vier waren verlegen. Jeder aus einem anderen Grund. Aber Sofia empfand diese Verlegenheit am undeutlichsten. Ihre erste, oberflächliche Begeisterung für Andreina war längst verflogen. Obwohl sie ihr außer einer eigentümlichen, wenig freundschaftlichen Kälte eigentlich nichts vorwerfen konnte, spürte sie bei jeder neuen Begegnung ein immer stärkeres Unbehagen, wie es geheuchelten, fragwürdigen menschlichen Beziehungen eigen ist. An diesem Tage wurden diese Empfindungen durch Stefanos Anwesenheit und Andreinas seltsames Aussehen verstärkt. ›Hier ist etwas vorgefallen, oder es wird noch etwas geschehen‹, dachte sie mit einem Blick auf die beiden. Ihr aus Angst und Snobismus geborener Widerwille überwog sogar ihre Neugier. Sie wäre am liebsten unter irgendeinem Vorwand fortgegangen.

Sofias Bestürzung entging Pietro nicht. Er glaubte, sie habe ihren Grund in Andreinas Verstörtheit. Um ihr Gelegenheit zu einer Erklärung zu geben, fragte er: »Sie sind so blaß! Fühlen Sie sich nicht wohl?«

Sofia, die auf einem Schemel hockte, nickte zustimmend. »Das wollte ich auch gerade sagen.« Sie tauschte einen Blick des Einverständnisses mit Pietro. »Sie ist wirklich außergewöhnlich blaß, nicht wahr?«

Andreina zuckte zusammen und fuhr langsam mit gespreizten Fingern über ihr Gesicht. »Das macht die Freude«, meinte sie schließlich leise mit einem Blick auf Stefano. »Das macht die große Freude, meinen liebsten Jugendfreund wieder bei mir zu sehen.«

Ihre Stimme klang brüchig und bitter, um den ironischen Sinn dieser Worte zu verdecken. Sofort entstand ein bestürztes Schweigen. Andreina betrachtete die drei verlegenen Gesichter mit gespanntem, flackerndem Blick. »Vielleicht möchtet ihr auch wissen, warum ich dieses Abendkleid um fünf Uhr trage. Ich will es gerne erklären. Ich trage es, um meinen lieben Jugendfreund würdig zu empfangen.«

Pietro seufzte betroffen, und Stefano schaute zu Boden. Nur Sofia starrte Andreina mit einfältiger, ratloser Aufmerksamkeit an, als wolle sie sich überzeugen, daß es tatsächlich Andreina war, die so sprach. »Und stell dir vor, Sofia«, ergänzte diese unvermittelt, »Herr Davico ist auch mit dir verwandt! Er ist der Bruder deiner Schwägerin.«

Sofia hatte anfangs nicht begriffen, wer der Kranke war, und wie er hieß. Die Mitteilung verstärkte ihr feindliches Mißtrauen. Maria-Luises Bruder zu sein, wertete sie nicht als Empfehlung. Außerdem war die zurückhaltende Art, mit der die Schwägerin stets Stefano erwähnt hatte, nachgerade dazu angetan, auch den unbefangensten Menschen Verdacht schöpfen zu lassen. »Meine Schwägerin hat mir viel von Ihnen erzählt«, sagte sie hastig und mit einem fast furchtsamen Blick. Stefano, dem diese verwandtschaftliche Begegnung gar nicht zu mißfallen schien, lächelte liebenswürdig.

»Ich habe ihn meinen liebsten Jugendfreund genannt«, fuhr Andreina zu Sofia gewandt fort, »aber das ist noch nicht alles. Damit du weißt, was für ein Mensch er ist, will ich dir erzählen, was er für mich alles getan hat. Zunächst verdanke ich ihm meine Erziehung.«

Ein Geräusch unterbrach sie. Stefano hatte ungeschickt nach einer Zigarette gegriffen, und dabei war sein Stock zu Boden gefallen. Da er allein auf der Couch saß, fiel das Licht der Stehlampe ausschließlich auf seine feisten, betroffenen Züge, auf seine zitternden Hände und seine schlechtgekleidete, bewegungsunfähige Gestalt. Die anderen saßen im Schatten. Ganz offensichtlich wurde ihm die nur seiner Person geltende Aufmerksamkeit lästig. »Andreina, rauchen Sie doch eine Zigarette!« schlug er mit mühsamer Munterkeit vor und reichte ihr mit einem gebieterischen Blick das Etui. »Und langweilen Sie Fräulein Tanzillo nicht länger mit diesen alten Erinnerungen, die sie doch nicht im geringsten interessieren können.«

Aber er bemühte sich vergeblich. »Siehst du?« wandte sich Andreina wieder an Sofia. »Siehst du, wie bescheiden er ist? Er möchte die Rede auf etwas anderes bringen. Ich soll nicht von seinen Handlungen erzählen und die Dankbarkeit erwähnen, die ich ihm schulde. Aber ich werde trotzdem sprechen. Niemand wird mich daran hindern.« Das unaufhörliche wilde Flackern in ihren sonst so beherrschten Augen erschreckte nun auch Pietro. »Herr Davico hat recht«, meinte er leichthin, und als Sofia ihn erstaunt anblickte, fügte er verwirrt hinzu: »Was hat es für einen Sinn, von diesen Dingen zu erzählen? Selbst wenn Sie es wünschten, Andreina, könnten wir Sie nicht mehr anhören... Wir müssen fort.«

Andreina brach in rachsüchtiges Gelächter aus. »Seien Sie still, und rühren Sie sich nicht«, befahl sie, »sonst erzähle ich nicht nur, was Stefano für mich getan hat, sondern auch das, was ich Ihnen verdanke!« Sie blickte herausfordernd im Kreise umher und genoß die Bestürzung ihrer Gäste. Niemand hatte den Mut zu einer Entgegnung. Immer noch zu Sofia gewandt, fragte sie, in Tonfall und Bewegungen den konventionellen Gesprächston nachahmend: »Wovon sprachen wir eben? Ach richtig, von meiner Erziehung! Ich war als Kind teils infolge der bescheidenen Lage meiner Eltern, die mir leider keine gute Ausbildung zukommen lassen konnten, teils aus Veranlagung ein wildes, unerzogenes Geschöpf. Damals war Herr Davico unser Untermieter und zeigte ein gewisses Interesse für mich. Aber wenn man studiert, hat man wenig Zeit, sich um ein vierzehnjähriges Mädchen zu kümmern. Doch die Gelegenheit dazu bot sich eines Tages, als Davico stürzte und sich ein Bein brach. Ich leistete ihm Gesellschaft, um ihm die Langeweile zu vertreiben, und nun gab er sich ernsthaft mit mir ab. Es geschah vor allem zum Zeitvertreib, wie er mir in allzu großer Bescheidenheit immer wiederholte, aber das beeinflußte nicht meine Dankbarkeit. Er gab sich mit mir ab. Anfangs oberflächlich, aber dann mit wachsendem Wohlgefallen.

Und als er sah, daß sich die Mühe lohne, mit immer größerem Eifer. Er gab mir die Erziehung, die mir fehlte; er lehrte mich einen großen Teil dessen, was ich heute noch weiß. Er erklärte mir alle Einzelheiten der Umgangsformen, nach denen ich mich in der Folge mehr oder weniger gerichtet habe. In gewissem Sinne kann ich sogar behaupten, daß ich durch ihn das geworden bin, was ich heute bin. Ihm verdanke ich es.«
Sie schwieg plötzlich, von ihren Empfindungen fast überwältigt. Ihre Augen blitzten, und ihre Brust hob sich erregt. Pietro wußte vor lauter Scham nicht, wohin er die Augen wenden solle. Sofia starrte Andreina mit offenem Mund gebannt an. Stefano hingegen bewahrte als einziger einen gewissen Gleichmut. »Sie übertreibt maßlos wie gewöhnlich!« bemerkte er scharf mit zorniger Kälte. »Was sie sagt, ist nicht einmal zur Hälfte wahr.«

Sofias Augen glitten rasch zu ihm. »Ich übertreibe nicht im geringsten«, entgegnete Andreina. Sie wandte sich wieder an Sofia: »Sage selbst! Was hätte ein anderer an seiner Stelle getan? Er hätte sich gar nicht um mich gekümmert, oder er hätte vielleicht – es gibt ja so viele Lumpen auf dieser Welt – das Alleinsein mit einem frühreifen, vertrauensseligen Kind zu gewissen häßlichen Dingen ausgenutzt. Er tat es nicht, sondern kümmerte sich um mich nur in einer Weise, die ich fast väterlich nennen möchte...«

In diesem Augenblick wurde ein Stuhl gerückt. Alle wandten sich dem Geräusch zu und sahen, daß Pietro aufgestanden war. »Ich muß leider dieses schöne Gespräch unterbrechen«, erklärte er, »um mit der Gräfin Caracci eine gewisse Angelegenheit zu erörtern und ihr einige Unterlagen zu zeigen.«

»Ihr macht gemeinsame Geschäfte?« fragte Stefano geradeheraus. »Spekuliert ihr an der Börse?«

»Ja, ganz recht, wir spekulieren an der Börse«, bestätigte Pietro. Sofia hatte sich auf ihrem Schemel umgedreht und starrte Pietro ebenso entsetzt und ratlos an wie kurz vorher Andreina und Stefano. »Seien Sie so freundlich und kommen Sie einen Augenblick mit mir in das andere Zimmer«, forderte Pietro seine Geliebte mit einer gewissen Trockenheit auf und ging auf die Tür zu. Andreina folgte ihm nach anfänglichem Zögern.

»Was gibt es? Was willst du?« fragte sie in der Diele.

Pietros Augen funkelten. Er packte Andreina am Arm. »Warum hast du Sofia diese Geschichten erzählt?«

»Welche Geschichten?«

»Von deiner Kindheit und von Stefano. Und warum hast du ihn überhaupt empfangen? Warum hast du ihn nicht fortgejagt?«

Andreina begriff endlich und lächelte müde und verzagt. »Ach, du weißt also alles!« rief sie. »Wer hat es dir erzählt? Das kann nur Stefano gewesen sein. Warum ich ihn nicht fortjage? Nun, weil er sich hier wohlfühlt. Hier hat er ein ideales Heim. Und welchen Sinn hätte es jetzt noch, ihn fortzuschicken? Es ist doch alles aus... Warum ich diese Geschichten Sofia erzählt habe? Das ist doch klar: um sie aufzuziehen.« Sie lachte und taumelte wie eine Trunkene.

Pietro betrachtete sie nachdenklich. Bei Andreina mußte man sich an Tatsachen halten und sachlich bleiben, weil sonst ihr Eigensinn und ihr Ungestüm die Oberhand behielten. Man durfte sich auch nicht vom Gefühl hinreißen lassen, weil Andreina dann ihre Schönheit und ihre eigenartige, sinnlich wirkende Hemmungslosigkeit einsetzen konnte.

»Stefano hat doch bestimmt versucht, die alten Beziehungen mit dir wiederaufzunehmen?« sagte er schließlich.

Sie lachte. »Aber natürlich! Welche Frage! Wozu wäre er sonst gekommen?«

»Und was hast du ihm geantwortet?«

»Was ich geantwortet habe?« wiederholte Andreina gleichmütig. »Nichts... Was habe ich ihm denn vor zehn Jahren geantwortet? Doch auch nichts.«

»Du wirst ihn auf der Stelle fortschicken und ihn nie mehr wiedersehen«, stieß er hervor und preßte mehr aus unwillkürlichem Zorn als absichtlich Andreinas Handgelenk noch fester. Er verrenkte ihr fast den Arm.

Sie schwankte und sank kraftlos zusammen. »Laß mich los!« rief sie dann und taumelte, aber sie machte keinen Versuch, sich zu befreien. »Du ödest mich an mit deiner Fragerei, mit deiner sinnlosen Quälerei. Ich tue, was mir gefällt. Ich nehme mir Stefano zum Liebhaber.«

»Du ziehst Stefano mir vor?« rief Pietro in tiefem Schmerz.

»Das ist deine Schuld«, entgegnete sie. »Stefano ist nicht so langweilig und dumm! Er versteht mich, er ist eine Art Spiegel für mich, in dem ich mich sehe, wie ich wirklich bin. Aber du mit deiner heuchlerischen Güte, deinen kleinlichen Gedanken und deinen dummen Idealen bist wirklich unerträglich. Das einzige Vergnügen, das mir die Verbindung mit dir bringt, ist der Betrug an diesen beiden Dummköpfen, Sofia und Matteo.«

Ein maßloser Schmerz bohrte in Pietro. ›Ich darf den Kopf nicht verlieren‹, sagte er sich wiederholt. Die stille Diele mit ihren grünen Pflanzen, die blutrote Tapete, all das kam ihm so ungeheuerlich vor wie ein Alptraum. »Ach, so ist das also?« brachte er schließlich hervor.

»Ja, so ist das!« lachte Andreina und schlang unvermittelt ihre Arme um seinen Hals. »Und jetzt gib mir einen Kuß! Dann gehen wir wieder hinein und ziehen diese dumme Gans von Sofia noch etwas auf.« Bei diesen Worten preßte sie ihn an sich und bemühte sich, seinen Kopf herunterzuziehen und mit ihren Lippen die seinen zu erreichen. Aber Pietro widersetzte sich. Er beugte den Kopf nicht, und seine Lippen berührten nicht Andreinas Lippen. Verschlungen kämpften sie eine Weile miteinander. Pietro verwirrt und ernst, Andreina mit jenem besessenen Glanz in den Augen.

»Küß mich«, murmelte sie dann. »Wenn du mir einen Kuß gibst, schicke ich Stefano fort.«

Auf Grund dieses Versprechens glaubte Pietro, ihrem Verlangen nachgeben zu dürfen. Eben wollte er sich zärtlich und mit bitterer, gerührter Hoffnung zu einem Kuß hinabbeugen, da sah er, daß Andreina, während sie ihm den Mund zum Kuß darbot, mit einer Hand nach der Tür zum Salon tastete. Noch rechtzeitig genug stieß er sie von sich. In diesem Augenblick flog die Tür auf, und sein Blick fiel unmittelbar auf Stefano und Sofia. Vor Wut keuchend, starrte Pietro einen Augenblick Andreina regungslos an. Ihre Absicht war offenkundig. Sie hatte die Tür aufgedrückt, um Sofia durch den Anblick der Umarmung zu kränken. Jetzt stand Andreina hochaufgerichtet neben der Tür. Aus ihrem bebenden, enttäuschten Antlitz sprach deutlich der Haß, der sie zu dieser hinterlistigen Handlung getrieben hatte. Wortlos standen sie sich einige Sekunden gegenüber. Dann strich Andreina glättend über ihr zerknittertes Kleid, warf Pietro einen spöttischen Blick zu, wie ihn ein Geistesgestörter haben mag, dem es gelungen ist, seine Helfer zu übertölpeln, und kehrte mit gleichmütigem Gesicht in den Salon zurück.

Bei ihrem Anblick rief Sofia, die in der Zwischenzeit kein Wort mit Stefano gewechselt hatte: »Ich muß fort!« Hastig nahm sie Handschuhe und Tasche an sich. »Ich habe noch zu tun, und es ist schon so spät. Auf Wiedersehen, auf Wiedersehen!« Unter diesen überstürzten Abschiedsworten verließ sie mit gehetzter, ratloser Miene das Zimmer, während Andreina ihr wie geistesabwesend folgte. Die beiden Männer blieben allein zurück.

Ein kalter, bohrender Zorn bemächtigte sich Pietros. Langsam schloß er die Tür und stellte sich vor den Kranken. »Ich hatte Ihnen befohlen, nicht hierherzukommen«, stieß er keuchend hervor. »Warum sind Sie gekommen?«

Stefano warf ihm einen kurzen Blick zu. »Lassen Sie mich in Ruhe«, erwiderte er in wegwerfendem Ton.

»Ich bin gekommen, weil es mir paßte. Das ist alles!«

»Aber jetzt werden Sie auf der Stelle das Haus verlassen!«

»Ich denke nicht im Traum daran!« Bei diesen Worten machte er es sich auf den Kissen bequem, als wolle er auch durch die Tat zeigen, daß er Pietros Forderung keineswegs Folge leisten werde. Unfähig, seine grenzenlose Wut länger zu beherrschen, knirschte Pietro: »Sie werden fortgehen!« und zerrte Stefano aus seiner Ecke.

»Lassen Sie mich los! Hilfe!« schrie Stefano und klammerte sich mit beiden Händen an die Polster. In diesem Augenblick kam Andreina zurück.

»Was fällt euch denn ein?« rief sie scharf und warf sich zwischen die Kämpfenden. »Bringt euch meinetwegen um, aber nicht hier«, fügte sie gelangweilt hinzu, als dächte sie schon längst an etwas anderes. Sie setzte sich neben Stefano, stützte den Kopf in ihre Hände und versank in schwermütige Gedanken.

Pietro stand mit rotem Gesicht und keuchend abseits. Er glättete mit der Hand das zerwühlte Haar und rückte seine Krawatte zurecht. »Denken Sie nur nicht, daß ich es aufgegeben habe, Sie hinauszuwerfen«, stieß er wütend hervor. »Wenn Sie in fünf Minuten nicht fort sind, werde ich Sie an den Haaren hinausschleifen.« Dann nahm er eine Zigarette und ließ sich in einem Sessel nieder.

»In diesem Ton können Sie mit mir sprechen, wenn Sie mit Andreina verheiratet sind«, entgegnete Stefano boshaft. »Aber da Sie noch nicht ihr Gatte sind, da die Ehe noch nicht geschlossen ist, da ihr noch nicht einmal verlobt seid« — bei jeder einzelnen Wendung blickte er auf Andreina, um die Wirkung seiner Worte zu beobachten —, »gehe ich auch nicht fort, es sei denn, daß Andreina selbst es wünscht.«

Er hatte sich nicht getäuscht. Bei den Worten Gatte, Ehe und Verlobung zuckte Andreina zusammen und blickte auf. »Pietro mein Mann?« meinte sie leise und schleppend. »Wer hat dir diesen Unsinn erzählt?«

»Er selbst!« Stefano lehnte sich wohlgefällig in die Kissen zurück und zeigte mit seinem Stock auf Pietro.

Andreinas funkelnde Augen wanderten von Stefano zu Pietro. »Du mein Mann?!« fragte sie leise. »Was hast du dir denn da ausgedacht?«

Pietro hätte viel darum gegeben, nicht antworten zu müssen. Wie traurig war es, daß Andreina von diesem so ernsten Entschluß seines Herzens, in dem all seine Liebe und seine kühnsten Hoffnungen sich ausdrückten, aus Stefanos unwürdigem Mund erfahren mußte. Und noch trauriger war es, daß er in Gegenwart dieses Mannes, der alles ins Lächerliche ziehen würde, mit Andreina in ihrem erregten Zustand sprechen mußte. Mit mühsam unterdrückter Qual blickte er aus seiner dunklen Ecke zu den beiden hinüber, die unter dem roten Schein der Lampe vereint auf dem Diwan saßen. ›Laß uns jetzt nicht von diesen Dingen sprechen, Andreina‹, hätte er sie am liebsten angefleht, ›laß uns warten, bis wir allein sind, um all diese schönen, intimen Dinge ohne Scheu und Furcht zu erörtern, ohne daß ein Stefano uns stört, der unsere Zunge lähmen und uns entzweien könnte.‹

Aber er mußte antworten. »Es ist wahr«, stieß er hervor, während er nach den schonendsten, unverfänglichsten Worten suchte. »Ich will meine Verlobung mit Sofia lösen und dich heiraten. Ich hätte lieber nicht gerade jetzt mit dir darüber sprechen mögen. Vor allem wollte ich es dir zuerst sagen. Aber nun ist es geschehen. Stefano hat es dir statt meiner mitgeteilt, und ich habe keinen Grund, mich darüber zu beklagen.«

Andreinas Augen weiteten sich vor Staunen und geradezu besessener Ironie. »Nicht du, *ich* habe Grund, mich zu beklagen«, schrie sie. »Ich deine Frau? Du bist verrückt, mein Lieber, einfach verrückt.«

Stefano lächelte. Mit finsterem Gesicht verharrte Pietro eine Weile. Dann meinte er: »Andreina, wir wollen jetzt nicht darüber sprechen, meinst du nicht auch? Du bist zu erregt. Stefanos Besuch hat dich ganz aus der Fassung gebracht...«

»Aus der Fassung?!« Andreinas wütende Erregung kannte keine Grenzen mehr. »Ich durch Stefanos Besuch aus der Fassung gebracht?! Weißt du, was du bist? Ein Heuchler! Aber damit du mich besser kennenlernst und dir nicht einbildest, daß ich je deine Frau werden könnte, paß gut auf, was ich jetzt tue.« Sie rückte dicht an Stefano heran, legte mit einer raschen Bewegung ihren Arm um seinen Hals und streichelte seine Wange. »Es ist für mich eine Freude, ihn wiederzusehen, weil er der einzige ist, der mich wirklich versteht. Und das ist so wahr, daß ich bereit bin, wieder seine Geliebte zu werden. Sag, Stefano«, fragte sie kokett und zärtlich, »stimmt es nicht, daß du mich gern wieder zur Geliebten nimmst?«

Stefanos Augen glänzten. Wortlos, mit betonter Langsamkeit und wie verzaubert, umfaßte er Andreinas Hüften und zog sie fest an sich. Er nahm ihre Hand, küßte sie mit geschlossenen Augen voller Hingabe und Sinnlichkeit, siegesgewiß und hoffnungsfroh.

›Hört auf!‹ hätte Pietro am liebsten geschrien, ›hört auf... laßt das!‹ Aber er war gelähmt wie in einem Alptraum, in dem man schreien möchte und doch nicht kann. Er blickte die beiden aus weitaufgerissenen Augen stumm an und preßte mit aller Kraft die Armlehnen seines Sessels.

Stefano drückte Andreina fest an sich. Er hatte ihr Kinn umfaßt und starrte sie freundlich und zugleich gebieterisch an, wie man einen Hund ansieht. Andreinas Blick hing mit einem ängstlichen und unterwürfigen Ausdruck an ihm. Es entging Pietro nicht, daß ihr üppiger, jugendlicher Busen sich in fliegendem Atem hob und senkte. Das alles währte nur wenige Sekunden. Pietro war mehrmals nahe daran, sich zwischen die beiden zu werfen, aber er vermochte nicht einmal den Rücken von der Sessellehne zu lösen. Stefano, offensichtlich davon überzeugt, die Frau ganz verzaubert zu haben, machte eine Bewegung, als wolle er sie küssen. Aufspringend stieß Andreina ihn zurück. Totenblaß sah sie bald auf den betroffenen Stefano, bald auf den finsteren, regungslosen Pietro. »Ich habe nebenan etwas zu tun«, sagte sie schließlich, warf mit heftiger Bewegung Kopf und Schultern zurück und lief aus dem Zimmer.

»Trösten Sie sich, Monatti«, meinte Stefano. »Wie Sie sehen, liebt sie doch nur Sie und nicht mich.«

»Und nun«, fragte Pietro, »gehen Sie, oder gehen Sie nicht?«

»Ja, ich gehe jetzt, aber unter einer Bedingung.«

»Unter welcher?«

»Da Sie die großartige Idee hatten, mir meine Krükken zu stehlen, benötige ich jemand, der mich nach Hause bringt. Und dafür wäre Andreinas Dienstmädchen gerade recht. Sie müßten also die Güte haben, sie zu rufen.«

Wortlos erhob sich Pietro und ging in die Diele. Auf sein Klingelzeichen öffnete sich die Küchentür, und Cecilia erschien. »Ziehen Sie sich an und begleiten Sie Herrn Davico nach Hause«, befahl er.

»Darf man wissen«, fragte Stefano, als Pietro wieder das Zimmer betrat, »wo meine Krücken sind?«

»In meinem Hotel! Sie können sie jederzeit holen lassen.«

Stefano lächelte mit wiedergewonnenem Gleichmut. »Wenn überhaupt, dann müßten Sie sie schon zurückbringen. Aber es macht nichts, wenn Sie sie vorläufig behalten. Es paßt mir sogar ausgezeichnet, mich vorläufig von Andreinas hübschem Dienstmädchen begleiten zu lassen.«

»Ihre Absichten interessieren mich nicht«, erwiderte Pietro feindselig. Er saß mit gerunzelter Stirn in seinem Sessel und schien nachzudenken. Doch ihn beherrschte der einzige Wunsch, Stefano möge recht bald verschwinden. Der Kranke stand wartend auf seinen Stock gestützt und betrachtete sich im Spiegel, schnitt tausend Grimassen, zeigte die Zähne und prüfte seine Zunge. So fand ihn Cecilia, als sie den Salon betrat.

Sie trug einen grünen Regenmantel, und ihr rundes, weiches, geschminktes Gesicht lugte zwischen dem Hut

und dem hochgestellten Kragen hervor gleich einem überreifen, leicht angefäulten Pfirsich. Ein Gürtel schnürte die Taille zusammen, die schweren, welken Brüste wölbten sich unter ihrem Regenmantel, als trüge sie ein Paket Zeitungen darunter. Unsicher kam sie näher und schaute fragend von Stefano zu Pietro.
»Sind Sie der Herr, den ich begleiten soll?« fragte sie schließlich.
»Ja, der bin ich«, erwiderte Stefano zufrieden. »Macht es Ihnen wirklich nichts aus, mich zu stützen? Ich bin nämlich sehr schwer!«
»Nein, nein«, versicherte das Mädchen hilfsbereit, »stützen Sie sich nur auf mich, soviel Sie wollen.«
Während er behutsam den Arm um Cecilias Schultern legte, fuhr Stefano fort: »Ich will Ihnen nicht verhehlen, daß es mir gar nicht unlieb ist, mich mit so einem hübschen Kind auf der Straße zu zeigen... schon weil dann alle nur Sie ansehen und sich nicht um mich armen Krüppel kümmern«, lachte er. »Wie heißen Sie eigentlich?«
»Cecilia«, antwortete das Mädchen still.
»Cecilia, welch schöner Name!« Stefano wandte sich zum Gehen. »Nun, Cecilia, wir können uns jetzt auf den Weg machen... Auf Wiedersehen, Monatti... Lassen Sie von sich hören.«
Pietro rührte sich nicht. Er sah die beiden langsam zur Tür gehen. Das Mädchen schob fürsorglich die Stühle aus dem Weg und paßte sich Stefanos schwerfälligem Schritt an. Dieser hingegen lachte und scherzte.

28

Von den zwei Zigaretten, die Stefano und Andreina nebeneinander auf den Rand des Aschenbechers gelegt hatten, stieg eine feine Rauchlinie in den ohnehin schon rauchigblauen Raum. Die verbrauchte Luft, der Anblick der Couch mit ihren zerdrückten Kissen, die in ihm nachklingenden bitteren Gespräche, alles das versetzte Pietro in einen Zustand von Betäubung und traurigem Erstaunen. Er dämmerte dahin, wie es vor dem Einschlafen geschieht, wenn die müde gewordenen Gedanken sich auflösen gleich einem schlecht verschnürten Bündel und die Erinnerungen an die Tagesgeschehnisse nach allen Seiten auseinanderrollen. Er vergegenwärtigte sich noch einmal nüchtern die vergangenen Ereignisse und beschwor einmal dieses, einmal jenes mit einer seltsam trostlosen Freude wieder herauf. Er sah sich am Flußufer Andreina ohrfeigen und hörte ihr »Ich hasse dich«. Er sah sich mit seiner Verlobten im Hotelzimmer und entsann sich jener Szene im Hause des Studienrates. Dieses unbeteiligte Heraufbeschwören von Erinnerungen, eher Ausdruck eines kräftelosen Halbschlafs als einer verstandesmäßigen Prüfung geschehener Dinge, dauerte so lange, bis das Schweigen und die Stille den Nebel in seinem Gehirn verdrängten und die schmerzhafte Spannung seines Inneren besänftigten. Plötzlich, in einem ungestümen Verlangen nach frischer Luft, riß er das Fenster auf, stieß die Läden zurück und starrte, sich hinauslehnend, in die Dunkelheit. Die Luft war kalt und neblig, aber es wehte kein Wind. Im gelben Licht der Laterne gewahrte er den schmalen Bürgersteig und den feuchten, schimmernden Kies des Vorgartens. Alles andere, ob Rasen oder Baum, bildete eine einzige dunkle Masse. Lag es an der frischen, reinen Nachtluft, die nach der erstickenden Atmosphäre des Zimmers in seine Lungen drang, daß Betäubung, Mißtrauen und Zweifel von ihm wichen, oder an der Gewißheit, daß Andreina endlich von Stefano befreit war? Ein neuer, hoffnungsfroher Weg tat sich vor ihm auf, und schon grübelte er über seine neuen Aussichten nach, über die Hochzeit und die Ehe mit Andreina. Obwohl er es nicht zugab, bemächtigten sich seiner plötzlich Bedenken, die in seinem Ehrgeiz wurzelten. Wenn er auch nicht so weit ging, in dieser geplanten Ehe mit Andreina einen Irrtum zu sehen, so wollte er sich doch beweisen, daß er diese Verbindung nicht nur aus reinem Großmut schloß, sondern daß sie durchaus ihre Vorteile in sich barg. ›Gewiß ist Andreina arm und Sofia reich‹, überlegte er, ›aber Andreina ist weit schöner als Sofia. Andererseits fehlt Andreina Sofias gesellschaftliche Stellung; aber als Ausgleich ist sie intelligent. Diesen Vorzug kann sie würdig verwerten, wenn sie ihre augenblickliche Verzweiflung überwunden hat. Unsere Lage wird sich in kurzer Zeit grundlegend wandeln. Warum soll eine reiche, adlige, aber häßliche und dumme Gattin vorteilhafter sein als eine schöne, kluge, selbst wenn sie arm ist und keinen guten Ruf hat?‹ Allerdings erfüllten ihn die wirtschaftlichen Aussichten mit Besorgnis. Er hatte bisher noch nie mehr als zweitausend Lire monatlich verdient, und er wußte, daß Andreina, die doch nur für sich selbst zu sorgen hatte, mit den viertausend Lire, die Matteo ihr gab, bei weitem nicht auskam. Aber sie würden kraft ihrer Liebe solchen Schwierigkeiten die Stirn bieten! Während seine Gedanken zwischen nüchternen Berechnungen und zärtlichen Bildern in die Zukunft schweiften, spürte er kaum, daß die kühle, feuchte Luft langsam seine Glieder durchdrang. Plötzlich jedoch veranlaßten ihn bestimmte Geräusche, seine Aufmerksamkeit der Straße zuzuwenden.

Ein Auto wurde plötzlich gebremst und eine Wagentür heftig zugeknallt. Wenig später öffnete sich geräuschlos das Gartentor, und als der Besucher seine Zigarette mit Schwung beiseite warf, so daß ein wahrer Funkenregen auf den dunklen Rasen niedersprühte, erkannte Pietro in dem späten Besucher Matteo.

Er hatte in der ersten Sekunde den Eindruck, als habe er sich mit einer lebhaften Bewegung vom Fenster zurückgezogen; in Wirklichkeit hatte er sich nicht gerührt. Auch der Freund hatte ihn erkannt. »Ach, du bist hier! Und du stehst bei dieser Kälte am Fenster?« rief Matteo ihm zu.

›Ich kann mir keine Auseinandersetzung mit Matteo leisten‹, dachte Pietro hastig, ›ich könnte damit Andreina und gleichzeitig Sofia verlieren.‹ Als Ergebnis dieser schnellen Überlegung versuchte er mit allen Mitteln, Matteo fernzuhalten. »Nur deinetwegen warte ich hier«, rief er ungeduldig.

»Meinetwegen?«

»Andreina ist ausgegangen, und ich sollte auf dich warten, um dir zu sagen, daß sie dich heute nicht mehr sehen kann«, log er, »schon seit einer halben Stunde warte ich hier.«

Matteo wanderte planlos auf dem Gartenkies hin und her. Aus der Höhe gesehen, wirkte er wie eine Figur aus einer Modezeitschrift mit seinem neuen grauen Hut, dem gut geschnittenen Überzieher, den stark herausgearbeiteten Schultern und der schmalen Taille, den tadellos gebügelten Hosen, dem vorbildlich sitzenden Halstuch und den gelben Handschuhen. »Sie ist also ausgegangen«, wiederholte Matteo. »Merkwürdig, ich glaubte, in ihrem Zimmer Licht bemerkt zu haben. Nun, da ist nichts zu machen. Und was tust du nun? Bleibst du hier am Fenster stehen?«

»Natürlich nicht«, erwiderte Pietro. »Ich gehe mit dir fort.« Er schloß geräuschvoll das Fenster, eilte in die Diele, griff hastig nach Mantel und Hut und lief in den Garten hinunter.

Matteo mißhandelte mit der Stockspitze nervös die Pflanzen am Weg. »Sie ist also ausgegangen?« fragte er noch einmal, »und du hast wirklich keine Ahnung, wohin?«

»Ich kann es dir nicht sagen.«

Sie traten auf die Straße hinaus. »Sieh selbst, in ihrem Zimmer ist Licht«, Matteo wies zu Andreinas Zimmer hinauf. Aber Pietro gab keine Antwort mehr. Sie stiegen in den Wagen und fuhren davon. »Und was hast du nun vor?« fragte Pietro nach längerem Schweigen.

Matteos behandschuhte Hände lagen auf dem Steuerrad, aufmerksam und mit geradezu übertriebener Vorsicht steuerte er seinen kleinen, eleganten Wagen durch die Straßen. »Was ich vorhabe?« wiederholte er. Da sie gerade eine Straßenkreuzung erreichten, verminderte er die Geschwindigkeit und hupte mehrmals nachdrücklich. »Was soll ich jetzt noch tun? Mein ganzer Abend ist in Unordnung geraten. Zum Klub gehe ich erst später. Andererseits habe ich gestern genug gespielt. Am liebsten möchte ich mir den Film im Corso ansehen... die Schauspielerin hat große Ähnlichkeit mit Andreina.«

So viel Einfalt verursachte Pietro Unbehagen. »Ich weiß nicht, ob sie ihr wirklich ähnlich sieht«, meinte er. »Aber es ist ein schöner Film, du kannst ihn dir ruhig ansehen.«

»Es soll ein trauriger Film sein«, antwortete Matteo und drückte nachlässig auf die Hupe. »Traurige Filme kann ich nicht ausstehen. Wenn ich ins Kino gehe, will ich lachen, das Leben ist schon ernst und traurig genug.«

»Ich weiß, wo ein lustiger Film läuft«, entgegnete Pietro, der vor Ungeduld geradezu zitterte, und nannte den Titel.

Matteo schüttelte verneinend den Kopf. »Den habe ich schon gesehen, außerdem ist er gar nicht so sehr zum Lachen... Es ist wohl das beste, wenn ich wieder zurückfahre und auf Andreina warte. Mir macht das Warten nichts aus. Ich werde ein Buch nehmen und etwas lesen...«

»Oder Kreuzworträtsel lösen, nicht wahr?« unterbrach ihn Pietro wütend.

»Ja, das könnte ich auch tun«, meinte Matteo ganz ernsthaft. »Wo soll ich dich absetzen?... Ich glaube, ich fahre doch zu Andreina zurück.«

Pietro fand in seiner ohnmächtigen Wut keine Worte. In diesem Augenblick bog das Auto in eine dunkle, schmale Straße ein, die sehr lang war, keine andere Straße kreuzte und sich nirgends zum Wenden des Wagens eignete. Pietro berechnete blitzschnell, daß er noch vor Matteo Andreinas Wohnung erreichen könne, wenn er jetzt ausstiege, denn Matteo mußte einen großen Umweg einschlagen. »Laß mich hier aussteigen«, bat er unvermittelt, sprang aus dem kaum haltenden Wagen, lief eilig an den dürftig erleuchteten Läden und Toreinfahrten vorüber, häufig mit verdutzt dreinschauenden Fußgängern zusammenstoßend und nur mit Mühe den Wagen ausweichend. Dann fand er ein Taxi und war drei Minuten später wieder in Andreinas Wohnung. Da er wußte, daß Matteo einen Türschlüssel besaß, legte er sorgfältig die Kette vor. ›Mag er klopfen, soviel er will‹, dachte er zufrieden und legte seinen Mantel ab. Als sein Blick auf das Telefon fiel, überlegte er, daß Matteo auch anrufen könne. Sofort zog er den Stecker heraus. Nach diesen Vorbereitungen fühlte er sich wesentlich erleichtert. Er trat vor den Spiegel, kämmte sich flüchtig und dachte, daß er nun zu Andreina gehen müsse. Er würde ihr erklären, daß er Matteo alles erzählt habe, würde sie auf diese Weise vor eine vollendete Tatsache stellen und ihr gleichzeitig jede Möglichkeit der Auflehnung nehmen.

Andreina lag rücklings auf dem Bett, die Beine übereinandergeschlagen und mit einer Hand die Augen abschirmend, als wolle sie das Lampenlicht abwehren. Als sich die Tür öffnete, blickte sie weder auf, noch rührte sie sich überhaupt, nur der rote Mund verzog sich bitter, als wollte er sagen: ›Sprich kein Wort, ich will meinen Frieden haben.‹ Zögernd und unschlüssig trat Pietro an das Bett. Nach der aufregenden zweimaligen Fahrt durch die Stadt berührten ihn Andreinas Regungslosigkeit und die Lautlosigkeit des Zimmers wie etwas Undurchsichtiges, als gerate er nach einer Schiffsfahrt bei klarer Sicht plötzlich auf offenem Meer in eine Nebelbank. ›Natürlich denkt sie nur an Stefano‹, überlegte er und betrachtete den ausdrucksvollen Mund, der durch das quälende Grübeln ganz ausgedörrt zu sein schien. In Abständen öffnete sie die üppigen, rot bemalten Lippen, benetzte sie mit der feuchten Zunge oder nagte langsam an der Unterlippe. Er ging um das Bett herum, setzte sich auf die Kante, faßte ihre lässig auf der Decke liegende Hand und rang sich ein Lächeln ab. »Denk nicht mehr daran«, bat er zärtlich.

Andreina nahm die Hand von den Augen, drehte den Kopf ein wenig und sah Pietro so leer an, als höre sie seine Stimme zum erstenmal. »Woran soll ich nicht mehr denken?«

»An Stefano«, antwortete Pietro und begleitete seine Worte mit einem Lächeln zärtlichen Einvernehmens und einem bekräftigenden Händedruck.

Um Andreinas Mundwinkel zitterte es. Sie betrachtete Pietro mit der angestrengten Aufmerksamkeit eines Menschen, der sich vergebens von übermächtigen Gedanken zu befreien sucht. »Wer denkt denn an Stefano?« widersprach sie ruhig mit fast erstickter Stimme.

»Nun, du zum Beispiel«, bestand Pietro lächelnd.

Andreina schüttelte den Kopf. »Nein, ich dachte keineswegs an Stefano.« Ihre Stimme klang schon fester. »Ich dachte nur an mich selbst.«

»Was dachtest du denn?«

Sie betrachtete ihn einen Augenblick, als wolle sie den Wert und die Möglichkeiten seiner Person abschätzen. »Das möchte ich lieber nicht sagen«, antwortete sie dann und legte den Arm wieder über ihre Augen.

Pietro biß sich auf die Lippen. Immer wieder verwirrte ihn Andreinas hartnäckige, verächtliche Unabhängigkeit und die vielen, allzu vielen persönlichen Angelegenheiten, die sie ihm vorenthielt. »Glaubst du, ich würde dich nach allem, was zwischen uns gewesen ist, nicht genug kennen, um zu wissen, was dich beschäftigt?« drang er trotzdem in sie.

»Ich bin sicher, daß du mich nicht kennst«, entgegnete Andreina. »Du würdest dich zum Beispiel sehr wundern, wenn ich wieder zu Stefano zurückkehren würde. Glaube mir, ich bin dazu durchaus fähig. Du kennst mich eben nicht und hältst mich für ein vollkommen anderes Wesen, als ich bin. So sieht die Wahrheit aus.«

Beide schwiegen. Pietro dachte über Andreinas Antwort nach. Obwohl er eine zornige Eifersucht nicht zurückdrängen konnte, war er doch mehr denn je davon überzeugt, daß Andreina übertrieb, und daß die Schuld für diese sinnlosen Übertreibungen und für alle Maßlosigkeiten, die vielleicht noch folgten, ausschließlich bei Stefano lag. Andreina würde entweder aus Schamgefühl oder aus Eitelkeit diese Wahrheit nicht anerkennen. Um sie nicht zu erzürnen, verzichtete er auf eine Aussprache über diese Frage. Außerdem konnte Matteo jeden Augenblick zurückkommen. Statt weiter mit ihr zu streiten, sollte sie seine neuen Entschlüsse erfahren. Auf diese Weise kam er Matteo zuvor und vereitelte dessen Eingreifen.

»Andreina, es hat sich etwas ereignet, wovon du als erste erfahren mußt, weil es dich vor allem angeht.«

»So, es hat sich etwas ereignet! Was denn?«

»Matteo war hier!« In dem Bewußtsein, etwas Schwerwiegendes und Bedeutsames zu tun, schlug sein Herz schneller. »Da ich, wie du von Stefano weißt, meine Verlobung mit Sofia lösen will, an die mich nur eigennützige Absichten binden, um dich, die ich liebe, zu heiraten, habe ich ihm die volle Wahrheit gesagt, nämlich, daß du ihn seit langem getäuscht hast und daß du meine Geliebte bist.« Er sah Andreina fest in die Augen und preßte nachdrücklich ihre Hand.

Andreina rührte sich nicht, aber eine tiefe Bestürzung spiegelte sich in ihren weit aufgerissenen Augen. »Du hast ihm gesagt, daß ich deine Geliebte bin?« brachte sie hervor.

»Ja, das habe ich gesagt.«

Mit geradezu wilder Heftigkeit entriß ihm Andreina ihre Hand und richtete sich auf. »Hast du das wirklich getan?« rief sie hilflos mit brüchiger Stimme. »Das hast du wirklich getan? Wer hat dich dazu ermächtigt? Mit welchem Recht hast du das getan?«

Als rein gefühlsmäßige Reaktion auf diesen Ausbruch und Andreinas feige Bestürzung bemächtigte sich Pietros eine entschlossene Kälte. »Weil ich dich dazu zwingen will, deine wahren Interessen zu berücksichtigen.«

»Du Lump«, schrie sie, »du Lump! Wie kannst du dich unterstehen? Verstehst du denn nicht, daß Matteo mich nun nicht mehr heiraten wird?«

Pietro glaubte, in diesem Augenblick nur noch Haß für die Geliebte zu empfinden. »Gerade das wollte ich erreichen«, entgegnete er schneidend. »Übrigens hast du selbst erklärt, daß du im Grunde nie wirklich daran geglaubt hast.«

»Man sagt so manches!« erwiderte Andreina, und ihre Worte waren von verzweifelten Gesten begleitet. »Aber was hast du mit dieser ganzen Sache zu tun? Warum hast du es gesagt? Warum hast du das nur gesagt?«

Sie schrie, als sei sie vom Wahnsinn gepackt. Um nicht die Fassung zu verlieren, aber auch aus hellodernder Empörung, umspannte Pietro Andreinas Handgelenke und bemühte sich, sie zu beschwichtigen: »Sei doch vernünftig, Andreina!«

»Laß mich los!« schrie sie und versuchte sich seiner Umklammerung zu entwinden. »Verstehst du denn nicht, daß nun nicht nur meine Heirat zunichte gemacht ist, sondern daß ich auch als ausgehaltene Frau erledigt bin? Verstehst du nicht, daß ich ohne Matteo auf der Straße ende?... Denn mit dir zu leben, ob du nun mein Liebhaber oder mein Mann bist, ist genauso oder noch schlimmer, als ob ich auf der Straße läge... Daran hast du wohl noch nicht gedacht?« Sie wand sich wie eine wilde Katze unter seinem Griff. Während Pietro noch alle seine Kräfte aufwandte, um Andreina zu bändigen, dröhnte es gegen die verschlossene Wohnungstür.

Andreina gab sofort nach und hob lauschend den Kopf, unbekümmert um Pietro, der, mit rotem Gesicht und keuchend, immer noch ihre Handgelenke festhielt. Einen Augenblick herrschte Stille. Dann dröhnte es von neuem, weniger regelmäßig, aber heftiger.

»Es klopft jemand«, meinte Andreina seltsam ruhig und leise. »Wer mag das sein?«

Pietro mußte lächeln. Veranlaßte ihn dazu die

Freude, Matteo ausgesperrt zu haben, oder wollte er sich damit Mut machen? »Es ist Matteo, der dich um Aufklärung bitten will! Aber ich habe die Kette vorgelegt, so daß er nicht hereinkommt.«

Andreina starrte ihn an und machte eine verzweifelte Anstrengung mit der ganzen Kraft ihres jungen, sehnigen Körpers, um sich aus Pietros Griff zu befreien. »Laß mich los«, schrie sie, »laß mich los! Hilfe! Matteo! Mat...«, aber ihr verzweifelter Ruf wurde erstickt. Sie kämpften wortlos miteinander, Andreina mit wütendem, unterdrücktem Stöhnen, Pietro mit verbissener Kraft. Eine Weile noch dröhnten die harten Schläge gegen die Tür. Endlich hörten sie auf. Andreina gab den Kampf auf und blieb blaß und still mit geschlossenen Augen liegen. Als Pietro überzeugt war, daß Matteo sich tatsächlich entfernt habe, ließ er Andreinas Handgelenke los, setzte sich an das Fußende des Bettes und betrachtete sie mit aufmerksamen Blicken.

Andreinas Schultern zuckten nicht einmal, keine Träne linderte ihre Verzweiflung. Welch seltsames Wesen war doch diese Frau, die aus so niedrigen Beweggründen derart unglücklich sein konnte! Als er sich aber entsann, daß auch er einmal ähnlichen Irrtümern verfallen war, und andererseits bedachte, daß Stefanos Rückkehr und die daraus entstandene Verzweiflung weitgehend an diesem unwürdigen Schmerz beteiligt waren, bezwang er schließlich seinen Zorn. Mitleid regte sich in ihm, und er fand zu seinem vorurteilslosen Denkvermögen zurück. Statt mit Gewalt, wollte er die Geliebte mit liebevollen Vernunftgründen überzeugen.

»Aber, Andreina, sei nicht so traurig«, begann er fast bittend. »Denke doch ein wenig nach! Dann wirst du selbst einsehen, daß du gar keinen Grund hast, so unglücklich zu sein. Was soll ich denn sagen«, fügte er mit schwachem Lächeln hinzu, »der ich kurz vor der Heirat mit einem adligen, reichen Mädchen stand und nun durch mein Handeln alles verloren habe? Du verlierst Matteo, gewiß, aber für mich bedeutete Sofia weit mehr. Sie war mir viel sicherer... Die Heirat bot mir eine einzigartige Möglichkeit.« Diese Worte sollten Andreina trösten und unmerklich auf ihre Heirat überlenken. Aber seine Bemerkungen hatten eine ganz andere Wirkung.

»Das ist allerdings wahr«, meinte sie langsam mit starrem Blick. »Du hast Sofia verloren, und wenn du jetzt im Hause der Tanzillos erscheinst, wird sie dich fortjagen lassen.«

Diese Antwort, die von großer Verständnislosigkeit zeugte und eine gewisse Selbstgefälligkeit verriet, gefiel Pietro gar nicht. »Ich bin es, der die Verlobung auflöst, nicht Sofia«, erklärte er. »Und ich löse sie nur, um dich zu heiraten... ich hebe diese Bindung also gegen mein eigenes Interesse und gegen Sofias Willen auf.«

»Deine ganzen Anstrengungen, ein reiches, adliges Mädchen zu gewinnen, sind vergebens gewesen«, fuhr Andreina wie im Selbstgespräch fort. »Deine Gefühlsduselei hat dich ruiniert. Du verlierst gleichzeitig Reichtum und gesellschaftliches Ansehen und wirst wieder genauso armselig werden, wie du es warst.« Sie schwieg einen Augenblick, als wolle sie ihre Worte auskosten. »Und du behauptest, wir seien uns nicht ähnlich! Wir strebten in Wirklichkeit doch beide nach dem gleichen Ziel, wenn auch mit verschiedenen Mitteln: ich mit Hinterlist und Falschheit, du mit vernünftigen Überlegungen und mit dem Gefühl. Ich habe die anderen getäuscht, du hast dich selbst getäuscht. Vielleicht habe ich die Gewissenlosigkeit zu weit getrieben, so wie du die Gutgläubigkeit anderer zu sehr ausgenutzt hast. So haben wir beide im gleichen Augenblick alles verloren.«

Die Spitzfindigkeit dieser Äußerung weckte in Pietro wieder den alten Groll. »Du bist nicht ehrlich, Andreina«, entfuhr es ihm. »Du weißt besser als ich, daß ich Sofia heiraten wollte, weil ich sie zu lieben glaubte. Als ich aber erkannte, daß ich dich liebe, habe ich ohne Zögern Sofia verlassen.«

»Wir haben uns beide der gleichen listigen Machenschaften bedient«, fuhr sie unbeirrt fort. »Wir hätten beide um Haaresbreite gesiegt. Stell dir vor, wie unser Leben ausgesehen hätte, wenn du Sofia geheiratet hättest und ich Matteo! Aber wir haben wahrscheinlich verloren, weil wir nicht kalt genug waren«, fügte sie nachdenklich hinzu. »Wir waren zu stark verstrickt in unsere Angelegenheiten. Du hast so lange von Hilfsbereitschaft und Güte geredet, bis du schließlich selbst daran glaubtest. Und doch entsprang alles nur jämmerlicher Eitelkeit. Wir haben verloren, und es bleibt uns nun nichts anderes übrig, als freimütig zu handeln.«

Unbehagen hatte sich Pietros bemächtigt. »Allerdings, wir müssen freimütig sein«, wiederholte er, wenn er auch nicht sicher war, ob er dem Wort die gleiche Bedeutung unterlegte wie Andreina, in deren Augen solch besessener Glanz funkelte.

»Reden wir nicht mehr von diesen Dingen«, sagte sie hastig. »Du hattest recht, Matteo die Wahrheit zu sagen! Wie dumm von mir, mich darüber aufzuregen... Komm jetzt zu mir«, sie beugte sich aus dem Bett und legte ihre Arme um Pietros Hals. »Setz dich hierhin... Und nun sag mir... liebst du mich?«

Nicht die Worte beunruhigten Pietro, sondern der schneidend kalte Ton.

»Gewiß liebe ich dich, das weißt du doch«, antwortete er.

»Und du möchtest, daß wir heiraten, nicht wahr, so ist es doch!«

»Das möchte ich allerdings«, bestätigte Pietro und versuchte gleichzeitig, seinen Kopf zu befreien, um besser in Andreinas Augen blicken zu können.

»Nun, ich bin bereit, deine Frau zu werden«, erklärte sie. »Die Ehe ist ein starkes Band, und wir müssen ganz miteinander verbunden sein. Ich bin bereit, deine Frau zu werden, unter einer Bedingung.«

»Unter welcher Bedingung?«

»Ich nenne sie sofort«, versicherte Andreina und schmiegte sich noch dichter an ihn, »aber du mußt mir versprechen, dich weder zu wundern noch dich aufzuregen. Und bitte unterbrich mich nicht, bevor ich alles gesagt habe. In dem, was ich dir jetzt erkläre, liegt mein ganzes Wesen beschlossen. Wenn du mich heiraten willst, mußt du ja schließlich wissen, wer ich eigentlich bin. Komm, mach es dir doch etwas bequemer, leg dich neben mich!« Eifrig zwang sie ihn, sich an ihre Seite zu legen. »Nun hör mich an! Du selbst hast behauptet, daß wir, indem wir Matteo und Sofia verlieren, ungefähr in der gleichen Lage sind, nämlich praktisch auf der Straße liegen. Ich werde dich trotzdem heiraten, unter der Bedingung, daß wir von nun an jede Verstellung aufgeben und ganz freimütig handeln. Das Geld, das uns fehlt, besitzt Maria-Luisa. Wenn Maria-Luisa stirbt, ist Stefano der einzige Erbe. Ich und Stefano sind in diesem Fall die gleiche Person. Bring Maria-Luisa um!«

Pietro sah Andreina an, sie atmete mühsam durch den halbgeöffneten Mund, während ihre zarten, geraden Nasenflügel bebten. Der Vorschlag klang tatsächlich so unwahrscheinlich und außergewöhnlich, daß Pietro im ersten Augenblick gar nicht daran dachte, Andreinas Ansinnen schroff zurückzuweisen, sondern eher das Bedürfnis empfand, die eigene Bestürzung erst einmal zu überwinden. »Gefallen dir diese Worte ›Bring sie um‹ so sehr, daß du sie mit solchem Wohlgefallen aussprichst?« fragte er. Auf diese Weise wollte er ihr zeigen, daß er von der Ungeheuerlichkeit ihres Vorschlags nicht überwältigt war.

Andreina blickte vor sich hin. Es war schwer zu entscheiden, ob sie verwirrt war oder nachdachte. »Du hast recht«, meinte sie schließlich, »diese Worte gefallen mir schon wegen ihres erbarmungslosen Klanges. Aber auch die Verwirklichung würde mir gefallen«, fügte sie hinzu und starrte in seine Augen.

Pietro sah die Geliebte fassungslos an, und plötzlich überkam ihn ein entsetzliches Erschrecken. »Aber, Andreina, was sagst du?« stammelte er, und seine Auflehnung tat ihm im Grunde seines Wesens wohl. »Bist du wahnsinnig? Ich scheine es übrigens auch schon zu sein, da ich so ruhig mit dir dieses Ungeheuerliche erörtere.«

Andreina sah ihn kühl an. »Was hat das mit Wahnsinn zu tun?«

Pietro bebte vor Erregung am ganzen Körper. Mit weitaufgerissenen Augen stammelte er: »Aber das ist doch furchtbar, Andreina.« Er empfand ein inneres Wohlgefallen an seiner Entrüstung, dem einzigen Lichtblick in dieser überwältigenden Finsternis.

»Du hast etwas Fieber und fühlst dich nicht wohl«, meinte Andreina ruhig. Sie legte ihm mütterlich besorgt eine Hand auf die Stirn und ließ sie dann mit behutsamer Geschicklichkeit zwischen den Knöpfen des Hemdes auf seine nackte Brust gleiten. »Dir ist viel zu heiß, und dein Herz schlägt ungewöhnlich schnell. Hör dir dagegen meines an!« Sie drückte seinen Kopf gegen ihre Brust. »Beruhige dich! Leg dich bequem hin! Rück ganz nahe zu mir, ich lasse meine Hand auf deinem Herzen ruhen, bis es nicht mehr so stürmisch schlägt. Und nun höre zu! Wenn mein Vorschlag wirklich so entsetzlich wäre, müßte doch auch ich darüber erschrecken, nicht wahr?«

Pietro wandte seinen Blick Andreina zu. Er sah sie lange wortlos an.

»Ich habe mich selten so ruhig und sicher gefühlt wie jetzt, nachdem ich dir diese Dinge gesagt habe«, fuhr Andreina fort. »Du glaubst vielleicht, ich gebe einer augenblicklichen Regung des Hasses oder der Verzweiflung nach, oder mein Vorschlag entspringe hellem Wahnsinn. Aber du täuschest dich. Gewiß, ich hasse Maria-Luisa. Aber nicht aus Haß maße ich mir das Recht an, so zu sprechen. Mein Vorschlag beruht auf der Überzeugung, daß die Beseitigung einer solchen Person nicht mehr bedeutet, als einen tollwütigen Hund oder irgendein anderes schädliches Tier zu erschlagen. Gerade heute habe ich meinem Vater erklärt, daß ich Gewissensbisse hätte, wenn Maria-Luisa ein wertvoller Mensch wäre, aber im Hinblick auf sie erscheint mir alles recht und billig. Doch lassen wir das, vielleicht verstehst du mich nie. Die Gewißheit wird dir genügen, daß ich alles genau überlegt und jede auftretende Schwierigkeit erwogen habe. Denn«, erklärte sie mit einem seltsamen Glanz im Blick, »ich denke seit längerer Zeit daran. Du kannst bei jedem meiner Vorschläge sicher sein, daß alles gut gehen wird, sowohl in der praktischen Ausführung als auch in moralischer Hinsicht. Es wird sich nur darum handeln, etwas neu zu ordnen, das bisher einen falschen Platz einnahm und deshalb ein Ärgernis bedeutet. Wenn du nach Maria-Luisas Tod den ersten Schock überwunden hast, wird dir alles viel geregelter vorkommen, in Hinsicht auf dich selbst und auf deine Umwelt. Dann sind wir für immer miteinander verbunden, und ich werde dich lieben, wie ich dich noch nie geliebt habe.« Sie schwieg eine Weile, ehe sie ruhig und ernst fragte: »Nun, versprichst du mir zu tun, um was ich dich bat?«

Sie ließ ihn keinen Augenblick aus den Augen, starrte ihn unverwandt an und streichelte unentwegt mit kalter, unruhiger Hand seine Brust. Unter der Wirkung von Blick und Berührung wurde Pietro immer verwirrter. Eine Art Grauen ergriff ihn, zugleich aber auch ein begehrliches Staunen, eine unüberwindliche Neugier, mehr zu erfahren und allem auf den Grund zu kommen. »Was soll ich dir versprechen?« fragte er schließlich.

Er spürte, wie sich Andreinas Körper neben ihm bewegte. Sie wandte sich ein wenig seitwärts und näherte ihr bleiches Gesicht mit den starren, besessenen Augen dem seinen. »Bring Maria-Luisa um!« flüsterte sie.

Pietro hätte ihr fanatisch glühendes Gesicht am liebsten zurückgestoßen. »Vergiß nicht, daß ich es für ein Hirngespinst halte und es nur deshalb mit dir erörtere, um zu begreifen, wie ein solcher Gedanke überhaupt in dir entstehen konnte«, warnte er. »Angenommen, du habest aus den genannten Gründen das Recht zu einer solchen Tat, glaubst du sie wirklich unentdeckt ausführen zu können?«

Andreina betrachtete Pietro aus schmalen Pupillenschlitzen, als wolle sie ihn wie einen Gegenstand abschätzen. »Sag mir, ob du es tust oder nicht. Erst dann werde ich dir erklären, wie wir vorgehen müssen, um nicht entdeckt zu werden.«

»Aber denkst du denn keinen Augenblick an die Folgen? An Verhaftung und Strafe? Hast du gar keine Angst?« fragte Pietro verständnislos.

Sie schüttelte verneinend den Kopf. »Ich werde alles so durchführen, daß nichts entdeckt werden kann. Und was heißt Verhaftung und Strafe? Selbst wenn es geschähe, was bedeutet es schon? Mein Leben ist dann doch nur so trostlos wie bisher. Alles bleibt nur beim alten.«

Sie sagte das alles sehr ernst. Sie atmete kaum durch ihre halbgeöffneten Lippen, und außer der kühlen, ruhelosen Hand, die über Pietros Brust strich, bewegte sich nichts an ihr.

›Worte vermögen hier nichts mehr‹, dachte Pietro. Gerade die Unzulänglichkeit der konventionellen Sprache war der schwerwiegendste Beweis für den Ernst ihrer Vorschläge. »Aber begreifst du denn nicht, daß es sich um einen Mord handelt?« fragte er mit drängender Stimme.

Wieder schüttelte sie verneinend den Kopf. »Das sind nur Worte. Zuerst glaubst du, daß sie etwas Ungeheures ausdrücken. Läßt du sie aber Wirklichkeit werden, so erkennst du, daß es Worte wie alle anderen sind. Wenn du es übrigens vorziehst, so können wir auch bei meinem Vorhaben von Mord sprechen.«

Angesichts dieser kalten Formulierung gewannen endlich das Grauen und ein undeutliches, ständig wachsendes Gefühl von Verantwortung die Oberhand über Pietros Neugier. Obwohl er immer noch unter der suggestiven Anziehungskraft dieses ungeheuerlichen Problems stand, nahm er doch endlich eindeutig Stellung: »Eigentlich dürfte ich dir überhaupt nicht zuhören, ja, ich müßte dich selbst am Sprechen hindern, Andreina! Aber deine Gedanken sind so krankhaft, daß ich verstehen möchte, wie du dazu gekommen bist. Deine Äußerungen lassen erkennen, daß weder Geldgier noch Haß dich leiten. Aber was hat dich denn nun in diesen Abgrund getrieben?«

Andreina schwieg eine Weile. »Es trifft nicht ganz zu, daß ich gar keinen Vorteil für mich darin sähe«, sagte sie schließlich, »ich verspreche mir sogar sehr viel davon, und außerdem hasse ich Maria-Luisa aus ganzer Seele, genauso wie ich die vielen andern hasse, die nicht wissen, was sie tun, was sie wollen, wer sie sind, woher sie kommen und wohin sie gehen. Wenn man sie umbrächte, hinterließen sie keine Lücke. Sie verpesten nur die Welt und sind im Wege. Maria-Luisa, dieses Luder! Wie ist es überhaupt möglich, sie nicht zu hassen?« Aus Andreinas Augen sprach grausame Wut, ihre Nasenflügel zitterten, und die Stimme bebte und bezeugte nur allzusehr die Aufrichtigkeit und Tiefe ihrer Empfindung. »Trotzdem stimmt es, daß weder Haß noch Geldgier meine wesentliche Triebfeder ist. Etwas anderes bestimmt mich. Wie soll ich es dir nur erklären? Soll ich es ein gewisses Gerechtigkeitsgefühl nennen?«

Pietro betrachtete sie tief bekümmert. »Ich muß feststellen, Andreina, daß es zwischen uns beiden nichts Gemeinsames gibt außer der Liebe, die ich für dich empfinde. Ich hoffe, daß du sie erwiderst, dann wird sie, dessen bin ich sicher, am Ende stärker sein als die grauenhaften, sinnlosen Dinge, mit denen du, durch dein unseliges, bisheriges Leben verleitet, deinen Kopf belastest. Wenn überhaupt eine Ähnlichkeit zwischen uns besteht, dann gewiß nicht in der Gemeinschaft des Bösen. Du bist im Grunde gar nicht so schlecht, wie du dich gibst. Und deshalb...«

Aber er konnte nicht weitersprechen. In maßloser Erregung umfing Andreina ihn und preßte ihre Hand auf seinen Mund. »Das ist nicht wahr, wir sind uns in allem ähnlich, Pietro! Du kannst ebensowenig wie ich das Leben zwischen diesen halb gestorbenen Menschen ertragen, in einer solch falschen Welt dein Dasein fristen. Du bist wie ich dazu geschaffen, diese lächerlichen Hohlköpfe zu täuschen, zu ihrem Verderben dich ihrer zu bedienen. Eben deshalb liebe ich dich ja! Fürchte keine Gewissensbisse! Sie bestehen nicht für Menschen unserer Art. Wenn wir fähig sind, das zu tun, was ich dir vorschlug, werden wir auch fähig sein, ohne Gewissensbisse zu leben.« Tief Atem schöpfend, schob sie den Träger ihres Kleides, der von der Schulter geglitten war, wieder hoch. »Entscheidend ist nur, daß wir ruhig und gelassen vorgehen. Wir müssen die Tat so selbstverständlich wie etwas Alltägliches ausführen und so umsichtig, als hinge unser ganzes künftiges Leben davon ab.«

Pietro erkannte, daß Andreina trotz ihrer übermäßigen Erregung nichts unversucht ließ, um sich den Anschein klarer Einsicht und scharfer Überlegung zu geben. Die außergewöhnlichen Eröffnungen würden erst dann ihre geheimnisvolle Anziehungskraft verlieren, wenn er sich zu einem entscheidenden Schritt aufraffte. Andreina wirkte in der Tat so suggestiv, daß ihre Ausführungen ihn immer mehr betörten. Er durfte nicht länger auf sie eingehen, sondern mußte sich gewaltsam dieser gefährlichen Neugier entziehen. »Laß mich los und sprich nicht weiter von diesen Dingen«, sagte er und blickte fest in ihre Augen. »Ich werde auf keinen Fall tun, was du von mir verlangst. Im Gegenteil, ich werde dich zwingen zu tun, was ich für richtig halte.«

»Du hast also Angst, du bist ein Feigling!« meinte Andreina kalt und ruhig.

Sie blickten sich an.

»Ich bin kein Feigling, und ich habe auch keine Angst«, widersprach Pietro heftig, »das weißt du! Du willst mir dadurch nur Zugeständnisse entreißen! Aber es wird dir niemals gelingen!« Er befreite sich kraftvoll aus ihrer Umarmung und wanderte erregt im Zimmer umher. Andreina blieb auf dem Bett liegen und barg ihr Gesicht im Kopfkissen. Das Kleid verhüllte zum Teil ihre hellbestrumpften Beine mit einer Flut von schwarzen, durchsichtigen Spitzen, ihre auseinandergespreizten Füße standen in ihrer verkrampften Leblosigkeit in seltsamem Gegensatz zu dem schwellenden Körper, dessen lockende Formen sich unter der glänzenden Seide des enganliegenden Kleides abzeichneten. Dachte sie nach oder weinte sie? Mehrere Minuten herrschte Stille. Dann wandte Andreina ihren Kopf und sah Pietro an. »Tu, was du willst! Aber du sollst wissen, daß ich in meinen Plänen schon ein gutes Stück vorangekommen bin.«

»Welche Pläne meinst du?«

»Öffne die zweite Schublade des Schrankes«, befahl Andreina. »Rechts ist ein mit blauer Seide überzogenes Kästchen! Öffne es!« Dann drückte sie ihr Gesicht wieder ins Kopfkissen, als wolle sie nichts weiter sehen. Betroffen ging Pietro zum Schrank und öffnete die Schublade.

Dort lag, versteckt zwischen der feinen, zarten Wäsche, ein blaues Kästchen. Er öffnete es und fand außer einigen Taschentüchern etwa zehn Ringe und Armbänder, reich mit Brillanten besetzt. Es wurde ihm nicht recht klar, was daran Außergewöhnliches sein sollte. Der Schmuck gehörte wohl Andreina, und der Gegenstand, den er finden sollte, lag vermutlich zwischen den Taschentüchern oder an anderer Stelle. Aber plötzlich starrte er auf die außergewöhnliche Größe und den überwältigenden Glanz der Steine, und Angst verschlug ihm den Atem.

»Was ist das?« fragte er.

Andreina hob ein wenig den Kopf und antwortete langsam: »Der Schmuck, der vor einem Monat Maria-Luisa gestohlen wurde. Erinnerst du dich nicht mehr? Es geschah an jenem Tag, als wir uns zum erstenmal in der Konditorei begegneten. Man fand das Fenster offen, aber keine Spuren von dem Täter.«

Pietro betrachtete schweigend die glitzernde Pracht: vier mit ungewöhnlich großen Brillanten verzierte Ringe, drei sehr breite, überreich besetzte Armbänder und eine kostbare, schwere Kette. Sein Hirn war leer, schon das Betrachten dieses Gefunkels war fast zuviel für ihn. Plötzlich entdeckte er in einem der Taschentücher die Initialen MT und die Krone. »Gehören auch die Taschentücher Maria-Luisa?«

»Alles«, antwortete Andreina. »Das Kästchen hat man mir mit dem gesamten Inhalt überbracht. Es waren auch Fotografien und Briefe darin, aber die habe ich vernichtet.«

Pietro stellte das Kästchen wieder an seinen Platz. Dann ließ er sich neben Andreina nieder und betrachtete sie einen Augenblick schweigend. Trotz aller Entrüstung bemächtigte sich seiner wieder jene gierige, erschreckende Neugier, jene abstoßende Schwäche. Fast gegen seinen Willen beugte er sich zu Andreina hinab. »Wie kommt dieser Schmuck in deine Wohnung?« fragte er.

Andreinas trauriges, kaltes, verschlossenes Gesicht wandte sich ihm langsam zu. »Die Person, die ihn gestohlen hat, brachte ihn mir.«

»Wer ist diese Person?«

Sie sah ihn mit vorsichtigem Mißtrauen an. »Ich will es dir sagen, wenn du mir absolute Verschwiegenheit zusicherst«, meinte sie schließlich.

Ihre Erfahrenheit bei Verbrechen beeindruckte Pietro in diesem Augenblick ganz besonders. Kalt und verschlossen klangen ihre Worte. »Schön, ich verspreche es dir«, entgegnete er trotzdem. .

»Du warst doch schon in Maria-Luisas Villa«, sagte sie und starrte träumerisch auf ihre Fußspitzen. »Hast du dort nie das Mädchen gesehen? – Übrigens das einzige im Hause.«

»Natürlich kenne ich sie«, rief Pietro, »sie lacht immer so dumm und einfältig, als mache sie sich über jeden lustig.«

»Sie hat es getan«, fuhr Andreina mit bitterer Langsamkeit fort. »Sie war in früheren Tagen die Haushälterin meines Vaters. Sie half mir, von zu Hause fortzukommen, lebte bei mir während der ersten Jahre in Mailand und hat auch, wie ich später erfuhr, gegen

Geld meine Bekanntschaft mit Matteo vermittelt. Übrigens tat sie es nicht nur um ihres eigenen Vorteils willen; sie war vielmehr überzeugt, daß es auch zu meinem Besten geschähe. Jedenfalls habe ich, nachdem sie mich mit Matteo zusammengebracht hatte, mit meinem ganzen Einfluß versucht, sie bei den Tanzillos unterzubringen. Um mir gefällig zu sein, hat sie vor einem Monat den Schmuck gestohlen.«

Pietro biß sich auf die Lippen. Die ganze Lage verwickelte sich in erschreckender Weise. Solange Andreina nur Pläne schmiedete, war noch Hoffnung. Aber dieses Mädchen und dieser Schmuck waren unleugbare Tatsachen. Und nur Tatsachen, nicht Worte, bestimmen und formen Leben und Wesen der Menschen. Man mußte diesen Tatsachen andere, ebenso gewichtige und verheißungsvolle entgegenstellen. Und sie mußten in Andreina jenen Eifer entfachen, den sie bisher ihren unseligen Unternehmungen zugewandt hatte. Aber welch schwieriges Beginnen!

»Ich billige natürlich das Geschehene keineswegs«, sagte er plötzlich mit großer Eindringlichkeit, »im Gegenteil, ich bin geradezu entsetzt darüber. Trotzdem möchte ich dich endlich fragen: Warum willst du Maria-Luisas Tod? Dieser Schmuck hat gewiß einen sehr großen Wert, und wenn du auch nicht für alle Zeit davon leben kannst, so würde er dich doch für einige Jahre aller Sorge entheben...«

Sie blickten sich in die Augen. »Ich bin keine Diebin!« entgegnete Andreina kalt mit trotzigem Groll. »Der Schmuck liegt immerhin schon einen Monat hier, und ich weiß nicht, was ich damit anfangen soll. Ich habe ihn auch nicht stehlen lassen, um ihn selbst zu tragen. Ich wollte nur irgend etwas unternehmen.« Sie blickte Pietro starr an. »Aber jetzt will ich den entscheidenden Schritt tun... und du wirst mir dabei helfen.«

»Was hast du vor?«

Dieses Feuer in Andreinas Augen, diese grausame, fast sinnliche Erregung!

»Du weißt, was ich meine!« Bei diesem eindringlichen Hinweis überwältigte Pietro der Zorn. »Nicht mich, sondern dein Dienstmädchen mußt du um diesen Dienst bitten«, rief er wütend, »sie hat gestohlen und wird auch das andere tun...«

»Oh, gewiß, wenn ich sie darum bäte! Sie meint es wirklich gut mit mir. Aber sie glaubt, daß ich nur eigennützige Interessen damit verfolge. Sie meint, das alles geschähe, um mir Geld zu beschaffen. Deshalb werde ich sie nicht darum bitten. Du aber, der du mir ähnlich bist, verstehst mich. Und gerade, weil ich dich gern habe, bitte ich dich um deine Hilfe.«

»Weil du mich gern hast?«

»Ja, denn ich ertrage es nicht, daß ein Mensch, den ich liebe, anders ist als ich oder mir gar überlegen. Ich bitte dich aber auch um deine Hilfe, weil du nach dieser Tat für dein ganzes Leben an mich gebunden sein wirst.«

Pietro wanderte wieder ruhelos umher. »Und was wolltest du damit sagen, daß du in deinen Plänen schon ein ganzes Stück vorangekommen seiest?«

»Daß ich es selbst tun werde, wenn du dich weigerst! Aber ich werde dich mit hineinziehen, selbst wenn du dich noch so sehr sträubst.«

Pietros Entrüstung wich immer größerer Bestürzung, die allerdings selbst jetzt noch von jener quälenden Neugier begleitet war. »Andreina, du bist ein Ungeheuer!« rief er und blieb vor dem Bett stehen. »Du verdientest...«

»Du kannst mich ja anzeigen«, unterbrach ihn Andreina kühl und ruhig.

Pietro zuckte heftig mit den Achseln und nahm seine Wanderung wieder auf. »Was mich am meisten erschreckt, ist diese angebliche Gleichgültigkeit, mit der du dich brüstest! Mir wäre es lieber, du entsprächest der Vorstellung, die dein Dienstmädchen von dir hat: nämlich einer Frau, die nur auf ihren Vorteil und auf Geld bedacht ist.«

»Sei unbesorgt, ich bin durchaus auch auf meinen

Vorteil bedacht! Sonst läge mir nicht ausgerechnet an dem Tod der reichen Maria-Luisa. Mich kränkt ja gerade diese Ungerechtigkeit.« Sie blickte Pietro mit einem bleichen Lächeln an, als sei er weit entfernt und könne sie nicht hören. Sie wiegte nachdenklich ihren Kopf und zerknitterte mit fahrigen Händen ihr Kleid. Pietro beobachtete diese Hände, weil er den Eindruck hatte, als ob sich in ihnen jene Gefühle ausdrückten, die ihr Gesicht verbarg. Dann entdeckte er, daß sich zwei große Tränen aus Andreinas starren Augen gelöst hatten und langsam über die Wangen rollten. Sie weinte.

Schon wollte sich Pietro ihr tröstend nähern, als deutlich die Türklingel schrillte. »Andreina, es schellt. Soll ich aufmachen?«

»Ja, bitte. Es ist Rosa«, erwiderte sie. Pietro fragte sich, wer diese Rosa sei, als er das Zimmer verließ. Schon hegte er den Verdacht, daß es sich um die Diebin handele. Er empfand, wie gegen Stefano, im voraus starken Haß gegen dieses Mädchen. Sollte es ihm nie gelingen, Andreina von diesen niederträchtigen Personen aus ihrem früheren Leben zu befreien? Er öffnete die Tür. Auf der Schwelle stand tatsächlich Maria-Luisas Mädchen.

Rosa hatte sich in einer etwas sonderbaren Weise angezogen, die geradezu dazu angetan war, alle Mängel ihrer Gestalt möglichst sichtbar werden zu lassen. Sie trug einen glockenförmigen Mantel, Kragen und Saum mit Pelz besetzt. Er reichte ihr knapp bis zu den knotigen, stämmigen Waden, wodurch ihre ganze Gestalt höchst plump wirkte. Ein breitrandiger Hut unterstrich das untersetzte Aussehen. Er reichte bis tief in die Stirn und wirkte auf ihrem gedrungenen Körper wie ein Pilz auf seinem Stiel. Sie war durch Pietros Anwesenheit keineswegs eingeschüchtert, sondern betrachtete ihn einen Augenblick lang mit einer überraschten Aufmerksamkeit wie jemand, von dem man vorher schon viel gehört hat. »Ich möchte zu Frau Andreina«, sagte sie unterwürfig.

Im ersten Augenblick hielt er es für das Beste, Hut und Mantel zu nehmen, schleunigst fortzugehen und die beiden Diebinnen sich selbst zu überlassen. Aber auch dieses Mal war seine Zuneigung zu Andreina stärker als sein Widerwille.

Rosa, die mit den Räumlichkeiten vertraut war, ging sofort zu Andreinas Zimmer. Sie blieb einen Augenblick auf der Schwelle stehen und blickte erstaunt auf das Bild, das sich ihr bot. Andreina, in ihrem Abendkleid mitten auf dem Bett sitzend, war in Tränen aufgelöst. Unbekümmert um Pietro, der ihr folgte, eilte sie zu der Weinenden. »Was ist geschehen? Was hat man Ihnen getan? Warum weinen Sie?« Sie umarmte Andreina und fuhr mit den Fingern glättend über ihr Haar. Als habe Rosas Gegenwart ihr die letzten Hemmungen genommen, schlang Andreina die Arme um ihren Hals und weinte herzzerbrechend.

Rosa versuchte, Andreina durch Liebkosungen und Worte zu trösten. Dann aber wandte sie unvermittelt ihr finsteres Gesicht Pietro zu. »Was für ein Vergnügen finden Sie darin, sie so aufzuregen?« fragte sie scharf. »Seit Sie in ihr Leben getreten sind, hat sie all ihren Frohsinn verloren. Wenn Sie nichts anderes vermögen, sollten Sie sich besser eine andere Frau zum Quälen suchen.«

Pietro blickte eine Weile wie im Traum auf die beiden Frauen, bis ihn plötzlich blinde Wut übermannte: »Sie Diebin, Sie schlechtes Frauenzimmer!« schrie er. »Wer hat Andreina zugrunde gerichtet und sie einem Tanzillo in die Hände gespielt? Wer hat sie auf abwegige Gedanken gebracht und dabei ihre niedrigsten Instinkte genährt? Ich vielleicht? Danken Sie dem Himmel, daß auch Andreina in diese schmutzige Angelegenheit verwickelt ist, sonst...« In diesem Augenblick fiel ihm auf, daß die Tür offenstand. Er schloß sie... »sonst würde mich nichts daran hindern, sofort zur Polizei zu gehen und Sie anzuzeigen!«

Rosa lächelte in ihrer zweideutigen Weise und sah Pietro herausfordernd an. »Versuchen Sie es doch nur!

Ich komme dann zwar ins Gefängnis, aber ich kenne jemand, der Sie für diese Heldentat büßen lassen wird.«

Pietro war viel zu wütend, um die Drohung aus diesen Worten herauszuhören. Er erwiderte zornig: »Ich werde Sie nicht anzeigen, allerdings nur aus Rücksicht auf Andreina. Aber Sie sollen aus Ihrem Diebstahl keinen Nutzen ziehen! Ich werde den Schmuck mitsamt dem Kästchen an mich nehmen und zu gegebener Zeit an Maria-Luisa zurückgelangen lassen.« Er riß die Schublade auf und nahm tatsächlich die blauseidene Schachtel an sich.

Diese unvorhergesehene Geste war von elementarer Wirkung. Rosa löste sich aus Andreinas Umarmung, lief auf Pietro zu, riß ihm das Kästchen aus der Hand und keuchte: »Rühren Sie nicht unseren Schmuck an!« Sie lehnte sich gegen den Schrank, den umstrittenen Gegenstand hinter ihrem Rücken bergend. »Machen Sie, daß Sie fortkommen!... Lassen Sie uns in Frieden!«

»Ich soll Sie in Frieden lassen?« wiederholte Pietro, zitternd vor Wut. »Geben Sie das Kästchen zurück, Sie Schlange. Morgen fliegen Sie an die Luft! Ich werde Mittel und Wege finden, um Maria-Luisa zu veranlassen, Ihnen sofort zu kündigen!«

»Dann wird Fräulein Sofia erfahren, was Sie treiben«, erwiderte Rosa. Bei diesen Worten legte sie das Kästchen in die Schublade zurück.

»Hört auf mit dieser Streiterei!« rief in diesem Augenblick Andreina. Sie hatte die Tränen getrocknet, und ihr bleiches Gesicht zeigte wieder einen kühlen, gelangweilten Ausdruck. »Rosa, gib ihm den Schmuck, wenn er ihn unbedingt haben will. Er wird ihn weder Maria-Luisa zurückgeben noch verkaufen, sondern ihn viel sicherer aufbewahren, als ich es kann«, schloß sie mit einem tiefgründigen Blick auf Pietro.

Pietro biß sich auf die Lippen und trat mit einer gewissen Hast vom Schrank weg. ›Andreina will mich um jeden Preis in diese schmutzige Angelegenheit hineinziehen‹, überlegte er und setzte sich auf einen Schemel. Rosa hielt wieder Andreinas Hand und liebkoste sie beruhigend.

»Du sollst meinen Freund achten und lieben, Rosa«, sagte Andreina leise und mißmutig. »Es ist nicht seine Schuld, wenn ich weine. Und du, Pietro, betrachte bitte Rosa als meine Freundin... Du kannst nicht ermessen, wie sehr ich in ihrer Schuld stehe... Was wäre ohne sie aus mir geworden! Und nun gebt euch die Hand, damit ich sehen kann, daß ihr euch auch nicht mehr böse seid.«

›Ein wertvolles Angebot: eine Freundschaft mit einem diebischen Dienstmädchen!‹ dachte Pietro. Ohne Andreinas Ansinnen zu erfüllen und Rosa eines Blickes zu würdigen, stand er auf und sagte kalt: »Ich ziehe vor, meine Abneigung zu bewahren. Und nun muß ich gehen... Es ist schon spät, und ich habe noch nicht gegessen.«

»Ich bringe dich noch zur Tür«, warf Andreina rasch ein und setzte mit unerwartetem Schwung ihre Füße auf den Boden. Unbeweglich und erschreckend bleich sah sie sich einen Augenblick im Zimmer um. »Es scheint mir tatsächlich nicht gutzugehen... Mir ist ganz schwindlig. Rosa, hole mir bitte etwas Eau de Cologne aus dem Badezimmer.«

In dem kurzen Augenblick von Rosas Abwesenheit eilte Andreina überraschend behende zum Schrank und griff nach dem umstrittenen Kästchen. »Wir wollen gehen, es ist wirklich Zeit!« Kühl und gebieterisch faßte sie Pietros Arm und zog ihn mit sich in den Flur hinaus.

Nicht Andreinas verzerrter Ausdruck beschäftigte Pietro, sondern das Kästchen, das sie unter dem Arm hielt. ›Sie will es mir geben und mich auf diese Weise in die schmutzige Geschichte verstricken‹, dachte er, ›aber sie täuscht sich, wenn sie glaubt, ich würde den Schmuck Maria-Luisa nicht zurückgeben.‹ Andererseits bekümmerte ihn die finstere Hartnäckigkeit, mit der Andreina ihr Leben zerstören wollte.

»Andreina, was soll das alles?« wandte er sich plötzlich an sie und umfaßte ihre Hüfte.
»Was meinst du?« fragte Andreina gleichgültig.
»Denke, was du willst«, sagte Pietro, »aber ich glaube nicht, daß deine augenblickliche Stimmung noch lange anhält. Ich bin überzeugt, daß es sich nur um einen kurzen Schock, um eine vorübergehende Trübung in deinem Leben handelt. Aber du mußt dich um den rechten Weg bemühen, darfst dich nicht entmutigen lassen und mußt durchhalten.«
Sie hatten die Diele erreicht. »Ja, ich muß durchhalten«, erwiderte Andreina. »Und nun gib mir einen Kuß und geh!«
Sie legte ihren Arm um seinen Hals und hielt ihm ihre Lippen hin. Während Pietro sie küßte, fühlte er, daß Andreina ihm mit hinterlistiger, gebieterischer Heftigkeit das Kästchen unter den Arm schob. Gereizt wollte Pietro dieses fragwürdige Geschenk zuerst zurückweisen. Dann jedoch änderte er seinen Entschluß und preßte es an sich. Als sei die Umarmung nur ein Vorwand gewesen, um ihm den Schmuck zuzustecken, löste sich Andreina sofort wieder von ihm und reichte ihm Hut und Mantel. »Also bis morgen«, sagte sie und öffnete die Wohnungstür. Pietro stellte das Kästchen auf den Tisch, zog den Mantel an und nahm es dann wieder an sich.
»Gut, ich nehme es mit«, meinte er mit starrem Blick. »Aber es bedeutet nicht, daß ich mit dir einverstanden bin. Es muß unbedingt eine Möglichkeit gefunden werden, Maria-Luisa ihr Eigentum zurückzugeben.«
Andreina nickte kühl, als wolle sie sagen: ›Mir ist es ganz gleich! Mach damit, was du willst!‹
Dann schloß sie langsam die Tür.

29

Draußen blies ihm ein heftiger Wind entgegen. Die feuchten Nebel hatten sich verzogen, und die Luft war ungewöhnlich klar. Deutlich zeichneten sich die dunklen Silhouetten der Häuser, ihrer Dächer, Türmchen und Giebel ab. Die Wolkenbank, vom Sturm zerrissen, trieb dem fernen Horizont zu; die letzten Wolkenfetzen glichen Segeln einer aufgelösten Flotte und gaben den klaren Sternenhimmel frei. Aber der Wind war noch nicht zufrieden mit seinem Sieg über Nebel und Wolken, sondern blies weiter ungestüm. Scharf knarrten die Wetterfahnen auf den Dächern, es raschelten die letzten welken Blätter auf dem Bürgersteig, der Wind fegte hemmungslos um die Ecken, brauste über die leere Straße und verlor sich in einem hohen, klagenden Pfeifen.

Die unwirtliche Natur machte die Verlassenheit der Straße fast beängstigend; kein Fahrzeug knatterte über den Asphalt, keine eiligen Schritte durchbrachen die Stille.

Pietro wandte sich unschlüssig der Uferstraße zu. Er sah zu den weißen Wolken und den wenigen Sternen hinauf, die kalt glitzernd am Winterhimmel standen. Er zögerte nicht aus Ratlosigkeit. Sein Kopf war durchaus klar, und er wußte sehr gut, daß er zu Sofia gehen mußte. Nur hatten sich seit seiner letzten Begegnung mit ihr, seit seinem Entschluß, mit ihr zu brechen und Andreina zu heiraten, viele Dinge ereignet, die ihn zu reiflicher Überlegung veranlaßten. Er wußte jetzt von Andreinas verbrecherischen Absichten und dem geraubten Schmuck. ›Bisher ging es nur um Worte, die man nicht ernst zu nehmen brauchte‹, dachte er. ›Aber die Sache mit dem Schmuck gibt mir die Gewißheit, daß ich in Andreina eine Diebin heirate. Welch erfreulicher Gewinn ist das, den tiefsten Kern eines Menschen zu kennen!‹

Wie tröstend war der Gedanke, daß er, wenn er nur wollte, sich durchaus noch allen Unannehmlichkeiten entziehen und den Zustand vor der Bekanntschaft mit Andreina wiederherstellen konnte. ›Matteo und Sofia wissen noch gar nichts‹, dachte er und blickte auf den Fluß hinab. ›Mit einigen schönen Worten – sie fallen mir Gott sei Dank leicht – kann ich meine häßliche Haltung bemänteln und Andreina über den Verlust des Schmuckes hinwegtrösten; ein herzlicher Abschied, und alles ist in Ordnung. Dann heirate ich Sofia, und Andreina wird ihren Weg allein weitergehen. Später, nach vielen Jahren, wenn ich älter und zu Amt und Würden gekommen bin, werde ich die ganze Geschichte Sofia erzählen. ›Erinnerst du dich noch an jene Andreina, an die Geliebte von Matteo? Stell dir vor, sie war auch meine Freundin. Und denk dir, jenen Schmuck von Maria-Luisa hatte *sie* damals gestohlen ... Sie war nicht ganz richtig im Kopf, etwas verrückt.‹ Und abschließend werde ich genau wie Stefano mit einem Seufzer hinzufügen: ›Nie in meinem Leben habe ich mir größere Gewissensbisse gemacht.‹

Er war sich der Erbärmlichkeit seiner Gedanken durchaus bewußt, ja er hatte die Unentschuldbarkeit seiner Handlungsweise nie klarer gesehen; aber gleichzeitig erschien sie ihm trotz ihrer Niedertracht verführerischer denn je und leicht zu rechtfertigen. Wer an seiner Stelle hätte wohl ein gutmütiges, reiches, adliges Mädchen aufgegeben, um eine arme, hemmungslose Diebin zu heiraten? So etwas war nur einem Verrückten oder Einfaltspinsel zuzutrauen. Lag nicht das ganze Leben vor ihm, um diese einmalige häßliche Handlung überreichlich wiedergutzumachen? Tausend Gelegenheiten gab es, um sich und anderen die eigene Großmut und Uneigennützigkeit zu beweisen. Mußte er sich unbedingt in dieser Schlinge verfangen? Die Dinge ließen sich ohne Lärm und ohne jedweden Schaden friedlich beilegen, wenn man nur Kompromisse schloß und Takt anwandte. Gab es wirklich nur die beiden Möglichkeiten: entweder gemein oder heldenmütig zu handeln? Warum wollte er überhaupt Andreina zu einem Wesen machen, das sie gar nicht war und niemals sein würde? Warum sich in Dinge mischen, die ihn gar nichts angingen? Durfte er überhaupt das Schicksal eines anderen beeinflussen? Ging Andreina nicht besser ihren eigenen Weg? Verführerische Stimmen schwirrten durch seinen Kopf und glichen in ihrem trügerischen Charakter dem einschmeichelnden Pfeifen des Windes. Über die Mauerbrüstung gebeugt, lauschte Pietro auf diese Stimmen, ließ sich den Wind ins Gesicht blasen und wandte den Blick abwärts in die Dunkelheit, wo der Fluß vorüberrauschte.

Gleichwohl erkannte er von neuem, daß er trotz seiner augenblicklichen Verwirrung und der Sorge um die ungewisse Zukunft doch die reiche Sofia verlassen und Andreina, ungeachtet ihres schlechten Rufes, heiraten werde. ›Und wenn ich es nur tue, um nicht wie Stefano zu handeln, der sie verführt und dann im Stich gelassen hat‹, dachte er. ›Ich will nicht mit einem Menschen auf gleicher Stufe stehen, den ich mit vollem Recht aus tiefstem Herzen verachte.‹ Aber neben diesem der Eigenliebe entspringenden Beweggrund war noch ein anderer in ihm lebendig. Er war schwerer zu erklären, auch tiefer verankert und hinderte Pietro trotz der Affäre mit dem Schmuck an jeder wirklichen Einsicht. Er war fest davon überzeugt, daß es in seiner Macht liege, Andreina zu ändern oder ihr behilflich zu sein, sich selbst wiederzufinden. Er fühlte sich kraftvoll genug, jedes Hindernis zu überwinden und jede noch so verfahrene Situation zu meistern. Daß er in Andreina neben allen bereits bekannten unerfreulichen Eigenschaften nun auch noch eine Neigung zum Verbrechen entdeckt hatte, beirrte seine Überzeugung nicht. Sie bestärkte ihn eher noch, wie es oft geschieht, wenn sich eine Ansicht gegen große Schwierigkeiten durchsetzen muß. Er mußte Andreina nur zwingen, durch eine entscheidende Tat mit ihrem bisherigen Leben zu brechen. Das würde zugleich den Beginn einer neuen Existenz bedeuten. Sie mußte den gestohlenen Schmuck Maria-Luisa freiwillig zurückgeben, eine gewiß harte, aber notwendige Bedingung. Wenn er sie hierzu bewogen hätte, wollte er sie höheren Aufgaben zuführen und sie heiraten.

In diesem Augenblick vernahm er vom jenseitigen Kirchturm Glockenschläge. Es war schon recht spät, und er mußte sich beeilen, um noch rechtzeitig zu Sofia zu kommen. Schon wollte er sich auf den Weg machen, als er sich des Kästchens entsann, das er unter dem Arm trug. Mit diesem leicht erkennbaren Gegenstand durfte er nicht im Hause der Verlobten erscheinen. Er entschloß sich, den Schmuck einzustecken und das Kästchen fortzuwerfen. Aber wohin damit? Der Fluß war wohl der geeignetste Ort.

Er stellte das Kästchen auf die Mauer und wollte gerade die Schmuckstücke herausnehmen, als sich eine Hand auf seine Schulter legte. Von wahnsinniger Angst gelähmt, dachte er: ›Ich bin ertappt.‹ Die Furcht verschlug ihm den Atem. Trotz seines Entsetzens hatte er die Geistesgegenwart, die Schachtel wieder unter den Arm zu schieben. Dann wandte er sich langsam um und entdeckte an dem tief ins Gesicht gezogenen Helm, daß er einen Polizisten vor sich hatte.

Sie blickten sich an. Pietros Herz schlug stürmisch. Der starre Blick, die schweigende Unbeweglichkeit des Polizisten schienen auf das hereinbrechende Unheil hinzudeuten.

»Was wünschen Sie?« brachte Pietro endlich mühsam hervor.

»Entschuldigen Sie, ich warte auf meine Ablösung und weiß nicht, wieviel Uhr es ist«, sagte der Polizist in freundlichem Tonfall. »Können Sie mir bitte sagen, wie spät es ist?«

Pietro blickte auf seine Armbanduhr und nannte die Zeit. Der Polizist drehte sich um und verschwand langsam zwischen den Bäumen der Anlage. ›Zum Teufel mit dir‹, dachte Pietro wütend, ›mir solche Angst einzujagen!‹ Unglaublich, daß der Staat seinen Wächtern außer Uniform, Helm, Stiefeln, Revolver und Gummiknüppel nicht auch eine zuverlässige Taschenuhr zur

Verfügung stellte. Er seufzte tief und schmerzlich. Dann sah er sich noch einmal genau um, ob auch wirklich niemand in der Nähe war, und öffnete das Kästchen.

Mit einem einzigen Griff nahm er den ganzen Schmuck heraus und steckte ihn in seine Jackentasche. Die Taschentücher brachte er in einer anderen Tasche unter. Dann warf er das Kästchen in den Fluß. Trieb nun der Wind in der falschen Richtung, oder war das Kästchen zu leicht: es fiel nicht aufs Wasser. Über die Brüstung gebeugt, blickte Pietro angestrengt in die Finsternis. Er sah, wie die Schachtel vom Winde erfaßt wurde, sich öffnete und schließlich am Ufer niederfiel, das an dieser Stelle breit und sumpfig war. Er blieb noch eine Weile stehen und überlegte, ob er nun fortgehen und das Kästchen liegen lassen könne. Dann wurde ihm klar, daß solche Sorglosigkeit unmöglich war. Ganz in der Nähe lag Andreinas Wohnung, und ein solches Zusammentreffen war auffällig. Ganz überwältigt von bitterer Ungeduld, dachte er: ›Zum Teufel! Jetzt muß ich noch hinunterklettern und die Schachtel ins Wasser werfen... Was habe ich nur Böses getan, daß ich so hart bestraft werde?‹

Er knirschte mit den Zähnen und hätte vor Zorn am liebsten losgewettert. Er prägte sich genau die Stelle ein, wo das Kästchen lag. Dann suchte er eine Treppe, die zum Fluß hinunterführte. Erst zweihundert Meter weiter fand er sie, in der Nähe einer der verkehrsreichsten Brücken.

Die Stufen waren steil und schlüpfrig. Pietro stützte sich auf das nasse Geländer, stieg hinunter und schritt dann in der Dunkelheit vorsichtig am Ufer entlang. Ein besonders zäher Schlamm, wie er nach Hochwasser zurückbleibt, ließ ihn häufig ausgleiten und behinderte ihn beim Gehen. Immer wieder rutschte sein Fuß ab in unsichtbare Wasserlachen oder stieß gegen leere Blechdosen, die polternd beiseite rollten. Die kalte, graue Wasserfläche spiegelte die fernen Lichter wider. Das Wasser schien sich nicht zu bewegen. Erst in dem schwachen Notlicht eines am Ufer vertäuten Bootes sah er, daß der wie ein Sumpf wirkende Fluß voller Wirbel und Strudel war. Mehr noch als das unwirtliche Gelände bedrückten ihn die hohen Ufermauern und das Gefühl, gleichsam in diesen dunklen Schacht, in Schmutz und Schlamm verbannt zu sein, ohne Aussicht, wieder ans Licht emporzusteigen. Diese Geschichte mit dem Kästchen schien ihm geradezu symbolisch und weckte böse Ahnungen. Diese Ängste und Heimlichkeiten eines Diebes verdankte er nur Andreina, die er retten wollte. Dabei war wohl eher zu befürchten, daß es Andreina gelingen werde, ihn auf den Weg des Bösen zu führen, als daß er sie errette. Unter diesen verworrenen Gedanken fand er schließlich die verhaßte Schachtel. In einer Art Rachsucht stellte er befriedigt fest, daß die blaue Seide ganz schmutzig geworden war. ›Das geschieht ihr recht‹, dachte er grollend, schleuderte sie so weit wie möglich in den Fluß hinaus und machte sich auf den Rückweg.

Die Brücke ragte jetzt vor ihm auf, dunkel und unerreichbar mit ihren wuchtigen Bögen, ihrem Lichtermeer und den kleinen Straßenbahnen, die wie Spielzeuge lautlos darüber hinwegglitten. Hoch über der Brücke wölbte sich der gestirnte Himmel. In seinem tiefen Schacht am schlammigen Ufer kam es ihm vor, als sei der Himmel noch nie so weit entfernt gewesen, als hätten die Sterne noch nie so feurig und geheimnisvoll gestrahlt.

Plötzlich zuckte am dunklen Winterhimmel ein Licht auf und sauste stürzend herab. Eine Sternschnuppe! Nach abergläubischem Brauch flüsterte Pietro einen Wunsch: »Möge alles gutgehen, und möge es mir gelingen, Andreina zu ändern.«

Maria-Luisas Schmuck bauschte seine linke Jackentasche unförmig auf. Darum steckte er, kaum daß der Diener sich zurückgezogen hatte, einige Ringe und das Halsband in die Hosentasche. Er befand sich in einem kleinen Raum mit niedriger Decke und tiefgehenden Fenstern. Es war der erste von fünf gleich großen, miteinander in Verbindung stehenden Räumen, die als Ersatz für den prunkvollen Salon dienten, den Maria-Luisa wegen der eigentümlichen Bauweise des alten Klosters nicht hatte anlegen können. Die hohe Stehlampe mit dem ungewöhnlich großen Brokatschirm warf ein gedämpftes Licht auf die exotischen Möbelstücke. Tische und Sekretäre, lackiert oder mit Einlegearbeit, alle von überreicher Ausführung, füllten in beängstigender Weise den engen, dämmrigen Raum, als ob sie lebendige Wesen seien und atmen könnten. Dieser überladene Eindruck wurde noch unterstrichen durch einige üppige Blattpflanzen in weitbauchigen Keramikkübeln, die ein heimliches Leben in den Zimmerecken und Fensternischen führten.

›Es muß sein‹, dachte Pietro und wanderte auf dem dicken Teppich unruhig umher. Er verspürte eine dumpfe Erregung und erkannte gleichzeitig, daß ihn der Schmuck, den er mit sich herumtrug, nervöser machte als die bevorstehende Entscheidung. Schließlich widerstand er der Versuchung nicht länger, setzte sich in einen Sessel, zog das Brillantenhalsband hervor und betrachtete die Kette in allen Einzelheiten. Sie bestand aus mehreren Brillanten von gleicher Größe, die durch ungewöhnlich geformte Zwischenglieder aus Platin, Onyx und Gold miteinander verbunden wurden. Der Wert dieses Halsbandes war gewiß hoch. Aber Pietro hatte es nicht hervorgeholt, um festzustellen, welcher Preis sich dafür erzielen lasse. Ihn peinigte vielmehr der Gedanke, daß die Kette gestohlen worden war und sich jetzt in seinem Besitz befand. Er erinnerte sich noch genau, wie Maria-Luisa bei seinem letzten

Besuch hochmütig und doch unsicher mit diesem verzehrenden Funkeln um den welken Hals das Eßzimmer betreten hatte. Und nun hielt er diese Steine in den Händen. Darüber hinaus erfüllte ihn die Tatsache, daß Andreina so tief hatte sinken können, mit einem dunklen Gefühl ungläubigen Staunens. Und er wollte diese Andreina heiraten, die davon sprach, Maria-Luisa umzubringen. ›Sie betrachtet unsere Ehe anscheinend nur als eine verbrecherische Gemeinschaft‹, dachte er kühl. ›Aber wie sie selbst sagt, sind das alles nur leere Worte. Ehe, Verbrechen, Laster, Tugend: alles nur Worte... Aber es ist eine schwierige Aufgabe, diesen Worten wieder Sinn zu geben.‹

In diesem Augenblick klapperten Schritte auf dem marmornen Boden. Hastig steckte er die Kette in die Tasche und wandte sich um. Sofia kam auf ihn zu, den weichen, etwas üppigen Körper in einen langen blauen Bademantel gehüllt, die nackten Füße in Pantoffeln und das sonnengebräunte Gesicht glänzend von Hautöl. Die dunklen Locken hingen ihr unordentlich um den Kopf. »Du hast dir ja die richtige Stunde für einen Besuch ausgewählt«, rief sie und wiegte sich in den Hüften. »Es ist ein Wunder, daß du mich noch antriffst. In einer halben Stunde werde ich zu einem Ball bei Constanza abgeholt. Als dein Besuch gemeldet wurde, war ich gerade in der Badewanne. Ich bin natürlich sofort aus dem Wasser gesprungen und zu dir gelaufen, ich habe mich nicht einmal abgetrocknet. Aber ich habe nur fünf Minuten Zeit für dich.«

Diese Worte sprudelte sie mit der gewohnten ungestümen Behendigkeit hervor. »Hier ist es aber kalt!... Ich bin noch ganz naß!« Sie ging zu dem gemauerten Kamin, kniete unter ständigem Prusten, Seufzen und Frösteln nieder und hielt ein Streichholz an die Holzscheite, die auf dem Rost aufgeschichtet waren. Mit leisem Knall entzündete sich hinter der Attrappe sofort der Gasofen, und an Stelle des knisternden Holzfeuers loderten violette Flämmchen. Sofia neigte sich mit einem Seufzer der Zufriedenheit dieser übelriechenden

Wärme entgegen. Pietro hatte ihrem Tun mit wachsender Ungeduld zugesehen und betrachtete kühl den Kamin und das Mädchen, das mit nackten Füßen und aufgelösten Locken vor dem Ofen kauerte. »Ist Matteo zu Hause?« fragte er.

»Sprich mir nicht von Matteo! Ich weiß nicht, was in ihn gefahren ist, er war wahnsinnig schlecht gelaunt, hat kaum gegessen und ist gleich wieder fortgegangen.«

›Das glaube ich gern‹, dachte Pietro, der wortlos und verdrießlich umherwanderte. Sofia machte keine Anstalten, sich zu erheben. »Sei so freundlich und steh auf«, bat er trocken, »ich muß etwas sehr Ernstes mit dir besprechen.«

Sofia erhob sich sofort. »Was gibt es denn?«

»Vielleicht ist es doch besser, wenn wir uns dazu setzen«, schlug Pietro vor. Sie nahmen in den Sesseln am Kamin Platz.

»Was ist jetzt schon wieder mit dir los?« fragte Sofia mit belustigtem Staunen.

Nervös spielte Pietro mit den Ringen und Armbändern in seiner Tasche. Schließlich begann er bedächtig. »Erinnerst du dich noch an den Tag, an dem ich dir vorschlug, unsere Verlobung zu lösen? Du wolltest damals nichts davon wissen und lehntest es ab. Heute wiederhole ich meinen Vorschlag.«

Sofia starrte Pietro fassungslos, spöttisch und ungläubig an. »Aber das scheint ja geradezu eine Manie bei dir zu werden«, rief sie. Ganz offensichtlich war sie ebensowenig wie das erste Mal geneigt, den Erklärungen des Verlobten Bedeutung beizulegen. »Du schlägst mir nun jede Woche vor, nicht zu heiraten. Weißt du, wie du mir vorkommst? Wie eine eingebildete Angestellte, die sich für unersetzlich hält und jeden Augenblick kündigt, um ihren Lohn in die Höhe zu treiben. Darf ich wissen, was eigentlich in dich gefahren ist? Heute mittag schien noch alles in Ordnung zu sein, aber heute abend sind wir wieder auf dem gleichen Punkt angelangt. Ich wette«, sie blickte Pietro mit geballten Fäusten plötzlich starr an, »du bist Maria-Luisa begegnet, und die hat dir als freundliche Verwandte, die sie ist, wieder jene sinnlosen Gewissensbisse in den Kopf gesetzt.«

»Nein, Maria-Luisa habe ich nicht gesehen«, antwortete Pietro und spielte immer noch nervös mit dem Schmuck. »Ich bin ihr seit damals nicht wieder begegnet.« Dann zog er die Hand aus der Tasche, ergriff den Schürhaken und klopfte damit erregt auf den Teppich. »Man kann sehr gut einen Entschluß allein und unbeeinflußt fassen. Das ist bei mir der Fall. Maria-Luisa hat nichts damit zu tun, auch sonst niemand. Ich bin auch nicht dazu gezwungen worden, sondern habe selbst entschieden.«

»Und was veranlaßt dich zu diesem Entschluß?« rief Sofia ungeduldig. »Jede Entscheidung hat doch schließlich einen Anlaß.«

Pietro entgegnete mit unbeugsamer Ruhe: »Ich bin nicht mehr jener Pietro von ehedem, der sich selbst und damit auch dir etwas vormachte, der dich überzeugte, daß er dich liebe, und dich schließlich so weit brachte, daß du dich mit ihm verlobtest. Aber es ist nicht nur so, daß ich dich nicht mehr liebe, sondern ich habe mich in eine andere Frau verliebt.« Jedes seiner Worte war von einem dumpfen Klopfen des Schürhakens begleitet. Dann blickte er auf und sah in die treuen, verängstigten Augen Sofias. »Wer ist denn diese Frau?« fragte sie zornig.

Als Pietro Andreinas Namen aussprechen wollte, überkam ihn eine doppelte Scham, die zugleich gesellschaftlicher wie moralischer Art war. Sowohl Lebensumstände wie Beruf seiner Geliebten als auch die flüchtige Liebschaft, die sie miteinander verband, ließen ihn vor Verlegenheit erglühen. »Ich möchte dir gleich von vornherein sagen«, entgegnete er mit Anstrengung, »daß ich diese Frau nicht nur liebe, sondern... daß ich sie auch heiraten werde, ich bin fest dazu entschlossen. Und nun kannst du ihren Namen wissen: es ist Andreina Caracci.«

Sofia zuckte zusammen. »Die Caracci? Ich bitte dich, das kann doch nicht dein Ernst sein!«

»Es ist mein Ernst.« Nachdem Pietro Andreinas Namen genannt und seinen Entschluß offenbart hatte, verließ ihn sein bisheriger Mut, und eine finstere, apathische Melancholie befiel ihn. »Es ist wirklich mein voller Ernst.«

Sofia war derart beeindruckt, daß ihre sonst so verständnislosen Augen jetzt geradezu durchdringend leuchteten. »Sieh einer an!« rief sie, krempelte mit erregten, energischen Bewegungen die weiten Ärmel ihres Bademantels auf und warf ihr Haar mit einem Schwung in den Nacken. »Ich höre wohl nicht recht! Es mag ja sein, daß dir diese Frau gefällt, dagegen ist nichts zu machen. Aber deshalb kannst du sie doch nicht heiraten, Baby.«

Er war noch nie so bedrückt gewesen. ›Was soll diese Traurigkeit?‹ fragte er sich und wunderte sich, daß ihn diese Empfindung so unversehens überfallen hatte, wie der Schlaf einen Menschen, der ein Rauschgift zu sich genommen hat. »Ich sehe die Unmöglichkeit nicht ein«, meinte er nach einer Weile.

»Aber das wäre doch verrückt, es wäre reiner Wahnsinn«, redete Sofia auf ihn ein. »Eine solche Frau kann man doch nicht heiraten. Sie mag klug sein und schön und alles, was du willst, aber schließlich ist sie doch Matteos Geliebte.«

»Ja, sie ist Matteos Geliebte«, wiederholte Pietro mechanisch.

»Und dann dieser Davico«, fuhr Sofia mit einem angeekelten Klang in der Stimme fort, »ich habe heute morgen geschwiegen, weil es sich um Dinge handelte, die mich nichts angehen. Aber was bedeutet dieser widerliche Davico in ihrem Leben?«

»Er hat sie als Vierzehnjährige verführt«, antwortete Pietro düster. »Mit sechzehn Jahren ließ sie sich schon von einem fetten, alten Industriellen aushalten. Seither hat sie viele Liebhaber gehabt, wie viele, weiß ich nicht.«

»Also siehst du doch, wie die Dinge liegen«, erwiderte Sofia eifrig. Pietros Bemerkungen hatten ihr neuen Mut gegeben. »Sie hat wer weiß wie viele Liebhaber gehabt und wird auch in Zukunft noch wer weiß wie viele haben... Und eine solche Frau willst du heiraten? Baby, du mußt dir doch selbst sagen, daß dein Vorhaben reiner Wahnsinn ist. Denk an deine Laufbahn, das wäre ganz einfach dein Ruin. Wer wird eine solche Frau, die zudem gar kein Hehl aus ihrem Beruf macht, empfangen wollen? Du wirst mit allen Bekannten brechen müssen, allein leben und niemand mehr sehen können. Dabei kommt es doch gerade jetzt darauf an, daß du dich gesellschaftlich durchsetzt. Eine solche unvernünftige Heirat wäre das Ende aller Hoffnungen.«

»Ich weiß«, entgegnete Pietro. »Ich weiß auch, daß du für mich die beste Frau gewesen wärest«, fügte er nach einer Weile langsam hinzu, als suche er jedes einzelne Wort. »Unsere Ehe wäre die allerbeste geworden, ich hätte durch dich in der Gesellschaft gewonnen, hätte mit Hilfe deines Vermögens den Journalistenberuf aufgeben und mich einer größeren Aufgabe widmen, vielleicht in den diplomatischen Dienst treten können.«

»Ja, natürlich! Du könntest bestimmt die diplomatische Laufbahn einschlagen. Siehst du, du erkennst es also selbst.«

»Und wenn ich dich auch nicht liebe, so habe ich dich doch gern und wäre dir ein guter Ehemann geworden«, fuhr Pietro in der gleichen eintönigen Weise fort.

»Ich habe dich doch auch gern«, sagte Sofia bewegt und ergriff seine Hände. »Du siehst doch selbst, wie es ist! Warum willst du also nicht?«

»Ich weiß das alles«, antwortete Pietro, ohne Sofias liebevolle Gesten zu beachten. »Ich weiß nur zu gut, daß ich im Grunde meines Herzens nichts mehr wünsche, als dich trotz allem zu heiraten. Aber dennoch glaube ich, daß ich dich verlassen und Andreina heiraten werde.« Er schwieg und hämmerte wieder mit der

Spitze des Schürhakens auf dem Teppich herum, weder zufrieden noch unzufrieden bei diesem Sieg über sich selbst. Eher hatte er das Gefühl von Stumpfheit und Empfindungslosigkeit, als ob seine trostlose Melancholie wie ein Betäubungsmittel auf ihn wirke.

In einem der angrenzenden Räume schlug eine alte Penduluhr. Der Gasofen im Kamin summte monoton wie eine schnurrende Katze. Hin und wieder rüttelte ein Windstoß an den Fensterläden. Sofia, eher bestürzt als traurig, wandte den ungläubigen Blick nicht von Pietro und begann hartnäckig von neuem: »Aber du sagst doch selbst, daß du mich gern heiraten möchtest... Warum tust du dann genau das Gegenteil? Ich verstehe dich wirklich nicht, Baby... Diese ganze Geschichte ist so voller Widersprüche.«

»Allerdings«, pflichtete Pietro gesenkten Hauptes bei.

»Warum dann das Ganze?« fragte Sofia mit verzweifelter Gebärde. »Warum willst du etwas tun, das dir selbst nicht richtig erscheint und von dem du weißt, daß es dein Leben zerstören wird?«

»So ist es nun einmal.«

»Wie gut ich dich doch in alldem wiedererkenne!« seufzte Sofia schließlich und sah Pietro schmerzlich an. »Wie gut erkenne ich dich in dieser blinden Verleugnung und der Selbstaufgabe! Im Grunde liebst du diese Frau gar nicht. Sie zieht dich nur an, weil sie unglücklich ist und weil du glaubst, ihr helfen zu können. Du weißt genau, daß deine Laufbahn durch diese Heirat verpfuscht wäre, und willst sie doch zur Frau nehmen! Wie gut das zu dir paßt! Du willst sie bessern, einen anderen Menschen aus ihr machen. Wäre sie eine Straßendirne, eine Diebin oder Mörderin, es würde deinem Eifer keinen Abbruch tun. Ach, wie ähnlich dir das alles sieht, Baby!«

Von diesen Beweggründen fühlte Pietro sich tatsächlich getrieben. Sie hatten nach und nach sein ganzes Leben umgeformt. Und nun zählte Sofia sie mit alltäglichen Worten in einer Weise auf, daß sie allen Wert einbüßten und geradezu lächerlich wurden. In diesem fast ironischen Licht wirkten sie unmotiviert und hochtrabend, und Pietro verachtete einen Augenblick lang sich selbst und seine Haltung. Sollte vielleicht doch kühle Berechnung seine Entschlüsse bestimmen, so wie bei Stefano? Ihn beeindruckte vor allem, daß Sofia unwissentlich der Wahrheit nahe kam. »Diebin«, hatte sie gesagt, und er trug den gestohlenen Schmuck bei sich.

»Vielleicht hast du recht«, meinte er schließlich langsam, »vielleicht würde ich sie auch dann heiraten, wenn sie eine Diebin oder Schlimmeres wäre. Vielleicht will ich sie auch bessern. Es klingt so anmaßend und lächerlich, aber es stimmt, was du sagst.« Er hatte das Gefühl, durch seine maßlose Trauer gleichsam erloschen zu sein.

Pietros Resignation, seine Teilnahmslosigkeit überzeugte Sofia von dem Ernst seines Vorschlages. Da sie ihn aber nicht aus dieser Apathie reißen und ihn durch ihre Gründe umstimmen konnte, überkamen sie Zorn und Entmutigung. »Laß endlich diese Spielerei mit dem Haken sein!« rief sie. Durch die Geste, mit der sie ihre Worte begleitete, öffnete sich der Bademantel, und ihr Busen wurde sichtbar. »Selbst ein Heiliger könnte bei dir die Geduld verlieren! Hör zu! Du wirst Andreina nie ändern. Einer solchen Frau ist der Weg vorgezeichnet. Sie wird dein Leben zerstören, das ist das einzige Ergebnis. Zudem bist du augenblicklich zu jeder vernünftigen Überlegung unfähig, verliebt, wie du bist. Wir wollen uns einen Monat lang nicht mehr sehen. Prüfe dich während dieser Zeit, ehe du eine unmögliche Dummheit begehst. Wollen wir es so halten?«

Sie beugte sich in fast demütiger Haltung vor und betrachtete Pietro aus angstvollen Augen. »Es ist unmöglich«, antwortete er.

»Warum sollte das unmöglich sein?« In Sofias Stimme zitterten verhaltene Tränen. »Wir sind schließlich verlobt, und du wirst mir doch nicht diese einzige Bitte abschlagen?«

»Es ist unmöglich«, wiederholte Pietro, »und außerdem ganz nutzlos.«

Er war auf eine weitere demütige Bitte gefaßt, aber sie blieb aus. Sofia weinte. Zusammengekauert hockte sie auf der Sessellehne und barg ihr Gesicht in der rechten Hand. Durch die schräge Haltung des Kopfes fielen ihre Locken nach einer Seite, und die niederfallenden Tränen zogen schräge Linien über ihre Wangen. Dieses Weinen verstimmte Pietro, der selbst viel zu traurig war, um andere in ihrem Kummer zu trösten.

Aber wie seine Worte Sofia verbittert hatten, verletzte sie nun sein Schweigen. »Wenn du gehen willst, so geh doch«, stieß sie hervor und wandte sich ihm wütend zu. »Geh doch! Was stehst du noch hier herum? Hast du noch nicht alles gesagt, was du mir sagen wolltest? Worauf wartest du noch?«

War das ein endgültiger Abschied oder eine heimliche Aufforderung, zu bleiben? Pietro gab sich nicht die Mühe, darüber nachzudenken. Er konnte doch nur noch überflüssige Dinge sagen. Langsam und lautlos schritt er über den dicken Teppich auf den Ausgang zu und setzte entschlossen seinen Weg bis zur Diele fort. Dort fand er Mantel und Hut. Nach einem letzten Blick auf die Wände, die er nie mehr wiedersehen würde, öffnete er die Haustür. Als er das Haus verließ, wäre er fast von einem großen Wagen angefahren worden, der mit großer Geschwindigkeit vorfuhr und plötzlich unter scharfem Bremsen hielt.

Ihm entstieg ein junger Mann im Frack ohne Hut und Mantel, ein Vetter Sofias, der viel im Hause der Tanzillos verkehrte. Der junge Mann erkannte ihn ebenfalls. »Wissen Sie, ob Sofia fertig ist?« fragte er nach flüchtigem Gruß.

»Sie beklagt sich schon über Ihr langes Ausbleiben«, antwortete Pietro gelassen und strebte dem Tor zu.

31

Andreina erwachte aus traumlosem Schlaf. ›Wie spät ist es?‹ dachte sie flüchtig, ›schon Mittag? Ach nein, wohl noch Nacht.‹ Sie war noch so müde und benommen. Im Begriff, wieder einzuschlafen, berührte sie mit ihrer Hüfte plötzlich einen anderen Körper, der neben ihr schlummerte. Abscheu, Beklemmung und Trauer stiegen in ihr auf, als sie sich der verhaßten, unabänderlichen Wirklichkeit entsann. Alle Müdigkeit wurde zurückgedrängt von der Erinnerung an den gestrigen Abend, und sie erkannte mit erbarmungsloser Deutlichkeit ihre gegenwärtige Lage. Sie, Andreina, hatte all jene Dinge getan, ihr war dieses Schicksal vorgezeichnet. Nie würde sie eine andere werden. Sie knipste die Lampe an. Ein schwaches, gelbliches Licht fiel auf die unordentlich herumliegenden Gegenstände. Andreina strich sich das Haar aus der Stirn, gähnte und stellte fest, daß es bereits zehn Uhr morgens war. Dann wandte sie sich um und sah Stefano an.

Er lag auf dem Rücken, eine Hand unter dem Kopf. Sein Schlaf war so ruhig und unbeschwert, als täusche er ihn nur vor. Bei seinem Anblick regte sich Haß in ihr, zugleich aber zog Stefano sie seltsam an, wie ein erschütterndes Schauspiel, dessen Sinn man jedoch nicht begreift.

›Warum habe ich das nur getan?‹ fragte sie sich. ›Warum liegt er hier neben mir?‹ Die Erinnerung daran, daß sie am vergangenen Abend seinem Drängen nachgegeben und ein keineswegs empfundenes Begehren vorgetäuscht hatte, daß sie vielmehr nur unter Aufbietung aller Willenskraft ihren Abscheu überwunden hatte, war ihr schon entrückt. Wenn sie je darunter gelitten hatte, so hatte sich diese Qual in den bittern, schleppenden Phasen dieser Wiederholung ihres ersten Liebesabenteuers erschöpft. Auch die Tatsache ließ sie unberührt, daß sie sich den gleichen Liebkosungen hingegeben hatte, die damals ihre mädchenhafte Unschuld beendet hatten. Wahrscheinlich war die Neugier, als Frau noch einmal jene erste Erfahrung zu wiederholen, einer der treibenden Beweggründe gewesen, Stefanos Drängen nachzugeben. Vielleicht war sogar diese Neugier die einzige vergnügliche Empfindung bei all der Angst und dem Abscheu gewesen. Schrecken bereitete ihr hingegen der Gedanke, daß sie wieder unter seinen Einfluß geraten war, der mehr oder weniger unmittelbar ihr bisheriges Leben beherrscht hatte. Sie hatte mit diesem Rückfall bewiesen, daß es ihr trotz jahrelanger Trennung nicht gelungen war, sich von Stefano und der Lebenshaltung zu lösen, die sie ihm verdankte. Warum hatte er sie zu einem solchen Menschen gemacht? Gewiß nicht aus klarem, bewußtem Willen. Damit hätte er noch eine gewisse Verbundenheit und Wertschätzung bekundet, während er doch nur aus Laune eine sich bietende Gelegenheit ausgenutzt hatte. Seine grausame Unbekümmertheit war ein Ausdruck von Lebensangst, niedrigem Trieb und kalter Selbstsucht. Trotzdem zog er sie an und verwirrte sie noch mehr. ›Ich quäle mich nun und leide...‹, dachte sie. ›Für ihn ist es wie vor zehn Jahren, nur eine Frage der Bequemlichkeit... Er braucht eine Frau wie damals, und da im Augenblick keine andere zur Stelle ist, gibt er sich mit mir zufrieden.‹

Sie blickte Stefano wie gebannt, aber zugleich voller Abscheu an. Wenn sie ihn erschlüge... mit einem schweren Gegenstand, einem Leuchter oder einem Holzscheit, auf den Schlafenden einschlüge, ein-, zwei-, dreimal, bis er sich nicht mehr rührte... Aber es gelang ihr, dieses wilde Verlangen mit einem klaren, im Grunde noch schrecklicheren Gedanken zum Schweigen zu bringen. ›Er muß weiterleben‹, dachte sie, ›wir beide müssen es. Nur werde ich heute etwas tun, was unser Leben in andere Bahnen zwingt. Dann kann er nicht mehr zurück.‹ Der Tod war eine allzu milde Rache, viel wirksamer wäre es, diese Menschen in eine nicht wiedergutzumachende Tat zu verwickeln. Damit wären alle an sie gekettet und in die Finsternis einer ausweglosen Mitschuld gezerrt. Lag nicht hinter der Tat, die sie begehen wollte, eine Art weiten Raumes, eine unbekannte Landschaft, ein dunkles, wolkenverhangenes Land? Wenn sie wirklich die letzten Schranken niederriß und zugleich die letzten Hoffnungen begrub, würde sich dann jene zwar von Verbrechen gezeichnete, aber doch neue Zukunft öffnen, nach der sich ihr ganzes Wesen seit langem sehnte?

Diese Überlegungen lenkten sie schließlich von dem quälenden Anblick des schlafenden Stefano ab. Sie setzte sich auf den Bettrand, ordnete flüchtig ihr Haar, warf einen Morgenrock über und verließ geräuschlos das Zimmer.

Diele und Flur lagen im Halbdunkel, die verbrauchte Nachtluft stand noch darin. ›Ich wette, daß Cecilia noch nicht auf ist‹, dachte Andreina, schlappte mit den Hausschuhen über den Boden, zog den Morgenrock enger über dem halbbekleideten Körper zusammen und öffnete die Küchentür. Die Küche war leer. Durch das weitgeöffnete Fenster drang kalte, feuchte Luft herein. Andreina schauerte zusammen, aber trotzdem blickte sie hinaus. Der an der Gartenmauer hochrankende Efeu war ihr noch nie so schwarz, schlaff und welk erschienen. Alle Farben wirkten verschleiert in der schweren, bedrückenden Luft.

Im Nebenzimmer fand sie, wie vermutet, die schlafende Cecilia. Sie lag vollständig angezogen auf dem ungemachten Bett, offensichtlich hatte sie sich in der Hoffnung, rechtzeitig wieder zu erwachen, noch einmal hingelegt.

Erbost über das faule, nachlässige Mädchen, ergriff Andreina den Waschkrug, lüftete einen Zipfel des Halsausschnittes und goß ihr das Wasser zwischen die Brüste. Aufspringend stieß Cecilia einen rauhen, klagenden Schrei aus, schüttelte sich und versuchte, den nassen Stoff mit den Fingerspitzen vom Busen zu ziehen. »Was habe ich Ihnen denn getan, daß Sie mich so behandeln?« rief sie weinend. »Ich bin vollkommen naß...«

»Ich habe schon vor einer halben Stunde nach dir gerufen«, erklärte Andreina mit einer Strenge, die um so hochmütiger klang, da sie wußte, daß sie das Mädchen ungerecht behandelte.

»Das ist nicht wahr«, jammerte Cecilia unter Tränen, »ich hätte es bestimmt gehört.«

»Ich bin keine Lügnerin wie du«, entgegnete Andreina scharf. »Schon vor einer halben Stunde habe ich nach dir gerufen! Und nun bereite schleunigst das Frühstück für zwei Personen und bringe es in mein Zimmer.«

»Ich bleibe nicht mehr hier«, schrie Cecilia, während sie sich abtrocknete. »Das ist doch kein Leben hier! Ich bleibe nicht länger!«

›Warum bin ich so zu ihr?‹ fragte sich Andreina bestürzt. Obgleich sie ihre Handlungsweise verachtete, widerstand sie auch diesmal nicht dem Reiz, ihre Macht zu zeigen. »So scher dich meinetwegen zum Teufel, aber solange du in meiner Wohnung bist, hast du dich anständig zu benehmen«, rief sie und rauschte befriedigt ins Schlafzimmer zurück.

Stefano schlief noch immer. Andreina legte den Morgenrock ab und schlüpfte wieder unter die Decke. Jetzt erwachte Stefano.

»Guten Morgen«, krächzte er mit belegter Stimme, reckte sich umständlich und richtete sich mühsam auf. »Wie spät ist es denn?«

»Zehn Uhr«, antwortete Andreina, ohne sich nach ihm umzudrehen.

Stefano runzelte unangenehm überrascht die Stirn und rückte sich die Kissen unter der Schulter zurecht. »Ich habe kaum geschlafen«, erklärte er, offensichtlich schlecht gelaunt. »Du hast dich die ganze Nacht herumgewälzt und im Schlaf geredet.«

»Ach, ich habe geredet?« Andreina richtete sich auf. »Was habe ich denn erzählt?«

»Nun, du hast ständig vor dich hin gesprochen, manchmal schriest du geradezu. Du hast von einem Schmuck phantasiert. ›Der Schmuck‹, riefst du, ›der

Schmuck‹, und dann schriest du laut: ›Bring sie um.‹ Wen du umbringen wolltest, das mag der Himmel wissen.«

Andreina schaute nachdenklich drein. Stefano goß sich am Nachttisch ein Glas Wasser ein und schien die eigenen Worte und den unvorsichtigen Schrei, der ihr im Schlaf entschlüpft war, schon wieder vergessen zu haben. »Es ist noch ein anderes Zimmer da«, meinte sie versonnen, »ich werde Cecilia heute noch sagen, daß sie es für dich herrichtet. Dort kannst du in Zukunft ruhig schlafen, und ich setze mich nicht der Gefahr aus, im Schlaf meine Geheimnisse preiszugeben.«

Sie war ohnehin unrettbar verloren. Darum gefiel ihr der Gedanke, daß sich Stefano nicht mehr aus ihrer Wohnung und aus ihrem Leben entfernen werde. In ihren Worten lag nur halb bewußt eine undeutliche Prahlerei, um Stefanos Neugier zu erregen. Sie verfehlte aber ihre Wirkung. Stefano, der immer nur an sich dachte, war bar jeder Einfühlungsgabe in die Wünsche anderer. Ihm entging die Anspielung, Andreina könne im Schlaf Geheimnisse ausplaudern. Er vermerkte lediglich, daß sie mit stillschweigender Selbstverständlichkeit verfügte, er solle hinfort bei ihr wohnen. Nie wünschte er weniger, Andreina fest an sich zu binden, als in diesem Augenblick. Nachdem der doppelte Reiz von Begierde und Eigenliebe befriedigt war, sah er vor allem die unangenehmen Seiten dieser Bindung. Andreina war entweder bedrückt und finster oder ohne Übergang übertrieben lustig. Jedenfalls war sie ein unbequemer Partner. Außerdem hatte sie seit der Trennung von Matteo überhaupt kein Geld mehr und würde sich deswegen nur zu bald an ihn wenden. Ohne ihr eine gewisse jugendliche Anmut abzusprechen, betrachtete er sie jetzt, nachdem seine Glut gestillt war, mit ungetrübten Augen. Er fand sie nicht einmal mehr schön, fast zu üppig. Wahrscheinlich würde sie in einigen Jahren formlos sein. Aus zwei weiteren Gründen war er geneigt, die eben begonnene Beziehung wieder abzubrechen. Ohne ernstliche Folgen für seine Gesundheit konnte er auf die Dauer Andreinas unersättliches Temperament nicht zufriedenstellen, andererseits hatte er mit Cecilia angebändelt. Sie hatte ihm vom ersten Sehen an jene demütigen Gunstbezeigungen erwiesen, die weibliche Angestellte in solchen Haushaltungen dem jeweiligen Hausherrn selten versagen. Sie hatte ihn behutsam nach Hause geleitet und war freundlich und rücksichtsvoll gewesen. Wie abstoßend waren dagegen Andreinas finstere Absonderlichkeiten, ihre Theatralik, ihre kalte Berechnung! Eine fürsorgliche Pflegerin war wichtiger für ihn als eine zärtliche Geliebte. Aus dieser Erwägung hatte er mit Cecilia vereinbart, gemeinsam mit ihr eine kleine Wohnung zu beziehen. Das Geld, das ihm Maria-Luisa zukommen ließ, würde der verschwenderischen, anspruchsvollen Andreina nie genügen, Cecilia dagegen ausreichen. Auf diese Weise hatte er zugleich Hausfrau, Geliebte und Pflegerin.

Natürlich mußte er auf alle seine ehrgeizigen Pläne verzichten, deretwegen er das Sanatorium verlassen hatte und in die Stadt gekommen war.

›Ich wollte mit Herzoginnen anbändeln‹, dachte er unwillkürlich, ›und begnüge mich mit einem Dienstmädchen.‹ Allein, krank, mittellos, blieb ihm bei der feindseligen Haltung Maria-Luisas, die doch seine einzige materielle Stütze war, nichts anderes übrig. Cecilia hatte seinen Vorschlag natürlich begeistert aufgenommen. Viele Gespräche waren diesem ersten gefolgt und viele Vorbereitungen getroffen worden. Sie hatten eine kleine Wohnung gefunden und Hausrat und Möbel eingekauft. Ende dieses Monats wollten sie gemeinsam Andreinas Wohnung verlassen.

Und gestern nun hatte Andreina nach langem Widerstand ihm unerwarteterweise von neuem angehört. Unter einem Vorwand hatte er den Beginn seines neuen Lebens mit Cecilia hinausgeschoben, ihr Dasein sogar für eine Weile vollkommen vergessen, um Andreinas ebenso willkommene wie unerwartete Gunst zu genießen. Jetzt bedauerte er, daß er nicht verzichtet hatte. Aus Furcht, Cecilia endgültig zu verlieren, wenn sie seinen Verrat entdeckte, dachte er nur daran, wie er sich von Andreina befreien könne. Nichts kam ihm ungelegener als ihr Anerbieten, ein Zimmer für ihn herzurichten. Schließlich meinte er: »Nein danke, ich lege keinen Wert darauf!«

»Warum nicht?« fragte Andreina.

Er dachte: ›Wenn nur Cecilia jetzt nicht hereinkommt‹ und schaute hin und wieder ängstlich zur Tür. Obwohl er nicht auf Andreinas Taktgefühl baute, hoffte er doch, daß sie vor dem Dienstmädchen ihre Bettgeheimnisse bewahren werde. »Nun, ich habe keinesfalls die Absicht, hier zu wohnen«, antwortete er plötzlich schneidend mit haßerfüllter Kälte.

Andreina runzelte die Stirn. »Gib mir einen Rat«, sagte sie leise und etwas mühsam. »Pietro besteht immer noch darauf, daß ich seine Frau werden soll. Bis zur Heirat soll ich als Angestellte etwas Geld verdienen. Was meinst du dazu? Hältst du es für richtig, wenn ich einwillige?«

Mit dieser Frage wollte Andreina der Wahrheit nahe kommen, ohne dabei jedoch ihre bittere Enttäuschung preiszugeben.

Stefano erkannte das nicht. »Ich würde das an deiner Stelle selbstverständlich tun«, antwortete er gedankenlos, »aber an Pietros Stelle würde ich dich kaum heiraten. Nun, jeder hat seinen eigenen Geschmack. Ich behaupte natürlich nicht, daß Pietro eine besonders gute Partie ist ... aber immerhin, er hat eine Stellung ... und in der heutigen Zeit ...« Er gähnte vernehmlich und reckte sich faul.

Andreina blickte starr auf Stefano, als sie ruhig und nachdenklich erwiderte: »Meinst du nicht, daß ich nach dem, was nun zwischen mir und dir geschehen ist, Pietros Vorschlag eigentlich nicht mehr annehmen kann? Wenn ich es wirklich gewollt hätte, hätte ich dann deinem Drängen nachgegeben?«

Tonfall und Blick bereiteten Stefano einen geradezu

körperlichen Widerwillen. Er war überzeugt, daß Andreina so gut wie geisteskrank war, und hatte nur noch den einen Wunsch, sie so bald wie möglich loszuwerden. »Wie soll ich das wissen«, entgegnete er zornig, »das alles geht mich doch gar nichts an! Tu, was dir gefällt!«

Andreina war verwirrt. »Es ist ja alles gar nicht wahr!« log sie. »Pietro will mich gar nicht heiraten. Ich habe die ganze Geschichte erfunden, um festzustellen, ob mein Verdacht begründet war. Ich wollte wissen, ob du jetzt, nachdem du alles erreicht hast, was du wolltest, tatsächlich nur daran denkst, mich loszuwerden.«

»Ach was«, erklärte Stefano und lachte etwas mühsam, denn diesmal war er verwirrt. »Du bist wirklich durchtrieben... Und zu welchem Ergebnis bist du gekommen?«

»Nun, daß mein Verdacht begründet war«, erwiderte Andreina schleppend. »Habe ich falsch geraten?«

Der eintönige, unergründliche Klang dieser Worte erregte Stefanos Zorn. Wenn er auch einen Bruch brennend wünschte, so verdroß es ihn doch, daß sie den ersten Schritt tat. »Du hast ganz richtig geraten«, antwortete er mit der bewußten Absicht, Andreina zu verletzen. »Aber diese Erkenntnis bedurfte keines besonderen Scharfsinns. Ich habe doch wohl nie einen Hehl aus meinen Absichten gemacht.«

Schmerz, Haß und Bestürzung erfüllten Andreina. Aber sie vermochte diesen Gefühlen keinen Ausdruck zu geben. Wie versteinert blieb sie sitzen. »Wie seltsam«, rief sie nach einer Weile mit einem falschen Unterton von Überraschung, »bevor du erwachtest, dachte ich auch, daß ich dich unbedingt und möglichst schnell wieder loswerden müßte. Wirklich, ein merkwürdiges Zusammentreffen!«

Die Antwort ließ nicht auf sich warten. »Allerdings, das ist tatsächlich merkwürdig«, bestätigte Stefano höchst ironisch und belustigt. »Aber noch merkwürdiger ist es, daß du mir trotz dieses Wunsches den Vorschlag machtest, künftig bei dir zu wohnen.« Jedes seiner Worte traf ins Schwarze.

»Meinst du, ich hätte dir den Vorschlag, zu mir zu ziehen, aus Liebe gemacht?« fragte sie, bemüht, ihrer Stimme einen sorglosen und unbekümmerten Klang zu geben. »Welche Illusion! Wir Frauen verstehen es, unsere Interessen zu verbergen. Da ich unbedingt Geld brauche, wollte ich es mir wenigstens für den Augenblick verschaffen. Das ändert nichts an der Tatsache, daß ich daran dachte, mich wieder von dir zu lösen. Du bist schließlich nicht mehr der Stefano von früher. Ich gab dir gestern abend nach in der Erinnerung an das, was du mir einmal bedeutet hast, und um nachzuprüfen, wie du es damals erreicht hast, von mir geliebt zu werden. Nun, es war eine große Enttäuschung, denn du bist eben nicht mehr der gleiche. Damals ... damals warst du schön, schlank, beweglich, hattest ein kluges, offenes Gesicht, jugendliche, ungetrübte Frische, du warst in jeder Hinsicht anziehend. Jetzt bist du aufgeschwemmt, teilnahmslos, krank, vernachlässigt und weißt nur von deiner Krankheit und deinen Liebesabenteuern zu erzählen. Du bist alt, häßlich, gemein und dumm geworden, ein Mann für Weibsbilder von Cecilias Art.« Trübselig schüttelte sie den Kopf. »Es tut mir leid für dich, Stefano. Ich hätte dir das alles gar nicht gesagt, wenn du nicht mit den Illusionen über deine eigene Person so geprahlt hättest.«

Stefano hatte sich diese unangenehmen Wahrheiten mit ernstem, verkniffenem Gesicht angehört Er lachte mühsam, denn Andreinas Worte hatten ihn natürlich tief getroffen. »Es braucht dir gar nicht leid zu tun, wirklich nicht. Dazu besteht keine Veranlassung. Wie war es nur möglich, daß du diese Veränderung nicht eher bemerkt hast und dich, anstatt mich auf der Stelle fortzujagen, einen Monat lang so sehr um meine Zuneigung bemüht hast?«

»Das habe ich niemals getan!«

»Und ob du das getan hast! Sogar einen ganzen Monat lang. Und nun willst du auf diesen Morgen gewartet haben, um festzustellen, daß ich nicht mehr der bin, der ich vor zehn Jahren war! Aber sei dir darüber klar, daß ich hoffte, die Andreina von früher wiederzufinden, und daß auch ich tief enttäuscht feststelle, daß du dich vollkommen gewandelt hast und nicht wiederzuerkennen bist.«

»Damals war ich noch unschuldig«, antwortete sie, »so unschuldig, daß ich dir Glauben schenkte. Heute ist diese Unschuld allerdings dahin.«

Stefano schüttelte den Kopf. »Was erzählst du für Märchen!« rief er mit einem falschen und häßlich triumphierenden Klang in der Stimme. »Du hattest mit vierzehn Jahren schon mehr Erfahrung als ich. Nur warst du damals noch nicht ganz so unverschämt, verlogen und verdorben wie heute, und außerdem – und eben darin hast du dich geändert – nicht so, wie soll ich sagen, zur rührseligen Theatralik geneigt. Du warst damals stiller, bescheidener und verschlossener. Aber jetzt kennst du nur jammervolle Klagelieder, pathetische Gesten und dramatische Ergüsse. Das wirkt auf die Dauer unausstehlich. Es kommt dann ein Augenblick, in dem man alles, aber auch alles für eine unkomplizierte Frau hergeben würde. Gott sei Dank gibt es deren genug. Sie sind bessere Vertreterinnen ihres Geschlechtes als du. Wie du siehst«, schloß er scharf und erbittert, »sind meine Gründe ebenso gewichtig wie deine. Aber ein Unterschied besteht auf jeden Fall: du sagtest, du habest eine Enttäuschung erfahren, also hattest du vorher Illusionen. Ich hingegen habe mich nie irgendwelchen Illusionen über deine Person hingegeben, vor zehn Jahren genausowenig wie heute. Ich habe dir gegenüber immer nur ein einziges Gefühl empfunden.«

»Welches?« fragte Andreina unbewegt.

»Verachtung«, stieß er hervor.

»Warum bist du dann trotzdem zu mir gekommen?« fragte Andreina schließlich mit scheinbarer Gleichgültigkeit. Mit dieser Frage gab sie ihm allerdings unbedachterweise das Stichwort für seine nächste verletzende Antwort. »Weil mir nichts Besseres zur Verfügung stand«, entgegnete er prompt.

Wie ein Gift, das langsam alle Glieder lähmt, fühlte Andreina den maßlosen Haß in ihrem Innern so unerträglich werden, daß sie sich unendlich nach einer zärtlichen Geste sehnte, daß sie am liebsten um Gnade gebeten und ihren Tränen freien Lauf gelassen hätte, um die verkrampfte Härte zu lösen. Aber eine unbezwingliche Kraft trieb sie zum Gegenteil. »Das alles mag wahr sein«, meinte sie ein wenig mühsam, »aber du bist nach Ablauf dieser zehn Jahre krank und lahm. Ich hingegen habe immerhin an Schönheit gewonnen, was ich in anderer Hinsicht verloren haben mag. Und schließlich ist es besser, schön zu sein als gut.« Sie schwieg und wartete mit großer, geradezu wütender Angst auf die Antwort. ›Daß ich sehr schön bin, kann er mir nicht abstreiten; das wenigstens ist eine nicht wegzuleugnende Tatsache‹, dachte sie.

Um so größer war daher ihre Überraschung, als Stefano zweifelnd meinte: »Eigentlich schön bist du nicht. Du bist erst fünfundzwanzig Jahre alt, gewiß, und noch recht gut erhalten. Aber schön bist du wirklich nicht. Ich dachte das gerade gestern abend, als du dich auszogst. Deine Brust ist zu niedrig, deine Hüften sind zu breit, die Beine reichlich dick und die Knöchel geradezu plump. Außerdem neigst du zum Dickwerden. Und da du praktisch überhaupt keine Bewegung hast und auch keine Bewegung suchst, wird dein Umfang wahrscheinlich ständig zunehmen. Wenn du schon mit fünfundzwanzig Jahren so rundlich bist, wie wirst du erst mit dreißig...«

»Hör auf! Genug, genug!« schrie sie wild mit einer rauhen, zitternden Stimme, die sich fast überschlug. »Genug!« rief sie noch einmal bebend. Dann herrschte Stille.

Stefano hatte sich wieder aufs Bett gestreckt. Er rauchte nachdenklich und betrachtete die Zimmerdecke. Auch Andreina hatte sich auf den Rücken gelegt. Langsam fand sie ihre Ruhe wieder. »Wo nur das Frühstück bleibt«, meinte sie dann in scharfem, ungeduldigem Ton und tastete nach der Klingel.

»Das macht doch nichts«, meinte er hastig, »ich trinke ohnehin keinen Kaffee. Außerdem muß ich jetzt gehen.« Er schob die Bettdecke zurück und sprang auf.

Bei diesen Worten lächelte Andreina matt. »Was hast du denn damit zu tun? Ich will jetzt mein Frühstück haben.«

»Aber du wirst doch wohl Cecilia nicht ins Zimmer kommen lassen, solange ich noch hier bin«, beharrte Stefano in tausend Nöten.

»Weshalb nicht? Hast du etwa Angst?« Die letzte Frage war von einem so forschenden, sarkastischen Blick begleitet, daß Stefano es vorzog, zu schweigen.

Wenig später erschien Cecilia mit dem Frühstück. »Ach, Cecilia«, rief Stefano, um gute Miene zum bösen Spiel zu machen. »Wie geht es Ihnen, Cecilia? Wir haben uns lange nicht gesehen.« Aber das Mädchen antwortete nur kurz und würdevoll: »Es geht mir gut.« Mit bewußt dienstbeflissenen Bewegungen setzte sie das Servierbrett zwischen Andreina und Stefano. »Was für leckere Dinge!« rief Stefano. Es sollte hungrig klingen. »Vortrefflich, Cecilia!« Statt einer Antwort meldete sie förmlich: »Graf Matteo ist draußen. Er möchte die gnädige Frau sprechen.«

»Graf Matteo?« wiederholte Andreina und fuhr in die Höhe.

»Ja, er wartet draußen.«

»Sag ihm, ich sei nicht da«, entschied sie schließlich, änderte aber sofort ihren Entschluß. »Nein, warte! Ich spreche selbst mit ihm.« Sie sprang aus dem Bett, warf sich den Morgenrock über und eilte ins Badezimmer.

Stefano richtete sich hastig auf und griff nach dem Arm Cecilias, die sich gerade mit würdevoller Miene der Tür zuwenden wollte. »Cecilia, es ist doch alles klar zwischen uns, nicht wahr?« stieß er hastig hervor. »Heute noch ziehen wir um.«

Die Angst, Stefano zu verlieren, überwog Cecilias Eifersucht. Trotzdem hielt sie es für angemessen, ihrer

Verstimmung bis zu einem gewissen Grade Ausdruck zu geben. »Lassen Sie mich los!« Sie stemmte sich abwehrend gegen Stefano und versuchte, mit einem besorgten Blick auf die Badezimmertür, ihren weichen weißen Arm zu befreien. »Lassen Sie mich los, oder ich rufe die gnädige Frau!«

»Du brauchst auf sie nicht eifersüchtig zu sein«, erklärte Stefano heftig mit schneidender Kälte, ohne das Mädchen loszulassen. »Sie ist hysterisch und nicht einmal schön. Du bist hundertmal besser als sie. Deshalb darfst du auch dem, was zwischen mir und ihr vorgefallen ist, keine Bedeutung beilegen. Es ist wirklich ganz unwichtig. Und nun, um mir zu beweisen, daß du mir nicht mehr böse bist, wirst du die Hälfte dieses Brötchens mit mir essen.«

Der kalte, gebieterische Ton beeindruckte die einfältige Cecilia, und Stefanos unerwartete Zuvorkommenheit stimmte sie schließlich um.

Hin- und hergerissen zwischen der Angst, Andreina könne zurückkommen, und dem Wunsch, Stefano zu beweisen, daß sie ihm verziehen und er ihre Zuneigung nicht eingebüßt habe, gab Cecilia schließlich nach und streichelte ihm hastig, ungeschickt liebkosend, über die Wange. »Aber dann lassen Sie mich auch los, nicht wahr?« In diesem Augenblick kam Andreina zurück.

Vor Hast und Aufregung achtete sie nur auf Stefano, der sich blitzartig dem Frühstücksbrett zugewandt hatte. Andreina hatte sich zurechtgemacht und frisiert. »Weshalb mag er wohl gekommen sein?« fragte sie. Ohne auf eine Antwort zu warten, schloß sie den Morgenrock und betrachtete sich noch einmal prüfend im Spiegel.

»Nun, er wird dir wohl seine Versöhnung mit Maria-Luisa mitteilen wollen«, meinte Stefano boshaft. Mit einem Achselzucken verließ Andreina das Zimmer.

Matteo saß steif auf der Kante des Sofas und wartete, mit Handschuhen und Hut in der Hand, auf seine frühere Geliebte. Nur widerstrebend hatte er sich zu diesem Schritt entschlossen. Die Entdeckung von Andreinas Falschheit und Verrat hatte ihm traurige Stunden bereitet. Seine Enttäuschung war grenzenlos gewesen, als er zuerst von Sofia und später in einem Telefongespräch von Andreina selbst erfahren hatte, daß sie ihn während der letzten beiden Jahre, in denen er ganz erfüllt von seiner blinden Liebe gewesen war, ständig hintergangen und verraten hatte. Oft hatte er sich, allerdings mit einer gewissen Eitelkeit, Vorwürfe gemacht, dieses reine Wesen vom rechten Wege abgebracht und sie dem Elternhaus und einer möglichen Ehe entzogen zu haben. Nun wußte er, daß Andreina eine erfahrene Frau war, die er nicht erst mit der Liebe bekannt zu machen brauchte. Ihre liebenswürdige Koketterie, Schmeichelei und unwiderstehliche Kindlichkeit waren nichts als kühle Berechnung und Eigennutz gewesen. Und die letzte, kränkendste Erfahrung war die Tatsache, daß nun der Verlobte seiner Schwester ihre Gunst gewonnen hatte. Seine Illusionen waren wie ein reifes Weizenfeld durch Sturm und Hagel niedergeschlagen worden. Seit drei Wochen dachte er darüber nach, ohne das Geschehene wirklich zu verstehen. Es nahm ihm Appetit und Schlaf. Aber wie es dem Temperament eines älteren, oft enttäuschten Mannes und seiner nicht allzu entwickelten Intelligenz gemäß war, neigte er schließlich weniger zu Wut, Haß und Rache als zu einer schmerzlich erstaunten Melancholie. Er war unvermeidlich auf dem Wege zu einem trübseligen, einsamen Alter mit Kartenspiel im Klub, Spaziergängen in der Sonne, guter Kleidung, Rauchen und Trinken. Ohne Andreina, die ihn ausgefüllt hatte, wurde sein Leben plötzlich leer und sinnlos. In diesem Zustand empfand er seine Abhängigkeit von Maria-Luisa als kaum erträgliche Last.

Dieses Gefühl der Leere, des Verlorenseins trieb ihn schließlich zu dem Versuch, die Verbindung zu Andreina wiederaufzunehmen. Er hatte mit vielen Menschen jene sentimentale, unbewußte Neigung gemeinsam, sich Dinge einzureden, die er gern wahrhaben wollte. Das hatte in ihm langsam Zweifel an Andreinas Verrat und Untreue aufsteigen lassen. Oder vielmehr, da sich diese Tatsachen unmöglich leugnen ließen, bezweifelte er Ausmaß und Tragweite dieser Täuschung und Untreue. Gewiß, Andreina hatte ihn belogen, aber sicher nur, um weit zurückliegende, nicht gegen ihn gerichtete Lügen zu verschleiern. Auch mit Pietro hatte sie ihn betrogen. Aber das war vielleicht nur in einem schwachen Augenblick geschehen, den jeder Mensch erfahren kann. Von diesen Überlegungen war es für Matteo nur noch ein kleiner Schritt zu dem Gedanken, daß Andreina ihn zweifellos wirklich geliebt habe und auf ihre Weise vielleicht immer noch liebe. Ein Vergleich mit Pietro hatte neue Hoffnung in ihm erstehen lassen. ›Pietro ist ein Wirrkopf und viel zu unbeständig. Andreina braucht einen gesetzten Freund wie mich, der sie beraten und führen kann.‹ Diese und noch andere Erwägungen hatten ihn schließlich bestimmt, Andreina aufzusuchen.

Nun saß er steif, unruhig und verlegen auf dem Sofa. Das kleine Wohnzimmer wirkte nicht gerade vertrauenerweckend und schien dazu bestimmt, Matteos Hoffnungen unerbittlich Lügen zu strafen. Da Cecilia ihre Arbeit noch nicht bis auf diesen Raum erstreckt hatte, war alles noch genauso, wie Stefano und Andreina es abends zurückgelassen hatten. Die unordentlich herumliegenden, zerdrückten Kissen auf der Couch redeten ihre eigene Sprache. Auf dem Boden lag die bei der ersten heftigen Umarmung umgefallene Vase. Die angebrannten Zigaretten, die man nach dem ersten Kuß auf den Rand des Aschenbechers gelegt hatte, waren dort ausgeglüht. Zwei halbgefüllte Gläser und die danebenstehende Flasche ergänzten unverkennbar deutlich die beredte Sprache der Kissen. Um nichts sehen zu müssen, starrte Matteo hartnäckig auf die Tür.

Wenig später trat Andreina ein, wie gewöhnlich mit theatralischen Gesten. »Guten Tag, wie geht es?« Sie sprach absichtlich zerstreut, hüstelte und vergnügte sich damit, die nackten Füße, die in eleganten Pantöffelchen steckten, spielend zu bewegen. »Was für eine Idee, zu solcher Stunde Besuch zu machen! Das Zimmer ist ja noch gar nicht aufgeräumt, der kalte Rauch von gestern abend hängt noch in der Luft. Ich schäme mich wirklich, dich in solcher Unordnung zu empfangen. Aber du hast sicher Verständnis und entschuldigst mich.« Sie sprach mit wenig überzeugendem Ernst. »Und bei dir zu Hause geht es allen gut?«

›Sie hat schlechte Laune‹, dachte Matteo. Schon ihr Anblick versetzte ihn in eine gewisse zaghafte Rührung und verschlug ihm fast den Atem. Da er ihr sonderbares Wesen kannte, wunderte er sich nicht über diesen Empfang und zweifelte keineswegs an dem Gelingen seiner Pläne.

»Ja, es geht allen gut«, antwortete er, als nähme er diese Frage ernst. »Aber du siehst müde und blaß aus«, fügte er väterlich hinzu, »du solltest morgens noch nicht rauchen!«

Andreina machte eine abwehrende Bewegung. »Kümmere dich nicht um mich«, erwiderte sie hochfahrend und sarkastisch. »Sag mir lieber, wie es deiner Frau geht. Seid ihr wieder versöhnt?«

Selbst Matteo zweifelte an Andreinas uneigennütziger Haltung. Trotzdem war er nicht betroffen. ›Sie fürchtet nur, ich könne sie nicht im gleichen Maße wie früher aushalten‹, dachte er. Zu dieser rohen Überlegung wäre er einen Monat früher keineswegs fähig gewesen. Damals hielt er Andreina noch für ein selbstloses Wesen, das sich ihm aus Liebe geschenkt hatte. Er seufzte ein wenig. »Regelrecht ausgesöhnt haben wir uns noch nicht, aber es ist nur noch eine Frage von Tagen. Sie wird mit mir und Sofia heute abend auf ein Fest gehen.«

»So, hat sie das versprochen?« unterbrach ihn Andreina mit auffälliger Neugier.

»Ja! Daher glaube ich, daß sie bald nach Hause zurückkehren wird. Damit wäre auch diese leidige Geschichte überstanden.« Sein welkes Gesicht nahm einen zärtlichen Ausdruck an: »Aber Andreina, lassen wir diese unwichtigen Dinge doch beiseite, reden wir vielmehr...«

»Was für ein Geschenk überreichst du deiner Frau denn aus Anlaß eurer Versöhnung?« fragte sie schnell und beugte sich angeregt vor.

Er hielt auch diese seltsame Frage Andreinas sonderbarem Wesen zugute. »Aber was soll das?« meinte er betrübt, mit nachsichtig gütiger Miene, die ausgezeichnet zu seinem kahlen Schädel und seinem müden Gesicht paßte. »Wozu solche Dinge erörtern... Reden wir doch lieber von dir!«

»Nein, nein, sprechen wir ruhig davon, wie du dieses Ereignis meistern wirst. Vor allem macht man in einem solchen Falle eine schöne Reise, etwa nach Sizilien oder an die französische Riviera. Der Ehemann ist von berückender Liebenswürdigkeit und äußerst zuvorkommend. Er behütet seine Frau wie einen Augapfel, kauft Blumen, Zeitschriften und Pralinen... Es muß eben eine zweite Hochzeitsreise sein. Und das Wichtigste ist natürlich ein ganz besonders schönes Geschenk, etwa eine Perlenkette. Ach, da fällt mir gerade ein, wie steht es mit dem Schmuck deiner Frau? Hat man den Dieb entdeckt? Oder hat man den Schmuck wiedergefunden?«

Dieses leicht hingeworfene, sarkastische Geplänkel ertrug Matteo mit mitleidiger Geduld. »Nein, man hat noch nichts gefunden«, antwortete er zögernd, als wisse er nicht recht, ob er sie unterbrechen oder die bittere Flut ihrer zusammenhanglosen Worte bis zum Ende ertragen solle.

Ihre Augen funkelten. »Ich habe eine ausgezeichnete Idee«, rief sie. »Weißt du, was du ihr schenken wirst? Nun, ein Diamantenhalsband, ähnlich dem gestohlenen.

Gewiß, es wird teuer sein, aber... du machst damit den allerbesten Eindruck. Allerdings, ein Diamantenhalsband... Woher wirst du das Geld nehmen?... Wie dumm zu vergessen, daß alles Geld von deiner Frau kommt! Was wirst du nun tun?... Ah, ich weiß eine Lösung! Du läßt dir unter irgendeinem Vorwand das Geld von Maria-Luisa geben. Was macht es schon, wenn das Geld nicht von dir stammt. Die gute Absicht entscheidet! Meinst du das nicht auch?« Sie blickte ihn mit übertriebenem Ernst an.

Matteo sagte begütigend: »Hast du jetzt deinen Sack mit Bosheiten ausgeleert? Es ist an der Zeit, endlich von Dingen zu sprechen, die uns angehen, und von den Gründen, die mich heute zu dir geführt haben.«

»Schön, sprechen wir auch davon«, sagte sie mit einer ungeduldigen Bewegung. »Zeit genug haben wir ja. Übrigens, wie geht es deiner Schwester Sofia?«

»Es geht ihr gut«, antwortete Matteo und blickte Andreina erstaunt an.

»Denkt sie noch viel an Monatti?«

Matteos Gesicht verdüsterte sich. »Davon weiß ich nichts«, erwiderte er ruhig.

Andreina warf den Rest ihrer Zigarette mit Schwung auf den Boden. »Sie sollte sich nicht zuviel Kummer machen! Pietro erlebt gerade die Krise des Heldentums, oder besser gesagt des Ehrgeizes, denn hinter seiner ganzen Uneigennützigkeit steckt im Grunde purer Ehrgeiz. Aber er wird sich wieder beruhigen, zu Sofia zurückkehren und sie heiraten. Du kannst kaum Einspruch erheben, weil du, wie sagt man doch, das fünfte Rad am Wagen bist, also praktisch überhaupt nicht zählst. Es wird eine schöne Hochzeit werden, eine von denen, deren Bilder vornehme Zeitschriften bringen. Berühmte Trauzeugen werden dabeisein, für Sofia irgendein großer Name aus der Aristokratie und für Pietro eine berühmte Persönlichkeit der Presse oder der Politik. Und du wirst schön artig deiner Frau den Arm reichen... Ich sehe dich direkt schon vor mir.« Laut lachend lehnte sich Andreina im Sessel zurück.

Matteos ursprüngliche Gewissensbisse über diesen Besuch verschwanden. Seine ergebungsvolle Melancholie und die eingewurzelte Überzeugung, daß Andreina von Natur aus unberechenbar war und ihre Worte nicht ernst zu nehmen waren, lullten seine ohnehin nicht allzu starke Empfindsamkeit ein. Trotzdem war ihr herausfordernder Sarkasmus geeignet, in ihm ein gewisses Unbehagen wachzurufen. »Laß doch diese Geschichten beiseite, Andreina«, meinte er schließlich. »Versuche doch bitte, mir zuzuhören, wenn auch nur für einen Augenblick...«

»Aber ja doch, wir plaudern so dahin und reden von allen möglichen Dingen«, rief sie in falscher Überraschung, »und wären wohl bald beim Wetter angelangt. Dabei kenne ich noch gar nicht den Grund deines Besuches. Aber ich glaube ihn zu erraten. Du willst mir sicherlich vorschlagen, zum Status quo zurückzukehren?«

Matteo schaute besorgt und gespannt drein. »Was meinst du damit?« fragte er schließlich.

»Nun, ganz einfach, daß ich wieder wie früher deine Freundin werde. Stimmt das etwa nicht?«

»Allerdings«, gab Matteo zu, obwohl ihm diese freie Redeweise und insbesondere der Tonfall nicht recht gefielen. »Gewiß, es stimmt... aber meine Freundin im wahrsten Sinne des Wortes. Du weißt selbst sehr gut, daß ich dich immer... nun, wie eine Gefährtin angesehen habe. Ich schätze deine Intelligenz, dein Wesen, deine Bildung viel zu hoch ein, als daß ich...«

Dieses Mal unterbrach ihn Andreina nicht nur mit einer abwehrenden Handbewegung. »Du kannst dir deine Darlegungen sparen«, sagte sie trocken und sprang auf. »Glaubst du vielleicht, ich wüßte nicht, was ich zu tun habe? Meinst du wirklich, man könne mich mit schönen Worten locken? Du möchtest also eine Beziehung, wie wir sie früher hatten. Das ist natürlich ein Vorschlag wie viele andere, aber ich fürchte, du bist zu spät gekommen.«

»Inwiefern zu spät?«

»Es heißt«, erklärte sie mit finsterer, sonderbarer Entschlossenheit, »daß du zu spät gekommen bist, um mich wieder zu dem zu machen, was ich war; dagegen zu früh, um zu erkennen, was ich jetzt bin.«

»Ich verstehe dich nicht«, meinte Matteo verwirrt und aufrichtig betrübt. »Ich verstehe tatsächlich nicht, was du damit sagen willst.«

»Du wirst es gleich verstehen. Warte einen Augenblick, bis ich zurückkomme.«

Sie wußte selbst nicht recht, warum sie das Zimmer verließ. Sie suchte nur eine möglichst verletzende Form, um Matteos lästigen Besuch zu beenden. In der Diele war der Teppich zusammengerollt, und Cecilia scheuerte gerade den Boden. Durch die Anstrengung waren Puder und Schminke in ihrem Gesicht ineinandergelaufen. Andreinas Blick verweilte einen Augenblick bei Schrubber und Putzeimer. »Wann scheuerst du endlich das Wohnzimmer?« fragte sie mit einer gewissen Strenge.

»Graf Matteo ist doch noch nicht gegangen...«, sagte Cecilia.

»Das ist nur ein Grund mehr«, unterbrach Andreina sie. »Du tust jetzt alles, was ich will. Wenn ich dir befehle, unter seinem Sitz aufzuwischen, so wirst du auch das tun... Nimm Eimer und Besen und komm mit!«

So betraten sie das Wohnzimmer. »Entschuldige, das Wohnzimmer muß jetzt unbedingt saubergemacht werden«, sagte Andreina. »Sprich aber ruhig weiter. Cecilia zählt ja zum Hause... Also mach dich an die Arbeit, Cecilia, der Herr Graf gestattet es.«

Matteo verstand langsam, welches Ziel Andreina mit ihrem seltsamen Gebaren verfolgte. Diese entfesselte, höhnische Rachegöttin war also jene Andreina, von der er sich geliebt glaubte! Traurig und bestürzt sah er eine bisher harmonische Wirklichkeit sich in Nichts auflösen. »Du hättest das Putzen vielleicht doch ein wenig verschieben können«, meinte er schließlich mühsam und ergebungsvoll. »Aber ganz, wie du willst!«

Würdest du mir noch sagen, wie du zu meinem Vorschlag stehst?... Aber hörst du überhaupt zu?« fragte er plötzlich.

»Gewiß doch«, erwiderte sie, während sie sich ganz der Aufgabe zu widmen schien, Cecilias Arbeit zu überwachen. »Wie ich zu deinem Vorschlag stehe?... Ausgezeichnet! Sprich ruhig weiter, ich höre zu... Siehst du nicht, wie schmutzig es dort ist?« wandte sie sich an Cecilia und wies auf eine Stelle unter der Couch hin, wo Matteo saß.

Mit unterdrücktem Lachen tauchte Cecilia das Scheuertuch in den Eimer und fuhr mit dem Schrubber zwischen die Füße ihres bisherigen Herrn. Matteo war darauf nicht gefaßt. Er sprang auf, stieß das nasse Scheuertuch mit der Fußspitze zurück und rief: »Cecilia! Was ist denn in dich gefahren? Bist du auch verrückt geworden? Siehst du denn nicht, daß ich hier sitze?«

»Kümmere dich nicht darum!« befahl Andreina schneidend. »Nur Schmutz ist da, weiter nichts. Hier... und hier... und hier...«, und jedesmal fuhr das nasse Scheuertuch in Matteos Richtung, der, hin und her springend, der Gefahr auszuweichen suchte. Während dieses unwürdigen Zweikampfes blickte er Andreina traurig und fassungslos an und tastete etwas hilflos nach Hut, Stock und Handschuhen. »Es ist wohl besser, wenn ich gehe«, meinte er mit zitternden Lippen und stand auf. Aber Andreina überhörte es geflissentlich. »Du hast zu wenig Wasser genommen, Cecilia, warte, ich schütte etwas nach.« Mit beiden Händen faßte sie den Eimer und entleerte den ganzen Inhalt in Richtung auf Matteo. Der schmutzige Strom näßte seine Schuhe und Hosenränder. Andreina stellte den Eimer zu Boden und sprang behende über die Wasserpfütze zur Tür. »Hier geht es hinaus«, sagte sie mit finsterer Ruhe und deutete mit dem Finger auf die Tür.

Nach kurzem Zögern sprang auch der tief gedemütigte Matteo über die schmutzige Lache. Eine merkwürdige, fast greisenhafte Röte bedeckte seine Züge,

Augen und Mund zitterten. Auf der Schwelle zögerte er noch kurz, ging dann aber kopfschüttelnd und schweigend an Andreina vorüber und verließ das Haus.

33

Mit einer bedrohlichen Ruhe, die sie selbst erschreckte, kehrte Andreina ins Schlafzimmer zurück. Stefano lag noch im Bett und las die Zeitung. Bei Andreinas Eintritt warf er jedoch das Blatt beiseite.
»Nun, was wollte er von dir?« fragte er.
Schweigend ging Andreina zur Kommode, auf der das Servierbrett abgestellt war, und goß den Rest des lauwarmen Kaffees in ihre Tasse. »Er wollte zu mir zurückkehren«, antwortete sie schließlich und schaute im Spiegel auf das entfernte, noch verschlafene Antlitz Stefanos.
»Und wie hast du dich entschieden?« fragte er scheinbar gleichgültig.
»Ich? Nun, ich hätte seinen Vorschlag an sich gern angenommen, weil ich tatsächlich dringend Geld brauche. Aber ich habe verzichtet.«
»Damit hast du wahrscheinlich falsch gehandelt«, erklärte er kalt. »Du wirst nur zu bald deinen Entschluß bereuen.«
»Ich habe übrigens von Matteo erfahren, daß du in Kürze sehr reich sein wirst«, sagte sie langsam.
Stefano starrte sie an. »Ich soll reich werden?« spottete er ungläubig. »Das ist gewiß eine Verwechslung!«
»Nein, nein, du bist gemeint! Du, der einzige Erbe von Maria-Luisas Vermögen! Maria-Luisa liegt nämlich im Sterben.«
»Maria-Luisa liegt im Sterben?« wiederholte Stefano erstaunt und nachdenklich. »Aber was erzählst du da! Vor wenigen Tagen hat Valentina sie noch auf der Straße gesehen.«
»Sie ist sehr krank«, entgegnete sie mit dem Pathos

einer Schicksalsgöttin. »Ihr Zustand ist hoffnungslos. Wahrscheinlich wird sie den nächsten Tag nicht mehr erleben.«

Stefanos feistes Gesicht drückte gleichzeitig Erstaunen und Nachdenken aus. »Aber wie ist das nur möglich?« fragte er von neuem. »Was ist denn geschehen? Was fehlt ihr denn?«

Andreina schüttelte den Kopf. »Das weiß ich nicht, ich weiß nur, daß ihr Zustand hoffnungslos ist.«

»Aber es ist doch gar nicht möglich, daß Matteo dir nicht ihre Krankheit genannt hat«, rief Stefano geradezu wütend.

»Ich weiß wirklich nichts Näheres«, erwiderte Andreina finster. »Erzähle mir doch etwas von deiner Schwester«, fügte sie fast nachlässig hinzu. »Tut es dir sehr leid, daß sie bald sterben wird?«

Trotz Andreinas letzter Behauptung zweifelte er an ihren Worten. »Ist es denn wirklich wahr?« fragte er noch einmal.

»Es ist absolut wahr«, erwiderte Andreina. »Jeder Zweifel ist ausgeschlossen.«

Die Nachricht hatte Stefano so unvorbereitet getroffen, daß ihn nicht nur die gewohnte Kälte verließ, sondern auch jede Fähigkeit, unechte Gefühle vorzutäuschen. Unbeweglich, mit gesenktem Haupt auf dem Bett sitzend, zeigte er wenig von der Trauer um das Schicksal eines ihm nahestehenden Menschen. Sein Gesicht verriet weit mehr das Bemühen, ein köstliches Behagen zu unterdrücken. Lippen und Wangen verrieten ein gieriges Lächeln und vernichteten seine Bemühungen, die Stirn nachdenklich in Falten zu legen und traurig dreinzuschauen.

»Natürlich tut es mir leid. Wenn wir uns auch in der letzten Zeit nicht besonders gut verstanden haben, so ist sie doch immerhin meine Schwester.« Er begleitete diese Worte mit einer demütigen Neigung des Kopfes. Aber als er den Blick hob und in Andreinas Augen schaute, schoß ein glühendes Rot in seine Wangen. »Warum siehst du mich so merkwürdig an?«

»Wie sollte ich dich schon ansehen?«

»Ich weiß Bescheid«, antwortete er spöttisch. »Ich wette, daß ich auch weiß, was du jetzt denkst.«

»Ich denke gar nichts«, entgegnete Andreina.

Nun war alle Beherrschung dahin, und ein breites Lächeln zog über Stefanos Gesicht. »Du bist ein ganz durchtriebenes Luder«, rief er erregt und übertrieben lustig. »Natürlich muß man in manchen Augenblicken gewisse Gefühle vortäuschen. Aber dir kann man wirklich nichts verbergen, du bist eben ein durchtriebenes Luder! Komm einmal zu mir!«

Andreina ließ sich schweigend auf der Bettkante nieder. Stefanos gerötetes, lächelndes Antlitz verriet statt Trauer angenehmste Überraschung. Er wandte sich lebhaft Andreina zu und legte seinen Arm um ihren Nacken. »Du bist ein durchtriebenes Luder«, wiederholte er und liebkoste sie mit nervösen Gesten. »Gib es schon ruhig zu, du bist überzeugt, daß mir der Tod meiner Schwester gar nichts ausmacht, daß ich im Gegenteil recht zufrieden darüber bin. Oder ist es nicht so?«

Mit haßerfüllter Kälte blickte Andreina starr in Stefanos feistes Gesicht. »Du täuschst dich«, antwortete sie kurz, »ich habe an etwas anderes gedacht.«

Stefano beruhigte sich langsam wieder und zog seinen Arm von dem Nacken der Frau zurück. Er griff nach einer Zigarette, entzündete sie und streckte sich wieder bequem im Bett aus. »Woran hast du denn gedacht?« fragte er betont.

»Nun, daß es für mich prachtvoll ist, wenn du reich wirst, und daß ich jetzt gar nicht mehr wünsche, dich loszuwerden. Wenn du Wert darauf legst, erkläre ich dir sogar, daß du der schönste und klügste Mann bist und dich in den letzten zehn Jahren nur zu deinem Vorteil verändert hast.«

»Was sollen diese Lobeshymnen? Was willst du damit sagen?«

»Daß ich von jetzt ab nicht mehr von dir lassen werde!«

»Aber ich habe absolut nicht den Wunsch, dich bei mir zu behalten«, meinte er kalt. Er wollte offensichtlich ergründen, ob sie im Scherz oder im Ernst spreche und was sie tatsächlich beabsichtige. »Ich habe dir ja deutlich gesagt, daß ich genug von dir habe.«

»Aber ich bin dich durchaus noch nicht leid«, erwiderte sie ruhig. »Und ich werde nicht eher ruhen, bis du mir nicht wenigstens die Hälfte deiner Erbschaft überläßt.«

Diese Worte, mehr aber noch ihr sicherer Klang, machten Stefano unsicher. In ihm erwachte instinktiv die Furcht, Andreina könne ihn tatsächlich seines künftigen Reichtums berauben. »Nun haben wir genug Unsinn geredet«, meinte er und betrachtete Andreina ernsthaft und entschieden. »Den ganzen Morgen lang hast du mich angeödet. Es geht allmählich zu weit!«

Auf ihrem bleichen Gesicht stand ein schmales Lächeln. »Du glaubst, ich spreche im Scherz? Ich habe nie ernsthafter gesprochen! Bitte zum Himmel, daß ich mich mit der halben Erbschaft zufriedengebe und dir nicht alles fortnehme! Es wäre nicht allzu schwer für mich.«

Mit starrem Blick und leiser, zornverhaltener Stimme sagte Stefano: »Du bist verrückt, Andreina! Und mit Verrückten kann man nicht reden. Jedenfalls möchte ich dich nicht im unklaren darüber lassen, daß du von mir nicht einen roten Heller bekommst, nicht einen einzigen, hast du verstanden?«

Andreina lächelte finster. »Ich habe dich verstanden. Trotzdem versichere ich dir, daß du mir meinen Anteil aushändigen wirst. Und wenn du dich weigerst, werde ich einen Skandal heraufbeschwören.«

»Einen Skandal?« wiederholte Stefano zornig lachend. »Und du willst behaupten, du wärst nicht verrückt? Du bist vollkommen geistesgestört, meine arme Andreina!«

»Ich werde ganz einfach deine früheren Heldentaten erzählen«, fuhr sie ruhig fort. »Alle sollen davon erfahren. Und die erste wird deine Gattin sein.«

Stefano lächelte. »Aber ich bin doch gar nicht verheiratet.«

»Nun, das wird dann nicht mehr lang dauern«, entgegnete Andreina. »Wenn man reich ist, denkt man sofort an die Ehe, an Kinder und an ein Leben in der Gesellschaft. Wenn du mir also meinen Anteil nicht gibst, werde ich deiner zukünftigen Frau alles erzählen.«

Diese überspannte Forderung machte Stefano die Lage ganz klar. »Also eine stilgerechte Erpressung«, schloß er. »Erzähle ruhig alles, es wird dir doch niemand glauben.«

Nach längerem Schweigen gähnte Andreina gelangweilt und blickte Stefano boshaft lächelnd an. »Ich brauche dein Geld überhaupt nicht und werde auch nichts von dir verlangen. Ich wollte dich nur auf die Probe stellen. Gib ruhig zu, daß du eine verteufelte Angst gehabt hast! Gib es ruhig zu!«

Mit seiner Ruhe hatte Stefano auch seine kalt-verächtliche Haltung wiedergefunden. »Wäre es nicht ehrlicher, zuzugeben, daß mein Geld dir Appetit gemacht hat? Du wolltest doch nur feststellen, inwieweit ich mich einschüchtern und mir ein Versprechen erpressen ließe.«

Andreina packte sinnlose Wut. Es war anscheinend ihr Schicksal, dachte sie, daß sie, wenn es um Niedertracht und Heuchelei ging, von ihrem Lehrmeister immer wieder geschlagen wurde. Bleich und wütend, die Zähne aufeinandergepreßt, starrte sie Stefano an. Tausend Gedanken jagten durch ihr Hirn, aber nur ein einziger gab ihr Genugtuung. Bald würde sie sich rächen und Stefano zum schuldigen Mitwisser ihrer Untat machen.

Cecilia klopfte an die Tür.

»Die Schneiderin möchte Sie sprechen«, sagte sie.

Hastig eilte Andreina hinaus.

Im Wohnzimmer saß Rosa. Sie galt für alle als Andreinas Schneiderin, so wurde der wahre Charakter ihrer Beziehungen vertuscht. Andreina fand sie in trübsinniger Haltung. Sowohl dies wie die morgendlich ungewöhnliche Stunde des Besuches ließen für Andreina keine Folgerung zu. Trotzdem sagte sie gelassen: »Ich bat dich doch, nicht zu kommen. Das war sehr unvorsichtig... Was ist denn geschehen?«

»Nichts«, antwortete Rosa verzagt und senkte den Blick.

Andreina ließ sich nieder, zündete sich eine Zigarette an und sagte ruhig und besonnen: »Du hast doch gewiß einen bestimmten Anlaß! Ist irgend etwas nicht in Ordnung? Ist Maria-Luisa etwa heute abend nicht zu Hause?«

»Doch, sie ist da«, erwiderte Rosa niedergeschlagen und spielte mit der Tischdecke.

»Was gibt es denn sonst noch? Kommt Carlino vielleicht?«

»Nein, er ist der letzte, um den ich mir Gedanken mache.«

»Dann ist doch alles in Ordnung! Warum bist du so traurig?«

»Ich habe einfach Angst, das ist alles«, sagte Rosa widerstrebend und wandte ihr Gesicht verlegen zur Seite.

Dieser Widerstand, der ihren ganzen Plan zunichte machen konnte, mußte gebrochen werden. »Mach es dir erst einmal bequem«, sagte Andreina herrisch, nahm Rosa den Hut vom Kopf und warf ihn auf einen Stuhl. »Und nun sprich! Sag mir klar und deutlich, was du auf dem Herzen hast. Ich werde dir ruhig zuhören und verspreche dir, daß ich, wenn du mir auch nur einen triftigen Grund nennen kannst, der unseren Plan wirklich unmöglich macht, auf die Ausführung verzichte. Also, warum hast du Angst? Und außerdem, wovor hast du Angst?«

Diese entschiedene Sprache beruhigte Rosa ein wenig. »Wenn man uns entdeckt...«, flüsterte sie endlich, starr vor sich hin blickend.

»Überlege doch einmal!« Andreina sprach mit kalter, lehrhafter Strenge. »Versuche doch ganz einfach nachzudenken! Sind wir bei der Sache mit dem Schmuck aufgefallen? Warum sollten wir also dieses Mal entdeckt werden?«

»Das mag sein. Aber ... ich weiß nicht, wie ich es erklären soll. Solange es sich nur um Schmuck handelte, kannte ich keine Bedenken. Ihr machte es schließlich nichts aus bei ihrem Reichtum. Aber der Gedanke, sie umzubringen ... Wenn wir auch nicht gefaßt werden, so werde ich doch bestimmt mein ganzes Leben lang die Gewissensbisse nicht mehr los. Ich werde, wo ich gehe und stehe, daran denken müssen und mein Lebtag keinen Frieden mehr finden! Und ein solches Leben wäre entsetzlich! Ich weiß, ich bin nicht so klug wie Sie...«, fügte sie mit falsch klingender Demut hinzu, »aber ich spüre in meinem Innern, daß eine solche Tat nur Unheil bringt.«

Dieser Widerstand war um so schwerer zu überwinden, als er im Gefühl wurzelte, dachte Andreina in ohnmächtigem Zorn. Sie sagte deshalb: »Du ziehst es also vor, daß ich ihr sage: ›Den Schmuck hat Rosa auf mein Geheiß hin gestohlen. Lassen Sie uns beide verhaften!‹« Sie schüttelte Rosas Arm und wiederholte nervös: »Sag doch, ziehst du das wirklich vor?«

»Es ist immer noch besser, als ständig mit Gewissensbissen leben zu müssen«, bekannte Rosa unerwartet hartnäckig.

Andreina erkannte, daß sie falsch vorgegangen war. Rosas Angst war größer als alle Geldgier. Sie würde jedem Einschüchterungsversuch gegenüber taub sein. Andreina entschloß sich daher zu einer anderen Methode.

»Laß uns die Dinge einmal ganz ruhig betrachten«, meinte sie. »Kopf hoch, Rosa! Denk einmal nicht an die Angst! Sieh mir in die Augen. Habe ich dir jemals übelgewollt?«

»Nein, das habe ich auch nicht gesagt...«

»Glaubst du wirklich, ich hätte dich um Hilfe gebeten, wenn ich nicht vorher alles genau überlegt und mich immer wieder gefragt hätte: ›Wird Rosa keine

Schwierigkeiten haben? Verlange ich nicht zu viel von ihr? Wie kann ich sie vor Folgen bewahren?‹ Glaubst du tatsächlich, ich hätte nicht alles genau überlegt und vorgesehen?«

Wie ein weinendes Kind durch tröstende Worte von seinem Kummer abgelenkt wird und seinen Schmerz vergißt, so erging es Rosa. »Du wirst keine Gewissensbisse haben«, fuhr Andreina fort, »weil ich die ganze Verantwortung übernehme. Ich habe es geplant, ich habe es gewollt, ich weiß, weshalb ich es tue, und habe meine guten Gründe dafür. Du brauchst keine Gewissensbisse zu haben, laß dir das gesagt sein. Diese ganze Angst ist sinnlos. Sie ist eine Erfindung von Menschen, die voller Skrupel sind. Wenn du anfängst, dir ständig Selbstvorwürfe zu machen, so findest du schließlich in der harmlosesten Handlung Veranlassung dazu. Wenn du aber deine Gewissensbisse überwindest, wenn du bewußt handelst und weißt, was und warum du es tust, dann wird dich auch Maria-Luisas Tod unbekümmert lassen. Erinnerst du dich noch, wieviel Mühe es mich kostete, dich zu überreden, den Schmuck an dich zu nehmen, und wie unverständlich dir nachher selbst dein Zögern erschien? Außerdem vergiß nie: Maria-Luisa ist allen Menschen gleicherweise verhaßt und allen, ja sich selbst im Wege. Nur die Sorge, entdeckt zu werden, könnte mich von meiner Absicht abhalten. Aber diese Angst habe ich nicht, weil alles so gut vorbereitet ist. Und noch einmal, wenn überhaupt von Angst die Rede sein könnte, so müßte ich sie höchstens haben, du aber auf keinen Fall. Nur mich betrifft alles. Da jemand dir versichert, daß er die volle Verantwortung für eine Tat übernimmt, kannst du ganz beruhigt sein, denn du bist dann nur ein Werkzeug. Wenn überhaupt eine Schuld vorliegt, so hast du nichts damit zu tun, sondern nur der, auf dessen Befehl du handelst.« Und in der Gewißheit, daß ihre eigenartige Beweisführung Rosa überzeugt haben mußte, meinte Andreina abschließend: »Wenn du mir aber nicht helfen willst oder dir der nötige Mut fehlt, so kannst du jederzeit nein sagen. In diesem Falle bitte ich dich nur um eines, und zwar in deinem Interesse: sei nicht zu Hause, wenn ich meinen Besuch mache. Dann hast du gar nichts mit der Sache zu tun. Wenn alles gutgeht, sollst du trotzdem alle Vorteile haben.«

Diese letzten Worte wurden mit kalter, verächtlicher Stimme hervorgebracht.

Eine Weile war es still zwischen ihnen. Andreina rauchte, und das Mädchen blickte nervös und unsicher umher. »Wenn ich nicht da bin, wer wird Ihnen dann die Tür öffnen?« fragte es endlich.

»Nun, Maria-Luisa selbst.«

»Auf diese Weise hätte ich also nichts mit der Sache zu tun?« fragte Rosa, nachdem sie eine Weile vor sich hingestarrt hatte.

»Nein, gar nichts«, wiederholte Andreina.

»Und keine Verantwortung läge auf mir?« Rosa klammerte sich an diese unverständlichen, Wunder wirkenden Sätze. »Die ganze Verantwortung liegt bei Ihnen?«

»Nur bei mir.«

»Sie sind dann ohne mein Wissen ins Haus gekommen, nicht wahr?«

»Genauso wird es sein. Ob du nun einverstanden bist oder nicht«, fügte Andreina langsam hinzu, »ich werde es auf jeden Fall tun. Nur eine Möglichkeit gibt es, mich daran zu hindern: du müßtest mich anzeigen. Aber dann müßtest du auch die Geschichte mit dem Schmuck angeben und würdest dich also mit hineinreißen.«

»Und dann gehören diese ganzen Schätze wirklich nur Herrn Davico?« fragte Rosa plötzlich.

In ihrer besorgten Erregung hatte Andreina übersehen, daß der Geiz Rosa zur Mithilfe bestimmt hatte. »Natürlich«, antwortete sie eifrig und wandte ihre starr glänzenden Augen Rosa zu, »selbstverständlich gehört dann alles Herrn Davico, und also auch uns.«

Mit gieriger Hoffnung entgegnete Rosa: »Ihnen wird es gehören! Und wenn ich Ihnen nicht helfe, ist es nur gerecht, daß ich nichts bekomme. Gewiß, wenn man bedenkt, was sie mit ihrem Geld macht und wie wenig sie davon hat, kann man nur allzu leicht zu der Überzeugung kommen, es ginge besser in andere Hände über.«

»Eben das denke ich auch«, meinte Andreina unbeweglich, »und das sage ich ja immer.«

Rosa blickte fast zufrieden drein. Die Möglichkeit, über einen anderen Menschen Schlechtes zu sagen, wirkte auf sie wie eine beruhigende Droge. Sie neigte eher zur Habsucht und Heuchelei als zum Haß, und sie hatte bei diesen bösen Worten über Maria-Luisa das Gefühl, sie gleichsam von neuem in Besitz zu nehmen, nachdem ihre Gestalt ihr durch Andreinas allzu kluge Reden ganz entrückt und furchterregend geworden war. »Ich glaube, sie ist jetzt auch Carlinos überdrüssig«, klatschte sie nach einer Weile weiter, »und will sich tatsächlich mit ihrem Mann aussöhnen. Vor drei Tagen mußte ich die Koffer packen, weil sie zum Wintersport fahren wollte. Dann blieb sie doch. Heute morgen liebäugelte sie mit dem Gedanken, nach Paris zu fahren, und hat auch von Sizilien gesprochen. Sie weiß einfach nicht, was sie will. Denken Sie, ihr Mann war schon fünfmal bei ihr, und sie haben stundenlang miteinander gesprochen. Trotzdem weiß sie immer noch nicht, ob sie zu ihm zurückkehren soll. Und erst ihre Nervosität! Wegen jeder Kleinigkeit macht sie eine Szene. Sie selbst gibt ein Vermögen für ihre Kleider aus, hat aber gestern die Köchin entlassen, weil die Abrechnung nicht stimmte. Aber sie schickt die Köchin nur fort, weil sie die Villa aufgeben und zu ihrem Mann zurückkehren will.«

Diese Klatschereien erfüllten Andreina mit erbarmungsloser Genugtuung. Es gefiel ihr, daß Maria-Luisa, die, ohne es zu wissen, so nahe vor ihrem Ende stand, von ihrer eigenen Unentschiedenheit und ihrem Mangel an Entschlußkraft gequält, von Tag zu Tag unleidlicher wurde und weder ihren Reichtum zu genießen noch ihn sinnlos zu verschwenden verstand.

Was bedeutete es da schon, dachte sie, daß ihr alles genommen wurde! Ihre Augen weiteten sich vor Haß.
»Wie alt ist sie eigentlich?«
»Ungefähr vierzig«, antwortete Rosa, die sich inzwischen beruhigt hatte. »Haben Sie sich also endgültig entschlossen?«
»Wozu entschlossen?«
»Nun, es allein zu machen?«
Sie sahen einander in die Augen. »Was soll diese Frage?« meinte Andreina schließlich und bemühte sich um einen beredten, gebieterischen Ausdruck.
Rosa wand sich unter diesem Blick. »Wenn ich die Wahrheit sagen soll, mich erschreckt der Gedanke an das, was Sie vorhaben. Daß Sie dazu ganz allein fähig sind! Woher nehmen Sie die Kraft?«
»Ich bin stark«, erwiderte Andreina ernst und sehr bleich.
»Und wenn Ihre Absicht erkannt wird, wenn sie schreit und fliehen will?«
Andreinas Herz klopfte wild. Tief aufseufzend, preßte sie die Hände gegen die Brust. »Es wird keine Zwischenfälle geben«, antwortete sie hart und mühsam, »ich werde besonnen sein.«
»Aber wenn ihr die Flucht gelingt, würde man Sie verhaften lassen. Mir hingegen geschähe nichts, nicht wahr?«
»Selbstverständlich nicht«, antwortete Andreina gereizt. »Ich werde dich gewiß nicht verraten. Das habe ich schon einmal gesagt. Dieses Versprechen müßte wirklich genügen. Ich halte mein Wort.«
Beide ließen keinen Blick voneinander. Der merkwürdig verwirrten Rosa stieg eine hektische Röte ins Gesicht, und ihre Augen spiegelten Erregung und Unsicherheit. »Vergessen Sie, daß ich heute morgen hier war«, meinte sie unvermittelt.
»Was soll das heißen?« fragte Andreina.
»Ich habe meinen Entschluß geändert«, erklärte Rosa mit krampfhaftem, verzerrtem Lächeln. »Wenn alles doch geschehen muß, sollen Sie nicht allein davon be-

troffen werden. Lassen wir es also bei den Entscheidungen von gestern abend.« Sie schüttelte sanft lächelnd den Kopf. In ihren erschrockenen Tieraugen lag der unreine Glanz von Tränen. Dann raffte sie sich zusammen, wandte sich dem kleinen Tisch zu und entdeckte die beiden Gläser und die Likörflasche. »Ist das Kognak?« fragte sie.

Andreina betrachtete Rosa mit überraschter Aufmerksamkeit. »Du kannst ruhig aus dem Glas trinken«, antwortete sie, »es hat noch niemand daran gerührt.«

Rosa griff nach dem Glas, leerte es in einem Zug und sah träumerisch auf den Grund. »Das tut gut!« meinte sie. »Trinken Sie nicht?«

Andreina verneinte. Sie fragte sich, was Rosa wohl bestimmt hatte, ihren Entschluß zu ändern. Geschah es aus Habsucht oder aus Zuneigung zu ihr? Oder vielleicht aus beiden Gründen? In ihrer Beziehung zu Rosa mischten sich in seltsamer Weise Abscheu und Vertrautheit. Die unerwartete Hilfsbereitschaft erregte keineswegs Gefühle der Rührung oder des Dankes in Andreina. Sie stellte eher mit gleichgültigem Erstaunen fest: ›Ich an ihrer Stelle täte das nicht, aber sie wird wohl ihre guten Gründe haben.‹

Sie hatte Rosa nicht aus den Augen gelassen und sah, wie diese in wenigen Zügen auch das zweite Glas hinunterschüttete. Dann griff sie, wie ein Mensch, der einer allzu starken Versuchung erliegt, gierig nach der Flasche, füllte von neuem das Glas und leerte es diesmal in einem einzigen Zuge. Nach einer kleinen Pause stürzte sie in stummem, gewalttätigem Eifer nacheinander drei weitere Gläser hinunter. Andreina wußte wohl um dieses Laster, hatte Rosa aber noch nie dabei beobachtet. Nach dem letzten Glas riß Rosa befriedigt die Augen auf und verfiel in träumerische Betrachtung. Dann erhob sie sich mit dem gleichen Schwung, mit dem sie getrunken hatte, setzte ihren großen, geschmacklosen Hut auf und fragte: »Wo ist der Schmuck?«

Andreina schoß das Blut in den Kopf. »Der Schmuck? Wo der Schmuck ist? Aber natürlich in meinem Zimmer.«

Wie selbstverständlich wandte sich Rosa der Schlafzimmertür zu. »Ich möchte ihn sehen«, sagte sie entschlossen. Unter dem großen, pilzförmigen Hut schwankte die untersetzte Gestalt wie eine lebendige Drohung dahin.

Entschlossen, um jeden Preis einen Skandal zu verhüten, eilte Andreina hinter Rosa her und faßte ihren Arm. »Im Augenblick wäre es nicht klug, in mein Zimmer zu gehen. Pietro ist doch da. Du kennst ihn und weißt, daß es besser ist, ihn nicht in diese Angelegenheiten hineinzuziehen.«

Rosa schwieg. Die breite Krempe des Hutes beschattete ihr Gesicht, so daß man dessen Ausdruck nicht sah. Die Diele durchquerend, öffnete sie die Tür, verschwand mit einem seltsam zufriedenen »Also auf heute abend« im Treppenhaus und ließ Andreina sehr erleichtert zurück. Diese lehnte sich erschöpft gegen den Türrahmen und schloß einen Augenblick die Augen. Es hatte all ihrer Kraft bedurft, die Hemmungen des Mädchens zu besiegen. Sie fühlte sich unendlich müde und einer Ohnmacht nahe.

34

Todmüde vom Nachtdienst hatte sich Pietro angezogen aufs Bett gelegt und war sofort eingeschlafen. »Pietro, Pietro!« Dieser wie von weither kommende Ruf und ein sehr spürbares, ganz und gar nicht unwirkliches Rütteln an seiner Schulter weckten ihn am Nachmittag. ›Es ist also tatsächlich jemand bei mir‹, dachte er noch im Halbschlaf und öffnete die Augen. »Pietro, wach doch endlich auf!« hörte er Andreina sagen.

Sie stand unheimlich bleich neben seinem Bett, den kleinen Filzhut tief in die Stirn gezogen. Das reiche

Haar war hinter die Ohren zurückgekämmt, und ein schwarzes Kleid ließ ihre hohe, kräftige Gestalt voll zur Geltung kommen. »Es dauert aber lange, bis du wach wirst«, meinte sie leise.

Pietro rieb sich die Augen, strich mit der Hand über die Haare und setzte sich auf die Bettkante. »Aber wie kommst du hierher?«

Statt zu antworten, wandte Andreina sich mit lautlosen Schritten dem Schrank zu, betrachtete sich aufmerksam im Spiegel und legte den Hut ab. Der winterlich frühe Sonnenuntergang füllte den Raum mit einer trüben Dämmerung wie ein Vorbote der Nacht. Schweigend holte Andreina einen Stuhl heran, nahm mit übereinandergeschlagenen Beinen Platz und sah Pietro so schmerzerfüllt an, als wollte sie jeden Augenblick in Tränen ausbrechen.

Es war das erste Mal, daß Andreina sich hierhergewagt hatte. Lag es nun an der schwachen, bedrohlich wirkenden Beleuchtung oder der unwahrscheinlichen Blässe ihres Gesichtes, jedenfalls dünkte Pietro ihr Besuch etwas Unglaubliches. Trotzdem konnte er sich nicht satt an ihr sehen. »Was führt dich hierher?« flüsterte er.

Andreina starrte ihn an. »Es handelt sich um etwas, das sich telefonisch nicht erledigen läßt«, erwiderte sie dann.

»Um was denn?«

Andreina schwieg.

»So sprich doch endlich etwas! Was ist mit dir geschehen?«

Pietro faßte sie bei den Schultern. Sie blickte zu Boden, aber die Starre ihrer Augen verriet, daß sie von einem einzigen Gedanken beherrscht war. »Ich bin gekommen, um den Schmuck zu holen«, sagte sie endlich.

Seit dem Bruch mit Sofia hatte Pietro immer wieder darauf bestanden, Andreina solle zu Maria-Luisa gehen, ihr den Diebstahl des Schmuckes gestehen und ihn zurückgeben. Diese Rückgabe war die entscheidende Voraussetzung für ein neues Leben. Nach seiner Ansicht konnte ohne diesen Schritt nichts Gutes entstehen. Es hingen nicht nur ihre Ehe und ihr künftiges Leben davon ab, sondern auch Andreinas Wandlung zu jenem Menschen, den er gern in ihr gesehen hätte. Aber trotz aller Bitten und Begründungen, ja trotz seines Versprechens, sie zu Maria-Luisa zu begleiten, und seiner Versicherung, daß diese niemanden anzeigen würde, hatte es Andreina immer verstanden, den demütigenden Besuch hinauszuschieben. Um so größer war daher jetzt seine Freude, als er zu verstehen glaubte, Andreina habe sich endlich zu diesem Schritt entschlossen. Trotzdem tat er, als habe er ihre Absicht nicht verstanden. »Den Schmuck willst du?« wiederholte er. »Aus welchem Grunde? Willst du ihn etwa Maria-Luisa zurückgeben?«

Wäre er weniger von angstvoller Hoffnung erfüllt gewesen, so hätte Pietro sehr wahrscheinlich Andreinas haßerfüllten Blick wahrgenommen. Die Vorstellung, daß er an eine Rückgabe des Schmuckes auch nur denken konnte, erfüllte sie mit bitterem Sarkasmus. Sie dachte: ›Wie wenig er mich kennt! Ich werde ihn nicht nur nicht zurückgeben, sondern ihr auch noch alles andere nehmen, was sie besitzt.‹ Ohne jedoch ihre fast verzerrt ernste Miene zu ändern, antwortete sie endlich: »Ja, ich habe mich dazu entschlossen.«

Glücklich preßte Pietro Andreina an sich und neigte sich hinab, um ihren Hals zu küssen. Er dachte: ›Die Ärmste spricht mit der traurigen Miene eines Menschen, der seinen letzten Gang antritt. Es ist schließlich nur zu verständlich, daß ihr dieser Schritt demütigend und schwer dünkt und sie viel Überwindung kostet. Aber entscheidend ist doch die Tatsache, daß sie sich überhaupt zu diesem Entschluß durchgerungen hat.‹ Ihn erfüllte ein heißes Glücksgefühl. »Ich kann dir gar nicht sagen, wie froh mich dein Entschluß macht«, rief er innig. »Als ich heute morgen über uns nachdachte, fand ich noch, daß es schlecht um uns bestellt sei.«

Andreina machte eine undeutliche Bewegung und öffnete auch den Mund, als ob sie sprechen wolle. Aber sie sagte kein Wort.

»Mach es dir nicht zu schwer«, fuhr Pietro fort. »Es ist gewiß recht demütigend für dich, und Maria-Luisa wird möglicherweise hart sein. Aber das ist alles unwichtig. Ertrage es im Gedanken an die Zukunft! Diese vorübergehende Demütigung hat gar keine Bedeutung gegenüber dem Umstand, daß du einen solchen Entschluß allein – es ist so entscheidend, daß du allein daraufgekommen bist – faßtest und nun auch ausführst.«

Er nickte überzeugt und sah Andreina an. Eine Welle des Vertrauens und der Hoffnung erfaßte ihn, obgleich er sich immer mehr wunderte, daß Andreina seine Empfindungen nicht teilte. Ganz erfüllt von der Vorstellung, der Geliebten den schweren Schritt erleichtern zu müssen, redete er immer weiter. »Oh, ich verstehe, wie schwer es ist, sich selbst zu überwinden, und was dich bewegt, jetzt, wo du endlich Schluß machst mit einer Lebensführung, die nur von Eigenliebe und Ehrgeiz bestimmt war. Hab keine Angst, Andreina, auch ich kenne das und verstehe dich vielleicht gerade deshalb so gut.«

Pietros Worte wirkten auf sie wie Worte eines Fieberkranken. Der Gegensatz zwischen diesen billigen Redensarten und den sie bewegenden Gefühlen quälte sie wie ein Alpdruck. Am liebsten wäre sie aufgesprungen und hätte Pietro den Wänden predigen lassen. Aber die Notwendigkeit, die wenigen Stunden bis zum Abend auf irgendeine Weise hinzubringen, veranlaßte sie zum Bleiben. »Nein«, antwortete sie kurz, »ich fühle mich gar nicht gedemütigt.«

»Aber warum bist du so traurig? Du müßtest eigentlich, wenn auch nicht glücklich, so doch zufrieden mit dir selbst sein«, sagte er und beugte sich noch einmal nieder, um sie auf den Hals zu küssen.

»Laß mich, ich mag nicht!« wehrte sie ihn ab und fügte nach einer Weile kalt hinzu: »Vielleicht heute abend, wenn ich alles hinter mir habe. Vielleicht bin ich dann zufrieden mit mir. Aber im Augenblick sehe ich wirklich keinen Grund. Etwas zu sagen bedeutet noch nicht, daß man es auch tut.«

So viel Gewissenhaftigkeit und Selbstkritik mußten Pietro Freude machen. Er glaubte, aus ihrer Haltung spreche nicht nur ihr eigener guter Wille, sondern auch ein wenig die Wirkung seiner Bemühungen um sie, und das erfüllte ihn mit Eitelkeit. »Das macht nichts«, nahm er seine Ermahnungen wieder auf, »wichtig ist nur, daß du diesen Entschluß überhaupt gefaßt hast. Welche Wandlung in diesem kurzen Zeitraum! Vor einem Monat dachtest du noch nicht im geringsten an eine Rückgabe des Schmuckes, ja du sprachst in einem Augenblick der Verzweiflung sogar davon, Maria-Luisa umzubringen. Ich weiß nicht, ob du dich noch daran erinnerst. Ich jedenfalls habe es nicht vergessen, weil es mich damals sehr beeindruckt hat. Wie und aus welchem Grund du auf diese Idee gekommen bist, weiß ich nicht, aber du hast ganz bestimmt davon gesprochen.«

Andreina hatte wie versteinert Pietros eindringlichen Worten zugehört. »Hat das tatsächlich solchen Eindruck auf dich gemacht?« fragte sie ruhig mit klarer, unbeteiligter Stimme.

Pietro suchte in seinen Taschen nach den Zündhölzern. »Allerdings! Wenn ich deine Bemerkung auch nur deiner Verzweiflung zuschrieb, so hat sie mich doch zweifellos beeindruckt.«

»Und was hast du damals gedacht?« fragte Andreina mit merkwürdigem Behagen. »Hieltest du mich für eine Verbrecherin oder eine Verrückte?«

Pietro entgegnete nachdenklich: »Deine Worte beeindruckten mich deshalb so sehr, weil es dir gar nichts ausgemacht hatte, den Schmuck zu stehlen. So fürchtete ich einen Augenblick lang, du könntest vielleicht wirklich fähig sein, Maria-Luisa umzubringen. Zum Glück – vielleicht ein wenig durch meinen Einfluß – hast du auf diesem unweigerlich ins Verderben führenden

Wege innegehalten. Aber damals hatte ich tatsächlich fürchterliche Angst um dich.«

Andreina blieb stumm. Pietro hingegen, beschwingt durch die neue Hoffnung und die innere Genugtuung, redete weiter: »Noch bei einer anderen Gelegenheit hast du mir große Angst eingejagt: als es so schien, daß du Stefano wieder verfallen würdest. Das schien mir das Schlimmste und Unheilvollste von allem! Und um ganz offen zu sein«, fügte er mit verlegenem Lächeln erregt hinzu, »an jenem Abend, als du ihn, nur um mich herauszufordern, umarmtest, hatte ich das Gefühl, mir würde der Boden unter den Füßen jäh fortgezogen.«

Andreina biß sich auf die Lippen. »Hätte es dich tatsächlich sehr entsetzt, wenn ich wieder Stefanos Geliebte geworden wäre?« fragte sie mit scheinbar belustigter Gleichgültigkeit.

»Ich hatte den deutlichen Eindruck, daß du dann auch zu jeder anderen Handlung fähig gewesen wärest, zum Beispiel sogar zur Ermordung Maria-Luisas. Verstehst du mich?« entgegnete Pietro lebhaft.

Andreina stand unvermittelt auf. »Man erstickt ja hier«, murmelte sie ungeduldig, riß das Fenster auf und lehnte sich hinaus.

Der Blick ging in den Hof. Pietros Zimmer lag unmittelbar über der großen Kuppel aus Glas und Zement, durch die der Speisesaal sein Licht empfing. Andreina betrachtete eine Weile diese Kuppel, die vielleicht wegen des stürmischen Tages besonders schmutzig und staubig wirkte. Auf den grauen Glasscheiben lagen Papierfetzen und vertrocknete Apfelsinenschalen. Draußen wehte ein kräftiger Wind, der Andreinas Gesicht streifte und ihr Haar flattern ließ. »Ich muß jetzt gehen«, meinte sie endlich, »wo hast du den Schmuck hingetan?«

Pietro legte seinen Arm um sie. »Willst du wirklich schon gehen?« fragte er etwas verwirrt und hastig und versuchte, sie an sich zu ziehen. »Willst du mich tatsächlich schon wieder verlassen. Andreina? Bleib doch noch etwas. Mir ist, als habe ich dich noch nie so geliebt, als sei ich, wie soll ich sagen, noch nie so glücklich und hoffnungsfroh gewesen.« Erregt preßte er den jungen, üppigen Busen Andreinas an sich und streichelte ihr Gesicht. Aber sie blieb teilnahmslos und kalt, von geradezu tödlicher Empfindungslosigkeit, so daß es schließlich auch Pietro auffiel. Ohne sie loszulassen, blickte er ihr starr in die Augen. »Ich weiß nicht, ich habe den Eindruck, Andreina, daß du nicht in der Gemütsverfassung bist, die man erwarten könnte. Du müßtest doch sehr zufrieden sein über deinen Entschluß. Neue Hoffnungen müßten dich beseelen, statt dessen wirkst du geradezu trostlos. Warum nur? Ich glaube tatsächlich, du bist dir gar nicht klar über die Tragweite deiner Entscheidung und deiner Handlung.«

Wäre es nicht so dunkel im Zimmer gewesen, so hätte Pietro bemerken können, daß Andreinas Lippen zitterten und daß eine undeutliche Rührung sie erfaßte. Sie antwortete mühsam und bedeutungsschwer: »Ich weiß genau, was ich getan habe und was ich tun werde.«

»Aber dann müßtest du doch zufrieden sein«, bestand Pietro.

Andreina bemühte sich erfolglos um ein Lächeln. »Komme ich dir wirklich so traurig vor?«

»Allerdings! Du siehst ganz trostlos aus.«

Nie hatte Andreina ein so starkes Bedürfnis nach Hingabe und Vertrauen verspürt. Aber sie erkannte, daß auch noch nie so unübersteigbare Hindernisse dem im Wege gestanden waren. Erschreckt betrachtete sie einen Augenblick Pietros vertrauensvolles, zärtliches Gesicht, befreite sich dann aus seiner Umarmung und trat mitten ins Zimmer. »Die Dunkelheit täuscht dich«, meinte sie, »ich bin nicht trauriger oder trostloser als an anderen Tagen. Und nun sag mir, wo der Schmuck ist.«

Pietro schloß etwas verwirrt das Fenster. »Er ist im Koffer, dort in der Ecke. Hier ist der Schlüssel.«

Andreina wandte sich zur Tür und schaltete das Licht ein. »Dein Zimmer ist aber wirklich klein«, meinte sie, ganz geblendet vom Licht, und bemühte sich, unbeschwert zu sprechen. »Wo ist denn der Koffer? Ist es dieser hier?«

Es war ein alter Koffer. Glanzlos und abgenutzt stand er in einer Ecke auf einem Schemel. Andreina öffnete ihn und stöberte vergeblich zwischen den Zeitungsausschnitten, die Pietro darin aufhob. »Aber der Schmuck ist gar nicht da drin«, sagte sie auf einmal laut.

Pietro, der sich gerade die Hände wusch, blickte entsetzt auf.

»Was soll das heißen, der Schmuck ist nicht da?« rief er heftig. »Ach so! Du suchst natürlich nach dem Kästchen. Der Schmuck liegt lose in der Innentasche, die Schachtel habe ich fortgeworfen.«

»Da ist er«, rief Andreina. Pietro, noch bleich und zitternd von der ausgestandenen Angst, wandte sich wieder dem Waschbecken zu. Andreina ließ die Schmuckstücke in ihre Handtasche gleiten, nahm ihren Hut und setzte ihn vor dem Spiegel auf. Während er sich Gesicht und Hände abtrocknete, sprach Pietro auf sie ein: »Geh nun zu Maria-Luisa und sage ihr ruhig: ›Ich bringe Ihren Schmuck zurück. Beschuldigen Sie niemand außer mir, ich habe ihn gestohlen.‹ Sollte sie dich beschimpfen oder dich schlecht behandeln, so nimm alles still hin, denn darauf mußt du schließlich gefaßt sein. Du hast es ja auch irgendwie verdient. Wenn aber Maria-Luisa mit einer Anzeige droht, so komm zu mir oder laß mich holen. Ich werde bis acht Uhr in deiner Wohnung warten. Aber ich glaube nicht, daß Maria-Luisa, so unbesonnen sie auch sein mag, es dahin kommen läßt. Wenn sie den Schmuck wieder hat, besteht ja gar kein Anlaß dazu. Vergiß trotzdem nicht, ich werde in deiner Wohnung warten, für den Fall, daß sich etwas Unerwartetes ereignet.«

»Gut«, meinte Andreina.

Beide schwiegen eine Weile. Pietro fühlte sich sehr

erregt. Sei es aus Sorge oder aus Zufriedenheit, er konnte keinen Augenblick ruhig bleiben. »Weißt du, ich bin auch deshalb so zufrieden, weil die Tatsachen mir recht geben. Erinnerst du dich noch, daß ich dir einmal sagte, wir seien uns ähnlich? Du wolltest das damals nicht wahrhaben. Jetzt aber erleben wir das gleiche, wenn auch auf andere Weise. Wir waren beide auf falschen Wegen, wir haben uns beide von falschem Ehrgeiz treiben lassen, aber jetzt lösen wir uns beide, wenn auch auf andere Art, von unserem bisherigen falschen Leben...«

»Da fällt mir gerade ein«, unterbrach ihn Andreina, der diese Reden eine Quelle ärgerlichen Unbehagens waren, »daß heute morgen ganz unerwartet Matteo bei mir erschienen ist.«

»Matteo?« wiederholte Pietro bestürzt. »Was wollte er denn?«

»Wieder die alten Beziehungen aufnehmen! Du verstehst doch sicher seine Berechnung. Ich habe ihn hintergangen, kann also nicht mehr erwarten, seine Frau zu werden. Es gibt also keinen günstigeren Augenblick, um zu unserem früheren Verhältnis zurückzukehren.«

»Und was hast du gesagt?«

»Ich habe ihn natürlich zum Teufel geschickt, obwohl ich wirklich nicht weiß, wovon ich in ein oder zwei Monaten Wohnung und Unterhalt bestreiten soll. Es ist schwer, ohne Beschützer zu leben.«

»Wir werden doch heiraten«, meinte Pietro und erwärmte sich von neuem. »Wenn wir uns verstehen, werden wir auch diese Sorge loswerden. Ich muß versuchen, durch eine andere Tätigkeit mehr zu verdienen.«

»Also auf Wiedersehen!« sagte Andreina und wandte sich zur Tür. Ihre Lippen zitterten, und das qualvoll verzerrte Gesicht verriet nur zu deutlich den unerträglichen Schmerz eines Menschen, der sich einem andern gerne anvertrauen möchte und es doch nicht vermag.

Aber Pietro war viel zu sehr mit sich selbst beschäftigt, um es zu bemerken. »Auf Wiedersehen bis heute abend!« antwortete er freudig. »Und vergiß nicht, wenn irgend etwas geschieht: ich bin in deiner Wohnung.«

35

Andreina schritt über lange, rote Teppiche an weißlackierten Türen und an Wänden vorbei, die bis zur Decke mit Spiegeln verkleidet waren, und trat durchs Vestibül auf die Straße.

Sei es, daß die fast nächtliche Stille sie beruhigte, oder hatte sie sich ganz einfach wieder in der Gewalt: die unerwartete Rührung beim Abschied von Pietro verschwand, und ihr Kopf war wieder kühl und klar. Sie dachte: ›Es hätte nicht viel gefehlt, und ich hätte alles verraten. Wie leicht vergißt man sich doch!‹ Noch am Morgen hatte sie in allen Einzelheiten einen Plan für diesen schicksalsschweren Tag entworfen. Sie durfte selbst den kleinsten Vorgang nicht dem Zufall überlassen und mußte jeden Schritt auf das genaueste durchführen.

Genau zu dieser Stunde hatte sie Pietro aufsuchen wollen, eine Stunde später würde sie bei ihrer Familie sein und anschließend zu Maria-Luisa gehen. Nach der Tat wollte sie zu Pietro zurückkehren. Sie wußte selbst nicht, warum ihr diese kühle Berechnung so gut gefiel. Vielleicht war neben der Überzeugung, bei ihrem Vorhaben nur von gerechten Gedanken geleitet und gewissermaßen das Werkzeug eines unausweichlichen Schicksals zu sein, ihre Sicherheit auf die genaue Ausführung des Planes zurückzuführen.

Und trotzdem hatte eine unbewußte Anspielung Pietros genügt, um alle diese kühlen, genauen Überlegungen ins Wanken zu bringen und tiefstes Erschrecken und grenzenloses Mitleid mit sich selbst in ihr wach werden zu lassen. ›Stefano an meiner Stelle hätte gewiß keine Sekunde der Rührung gekannt‹, dachte sie bei diesen Erwägungen, ›und ich arme Törin glaubte, ich sei lange genug bei ihm in die Schule gegangen!‹ Trotzdem erschien ihr die Tat selbst als etwas Unausweichliches. Das Verbrechen war für sie eine Handlung, die, in allen Phasen durchlebt, nur noch ausgeführt werden mußte. Wenn ihr jemand in diesem Augenblick gesagt hätte: ›Tu es nicht! Noch ist es Zeit. Geh nach Hause zurück!‹, so hätte sie wahrscheinlich die Empfindung gehabt, als würde ihr plötzlich der Boden unter den Füßen fortgezogen. Ihr ganzes Leben hing an diesem Urteilsspruch, den sie wie ein Richter ausgesprochen hatte und nun vollstrecken wollte. Der Umstand, daß ihre Tat nie wiedergutzumachen war, erfüllte sie mit einer kalten, klaren Lust. Sie wurde von dieser Tat wie von einer befreienden Handlung angezogen. Indem sie Maria-Luisa umbrachte, würde sie tatsächlich endlich frei werden von jenen Dingen, die sich für sie in der Person Maria-Luisas geradezu verkörperten, von den quälenden Geldsorgen, von ihrem Ehrgeiz und von ihren verwirrten Gefühlen, die ihren Geist trübten. Dann erst würde sich vor ihr der Weg in jenes Leben öffnen, das keine Falschheit kannte, in dem es nur Wahrheit und Gerechtigkeit gab.

Diese Gedanken brachten ihr neuen Mut. Es war inzwischen ganz dunkel geworden. Der Sturm hatte zugenommen und jagte mit verdoppelter Kraft durch die engen, belebten Straßen. Wie an allen Tagen um diese Stunde wimmelten die Bürgersteige von Fußgängern, in endlosen Reihen sausten die Wagen aneinander vorbei, und die riesigen, farbigen Reklamen irrlichterten durch die Dunkelheit. Aber die Menschen gingen nicht in gewohnter Gelassenheit. Die Röcke der Frauen blähten sich im Winde, viele hielten den Hut mit der Hand fest oder zogen den Mantel enger um sich, und über dem Fahrdamm pendelten die Bogenlampen besorgniserregend hin und her. Es regnete noch nicht, aber das Unwetter verriet sich in der dichten, finsteren Atmosphäre.

Schaudernd zog Andreina ihren Mantel enger um sich. Später kaufte sie an einem Kiosk eine Zeitung. In ihrer stolzen, etwas nachlässigen Haltung dahinschreitend, ließ sie sich vom Strom der Fußgänger treiben. Schon nach kurzer Zeit bemerkte sie, daß ihr mindestens drei Männer folgten. Schon sprach einer flüsternd und eindringlich auf sie ein und malte ihr beredt alle bevorstehenden Wonnen aus, wenn sie sich entschließen könne, ihn zu begleiten. Diese Stimme gehörte nach Andreinas Erfahrung zu einem jener plumpen Verführer, die ihr Leben in Bars, beim Billardspiel und in Kinos verbringen. Die zweite Stimme klang weit höflicher, manchmal ein wenig gebieterisch, manchmal auch scherzend, und schien die eines älteren Geschäftsmannes zu sein, der nur vorübergehend in der Stadt weilte. Er machte ganz genaue Vorschläge: zusammen zu Abend zu speisen, einen Film anzusehen, vielleicht mehrere Tage zusammen zu bleiben, und nannte auch gleich eine bestimmte Geldsumme. Die dritte Stimme endlich war die eines schüchternen Anfängers. Wohlerzogen und verwirrt brachte er nur zweimal hervor: »Gestatten Sie, daß ich Sie begleite?«

Andreina kam es nur darauf an, die Zeit zu verbringen. Diese Beharrlichkeit störte sie nicht mehr, da sie dergleichen gewohnt war und oft genug bis zur Haustür verfolgt wurde. Sie blickte weder nach rechts noch nach links, wandte sich nicht um, änderte aber auch in keiner Weise ihren nachlässigen Gang. Schließlich hielt sie eine Taxe an und erreichte wenig später die elterliche Wohnung.

Sechs Jahre lag es zurück, seit sie zum letztenmal die große, kahle Treppe hinaufgestiegen war. Sie erkannte das häßliche Treppenhaus wieder, die Namen der Mieter an den dunklen Türen, das fahle, indirekte Licht und den stickigen, staubigen Geruch. Alles war wie vor sechs Jahren. An einer bestimmten Stelle stand auf dem grauen, glänzenden Wandsockel ein beleidigendes Wort, das irgend jemand vor langer Zeit hier eingeritzt hatte.

Am stärksten aber beeindruckte Andreina das Gefühl, daß sie selbst im Grunde ebenso unverändert geblieben war wie das Haus. ›Die Zeit ist nutzlos verstrichen‹, dachte sie. ›Alles, was ich in diesen Jahren getan habe, ist unnütz gewesen. Mein Leben ist in keiner Weise besser geworden, und alles ist so, als ob ich erst gestern gegangen sei. Da stehe ich nun, ohne Geld, ohne Liebe, ohne Freunde, ohne Hilfe, und bin noch die gleiche wie vor sechs Jahren.‹

Auf ihr Läuten öffnete Maddalena. Sie erkannte Andreina nicht und sagte – wahrscheinlich verwechselte sie die Schwester mit Maria-Luisa –: »Herr Davico ist nicht zu Hause.«

Stefanos Name, gerade in diesem Augenblick von dem Munde dieses Kindes ausgesprochen, übte eine bestürzende Wirkung auf Andreina aus. Für den Bruchteil einer Sekunde entstand in ihrem Kopf die unbegründete, sinnlose Vorstellung, die Familie sei über alles genau unterrichtet, und diese unschuldigen Worte bedeuteten: ›Dein Liebhaber ist nicht da, geh wieder!‹ Unvermittelt meldete sich ein kindliches Schuldgefühl, und fassungslos starrte sie das kleine Mädchen fragend an. Dann aber gewann die Wirklichkeit die Oberhand. Sie stieß die Tür auf und trat in den Flur. »Ich will nicht Herrn Davico sprechen, sondern die andern«, antwortete sie mit einem kühlen Blick auf die kleine Schwester.

Wie vor sechs Jahren war der Flur mit abgestellten Möbelstücken vollgestopft. Licht und Geräusche drangen aus einer offenstehenden Tür. Zögernd trat Andreina näher.

Das Wohnzimmer war der größte Raum der Wohnung. Nichts hatte sich hier verändert, und die Familie saß wie einst am Tisch unter der Hängelampe. Sowohl der Vater wie Valentina sahen zufrieden und heiter drein, Carlino dagegen starrte bedrückt in den Lichtkegel.

»Sieh da, Andreina!« rief Valentina fröhlich und erhob sich. »Heute ist wirklich ein Tag der Überraschungen! Zuerst gibt uns Carlino Rätsel auf, und nun kommt Andreina. Aller guten Dinge sind drei. Ich wette, daß noch etwas Unerwartetes kommt. Ich habe das deutliche Gefühl, daß gerade heute noch etwas Entscheidendes geschieht.« Sie lachte zufrieden und umarmte Andreina, die bleich und unbeweglich diese Begrüßung entgegennahm.

»Willkommen, willkommen!« rief der Studienrat mit etwas unsicherem Lächeln, wiegte verlegen den Kopf und zog seine Weste zurecht. Nach der ersten Verlegenheit nahmen alle Platz. »Wir sind nicht gewohnt, um diese Zeit etwas zu uns zu nehmen, Andreina«, sagte der Studienrat mit würdiger Miene, »aber vielleicht nimmst du um diese Stunde den Tee ein, wie man so sagt. Wir haben keinen Tee, aber wenn dir Valentinas Kaffee schmeckt, wird sie dir sofort eine Tasse aufbrühen.«

»Nein, danke, ich möchte nichts. Mach dir wegen mir keine Umstände.«

»Es macht mir keine Umstände«, versicherte Valentina weniger gedrechselt als der Vater. »Aber vielleicht hast du schon Tee getrunken?« fügte sie bei Andreinas abwehrender Bewegung hinzu.

»Ja, natürlich«, bestätigte Andreina hastig.

Ein längeres Schweigen folgte. Wie an den Abenden in früherer Zeit hörte Andreina den Wind an den Fensterläden rütteln und von der Kredenz her die billige Uhr laut und deutlich ticken.

»Du bist gerade im richtigen Augenblick gekommen«, meinte Valentina gelassen und griff wieder nach ihrer Handarbeit. »Wie ich dir schon sagte, kommst du uns gelegen. Bis vor zehn Minuten gaben wir uns alle Mühe, von Carlino zu erfahren, was mit ihm los ist, aber wir haben nichts aus ihm herausbekommen. Meiner Ansicht nach ist etwas geschehen, das nicht so sehr ihn angeht als vielmehr eine Person, die ihm sehr am Herzen liegt. Versuche doch einmal, ob du mehr Erfolg hast als wir.«

Die deutliche Anspielung auf Maria-Luisa ließ Andreinas Herz hastiger schlagen. Sie wandte sich dem Bruder zu, der abgemagert und traurig war.

»Ich sage doch nichts«, stieß er heftig hervor, »denn was ich auch sage, Valentina wird bestimmt mit mir schimpfen.«

»Deine Abenteuer haben dir den Kopf verdreht«, sagte Valentina ärgerlich.

»Da seht ihr, wie recht ich hatte«, erwiderte Carlino wütend und machte eine entsprechende Bewegung zu seiner Schwester.

Andreina erkannte, daß sich in seinen Zorn Scham und Verlegenheit mischten und daß er einem Streit auszuweichen suchte, den er doch für unumgänglich hielt. »Aber Carlino, sei nicht töricht, warum willst du denn nicht sprechen?«

»Valentina wird nicht das geringste sagen, was deine Gefühle verletzen könnte«, fiel der Studienrat ein, der bisher so getan hatte, als ob er die Zeitung lese. Dann fügte er strenger hinzu: »Ich allerdings habe davon abgesehen, irgend etwas zu fragen, obgleich ich als Vater nicht nur das Recht, sondern die Pflicht hätte, dich zum Reden zu bringen. Glaube doch nicht, dein Kummer sei anderen unverständlich! Auch ich habe in meiner Jugend geliebt und bin geliebt worden! Ich kenne also deine Empfindungen und achte sie. Von meiner Seite kannst du auf Takt und Zurückhaltung rechnen. Mich kann niemand beschuldigen, ich kümmerte mich um die Angelegenheiten anderer.« Er griff mit heftigen, verärgerten Bewegungen wieder zur Zeitung. »Wir fragen dich nichts und suchen nichts zu erfahren, was du uns verheimlichen willst. Aber ich an deiner Stelle hätte das Bedürfnis, mich meiner Familie anzuvertrauen.«

»Nun also, wenn ihr es unbedingt wissen wollt«, sagte Carlino mit hastig verlegener und schwankender Stimme, »Maria-Luisa, jene Frau, die...«, er errötete und wurde noch verwirrter, »nun, die Schwester von Herrn Davico hat mir heute gesagt, daß wir uns nicht mehr sehen können. Das ist alles«, schloß er wütend.

»Jetzt könnt ihr zufrieden sein, ihr wißt ja nun, was ihr erfahren wolltet.«

»Sie hat dich also in Gnaden entlassen«, meinte Valentina ruhig und hob den Blick nicht von ihrer Arbeit. In ihrer Stimme lag ein beifälliger, nachdenklicher Klang, als nehme sie eine beruhigende Nachricht zur Kenntnis. »Und du wolltest mir nicht glauben, als ich dir sagte, sie sei herzlos und treibe nur ihr Spiel mit dir. Jetzt hast du selbst den Beweis. Hättest du auf mich gehört, dann hättest du dich nicht so blindlings ins Verderben gestürzt und hättest jetzt auch keinen Grund, traurig und enttäuscht zu sein. Vor allem, was noch wichtiger ist, du hättest mehr für die Schule getan und müßtest jetzt nicht damit rechnen, ein Jahr nachzuholen. Aber natürlich, allen andern glaubt man, nur nicht der eigenen Schwester, die doch wirklich nur dein Bestes will. Nun, ich hoffe, daß du wenigstens für die Zukunft daraus lernst und einsiehst, was du für Fehler gemacht hast.«

Carlino hatte seiner Schwester zornig und mit offenkundiger Ungeduld zugehört. Schließlich rief er in unschuldiger Empörung: »Und du behauptest, du verständest mich? Nichts verstehst du, gar nichts! Es ist nicht wahr, daß Maria-Luisa herzlos ist, es ist nicht wahr, daß sie mich nicht gern gehabt hat. Wahr ist etwas anderes, etwas ganz anderes.«

»Aber dann sag uns doch deine berühmte Wahrheit«, meinte Valentina in übertriebener Ruhe.

»Die Wahrheit sieht ganz anders aus«, antwortete er leise und verschämt. »Ihr Mann, der das ganze Geld besitzt, hat ihr anscheinend keinen Pfennig mehr gegeben. Sie hat alles, was sie noch besaß, ausgegeben und ist nun gezwungen, wieder zu ihm zurückzukehren und mich nicht mehr zu sehen. Aber sie hat mir gesagt, daß sie mich gern habe und immer gern haben werde.« Seine Stimme zitterte, und als er sein Gesicht der Lampe zuwandte, rollten zwei große Tränen aus seinen Augen und liefen die Wangen hinunter. »Und deshalb erlaube ich nicht, daß ihr schlecht von ihr sprecht«, schloß er mit bebender, empörter Stimme. »Ihr werdet nie verstehen, was sie für mich gewesen ist und wieviel Dank ich ihr schulde.«

Diese bewegte Erklärung hatte eine ganz andere Wirkung, als er erwartet hatte. Er hatte geglaubt, Valentina würde nichts mehr zu sagen wagen, statt dessen blickte sie ihn jedoch belustigt mit falschem Erstaunen an und sandte einen Blick des Einverständnisses in Richtung auf Andreina. Dann lachte sie. »Darf man auch erfahren, wer dir all diese Märchen aufgebunden hat?«

»Was meinst du? Welche Märchen?« Carlino wußte nicht recht, ob er entrüstet oder erstaunt sein sollte.

»Nun, diese Märchen von der Armut. Ich habe nie etwas anderes erwartet, als daß dich diese Frau an der Nase herumführt, aber ich habe nicht gedacht, daß sie es so weit treibt.«

Carlino blickte tief bestürzt umher. Er weinte nicht mehr, und die letzten Tränen trockneten auf seinen eingefallenen, bleichen Wangen. »Was soll das heißen? Ist es vielleicht nicht wahr, daß sie arm ist?«

»Selbstverständlich ist es nicht wahr!« entgegnete Valentina.

»*Sie* hat das ganze Geld, nicht er. Der Mann ist ein armer Teufel und würde ohne sie in kläglichen Verhältnissen leben. Adelig ist er, allerdings, deshalb hat sie ihn ja auch geheiratet. Aber er hat kein Geld. Wenn du es mir nicht glaubst, so frage Andreina, sie weiß mehr darüber.«

Carlino zog es vor, nicht an den Versicherungen der Schwester zu zweifeln. Schon der ironisch triumphierende Klang ihrer Stimme genügte, um ihn zu überzeugen. Trotzdem wandte er ein: »Aber Herr Davico ist doch arm.«

»Was hat das mit ihm zu tun? Er ist arm, aber seine Schwester hat in erster Ehe einen sehr reichen Mann geheiratet und bei seinem Tode das ganze Geld geerbt.«

Alle schwiegen. Schließlich fragte Carlino mit bebender Stimme: »Aber warum geht sie dann zu ihrem Mann zurück?«

Valentina zuckte die Achseln: »Das kann ich dir allerdings auch nicht erklären.«

In diesem Augenblick griff Andreina unerwartet in das Gespräch ein. »Sie kehrt zu ihrem Mann zurück, weil sie in ihrem maßlosen Geltungsbedürfnis mehr sein möchte, als sie ist«, sagte sie kalt und fügte unbarmherzig hinzu: »Deine Maria-Luisa ist eine ganz gemeine Person.«

Zwar fuhr Carlino heftig auf, aber er war viel zu bestürzt und schmerzlich verwirrt, um Einwände zu machen. Auch den Studienrat überraschte Andreinas heftige Sprache. Er legte die Zeitung beiseite und betrachtete seine Tochter mit erschrockener Ratlosigkeit. Nur Valentina ließ sich nicht aus der Ruhe bringen. Sie schwieg einen Augenblick und meinte dann ruhig und nachdenklich: »Natürlich, das ist ein Grund: er ist adelig, und ohne ihn kann sie nicht in aristokratischen Kreisen verkehren. Es ist allerdings auch möglich, daß sie dich einfach loswerden wollte, weil sie einen neuen Liebhaber gefunden hat.«

Zu der Trauer um den Verlust der geliebten Frau gesellte sich für Carlino die weit schmerzlichere Enttäuschung. Maria-Luisas Bild zerbrach in tausend Stücke, ihre Liebe war nur Betrug gewesen, alle durften die Geliebte verleumden, und er konnte niemand Lügen strafen. »Nein, das ist ganz gewiß nicht der Fall«, murmelte er endlich. »Ich weiß genau, daß sie tatsächlich zu ihrem Mann zurückgeht, weil sie in meiner Gegenwart am Telefon mit ihm gesprochen hat. Heute abend ist irgendwo ein Fest, zu dem er sie begleitet. Vielleicht hat sie jetzt schon die Villa verlassen.«

Andreina war nach dem kurzen Einwurf in ihre trübe Starrheit zurückgesunken. Jetzt fuhr sie in geradezu panischem Schrecken auf. »Was sagst du? Sie hat die Villa verlassen?« rief sie mit wilder Stimme. Ihr Herz blieb eine Sekunde stehen, und sie wurde kreideweiß.

›Sie hat die Villa verlassen, sie hat die Villa verlassen‹, klang es wie ein schauriges Echo in ihrem Kopf. All ihre Pläne stürzten zusammen. Maria-Luisa hatte ihre Villa verlassen, und niemand hatte sie daran gehindert! Wie ein boshaftes, ungreifbares Gespenst hatte sie sich verflüchtigt, nachdem sie Andreina in eine ausweglose Falle gelockt hatte. ›Sie hat die Villa verlassen‹, dachte sie immer wieder und hätte ihre Verzweiflung am liebsten hinausgeschrien, so bitter und quälend war ihre Wut. ›Maria-Luisa hat die Villa verlassen, und alles war vergebens.‹

»Du bist so bleich, Andreina«, meinte Valentina und betrachtete die Schwester besorgt. »Fühlst du dich nicht wohl? Du bist wirklich sehr blaß.«

Andreina zwang sich zu einem Lächeln. »Nein, es ist schon wieder gut! Nur ein kleiner Schwindelanfall, weiter nichts«, sagte sie und fügte, zu Carlino gewandt, hinzu: »Sprich weiter! Also Maria-Luisa hat jetzt schon ihre Villa verlassen?«

»Ich weiß es nicht genau ... Aber als ich fortging, zog sie sich gerade für das Fest an. Und sie hat davon gesprochen, daß sie sich für acht Uhr mit ihrem Mann verabredet habe. Das ist alles, was ich weiß.« Er neigte den Kopf und fügte abschließend hinzu: »Nun ist alles vorbei, und ihr könnt zufrieden sein.«

»Gott sei Dank, daß die Geschichte vorbei ist«, meinte Valentina trocken. Aber dann legte sie die Stricknadeln doch auf den Tisch und blickte den Bruder mit einer gewissen Feierlichkeit an. »Und nun, nachdem es zu Ende ist, wirst du vielleicht zugeben, daß du besser meinem Rat gefolgt wärest. Du hättest dich nicht in solchem Maß von dieser Frau verzaubern lassen dürfen! Hättest du auf mich gehört, dann hättest du weder deine Schularbeiten vernachlässigt, noch sähest du jetzt so abgemagert und bleich aus, als ob du gerade vom Krankenbett aufgestanden wärest. Welch ein Unglück, daß es gerade jetzt geschehen mußte, wo du so kurz vor dem Abitur stehst. Ach, Carlino, Carlino!« Seufzend legte sie ihre weiße, zarte Hand auf ihren üppigen Busen, die Lider ihrer runden Augen klapperten beredt, und ihre Stimme zitterte. »Aber es mußte so kommen. Sie ist eine herzlose, steinreiche große Dame, die sich langweilt und nichts mit ihrem Leben anzufangen weiß, du aber bist noch ein Schüler und weiter nichts als der Sohn eines Studienrates. Es hat alles ganz zwangsläufig so kommen müssen.«

Der Vater hatte Valentina bisher ruhig zugehört und nur hin und wieder mit einem tiefen Seufzer sein Erstaunen bekundet. Bei den letzten Worten aber fuhr er auf und rief: »Langsam, langsam! Was soll das heißen: nur der Sohn eines Studienrates? Gewiß, mein Beruf wird schlecht bezahlt, aber er ist alles andere als verächtlich. Carlino kann stolz darauf sein, daß er der Sohn eines Studienrates ist.«

»Aber Vater, du weißt doch sehr gut, was ich damit sagen wollte«, meinte Valentina ruhig. »Ich wollte Carlino nur klarmachen, er hätte bedenken sollen, daß wir weder reich noch adelig sind und daß die sozialen Unterschiede zwischen ihm und der Frau groß waren. Nur das sollten meine Worte bedeuten.«

Wieder war es still. Carlino runzelte die Stirn und bewegte nachdenklich den Mund, als ob er etwas Bitteres kaue. »Ich will nicht mehr ins Gymnasium gehen«, sagte er plötzlich.

Valentina warf ihm einen fragenden Blick zu. »Du willst nicht mehr zur Schule gehen?« wiederholte sie ruhig. »Was hast du denn vor?«

»Das weiß ich noch nicht, aber auf keinen Fall werde ich weiterstudieren.«

»Ich dagegen glaube, daß du die Schule bis zum Abschlußexamen besuchen wirst«, erwiderte die Schwester gutmütig, wenn auch mit einer kleinen Härte. »Bei unseren Lebensbedingungen kann sich niemand erlauben, nichts zu tun. Wir sind keine Millionäre, eines Tages mußt du allein für deinen eigenen Unterhalt sorgen.«

Carlino starrte in den Lichtkegel, den die Lampe auf den Tisch warf, als wolle er sein finsteres Gesicht den

Blicken der anderen entziehen. In Wirklichkeit hing er der Geschichte seiner Beziehungen zu Maria-Luisa nach. Seine eigenen Eindrücke vereinbarten sich nicht mit der ihm jetzt enthüllten Heuchelei der Geliebten. Er glaubte, gewissermaßen zwei verschiedenen Maria-Luisas gegenüberzustehen, einer großmütigen und geradezu mütterlichen und einer heuchlerischen und selbstsüchtigen Frau. Trotz allem blieb für ihn die so wesentliche Tatsache bestehen, daß sie sich ihm hingegeben hatte. Und auf den Schalen seiner Glückswaage wog diese Hingabe weit mehr als alle Falschheit und Treulosigkeit.

»Ich weiß noch nicht, was ich tun werde«, äußerte er endlich und schien damit eine lange Überlegung abzuschließen, »ich weiß nur, daß ich dieser Frau trotz allem, was ihr gegen sie sagt, immer unendlich dankbar bleiben werde.« Nach diesen Worten erhob er sich mit einer unerwarteten, etwas linkischen Bewegung und ging, die Hände in die Hosentaschen versenkt, zur Tür, öffnete sie mit einem Fußtritt und verschwand.

Wieder hörte man das Rütteln der Fensterläden und das Ticken des Weckers. »Er ist jetzt natürlich tief getroffen«, meinte Valentina erklärend, »das ist verständlich, aber es ist bald vorbei. Schlimmer ist, daß er so viel versäumt hat und das Jahr nachholen muß.« Sie seufzte tief und schwieg eine Weile. Dann meinte sie lebhafter: »Wirklich, Andreina, wir waren nicht auf deinen Besuch gefaßt. Du hast uns damit eine große Freude gemacht.«

Wie beim Abschied von Pietro wollte Rührung in Andreina aufsteigen. »Wenn du wüßtest...«, seufzte sie, und das Reden fiel ihr schwer, »wenn du wüßtest, weshalb ich gekommen bin, würdest du noch erstaunter sein.«

Der Studienrat blickte über die Zeitung hinweg fragend zu seiner Tochter hinüber, und Valentina sagte: »Du willst mich wohl neugierig machen? Ich dachte, du seiest ganz zufällig bei uns erschienen, eben nur zu einem kurzen Besuch.«

Als Vorwand für ihren unerwarteten Besuch hatte Andreina sich eine bestimmte Erklärung zurechtgelegt. Aber in diesem Augenblick der Rührung dünkte es ihr plötzlich, als sei das, was sie sagen wollte, kein zufälliger Vorwand mehr, sondern etwas, das gegen ihren Willen aus den tiefsten Bereichen ihres Wesens aufsteige. »Ich wollte euch fragen, ob ich, wenn es unbedingt notwendig ist, wieder bei euch wohnen kann«, erklärte sie. Während sie sprach, fuhr sie mit ihren spitzen, rotlackierten Fingernägeln den Rillen nach, die Carlino als kleiner Junge in die dicke Platte des Tisches eingekratzt hatte. »Ich habe nur noch wenig Geld und muß bald meine Wohnung aufgeben. Ich möchte mich um eine feste Anstellung oder irgendeine Arbeit bemühen und bei euch wohnen. Ich werde euch bestimmt nicht zur Last fallen, ich brauche nicht mehr als ein Bett. Aber es ist alles noch ganz unsicher. Ich wollte nur Gewißheit haben.«

»Aber natürlich«, rief Valentina warm und lächelte der Schwester fröhlich und erstaunt zu. »Wir würden uns freuen, wenn du wieder bei uns wärest, das heißt, wenigstens für meine Person trifft das zu. Ob auch Vater...?«

Der Studienrat machte eine heftige, abwehrende Bewegung. »Aber Valentina, rede doch keine Dummheiten!« meinte er ärgerlich. »Selbstverständlich freue ich mich, wenn Andreina wieder zu uns kommt. Allerdings weiß ich nicht«, fügte er mit etwas unangenehmer Betonung hinzu, »ob sie nicht allzusehr an Luxus und Wohlleben gewöhnt ist, um sich mit unserem einfachen Lebensstil zu begnügen. Aber immerhin, sie ist natürlich stets willkommen.«

Valentina, die ihren eigenen Gedanken nachhing, hörte ihm schon gar nicht mehr zu. »Doch im Augenblick besteht eine Schwierigkeit«, sagte sie. »Ein Zimmer für dich allein können wir dir nämlich nicht zur Verfügung stellen. Du müßtest wie früher in einem Raum mit mir schlafen.«

»Das macht doch nichts«, entgegnete Andreina und

zuckte mit bitterer Gleichgültigkeit die Achseln. »Bis auf weiteres...«

»Aber hast du wirklich im Ernst die Absicht, wieder bei uns zu wohnen?« Valentina glaubte noch nicht recht an einen solchen Entschluß der Schwester.

»Es ist mein voller Ernst«, antwortete Andreina und hob ihre unergründlichen, glänzenden Augen.

»Ich frage dich nur, weil wir dann das Zimmer einmal ansehen könnten, wenn du willst«, meinte sie. »Dann kannst du dir auch vorstellen, wie du untergebracht bist, wenn du tatsächlich zu uns kommen solltest. Ist es dir recht, wenn wir einmal hinübergehen?« fragte sie und stand auf.

»Schön, sehen wir es uns einmal an«, antwortete Andreina. Ohne es zuzugeben, empfand sie in diesem Augenblick den fast schmerzhaften Wunsch, jenes Zimmer wiederzusehen, das sie vor sechs Jahren ohne Gewissensbisse und ohne Angst, ganz erfüllt von Haß und vagen, maßlosen Hoffnungen, heimlich im Morgengrauen verlassen hatte.

Den verwirrten Vater zurücklassend, folgte Andreina der Schwester in den Flur. »Ich würde dir gern das Zimmer von Herrn Davico geben, der Gott sei Dank in Kürze auszieht«, sagte Valentina. »Aber Vater und ich verdienen nur gerade genug, um eben auszukommen. Deshalb ist es sehr wichtig, daß wir das Zimmer vermieten...« Sie unterbrach sich, öffnete die Tür neben Stefanos Zimmer mit der Bewegung einer Wirtin, die einem Gast die Räume zeigt, und ließ Andreina als erste eintreten.

Das einzige Fenster des Zimmers war mit grauen, durch einen Eisenriegel gesicherten Holzläden verschlossen. Beim Betreten des Raumes fiel der Blick sofort darauf, so daß man sich des Eindrucks trostloser Abgeschlossenheit nicht erwehren konnte. An einer langen Schnur baumelte eine kleine Lampe. Eins der beiden Betten stand neben der Tür, das andere in der Nähe des Fensters, die übrige Einrichtung bestand aus billigen Möbeln. Alles war an seinem Platz, die Toilettengegenstände standen in einer Reihe auf dem Waschtisch, und die wenigen Bücher waren sauber in das kleine Gestell eingeordnet. Alles zeugte von geradezu übertriebener Reinlichkeit. Kein Staubkörnchen lag auf dem roten Fußboden, und die Tapeten waren sauber. Aber so viel peinliche Ordnung und Sauberkeit in einem so bescheidenen Zimmer mit so ärmlichen, abgenutzten Möbeln steigerte fast noch den ersten trostlosen Eindruck. Das Bett neben der Tür war immer das Valentinas gewesen. In jenem Bett bei dem Fenster dagegen hatte Andreina die letzte Nacht vor ihrer Flucht aus der väterlichen Wohnung verbracht. Sie blickte sich ruhig und langsam um und kostete die Bitterkeit aus, die in dem Gegensatz zwischen ihrer wertvollen Kleidung und diesen billigen Möbeln lag, aber auch in dem Unterschied, der ihr jetziges Leben von den Erinnerungen trennte, die beim Anblick dieses Raumes in ihr aufstiegen. Sie wandte sich dem Fenster zu.

»Das war mein Bett«, sagte sie, ohne sich umzudrehen, »wer schläft denn jetzt darin?«

»Maddalena«, antwortete Valentina eifrig, als wolle sie die Schwester so weit wie möglich zufriedenstellen. »Aber wenn du wirklich bei uns wohnen willst, würde ich für Maddalena ein Lager im Eßzimmer herrichten. Das haben wir schon öfters getan. Und wenn du gern allein sein möchtest, kann ich auch einen Wandschirm vor dein Bett stellen, dann ist es so, als ob ich gar nicht da wäre. Übrigens bin ich nur nachts in diesem Zimmer. Wenn du am Tage schreiben, lesen oder schlafen willst, wird dich niemand stören, du kannst tun und lassen, was dir behagt, genau wie in deiner jetzigen Wohnung.«

Aber Andreina hörte nicht zu. Sie blickte auf das Bett und sah sich als kleines Mädchen darin liegen, in die nächtliche Dunkelheit starrend und gespannt den Geräuschen der Stadt lauschend, den Kopf voller glücklicher Vorstellungen. In den Winternächten klopfte oft der Regen gegen die Fensterläden, durch die dünne

Mauer drang das Glucksen des Wassers in der Dachrinne, und oft sprach auch der Wind in klagender Weise zu ihr, wenn er an den verschlossenen Läden rüttelte, oder wenn die verrosteten Angeln knarrten. In dieser Dunkelheit mit den vielen Geräuschen des Unwetters wurde ihr das Bett zu einem Nachen, in dem sie frei und sicher durch den Raum schwebte. Sie glaubte, über einem Abgrund unbeschwert durch die Luft zu fliegen. Ganz zusammengekauert, hatte sie sich diesem wunderbaren Gefühl überlassen, ehe sie hinüberdämmerte. Das war die Zeit der ungebändigten, unschuldigen Jugend gewesen. Wie schnell war sie zu Ende! Das Erlebnis mit Stefano hatte alles verwandelt, von nun an war jenes friedliche, glückliche Eindämmern durch ein quälendes, ängstliches Warten verdrängt. Wenn das tiefe, regelmäßige Atmen der Schwester deren festen Schlaf verriet, war Andreina aus dem Bett geschlüpft und hatte sich im Dunkeln in den Flur getastet, um sich dem Mann in die Arme zu werfen. Für undeutliche Sehnsüchte gab es keinen Raum mehr in ihr, nur ein zugleich geliebtes und gehaßtes Wesen erfüllte all ihre Gedanken. In jener bitteren Zeit waren ihr die Augen gewaltsam geöffnet worden. Aber die geheimnisvolle, geschlechtliche Anziehungskraft war stärker gewesen als ihre Abscheu, und jeder innere Widerstand endete mit einer Niederlage. Ein Zeichen dieser Kämpfe mußte eigentlich noch auf der Wand unter dem Fenster vorhanden sein. Jene vier Worte: »Ich darf nicht hingehen«, die sie in einer jener Nächte in heftiger Auflehnung mit einer Stahlfeder eingekratzt hatte. Als sie damals aber nach kurzem Schlummer aufgewacht war, hatte sie alle guten Vorsätze und auch jene vier Worte wieder vergessen und war schließlich, erfüllt von der Angst, nur nicht zu spät zum gewohnten nächtlichen Stelldichein zu kommen, aus dem Bett gesprungen. Andreina beugte sich zur Wand und entdeckte tatsächlich gleich unter dem Fensterbrett jene vier Worte. Sie waren noch gut lesbar, trotz der unförmig eingeritzten Buchstaben. Wie oft mochte

Maddalena sie betrachtet haben, ohne ihren Sinn zu verstehen. Ganz in den Anblick der Schrift versunken, wurde Andreina sich bald des erbarmungslosen, geradezu schicksalhaften Weges bewußt, der sie von den Erlebnissen jener Nächte zu ihrem jetzigen Leben geführt hatte. Wieder überkamen sie eine schmerzliche, gequälte Rührung und ein trostloses Mitleid mit sich selbst. Aber dieser Zustand währte nur kurz. ›Jetzt werde ich schon wieder gerührt‹, dachte sie wütend. Da Valentina sich gerade abwandte, kniete Andreina sich auf das Bett und kratzte mit dem spitzen, rotlackierten Nagel des Zeigefingers das Wort »nicht« aus, so daß nur noch stehenblieb: »Ich darf hingehen.« Mit dem gewohnten kalten, entschiedenen Ausdruck wandte sie sich wieder der Schwester zu.

»Merkwürdig, ich habe den Eindruck, daß mir das Bett zu klein geworden ist.«

»Glaubst du wirklich?« fragte Valentina heiter. »Als du das letzte Mal hier schliefst, warst du genauso groß wie heute.«

»Es kommt mir wohl nur so vor«, erwiderte Andreina und verließ das Zimmer.

Sie ging eilig am Eßzimmer vorbei und wandte sich, um nicht noch einmal mit dem Vater sprechen zu müssen, dem Ausgang zu. »Ich muß jetzt gehen«, sagte sie leise, jedes Wort lag ihr wie ein Mühlstein auf dem Herzen. »Grüß die andern von mir.«

»Willst du schon gehen?« fragte Valentina, doch der Abschied schien sie weder zu erstaunen noch zu bekümmern. »Und mit dem Zimmer bleibt es so? Wirst du wirklich kommen?«

»Ich gebe dir noch Bescheid«, antwortete Andreina und verließ mit einem bleichen, etwas verzerrten Lächeln die Wohnung.

36

Es blies immer noch ein unangenehmer, stürmischer Wind, der vereinzelte Regentropfen mitbrachte. Die Nacht war dunkel und dicht, wie das Innere eines erloschenen Ofens. Seltsame Stimmen und Geräusche erfüllten die undurchdringliche Finsternis, als stammten sie von zwei unsichtbaren feindlichen Heeren, die, ineinander verbissen, erbittert kämpften. Schon nach wenigen Schritten fand Andreina ein freies Taxi. Als sie die Wagentür öffnete, sah sie in der Auslage einer Apotheke eine große schwarze Schlange, die sich um einen künstlichen Baumstamm wand. Sie stieg ein und ließ sich auf den Sitz fallen. Der Wagen setzte sich in Bewegung. Er schoß wie ein Pfeil durch die Straßen, brauste in voller Geschwindigkeit um die Biegungen und hielt schließlich, scharf bremsend, unmittelbar vor der Gartentür. Als sie zahlte, schaute sie in das dunkelgebräunte Gesicht des Fahrers, auf den kräftigen Backenbart und die tiefschwarzen, glänzenden Augen. ›Der personifizierte Teufel‹, dachte sie, trat in den Garten und warf die Gittertür vernehmlich hinter sich zu. Der Kies knirschte unter ihren Füßen, auch dieses Geräusch sollte gehört werden. Dann betrat sie das Haus und wandte sich der Pförtnerloge zu.

Zu ihrer Enttäuschung war die Pförtnerin nicht da. An ihrer Stelle saß ein sommersprossiges, rothaariges Mädchen, das sonst den Besuchern die Fahrstuhltür öffnete.

»Ist niemand für mich gekommen?« fragte Andreina trotzdem und trat näher.

»Es war niemand da«, antwortete das Mädchen, das eine große gestreifte Katze auf dem Schoß hielt.

Andreina stieß die Tür ganz auf und betrat den schmalen Raum. »Geht eure Uhr auch richtig?« fragte sie mit einem Blick auf die Penduluhr an der Wand.

Das Mädchen schob die Katze herunter, stand auf und starrte lange auf die Uhr. »Ja, sie geht richtig«, bestätigte sie endlich.

Die Stimme des Mädchens klang laut, gewöhnlich und etwas heiser. Andreina fiel auf, daß sie Wollstrümpfe trug, die unmittelbar über dem Knie an verschieden langen Strumpfbändern befestigt waren, und daß ihr Kleid viel zu kurz war. »Was liest du denn da?« fragte sie. Es war das Lesebuch der dritten Volksschulklasse. Überzeugt, daß ihre Anwesenheit nun auffällig genug war, gab sie das Buch zurück und verließ mit einigen freundlichen Worten den Raum. Nachdem sie ihre Wohnungstür geöffnet hatte, schlug sie diese lärmend zu.

Sie tastete sich im Dunkeln schnell durch die Diele und den Flur ins Schlafzimmer. Alles war in Ordnung, wie sie im Licht der Lampe sah, auch das Bett war gemacht. Auf dem Kopfkissen lag ein Brief. Andreina öffnete ihn und las: »Ich kann nicht mehr bei Ihnen bleiben, weil Sie mich immer quälen und obendrein schlecht bezahlen. Deshalb gehe ich fort. Sie werden lange suchen müssen, bis Sie jemand wie mich finden, Cecilia.« Einen Augenblick hielt sie den Wisch nachdenklich in der Hand, als ob sie den Inhalt nicht verstanden hätte. ›Um so besser‹, dachte sie dann, ›um so besser‹, ließ den Brief einfach zu Boden fallen und ging zum Schrank.

Sie zog zwischen der Wäsche eine kleine Pistole hervor, schob sie unbesehen in ihre Handtasche und band einen dichten Schleier vors Gesicht. Dann öffnete sie die Fensterläden, damit das Licht nach außen fiel, und verließ das Zimmer, ohne die Lampe auszuschalten.

In der Küche öffnete sie geräuschlos das Fenster und sprang über das ziemlich niedrige Fensterbrett in den Garten. Dann schloß sie die Fensterläden, glitt vorsichtig an der Mauer entlang, öffnete geräuschlos das Tor und war auf der Straße. Schon nach wenigen Schritten entdeckte sie an der nächsten Straßenkreuzung ein Taxi.

›Welch glücklicher Zufall‹, dachte sie zufrieden. Aber als sie einsteigen wollte, nickte ihr der Fahrer plötzlich mit einem leisen Lächeln des Einverständnisses zu, und sie erkannte das braungebrannte Gesicht, den Bart und die tiefschwarzen, glänzenden Augen wieder, die sie noch vor wenigen Minuten so beeindruckt hatten. Das Blut erstarrte in ihren Adern. ›Ich bin verloren‹, dachte sie, schloß die Augen und ließ sich auf den Sitz fallen. Aber es war zu spät, um wieder auszusteigen oder die angegebene Adresse zu ändern. Der Wagen raste wieder in dem gleichen, schwindelerregenden Tempo durch die Straßen und schüttelte Andreina hin und her. Hoffentlich tauchte dieser verteufelte Fahrer nachher genauso geheimnisvoll unter, wie er jetzt plötzlich erschienen war.

Aber ihr Schrecken währte nicht lange. Sie sagte sich, daß sie ja gar nicht Maria-Luisas Wohnung angegeben, sondern eine in der Nähe liegende Straße genannt hatte, außerdem hatte sie der Fahrer wahrscheinlich wegen ihres Schleiers gar nicht erkannt. Sie vergaß langsam dieses merkwürdige Zusammentreffen, und ihre Gedanken wandten sich ganz Maria-Luisa zu. In Erinnerung an die verlogene Heuchelei, mit der diese sich Carlinos entledigt hatte, erwachte von neuem Andreinas Haß. ›Nicht einmal zur Liebe ist sie fähig‹, dachte sie, ›nicht einmal zur Liebe. Und so ein Weib gilt mehr als ich! Sie sieht auf mich herab und verachtet mich!‹ Sie biß die Zähne zusammen, und ihr abwesender Blick fiel auf Laternen, Häuser und Fußgänger, an denen der Wagen vorüberglitt. Dieses von Haß und überspitztem Gerechtigkeitsgefühl ausgelöste Staunen verlor sich erst kurz vor dem Ziel.

Langsam und bedächtig stieg sie die dunkle, feuchte Straße hinauf und trat durch die Gartentür. Trotz der Dunkelheit fiel ihr die vollkommene Kahlheit dieses abgeschiedenen Ortes auf: keine Bäume, keine Pflanzen, kein Gras, selbst statt der Kieswege gab es nur einen festgestampften Pfad. Und dieses Stück Erde war von einer niedrigen, gekalkten Mauer umgeben. Aus einem Fenster im ersten Stock fiel ein heller Lichtschimmer. ›Maria-Luisas Zimmer‹, dachte Andreina. Sie ging um das Haus herum, dem beleuchteten Eingang zu.

Hier öffnete sie ihre Handtasche, zog die Brillantenkette heraus und schob sie in ihre Manteltasche. Dann klingelte sie.

Rosa öffnete fast sofort. Ein kurzer Blick in ihr Gesicht verriet, daß sich ihrer wieder Angst und Grauen bemächtigt hatten. ›Ich darf ihr keine Zeit lassen‹, dachte Andreina. Mit dieser nüchternen Erwägung überwand sie auch die Verwirrung, die beim Überschreiten der Schwelle in ihr aufgestiegen war. »Ist sie noch zu Hause?« fragte sie leise mit heiserer Stimme.

»Wäre sie nur schon fortgegangen!« erwiderte Rosa gequält und blickte Andreina an, als ob sie gehofft hätte, in ihrem Gesicht nicht die gewohnte Kälte und Entschiedenheit zu finden. Andreina sah diesen bittenden Blick. Leise, in kleinen, abgehackten Sätzen sprach Rosa weiter: »Sie hat sich für den Ball umgezogen... und ist noch in ihrem Zimmer. Ich glaube, sie gibt endgültig die Villa auf. Sie hat mir gesagt, ich solle meine Sachen fertig machen. Damit Sie Bescheid wissen, der Wagen soll in einer Stunde vorfahren.« Sie hätte wohl noch länger in dieser fieberhaften Weise weitergeredet, wenn Andreina ihr nicht mit einer heftigen Bewegung Schweigen geboten hätte. Andreina betrat das Eßzimmer und schaltete das Licht ein. Nach einem prüfenden Blick in die Runde entschied sie: »Ich werde hier warten! Geh hinauf und sag ihr, eine Dame möchte sie in einer wichtigen Angelegenheit sprechen. Du kannst auch meinen Namen nennen.« Rosa rührte sich vor Schreck nicht.

»Und wenn sie mich nach dem Grund Ihres Besuches fragt?« stieß sie schließlich mit heiserer Stimme hervor.

»Sag ihr die Wahrheit«, erwiderte Andreina ungeduldig. »Sag ihr, ich wolle den Schmuck zurückbringen. Und nun geh!« Sie schob Rosa geradezu aus dem Zimmer.

Allein geblieben, ging sie zum Fenster und schaute hinaus. Ihre Gedanken galten ausschließlich Rosa, und sie lauschte angestrengt auf jedes Geräusch in dem darüberliegenden Zimmer, nach ihrer Berechnung Maria-Luisas Raum. Sie fürchtete ein wenig, von Rosa verraten zu werden. Diese war dazu fähig, in Tränen auszubrechen, Maria-Luisa um Verzeihung zu bitten und ihr alles anzuvertrauen. Und während sie hier unten wartete, wurde die Polizei benachrichtigt. Bei diesen Gedanken umklammerte Andreina krampfhaft ihre Handtasche mit der Pistole und dem restlichen Schmuck und lauschte angestrengt nach oben. Als im oberen Stockwerk eine Tür geschlossen wurde, ließ sie den Schleier wieder über die Augen fallen und wandte sich, den Rücken gegen das Fensterbrett gestützt, dem Zimmer zu. Wenige Augenblicke später erschien Maria-Luisa auf der Schwelle.

Sie trug das gleiche tief ausgeschnittene und viel zu eng anliegende schwarze Kleid, in dem sie zum erstenmal nach der Trennung im Hause ihres Gatten erschienen war. Noch war sie ungeschminkt und ohne Schmuck. Sie wirkte weit älter, als Andreina sie seit der letzten und einzigen Begegnung in Erinnerung hatte. Maria-Luisa blieb in einer abwartenden, mißmutigen Haltung unbeweglich auf der Schwelle stehen. Eine Hand noch am Türgriff, blickte sie die Besucherin an. Dann wandte sie sich der Tür zu, um sie zu schließen. Auf diese Weise sah Andreina ihren untersetzten, eingepreßten Rücken, dessen unreine Weiße und welke Trägheit. Dieser kurze Anblick genügte, um Andreinas Haß heiß emporflackern zu lassen, ihre Rachegedanken um einen quälenden körperlichen Abscheu zu vermehren.

»Ich hätte Sie genausogut nicht empfangen können«, sagte Maria-Luisa endlich hochfahrend und trat langsam näher. »Zwischen mir und Ihnen gibt es keine Brücke. Was wollen Sie von mir?«

Andreina begriff, daß Rosa den Schmuck nicht erwähnt hatte. Sie näherte sich ebenfalls dem Tisch und blickte Maria-Luisa eine Weile unbeweglich an. Die Lampe hing so tief zwischen ihnen, daß ihre beiden

Gesichter nur bis zum Mund Licht empfingen, während Augen und Stirn im Schatten lagen. »Zwischen uns gäbe es keine Brücke, sagen Sie?« wiederholte Andreina langsam und ausdruckslos. »Gerade das Gegenteil ist der Fall.«

Vom ersten Augenblick an war Maria-Luisa überzeugt, daß die Nebenbuhlerin mit ihrem Besuch nur den Zweck verfolge, über Matteo zu sprechen und die bevorstehende Versöhnung zu untergraben. Andreinas Worte bestätigten ihren Verdacht. »Nichts, soweit es mich betrifft«, antwortete sie hochfahrend mit unbeteiligter Kälte. »Sie haben wohl gedacht«, fügte sie spöttisch hinzu, »daß mich Ihre Beziehungen zu einer uns beiden bekannten Person in irgendeiner Weise interessieren. Aber Sie täuschen sich. Was zwischen Ihnen und meinem Mann geschehen ist oder vielleicht noch geschieht, berührt mich nicht. Haben Sie verstanden?« So entschieden diese Worte auch klangen, sie waren aus dem Gefühl der größten Unsicherheit geboren.

»Ich bin nicht zu Ihnen gekommen, um über Matteo zu sprechen«, erwiderte Andreina.

»Was wollen Sie sonst von mir?« fragte Maria-Luisa mit dem überlegenen, ungeduldigen Ausdruck eines Menschen, der nur wenig Zeit zur Verfügung hat und ein offensichtlich unnützes Gespräch nicht mehr weiterführen will.

»Sie wollten gerade ausgehen? Wohl auf einen Ball, nicht wahr?« fragte Andreina nach einer Weile.

»Lassen wir das!« erwiderte Maria-Luisa und lächelte bittersüß. »Sagen Sie lieber, was Sie eigentlich von mir wollen.«

Andreina griff in die Manteltasche und antwortete bedächtig: »Da Sie heute abend ausgehen, wollte ich Ihnen das hier bringen.« Bei diesen Worten zog sie die Kette hervor und hielt sie mit betonter Vorsicht in das flirrende Licht des Leuchters.

Andreinas glänzender Blick ließ keine Sekunde von Maria-Luisa. Ratlos und verwirrt blickte diese auf die

Brillanten, die in Andreinas offener Hand funkelten.
»Meine Kette!?« entfuhr es ihr.

»Wie Sie sehen, haben wir doch etwas Gemeinsames«, entgegnete Andreina und ließ die strahlenden Edelsteine im Licht spielen.

»Meine Kette«, wiederholte Maria-Luisa und faßte, obwohl sie die funkelnden Brillanten vor sich sah, in mechanischem Erschrecken mit der Hand an ihren Hals, als stelle sie erst in diesem Augenblick den Verlust fest. In der nächsten Sekunde aber wich das Erstaunen der Überlegung und diese dem Zorn. »Aber wie sind Sie denn in den Besitz dieser Kette gelangt?« fragte sie plötzlich in ganz verändertem Ton. Es klang wie ein Verhör.

»Sie haben es schon erraten«, antwortete Andreina ruhig. Sie hob weder die Stimme, noch senkte sie den Blick.

»Was soll das heißen?«

»Nun, Sie denken doch, ich hätte die Kette gestohlen«, erklärte Andreina langsam. »Sie denken es nicht nur, sondern hoffen es sogar. Ihre Annahme trifft zu, ich habe sie gestohlen. Aber da ich nicht wußte, was ich damit tun sollte, bringe ich sie Ihnen wieder zurück.«

»Geben Sie das Halsband her!« Mit einer barschen, unbeholfenen Bewegung, voll Verachtung und Hochmut, riß Maria-Luisa den Schmuck aus Andreinas Händen, zog dann die Augenbrauen hoch und spielte mit zitternden Fingern einen Augenblick ratlos mit den kostbaren Steinen. Andreinas Behauptung: ›Sie hoffen, daß ich den Schmuck gestohlen habe‹, traf ins Schwarze und machte sie unsicher. Eine so unverschämte Klarsichtigkeit paßte nicht zu einer Diebin, selbst wenn sie ihre Tat bereute. Ein derartiger Mensch hatte Demut oder Furcht zu zeigen. »Ich habe gar nichts gehofft«, entgegnete sie schließlich trocken und hochmütig. »Ob Sie meinen Schmuck gestohlen haben oder nicht, geht mich weiter nichts an. Mir genügt es, daß ich mein Eigentum zurückhabe. Aber wo sind die Ringe und die

Armbänder, die gleichzeitig mit der Kette entwendet worden sind?«

Sie waren in der Tasche, die Andreina zwischen ihren Händen hielt. Wie konnte sie erreichen, daß Maria-Luisa sich zu Drohungen hinreißen ließ, damit sie auf diese Weise, gleichsam zur Verteidigung, ihren Vorsatz ausführen konnte? Nur auf Grund ihres Hasses und ihres eigentümlichen Gerechtigkeitsgefühls fand sie vielleicht nicht den Mut dazu. »Ich habe das andere nicht mehr«, log sie nach einer Weile, »ich habe alles verkauft.«

Die unverständliche Rückgabe der Kette hatte Maria-Luisa entwaffnet, denn mit einem leisen Bedauern sagte sie sich, daß sie, wenn Andreina auch den anderen Schmuck zurückgäbe, eigentlich keinen Grund zur Anzeige habe. Aber diese letzte Erklärung verriet, daß Andreina keineswegs eine reuige Sünderin war, sondern zu jenen Personen zählte, die unter einem bußfertigen Anschein oft genug eine unangenehme Überlegenheit verbergen. Sie war nichts als eine durchtriebene Diebin und wollte die Bestohlene zum zweitenmal hinters Licht führen, um mit einer teilweisen Rückgabe deren Verzeihung zu erlangen und gleichzeitig den Vorteil des Diebstahls unbeschadet zu genießen. Diese Überlegungen änderten Maria-Luisas Haltung. Im ersten Augenblick war sie, wenn auch widerwillig, zu einer versöhnlichen Geste bereit gewesen, jetzt aber beherrschte sie von neuem nur noch der verbissene Wunsch nach erbarmungsloser Gerechtigkeit. Die Rachsucht verlieh ihren Augen einen fast rauschhaften Glanz. Sie hatte nur noch den gierigen Wunsch, Andreina anzuzeigen, sie im Gefängnis zu wissen, ohne elegante Kleider, ohne Schmuck und Schminke. In der gestreiften Sträflingskleidung wäre ihre Schönheit dahin. Trotz dieser Regungen verstand es Maria-Luisa, teils um ihre vornehme Haltung zu unterstreichen, teils aus Freude an einem grausamen Katz- und Mausspiel, ihren Groll unter hochmütiger Ruhe zu verbergen. »Hätten Sie mir den ganzen Schmuck zurückgegeben, so hätte ich die Angelegenheit auf sich beruhen lassen«, sagte sie verächtlich und sehr betont mit hochmütigem Blick. »Aber Sie erklären mir einfach, Sie hätten den Schmuck verkauft. Ich habe durchaus nicht die Absicht, Ihnen außer den Geschenken, die Ihnen mein Mann von meinem Geld gemacht hat, auch noch den Schmuck zu überlassen. Deshalb sehe ich mich gezwungen, das zu tun, was jeder andere an meiner Stelle ebenfalls tun würde, Sie anzuzeigen.«

»Zeigen Sie mich nicht an!« stieß Andreina hervor und versuchte ihrer Stimme einen demütig-bittenden Klang zu geben. »Sie sind doch so reich. Was können da für Sie schon einige Ringe mehr oder weniger bedeuten!«

»Das sind wirklich reizende Begründungen!« Maria-Luisa lachte ungeduldig. »Wenn ich so dächte, wäre es mit meinem Reichtum schnell vorbei!«

»Zeigen Sie mich nicht an!« flehte Andreina von neuem. »Sie haben keinen Vorteil davon, und für mich wäre es der Ruin.«

Ein klirrendes Geräusch unterbrach sie. Maria-Luisa hatte die Kette, mit der sie ungeduldig und nervös spielte, auf den Tisch fallen lassen. »Daran hätten Sie eher denken müssen«, meinte sie belehrend. »Es wäre doch wohl allzu bequem, wenn man alles, was einem einfällt, einfach tun und dann den Folgen aus dem Weg gehen könnte... Sie erinnern mich an eines meiner Dienstmädchen, das ich auch eines Tages beim Diebstahl überraschte«, fügte sie betont und verletzend hinzu. »Es sagte mir ungefähr die gleichen Dinge wie Sie jetzt. Ich verzieh ihm, aber als Dank für meine Großmut bestahl es mich einen Monat später wiederum. Seit der Zeit lasse ich mich von schönen Worten nicht mehr einfangen!« Sie wiegte selbstgefällig den Kopf.

»Zeigen Sie mich doch um Himmels willen nicht an!« bat Andreina noch einmal mit leiser, erstickter Stimme, und dieses Mal war ihr, als flehe sie tatsächlich um Mitleid.

Der Zorn machte Maria-Luisa nicht so blind, daß sie Andreinas außerordentliche Blässe und das wütende Blitzen in ihren Augen übersehen hätte. Aber wie vor manchen Bettlern, die in ihre Bitten eine undeutlich drohende Unverschämtheit legen, empfand Maria-Luisa auch vor Andreinas verzerrtem Antlitz weniger Furcht als heftige Abneigung. ›Was will dieses verkommene Weib von mir?‹ dachte sie und hätte die unbequeme, zweideutige Starrheit dieses Gesichtes am liebsten mit einigen Ohrfeigen erschüttert. Ihr Blick wanderte schließlich wieder zu der Kette auf dem Tisch, und sie erinnerte sich plötzlich an ihre Verabredung mit Matteo. Sie hielt es daher für angebracht, das unerquickliche Gespräch mit einer Geste hochfahrender Vornehmheit abzubrechen. Bitte, dringen Sie nicht weiter in mich. Ich bin nicht gewohnt, einen einmal gefaßten Entschluß rückgängig zu machen. Außerdem fallen Sie mir lästig«, fügte sie mit zorniger Ungeduld hinzu, nahm die Kette vom Tisch, öffnete den Verschluß und legte sie sich mit beiden Händen um den Hals. »Gehen Sie jetzt nach Hause! Und wenn Sie das Bedürfnis haben, noch weitere Erklärungen abzugeben, so wenden Sie sich an einen anderen. Ich habe Ihnen nichts mehr zu sagen.« Diese letzten Worte klangen etwas unsicher. Maria-Luisa hatte ihren Kopf gebeugt und versuchte vergeblich, mit beiden Händen die Kette im Nacken zu schließen. Andreina verfolgte gespannt die Anstrengungen ihrer Rivalin. Schließlich trat sie um den Tisch herum zu ihr heran. »Wenn Sie gestatten, helfe ich Ihnen«, sagte sie einfach. Maria-Luisa, die in diesem Anerbieten nur den Versuch sah, sie doch noch umzustimmen, erwiderte: »Es ist wirklich sinnlos, mich noch beeinflussen zu wollen. Ich habe nein gesagt, und dabei bleibt es!« Aber Andreina hatte die Kette bereits in die Hände genommen. Mit jenem verbissenen Ärger, mit dem sie auch bei einer Angestellten eine nachträgliche, nicht erbetene Dienstfertigkeit entgegengenommen hätte, duldete Maria-Luisa nun doch Andreinas Hilfe. »Der Verschluß ist wirklich schwer zu handhaben«, meinte Andreina leise, ließ ihre Finger auf den Brillanten ruhen und starrte auf den glatten, ausrasierten Nacken vor ihren Augen. »Gleich wird es soweit sein, ja, jetzt ist es mir gelungen.«

In diesem Augenblick hatte sie die letzte Hemmung überwunden, ließ die Kette los, schloß beide Hände um Maria-Luisas Hals und preßte ihn mit aller Kraft zusammen.

In der ersten heftigen Abwehr wäre Maria-Luisa fast nach hinten gefallen. Ihre Knie knickten ein, und ihre Hände griffen ins Leere. Im nächsten Augenblick aber krallte sie ihre Nägel in Andreinas Finger und riß mit solcher Kraft daran, daß es ihr gelang, sich umzudrehen und den würgenden Griff ihrer Feindin zu lockern. »Lassen Sie mich los!« schrie sie, »lassen Sie mich los, Sie Mörderin!« Stimme und Bewegung verrieten den gleichen verbissenen Haß, den Andreina beseelte.

»Hilfe!« schrie sie ,»Hilfe!... Rosa!...«

Die Tür wurde geöffnet. »Hier bin ich, gnädige Frau«, rief Rosa und eilte zu ihr. »Halte sie fest!« schrie die sich wehrende Maria-Luisa, »halte die Mörderin fest!«

Aber statt ihr zu helfen, preßte Rosa Maria-Luisas Arme mit aller Kraft auf dem Rücken zusammen. Jetzt wurde sich Maria-Luisa der sie bedrohenden tödlichen Gefahr bewußt. »Hilfe!...« schrie sie noch einmal und versuchte, sich mit einem Aufbäumen aus den mörderischen Griffen zu befreien. Aber diese verzweifelte Bewegung war ihre letzte und ihr Hilferuf das letzte Wort, das aus ihrer Kehle drang. Ihr Körper fiel leblos zu Boden. Andreina, blind vor Wut, löste ihren würgenden Griff immer noch nicht. Sie wurde von dem leblosen Körper hinabgezogen, fiel auf die Knie, stemmte sich auf die Hände und beugte sich ganz nahe zu Maria-Luisa herab, um sich zu vergewissern, daß sie auch wirklich tot und nicht nur bewußtlos war. Bleich und keuchend erhob sie sich schließlich und blieb im hellen Licht der Lampe stehen.

»Und du hattest solche Angst!« wandte sie sich

plötzlich atemlos und etwas verächtlich an Rosa, in dem Wunsch, ihre Helferin zu beruhigen. »Was war dabei schon zu fürchten! Nun, da sie tot ist, gibt es eben ein Stück Schmutz weniger auf der Welt, das ist alles. Aber sie wollte nicht sterben, sie wollte zum Ball gehen mit ihren Brillanten. Schau her, das sind Erinnerungen an ihre Nägel.« Andreina hielt ihre von blutigen Kratzern übersäten Hände in die Höhe. »Sterben wollte sie nicht, aber tanzen und sich vergnügen, und ich sollte ins Gefängnis.« Andreina lächelte verkrampft und führte ihre linke Hand, die aus einer tiefen Wunde kräftig blutete, zum Mund. Dabei ließ sie die Augen nicht von Rosas bleichem Gesicht. Sie sah, wie Rosa krampfartig den Kopf in einer Gebärde erschreckter Ablehnung schüttelte, die Augen weit aufriß und eine Hand vor den Mund hielt. So vergingen einige Minuten. Andreina sog weiter das Blut aus ihrer Wunde, allerdings nicht, weil sie das für nötig hielt, sondern um Rosa Zeit zu lassen, sich zu beruhigen und den ersten Schrecken zu überwinden. Aber in diesem Schweigen ließ Rosas Entsetzen nicht nach, im Gegenteil, es wuchs unaufhörlich. Sie sah abwechselnd auf Andreina und den leblosen Körper am Boden, und plötzlich drang ein undeutliches Klagen und Stöhnen aus ihrem Mund. »Was ist denn in dich gefahren?« fragte Andreina mit schneidender Stimme.

»Ich habe Angst, oh, ich habe Angst«, jammerte Rosa und biß sich auf die Finger, um nicht zu schreien. »Ich habe Angst – Angst«, wiederholte sie noch einmal lauter, riß die Augen weit auf und schüttelte heftig den Kopf. »Ich habe Angst, Angst, Angst...«

Andreina erkannte, daß Rosa, von Entsetzen überwältigt, sich wahrscheinlich von ihr lossagen, ja sie vielleicht verraten werde. Nun war die Lage viel gefährlicher als am Morgen, denn von den nicht vorauszusehenden Äußerungen dieser Angst hing ihr Leben ab. »Du hast Angst?« wiederholte Andreina laut und verächtlich. »Vor wem hast du denn Angst? Etwa vor diesem Weib? Nun, vor wem hast du Angst?« wiederholte sie noch einmal haßerfüllt und blickte Rosa mit starren Augen an.

Aber ihre Bemühungen blieben wirkungslos. »Ich weiß nicht, ich habe Angst«, beteuerte Rosa leidenschaftlich erregt und raufte sich mit hilflosen, rasenden Gebärden die Haare. »Ich habe Angst, ich habe Angst...«, rief sie immer wieder.

Dieses unerwartete Verhalten überraschte sogar Andreina. Ohne den weitaufgerissenen Blick von Andreinas unbewegtem Gesicht zu lösen, wand sich Rosa in seltsamen Verdrehungen, riß an ihren aufgelösten Haaren und schrie und keuchte: »Ich habe Angst, ich habe Angst.« Diese finstere Raserei ließ in Andreina eine Grausamkeit aufsteigen, ähnlich jener, welche sie Maria-Luisa gegenüber empfunden hatte. ›Ich muß diese Mitwisserin umbringen‹, dachte sie plötzlich. Wenn auch Rosa tot wäre, ließe sich vortäuschen, Rosa habe einen Raubmord verübt und sich dann aus Entsetzen selbst das Leben genommen. Aber die Dringlichkeit des Augenblicks und wohl auch eine letzte Hemmung ließen sie diesen Plan nicht ausführen. Sie wandte sich deshalb wieder Rosa zu: »Was ist in dich gefahren?« rief sie, faßte sie bei der Schulter und schüttelte sie so heftig, daß Rosa zu klagen aufhörte und wie vom Schlage gerührt mit ausdruckslosen Augen und halboffenem Mund Andreina fassungslos anstarrte. »Was ist mit dir los? Nimm ihr die Kette ab. Sie gehört dir!«

Durch diese an die Habgier des Mädchens gerichtete Aufforderung wollte Andreina dessen fragwürdige Zuverlässigkeit wiederaufrichten. Aber Rosa schüttelte stumm den Kopf. »Hast du schon wieder Angst?« fragte Andreina. Verachtung und die eigene Willensstärke berauschten sie wie starker Wein. »Du glaubst wohl, ich hätte selbst Angst?... Sieh, was ich tue!« Mit diesen Worten beugte sie sich nieder und griff nach der Hand der Toten.

In diesem Augenblick tapsten hastige Schritte über den Boden, und Rosa suchte zu fliehen.

Andreina überfiel eine blinde Wut. Sie mußte Rosa umbringen. Nur so konnte sie sich für immer von dieser Gefahr befreien. Die Handtasche mit der Pistole lag auf dem Tisch. Mit einem Ruck stand Andreina wieder auf den Füßen, während Rosa bereits die Türklinke ergriff. »Wohin läufst du denn?« schrie sie in rasendem Zorn.

Rosa erblickte die Waffe, sprang im Bewußtsein der drohenden Gefahr zur Seite, riß mit der gleichen Bewegung die Tür weit auf, so daß diese lärmend gegen die Wand schlug, und floh in die Diele hinaus. In diesem Augenblick löste sich der Schuß mit einem trockenen, harten Knall. Ein Aufschrei in der Diele ließ Andreina annehmen, die Kugel habe getroffen. Aber sie hatte sich getäuscht, dem Heulen folgte das hastige Stampfen überstürzter Schritte auf der Treppe. Unverletzt war Rosa in das obere Stockwerk geflohen.

Einen Augenblick lang lehnte Andreina unbeweglich gegen den Tisch, die Pistole in der Hand. Ihre Augen starrten auf die halb offengebliebene Tür. ›Ich hätte nicht sofort schießen dürfen‹, dachte sie. ›Ich hätte sie mit freundlichen Worten erst beruhigen müssen.‹ Nach diesem Pistolenschuß wurde Rosas Tod zur unbedingten Notwendigkeit. Aus einer verängstigten Mittäterin war eine erbitterte Feindin geworden, die aus dem Weg geräumt werden mußte.

Die Treppe lag im Dunkeln. Ohne das Licht einzuschalten, tastete Andreina sich am Geländer entlang in das obere Stockwerk. Die Stille, die Unkenntnis der Örtlichkeit und vor allem die Überlegung, daß sie sich nicht allzuweit von der Treppe entfernen durfte, um Rosa nicht eine neue Fluchtgelegenheit zu bieten, ließen Andreina einen Augenblick lang unentschlossen verharren.

Dann glaubte sie an einer Säule den Lichtschalter zu erkennen. In der gleichen Sekunde, in der es hell wurde, schlug eine Tür mit Gewalt zu und ein Schlüssel drehte sich im Schloß. Rosa hatte Andreina in der Dunkelheit durch den Spalt einer angelehnten Tür beobachtet und sich nun eingeschlossen. Damit war alles rettungslos verloren. Andreina starrte längere Zeit auf die verschlossene Tür, hinter der sich Rosa verbarg, ohne zu wissen, was sie tun sollte. Blindlings zu schießen, um das Mädchen durch die Tür zu treffen, war sinnlos. Sie mußte jede Gewaltanwendung vermeiden, mit List Rosas Ängste besänftigen und sie überreden, freiwillig das Zimmer zu verlassen. Sie näherte sich der Tür und klopfte zweimal vorsichtig an. »Rosa, bist du da?« fragte sie sanft und vertraulich. Aber es kam keine Antwort. »Rosa!« flehte sie von neuem, »sag mir doch, ob du da bist. Ich habe solche Angst, ich könnte dich verletzt haben. Sag, du bist doch nicht verwundet, Rosa?«

Aber auch diese Beschwörungen waren wirkungslos. Rosa gab weder eine Antwort, noch verriet sie sich durch die geringste Bewegung.

»Rosa, sei doch wieder gut!« wiederholte Andreina trotzdem nach einer Weile. »Ich verstehe, daß dich der Schuß erschreckt hat, aber er ist ganz gegen meinen Willen losgegangen, ich war so schrecklich nervös. Und nun bin ich so in Sorge, ich könnte dich verletzt haben. Bleib ruhig im Zimmer, wenn du Angst hast, aber sag mir wenigstens, ob ich dich auch nicht verwundet habe.«

Wiederum kam keine Antwort. Andreinas Kehle war wie ausgedörrt. »Rosa, gib mir doch Antwort!« bat Andreina noch einmal. »Wir müssen möglichst bald das Haus verlassen, und zwar rasch, sonst werden wir noch entdeckt. Hast du verstanden, Rosa! Wir müssen uns beeilen.«

Aber auch diese dringende Ermahnung hatte keine Macht über Rosas zerrüttetes Gemüt. Keine noch so geschickte List würde Rosa noch einmal täuschen. Unfähig, länger ihre leidenschaftliche Wut zu beherrschen, ließ Andreina jede Verstellung fallen. »Mach auf!« schrie sie hemmungslos, »mach auf, du Hexe! Hast du verstanden? Mach sofort auf, oder ich wende Gewalt an.«

Sie rüttelte heftig an der Klinke und hämmerte mit
Händen und Füßen gegen die Tür. Hundert wahnsinnige Ideen jagten durch ihren Kopf: sie wollte die
Tür gewaltsam aufbrechen, die ganze Villa in Brand
setzen und den Flammen die Aufgabe überlassen, nicht
nur das Mädchen aus dem Wege zu räumen, sondern
alle Spuren der Tat zu verwischen. Während sie noch
schrie und tobte, schrillte die Klingel am Eingang.

37

Ihrer ersten Regung gemäß hielt sie den Atem an.
Jemand hatte geläutet. Vielleicht hatte man den Lärm
und die Schreie gehört. Auf jeden Fall sah man das
Licht, das nach außen dringen mußte. Atemlos preßte
Andreina Handtasche und Pistole gegen ihre Brust,
lehnte sich mit dem Rücken gegen die Tür und wartete
eine Weile unbeweglich. Ihr Herz klopfte heftig, und
ihre Hand umkrallte das Geländer. Trotz der nächtlichen Stille fühlte sie sich nicht allein, sondern von der
Gegenwart dreier feindlicher Wesen umstellt: von
Rosa, die sich eingeschlossen hatte, von Maria-Luisa,
die tot im Eßzimmer lag, und von dem unbekannten
Besucher, der vor der Haustür wartete. Sie glaubte,
Rosas verzerrtes Gesicht vor sich zu sehen, die gewiß
mit zerrauften Haaren zusammengekauert in einer
dunklen Ecke hockte. Von der Toten war ihr nur der
ausgestreckte, leblose Körper gegenwärtig. Der dritte
Feind hatte noch kein Gesicht für sie, war aber der
bedrohlichste. Diese drei gewissermaßen miteinander
verbündeten Wesen umstellten sie, wie im Gebüsch
verborgene Jäger das Wild umkreisen. Andreina kam
es fast so vor, als höre sie ihr feindseliges Flüstern,
mit dem sie sich über die Art ihres Vorgehens ver-
ständigten. Endlich läutete es zum zweiten Male, lang
und hartnäckig.

Sie hätte weiter bewegungslos verharrt, wenn nicht
ein unvermuteter neuer Umstand ihre Überlegungen

zunichte gemacht hätte. In dem Zimmer, worin Rosa sich eingeschlossen hatte, wurde ein Fensterladen hastig von ungeduldigen Händen aufgerissen. Offensichtlich wollte Rosa durch Schreie auf sich aufmerksam machen. Im ersten Augenblick dachte Andreina wieder daran, einfach durch die Tür zu schießen, dann aber änderte sie ihren Entschluß und stürzte wie besessen die Treppe hinunter.

Sie wußte selbst nicht, was sie eigentlich vorhatte. In dem Gefühl, in das Räderwerk eines feindlichen Geschickes geraten zu sein, hatte sie alle Geistesgegenwart verloren. Ihre einzige Hoffnung war, der Besucher möge Pietro sein, der, beunruhigt durch ihr langes Ausbleiben, gekommen war, um ihr beizustehen. ›Wenn es Pietro ist, muß er mir helfen‹, dachte sie mit wütender, verzweifelter Ironie. ›Wozu sonst soll seine verfluchte Menschenliebe dienen?‹

Auf der letzten Stufe zögerte sie einen Augenblick und spähte durch die Scheiben. Sie konnte den Besucher, der keinen Hut trug, nicht erkennen.

›Jetzt kann mich nur noch ein Wunder retten‹, dachte Andreina und starrte auf den Schatten. Ihr war, als nehme sie unwiderruflich Abschied von allen Hoffnungen und ehrgeizigen Plänen ihres Daseins. Trotzdem wandte sie sich mit festem Schritt und mit entschiedenen Bewegungen der Tür zu, nahm die Kette ab und öffnete. Sie hoffte, Pietro gegenüberzustehen oder einer ganz unbekannten, auf irgendeine Weise segenbringenden Person. Zu ihrem größten Erstaunen blickte sie jedoch in Stefanos Antlitz.

Wie sie bereits festgestellt hatte, trug er keinen Hut, und jener Wind, der die beiden Blattpflanzen hinter seinem Rücken erzittern ließ, fuhr auch durch seine Haare und blies sie ihm in die Stirn. Als Andreina öffnete, strich er sich gerade mit der Hand über das Haar und bemühte sich, seinem Gesicht den Ausdruck kühler, höflicher Ehrerbietung zu geben. Andreinas Anblick ließ ihn diese Bemühungen sofort vergessen. »Was soll denn das heißen? Du bist hier?« Ganz offensichtlich glaubte er, seinen Augen nicht zu trauen.

»Komm nur herein«, forderte sie ihn mit leiser, gebieterischer Stimme auf. Stefano war mit einem einzigen Schritt mitten in der Diele.

»Ich verstehe wirklich nicht, was du hier tust«, sagte er ungewöhnlich hastig. »Ich verstehe auch nicht, aus welchem Grunde du mir heute morgen die Lüge aufgebunden hast, Maria-Luisa liege im Sterben. Ich bin gleich nach Hause gegangen und habe von Carlino erfahren, daß sie nicht einmal krank ist, geschweige denn im Sterben liege... Was sollen diese Lügen, und was machst du hier?«

Andreina schloß die Tür und ließ gleichzeitig die Pistole unbemerkt verschwinden, dann wandte sie sich unerwartet heftig an ihn: »Du bist doch nur gekommen, um dich nach dem tatsächlichen Ergehen deiner Schwester zu erkundigen. Du wolltest dich selbst überzeugen, ob Carlino gelogen hat oder ich, nicht wahr?«

Stefano stützte sich schwer auf seine Krücken und spähte forschend in Andreinas erregte Züge, bevor er antwortete. Die herrschende Stille, Andreinas Gegenwart, das unbekannte Schicksal der Schwester, alles dünkte ihm unbehaglich. Irgend etwas war nicht in Ordnung, er witterte irgendeine Falle.

»Ich bin gekommen, weil ich es für richtig hielt«, erwiderte er schließlich roh. »Nun laß dein Geschwätz und sage mir, wo meine Schwester ist.«

»Sie wartet auf dich«, entgegnete Andreina eifrig. »Hier ist sie.« Sie ging schnell ins Eßzimmer voraus. Stefano folgte mit gewaltigen, mühsamen Schritten, indem er sich auf seine Krücken stützte. Andreina ging um den Tisch herum, legte eine Hand auf die Platte, während die andere auf den Boden wies. »Hier ist deine Schwester.«

Stefano starrte fassungslos auf den leblosen Körper. Dieser Anblick wirkte wie ein Bann. »Wer hat das getan?« fragte er endlich, ohne sich zu rühren oder den Blick zu heben.

»Du und ich«, antwortete Andreina trocken.

»Du bist wohl wahnsinnig!« stieß Stefano mühsam hervor. Immer noch starrte er auf den Körper der Schwester, erwog aber gleichzeitig bereits Pläne zur Flucht. »Was habe ich denn damit zu tun?«

»Ich habe es für dich getan«, erwiderte Andreina wie besessen.

Sollte er fliehen oder Andreina zwingen, sich der Polizei zu stellen? Diese Fragen kreisten wie zwei Mühlsteine in Stefanos hartnäckig gesenktem Kopf. »Für mich hast du es getan?« wiederholte er nach einer Weile und gewann langsam seine Fassung wieder. Aber in seiner Stimme verriet sich noch eine gewisse Abwesenheit. »Für mich? Habe ich dir etwa den Rat gegeben, meine Schwester umzubringen, du Wahnsinnige, du Verbrecherin?«

»Du hast mir den Gedanken dazu eingegeben«, entgegnete Andreina.

Stefano war nicht der Mensch, Gewissensbisse über eine Schuld zu empfinden, mit der er nicht unmittelbar verknüpft war. Er erwog, daß der Tod der Schwester für ihn tatsächlich ein ausgezeichnetes Geschäft bedeutete, wenn es gelänge, sich selbst und seine Haltung von Andreina und ihrer Tat überzeugend zu trennen. Seinem Wesen entsprechend, erwachte schon jetzt neben der quälenden Angst ein leises, schamloses Frohlocken. Noch herrschte allerdings die Angst vor. »So, ich habe dir den Gedanken eingegeben«, wiederholte er abwesend.

»Noch heute morgen hast du mir zu verstehen gegeben, daß der Tod deiner Schwester dir willkommen wäre«, erklärte Andreina in finsterer Gesprächigkeit. »Und wie es nicht mehr als recht und billig ist, habe ich mich beeilt, deinen Wunsch zu erfüllen.«

Stefano blickte wie im Traum in dieses weiße, von einem verzerrten Lächeln entstellte Gesicht. Aber seine Gedanken gingen andere Wege. Er hörte Andreina überhaupt nicht zu, ja er vergaß fast ihre Gegenwart. »Ich habe dich dazu weder ermutigt, noch dir je Veranlassung gegeben, dergleichen auch nur zu denken«, erklärte er dann langsam und feierlich. »Niemals habe ich den Tod meiner Schwester gewünscht. Und wenn wir uns auch in manchen Dingen nicht besonders gut verstanden, so habe ich doch immer eine aufrichtige Zuneigung zu ihr empfunden. Du bist die einzige Schuldige an dieser Untat, vor der mir graut, und du allein wirst für dieses Verbrechen büßen. Natürlich wirst du versuchen, mir zu schaden und mich hineinzuziehen«, in seiner Stimme lag eine lastende Müdigkeit, »aber alle deine Bemühungen werden nutzlos sein, denn meine Unschuld ist offenkundig. Ich wußte gar nichts von deinen Absichten. Ich hatte keinen Grund, mich über meine Schwester zu beklagen. Ich habe nie ihren Tod gewünscht, und während du dein Verbrechen begangen hast, war ich mit deinem Vater, deiner Schwester und deinem Bruder zusammen. Das alles werde ich beweisen können, denn Wahrheit und Gerechtigkeit stehen auf meiner Seite. Du aber kennst nur die Lüge.« Er schwieg und verfiel mit einem tiefen Seufzer wieder in die kummervolle Betrachtung des leblosen Körpers.

Er hatte ungewöhnlich geschwollen und feierlich gesprochen. Aber es war nicht so sehr dieser ungewohnte Umstand, der Andreina verstummen ließ, als vielmehr der Inhalt seiner Worte. Wie bei einem Alpdruck fiel sie von einem finsteren, beklemmenden Traum in einen noch schrecklicheren. Wo war jener Stefano, den sie bisher um seines eiskalten Denkens und seiner mitleidlosen Heuchelei willen bewundert hatte? Vielleicht hatte es ihn nie gegeben. Dieses gräßliche Vorbild hatte sich verflüchtigt. Vor ihr stand ein anderer Stefano, ein vor Angst halb wahnsinniger, der sich selbst eine Rolle vorspielte und, getrieben von der Sorge um sein eigenes Leben, schamlos von Zuneigung, Wahrheit, Gerechtigkeit, Frevel und Lüge sprach. Das bedeutete das Ende für sie. »Du fühlst dich also unschuldig?« fragte Andreina trotzdem mit bleichem Gesicht und haßglühenden Augen.

Stefano zuckte zusammen. »Unschuldig?« wiederholte er mit tiefer Stimme. »Was liegt mir an meiner Unschuld! Wäre ich nur eine Stunde eher gekommen, so hätte ich diese grauenhafte Tat verhindern können! Arme, arme Maria-Luisa!«

Andreina öffnete ihre Handtasche und raffte die zwischen Taschentuch, Pistole, Geld und Puderdose herumliegenden Armbänder und Ringe zusammen, die sie Maria-Luisa nicht ausgehändigt hatte. »Diese Sachen gehören ihr«, stieß sie hervor und warf die Schmuckstücke auf den Tisch. Ihre Hand zitterte so stark, daß zwei der schweren Ringe über die glänzende Tischplatte rollten und geräuschlos zu Boden fielen. »Um dieser, aber auch um vieler anderer Dinge willen, deren ich mich für würdiger hielt, als dieses Weib dort unten war, habe ich es getan.« Ihre Stimme zitterte vor Haß. »Wenn man dich fragt, so erwähne ruhig den Schmuck, denn alle anderen Behauptungen könnten dir nur selbst schaden. Und jetzt gehe ich«, schloß sie und blickte Stefano kalt und finster an. »Adieu, Stefano!«

Der Anblick des leblosen Körpers zu seinen Füßen hatte in Stefano eine Art erschreckter Zerstreutheit ausgelöst. Aber Andreinas Abschiedsworte und der feste, trostlose Klang ihrer Stimme riefen ihn wieder in die Wirklichkeit zurück und ließen ihn wieder an die Rettung der eigenen Haut denken. ›Dieses Weib ist fähig, sich selbst umzubringen‹, dachte er plötzlich, ›und wenn sie es tut, ist es mein Ruin.‹ Bei diesem Gedanken fiel sein Blick auf den glänzenden Schmuck und dann wie zufällig auf die geöffnete Handtasche und den schwarzen Stahl der Pistole. ›Sie hat also eine Waffe und will sich natürlich umbringen‹, folgerte er. Er mußte Andreina die Waffe abnehmen und sie, wenn nötig mit Gewalt, am Verlassen des Hauses hindern.

»Gut, ich nehme den Schmuck an mich«, meinte er schließlich, an den Tisch herantretend. Die Sorge um die Waffe nahm ihn so sehr in Anspruch, daß er gar nicht fragte, auf welche Weise die Ringe und Armbänder in Andreinas Besitz gelangt waren. »Ich nehme die Sachen an mich«, wiederholte er und streckte die Hand aus, »und händige sie zu geeigneter Zeit der Person aus, der sie zustehen.« Er sammelte die Schmuckstücke so bedächtig wie Weizenkörner, näherte aber gleichzeitig die Hand immer mehr der Handtasche und wollte sie gerade an sich reißen.

Andreina, trotz ihrer maßlosen Erregung durch den unerwarteten Wandel in Stefanos Stimme mißtrauisch geworden, hatte jede seiner Bewegungen verfolgt. Sie stieß deshalb Stefano noch rechtzeitig zurück und griff rasch nach der Tasche. Eine Weile standen sie sich haßerfüllt ganz nahe gegenüber.

»Du wirst das Zimmer nicht verlassen«, stieß Stefano hochrot vor Zorn, keuchend und gebieterisch hervor, stützte sich mit der ganzen Kraft seiner Arme auf die Krücken und pflanzte sich vor Andreina auf. »Du wirst das Zimmer nicht verlassen, hast du verstanden? Und nun gib die Tasche her!«

Ein Ausdruck letzten, maßlosen Abscheus trat auf Andreinas Antlitz. »So, ich werde dieses Zimmer nicht verlassen?« wiederholte sie langsam und boshaft. »Dann halte mich doch fest, du Krüppel!«

Bevor Stefano zurücktreten oder sich gegen den Tisch lehnen konnte, versetzte sie ihm einen kraftvollen Stoß und lief zur Tür hinaus.

»Bleib stehen, Verfluchte!« schrie er ihr nach. Aber da ihm die Krücken aus den Achselhöhlen geglitten waren, fiel er schwerfällig über den Tisch. Er hörte die Haustür zuschlagen.

Andreina war geflohen.

38

Andreina preßte die Handtasche gegen ihre Brust, durchquerte den Garten, schloß das Tor und schritt die abfallende Straße hinunter. Sie hatte schon vorher beschlossen, später nach Hause zurückzukehren, wo Pietro auf sie wartete. Sie wollte sich auch jetzt daran halten, obgleich nun im Grunde alles unnütz geworden war. Das Gebäude ihrer Pläne war zusammengebrochen, nichts blieb ihr als der alte, stolze Haß, aus dem diese Pläne entstanden waren, und der sie in diesem Augenblick stärker denn je zu einer maßlosen Auflehnung hinriß. ›Stefano fürchtete natürlich, ich wolle mir das Leben nehmen‹, dachte sie, ›deshalb wollte er mir die Pistole entreißen. Aber er hat sich getäuscht, und wie sehr hat er sich getäuscht!‹

Sie hatte bereits ein kleines Stück Weg zurückgelegt, als ein Taxi sie überholte und wenige Meter weiter vor einer Villa anhielt. Um den Wagen nicht zu verfehlen, beschleunigte Andreina ihre Schritte.

Die Wagentür wurde geöffnet, und es stieg eine Dame in einer Silberfuchsjacke über einem Abendkleid heraus. Sie war groß und hager. Ihr graues Haar schimmerte etwas grünlich, und die grauen Augen schauten mit hartem, fanatischem Glanz aus einem Netz von Falten. Die Nase stand scharf im Gesicht, der Mund war auffällig breit, und der welke, gepuderte lange Hals war faltig wie der eines Puters. Andreina wartete, bis die Dame bezahlt hatte. Als der Fahrer jedoch auf die Banknote nicht herausgeben konnte, sagte die Dame in scharfem Ton, sie sei nicht geneigt, ihm das ganze Geld zu überlassen. Bei diesen Worten kehrte der Fahrer wütend seine sämtlichen Taschen um und zeigte ihr die wenigen Münzen, die er bei sich hatte. Aber die Dame ließ sich nicht überzeugen. »Wenn Sie ein ehrbarer Mensch sind, müßten Sie doch selbst einsehen, daß ich Ihnen nicht soviel Trinkgeld geben kann«, wandte sie unnachgiebig mit hartnäckiger Überzeugung ein, als hoffe sie, eher gar nichts bezahlen zu müssen als zuviel. In diesem Augenblick entnahm die ungeduldige Andreina ihrer Geldbörse den Betrag und preßte dem Fahrer nachdrücklich das Geld in die Hand. »Und nun fahren Sie mich schnell zum Lungo Tevere dei Gracchi.« Unbekümmert um das entrüstete Erstaunen der Dame, stieg sie in den Wagen und warf die Tür krachend hinter sich zu.

Während der ganzen Fahrt dachte Andreina weder

an Maria-Luisa und Stefano noch an die Zukunft, sondern nur an den eben erlebten Zwischenfall. Es kam ihr seltsam und bitter zugleich vor, daß sie nach den vielen schrecklichen Ereignissen dieses Tages die an sich so unwichtige, geradezu lächerliche Kraft gefunden hatte, eine schöne Geste zu machen. Denn es war gewiß eine schöne Geste, der Dame im Abendkleid das Taxi zu bezahlen. ›Alles nur leere Gesten‹, dachte sie und beugte sich etwas vor, um die dunkle Landschaft zu betrachten. ›Es war eine leere Geste, das Taxi zu bezahlen. Eine leere Geste war es aber auch, Maria-Luisa umzubringen. Eine ist nicht mehr wert als die andere, alles leere Gesten!‹ Diese Überlegungen waren die quälendsten, die je ihr Hirn beschäftigt hatten, weit quälender als jene, welche sie dazu getrieben hatten, ihre Rivalin umzubringen. Aber ihr tief verwurzelter Haß schlummerte nur. Es genügte, sich zurückschauend alle unglücklichen Ereignisse der letzten Zeit zu vergegenwärtigen, um von neuem die wütende Überzeugung zu gewinnen, daß sie – mehr als eine Geste – ein Werk der Gerechtigkeit vollbracht hatte. Gleichermaßen von Haß und Enttäuschung erfüllt, erreichte sie ihre Wohnung.

Als sie aber zum Bezahlen ihre Handtasche öffnete, die Pistole erblickte und dann ihre Augen zu ihrem Zimmer hob und dort den schattenhaften Umriß Pietros entdeckte, fielen Haß und Enttäuschung jäh von ihr ab, und sie verspürte ein tiefes Mitleid mit sich selbst. Aber dieses Mitleid hatte nichts Wärmendes, Tröstliches, es war nur traurig, kalt und regungslos wie das Mondlicht auf den dunklen Fluten eines Stromes. Sie glaubte, ihr ganzes Leben seit ihrer Kindheit zu übersehen, und wurde sich des finsteren Geschickes bewußt, das sie schließlich in das gegenwärtige Verhängnis geführt hatte. Über diese kalte, deutliche Feststellung kam sie nicht hinaus. Alles war gleicherweise gerecht und ungerecht gewesen. Ihre Kehle war wie ausgedörrt, mit verkrampftem Gesicht, aber ohne Tränen, durchquerte sie gesenkten Hauptes den Garten.

Pietro begrüßte sie freudig auf der Schwelle, schlang zärtlich den Arm um sie und zog sie in die Diele. »Nun, wie ist es gewesen?« fragte er. Gerührt preßte er sie mit beiden Armen fest an sich und konnte sich, stolz und selbstgefällig lächelnd, nicht satt an ihr sehen. »Wie war es?«
Andreina wandte ihr beunruhigend bleiches Gesicht etwas zurück. »Nun, es ist alles gut gegangen«, antwortete sie langsam und betrachtete Pietro aufmerksam. »Meine Rückkehr ist doch der beste Beweis... Aber wozu bleiben wir hier stehen? Gehen wir doch in mein Zimmer.«
Etwas verwirrt durch ihre ungewöhnliche Blässe und den seltsamen Klang ihrer Stimme, löste Pietro seine Umarmung und folgte ihr ins Schlafzimmer. Aufrecht vor dem Frisiertisch stehend, betrachtete sich Andreina in dem leicht geneigten Spiegel. Sie nahm mit langsamen Bewegungen ihren Hut ab und ordnete ihr Haar. Pietro hatte sich am Fenster in einem Sessel niedergelassen und verfolgte mit nachdenklicher Aufmerksamkeit ihr Tun. Endlich kam sie näher und nahm Pietro gegenüber auf dem Bett Platz. Einen Augenblick blieben beide stumm. Dann erklärte Andreina mit unterdrücktem Gähnen: »Ich bin müde und habe keine Lust zum Reden. Ich lege mich jetzt hin, und du kannst dich neben mich setzen und alles sagen, was du auf dem Herzen hast.« Sie zog ihre Beine auf die Bettdecke, legte sich, den einen Arm unter dem Kopf, auf den Rücken und blickte zur Zimmerdecke hinauf. Pietro staunte immer mehr über ihr seltsames Gebaren, aber er tat, um was sie ihn bat.
»Was ist denn mit dir geschehen? Was hast du?« fragte er und beugte sich über sie.
Die Rührung, die Andreina beim Verlassen des Autos befallen hatte, war einer leeren, aber klarsichtigen Ruhe gewichen. In einem der ersten Augenblicke hatte sie sich gefragt, ob sie Pietro die Ereignisse der letzten Stunde erzählen sollte. Aber sie entschloß sich, es nicht zu tun. »Mit mir ist gar nichts geschehen«,

antwortete sie und blickte ins Leere, »ich habe den Schmuck zurückgegeben, wie du es mir aufgetragen hattest. Maria-Luisa trug ein Abendkleid, weil sie auf ein Fest gehen wollte, den Schmuck hat sie auch gleich angelegt. Um diese Stunde hat das Fest wohl bereits begonnen«, schloß sie fast zwangsläufig.
»Und was weiter?« fragte Pietro.
»Weiter war gar nichts. Ich bin dann hierher zurückgekehrt.«
Pietro stützte sich mit beiden Händen auf das Bett und betrachtete eindringlich Andreinas bleiches Gesicht, das allen Fragen auswich. Genau wie vorhin im Hotel, konnte er auch jetzt nicht begreifen, warum in ihr so gar nichts von jener heiteren Freude war, die eine so ungewöhnliche, mutige Tat eigentlich hinterlassen mußte. ›Sie ist gewiß zornig auf mich, weil ich sie zu der Handlung veranlaßt habe, auf sich selbst, weil sie mir gehorcht hat, auf Maria-Luisa, weil diese bestimmt nicht mit unerfreulichen Worten gespart hat‹, dachte er. ›Bei ihrem Stolz muß die Rückgabe des Schmuckes, zumal an die alte Nebenbuhlerin, eine schreckliche Demütigung für sie bedeutet haben. Das verstehe ich sehr gut. Aber ich verstehe nicht, warum sie so traurig, so leidenschaftslos unbeteiligt ist. Das ist merkwürdig.‹ Andererseits legte er diesen mehr äußerlichen Seltsamkeiten in Andreinas Haltung kein übermäßiges Gewicht bei, er wiederholte sich immer wieder, daß von wirklicher Bedeutung nur die Tatsache war, daß die Geliebte den Schmuck zurückgegeben hatte und durch diese Handlung endlich von dieser knechtischen Abhängigkeit befreit war. War erst einmal die erste Niedergeschlagenheit überstanden, so würde auch Andreina die entscheidende Bedeutung ihrer Handlung erkennen, der ersten aus ihrer Liebe geborenen Tat, der ersten auch in ihrem neuen, gemeinsamen Leben. Unter solchen Gedanken betrachtete er sie mit dankbarer, leidenschaftlicher Zuneigung, die er in solchem Maße erst in diesem Augenblick für sie empfand, nachdem sie, auf Grund der überzeugen-

den Kraft seiner Worte, endlich auf das bisherige unselige Leben verzichtet hatte, um den Weg in eine neue, schönere Zukunft zu beschreiten, den er ihr unermüdlich immer wieder gezeigt hatte. Mit dieser Tat hatte sie ihm ihre Liebe bewiesen. Sie brachte sie einander näher als jede Umarmung oder Liebesbeteuerung.

Seine Augen füllten sich mit Tränen; und in seine Dankbarkeit mischte sich jene unsägliche, jubelnde Bitterkeit, die immer mit Dingen verbunden ist, welche nur mit großer Mühe erworben werden. Erst von diesem Augenblick an gehörten sie wirklich einander und verwuchsen zu einem Wesen. Erst jetzt hatte ihre Heirat einen Sinn. Nun, da sie beide die Vergangenheit hinter sich gelassen hatten, konnten sie mit jenem gläubigen Vertrauen, das ihnen aus der gemeinsamen bitteren Erfahrung erwuchs, jeder noch so unsicheren Zukunft entgegensehen.

All diese Gedanken waren schon immer in ihm lebendig, aber noch nie so gültig und wirklichkeitsnah gewesen.

»Liebste Andreina«, murmelte er und küßte sie hinter dem Ohr auf den Hals, dort, wo die Haut besonders weiß und zart ist, »ich möchte dir so viele Dinge sagen, aber ich habe den Eindruck, als ob du sie gar nicht anhören willst. Du bist so entrückt und teilnahmslos ...«

›Jetzt humpelt dieser verfluchte Lahme mit seinen Krücken zur Polizei, um mich anzuzeigen‹, dachte Andreina. ›Vielleicht ist er aber auch auf dem Weg hierher.‹ Sie hob ein wenig den Kopf, lächelte gezwungen und streichelte mit der Hand über Pietros Gesicht. »Du täuschst dich, ich bin gar nicht so weit entfernt, sondern höre dir sehr gut zu«, sagte sie und ließ den Kopf wieder auf das Kissen fallen. »Ich bin nur maßlos müde und habe keine Lust, selbst zu reden. Aber sprich du nur ruhig weiter! Was wolltest du mir denn alles sagen?«

»Ich weiß nicht recht ... von dir, von mir, von der

Vergangenheit, von der Zukunft...«, antwortete Pietro verwirrt.

»Die Vergangenheit und die Zukunft!« wiederholte Andreina nachdenklich, als könne sie den Sinn dieser Worte nicht erfassen. »Schön, dann sage mir doch, was du in meiner Vergangenheit siehst.«

Pietro lachte etwas unbeholfen. »Deine Art zu fragen ist wirklich merkwürdig«, rief er. »Hältst du mich für einen Wahrsager oder einen Sterndeuter? Jetzt weiß ich natürlich nicht mehr, was ich dir sagen wollte. Du fragst mich, was ich in deiner Vergangenheit sehe? Nun, ich sehe, daß du – wie soll ich sagen? –, daß du krank warst.«

»Krank?« wiederholte Andreina und strich sich mit der Hand über die Stirn. »Krank soll ich gewesen sein?«

»Nun ja, dein Kopf war, teils durch eigenes Verschulden, teils durch die Schuld anderer, voll falscher Vorstellungen. Sie veranlaßten dich, dein Herz an Dinge zu hängen, die ohne tieferen Wert waren«, erklärte Pietro einschränkend. »Soll ich dir ein Beispiel nennen? Da dir dein Leben so aussichtslos dünkte, verranntest du dich in den Gedanken, durch eine Heirat mit Matteo alles ins rechte Geleise zu bringen. Du glaubtest, Geld, Titel und vornehme Gesellschaft würden dein Leben schön machen und wären die einzigen Dinge, nach denen es sich zu streben lohnt. Als du dann aber entdecktest, daß du auf dem ersten Wege diese törichten, dir so erstrebenswerten Dinge nicht erreichen würdest, hast du den Weg des Bösen gewählt, den Schmuck geraubt und wärest noch bei schlimmeren Dingen angelangt, wenn wir uns nicht begegnet wären. Nur meine Liebe hat dich gerettet. Du warst regelrecht krank, glaube es mir! Aber jetzt, nach der Rückgabe des Schmuckes, bist du genesen und für immer geheilt.«

Er hatte mit dem Eifer der Gewißheit gesprochen, wie jemand, der in einem offenen Buch liest oder einen Gegenstand beschreibt, der vor seinen Augen steht.

»Deine zum Teil gewiß berechtigten Gefühle waren zu heftig«, fuhr er nach einer kleinen Pause fort. »Vielleicht hast du geglaubt, sie beherrschen zu können, indem du sie auf bestimmte Ziele hinlenktest. In Wirklichkeit beherrschten die Gefühle dich und verwirrten deinen Verstand. Es ist durchaus möglich, daß du überzeugt warst, alles ganz bewußt und mit voller Einsicht in die Entwicklung der Dinge zu tun, zum Beispiel den Verrat an Matteo oder den Raub des Schmuckes. Aber diese klare Bewußtheit war trügerisch, ähnlich wie bei manchen Geistesgestörten. Aus diesem Grunde behauptete ich, du seiest krank gewesen. Im Fieber gibt es manchmal solche Zustände unwahrscheinlicher, trügerischer Klarsicht. Wir glauben in solchen Augenblicken deutlicher und tiefer nachzudenken als gewöhnlich. Das ändert aber nichts an unserer Krankheit, und sind wir wieder vom Fieber geheilt, stellen wir fest, daß wir nur phantasiert haben.«

In diesem Augenblick schien es Andreina, als habe die Türglocke geläutet. Sie richtete sich mit einem Ruck auf und blickte totenbleich abwechselnd auf Pietro und die Truhe, auf der ihre Handtasche mit der Pistole lag. »Hat es da nicht geläutet?« fragte sie mit unterdrückter Stimme und schien etwas vergeblich hinunterzuwürgen, was ihr in der Kehle steckengeblieben war.

»Aber nein, niemand hat geläutet«, antwortete Pietro erstaunt. Trotz dieser Versicherung lauschte Andreina noch einen Augenblick, ehe sie sich auf das Kopfkissen zurückfallen ließ. »Bis jetzt hast du nur von der Vergangenheit gesprochen«, meinte sie. »Und wie soll die Zukunft aussehen?« Sie neigte den Kopf zur Seite und ließ einen Arm kraftlos herunterhängen.

»Nun, wir werden heiraten«, antwortete Pietro. Er betrachtete ein wenig unsicher ihr abgewandtes Gesicht, denn bisher hatte er trotz aller Bemühungen nie ihre Zustimmung zur Heirat gewonnen. Aber Andreina erhob keinen Einspruch. »Und was dann?« fragte sie obenhin.

»Heiraten ist doch schon unendlich viel«, wandte Pietro ein. Aus einer Art Schamgefühl, aber auch weil er aus Selbstvertrauen keiner schönklingenden, mit Begeisterung verbrämten Worte bedurfte, wollte er von der Zukunft, im Gegensatz zur Vergangenheit, nur auf kühle, möglichst unbeteiligte Weise sprechen. »Das ist wirklich schon .unendlich viel«, wiederholte er und zündete sich eine Zigarette an. »Es bedeutet auch schon viel, wenn man langsam andere Lebensgewohnheiten annimmt und andere Freunde gewinnt«, fuhr er fort, während er nachdenklich zum Fenster blickte. »Und wenn wir dann vielleicht Kinder haben werden, bedeutet auch das sehr viel. Nicht daß ich glaube, diese Veränderungen könnten dir wer weiß welch großes Glück bringen oder dir auch nur die innere Ruhe geben oder dich gewisse Dinge vergessen lassen, die du doch niemals vergessen wirst. Aber diese neuen Umstände werden dich zu einer anderen Lebensführung zwingen, und das wird für dich – ich betone es noch einmal – bestimmt schon sehr viel sein. Ich habe immer klarer erkannt, daß die Beschäftigung mit den einfachen Alltagsdingen weit schwieriger ist und daher auch eine heilsamere Kraft ausübt als das unstete Interesse für außergewöhnliche Dinge. Heute bin ich von dieser Wahrheit ganz durchdrungen.« Er sprach bedächtig, gleichsam zu sich selbst, und rauchte in hastigen Zügen. Seine Stirn war nachdenklich in Falten gelegt, was seinem Gesicht einen kühlen, scheinbar unbeteiligten Ausdruck gab. Tatsächlich aber war er schmerzlich und zugleich hoffnungsfroh bewegt. Er entriß sich jedes Wort fast mühevoll, weil es tief in seiner Seele verwurzelt war. »Wie du siehst, verspreche ich dir nichts oder doch fast nichts«, schloß er und begann zu husten, weil ihm der Rauch in die Kehle geraten war. »Es wird sogar noch große Schwierigkeiten geben, größere wahrscheinlich als die, vor denen du bisher gestanden hast. Aber du wirst trotzdem Vertrauen haben, nicht wahr, Andreina?«

Plötzlich schlug eine Tür im Flur, zuerst mehrmals

in schnellen Abständen, dann nach einer Weile noch
ein einziges Mal, aber sehr heftig. Andreina hob lauschend den Kopf. Als die Tür zum letztenmal schlug,
stand sie auf. »Das Fenster in der Küche muß offengeblieben sein«, meinte sie. »Ich muß selbst nachsehen,
Cecilia hat mir heute gekündigt.« Abermals fühlte sich
Pietro unbehaglich, ohne recht zu wissen, warum. Er
folgte ihr, als sie aus dem Zimmer ging.

Tatsächlich stand in der Küche das Fenster weit
offen, und die Luft war hier eisig. Draußen herrschte
schwarze, undurchdringliche Finsternis. Nur die Zweige
und Blätter rauschten ununterbrochen und eintönig im
Wind, und es war, als ob jemand spräche. Während
Pietro nach dem Lichtschalter tastete, schloß Andreina
das Fenster. Als das Licht aufflammte, rührten sie sich
nicht von der Stelle und sahen einander stumm an.
Pietro stand bei der Tür, Andreina lehnte an der Fensterbank. »Die Zukunft«, sagte sie mit dunkler Stimme,
»die Zukunft...«

»Die Zukunft?« wiederholte er erstaunt.

»Sie wird anders sein, als du sie dir vorstellst.«

»Weshalb?«

»Weil sie mich bald holen werden!«

Eine dunkle Angst legte sich plötzlich auf Pietros
Seele. Seine Hand ruhte schon auf der Klinke. Jetzt
schloß er die Tür heftig und ging auf Andreina zu. »Ich
spüre doch, daß du mir etwas verschwiegen hast«, stieß
er erregt hervor. »Aber jetzt wirst du mir antworten.
Was ist geschehen? Hat Maria-Luisa dich vielleicht angezeigt?«

»Maria-Luisa kann mich nicht anzeigen«, antwortete
Andreina. Immer noch gegen die Fensterbank gelehnt,
senkte sie nun das Kinn auf die Brust und betrachtete
ihre zerkratzten Hände.

»Inwiefern kann sie das nicht?« fragte Pietro und
entdeckte im gleichen Augenblick die langen, roten
Kratzwunden.

»Stefano wird mich anzeigen«, erwiderte sie abwesend. »Er wird mich anzeigen, weil ich Maria-Luisa umgebracht habe. Das ist der Grund ... Weil ich dieses Weib erwürgt habe, dieses verfluchte Weib!« fuhr sie nach kurzem Schweigen fort.

Ihre Stimme klang eintönig, verächtlich und gefühllos. Aber Pietro hörte ihr schon nicht mehr zu. ›Weil ich Maria-Luisa umgebracht habe‹, echote es in seinem leeren Kopf. Ihm war zumute, als habe ihn plötzlich eine brutale Hand mit einem Schlag jeder Kraft und jedes Willens beraubt und ihn nackt und hilflos vor eine hoffnungslose, alles zerstörende Wirklichkeit gestellt. ›Andreina hat Maria-Luisa umgebracht‹, wiederholte er in seinem Innern. Und obwohl er es nur dachte, hatte er doch den Eindruck, als ob er wie in einem bösen Traum gellend geschrien hätte. ›Und ich kann nichts mehr daran ändern. Es steht nicht in meiner Macht, Maria-Luisa das Leben zurückzugeben, es steht nicht in meiner Macht, die Zeit rückgängig zu machen, es steht nicht in meiner Macht, dieses Verbrechen ungeschehen zu machen.‹ Sein lähmendes Entsetzen entsprang weit mehr diesem Gefühl eigener Hilflosigkeit als dem Gedanken an das Verbrechen selbst. ›Jetzt habe ich den Boden unter den Füßen verloren‹, dachte er. ›Es gibt keine Liebe, keine menschliche Teilnahme mehr für mich. Ein zerrüttetes, dunkles Leben liegt vor mir.‹ Dann überfiel ihn eine rasende Wut. »Das hast du getan? Das hast du wirklich getan, Andreina?« schrie er vor Aufregung zitternd, umklammerte mit eisernem Griff ihren Arm und schüttelte sie heftig.

Sie sah ihn an. Kalt und stolz funkelten ihre Augen. »Ja«, antwortete sie, »und ich würde es noch einmal tun.«

»Aber warum denn, warum?« Wiederum schüttelte Pietro sie wie wahnsinnig.

»Weil ich das Recht hatte«, antwortete sie monoton mit der ihr eigenen Trostlosigkeit. »Verdiente sie es, zu leben? Welche Lücke entsteht durch ihren Tod? Dieses Weib, dieses verfluchte Weib!«

Dieser selbst nach dem Tode noch unversöhnliche

Haß ließ Pietro das Ausmaß der eigenen Hilflosigkeit erkennen. »Genug, genug!« schrie er wie von Sinnen und hob die Hände, als wolle er Andreina den Mund zuhalten. Dann schüttelte er verzweifelt den Kopf und wanderte ruhelos in der Küche umher. »Jetzt ist alles aus!«

»Und nun siehst du die einzige Lösung darin, daß ich mir das Leben nehme«, sagte Andreina eintönig und ohne Vorwurf. »Gib ruhig zu, daß du das denkst! Der Gedanke, daß ich dich aus der Verlegenheit zöge, wenn ich mich sozusagen selbst richtete, mißfällt dir gar nicht so sehr... Aber ich habe nicht die geringste Absicht, mir das Leben zu nehmen«, fuhr sie fort, und ihre Stimme nahm einen festen, düsteren Klang an. »Nicht die geringste, hast du verstanden? Mir gefällt das Leben! Ich bin für das Leben geschaffen, und ich habe auch keinen anderen Wunsch, als zu leben. Außerdem bin ich davon überzeugt, daß ich keine Strafe verdiene, wenigstens nicht durch meine eigenen Hände. Mich umbringen, nach meinem ganzen bisherigen Leben!« Sie lachte trocken. »Ich, die ich so viel mehr wert bin als Maria-Luisa, soll das gleiche Ende nehmen wie sie? Das wäre doch eine allzu große Ungerechtigkeit!«

›Immer das gleiche Lied, immer der alte Streit‹, dachte Pietro. Aber im Augenblick hatte er nur noch Sinn für die eigene Ohnmacht. Könnte er doch das entsetzliche, verhängnisvolle Unglück ungeschehen machen! »Lieber Gott!« flehte er und blickte auf das bleiche, ausdruckslose und starre Antlitz der Frau. »Lieber Gott, lieber Gott!« Und er fühlte wie früher als Kind, wenn er etwas Böses getan hatte, das ihm nicht wiedergutzumachen schien, daß jede menschliche Anstrengung unzureichend sei. Er hätte am liebsten die Hände erhoben und wäre mitten in der Küche niedergekniet.

»Wenn du wirklich so gern lebst«, sagte er und hielt im Umherwandern inne, »warum hast du dann etwas getan, das viel schlimmer ist als der eigene Tod? Niemand verlangt von dir, daß du dir das Leben nimmst«, fügte er in einem plötzlichen Anfall von Wut hinzu. »Aber du wärest besser nie geboren worden! Und alles ließ sich doch gerade jetzt so gut an! Von dir wurde nichts verlangt als Vertrauen, du brauchtest nur ein wenig Vertrauen zu haben!«

Er rang die Hände und blickte mit starren Augen auf Andreina, die bewegungslos dastand. »Vertrauen«, wiederholte sie langsam, »Vertrauen in was? In dich?«

»Aber nein«, entgegnete er zornig, »Vertrauen zu dir selbst!«

Sie schüttelte langsam den Kopf. »Ich habe immer Vertrauen zu mir selbst gehabt«, sagte sie. »Und gerade weil ich Vertrauen zu mir selbst hatte, geschah das, was geschehen ist.«

»Stehlen und morden! So sieht dein Vertrauen aus! Das nennst du Vertrauen haben«, schrie Pietro in maßloser Wut. Erregt fuhr er mit den Fäusten in der Luft herum und kam dabei Andreinas Gesicht ganz nahe. Aber sie zuckte nicht und wich auch nicht zurück. Sie wiederholte nur langsam: »Ja, das nenne ich Vertrauen haben.«

Sie sahen sich an. Andreinas Gesicht flößte Pietro gleichermaßen Haß und Liebe ein. Liebe, weil er in tiefem Erschrecken erkannte, daß trotz allem, was geschehen war, diese Augen, dieser Mund, diese Wangen und dieses Haar ihm immer noch das Teuerste auf der Welt waren. Haß, weil das Unglück, das untrennbar von dieser Schönheit war, ihm die eigene Machtlosigkeit und den Zusammenbruch all seiner Hoffnungen schmerzlich zum Bewußtsein brachte. Diese einander entgegengesetzten Regungen machten ihn einen Augenblick lang unsicher. Dann aber überwog der Haß. »So ist das also! Nun erkläre mir noch, was du jetzt vorhast.«

»Ist das alles, was du mir zu sagen hast?«

Es klang ruhig, wenn auch mit einem verächtlichen Unterton, der Pietro nicht entging. »Was meinst du damit?«

»Ist das deine ganze Hilfe?« wiederholte sie.

»Was für eine Hilfe?« erwiderte Pietro wütend. Aber da er seine Augen nicht von ihrem schönen, ernsten Antlitz zu lösen vermochte, tobte in seinem Innern der bittere Kampf zwischen Liebe und Haß weiter. »Von welcher Hilfe sprichst du? Solange es sich nur um den Schmuck handelte, konnte ich dir helfen. Aber jetzt hast du etwas getan, Andreina, das jede Hilfe unmöglich macht. Und sosehr ich dich auch noch liebe, ich fühle, daß du verloren bist, unrettbar verloren...«

»Es handelt sich nicht um meine Seele«, wandte sie ein und erhob ihre Stimme zu düsterer Würde. »Ich bereue nicht, was ich getan habe, ja, wie ich dir schon sagte, ich würde es noch einmal tun. Aber heute abend, vielleicht schon in wenigen Augenblicken, wird man mich holen. Jetzt handelt es sich nur darum, was ich tun soll. Soll ich mich verhaften lassen? Soll ich fliehen? Ich bin so müde«, schloß sie, und ein leises Zittern ging durch ihre Stimme. »Wenn du nicht mit mir gehst, lasse ich mich lieber verhaften, als allein zu fliehen. Ein Gefängnis ist wie das andere, Freiheit ist darin ebensoviel wie draußen. Und die Menschen, die dort eingesperrt sind, werden gewiß nicht schlimmer sein als die vielen, die auf der Straße herumlaufen oder zu einem ins Haus kommen. Aber wenn du mit mir gehst, werden wir zusammen fliehen. Erst dann werde ich wirklich den Beweis haben, daß du mich liebst.«

Bei diesen Worten bemächtigte sich Pietros langsam eine große Kälte. Aus diesem verbrecherischen Vorschlag zur Flucht sprach wieder Andreinas alte Hartnäckigkeit, mit der sie sich von Anfang an bemüht hatte, ihn zu kompromittieren und in verhängnisvolle Mitschuld zu verstricken. Zuerst der Verrat an Matteo und Sofia, dann der ihm gewaltsam aufgedrängte Schmuck, und jetzt suchte sie ihn durch gemeinsame Flucht zum Mitschuldigen an der Ermordung der Nebenbuhlerin zu stempeln! Auch die Art und Weise, wie sie ihn zu dieser verderblichen Gemeinsamkeit zu pressen suchte, blieb immer die gleiche. Stets wandte sie sich an seine Großmut und an seine Liebe zu ihr. Wenn er sich weigerte, würde sie ihn bestimmt der Feigheit und Selbstsucht bezichtigen. Da überfiel ihn rasende Empörung gegen die wahnsinnige Frau, die, nicht zufrieden mit ihrem eigenen Untergang, auch ihn in ihrem Triebe zum Bösen unter dem Vorwand der Liebe zugrunde richten wollte. »Hoffe nicht, daß ich mit dir fliehe«, sagte er plötzlich laut und heftig, »bilde dir das nur ja nicht ein!«

Sie sahen sich in die Augen. Andreinas Gesicht verzog sich zu einem sarkastischen Lächeln. »Das ist also deine ganze Liebe!« sagte sie betont.

»Meine Liebe?« wiederholte Pietro, und der Zorn erstickte fast seine Stimme. »Meine Liebe? Sag mir lieber, wo deine Liebe war, als du diese arme Frau umbrachtest, anstatt, wie ich dich so inständig gebeten hatte, den Schmuck zurückzugeben? Wo war da deine Liebe?... Ich habe aus Liebe zu dir viele Opfer gebracht, du aber hast aus Liebe zu mir nichts getan, gar nichts, hörst du? Nicht einmal das, was dir nützlich gewesen wäre und dich zu einem besseren Menschen hätte machen können... Hättest du Vertrauen gehabt, dann hättest du mich geliebt«, fügte er hinzu, und sein Stolz wich plötzlich einer bitteren Trauer, und er dachte an jene andere, entschwundene und unerreichbare Andreina, die er liebte und die er ändern zu können geträumt hatte. »Aber du hast mich ja nie geliebt.«

Wieder erschien das sarkastische Lächeln auf Andreinas Antlitz. »Du hast die Wahrheit gesagt. Und weil ich dich niemals geliebt habe, bestand auch kein Anlaß, deine Ratschläge zu befolgen. Aber du, der du immer von deiner Liebe gesprochen hast, der du dich immer als den uneigennützigsten Menschen von der Welt hingestellt hast, du bist nichts anderes als ein Schuft, wenn du jetzt nicht mit mir fliehst, sondern zuläßt, daß man mich festnimmt!« Sie sprach die letzten Worte mit geradezu bissiger Genugtuung aus. Dieses Mal lag nicht das geringste Zittern in ihrer Stimme und auch keine Spur von Trauer in dem unerschrockenen Funkeln ihrer Augen. Sie verließ ihren Platz und wandte sich zur Tür.

Jener Sturm, der draußen die Wipfel der Bäume unter dem tiefhängenden, wolkenschweren Himmel herabzwang, schien auch Pietros Gedanken in einem Wirbel zu entführen. »Bleib hier!« rief er, obgleich er sich im nämlichen Augenblick sagte, daß er eigentlich nichts mehr tun konnte und daß Andreina rettungslos verloren war. »Bleib hier! Wohin gehst du?« Aber während er ihr noch nachrief, wußte er, daß er ihr doch keine Hoffnung mehr geben könnte. Als sie bei seinem zweiten Ruf auf der Schwelle stehenblieb, eilte er zu ihr, ergriff heftig ihren Arm und wiederholte keuchend: »Wohin gehst du?«

»Das weißt du doch! Ich stelle mich der Polizei«, antwortete sie und versuchte sich aus seinem Griff zu befreien. »Geh nicht jetzt schon fort, bleibe noch!« beschwor er sie. In seiner Verwirrung wollte er gemeinsam mit ihr einen Plan entwerfen, wie sie sich angesichts der zwangsläufig eintretenden Ereignisse verhalten sollten.

»Warum? Hast du vielleicht die Absicht, mit mir zu fliehen?«

Pietro schüttelte den Kopf. »Nein, das nicht, aber...« Doch sie ließ ihn nicht ausreden.

»Laß mich los, du Heuchler!« schrie sie unvermittelt mit furchterregender Stimme und schlug ihm ins Gesicht. Überraschung, Schmerz und das Gefühl, als sei ein Blitz durch die drei Stockwerke des Hauses genau zwischen ihnen niedergegangen, ließen ihn wie erstarrt auf der Schwelle verharren. Dann schlug der Sturm in seinem Innern um. Hatte er zuerst geglaubt, es liege tatsächlich nicht in seiner Macht, in den Lauf des Schicksals einzugreifen und der Geliebten den Weg hinter die Gefängnismauern zu ersparen, so schien ihm nun plötzlich alles anders. Die Beleidigung und der Schlag ins Gesicht hatten wohl den bösen Zauber gelöst, der seine tiefste Hoffnung verschüttet hatte, denn plötzlich glaubte er, es gebe nichts, was wirklich unmöglich und unheilbar sei. ›Mit ihr fliehen, warum nicht?‹ sagte er sich. ›Wenn ich sie dadurch bessern kann, warum nicht? Ohne Reue und ohne Hoffnung im Gefängnis eingesperrt zu sein, das kann sie nicht ändern. Wenn wir aber gemeinsam fliehen, wird vielleicht noch alles gut. Die Religion wäscht alle Schuld ab, ja sie öffnet mit Wunderkraft sogar die Pforten des Todes, und Reue und Hoffnung nehmen der Vergangenheit wie der Zukunft ihren Stachel. Wenn die Flucht Andreinas Wesen zu ändern vermag, soll ich da abseits stehen? Warum?‹ Diese hastigen Überlegungen, eher blitzartige Erleuchtungen als wirkliche Gedanken, dauerten nur wenige Sekunden. Dann überfiel Pietro plötzlich eine schreckliche Angst. Aus der Küche stürzend, rief er Andreinas Namen.

Das Schlafzimmer war hell erleuchtet. Handtasche, Hut und Handschuhe lagen noch an ihrem Platz, aber Andreina war nicht da. Nach einem hastigen Blick in das dunkle Badezimmer eilte er wieder in den Flur. Dort sah er, daß der rote Vorhang, der den Flur von der Diele trennte, sich im Wind blähte. Sofort wurde ihm klar, daß die Wohnungstür offenstand, daß also Andreina ihre Worte in die Tat umgesetzt und fortgelaufen war, um sich der Polizei zu stellen. Diese Gewißheit, die er noch vor wenigen Augenblicken erleichtert hingenommen hätte als einzige Lösung einer ausweglosen Situation, war ihm nun unerträglich. ›Alles, nur nicht ins Gefängnis! Sie darf nicht sich selbst überlassen bleiben!‹ Er riß den Vorhang zur Seite und lief hinaus. »Andreina! Andreina!« rief er, in den Garten hinausstürzend.

In dem dunklen Garten rauschte und raschelte der Efeu, der die ganze Umfassungsmauer überwucherte. Jede Ranke schien sich wie eine aus der Lethargie aufgescheuchte Schlange unter dem schützenden Laubwerk auseinanderzurollen. Weiter oben stöhnten die Wipfel der Bäume unter den Stößen des Sturmes. Pietro lief hastig über den knirschenden, schlüpfrigen

Kies, öffnete in fieberhafter Eile das Gartentor und stürzte auf die Straße.

Aber sie war leer, so weit das Auge reichte. Nur die schwankenden, trüben Lichtkegel der Laternen pendelten im Sturm. Der Wind hatte wohl noch an Stärke zugenommen, und die Nacht zitterte und stöhnte unter seinen Schlägen. Stehenbleibend, blickte Pietro sich um. Er hatte mit Gewißheit erwartet, Andreina in hastigen Schritten davoneilen zu sehen. »Andreina!« rief er noch einmal unsicher. Schließlich lief er in die Richtung einer abzweigenden Nebenstraße. Andreina mußte eben um die Ecke gebogen sein und konnte sich noch nicht weit entfernt haben. Im Gegenwind, der ihm in Mund und Ohren blies und seine Haare durcheinanderwirbelte, erreichte er laufend die Kreuzung. Aber auch hier war keine Menschenseele zu entdecken. Es war unnütz, in diesen verlassenen, schachbrettartig sich kreuzenden Straßen weiterzusuchen. Hastig lief er zurück. Die schwacherleuchteten Bürgersteige waren immer noch einsam, aber am Fluß, wo die Dunkelheit dichter und undurchdringlicher war, entdeckte Pietro die Gestalt eines Mannes, der mit dem Rücken gegen die Brüstung lehnte. Er lief auf ihn zu und stand einem Polizisten gegenüber. Im ersten Augenblick hatte er den Eindruck, es sei der gleiche, der ihn vor einem Monat überrascht hatte, als er das Schmuckkästchen in den Fluß werfen wollte. »Entschuldigen Sie«, fragte er keuchend, »haben Sie vielleicht aus jenem Haus« – dabei wies er auf das offengebliebene Gartentor – »eine Frau allein, ohne Hut und Mantel, herauskommen sehen?«

»Eine Frau, ohne Begleitung und ohne Hut?« wiederholte der Polizist langsam.

»Ja, die es eilig hatte, die lief«, ergänzte Pietro ungeduldig.

Der Polizist beugte sein durch den Helm halbverdecktes Gesicht und schien nachzudenken. Schließlich schüttelte er den Kopf. »Nein, ich habe sie nicht gesehen.«

Wortlos wandte Pietro sich ab, stützte die Ellbogen

auf die Brüstung und blickte in die Dunkelheit. Es blitzte hinter den Hügeln über dem anderen Flußufer, aber der Donner war noch nicht zu hören. Und bei jedem Blitz hoben sich für einen Augenblick die Umrisse von Häusern, Kuppeln, Kirchtürmen und hohen Bäumen scharf gegen die dahinjagenden Wolken ab. Die unregelmäßigen Stöße des Sturmes trieben die ersten Regentropfen vor sich her.

Titel der italienischen Originalausgabe
LE AMBIZIONI SBAGLIATE
Ins Deutsche übertragen von Liselotte Loos

VERLAG KURT DESCH MÜNCHEN WIEN BASEL

Copyright © by Casa Editrice Bompiani & Co., Milano
(Originalausgabe)
© 1970 by Verlag Kurt Desch GmbH München (deutsche Ausgabe)
Alle Rechte, einschließlich derjenigen des auszugsweisen Abdruckes
und der fotomechanischen Wiedergabe, vorbehalten
Schutzumschlag-Entwurf von Christel Aumann, München
Gedruckt bei Wiener Verlag, Wien
Printed in Austria 1970
ISBN 3 420 04599 9

Von ALBERTO MORAVIA
erschienen in unserem Verlag:

Agostino, 1948
(Neuausgabe 1962)

Adriana, ein römisches Mädchen, 1950
Neuausgabe:
Die Römerin, 1959
La Romana

Leda Baldoni und der Fremde, 1952
Neuausgabe:
Eheliche Liebe, 1964
L'amore coniugale

Die Gleichgültigen, 1956
Gli indifferenti

Die Mädchen vom Tiber, 1957
Racconti romani

Cesira, 1958, 1970
La Ciociara

Eine russische Reise, 1959
Un mese in URSS

Der Konformist, 1960
Il conformista

La Noia, 1961, 1970

Römische Erzählungen, 1962
Racconti romani

Indienreise, 1963
Un' idea dell'India

Die Verachtung, 1963
Il disprezzo

Der Ungehorsam, 1964
La disubbidienza

Die Lichter von Rom, 1965
Racconti romani und
Nuovi racconti romani

Inzest, 1966
L'attenzione

Das schöne Leben, 1967
L'Automa

Die Kulturrevolution in China, 1968
La rivoluzione culturale in Cina

Ein Ding ist ein Ding, 1969
Una cosa è una cosa

Gefährliches Spiel, 1970
Le ambizioni sbagliate

WERKE VON ALBERTO MORAVIA

CESIRA
Roman · 396 Seiten · Leinen · DM 22.—

»Ein Erzähler wie Moravia ist heute eine europäische Singularität. Auch dieses Buch ist ein Charakter- und Porträtroman jenseits aller Erzählerproblematik und aller Erzählerexperimente. ›Cesira‹ zeigt sowohl den Frauenmaler Moravia auf der Höhe seines Könnens als auch den Meister einer sehr subtilen Volkstümlichkeit, die jene höhere Echtheit hat, wie sie nur der zartesten, kundigsten Hand gelingt.«
Günter Blöcker

DIE RÖMERIN
Roman · 384 Seiten · Leinen · DM 17.50

»Der Roman ist mit einer berückenden, den Zauber der Latinität wahrenden Einfachheit geschrieben und hält sich fern vom Jargon der Straße. Seine ungewöhnliche Intimität hebt ihn entschieden über die Behandlungen des gleichen Themas hinaus und rückt ihn in die unmittelbare Nähe berühmter Dirnenromane wie ›Manon Lescaut‹ und ›Nana‹.«
Frankfurter Allgemeine Zeitung

DER KONFORMIST
Roman · 392 Seiten · Leinen · DM 19.50

»Man kann Moravia wirklich nur mit Dostojewskij vergleichen. Beide schildern auf ihre Art, wie ein Mensch schuldig wird, und wie er sich unter der Last seiner Schuld verhält. Die Charaktere dieses Romans sind genau und scharf gezeichnet. Vielleicht ist er der letzte große Romancier. ›Der Konformist‹ ist einer seiner besten Romane.«
Mannheimer Morgen

LA NOIA
Roman · 388 Seiten · Leinen · DM 19.50

»Moravia ist der sensibelste Erforscher und Porträtist des Weiblichen, den die Literatur kennt.« *Die Presse, Wien*
»Mit diesem Buch hat er fraglos ein wichtiges Problem unserer Zeit zur Diskussion gestellt, das er noch nie mit solcher Eindringlichkeit und Ausführlichkeit behandelt hat. Zugleich hat Moravia damit von neuem bewiesen, daß er in die Reihe derjenigen Schriftsteller gehört, die man, nach dem großen Vorbild der Franzosen, als ›Moralisten‹ zu bezeichnen pflegt.«
Basler Nachrichten

INZEST
Roman · 372 Seiten · Leinen · DM 22.—

»Moravia greift hier zu einem ungewöhnlichen Thema wie zu einer ungewöhnlichen Darstellungsform. Mitleidlos und schockierend in seiner distanzierten Präzision, schildert er die erotische Versuchung und das erotische Verfallensein in ihren extremsten Erscheinungsweisen.« *Westdeutsche Rundschau*

VERLAG KURT DESCH MÜNCHEN WIEN BASEL

WERKE VON ALBERTO MORAVIA

EIN DING IST EIN DING
Erzählungen · 192 Seiten · Leinen · DM 18.50

»Zunächst muß man das fulminante Können dieses Autors rühmen. Der Rezensent gesteht ein, daß er seit Jahren von der kühlen, sezierenden Prosa Moravias angetan ist. Die beträchtlichen Auflagen seiner Bücher zeigen, daß das Erscheinen eines neuen Werkes von Moravia jedesmal ein Ereignis auf dem Büchermarkt ist.« *Wiener Zeitung*

DAS SCHÖNE LEBEN
Erzählungen · 224 Seiten · Leinen · DM 19.80

»Beklemmend ist es immer wieder, wie Moravia die Spannungen der Liebe und der Geschlechter in unserer hektischen, gereizten Zeit sichtbar macht. Das zeugt von seiner außergewöhnlichen dramatischen Begabung und Charakterisierungskunst. Und er setzt mitleidlos das Messer an, um unsere selbstgefällige Gesellschaft zu sezieren.«
Kölnische Rundschau

RÖMISCHE ERZÄHLUNGEN
384 Seiten · Leinen · DM 19.50

»Moravia schildert die Volkstypen Roms in ihrer Urwüchsigkeit und Vitalität. Eine freie und vitale Stadt voller Abenteuer und Geheimnisse erschließt sich in diesen Geschichten, die in jener präzisen und unsentimentalen Prosa geschrieben sind, mit der Moravia klassische Tradition weiterführt.«
Hannoversche Rundschau

DIE LICHTER VON ROM
Neue römische Erzählungen
272 Seiten · Leinen · DM 19.50

»In dieser lebenstollen Prosa braust es wie in einem Bienenkorb. Man möchte sich manchmal die Ohren zuhalten und muß doch hinhorchen, weil man nicht um die Freude gebracht sein möchte, die Moravias große, kleine Welt von Rom schenkt.« *Karl Krolow*

AGOSTINO
Roman · 152 Seiten · Leinen · DM 13.50

»Alberto Moravia erhielt für diesen Roman den ersten italienischen Literaturpreis, der nach dem Kriege verliehen wurde. Die ewige Tragik des Verlustes der Kinderunschuld wird hier mit tief in geheime Seelenschichten eindringender Kunst beschworen.«

VERLAG KURT DESCH MÜNCHEN WIEN BASEL

WERKE VON ALBERTO MORAVIA

DIE KULTURREVOLUTION IN CHINA

Eine Reise durch das China von heute

196 Seiten · Leinen · DM 18.50

»Es ist das beste Buch, das bisher über das Phänomen der chinesischen Kulturrevolution geschrieben wurde. Weil hier — in jeder Zeile — ein Literat am Werke war, ein Mann, der wenigstens zu schreiben versteht und zu fragen versucht, obwohl er weiß, daß er keine Antwort über die letzte Wahrheit dieser Revolution erhalten hat.« *Rheinischer Merkur*

»Moravias politischer Bericht über Maos China bildet eine sehr wertvolle Bereicherung unseres China-Verständnisses, um so mehr, als immer wieder der Romancier Moravia die Feder führt, der seine Leser anzusprechen und zu interessieren versteht, so daß durch dieses Buch ein weiterer Leserkreis erfaßt werden und im Rahmen des Möglichen über China und seine Kulturrevolution informiert werden könnte.«

National-Zeitung, Basel

INDIENREISE

Ein Reisebericht

168 Seiten mit 24 Kunstdrucktafeln

Leinen · DM 16.80

»Immer näherte sich Moravia nicht mit dem typischen Rüstzeug des Abendländers, der auf Exotisches begierig ist, sondern er versucht sich mit den politischen, wirtschaftlichen und sozialen Schwierigkeiten des Landes auseinanderzusetzen. Darüber hinaus analysiert er, welche kulturelle Stellung Indien heute einnimmt. So zeigt uns Moravia die Heimat Ghandis und Nehrus in seinem Bericht von einer Seite, wie wir sie selten zu sehen bekommen.«

Hannoversche Rundschau

VERLAG KURT DESCH MÜNCHEN WIEN BASEL